SUPERBESTSELLER
559

Dello stesso autore

IL TALISMANO *(con Peter Straub)*
PET SEMATARY
STAGIONI DIVERSE
IT
MISERY
GLI OCCHI DEL DRAGO
CUJO
TOMMYKNOCKER - LE CREATURE DEL BUIO
LA ZONA MORTA
L'INCENDIARIA
CHRISTINE (LA MACCHINA INFERNALE)
SCHELETRI
LA METÀ OSCURA
QUATTRO DOPO MEZZANOTTE (Volume I)

Serie «La Torre Nera»

L'ULTIMO CAVALIERE
LA CHIAMATA DEI TRE
TERRE DESOLATE

STEPHEN KING

QUATTRO DOPO MEZZANOTTE

VOLUME II

SPERLING
PAPERBACK

Traduzione di Tullio Dobner
Four Past Midnight

I edizione Sperling Paperback s.r.l. dicembre 1996

ISBN 88-7824-750-2
86-I-97

II EDIZIONE

RINGRAZIAMENTI
Si ringrazia per il permesso di pubblicare il brano tratto da *In the Midnight Hour* di Wilson Pickett e Steve Cropper © 1966 Cotillion Music Inc. & East/ Memphis Music Corp. Tutti i diritti per conto della Cotillion Music, Inc. sono amministrati dalla Warner-Tamerlane Publishing Corp. Tutti i diritti riservati. Per gentile concessione.

Il Poliziotto della Biblioteca

Questo è per il personale e gli utenti
della Biblioteca Pubblica di Pasadena.

Tre dopo mezzanotte

Una nota su «Il Poliziotto della Biblioteca»

Il giorno in cui fu concepita questa storia, stavo facendo colazione con mio figlio Owen. Mia moglie era già tornata di sopra a fare la doccia e vestirsi. Già erano state compiute le due fondamentali distribuzioni delle sette del mattino: uova strapazzate e giornale. Willard Scott, che viene a trovarci cinque giorni su sette, ci raccontava di una donna del Nebraska che aveva appena compiuto centoquattro anni e credo che fra me e Owen dovevamo avere occhi come fanali. Una tipica mattina di giorno feriale *chez* King, in altre parole.

Owen riemerse momentaneamente dalle pagine sportive per chiedermi se quel giorno avessi in programma di scendere al centro commerciale, perché desiderava che gli procurassi un libro che gli serviva per una ricerca scolastica. Non ricordo che cosa fosse, forse *Johnny Tremain* oppure *April Morning*, il romanzo di Howard Fast sulla Rivoluzione americana, ma era comunque uno di quei titoli che in libreria non trovi mai: è appena esaurito o la ristampa è attesa a giorni o qualche altra diavoleria del genere.

Suggerii a Owen di provare alla biblioteca locale, che è molto ben fornita. Ero sicuro che lì avrebbe avuto fortuna. Mi borbottò una risposta incomprensibile. Ne colsi solo due parole, ma per via della mia professione quelle due parole furono più che sufficienti ad allertare il mio interesse. Erano «polizia bibliotecaria».

Accantonai la mia metà di giornale, schiacciai il pulsante dell'esclusione audio sul mio telecomando mentale per strangolare Willard lanciatosi in un resoconto entusiasta della Festa delle Pesche in Georgia e sollecitai Owen a essere così gentile da ripetere.

Insistei fino a vincere la sua riluttanza e finalmente mi confessò che non gli piaceva rivolgersi alla biblioteca perché aveva paura della Polizia Bibliotecaria. Sapeva che non esisteva una Polizia Bibliotecaria, si affrettò ad aggiungere, ma era uno di quegli spauracchi che ti si insinuano nell'inconscio e si trasformano tuo malgrado in un'idea fissa. Ne aveva sentito parlare dalla zia Stephanie quando aveva sette o otto anni ed era molto più credulone, ma da allora il timore della fantomatica istituzione non l'aveva più abbandonato.

Io ne fui naturalmente deliziato, perché da bambino avevo avuto anch'io paura della Polizia Bibliotecaria, di quei segugi senza volto capaci di presentarsi addirittura alla *porta di casa* se tardavi a restituire i libri presi in prestito. E già sarebbe stato un bel guaio... ma che cosa sarebbe successo se non fossi stato in grado di ritrovare i libri in questione quando quei misteriosi rappresentanti della legge fossero venuti a rivendicarli? Che cosa mi avrebbero fatto? Che cosa avrebbero potuto esigere in cambio dei libri andati persi? Erano anni che non pensavo più alla Polizia Bibliotecaria (non dai tempi dell'infanzia, tuttavia; ricordo chiaramente di averne discusso sei o sette anni fa con Peter Straub e suo figlio Ben), ma ora riaffioravano tutti quei vecchi interrogativi così inquietanti e a un tempo stimolanti.

Nei giorni seguenti mi ritrovai a riflettere ripetutamente sulla Polizia Bibliotecaria e mentre riflettevo cominciai a veder delinearsi il racconto che segue. È così che hanno origine di solito le mie storie, ma la fase di elaborazione mentale dura di norma molto più a lungo. All'inizio il racconto era intitolato «La Polizia Bibliotecaria» e non avevo ancora un'idea precisa di dove sarei andato a parare. Pensavo che avrebbe avuto probabilmente un taglio comico, del tipo di quegli incubi suburbani che soleva confezionare il compianto Max Shulman. Del resto l'idea di per sé era divertente, no? Suvvia, la Polizia Bibliotecaria! Che assurdità!

Tornavo comunque a soffermarmi su un fatto già da lungo appurato: le paure dell'infanzia sono dure a morire. Scrivere è un atto di autoipnosi e in quello stato scatta spesso una molla di particolareggiato ricordo emotivo e ricominciano ad aggirarsi e ansimare terrori che sarebbero dovuti essere morti e sepolti da un pezzo.

È quanto mi accadde lavorando a questo racconto. Ricordavo, mentre mi mettevo al lavoro, di aver amato la biblioteca da ragazzo. E perché no? Era l'unico posto dove un giovane relativamente povero come me poteva procurarsi tutti i libri che voleva. Ma, continuando nella scrittura, riacquistai coscienza di un'altra verità, più subdola: ne ero anche intimorito. Avevo paura di perdermi nel buio labirinto degli scaffali, avevo paura di essere dimenticato in qualche angolo oscuro della sala di lettura e di restare chiuso a chiave in biblioteca per tutta la notte, avevo paura della vecchia bibliotecaria con i capelli azzurrati e i lustrini nella montatura degli occhiali e la bocca quasi sprovvista di labbra, avevo paura dei pizzicotti che ti dava al dorso delle mani con le lunghe dita bianche e di quel suo *«sssst!»* sibilante le volte che ti dimenticavi dov'eri e ti mettevi a parlare a voce alta. E sì, avevo paura della Polizia Bibliotecaria.

Quanto era già avvenuto con un lavoro molto più lungo, il romanzo intitolato *Christine*, si ripeté in questo caso. Dopo una trentina di pagine, cominciò a esaurirsi l'aspetto comico della vicenda. Una ventina di pagine più avanti la storia si tuffò con una brusca sterzata negli antri tenebrosi che avevo già spesso frequentato e dei quali ancora so così poco. E finalmente trovai la persona che stavo cercando e riuscii a risollevare la testa abbastanza da poter guardare nei suoi spietati occhi d'argento. Ho cercato di renderne un ritratto per te, mio Fedele Lettore, ma forse non mi è riuscito molto bene.

Vedi, mentre disegnavo mi tremavano pazzescamente le mani.

1

Il rimpiazzo

1

ERA tutta colpa di quel dannato acrobata, avrebbe concluso Sam Peebles. Se l'acrobata non si fosse ubriacato proprio al momento sbagliato, lui non sarebbe mai finito in quel brutto guaio.

Non è già abbastanza brutto, rifletté con un'amarezza forse giustificabile, *che la vita sia un'asse stretta su una voragine praticamente senza fondo, un'asse sulla quale dobbiamo camminare a occhi bendati. È brutto, ma non è brutto abbastanza. Certe volte ti becchi anche uno spintone.*

Ma questo sarebbe avvenuto dopo. Per cominciare, prima ancora del Poliziotto della Biblioteca, c'era stato l'acrobata ubriaco.

2

Al Rotary locale di Junction City, l'ultimo venerdì del mese era serata di conferenza. Per l'ultimo venerdì del marzo 1990 era previsto che i rotariani avrebbero avuto il piacere di ascoltare l'Incredibile Joe, acrobata del Circo e Luna Park itinerante Curry & Trembo's All-Star.

Il telefono sulla scrivania di Sam Peebles all'Immobiliare e Assicurativa di Junction City squillò alle quattro e cinque di giovedì pomeriggio. A rispondere fu Sam. Era sempre Sam a rispondere, o Sam in persona o la voce di Sam registrata sulla segreteria telefonica, perché Sam era il titolare e unico impiegato dell'Immobiliare e Assicurativa di Junction City. Non era un uomo ricco, ma era un uomo ragionevolmente soddisfatto. Si compiaceva di dire che la sua prima *Mercedes* apparteneva ancora a un futuro non proprio prossimo, però aveva una *Ford* quasi nuova ed era proprietario della casa in cui abitava in Kelton Avenue. «Inoltre il lavoro mi dà abbastanza per birra e birilli», si peritava di aggiungere, ricorrendo tuttavia a un modo di dire che poco gli si addiceva, visto che aveva tracannato solo qualche sporadico boccale dai tempi del college e ancora non aveva capito bene che cosa c'entrassero i birilli. Forse era una marca di salatini.

«Immobiliare e Assicurativa di Junction...»

«Sam, è Craig che parla. L'acrobata si è rotto l'osso del collo.»

«*Che cosa?*»

«Mi hai sentito!» esclamò Craig Jones afflitto. «Quell'idiota di acrobata si è rotto l'osso del collo.»

«Cavoli», commentò sinteticamente Sam. Meditò sul fatto per un momento, quindi chiese con qualche apprensione: «È morto, Craig?»

«No, non è morto. Ma dal nostro punto di vista è come se lo fosse. È all'ospedale giù a Cedar Rapids con il collo incassato in dieci chili di gesso. Mi ha appena chiamato Billy Bright. Ha detto che allo spettacolo di oggi pomeriggio si è presentato ubriaco in cimbali, ha tentato un salto mortale rovesciato ed è precipitato fuori dell'anello centrale a testa in giù. Billy ha detto che il rumore si è sentito fino agli ultimi posti sugli spalti, dove si trovava lui. Ha detto che era come quando metti il piede in una pozzanghera in cui si è appena formato uno strato di ghiaccio.»

«Ahia!» gemette Sam facendo una smorfia.

«C'era da aspettarselo da uno che si fa chiamare l'Incredibile Joe. Che razza di nome sarebbe per un acrobata da circo? Vada per l'Incredibile Randix. Accettiamo pure gli Incredibili Tortellini. Ma l'Incredibile *Joe*? A me sembra un caso di baco cerebrale buono per un testo di medicina.»

«Gesù, che brutta storia!»

«Un manico d'ombrello nel didietro, ecco che cos'è. Non so

se ti rendi conto che siamo rimasti senza il nostro oratore per domani sera, caro mio.»

Sam cominciò a rimpiangere di non aver lasciato l'ufficio puntualmente alle quattro. Craig si sarebbe ritrovato a parlare con Sam segreteria telefonica e questo avrebbe lasciato a Sam essere umano un po' più di tempo per pensare. Sentiva che presto avrebbe avuto *bisogno* di tempo per pensare. Sentiva anche che Craig Jones non gliene avrebbe concesso.

«Sì», rispose, «me ne rendo conto.» Sperava di avere assunto un tono filosofico di dispiaciuta impotenza. «Che peccato.»

«Puoi dirlo forte», ribatté Craig e scoccò la prima freccia. «Ma so che tu sarai lieto di rimpiazzarlo.»

«*Io?* Craig, ma stai scherzando? Io non so fare nemmeno una capriola, immaginati un salto mortale all'In...»

«Ho pensato che avresti potuto parlare dell'importanza dell'iniziativa privata in un piccolo centro abitato», lo incalzò Craig Jones. «Se non ti va, c'è sempre il baseball. Non dovesse funzionare neanche il baseball, puoi sempre calarti le brache e far dondolare il din-don. Sam, essere il capo della commissione conferenze è già una fregatura, ma da quando Kenny si è trasferito e Carl ha smesso di venire io *sono* il comitato conferenze. Perciò mi devi aiutare. Ho *bisogno* di un oratore per domani sera. Ci sono sì e no solo cinque membri del club di cui senta di potermi fidare e tu sei uno di loro.»

«Ma...»

«Sei anche l'unico che non ha dovuto già sostituire un oratore in una situazione d'emergenza come questa, perciò tocca a te, amico mio.»

«Frank Stephens...»

«... ha sostituito quello del sindacato trasportatori che l'anno scorso non poté presentarsi quando fu incriminato di truffa dal Gran Giurì. Sam, tocca proprio a te. Non mi puoi abbandonare, amico mio. Me lo *devi*.»

«Ma io mi occupo di *assicurazioni*!» proruppe Sam. «E quando non stipulo contratti assicurativi vendo fattorie! Soprattutto alle banche! La maggior parte della gente trova tutto ciò *noioso*! Quelli che non lo trovano noioso, lo trovano *disgustoso*!»

«Non importa.» Ora Craig si muoveva per l'attacco finale, calpestando sotto le scarpe chiodate le fievoli obiezioni di Sam. «Ora che avranno finito di cenare saranno tutti ubriachi, lo sai benissimo. Sabato mattina non si ricorderanno una sola parola di quello che hai detto, ma nel frattempo *ho bisogno che qualcuno si alzi in piedi e parli per mezz'ora e sei stato scelto tu*!»

Sam si difese ancora per un po', ma Craig continuò a rispondere per imperativi, mettendoli in corsivo senza pietà. *Necessità. Lealtà. Dovere.*

«Va bene!» disse alla fine. «Va bene, va bene! Basta!»

«Sapevo di poter contare su di te!» esclamò Craig. La sua voce era improvvisamente luminosa di sole e arcobaleni. «Ricorda, non c'è bisogno che siano più di trenta minuti, aggiungendocene magari dieci per le domande. Sempre che qualcuno abbia domande da fare. E guarda che puoi *veramente* far dondolare il din-don, se vuoi. Dubito che qualcuno riesca a *vederlo*, però...»

«Craig, basta così!»

«Oh, *scusa*! Boccaccia mia!» Craig, inebriato forse dal successo, ridacchiò compiaciuto.

«Senti, perché non chiudiamo qui?» Sam cercava il tubetto di Tum che teneva nel cassetto della scrivania. Tutt'a un tratto aveva la sensazione che nelle prossime ventotto ore o giù di lì avrebbe avuto bisogno di un gran numero di compresse di Tum. «Sembra che abbia da scrivere il testo per una conferenza.»

«Hai ragione», rispose Craig. «E non ti dimenticare: cena alle sei, discorso alle sette e mezzo. Come dicevano sempre in *Hawaii Cinque-Zero*, non mancare! Aloha!»

«Aloha, Craig», disse Sam e riattaccò. Rimase di sale al telefono. Sentì una bolla calda che gli saliva lentamente nel petto fino in gola. Aprì la bocca ed emise un rutto dal sapore acido, prodotto da uno stomaco che era stato ragionevolmente sereno fino a cinque minuti prima.

Masticò la prima di quella che sarebbe stata una lunga serie di compresse di Tum, come aveva tristemente previsto.

3

Sam Peebles rinunciò ai suoi programmi per la serata e si chiuse nello studio di casa con un block notes, tre matite temperate, un pacchetto di Kent e una confezione da sei di Jolt. Staccò il telefono, accese una sigaretta e contemplò il block notes. Dopo cinque minuti di contemplazione, scrisse queste parole sulla prima riga del primo foglio:

Lesse ad alta voce e gli piacque. Oddio... forse non lo trovò entusiasmante, ma accettabile sì. Lo ripeté a voce alta e gli piacque di più. Un *poco* di più. Per la verità era abbastanza scarso, una banalità che a ogni modo metteva KO «Comunismo: calamità o sventura». E Craig aveva ragione: sabato mattina la maggior parte degli associati avrebbero avuto comunque un cerchio alla testa troppo stretto perché potessero ricordare che cosa avevano udito la sera precedente.

Marginalmente incoraggiato, Sam cominciò a scrivere.

«Quando nel 1984 abbandonai la più o meno fiorente metropoli di Ames per trasferirmi a Junction City...»

4

«... ed è per questo motivo che ancora oggi, come in quella limpida mattina del settembre 1984, ritengo che la piccola azienda sia non soltanto la linfa vitale dell'America, bensì la spumeggiante e feconda linfa vitale dell'intero mondo occidentale.»

Sam si interruppe, schiacciò il mozzicone nel posacenere sulla scrivania dell'ufficio e alzò su Naomi Higgins uno sguardo ansioso.

«Allora? Che ne pensi?»

Naomi era una bella ragazza di Proverbia, una cittadina che si trovava quattro miglia a ovest di Junction City. Abitava in una casa sgangherata con la madre sgangherata sulla sponda del fiume omonimo. Quasi tutti i rotariani la conoscevano e di tanto in tanto avevano fatto puntate scommettendo su chi sarebbe caduto in pezzi prima, se la casa o la madre. Sam non sapeva se qualcuno si fosse incaricato di raccogliere le puntate, ma se così era la decisione finale era ancora sospesa.

Naomi si era diplomata al Business College di Iowa City, ed era veramente capace di ricostruire intere frasi comprensibili dai propri appunti stenografati. Poiché era l'unica donna dei paraggi ad avere quella dote, era molto richiesta dall'esigua schiera di imprenditori e professionisti di Junction City. Aveva anche un paio di gambe straordinariamente belle e non guastava. Per cinque giorni la settimana lavorava di mattina per quattro uomini e una donna: due avvocati, un banchiere e due agenti immobiliari. Il pomeriggio tornava alla sua casa sgangherata e, quando non doveva accudire alla madre sgangherata, batteva a macchina quello che aveva scritto sotto dettatura.

Sam Peebles si era assicurato i servigi di Naomi fra le dieci e il mezzogiorno dei venerdì mattina, ma quel giorno aveva messo da parte la corrispondenza, nonostante ci fossero lettere alle quali urgeva rispondere, e aveva chiesto a Naomi se fosse disposta ad ascoltarlo.

«Sì, non ho niente in contrario», aveva risposto Naomi. Era sembrata un po' preoccupata, forse pensando che Sam, che aveva anche per breve tempo frequentato fuori del lavoro, avesse intenzione di chiederla in moglie. Dopo che le ebbe spiegato che Craig Jones lo aveva arruolato perché sostituisse l'acrobata infortunato e che voleva farle ascoltare il testo della sua conferenza, si era tranquillizzata e gli aveva prestato la sua lusinghiera attenzione per tutti i ventisei minuti dell'esposizione.

«Non aver paura di essere sincera», aggiunse Sam prima che Naomi avesse tempo di aprire bocca.

«È buono», rispose lei. «Molto interessante.»

«No, non va bene. Non devi pensare di deludermi o di mortificarmi. Parla chiaro.»

«Ma lo sto facendo! È vero che è buono. E poi, ora che sarà venuto il momento di cominciare a parlare, saranno tutti...»

«Sì, saranno tutti ubriachi, lo so.» Quella prospettiva che in un primo tempo lo aveva confortato cominciava ora a irritarlo. Mentre leggeva a voce alta a beneficio di Naomi, aveva veramente pensato che la sua esposizione avesse dei meriti.

«Qualcosa c'è, però», aggiunse Naomi in tono riflessivo.

«Cioè?»

«È un po'... come dire... tecnicistica.»

«Oh», fece Sam. Sospirò e si sfregò gli occhi. Era rimasto in piedi fino all'una di notte, prima per scrivere e poi per revisionare.

«Ma è facile rimediare», lo rassicurò lei. «Basta che tu vada in biblioteca a prenderti un paio di quei libri.»

Sam avvertì una fitta improvvisa al basso ventre e afferrò il tubetto di Tum. Svolgere delle ricerche per una stupida conferenza al Rotary? Ricerca in *biblioteca*? Non era un po' esagerato? Non era mai stato alla biblioteca di Junction City e non vedeva motivo di andarci adesso. Tuttavia Naomi lo aveva ascoltato molto attentamente, Naomi stava cercando di aiutarlo e non sarebbe stato educato da parte sua non sentire almeno che cosa avesse da dire.

«Quali libri?»

«Lo *sai*... Libri che spiegano come ravvivare un discorso. Sono come...» Naomi annaspò. «Ecco, hai presente la salsa piccante che ti danno al *China Light*, se ti va di metterla sul piatto?»

«Sì...»

«Qualcosa del genere. Ci sono barzellette. Esiste anche un libro che si chiama *Le poesie più amate dagli americani*. Probabilmente lì ci puoi trovare qualcosa di buono per il finale, qualcosa che sollevi lo spirito.»

«Ci sarebbe un libro con poesie sull'importanza della piccola azienda nella vita economica americana?» domandò Sam dubbioso.

«La gente si sente moralmente *edificata* da una citazione poetica», insisté Naomi. «Sam, non ha nessuna importanza di che cosa tratta la poesia, meno che mai conta il messaggio che vuole trasmettere.»

«Ed esistono davvero libri di barzellette selezionate appositamente per i discorsi?» Sam trovava quasi impossibile crederlo, e questo quando non si sarebbe per nulla sorpreso di sapere che in biblioteca fossero conservati libri su argomenti esoterici come riparazione e manutenzione di piccoli motori elettrici e a scoppio o tecniche di acconciatura e pettinatura di parrucche e toupet.

«Sì.»

«Tu come fai a saperlo?»

«Quando Phil Brakeman si è presentato candidato a governatore, non facevo che battergli a macchina discorsi», spiegò Naomi. «Lui aveva uno di quei libri. Non ricordo che titolo aveva. Riesco a farmi venire in mente solo *Storielle e battute nell'atto del bisogno* e naturalmente non è quello.»

«Non credo», convenne Sam, mentre pensava che qualche oculata citazione da *Storielle e battute nell'atto del bisogno* gli avrebbe probabilmente garantito uno strepitoso successo. Cominciava però a intuire il punto di vista di Naomi e l'idea non gli dispiaceva affatto, a dispetto dello scarso desiderio di una visita alla biblioteca locale dopo che l'aveva felicemente ignorata per tanti anni. Un pizzico di pepe per insaporire il suo discorso. Per condire gli avanzi, trasformare il polpettone in un capolavoro di culinaria. E una biblioteca in fondo era solo ed esclusivamente una biblioteca. Se non sai come trovare ciò di cui hai bisogno, non hai da far altro che chiederlo a un bibliotecario. Uno dei loro compiti era appunto rispondere alle domande degli utenti, giusto?

«Comunque puoi *benissimo* lasciarlo così com'è», disse Naomi. «Saranno *davvero* ubriachi.» Lo contemplò con un'espressione cordiale e insieme severa, quindi controllò l'orologio. «Ti resta più di un'ora. Vuoi dettarmi qualche lettera?»

«No, credo di no. Perché non mi batti a macchina il discorso, invece?» Aveva già deciso di trascorrere in biblioteca la pausa del mezzogiorno.

2

La Biblioteca (I)

1

NEGLI anni vissuti a Junction City, Sam era passato davanti alla Biblioteca centinaia di volte, ma era la prima, questa, in cui si soffermò veramente a *guardarla*... e fece una scoperta abbastanza sorprendente, di odiarla, cioè, a prima vista.

La Biblioteca Pubblica di Junction City era situata all'angolo di State Street con Miller Avenue, uno scatolone di granito con finestre così strette che sembravano occhielli. Gli spioventi del tetto d'ardesia sporgevano su tutti e quattro i lati dell'edificio, cosicché, avvicinandosi dal davanti, la combinazione delle finestre strette con la linea d'ombra creata dal tetto faceva pensare al volto corrucciato di un robot di pietra. Era uno stile abbastanza comune nell'architettura dell'Iowa, tanto comune che

Sam Peebles, che da quasi vent'anni vendeva immobili, vi aveva trovato un nome: Brutto Midwest. In primavera, estate e inverno, l'asperità estetica della costruzione risultava addolcita dagli aceri che l'accerchiavano formando quasi una macchia. Ma ora, alla fine di un rigido inverno, gli aceri erano ancora spogli e la Biblioteca si ergeva simile a una cripta sovradimensionata.

Non gli piaceva. Lo metteva a disagio, e non sapeva perché. Era in fondo nient'altro che una biblioteca, non un carcere dell'Inquisizione. Nonostante ciò, quando imboccò il vialetto lastricato, si sentì salire in bocca un altro rutto acido. Uno strano retrogusto dolciastro gli ricordò qualcosa... qualcosa che risaliva forse a molto tempo prima. Si mise in bocca una compressa di Tum e cominciò a masticarla, mentre giungeva a una conclusione improvvisa. La sua conferenza andava bene così com'era. Non era fantastica, d'accordo, ma più che decorosa. E poi si sarebbe dovuto rivolgere ai membri di un Rotary, non all'assemblea delle Nazioni Unite. Era ora di smettere di trastullarsi per tornare alle cose serie, per tornare in ufficio a sbrigare la corrispondenza che aveva trascurato per tutta la mattinata.

Fece per voltarsi, poi pensò: *Questo è un atteggiamento da stupido. Vuoi fare la figura dello stupido? Accomodati pure. Ma hai accettato di tenere questa maledetta conferenza, e allora perché non tentare di lasciare una buona impressione?*

Si era fermato sul vialetto della Biblioteca con la fronte corrugata, in una posa di angustiata indecisione. Gli piaceva farsi burla del Rotary. E lo stesso valeva per Craig. E Frank Stephens. Sulle riunioni degli associati si ironizzava da parte di quasi tutti i professionisti e imprenditori locali dell'ultima generazione; eppure raramente uno di loro mancava e Sam credeva di sapere perché: era un posto dove si facevano conoscenze e prendevano contatti. Un posto dove uno come lui poteva conoscere qualche professionista o imprenditore locale della generazione precedente. Persone come Elmer Baskin, la cui banca aveva contribuito a salvare dal fallimento uno shopping center di Beaverton due anni prima. Persone come George Candy che, si diceva, era in grado di mettere in tavola fino a tre milioni di dollari per investimenti di sviluppo immobiliare con una sola telefonata... se solo così avesse deciso.

Erano tutti provinciali, tifosi delle squadre di basket liceali, gente che andava a farsi i capelli da Jimmy, gente che a letto invece del pigiama portava boxer e canottiera, gente che beveva ancora la birra direttamente dalla bottiglia, gente che ancora non si sentiva a suo agio a passare una nottata per locali a Cedar Rapids a meno di ritrovarsi a Cleveland l'indomani mattina. Erano anche i burattinai di Junction City e a ben guardare non era proprio per quello che Sam continuava a presenziare alle serate del venerdì? A voler ben guardare, non era per quello che Craig lo aveva convocato d'urgenza dopo che quell'idiota di acrobata si era rotto l'osso del collo? Si voleva farsi notare dai burattinai locali... ma non per aver fatto una figuraccia. *Saranno tutti sbronzi*, aveva detto Craig, e Naomi aveva sottoscritto, ma ora Sam ricordava di non aver mai visto Elmer Baskin bere niente di più forte di un caffè. Neanche una volta. E probabilmente non era l'unico. Alcuni di loro sarebbero anche stati sbronzi, sì, ma certo non tutti. E fra quelli rimasti sobri c'era da aspettarsi che ci fossero almeno alcuni di quelli che contavano di più.

Giocatela bene, Sam, e potresti trarne vantaggio. Non è impossibile.

No. Non lo era. Improbabile, si capisce, ma non impossibile. E c'era qualcos'altro, qualcosa che esulava dai sottintesi giochi politici che si sviluppavano talvolta ai margini della serata della conferenza al Rotary locale: si era sempre fatto vanto di dare il meglio di sé in qualsiasi iniziativa. Dunque quella era solo una conferenzina che doveva servire da riempitivo. E allora?

E questa qui davanti non è che una bibliotecuzza di provincia. A che scopo fare tante storie? Non ci sono neppure le siepi.

Sam si era incamminato di nuovo, ma ora si fermò con un solco profondo nella fronte. Strana considerazione, quella che aveva fatto, non si capiva da dove fosse saltata fuori. Non c'erano cespugli lungo i lati della Biblioteca... e che differenza avrebbe fatto se ci fossero stati? Non seppe rispondere, ma avvertì un effetto positivo quasi magico che lo liberò da quella titubanza per lui così insolita e gli fece superare speditamente il dislivello dei quattro gradini di pietra e raggiungere la porta dove sostò un'altra volta per qualche istante. La sensazione era che non ci fosse nessuno. Mentre afferrava la maniglia pensò: *Scommetto che è chiusa. Scommetto che il venerdì pomeriggio non lavorano.* C'era qualcosa di stranamente confortante in quel pensiero.

Ma l'antiquata leva del chiavistello cedette alla pressione del suo pollice e la pesante porta si aprì senza rumore verso l'interno. Sam entrò in un piccolo vestibolo con un pavimento in marmo a scacchi bianchi e neri. Al centro di quel vestibolo era collocato un cavalletto. Sul cavalletto era posato un cartello. Il messaggio sul cartello era di una sola parola a lettere molto grandi.

SILENZIO!

diceva. Non

IL SILENZIO È D'ORO

oppure

SI PREGA DI RISPETTARE IL SILENZIO, PER PIACERE

bensì quell'unica parola aspra intransigente:

SILENZIO!

«Come no», disse Sam. Lo mormorò appena, ma data l'acustica eccezionale del locale il suo mormorio fu amplificato in un ringhio che gli fece accapponare la pelle. Fu quasi come se la sua voce gli rimbalzasse addosso dal soffitto. In quel momento gli parve di essere ritornato in quarta elementare, in procinto di essere chiamato dalla signora Glasters a svolgere qualche compito punitivo per aver fatto lo spiritoso al momento sbagliato. Si guardò attorno irrequieto, temendo di essere aggredito da qualche scorbutica bibliotecaria indignata perché aveva osato profanare il silenzio.

Piantala, sant'Iddio. Hai quarant'anni. La quarta elementare è passata da un pezzo, caro mio.

Lì però non aveva la sensazione che fosse passato molto tempo, non lì dentro. Lì la sensazione era invece che la quarta elementare fosse tanto vicina da poterla toccare.

Attraversò il pavimento di marmo passando alla sinistra del cavalletto e camminando inconsciamente con il peso del corpo spostato in avanti per evitare che i tacchi risuonassero sulle piastrelle, ed entrò nell'atrio principale della Biblioteca di Junction City.

Sfere di vetro pendevano da un soffitto che era almeno sei o sette metri più alto di quello del vestibolo, ma nessuna delle lampade era accesa. La luce era fornita da due ampi lucernai inclinati. In una giornata di sole dovevano essere più che sufficienti a illuminare la sala e, anzi, probabilmente creavano un'atmosfera simpatica e accogliente. Ma quello era un venerdì uggioso e il cielo coperto diffondeva poca luce. Negli angoli dell'atrio si erano accatastate scure ragnatele d'ombra.

E Sam Peebles sentì che c'era qualcosa di *sbagliato*. Era come se non avesse soltanto varcato la soglia di una porta e attraversato un vestibolo; gli sembrava di essere entrato in un altro mondo, un mondo che non presentava alcuna somiglianza con la cittadina dell'Iowa per la quale provava talvolta simpatia e altre volte antipatia, ma che soprattutto era diventata il suo habitat naturale. Lì l'aria sembrava più pesante di quella normale e non conduceva la luce bene come quella normale. Il silenzio era denso come una coperta. Freddo come neve.

La Biblioteca era deserta.

Incombevano su di lui scaffali di libri da ogni parte. Alzare la testa verso i lucernai, con i reticoli di fil di ferro a rinforzare i vetri, gli dava le vertigini e per un attimo cadde vittima di un'illusione: gli parve di essere sospeso a testa in giù, legato per le caviglie sopra un profondo pozzo rettangolare rivestito di libri.

Appoggiati agli scaffali c'erano qua e là delle scale di quelle che scorrono in scanalature viaggiando su ruote di gomma. Due isole di legno interrompevano la laguna che lo separava dal banco della cassa e registrazioni sull'altro lato dell'ampio salone. Una era costituita da una lunga rastrelliera di quercia per riviste. Dai cavicchi di legno della rastrelliera pendevano buste trasparenti di plastica ciascuna contenente un periodico. Sembravano le pelli di animali strani lasciate a concia in quell'ambiente silenzioso. Un avviso perentorio sopra la rastrelliera ordinava:

RIPORRE TUTTE LE RIVISTE NELLA RISPETTIVA BUSTA!

A sinistra della rastrelliera delle riviste c'era uno scaffale di romanzi e saggi nuovi di zecca. L'avviso sopra quello scaffale specificava che i volumi potevano essere dati in prestito per periodi di una sola settimana.

Sam passò tra le riviste e i libri a noleggio settimanale e i suoi tacchi echeggiavano sul pavimento a dispetto di tutti gli sforzi che faceva per muoversi in silenzio. Si ritrovò a rimpiangere di non avere dato retta all'impulso originale di fare dietro-front e tornare in ufficio. Si sentiva sulle spine. Anche se sul banco era in funzione una piccola macchina per microfilm, a servirsene non c'era anima viva. *A. Lortz*, c'era scritto su una targhetta, ma non si vedevano nei paraggi né A. Lortz né altri.

Probabilmente è in missione al cesso in amena compagnia dell'ultimo numero del Library Journal.

Sentì una voglia pazza di aprire la bocca e urlare: «Sta venendo bene, A. Lortz?» Gli passò subito. La Biblioteca Pubblica di Junction City non era posto che incoraggiasse le sortite troppo gioviali.

Gli tornò in mente all'improvviso una piccola filastrocca dei tempi dell'infanzia. *Basta ridere e giocare, giunta è l'ora di studiare. E per chi non ha coscienza, ci sarà la penitenza.*

Se non avrò coscienza, A. Lortz mi farà fare penitenza? si domandò. Si guardò intorno di nuovo, lasciò che il suo sistema nervoso assaggiasse l'inquietante qualità del silenzio e pensò che ci fosse da ricavarne un libro.

Non più interessato a trovare un libro di barzellette o *Le poesie più amate dagli americani*, ma affascinato suo malgrado dall'atmosfera sospesa e onirica della Biblioteca, Sam si avvicinò a una porta alla destra dei libri a noleggio settimanale. Il cartello sopra la porta indicava che quella era la biblioteca dei ragazzi. Si era servito della biblioteca dei ragazzi ai tempi di St. Louis? Gli pareva di sì, ma ne serbava ricordi nebulosi, lontani, difficilmente decifrabili. Tuttavia, avvicinandosi alla porta della biblioteca dei ragazzi avvertì una sensazione strana, che gli rammentò quella di un ritorno a casa dopo un lungo periodo di assenza. La porta era chiusa. Su di essa c'era un manifesto di Cappuccetto Rosso che guardava il lupo nel letto della nonna. Il lupo indossava la camicia da notte e la cuffietta della nonna. Mostrava i denti. Dalle zanne scoperte colava bava. L'espressione raffigurata sul volto di Cappuccetto Rosso era di orrore emblematico, dal che sembrava che il manifesto non solo volesse suggerire, bensì intendesse proclamare a chiare lettere, che il lieto fine di quella favola (di tutte le favole) era solo una comoda bugia. Ci credessero pure i genitori, diceva il volto terrorizzato di Cappuccetto Rosso, ma sarebbe stato inutile cercare di darla a bere ai bambini, giusto?

Carino, pensò Sam. *Con un manifesto come quello sulla porta scommetto che vengono a nugoli i ragazzi di questa città a servirsi della biblioteca. Scommetto che sono particolarmente felici quelli più piccoli.*

Aprì la porta e mise dentro la testa.

La sensazione di disagio lo abbandonò all'istante e subito si sentì rianimare. Quel manifesto sulla porta era tutto sbagliato, naturalmente, ma quello che c'era dietro era perfettamente giusto. *Certo* che aveva usato la biblioteca da ragazzo; gli bastò un solo sguardo a quel mondo su scala ridotta a rinfrescargli antichi ricordi. Suo padre era morto giovane; Sam era stato un figlio unico cresciuto da una madre che lavorava e che raramente vedeva salvo la domenica e i giorni di vacanza. Quando non gli riusciva di racimolare i soldi necessari per andare al cinema dopo la scuola, cosa che accadeva sovente, doveva accontentarsi della biblioteca. E la sala che vedeva ora gli restituiva i ricordi di quei giorni in un'improvvisa ondata di nostalgia che era insieme dolce e dolorosa e misteriosamente inquietante.

Era stato un mondo *piccolo*, e quello era un mondo piccolo; era stato un mondo ben illuminato, anche nelle giornate piovose più bigie, e anche questo lo era. Lì non c'erano sfere di vetro che pendevano dal soffitto, bensì tubi fluorescenti dietro a riquadri opalini, tutti accesi a bandire anche il più piccolo sospetto di ombra. I tavoli erano alti poco più di mezzo metro e le seggiole avevano le gambe corte. In quel mondo gli adulti sarebbero stati degli intrusi, scomodi alieni. Si sarebbero ritrovati con il tavolo in bilico sulle ginocchia se avessero cercato di sedervisi e avrebbero rischiato una craniata volendosi chinare per bere alla fontanella sul muro opposto.

Lì gli scaffali non si innalzavano in uno sgradevole gioco di prospettiva che dava il capogiro se si restava per troppo tempo a testa all'insù; il soffitto era abbastanza basso da dare una piacevole sensazione di contenimento, ma non tanto da far sentire un bambino oppresso. Lì non c'erano file e file di severe rilegature, ma libri che ti richiamavano a gran voce con i loro vistosi colori primari: blu, rosso, giallo. In quel mondo il dottor Seuss era re, Judy Blume era regina, e tutti i principi e le principesse andavano alla scuola di Fantasilandia. Lì Sam ritrovò quell'atmosfera di benevola accoglienza delle ore dopo la scuola, un luogo dove i libri domandavano solo di essere toccati, maneggiati, esplorati. E tuttavia quelle sensazioni avevano il loro oscuro retrogusto.

Fra tutti però il sentimento che provò più distintamente fu di piacere quasi malinconico. A una parete era affissa la fotografia di un cucciolo di cane con grandi occhi pensierosi. Sotto l'espressione ansiosa e speranzosa del cucciolo era scritta una delle grandi verità del mondo: È DIFFICILE ESSERE BUONI. Appeso all'altra parete c'era un disegno di pulcini di anatra che scendevano lungo la sponda di un fiume verso il canneto. FATE LARGO AGLI ANATROCCOLI! ammoniva il manifesto.

Sam guardò a sinistra e il sorrisetto che aveva sulle labbra dapprima vacillò, quindi morì. Su un altro manifesto si vedeva una grande automobile nera che si allontanava ad alta velocità da una scuola. Al finestrino anteriore c'era la faccia di un bambino. Aveva le mani schiacciate contro il vetro e la bocca spalancata in un urlo. In secondo piano la sagoma appena abbozzata e sinistra di un adulto era curva sul volante. La didascalia sottostante era:

MAI ACCETTARE PASSAGGI DAGLI SCONOSCIUTI!

Sam riconobbe in quel manifesto e in quello di Cappuccetto Rosso affisso alla porta della biblioteca dei ragazzi un medesimo intento di appellarsi alla paura più primitiva che c'è in tutti noi, ma si sentiva turbato molto di più da quella seconda allusione. *Sicuro* che i bambini non dovevano accettare passaggi dagli sconosciuti ed era sicuramente opportuno insegnarglielo, ma quello era davvero il sistema migliore?

Quanti bambini, si domandò, *si saranno fatti una settimana intera di incubi per colpa di quell'angosciante manifesto?*

E ce n'era un altro, fissato al pannello anteriore della scrivania della bibliotecaria, un'immagine che pervase la schiena di Sam del gelo di gennaio. Due bambini, un maschio e una femmina di non più di otto anni, si ritraevano terrorizzati davanti a un uomo in impermeabile e cappello grigio. Al loro confronto l'adulto sembrava alto almeno tre metri; faceva cadere la sua ombra sulle loro faccine rivolte all'insù. Nell'ombra ancora più fitta della falda del suo fedora stile anni Quaranta gli occhi dell'uomo in impermeabile scintillavano di lucida ferocia. Parevano scaglie di ghiaccio; inchiodavano i bambini con lo sguardo accusatorio e giudicante dell'Autorità. Mostrava nella mano una tessera di identificazione con una stella insolita, di almeno nove punte, forse addirittura una dozzina. Il sottostante messaggio diceva:

EVITATE LA POLIZIA BIBLIOTECARIA!
I BRAVI BAMBINI RESTITUISCONO I LIBRI *PUNTUALMENTE*!

Ecco che sentiva di nuovo in bocca quel sapore, quello dolciastro, vagamente nauseante. E gli sovvenne un dubbio inaspettato e preoccupante: *io ho già visto quest'uomo*. Naturalmente era ridicolo. O no?

Pensò a quanto sarebbe stato intimidito da bambino da un manifesto come quello, pensò a quanto candido piacere avrebbe sottratto all'atmosfera sicura e accogliente della biblioteca... e provò indignazione.

Si avvicinò per esaminare meglio quella strana stella, mentre contemporaneamente si toglieva di tasca con un gesto meccanico il tubetto di Tum.

Si stava mettendo una compressa in bocca quando alle sue spalle una voce esclamò all'improvviso: «Salve!»

Spiccò un balzo, girando al contempo su se stesso, pronto a dare battaglia al drago della Biblioteca, ora che finalmente si era rivelato.

2

Non c'erano draghi. C'era solo una florida signora dai capelli bianchi, sui cinquantacinque, che spingeva un carrello di libri su silenziose ruote di gomma. La chioma canuta le incorniciava il volto bonario e senza rughe in ciocche ordinate, fresche di permanente.

«Immagino che stia cercando me», gli disse. «È stato il signor Peckham a dirle di venire qui?»

«Non ho visto nessuno.»

«No? Allora deve essere andato a casa», concluse lei. «Non mi stupisce visto che è venerdì. Il signor Peckham viene ogni mattina verso le undici a fare la polvere e a leggere il giornale. È il portinaio, ma solo part-time. Certe volte si trattiene fino all'una e il lunedì quasi sempre fino all'una e mezzo, perché quello è il giorno in cui più densa è la polvere e più pesante è il giornale. Ma sa anche lei quanto è sottile il quotidiano del venerdì.»

Sam sorrise. «Lei è la bibliotecaria, vero?»

«Sono colei», disse allegramente la signora Lortz rispondendo al suo sorriso. Ma Sam ebbe l'impressione che i suoi *occhi* non sorridessero; ebbe l'impressione che i suoi occhi lo stessero osservando con attenzione, quasi con freddo calcolo. «E lei è...?»

«Sam Peebles.»

«Oh, ma già! Immobili e assicurazioni! *Quello* è il suo campo!»

«Mi dichiaro colpevole.»

«Mi dispiace che di là non abbia trovato nessuno. Deve aver pensato che la biblioteca fosse chiusa e che qualcuno avesse lasciato la porta aperta per sbaglio.»

«In effetti il dubbio mi era venuto.»

«Dalle due fino alle sette siamo in servizio in tre», spiegò la signora Lortz. «Sa, alle due cominciano a chiudere le scuole, a partire dalle elementari. Alle due e mezzo chiudono le medie e alle tre meno un quarto il liceo. I bambini sono i nostri clienti più fedeli e, per quanto mi riguarda, i più graditi. Specie quelli più piccoli. Avevo un'assistente a tempo pieno, ma l'anno scorso l'amministrazione locale ci ha tagliato i fondi di ottocento dollari e...» La signora Lortz unì le mani per mimare un uccellino che se ne vola via. Era un modo buffo e simpatico di metterla.

Allora perché, si chiese Sam, *non mi sento per niente divertito?*

Per via dei manifesti, sospettava. Stava ancora cercando di conciliare Cappuccetto Rosso, il bambino che urlava portato via in automobile e lo sguardo impietoso del Poliziotto della Biblioteca con quella ridanciana bibliotecaria di provincia.

Lei gli tese la mano sinistra, una mano piccola, morbida e florida come tutto il resto di lei, in un gesto di spontanea naturalezza. Sam vide che non aveva anelli, dunque non era esattamente la *signora* Lortz. Trovò nel suo stato civile di nubile una caratteristica tipica di una bibliotecaria, tipica di una cittadina di provincia, quasi una caricatura. Le strinse la mano.

«Lei non era mai stato alla nostra biblioteca, vero, signor Peebles?»

«No, temo di no. E, la prego, mi chiami Sam.» Non sapeva veramente se desiderava essere Sam per quella donna, ma era un piccolo imprenditore in un piccolo centro di provincia, un venditore, volendo essere specifici, e gli era automatico proporre di essere chiamato per nome.

«Grazie, Sam.»

Aspettò che lei facesse altrettanto, ma la donna si limitò a osservarlo, rimanendo in attesa.

«Ho avuto una difficoltà imprevista», le spiegò. «La persona che avrebbe dovuto parlare questa sera al Rotary ha avuto un incidente e...»

«Oh, che peccato!»

«Per lui e anche per me, purtroppo, visto che sono stato costretto a sostituirlo.»

«Oh-oh!» esclamò la signorina Lortz. Il suo tono era di premuroso allarme, ma i suoi occhi si socchiusero in un'espressione divertita. E ancora Sam non sentì di cominciare a entrare in confidenza con lei, nonostante gli fosse naturale instaurare rapporti disinvolti quasi con tutti (seppure superficiali); era di quelle persone che hanno pochi amici, ma attaccano automaticamente bottone con gli sconosciuti in ascensore.

«Ieri sera ho scritto un discorso e stamane l'ho letto alla ragazza che viene a farmi da segretaria e mi batte a macchina la corrispondenza...»

«Scommetto che è Naomi Higgins.»

«Sì. Come fa a saperlo?»

«Naomi è una nostra cliente abituale. Prende in prestito molti libri, tutti romanzi. Jennifer Blake, Rosemary Rogers, Paul Sheldon, autori così.» Abbassò la voce e soggiunse: «Dice che sono per sua madre, ma io credo che sia lei a leggerli.» Sam rise. Naomi aveva veramente gli occhi sognanti della lettrice di storie romanzate. «So comunque che è quella che in una grande città chiamerebbero un'assistente d'ufficio indipendente. Immagino che qui a Junction City non abbia concorrenza come segretaria. Mi è sembrato logico che fosse la ragazza di cui parlava.»

«Infatti. Il mio discorso le è piaciuto, o almeno così lei ha affermato, ma ha detto che le è sembrato un po' troppo tecnico. E mi ha suggerito...»

«*Il vademecum dell'oratore*, scommetto.»

«Be', non ricordava bene il titolo, ma mi sembra di capire che potrebbe essere quello.» Fece una pausa, poi chiese con una punta di ansia: «Ci sono anche barzellette?»

«Solo per trecento pagine», rispose lei. Allungò la mano destra, priva di anelli come la sinistra, e lo tirò per la manica. «Da questa parte.» Tenendolo per la manica, lo condusse verso la porta. «Risolverò tutti i suoi problemi, Sam. Mi auguro solo che non debbano necessariamente verificarsi altre emergenze perché lei faccia ritorno alla nostra libreria. È piccola, ma è molto ben fornita. Io ne sono convinta, ma ammetto che il mio giudizio è necessariamente di parte.»

Varcata la soglia, si trovarono nelle ombre cupe del salone principale della Biblioteca. La signorina Lortz abbassò tre interruttori accanto alla porta e i lampadari si accesero diffondendo una dolce luce gialla che riscaldò e rallegrò considerevolmente l'ambiente.

«C'è un'aria così *tetra* qui dentro quando il cielo è coperto», commentò in un tono confidenziale in cui era sottintesa l'esortazione a un comportamento più rispettoso: «Adesso siamo nella biblioteca vera e propria». Lo teneva ancora saldamente per la manica. «Ma naturalmente sa anche lei come protestano quelli dell'amministrazione comunale per le bollette della luce elettrica in un posto come questo... O forse non lo sa, ma sicuramente se lo può *immaginare*.»

«Senza dubbio», rispose Sam, abbassando a sua volta la voce in un bisbiglio.

«Eppure è niente a confronto di quello che hanno da dire sulle spese per il riscaldamento d'inverno.» Fece roteare gli occhi. «Il gasolio è così *caro*. È colpa di quegli arabi... e guardi adesso a che punto sono arrivati! Ingaggiano fanatici religiosi perché cerchino di ammazzare degli *scrittori*.»

«Sì, è un po' eccessivo», convenne Sam e si ritrovò a pensare al manifesto del poliziotto, quello con la strana stella puntata alla tessera, quello la cui ombra cadeva così sinistra sui faccini alzati dei bimbi. Cadeva su di loro come un'onta.

«Mi deve scusare, sa, ma ero di là a trafficare nella biblioteca dei ragazzi e quando sono di là perdo il senso del tempo.»

«È un posto molto interessante», concordò Sam con l'intenzione di cogliere lo spunto e domandarle dei manifesti, ma la signorina Lortz glielo impedì. Sentì allora con estrema chiarezza chi conduceva il gioco in quella deviazione estemporanea dalla routine di una giornata peraltro ordinaria.

«Eccome! Ora, se vuole concedermi un minuto...» Gli posò entrambe le mani sulle spalle e per farlo dovette alzarsi sulla punta dei piedi. Per un attimo Sam ebbe l'idea assurda che intendesse baciarlo. Lo premette invece verso il basso perché si sedesse su una panca di legno sul fianco dello scaffale dei libri a noleggio settimanale. «So esattamente dove trovare i libri di cui ha bisogno, Sam. Non ho nemmeno bisogno di leggere il catalogo.»

«Posso prenderli da solo...»

«Ma naturalmente! Però sono nella sezione speciale e, se appena posso, preferisco evitare che i clienti ci mettano le mani. Forse abuso un po' della mia autorità, da questo punto di vista, ma io so *sempre* perfettamente dove andare a prendere ciò di cui ho bisogno... almeno in quella sezione. I clienti sono così *pasticcioni*, hanno così poco riguardo per *l'ordine*, sa? I peggiori sono i bambini, ma anche gli adulti ne combinano di cotte e di crude se non ci stai attenta. Lei non si preoccupi di niente, torno in un batter d'occhio.»

Sam non aveva intenzione di protestare, ma anche se avesse voluto non ne avrebbe avuto il tempo. La Lortz era scomparsa. Seduto su quella panca si sentì di nuovo come uno scolaretto della quarta elementare... uno scolaretto che questa volta aveva fatto qualcosa di male, aveva fatto qualcosa di cotto o crudo e perciò non poteva uscire a giocare con i compagni durante l'intervallo. Sentiva i rumori sommessi della signorina Lortz che si aggirava tra gli scaffali dietro al banco delle registrazioni e si girò a guardare da quella parte con un'espressione pensierosa. Non vide altro che libri. Non c'era nemmeno un vecchio pensionato a leggere un giornale o a sfogliare una rivista. Gli sembrò strano. Non si sarebbe mai aspettato che una biblioteca di provincia come quella fosse effettivamente affollata in un pomeriggio feriale, ma possibile che non ci fosse proprio nessuno?

Be', c'era il signor Peckham, pensò, *ma ha finito di leggere il giornale ed è tornato a casa. Due o tre pagine al massimo, l'edizione del venerdì, no? E appena un velo di polvere.* Allora rifletté che sulla presunta presenza del signor Peckham aveva solo la parola della signorina Lortz.

D'accordo, ma perché dovrebbe mentire?

Non c'era motivo e dubitava molto che lo avesse fatto, ma l'aver messo in dubbio la sincerità di una donna dal viso così rassicurante che aveva appena conosciuto mise in risalto la questione centrale di quell'incontro: non gli piaceva. Rassicurante o no che fosse la sua faccia, non gli piaceva per niente.

È per via dei manifesti. Tu eri già pronto a non provare simpatia per NESSUNO *che avesse affisso manifesti come quelli in un locale frequentato da bambini. Comunque non ha molta importanza perché questa resta sempre una deviazione estemporanea. Prendi i tuoi libri e vattene.*

Cambiò posizione, alzò gli occhi e vide un motto appeso alla parete:

«Se vuoi sapere come un uomo tratta sua moglie e i suoi figli, guarda come tratta i suoi libri».

Ralph Waldo Emerson

Non gradì neanche quella piccola predica. Non sarebbe stato capace di spiegarsi esattamente perché... salvo che riteneva che anche un topo di biblioteca avesse il dovere di trattare la sua famiglia un po' meglio del suo materiale di lettura. Le parole in lettere dorate su una tavoletta di quercia verniciata ignorarono però caparbiamente le sue mute considerazioni come a suggerirgli di pensarci meglio.

Prima che potesse farlo tornò la signorina Lortz, sollevando una sezione a ribalta nel banco, passando da questa parte e riabbassando la sezione con aggraziata diligenza.

«Penso di avere ciò di cui ha bisogno», annunciò allegramente. «Spero che sarà soddisfatto.»

Gli consegnò due libri. Uno era *Il vademecum dell'oratore*, a cura di Kent Adelmen e l'altro era *Le poesie più amate dagli americani*. Il contenuto di quest'ultimo, secondo la sovraccoperta (che a sua volta era protetta da un foglio di plastica rigida), non era stato proprio curato, ma addirittura *selezionato* da una certa Azel Felleman. «Poesie della vita!» prometteva la copertina. «Poesie di amore filiale e materno! Poesie per ridere e scherzare! Le poesie più spesso richieste dai lettori del *New York Times Book Review*!» Aggiungeva infine che Azel Felleman «aveva abilmente misurato il polso poetico degli americani».

Sam espresse i suoi dubbi nel modo in cui la guardò e lei gli lesse nel pensiero senza difficoltà.

«Sì, lo so, sembra roba un po' sorpassata», gli disse. «Specialmente oggi che sono così in voga i sussidiari di ogni genere. Immagino che se provasse in una di quelle librerie al centro commerciale di Cedar Rapids troverebbe almeno dieci libri diversi di consigli per l'oratore principiante. Ma nessuno varrebbe tanto quanto questi, Sam. Io credo davvero che questi siano quanto di meglio si può avere per chi si affacci per la prima volta all'arte oratoria.»

«Per i dilettanti, in altre parole», ribatté Sam sorridendo.

«Be', sì. Prendiamo per esempio *Le poesie più amate*. La seconda parte del libro, quella che comincia a pagina sessantacinque, se la memoria non mi inganna, si intitola 'Ispirazione'. Quasi certamente vi troverà qualcosa di adatto a colorire emotivamente il suo discorsetto, Sam. E scoprirà che i suoi ascoltatori ricorderanno un verso azzeccato anche se hanno dimenticato tutto il resto, specialmente se sono un po'...»

«Ubriachi.»

«*Alticci* era la parola che intendevo usare», rettificò lei in un tono di indulgente rimprovero. «Ma sicuramente lei li conosce meglio di me.» L'espressione dei suoi occhi indicava però che lo diceva solo per cortesia.

Alzò versò di lui *Il vademecum dell'oratore*. La copertina riportava un disegno caricaturale di una sala addobbata a festoni. Ad alcuni tavoli sedevano gruppetti di uomini in antiquati abiti da sera, tutti occupati in abbondanti libagioni. L'uomo che si trovava al podio, a sua volta in abito da sera, ma per l'occasione nelle vesti di oratore del dopocena, li contemplava con un sorriso trionfale. Stava evidentemente ottenendo un successo strepitoso.

«All'inizio c'è un capitolo sulla *teoria* dei discorsi del dopocena», spiegò la signorina Lortz. «Ma poiché lei non mi sembra il tipo da voler effettivamente intraprendere la *carriera* di oratore...»

«Intuizione perfetta», confermò Sam vivacemente.

«... le suggerisco di passare direttamente al capitolo centrale, quello intitolato 'L'oratore brillante'. Troverà barzellette e storielle divise in tre categorie: 'Accensione', 'Coinvolgimento' e 'Botta finale'.»

Ha del manuale per seduttori della domenica, pensò Sam ma non lo disse.

Lei lesse di nuovo nei suoi pensieri. «Sembra un doppiosenso, ma questi libri sono stati pubblicati in un'epoca in cui la mentalità era più semplice, c'era più candore. Sul finire degli anni Trenta, per essere precisi.»

«Molto più candore, già», ripeté Sam pensando alle fattorie spazzate dalle tempeste di polvere e abbandonate, alle bambine con i vestiti ritagliati da sacchi per la farina, alle Hooverville di disoccupati baraccati guardati a vista da poliziotti armati di sfollagente.

«Ma sono libri che *funzionano* ancora», assicurò la signorina Lortz battendo l'indice sulla copertina, «ed è questo ciò che conta in affari, dico bene, Sam? Il risultato!»

«Sì... non lo nego.»

La osservò con un'espressione pensierosa e la signorina Lortz sollevò le sopracciglia in un atteggiamento forse leggermente difensivo. «Un soldo per i suoi pensieri», disse.

«Stavo pensando che mi sono trovato in una situazione abbastanza rara, qui», rispose lui. «Non senza precedenti, si intende, però *rara*. Sono venuto qui a cercare un paio di libri che mi potessero aiutare a ravvivare il mio discorso, e lei mi ha dato esattamente ciò per cui ero venuto. Quante volte accade una cosa del genere in un mondo dove di solito non si riesce nemmeno a farsi dare un paio di buone cotolette d'agnello dal macellaio che ti vede tutti i giorni?»

Lei sorrise. Sembrò un sorriso di piacere sincero... ma Sam notò di nuovo che non sorridevano i suoi *occhi*. Si stava convincendo che non avessero mutato espressione dal momento in cui si era imbattuto in lei (o lei in lui) nella biblioteca dei ragazzi. Gli occhi della bibliotecaria continuavano a sorvegliarlo. «Credo che mi si sia appena stato fatto un complimento.»

«È così.»

«La ringrazio, Sam. La ringrazio di cuore. Dicono che con le lusinghe si possa ottenere qualsiasi cosa, ma io temo di doverle chiedere i due dollari lo stesso.»

«Come?»

«È la tariffa di una tessera per adulti», spiegò lei. «Però vale per tre anni e il rinnovo costa solo cinquanta centesimi. Allora, si conclude l'affare o no?»

«Io ci sto.»

«Allora venga da questa parte», concluse lei e Sam la seguì al banco.

3

Gli consegnò un modulo da compilare, sul quale Sam scrisse nome, indirizzo, recapiti telefonici e luogo di lavoro.

«Vedo che abita in Kelton Avenue. Bello!»

«A me piace.»

«Le case sono eleganti e spaziose. Dovrebbe essere sposato.»

Sam ebbe un moto di sorpresa. «Come ha fatto a sapere che non lo sono?»

«Nello stesso modo in cui lei ha saputo che non lo sono io», rispose la Lortz. Nel suo sorriso era apparso qualcosa di furbesco, di vagamente felino. «Niente all'anulare.»

«Oh...» ribatté lui debolmente e sorrise. Non gli parve che fosse il suo solito sorriso brioso e sentì di avere le guance più calde del dovuto.

«Due dollari, prego.»

Le allungò due biglietti da uno. Lei si mise a una vecchia e scheletrica macchina per scrivere su un tavolino e scrisse poche parole su una tessera di un intenso color arancione. Tornò al banco, appose la propria firma con uno svolazzo e girò la tessera verso di lui. «Controlli che tutti i dati siano corretti, per piacere.»

Sam eseguì. «Tutto a posto.» Notò che la bibliotecaria di nome si chiamava Ardelia. Era un bel nome, alquanto insolito.

Allora lei sistemò la sua nuova tessera (la prima che si procurava dai tempi del college, ora che ci pensava bene, e non poteva certo affermare di avere usato molto quella di allora) sotto l'obiettivo del registratore a microfilm accanto a una scheda che estrasse dalla taschina di ciascun libro. «Può tenerli solo per una settimana, perché sono della Sezione Speciale. È una classificazione che ho inventato io per i libri più richiesti.»

«Perché? C'è tanta richiesta di libri di ausilio per oratori principianti?»

«Per quelli e per manuali come per le riparazioni idrauliche, semplici trucchi di magia, galateo e belle maniere... Lei non ha idea di quali libri possano essere improvvisamente indispensabili alla gente, ma io sì.»

«Ne sono più che certo.»

«Faccio questo mestiere da molto, molto tempo, Sam. E questi libri non sono rimpiazzabili, perciò veda di riconsegnarli entro il 6 aprile.» Sollevò la testa e la luce le accese un riflesso negli occhi. Sam volle pensare che fosse stato solo un ammiccamento... ma non era così. Era stato uno scintillio. Uno scintillio gelido. Per un istante era sembrato che Ardelia Lortz avesse un paio di nichelini al posto degli occhi.

«Altrimenti?» chiese Sam e tutt'a un tratto il sorriso che aveva sulle labbra non gli sembrò più un sorriso. Gli sembrò una maschera.

«Altrimenti dovrò mandarle il Poliziotto della Biblioteca.»

4

Per un attimo restarono immobili con gli occhi fissi negli occhi e Sam credette di vedere la *vera* Ardelia Lortz e in quella donna non trovò niente di simpatico o dolce, niente della zitella bibliotecaria.

Questa donna potrebbe essere davvero pericolosa, pensò. E subito scacciò quel pensiero, un po' imbarazzato. Si stava lasciando influenzare dalla giornata uggiosa e forse dall'ansia per l'imminente conferenza che doveva tenere. *Questa donna sarà pericolosa al massimo come una pesca sciroppata... e non è la giornata bigia o il discorso al Rotary di questa sera. È colpa di quei dannati manifesti.*

Aveva sotto il braccio *Il vademecum dell'oratore* e *Le poesie più amate dagli americani* ed erano quasi arrivati alla porta prima che si rendesse conto che lei lo stava congedando. Si bloccò con decisione. Lei gli rivolse uno sguardo sorpreso.

«Posso rivolgerle una domanda, signorina Lortz?»

«Ma certo, Sam. È per questo che sono qui. Per rispondere alle domande.»

«È a proposito della biblioteca dei ragazzi», disse lui. «E dei manifesti. Ce ne sono alcuni che mi hanno lasciato perplesso. Quasi sconcertato, direi.» Aveva pensato che le sue parole potessero avere il sapore del commento di un predicatore battista che ha visto una copertina di *Playboy* spuntare da sotto le altre riviste abbandonate sul tavolino a casa di uno dei suoi parrocchiani. Ma non fu affatto così. *Perché*, rifletté, *la mia non è stata una frase fatta. Ero davvero sconcertato. E senza il quasi.*

«Manifesti?» chiese lei corrugando la fronte, ma solo per un istante, perché subito rise. «Oh! Lei allude certamente al Poliziotto della Biblioteca... e a Simone Semplicione.»

«Simone Semplicione?»

«Sa quel manifesto che dice *MAI* ACCETTARE PASSAGGI DAGLI SCONOSCIUTI? È così che i bambini hanno battezzato il bambino che si vede nell'automobile. Quello che sta gridando. Lo chiamano Simone Semplicione. Sono sarcastici nei suoi confronti perché non gli perdonano di essere stato così ingenuo. Io lo trovo molto salutare, non è vero?»

«Non sta gridando», replicò lentamente Sam. «Sta *urlando*.»

Lei si strinse nelle spalle. «Gridare, urlare, che differenza fa? Tanto in quella sala non si sente mai volare una mosca. I bambini sono davvero molto bravi... molto educati.»

«Ci scommetto», mormorò Sam. Erano tornati nel vestibolo e ritrovava lì il cartello sul cavalletto, quello che non diceva

IL SILENZIO È D'ORO

oppure

GLI UTENTI SONO PREGATI DI NON FARE RUMORE

e presentava viceversa quel preciso imperativo che non ammetteva repliche:

SILENZIO!

«E poi... è tutta questione di interpretazione, giusto?»

«Può darsi», le concesse Sam. Si sentiva attirato, e con molta sapienza, in un luogo dove non avrebbe trovato sostegni morali a cui rifarsi e avrebbe dovuto subire tutto il peso della dialettica di Ardelia Lortz. Aveva la sensazione che si comportasse così abitualmente e questo lo rese ostinato. «Comunque quei manifesti mi sono sembrati alquanto... sopra le righe.»

«Davvero?» ribatté lei, cordiale. Ora sostavano davanti alla porta d'ingresso.

«Sì. Fanno paura.» Si diede coraggio e disse quello che credeva veramente. «Non sono appropriati per un posto dove si riuniscono bambini piccoli.»

Ancora non gli parve di aver assunto un atteggiamento fariseo o bigotto e se ne rallegrò con se stesso.

Lei stava sorridendo e quel sorriso lo irritava. «Sam, lei non è la prima persona ad avere espresso un'opinione in questo senso. Adulti che non hanno figli non visitano spesso la biblioteca dei ragazzi, ma capita qualche volta che entri uno zio o una zia, il nuovo fidanzato di una madre divorziata, venuto a recuperare il figlio della sua compagna... o persone come lei, Sam, che cercano me.»

Persone in difficoltà, dicevano i suoi gelidi occhi grigio-azzurri. *Persone che vengono a chiedere aiuto e poi, dopo che lo hanno* OTTENUTO, *restano a criticare il modo in cui viene gestita la Biblioteca Pubblica di Junction City. Il modo in cui* io *gestisco la Blibioteca Pubblica di Junction City.*

«Suppongo che lei mi giudichi maleducato per aver voluto

dire la mia», commentò Sam in tono faceto. Non si sentiva faceto, all'improvviso non si sentiva per niente faceto, ma era un altro trucco del mestiere, nel quale ora si avviluppò come in un mantello protettivo.

«Niente affatto. È solo che lei non può capire. La scorsa estate c'è stato un sondaggio, Sam, nel quadro del nostro programma annuale di letture estive. Abbiamo chiamato il nostro programma Bibliofagi Estivi di Junction City e ogni bambino ottiene un voto per ogni libro che legge. È una delle strategie che abbiamo sviluppato in questi anni per avviare i bambini alla lettura. È una delle nostre responsabilità principali.»

Sappiamo fare il nostro mestiere, gli dicevano i suoi occhi severi. *E io sono molto gentile, no? Considerato che tu, che non avevi mai messo piede in vita tua, hai messo dentro la testa una sola volta e subito ti sei arrogato il diritto di sparare critiche.*

Sam cominciò a sentirsi molto in torto. Il campo di battaglia dialettico non era stato ancora del tutto conquistato dalla Lortz, ma si rendeva conto che lui era già in ritirata.

«Secondo il sondaggio, il film che è piaciuto di più ai bambini l'estate scorsa è stato *Nightmare 5*. Il loro gruppo rock preferito si chiama Guns'n' Roses e al secondo posto si è piazzato un certo Ozzy Osbourne, il quale, a quanto mi risulta, durante i suoi concerti staccherebbe con un morso la testa ad animali vivi. Il loro romanzo preferito si intitolava *Il canto del cigno*, pubblicato originariamente solo in edizione tascabile. È un romanzo dell'orrore di un certo Robert McCammon. Non possiamo tenerlo, Sam. Riducono a brandelli in poche settimane ogni copia nuova che ci facciamo inviare. Ne ho fatta rilegare una perché potesse durare e naturalmente è stata rubata. Da uno dei bambini cattivi.»

Compresse le labbra in una linea sottile.

«Il secondo classificato era un romanzo dell'orrore che parlava di incesto e infanticidi e che si intitolava *Fiori nell'attico*. Quello è rimasto ai primi posti della classifica per alcuni anni di fila. Alcuni di loro hanno menzionato persino *Peyton Place*!»

Era molto seria.

«Io non ho mai visto nessuno di quei film della serie *Nightmare*. Non ho mai ascoltato un disco di Ozzy Osbourne e non ho alcun desiderio di farlo, né di leggere un romanzo di Robert McCammon, Stephen King o Virginia Andrews. Capisce dove voglio arrivare, Sam?»

«Credo di sì. Sta dicendo che non sarebbe giusto...» Aveva bisogno di una parola, annaspò e la trovò. «Non sarebbe giusto usurpare i gusti dei bambini.»

Il volto della signorina Lortz sbocciò in un sorriso raggiante, che comprese tutto salvo gli occhi, occhi che somigliavano di nuovo a due nichelini.

«Esattamente, anche se non è *tutto*. I manifesti appesi nella biblioteca dei ragazzi, quelli belli sui quali nessuno ha niente a che ridire e quelli che l'hanno tanto sconcertata, ci arrivano dall'Associazione Biblioteche dell'Iowa. L'ILA è membro dell'Associazione Biblioteche del Midwest, la quale a sua volta fa parte dell'Associazione Nazionale Biblioteche, che è sovvenzionata per la maggior parte con i soldi dei contribuenti. Quelli del Signor Cittadino. Soldi miei, come dire. E suoi.»

Sam trasferì il peso del corpo da un piede all'altro. Non aveva voglia di passare il pomeriggio ad ascoltare una conferenza su «come la tua biblioteca lavora per te», ma non era stato lui stesso a sollecitarla? Probabilmente sì. L'unica cosa di cui era assolutamente sicuro era che Ardelia Lortz gli era sempre meno simpatica.

«L'Associazione Biblioteche dell'Iowa ci invia ogni mese un foglio con le riproduzioni di una quarantina di manifesti», continuò imperterrita la signorina Lortz. «Possiamo sceglierne cinque che ci vengono assegnati gratuitamente; quelli in più costano tre dollari l'uno. Mi pare che cominci a spazientirsi un po', Sam, ma ha *diritto* a una spiegazione e stiamo finalmente giungendo al nocciolo.»

«Oh, no, non mi sto spazientendo», rispose Sam sulle spine.

Lei gli sorrise, mostrandogli denti troppo regolari perché non fossero finti. «Abbiamo una commissione per la biblioteca dei ragazzi», spiegò. «Chi ne fa parte? Ma i bambini, naturalmente! Nove bambini. Quattro studenti del liceo, tre delle medie e due delle elementari. Per entrare in commissione devono avere una media scolastica medio-alta. Scelgono i nuovi libri da ordinare, hanno scelto le nuove tende e i tavoli quando abbiamo eseguito lavori di rinnovo l'autunno scorso... e naturalmente scelgono i manifesti. E la scelta dei manifesti è, secondo le parole di uno dei nostri commissari più giovane, 'il compito più sdilinquoso'. *Adesso* capisce?»

«Sì», rispose Sam. «Sono stati i ragazzi a scegliere Cappuccetto Rosso, Simone Semplicione e il Poliziotto della Biblioteca. Gli sono piaciuti perché fanno paura.»

«Bravo!» esclamò lei.

All'improvviso Sam sentì di averne avuto abbastanza. Della Biblioteca. Non in particolare dei manifesti, non della bibliotecaria, ma proprio della biblioteca tutta quanta. All'improvviso la Biblioteca era come una dolorosa ed esacerbante spina conficcata in una natica. Qualunque cosa fosse era... *abbastanza.*

«Signorina Lortz, conserva un videotape di *Nightmare 5* o una selezione di album dei Guns'n' Roses e Ozzy Osbourne?»

«Sam, non è questo il *punto*», cominciò lei, paziente.

«E *Peyton Place*? Ne tiene una copia nella biblioteca dei ragazzi solo perché alcuni di loro l'hanno letto?»

E mentre lo domandava, chiedeva a se stesso: *Ma c'è ancora qualcuno che legge quel vecchio minestrone?*

«No», rispose lei e Sam notò un rossore d'ira che cominciava a colorirle le guance. Non era donna abituata a veder mettere in discussione le proprie opinioni. «Abbiamo però storie che parlano di violazioni di domicilio, abuso di minori e latrocinio. Sto parlando naturalmente di 'Riccioli d'oro e i Tre Orsi', 'Hansel e Gretel' e 'Jack e la pianta di fagioli'. Mi sarei aspettata maggior perspicacia da una persona come lei, Sam.»

Da una persona che ha aiutato in un momento di difficoltà è quello che intende dire, pensò Sam, *ma insomma, signora mia, non è per questo che percepisce uno stipendio da parte della comunità?*

Però si trattenne. Non sapeva bene che cosa intedesse con quel «un uomo come lei», non era sicuro di *volerlo* sapere, ma capiva che quella discussione era sul punto di scivolare su un terreno minato e trasformarsi in diverbio. Lui era andato lì alla ricerca di spezie con cui insaporire la sua piccola conferenza, non per litigare con la bibliotecaria sulla biblioteca dei ragazzi.

«Se ho detto qualcosa che l'ha offesa, le chiedo scusa. E adesso credo proprio di dover andare.»

«Sì», disse lei, «lo credo anch'io.» *Le sue scuse non sono accolte*, gli telegrafarono i suoi occhi. *Per niente accolte.*

«Evidentemente sono un po' nervoso per il mio debutto come oratore e la notte scorsa sono rimasto in piedi fino a tardi a lavorarci.» Ritrovò il gioviale sorriso che faceva parte del suo bagaglio professionale e sollevò la cartella.

Lei parve smussare leggermente il suo atteggiamento, ma gli occhi restarono inflessibili. «È comprensibile. Siamo qui per servire e naturalmente siamo sempre aperti a ogni critica costruttiva che ci giunga dai contribuenti.» Aveva messo un lievissimo accento sulla parola *costruttiva* per fargli sapere probabilmente che la *sua* critica non lo era stata affatto.

Ora che era finita, provava l'impulso, quasi un bisogno fisico, di sgombrare definitivamente il campo da eventuali dissapori come quando ci si adopera per lisciare al meglio un copriletto su un letto ben fatto. E anche questo gli veniva dall'abitudine professionale, o dall'istinto di autoconversazione dell'imprenditore indipendente. Gli venne un'idea strana, che cioè ciò di cui avrebbe dovuto veramente parlare quella sera fosse il suo incontro con Ardelia Lortz. Chiariva del cuore e dello spirito di una cittadina di provincia molto di più di quanto non fosse riuscito a fare lui con il testo che aveva scritto. Non tutto era lusinghiero, ma sicuramente non era un argomento arido e troppo tecnico. E avrebbe fatto sentire ai colleghi del Rotary un suono che raramente udivano nelle conferenze del venerdì sera: l'eco inequivocabile della verità.

«Oh, be', c'è stato qualche attimo di maretta», sentì dire a se stesso e si vide offrirle la mano. «Se ho sconfinato, non è stato in malafede. Spero che non me ne vorrà.»

Lei gli sfiorò la mano. Il contatto fu breve, simbolico. Pelle liscia, appena tiepida. Sgradevole in un certo senso. Come stringere la mano a un portaombrelli. «Si figuri», disse, mentre i suoi occhi continuavano a raccontare un'altra storia.

«Allora... io vado.»

«Sì. Ma si ricordi, Sam. Una sola settimana.» Alzò il dito. Puntò un'unghia curata sui libri che teneva sotto il braccio e sorrise. Sam trovò qualcosa di molto poco rassicurante in quel sorriso, ma non avrebbe mai saputo dire esattamente che cosa. «Mi spiacerebbe dover mandare il Poliziotto della Biblioteca a cercarla.»

«Sì, certo», ribatté Sam. «Dispiacerebbe anche a me.»

«Senz'altro», disse Ardelia Lortz continuando a sorridere. «Le spiacerebbe.»

5

Pochi passi e il viso del bimbo terrorizzato

(Simone Semplicione, i bambini lo chiamano Simone Sempli-

cione, lo trovo molto salutare, non è vero?)

riaffiorò nella sua mente trascinandosi dietro un pensiero abbastanza semplice e abbastanza concreto da indurlo a fermarsi. Avendo la possibilità di scegliere un manifesto come quello, una giuria di bambini lo avrebbe anche fatto... ma era pensabile che un qualsiasi ente associativo di biblioteche, fosse dell'Iowa o del Midwest o di tutta quanta la nazione, lo recapitasse?

Sam Peebles ricordò le mani schiacciate contro il cristallo del finestrino, la bocca spalancata in un urlo disperato e all'improvviso lo trovò più che difficile da credere. Lo trovò *impossibile* da credere.

E *Peyton Place*. Che storia era mai quella? Probabilmente era arduo trovare un *adulto* che ne rammentasse l'esistenza tra i frequentatori della Biblioteca. Doveva credere che c'erano bambini, piccoli abbastanza da servirsi della biblioteca dei ragazzi, che avevano riscoperto quel cimelio?

No, nemmeno questo credo.

Non aveva alcun desiderio di incorrere per la seconda volta nelle ire di Ardelia Lortz (la prima dose gli era stata sufficiente, né aveva avuto la sensazione che gli avesse servito più di un piccolo assaggio) tuttavia quei dubbi lo spinsero a girarsi.

Era scomparsa.

La porta della Biblioteca era chiusa. Una bocca verticale con le labbra serrate in quell'ombrosa faccia di granito.

Dopo qualche attimo di esitazione, Sam si incamminò a passo spedito e raggiunse l'automobile parcheggiata lì davanti.

3

Il discorso di Sam

1

FU un trionfo.

Cominciò riadattando due aneddoti tratti dal capitolo intitolato «L'aggancio» di *Il vademecum dell'oratore*. Uno riguardava un agricoltore che cercava di vendere all'ingrosso tutto il suo raccolto e l'altro ironizzava sulla vendita di cibi precotti e surgelati agli eschimesi. Un terzo aneddoto gli tornò utile per la parte centrale, che era effettivamente troppo arida. Aveva trovato un altro spunto interessante nel capitolo intitolato «La botta finale», aveva cominciato a introdurlo nel testo originale, poi aveva ricordato Ardelia Lortz e *Le poesie più amate dagli americani. Scoprirà che i suoi ascoltatori ricorderanno un verso azzeccato anche se hanno dimenticato tutto il resto*, gli aveva detto e Sam aveva trovato un'ottima poesiola nel capitolo «Ispirazioni» proprio come lei aveva pronosticato.

Contemplò i volti attenti dei suoi colleghi rotariani e disse: «Ho cercato di darvi alcune delle ragioni per cui abito e lavoro in una piccola città come Junction City e spero che abbiano almeno un minimo di fondamento. In caso contrario, sono in un mare di guai».

Le sue parole furono salutate da un riverbero di ilarità (e un afflato di scotch e bourbon).

Sam sudava profusamente, ma l'animo era sostenuto e cominciava a intravedere la possibilità di uscirne incolume. Il microfono aveva fischiato una volta sola, nessuno si era alzato per allontanarsi, nessuno gli aveva tirato addosso qualcosa e gli schiamazzi erano stati sporadici e, in ogni caso, benevoli.

«Credo che un poeta di nome Spencer Michael Free abbia riassunto tutto quello che ho cercato di dire meglio di quanto io potrei mai fare. Vedete, praticamente tutto quello che abbiamo da vendere noi piccoli operatori di provincia si può vendere a un prezzo più conveniente negli ipermercati metropolitani e nei centri commerciali dell'hinterland delle grandi città. La grande distribuzione si vanta di poter offrire seduta stante tutti i beni e tutti i servizi di cui il cittadino possa aver bisogno, con tanto di parcheggio gratuito per l'automobile. E credo che ci sia del vero, in questo. Resta però una cosa al piccolo commercio di provincia che ipermercati e centri commerciali non possono offrire ed è ciò di cui parla nella sua poesia il signor Free. Non è molto lunga, ma dice molto. Fa così.

«È il dono più prezioso il contatto umano,
La stretta che unisce la tua alla mia mano,
Che a un cuore svigorito ha più da dare
Che pane e vino e il calor di un focolare;
Perché la sazietà del pane ha morte precoce,
E passata la notte, poca importanza ha il tetto,
Ma una carezza e il suono di una voce
Per sempre ti resteranno in petto.»

Sam rialzò gli occhi e per la seconda volta in quel giorno si stupì di scoprire che credeva in tutto quello che aveva appena detto. Sentì il cuore improvvisamente colmo di felicità e di semplice gratitudine. Era bello scoprire di avere ancora un cuore, di sapere che la banale ripetitività di giorni banali non lo aveva consumato, ma ancora più gratificante era scoprire che il cuore trovava ancora il modo di farsi sentire attraverso la bocca.

«Noi operatori di provincia offriamo quel contatto umano. Da una parte non è molto... ma guardando da un'altra prospettiva è ciò che più conta sopra ogni altra cosa. So quanto questo aspetto spinga anche me alla fedeltà verso un particolare fornitore. Desidero ora augurare un pronto recupero all'oratore che avrebbe dovuto parlare stasera davanti a questo pubblico, l'Incredibile Joe. Voglio ringraziare Craig Jones per avermi chiesto di sostituirlo. E voglio ringraziare tutti voi per aver ascoltato così pazientemente il mio noioso discorsetto. Perciò... grazie di cuore.»

L'applauso cominciò prima ancora che avesse finito di pronunciare l'ultima frase. Crebbe mentre raccoglieva le poche pagine che gli aveva battuto a macchina Naomi e che aveva revisionato e corretto durante il pomeriggio. Divenne una vera e propria ovazione quando si sedette, ancora frastornato da tanto successo.

Bah, sarà per tutto quello che hanno bevuto, disse a se stesso. *Ti avrebbero applaudito anche se gli avessi raccontato come hai smesso di fumare dopo aver trovato Gesù a un Tupperware party*.

Poi cominciarono ad alzarsi in piedi e pensò di aver parlato troppo, se erano *così* ansiosi di levare le tende. Invece continuarono a battere le mani e vide Craig Jones che gli faceva gesti di esortazione. Dopo un momento capì. Craig voleva che si alzasse per inchinarsi.

Si fece roteare l'indice davanti all'orecchio: *tu sei matto!*

Craig scosse vigorosamente la testa e prese ad agitare le mani così violentemente che gli fece pensare a un predicatore che incoraggia i fedeli a cantare più forte.

Così si alzò e rimase sinceramente stupefatto quando cominciarono ad *acclamarlo*.

Dopo qualche momento, Craig si avvicinò al leggio. Finalmente riuscì a placare l'assemblea battendo qualche volta la mano sul microfono e producendo un rumore come di un pugno gigantesco che picchia su una bara avvolto in uno straccio.

«Credo che Sam ci abbia ampiamente ricompensati di quello che abbiamo pagato per il pollo anabolizzato di questa sera», affermò.

Ci fu un'altra calorosa esplosione di applausi.

Craig si rivolse a Sam: «Sammy, se avessi saputo prima che eri fatto di questa stoffa, avrei messo in programma te fin dal principio!»

Ci furono altri fischi e battimani. Prima che si esaurissero, Craig Jones gli afferrò la mano e cominciò a pompargliela con impeto. «Assolutamente fantastico!» esclamò. «Da dove l'hai copiato, Sam?»

«Non l'ho copiato», rispose Sam. Si sentiva le guance accaldate e sebbene avesse bevuto solo un gin and tonic, molto allungato, prima di alzarsi per parlare, si sentiva un po' brillo. «È farina del mio sacco. Ho trovato in biblioteca un paio di libri che mi sono stati d'aiuto.»

Intanto cominciavano a far crocchio intorno a lui altri rotariani e Sam si ritrovò a scambiare ripetutamente strette di mano. Si sentiva come la fontanella del paese durante una siccità estiva.

«Tanto di cappello!» gli urlò qualcuno nell'orecchio. Si girò e si trovò a faccia a faccia con Frank Stephens, quello che aveva sostituito il dirigente del sindacato trasportatori incriminato per malversazione. «Dovremmo registrarlo! Potremmo venderlo alla Confcommercio! Sam, è stato un discorso con i fiocchi!»

«Meriterebbe una tournée in tutta la provincia», fece eco Rudy Pearlman. Il suo faccione rotondo era rosso e sudato. «Quasi mi metto a piangere! Lo giuro davanti a Dio! Dove hai scovato quella poesia?»

«In biblioteca», rispose Sam. Era ancora scombussolato, ma ora il sollievo di essere riuscito ad arrivare in fondo ancora tutto intero veniva soppiantato da una sorta di cauto compiacimento. Pensò che Naomi avrebbe meritato un premio. «Era in un libro intitolato...»

Ma, prima di poter rivelare a Rudy il titolo del libro, Bruce Engalls gli aveva imprigionato un braccio e lo guidava verso il bar. «In due anni in questo stupido club non ho mai sentito un discorso così azzeccato!» stava esclamando Bruce. «E forse non due anni, ma cinque! E chi se ne frega di un acrobata, poi? Sam, fatti offrire un bicchiere. Anzi, dannazione, fattene offrire due!»

2

Prima di potersi rialzare, Sam consumò un totale di sei bicchieri, tutti offerti, e concluse la sua trionfale serata vomitando sulla scritta di BENVENUTO sullo zerbino di casa poco dopo essere stato lasciato da Craig Jones davanti alla sua abitazione in Kelton Avenue.

Quando il suo stomaco si era ribaltato, Sam stava cercando di infilare la chiave nella toppa ed era un'impresa, perché gli sembrava che ci fossero tre toppe e quattro chiavi. Perciò non aveva avuto il tempo materiale di scaricarsi nella siepe di fianco allo zerbino. Così, quando riuscì finalmente ad aprire la porta, non poté far altro che raccogliere lo zerbino con la scritta BENVENUTO (sollevandolo piano piano perché la pozza di bolo restasse al centro) e gettarlo dietro i cespugli.

Riuscì a tener giù una tazza di caffè, ma mentre beveva il

telefono squillò due volte. Altre congratulazioni. La seconda telefonata era di Elmer Baskin, che non era nemmeno stato presente. Si sentiva un po' come Judy Garland in *È nata una stella*, ma gli era difficile godere sino in fondo quella sensazione con lo stomaco che guazzava e la testa che cominciava a punirlo per gli eccessi a cui si era abbandonato.

Mise in funzione la segreteria telefonica in soggiorno perché fosse lei ad accogliere e registrare ulteriori telefonate, quindi salì in camera, staccò la spina del telefono vicino al letto, mandò giù due aspirine, si spogliò e si coricò.

La sua coscienza cominciò a vacillare quasi subito, stanco com'era oltre che ubriaco, ma prima che lo prendesse il sonno ebbe il tempo di pensare: *Lo devo soprattutto a Naomi... e a quella sgradevole donna alla biblioteca. Horst. Borscht. Non mi ricordo più bene come si chiama. Forse dovrei dare un premio anche a lei.*

Sentì il telefono che si metteva a squillare al piano di sotto e poi la segreteria telefonica che interveniva.

Brava ragazza, pensò Sam mezzo addormentato. *Fai il tuo dovere. È ben per questo che ti ho pagata, no?*

Poi furono le tenebre e l'oblio fino alle dieci del sabato mattina.

3

Tornò nella terra dei vivi con lo stomaco inacidito e un leggero mal di testa, ma le premesse avrebbero potuto lasciargli postumi ben più dolorosi. Gli dispiaceva per lo zerbino, ma era contento di aver potuto disfarsi di almeno un po' di alcol prima che gli gonfiasse la testa più di quanto aveva già fatto. Rimase sotto la doccia per dieci minuti, lavandosi solo simbolicamente per non muoversi troppo, si asciugò, si vestì e scese con un asciugamano avvolto intorno alla testa. La spia rossa della segreteria telefonica brillava a intermittenza. Il nastro si era riavvolto di poco quando premette il tasto per l'ascolto dei messaggi; evidentemente la telefonata giunta mentre si stava assopendo era stata l'ultima della serata.

Biip! «Salve, Sam.» Sam si fermò interdetto nell'atto di togliersi l'asciugamano dalla testa. Era una voce femminile e la conosceva. Ma chi era? «Ho saputo che il suo discorso ha avuto un grande successo. Sono contenta per lei.»

Era la Lortz.

E come ha trovato il mio numero? Ma c'erano gli elenchi degli abbonati proprio per quello... e poi non lo aveva scritto di suo pugno sul modulo della biblioteca? Ma sì... Per nessun motivo comprensibile, sentì un piccolo brivido che gli risaliva per la schiena.

«Si assicuri di restituire i libri entro il 6 aprile», continuò la Lortz. Poi, in tono più severo: «Ricordi il Poliziotto della Biblioteca».

Ci fu lo scatto della fine della comunicazione. Sull'apparecchio si accese la spia che segnalava che tutti i messaggi erano stati replicati.

«Sei un po' stronza, eh, bella mia?» disse Sam alla casa vuota. Poi andò in cucina a farsi un toast.

4

Quando Naomi si presentò in ufficio alle dieci del venerdì, una settimana dopo il trionfale debutto di Sam come oratore del dopocena, si vide consegnare una busta lunga e stretta con scritto il suo nome.

«Che cos'è?» domandò sospettosa, mentre si toglieva la mantella. Era una deprimente giornata primaverile, sferzata da una pioggia insistente.

«Aprila e guarda.»

Naomi ubbidì. C'era un messaggio di ringraziamento. Con allegato un ritratto di Andrew Jackson. «Venti dollari!» Naomi lo guardò più insospettita che mai. «Perché?»

«Perché mi hai salvato la pellaccia spedendomi in biblioteca», rispose Sam. «Il mio discorso è andato molto bene, Naomi. Penso che non esagererei troppo se affermassi che è stato un successone. Ti avrei messo dentro un biglietto da cinquanta se fossi stato sicuro che l'avresti accettato.»

Finalmente Naomi capì e manifestò la sua contentezza per lo strepitoso successo, pur cercando di restituirgli il denaro. «Sono veramente felice che abbia funzionato, Sam, ma non posso proprio accettare...»

«Sì che puoi e l'accetterai. Accetteresti una provvigione se vendessi qualcosa per conto mio, no?»

«Ma non potrei farlo. Non sarei mai capace di vendere niente. Quando ero una girl scout, mia madre era l'unica persona che comprava i miei biscotti.»

«Naomi. Ragazza mia. No... Niente paura, non fare quella faccia da cerbiatta che guarda nella canna del fucile del cacciatore. Non intendo fare avance. Quella è una storia già vissuta e conclusa due anni fa.»

«Oh, sì», annuì Naomi, che non smise però di essere nervosa e controllò velocemente che non ci fossero impedimenti se avesse avuto bisogno di guadagnare precipitosamente la porta.

«Ti rendi conto che da quando ho tenuto quella stupida conferenza ho venduto due case e ho distribuito polizze d'assicurazione per duecentomila dollari? D'accordo che sono quasi tutte assicurazioni collettive con un alto valore di indennizzo e una bassa percentuale di provvigione, ma tutte insieme valgono lo stesso il prezzo di un'automobile nuova. Se non prendi quei venti dollari, mi sentirò una merda.»

«Sam, *ti prego*», proruppe lei con voce costernata. Naomi era una fervente battista. Frequentava con sua madre una chiesetta di Proverbia che era sgangherata quasi quanto la casa in cui abitava. Lui lo sapeva. Una volta c'era anche stato. Ma era felice di vedere che era anche contenta... e un po' più tranquilla.

Nell'estate del 1988 Sam era uscito con lei due volte. La seconda volta ci aveva provato. L'aveva fatto con tutto il garbo con cui lo si può fare, ma era stata un'avance lo stesso. Tanta consumata destrezza gli era servita a poco, perché Naomi si era dimostrata altrettanto consumata nell'eludere il suo tentativo di placcaggio da meritare un posto da attaccante nei Broncos di Denver. Non aveva assolutamente niente contro di lui, aveva spiegato. Solo che aveva concluso che due come loro non sarebbero mai potuti andare d'accordo «in quel modo». Disorientato, Sam le aveva chiesto perché. Naomi aveva scosso la testa. *Ci sono cose difficili da spiegare, Sam, ma non per questo sono meno vere. Non funzionerebbe mai. Credimi, non c'è speranza.* E più di così non era riuscito ad avere.

«Scusami per la parolaccia, Naomi», le disse ora. Aveva assunto un atteggiamento di sincera umiltà, ma dubitava che ci fosse molto di autentico nell'indignazione di Naomi. «Ciò che intendevo dire è che se non accetti quei venti dollari mi sentirò come un escremento.»

Lei ripose la banconota nella borsetta, poi cercò di assumere un'espressione molto composta e dignitosa e quasi ce la fece... ma gli angoli delle labbra le tremarono leggermente. «Fatto. Adesso sei contento?»

«Mi rincresce solo di non avertene dati cinquanta. Ne avresti accettati cinquanta, Omi?»

«No», rispose lei. «Ti prego di non chiamarmi Omi. Sai che non mi piace.»

«Scusa.»

«Scuse accettate. Ora perché non cambiamo argomento?»

«Va bene.»

«Ho sentito molte persone dire che il tuo discorso è stato notevole. Craig Jones stravede per te, adesso. Credi davvero che abbia portato beneficio ai tuoi affari?»

«Si è mai sentito di un orso...» cominciò Sam, poi tornò sui suoi passi. «Sì, lo credo. Alle volte funziona così. Sarà strano, ma è vero. C'è stata una brusca impennata nel mio giro d'affari in questa settimana. Il livello tornerà a scendere, si capisce, ma non tanto da tornare a quello di prima. Se ai nuovi clienti piacerà il mio modo di operare, e io credo di sì, l'effetto positivo sarà duraturo.»

Si appoggiò allo schienale, incrociò le dita delle mani dietro la nuca e contemplò il soffitto.

«Quando Craig Jones mi ha telefonato per incastrarmi, gli avrei sparato. Non scherzo, Naomi.»

«Lo so», disse lei. «A guardarti in faccia, sembrava che stessi per avere un attacco di itterizia.»

«Davvero?» Sam rise. «Eh, già, credo di sì. È buffo come succedono le cose, certe volte. Pura fortuna. Se un Dio esiste davvero, ti viene da chiederti se non abbia davvero stretto tutte le viti della grande macchina prima di metterla in funzione.»

Si aspettava che Naomi gli scoccasse un'occhiataccia per tanta irriverenza (non sarebbe stata la prima volta), ma quel giorno non abboccò all'esca che le aveva lanciato. Ribatté invece: «Sei più fortunato di quel che pensi, se i libri che hai trovato in biblioteca ti sono stati davvero utili. Di solito la biblioteca non apre prima delle cinque il venerdì. Avevo intenzione di dirtelo, ma poi me ne sono dimenticata».

«Ah, sì?»

«Devi aver trovato il signor Price solo perché era rimasto indietro con le registrazioni contabili o qualcosa del genere.»

«Price? Non vuoi dire forse il signor Peckham, il portinaio? Quello che legge il giornale?»

Naomi scosse la testa. «L'unico Peckham di cui so io è il vecchio Eddie, che però è morto da anni ormai. No, io parlo del signor *Price*. Il *Bibliotecario*.» Guardava Sam come se si stesse rivolgendo all'uomo più stupido della terra... o almeno di Junction City, Iowa. «Uno alto? Magro? Sulla cinquantina?»

«No, no. Io ho trovato una tizia di nome Lortz. Bassa, grassoccia, approssimativamente dell'età in cui le donne sviluppano un duraturo attaccamento per i tessuti sintetici dai colori vivaci.»

Sul volto di Naomi apparve uno strano miscuglio di espressioni: sorpresa seguita da sospetto; sospetto seguito da divertimento venato da un pizzico di esasperazione. Era una sequenza che indica quasi sempre una cosa sola: qualcuno comincia a intuire che qualcuno lo sta prendendo bellamente in giro. In circostanze più normali Sam si sarebbe incuriosito per quella reazione, ma per tutta la settimana aveva lavorato fuori ufficio e di conseguenza aveva molto lavoro a tavolino arretrato e già la sua mente tornava a sintonizzarsi sui suoi impegni professionali.

«Oh...» replicò Naomi e rise. «La signorina *Lortz*, eh? Deve essere stato un incontro divertente.»

«Sì, è un tipo un po' strambo.»

«Ci giurerei. Anzi, è assolutamente...»

Se Naomi avesse finito la frase, probabilmente avrebbe sbalordito non poco Sam Peebles, ma la sorte, come lui stesso aveva sottolineato poco prima, gioca un ruolo assurdamente fondamentale nelle cose umane, e la sorte scelse di intervenire in quel momento.

Squillò il telefono.

Era Burt Iverson, il capo spirituale della piccola tribù legale di Junction City. Voleva conferire con lui a proposito di un contratto assicurativo di proporzioni davvero *enormi*: il nuovo ospedale. La cosa era ancora in fase di progettazione, ma sicuramente ti rendi conto anche tu di che razza di affare sarebbe, Sam... Ora che Sam portò la sua attenzione su Naomi, la signorina Lortz era completamente scomparsa dalla sua mente. Si rendeva perfettamente conto di che razza di affare sarebbe stato: avrebbe potuto finalmente metterlo a sedere al volante di quella *Mercedes* Benz. E non gli andava di riflettere su quanto di questa sorte favorevole andasse ascritta a quello stupido discorsetto.

Dal canto suo Naomi era veramente convinta che Sam la stesse prendendo in giro. Sapeva perfettamente chi era Ardelia

Lortz ed era sicura che lo sapesse anche Sam. Del resto quella donna era stata al centro di uno dei fatti più brutti avvenuti a Junction City negli ultimi vent'anni e forse ancora dai tempi della seconda guerra mondiale, quando il giovane Moggins era tornato a casa dal Pacifico con la testa sottosopra e aveva sterminato tutta la famiglia prima di infilarsi la canna della pistola d'ordinanza nell'orecchio destro e far fuori anche se stesso. La tragedia di Ira Moggins era avvenuta in un passato lontano al quale Naomi non aveva appartenuto; non si rese conto che Sam era venuto ad àbitare a Junction City molti anni dopo il fattaccio di Ardelia Lortz.

In ogni caso si dimenticò di tutta quanta la questione e quando Sam chiuse finalmente la sua conversazione telefonica stava cercando di decidere se per cena poteva permettersi un piatto di lasagne o si sarebbe dovuto accontentare di un menu tratto dalla *Cucina della donna snella*. Sam le dettò lettere senza interruzione fino a mezzogiorno, poi le chiese se le andava di scendere con lui da McKenna per uno spuntino. Naomi declinò l'invito spiegando che doveva tornare da sua madre che nel corso dell'inverno era stata «tutt'altro che bene». Di Ardelia Lortz non si parlò più.

Quel giorno.

4

I libri scomparsi

1

SAM non era uno che durante la settimana dedicasse molto tempo alla prima colazione, accontentandosi di un bicchiere di succo d'arancia e di un pasticcino all'avena. Ma i sabato mattina (almeno in quelle mattine del sabato in cui non era costretto a vedersela con i postumi di una sbornia rotariana) gli piaceva alzarsi un po' più tardi, scendere a piedi da McKenna e consumare in tutta tranquillità bistecca e uova mentre leggeva *veramente* il giornale invece di darvi una scorsa a spizzichi e bocconi tra un appuntamento e l'altro.

Rispettò questo programma il mattino seguente, 7 aprile. La pioggia del giorno prima si era esaurita e il cielo si presentava di un perfetto celeste chiaro, immagine autentica dell'inizio di primavera.

Dopo la colazione, Sam scelse la strada lunga per il ritorno a casa, soffermandosi a giudicare in quali giardini tulipani e croco fossero puntuali e dove invece erano un po' in ritardo. Era di nuovo a casa alle dieci e dieci.

La spia della segreteria telefonica era accesa. Schiacciò con aria decisa il tasto, si mise una sigaretta in bocca e sfregò un fiammifero.

«Salve, Sam», lo salutò la voce pacata e assolutamente inconfondibile di Ardelia Lortz... e il fiammifero mancò la sigaretta di Sam di una spanna. «Mi ha molto deluso. Non ha consegnato i libri in tempo.»

«*Merda!*» imprecò Sam.

Era tutta la settimana che qualcosa lo disturbava come quelle parole che vorresti usare e che si ostinano a servirsi della punta della lingua come di un trampolino senza farsi mai acchiappare. I libri. Quei maledetti *libri*. Ora quella donna lo avrebbe certamente marchiato come quell'ipocrita che voleva che fosse, lui con i suoi giudizi gratuiti su quali manifesti fossero più adatti a una biblioteca per ragazzi. Restava solo da sapere se avesse affidato i suoi aspri rimproveri al nastro magnetico o avesse preferito conservarli per quando lo avesse incontrato di persona.

Spense il fiammifero e lo lasciò cadere nel posacenere.

«Mi pareva di averle spiegato», stava continuando la Lortz nel suo tono pacato e un po' troppo paziente, «che *Il vademecum dell'oratore* e *Le poesie più amate dagli americani* sono volumi della sezione speciale della Biblioteca e non possono restare fuori per più di una settimana. Mi aspettavo un comportamento più leale da parte sua, Sam. Davvero.»

Con profondo sconforto Sam si ritrovò in piedi nel bel mezzo di casa sua con una sigaretta spenta fra le labbra e un insinuante senso di colpa che già gli aveva incendiato il collo e cominciava a traboccargli nelle guance. Una volta ancora era stato ripiombato in quarta elementare e questa volta era seduto su uno sgabello con la faccia rivolta al muro e il copricapo conico del somaro calcato sulla testa.

Nel tono del giudice che si concede un atto di infinita indulgenza, Ardelia Lortz aggiunse: «Ho deciso comunque di accordarle una proroga. Le do tempo fino a lunedì pomeriggio per restituire i libri che ha preso in prestito. La prego di evitarmi spiacevoli contromisure». Ci fu una pausa. «Ricordi il Poliziotto della Biblioteca, Sam.»

«Questa sta diventando vecchia, Ardelia mia», brontolò Sam, ma non stava parlando nemmeno alla sua voce registrata. Appena menzionato il Poliziotto della Biblioteca, la Lortz aveva riattaccato e la segreteria telefonica si era spenta silenziosamente.

2

Sam si accese la sigaretta con un altro fiammifero. Stava ancora esalando la prima boccata, quando gli venne in mente come riparare al misfatto. Cedeva forse a una punta di vigliaccheria, ma avrebbe chiuso una volta per sempre i suoi rapporti con la signorina Lortz. E non senza rifarsi a un senso seppure primitivo di giustizia.

A Naomi aveva dato una ricompensa e lo stesso avrebbe fatto con Ardelia.

Si sedette alla scrivania dello studio dove aveva composto la famosa conferenza e sotto l'intestazione del suo block notes (*Dalla scrivania di* SAMUEL PEEBLES) scrisse il seguente messaggio:

> Cara signorina Lortz,
>
> la prego di scusarmi se le restituisco in ritardo i suoi libri. Il mio rammarico è sincero perché mi sono stati estremamente utili per preparare il mio discorso. La prego di accettare questi soldi come risarcimento per la mia infrazione. Quello che avanza resti a lei come segno della mia profonda gratitudine.
>
> Cordiali saluti
> Sam Peebles

Sam rilesse il messaggio mentre cercava un fermaglio nel cassetto della scrivania. Considerò se cambiare «... i suoi libri» con «... i libri della Biblioteca», ma decise di lasciare il testo senza modifiche. Ardelia Lortz gli aveva dato la chiara impressione di essere una di quelle persone che sottoscrivono volentieri la filosofia dell'*état c'est moi*, anche se l'*état* nel suo caso si limitava alla biblioteca locale.

Pescò un biglietto da venti dollari nel portafogli e lo allegò al messaggio con il fermaglio. Indugiò ancora un istante tambureliando con le dita sul bordo della scrivania.

Lo considererà un tentativo di corruzione. Probabilmente si offenderà a morte.

Forse era vero, ma non gli importava. Sapeva che cosa c'era dietro la tirata d'orecchie che gli era arrivata quella mattina e probabilmente anche dietro le telefonate precedenti. Lui aveva manifestato fin troppo palesemente la sua contrarietà riguardo ai manifesti affissi nella libreria dei ragazzi e adesso lei si vendicava. Ma non era più in quarta elementare, non era più un marmocchio tremante che si lasciava spaventare facilmente e non le avrebbe permesso di intimidirlo. Non lo avrebbe permesso allo sgarbato cartello nel vestibolo della Biblioteca, né lo avrebbe permesso a una bibliotecaria che cominciava a perseguitarlo dopo un ritardo di un giorno soltanto.

«All'inferno!» esclamò a voce alta. «Se non vuoi i miei soldi, girali al fondo per la difesa delle biblioteche o qualche altra scemenza del genere.»

Posò il messaggio con allegata la banconota da venti dollari. Non aveva alcuna intenzione di consegnarlo di persona, per farsi aggredire da lei. Avrebbe legato insieme i due volumi con un paio di elastici e avrebbe infilato il suo messaggio e il denaro sotto una copertina in maniera che sporgesse. Poi avrebbe molto semplicemente lasciato cadere il suo pacchetto nell'apposita casella per la restituzione dei libri. Era vissuto a Junction City per sei anni senza fare la conoscenza di Ardelia Lortz. Con un po' di fortuna ne sarebbero trascorsi altri sei prima che la rivedesse.

Ora non aveva che da ritrovare i libri.

Non erano sulla scrivania dello studio, su questo non c'era dubbio. Passò in sala da pranzo a guardare sul tavolo. Di solito era lì che accumulava gli effetti che andavano restituiti. C'erano due nastri VHS da ritornare al Video Stop, una busta con la scritta *Ragazzo dei giornali*, due cartellette contenenti polizze assicurative... ma nessuna traccia di *Il vademecum dell'oratore* e nessuna traccia nemmeno di *Le poesie più amate dagli americani.*

«Merda», borbottò Sam grattandosi la testa. «Ma dove diavolo...?»

Andò in cucina. Niente sul tavolo della cucina oltre al giornale. Lo aveva posato lui stesso lì appena rientrato. Lo trasferì distrattamente nella scatola di cartone vicino alla stufa a legna mentre controllava le altre superfici disponibili. Niente vicino ai fornelli salvo la confezione dalla quale aveva tolto la sera prima la cena surgelata da scaldare nel forno.

Salì lentamente al piano di sopra per controllare le altre stanze, ma cominciava ad avere una brutta sensazione.

3

Alle tre del pomeriggio la brutta sensazione era diventata pessima. Per la verità Sam Peebles era furioso. Dopo aver frugato la casa da cima a fondo per due volte (al secondo passaggio aveva controllato persino in cantina), era sceso in ufficio, sebbene si sentisse sicuro di aver riportato a casa i libri quando era rientrato dal lavoro nel tardo pomeriggio del lunedì. Come volevasi dimostrare, in ufficio non aveva trovato niente. E adesso era lì, al punto di partenza, dopo aver sprecato un bel sabato di primavera nell'infruttuosa ricerca di due libri della biblioteca.

Non faceva che ricordare quel suo tono allusivo (*ricordi il Poliziotto della Biblioteca, Sam*) e a quanto sarebbe stata felice di sapere fino a che punto era riuscita a innervosirlo. Se davvero esisteva una Polizia Bibliotecaria, non aveva dubbio che quella donna sarebbe stata ben lieta di sguinzagliargli dietro uno dei suoi sbirri. E più ci pensava più si infuriava.

Tornò nello studio. Sulla scrivania aspettava il messaggio per Ardelia Lortz con allegati i venti dollari.

«*Cazzo!*» esclamò e riuscì a trattenersi appena in tempo da un'altra furibonda perquisizione di tutta quanta la casa. Non gli sarebbe servito a niente.

Udì all'improvviso la voce della madre. Era dolce e rassicurante nella sua affettuosa saggezza. *Quando non trovi qualcosa,*

Samuel, di solito non serve a niente mettere tutto a soqquadro. Meglio sedersi e pensare con calma. Usare la testa e risparmiare le gambe.

Era stato un buon consiglio quando aveva avuto dieci anni e probabilmente lo era ancora adesso che ne aveva quaranta. Si sedette alla scrivania, chiuse gli occhi, e si concentrò per ricostruire gli spostamenti di quei dannati libri della biblioteca dal momento in cui la signorina Lortz glieli aveva consegnati fino... fin dove poteva.

Dalla biblioteca li aveva portati in ufficio, passando alla *Sam's House* per una pizza ai peperoni e funghi, che aveva consumato alla scrivania mentre cercava due cose in particolare nelle pagine di *Il vademecum dell'oratore*: battute spiritose e il modo di servirsene. Ricordava con quanta attenzione aveva evitato che anche la più piccola gocciolina di condimento di pizza finisse sul libro; ed era ironico, considerato che adesso non riusciva più nemmeno a trovarli, quei libri. Aveva dedicato quasi tutto il pomeriggio al discorso, infilandoci le frasette spiritose, per poi riscrivere tutta l'ultima parte in modo da includere meglio la poesia. Quando era rincasato nel tardo pomeriggio del venerdì, aveva portato con sé la versione definitiva del discorso ma non i libri. Ne era sicuro. Era venuto Craig Jones a prenderlo, quando era stata ora di recarsi alla cena del Rotary ed era stato Craig a riaccompagnarlo più tardi, giusto in tempo perché potesse battezzare lo zerbino con la scritta BENVENUTO.

Il sabato mattina era stato impiegato nella cura dei postumi di una sbornia che gli aveva lasciato strascichi di modesta entità ma fastidiosi lo stesso. Per il resto del fine settimana era rimasto in casa a leggere, a guardare la TV e, volendo essere franchi, su, coraggio, a gongolarsi nel suo trionfo. All'ufficio non si era più riavvicinato fino al lunedì mattina. Ne era certo.

Okay, pensò. *Adesso viene il difficile. Concentrati.* Ma scoprì di non aver bisogno di concentrarsi poi con tanto impegno.

Mancavano una manciata di minuti alle cinque, il lunedì pomeriggio, quando si era preparato a lasciare l'ufficio e il telefono si era messo a squillare, costringendolo a tornare sui suoi passi. Era Stu Youngman, che voleva che gli redigesse una polizza assicurativa personalizzata per l'immobile di sua proprietà con annessi e connessi. Era stato l'inizio della pioggia di soldi che gli era caduta sulla testa per tutta la settimana. Mentre parlava con Stu, i suoi occhi si erano casualmente posati sui due volumi della biblioteca, sempre al loro posto sull'angolo della scrivania. Quando era uscito per la seconda volta, aveva la cartella in una mano e i libri nell'altra. Ne era sicuro.

Aveva avuto l'intenzione di restituirli quella sera stessa, ma poi gli aveva telefonato Frank Stephens invitandolo a cena con sua moglie e la loro nipote in visita da Omaha (aveva scoperto che per uno scapolo in una cittadina di provincia si trasformano in sensali anche persone che si conoscono solo per nome). Erano stati al *Brady's Ribs* ed erano rientrati tardi, verso le undici, che è tardi per una giornata feriale, e quando si era ritrovato finalmente di nuovo a casa si era completamente dimenticato dei libri.

Dopodiché li aveva persi di vista del tutto. Non aveva più pensato a restituirli risucchiato dall'inaspettato incremento del giro d'affari, sino alla telefonata della Lortz.

Okay, devono essere dove li ho lasciati quando sono tornato a casa lunedì pomeriggio.

Lì per lì si sentì animare da una speranza: forse erano ancora in macchina! Poi, quando stava per andare a controllare, ricordò che quando era ritornato a casa quel lunedì aveva trasferito la cartella nella mano in cui teneva i libri. Lo aveva fatto per poter prendere le chiavi nella tasca destra. Dunque non li aveva lasciati in macchina.

E che cosa hai fatto quando sei entrato?

Si vide aprire la porta della cucina con la chiave, entrare, posare la cartella su una sedia, voltarsi con i libri in mano...

«Oh, *no*», mormorò. Lo pervase immediatamente la brutta sensazione di poco prima.

Su una mensola vicino alla piccola stufa a legna della cucina c'era uno scatolone, di quelli che si possono recuperare facilmente nei negozi di alcolici. Lo teneva lì ormai da un paio di anni. Vengono utili talvolta per chi deve traslocare, gli scatoloni di quel genere, per riporci gli effetti personali più piccoli e scompagnati; ma sono molto comodi anche in casa per fare da raccoglitori di tutto un po'. Sam usava quello che teneva vicino alla stufa per metterci i giornali. Dopo che finiva di leggerli, li gettava nello scatolone, come aveva fatto non molto tempo prima con l'edizione del sabato. E una volta al mese o giù di lì...

«Dave Raccatta!» mormorò.

Corse in cucina.

4

Lo scatolone sul cui lato campeggiava l'immagine da zerbinotto di Johnnie Walker con il suo monocolo era quasi vuoto. Frugò tra i pochi fogli di giornale sapendo che non avrebbe trovato niente ma cercando lo stesso, come si fa quando si è così esasperati da voler credere di poter far riapparire ciò che si è perso con la sola forza della volontà. Trovò la *Gazette* del sabato, quella che aveva appena buttato via, e il giornale del venerdì. Non c'erano libri né tra né sotto le pagine, naturalmente. Sospese le ricerche per qualche istante immerso in cupi pensieri, poi andò al telefono a chiamare Mary Vasser, che veniva il giovedì mattina a pulire la casa.

«Pronto?» rispose una voce vagamente preoccupata.

«Salve, Mary. Sono Sam Peebles.»

«Sam?» La preoccupazione crebbe. «Qualcosa che non va?»

Sì! A partire da lunedì pomeriggio quella bastarda che dirige la biblioteca locale comincerà a darmi la caccia! Probabilmente con una croce e una manciata di chiodi lunghi così!

Ma naturalmente non poteva esprimersi in quei termini, non con Mary, la quale era uno di quegli sfortunati esseri umani che nascono sotto una cattiva stella e vivono in una buia nube di premonizioni funeste. Le Mary Vasser di questo mondo credono che in ogni strada della città ci siano innumerevoli, enormi casseforti nere appese nel vuoto con funi sfilacciate all'altezza del terzo piano, in attesa che il destino crudele guidi il passo del predestinato nella zona dell'imminente sciagura. E se non è una cassaforte è un automobilista ubriaco, se non è un automobilista ubriaco è una mareggiata (nell'Iowa? Sì, signori, nell'Iowa); se non è una mareggiata, un meteorite. Mary Vasser era una di quelle persone afflitte che vogliono *sempre* sapere se c'è qualcosa che non va quando ricevono una telefonata.

«Niente», rispose Sam. «Non c'è niente che non va. Volevo solo sapere se venerdì ha visto Dave.» La domanda era solo una formalità, in fondo, dato che i giornali erano scomparsi e Dave Raccatta era l'unico raccattatore di giornali di Junction City.

«Sì», disse Mary. Le parole rassicuranti di Sam erano servite solo ad aumentare la sua apprensione. Ora vibrava chiaramente nella sua voce un terrore malamente dissimulato. «È venuto a prendere i giornali. Ho sbagliato a farlo entrare? Sono *anni* che viene a prendere i giornali e pensavo...»

«Non c'è nessun problema», la interruppe Sam con irragionevole brio. «Ho visto che i giornali non c'erano più e ho pensato di controllare...»

«Non aveva mai controllato *prima*.» Fu ostacolata da un principio di balbuzie, poi domandò: «Sta bene? È successo qualcosa a Dave?»

«No. Nel senso che non lo so. Volevo solo...» Gli balenò un'idea. «I buoni!» esclamò. «Giovedì mi sono dimenticato di ritagliare i buoni, perciò...»

«*Oh!*» fece lei. «Posso darle i miei, se vuole.»

«No, non potrei mai...»

«Glieli porto giovedì prossimo», lo sopraffece Mary. «Ne ho migliaia.» *Talmente tanti che non avrò mai la possibilità di utilizzarli*, sottintendeva il tono della sua voce. *Da qualche parte c'è una cassaforte che aspetta che io ci passi sotto, o un albero predestinato a precipitarmi addosso durante un temporale o in qualche motel del Nord Dakota un asciugacapelli aspetta di cascare dalla mensola nella vasca piena d'acqua. La mia vita è a prestito, perciò che cosa me ne faccio di qualche buono in più o in meno?*

«E va bene», si arrese Sam. «Grazie, Mary. È un vero tesoro.»

«Ed è sicuro che non c'è nient'altro?»

«Nient'altro», rispose Sam, con ingiustificato fervore. Si sentiva come un sergente maggiore fanatico che incita i pochi uomini che gli restano a dare uno sciagurato assalto finale a una postazione fortificata di mitragliatrici. *Avanti, ragazzi, credo che stiano dormendo!*

«D'accordo», disse Mary dubbiosa e a Sam fu finalmente permesso di battere in ritirata.

Si sedette pesantemente su una delle sedie della cucina a contemplare con uno sguardo desolato lo scatolone di Johnnie Walker quasi vuoto. Dave Raccatta era venuto a ritirare i giornali come faceva nella prima settimana di tutti i mesi. Ma questa volta aveva inconsapevolmente portato via un piccolo supplemento: *Il vademecum dell'oratore* e *Le poesie più amate dagli americani*. Né gli era difficile immaginare che fine avessero fatto.

Cellulosa. Cellulosa riciclata.

Dave Raccatta era classificabile fra gli alcolisti ancora autosufficienti di Junction City. Incapace di conservarsi un posto di lavoro, ricavava da vivere dagli scarti altrui, e in tal modo era un cittadino non del tutto inutile. Raccoglieva vuoti a rendere e, come il piccolo Keith Jordan di dodici anni, aveva un suo itinerario per i quotidiani. L'unica differenza era che Keith consegnava la *Gazette* di Junction City tutti i giorni e Dave Duncan detto Raccatta andava a ritirarli una volta al mese a casa di Sam e in chissà quante altre abitazioni della zona di Kelton Avenue. Sam lo aveva visto spesso spingere il suo carrello del supermarket carico di sacchi verdi per le immondizie verso il centro di riciclaggio che si trovava tra la vecchia stazione ferroviaria e il piccolo ricovero per i senzatetto dove trascorrevano la maggior parte delle loro notti Dave Raccatta e una decina di suoi simili.

Restò ancora per qualche momento seduto a tamburellare con le dita sul tavolo della cucina, poi si alzò, si infilò una giacca e uscì.

5

Angle Street (I)

1

LE intenzioni di chi aveva fatto la targa stradale erano senza dubbio state buone, ma la sua ortografia lasciava a desiderare. La targa era inchiodata a un montante del portico di una vecchia casa lungo la ferrovia e la scritta era:

ANGLE STREET

Poiché Railroad Avenue non presentava angoli visibili agli occhi di Sam (come quasi tutte le strade cittadine e non dell'Iowa era dritta come un colpo di fucile), sospettava che la via si dovesse chiamare *Angel* Street. Già, e allora? Sam rifletté che, sebbene la via delle buone intenzioni portava forse all'inferno, quelli che avevano cercato di ripararne le buche lungo la strada meritavano almeno il beneficio d'inventario.

Angle Street era un grosso edificio che probabilmente aveva ospitato gli uffici della compagnia ferroviaria ai tempi in cui Junction City era stata *veramente* un nodo ferroviario come stava a indicare il suo nome. Ora rimanevano in esercizio due binari, entrambi in direzione est-ovest. Tutti gli altri erano arrugginiti e sepolti sotto le erbacce. La gran parte delle traversine erano scomparse, prelevate per farne legna da ardere dagli stessi senzatetto che ora trovavano riparo nello stesso edificio.

Vi arrivò alle cinque meno un quarto. Il sole spandeva una gracile luce da camera ardente sui campi che cominciavano ai margini della cittadina. Dietro alle poche costruzioni periferiche passava sferragliando cupamente un convoglio merci che sembrava interminabile. Un venticello levatosi all'improvviso faceva cigolare il vecchio cartello con la scritta JUNCTION CITY sopra la pensilina dove un tempo i passeggeri salivano sulle carrozze dirette a St. Louis e Chicago, se non su quelle dell'antico Sunnyland Express, che in tutto l'Iowa fermava solo a Junction City, nel suo viaggio verso i favolosi regni di Las Vegas e Los Angeles.

Un tempo il ricovero per i senzatetto era stato bianco ma ora era di un grigio indefinibile. Le tende alle finestre erano pulite, ma stanche e afflosciate. Ciuffi d'erba stentati tentavano di crescere nel cortile polveroso. Forse ora di giugno sarebbero riusciti a stabilire una testa di ponte, ma al momento il loro sforzo sembrava destinato all'insuccesso. Accanto ai malandati scalini dell'ingresso era stato collocato un barile con i cerchioni arrugginiti e un altro cartello, inchiodato a un sostegno della veranda, diceva:

PROIBITO BERE IN QUESTO OSPIZIO!
SE HAI UNA BOTTIGLIA
DEVI LASCIARLA QUI PRIMA DI ENTRARE!

Ebbe fortuna. Anche se era quasi sabato sera e i bar e le birrerie di Junction City spalancavano le porte, Dave Raccatta era ancora lì ed era sobrio. Lo trovò per l'esattezza seduto in veranda con altri due. Erano occupati a disegnare manifesti su larghi rettangoli di cartoncino bianco, ciascuno come meglio poteva. Quello seduto per terra in fondo alla veranda si reggeva il polso destro con la sinistra per contrastare gli effetti di un tremito incontrollato. Quello al centro lavorava con la punta della lingua che gli sporgeva dall'angolo della bocca e sembrava un bambino dell'asilo molto invecchiato che ce la metteva tutta per disegnare un albero che gli facesse guadagnare una stella d'oro da mostrare alla mamma. Dave Raccatta occupava una vecchia sedia a dondolo vicino agli scalini. Era certamente il più lucido della piccola congrega, ma tutti e tre davano l'impressione di anime rabberciate alla bell'e meglio.

«Salve, Dave», salutò mentre saliva in veranda.

Dave alzò la testa, strinse gli occhi e gli rivolse un tentativo di sorriso. I pochi denti che gli restavano era tutti davanti. Il sorriso li espose tutti e cinque.

«Signor Peebles?»

«Sì. Come va, Dave?»

«Oh, abbastanza bene, direi, abbastanza bene.» Si guardò intorno. «Ehi, ragazzi! Salutate il signor Peebles! È un avvocato!»

Quello con la lingua che gli sporgeva dalla bocca alzò gli occhi, annuì e tornò subito al suo lavoro. Dalla narice sinistra gli pendeva una lunga bava di muco.

«Veramente io mi occupo di case e terreni, Dave», gli rammentò Sam. «Immobili e assi...»

«Mi hai portato il mio Slim Jim?» chiese all'improvviso quello con i tremiti. Non alzò neanche la testa, limitandosi a corrugare maggiormente la fronte. Da dove si trovava Sam vedeva abbastanza bene il suo manifesto, occupato da lunghi ghirigori arancione che somigliavano vagamente a parole.

«Come?»

«È Lukey», disse a voce bassa Dave. «Non è in una delle sue giornate migliori, signor Peebles.»

«Mi hai portato il mio Slim Jim, Slim Jim, Slim Jim?» intonò Lukey senza alzare la testa.

«Mah, mi dispiace...» cominciò Sam.

«Non ha nessuno Slim Jim!» gridò Dave Raccatta. «Piantala e vedi di finire quel manifesto, Lukey! Sarah li vuole tutti pronti entro le sei! Viene qui apposta!»

«Me lo procuro *da me* un fottuto Slim Jim», brontolò Lukey sommessamente. «Se no mi mangio stronzi di topo.»

«Non gli dia retta, signor Peebles», sospirò Dave. «Come mai è qui?»

«Ecco, mi chiedevo se non avessi trovato un paio di libri

quando sei passato giovedì scorso a prendere i giornali. Non li trovo più e volevo controllare. Dovrei averli già restituiti alla biblioteca.»

«Hai una moneta da venticinque?» chiese tutt'a un tratto quello con la lingua fuori. «Come si dice? Berenice!»

Sam infilò meccanicamente la mano in tasca. Dave gli fermò il braccio con un atteggiamento di scusa.

«Non gli dia soldi, signor Peebles», gli raccomandò. «È Rudolph. E non ha bisogno di nessuna Berenice. Lui e Berenice non vanno più d'accordo ormai da un pezzo. Ha solo bisogno di una buona dormita.»

«Mi spiace», disse Sam. «Sono rimasto senza, Rudolph.»

«Già già, tu come tutti gli altri», borbottò Rudolph. Tornò al suo manifesto aggiungendo: «Qual è il prezzo? Dieci al pezzo».

«Io non ho visto libri», disse Dave Raccatta. «Mi dispiace. Ho solo preso i giornali come sempre. C'era anche quella signora e può confermarglielo. Non ho fatto niente di male.» Ma i suoi tristi occhi catarrosi dicevano che non si aspettava di essere creduto. A differenza di Mary, Dave Duncan non viveva in un mondo in cui il destino avverso lo attendeva dietro il prossimo angolo: nel suo mondo ne era circondato. Ci viveva dentro, con tutta la dignità di cui era capace.

«Ti credo.» Sam gli posò la mano sulla spalla.

«Ho buttato il suo scatolone dei giornali in uno dei miei sacchi, come faccio sempre», spiegò Dave.

«Se avessi mille Slim Jim me li mangerei tutti», saltò su Lukey. «Me li inghiottirei d'un colpo, quei bastardi! Pappa pappa! Tutta pappa!»

«Ti credo», ripeté Sam battendo amichevolmente la mano sulla spalla orribilmente ossuta di Dave. Si ritrovò a pensare: *Dio voglia che non abbia i pidocchi*. Sulla scia di questa considerazione così poco caritatevole, ne aggiunse un'altra: si domandò se qualcuno dei suoi gagliardi colleghi del Rotary davanti ai quali aveva fatto una così bella figura una settimana prima avesse avuto occasione di passare da quelle parti. Si domandò se sapessero dell'esistenza di Angle Street. E si domandò se Spencer Michael Free avesse avuto in mente uomini come Lukey, Rudolph e Dave Raccatta quando aveva scritto che a questo mondo ciò che più conta è il contatto umano, la carezza della tua mano e la mia. Provò un improvviso fremito di vergogna al ricordo del suo discorso, così farcito di ingenuo orgoglio per i semplici piaceri della vita di provincia.

«Meno male», disse Dave. «Allora posso tornare il mese prossimo?»

«Sicuro. I giornali, li hai portati al centro di riciclaggio, vero?»

«Già.» Dave Raccatta puntò l'indice che terminava in un'unghia gialla e frastagliata. «Laggiù. Ma è chiuso.»

Sam annuì. «Che cosa stai facendo?» gli chiese.

«Oh, si passa il tempo», disse Dave girando il manifesto perché Sam potesse guardarlo meglio.

Vi si vedeva una donna sorridente che reggeva un piatto di polli arrosto e la prima impressione che ne ebbe Sam fu che era buono, davvero ben fatto. Ubriacone o no, Dave Raccatta aveva del talento naturale. Sopra al disegno, aveva scritto in lettere ordinate:

CENA ALLA PRIMA CHIESA METODISTA
A FAVORE DEL RICOVERO PER I SENZATETTO
DI ANGEL STREET
DOMENICA 15 APRILE
DALLE 18.00 ALLE 20.00
NON MANCATE!

«È prima della riunione dell'Associazione per la lotta all'alcolismo», lo informò Dave, «ma sul manifesto non deve esserci scritto niente, perché è una specie di segreto.»

«Lo so», rispose Sam. Dopo un attimo di silenzio domandò: «Tu frequenti l'Associazione? Guarda che non sei costretto a rispondermi se non vuoi. Mi rendo conto che non sono affari miei».

«Ci vado», rivelò Dave. «Ma è dura, signor Peebles. Sapesse da quanto tempo ci provo. Ce la faccio per un mese, anche per due, certe volte, e una volta sono rimasto sobrio per quasi un anno intero. Ma è dura.» Scosse la testa. «Dicono che ci sono certi che non ce la fanno mai. Io devo essere uno di loro. Però continuo a provarci.»

Gli occhi di Sam erano tornati a posarsi sulla donna con il piatto di polli arrosto. Il disegno era troppo particolareggiato perché potesse essere una caricatura o uno schizzo, ma non raggiungeva nemmeno la completezza di un'opera finita. Era evidente che Dave lo aveva tracciato alla svelta, riuscendo tuttavia a mettere negli occhi e nella bocca un accenno di buonumore, come un ultimo raggio di sole sul finire del giorno.

Ma la cosa più strana è che Sam aveva l'impressione di conoscerla.

«È una persona che esiste davvero?» domandò a Dave.

Il sorriso di Dave si allargò. Annuì. «È Sarah. Una ragazza adorabile, signor Peebles. Se non fosse per lei, questo posto sarebbe stato chiuso già cinque anni fa. Riesce a trovare gente disposta a dare soldi quando sembra che non ce la faremo mai a pagare le tasse o che non riusciremo mai a riparare la casa abbastanza da soddisfare gli ispettori dell'assessorato. Lei dice che sono angeli quelli che ci danno dei soldi per tirare avanti, ma il vero angelo è lei. È pensando a lei che abbiamo messo quella targa stradale. Tommy St. John ha sbagliato a scrivere il nome, ma non fa niente, si capisce lo stesso.» Rimase in silenzio per un attimo, a guardare il suo manifesto. Senza alzare gli occhi aggiunse: «Adesso Tommy è morto, naturalmente. È morto l'inverno scorso. Gli è scoppiato il fegato».

«Mi dispiace», disse Sam, non trovando di meglio.

«Oh, non è il caso. Sta meglio adesso.»

«Tutta pappa!» esclamò Lukey alzandosi. «Pappa pappa! Va' che pappa papposa!» Portò il suo manifesto a Dave. Sotto ai ghirigori arancione aveva disegnato una donna mostruosa con gambe che finivano in due pinne da squalo che probabilmente dovevano essere un paio di scarpe. Bilanciato sulla mano portava un piatto deforme che sembrava pieno di serpenti blu. Nell'altra mano stringeva un oggetto cilindrico di colore scuro.

Dave prese il manifesto tra le mani per esaminarlo meglio. «Bravo, Lukey.»

Lukey distese le labbra in un sorriso gioioso. Gli indicò l'oggetto scuro. «Guarda lì, Dave! Ha uno Slim Jim!»

«Eh, già. Molto bene. Vai dentro e accendi la tele, se vuoi. Sta per cominciare *Star Trek*. Il tuo come va, Dolph?»

«Disegno meglio quando sono ben lubrificato», rispose Rudolph, consegnandogli il suo lavoro. Vi si vedeva una gigantesca coscia di pollo con omini stilizzati tutt'attorno a guardare. «È una versione fantastica», spiegò a Sam. Non senza una certa truculenza.

«Mi piace», disse Sam. Era vero. Il manifesto di Rudolph gli ricordava un fumetto del *New Yorker*, uno di quelli che certe volte non capiva perché erano troppo surreali.

«Bene.» Rudolph lo fissò con un'espressione sospettosa. «Sicuro che non hai una moneta da un quarto?»

«Non ce l'ho.»

Rudolph annuì. «In fondo è meglio», concluse. «Ma d'altra parte è una bella schifezza.» Entrò dietro a Lukey e poco dopo dalla porta aperta giunse alle orecchie di Sam la colonna sonora di *Star Trek*. William Shatner annunciò agli ubriaconi e agli sbandati di Angle Street che la loro missione era di recarsi coraggiosamente là dove nessun uomo aveva mai messo piede. Sam aveva una mezza idea che molti fra quelli che componevano quell'uditorio ci fossero già stati.

«Non vengono mai in molti alle cene. Ci andiamo noi e ci vengono alcuni di quelli dell'Associazione», disse Dave. «Comunque ci dà qualcosa da fare. Lukey non parla quasi più se non quando disegna.»

«Tu hai parecchia stoffa», si complimentò Sam. «Dico sul serio, Dave. Perché non...» si interruppe.

«Perché non che cosa, signor Peebles?» gli chiese pacatamente Dave. «Perché non racimolo qualche dollaro disegnando? Per lo stesso motivo per cui non sono stato capace di trovarmi un lavoro fisso. È venuta sera mentre ero occupato a fare altre cose.»

Sam non riuscì a pensare a qualcosa da ribattere.

«Un tentativo l'avevo fatto, però. Sa che sono stato alla Lorillard School di Des Moines con una borsa di studio? La miglior scuola d'arte di tutto il Midwest. E mi sono giocato tutto già al primo trimestre. Per l'alcol. Pazienza. Vuole venir dentro a bere un caffè, signor Peebles? Aspetta qualche minuto, così può conoscere Sarah?»

«No, è meglio che torni indietro. Ho una commissione da fare.»

Era vero.

«D'accordo. È sicuro di non avercela con me?»

«Tutt'altro.»

Dave si alzò. «Allora credo che io andrò dentro per un po'», annunciò. «È stata una bella giornata, ma adesso comincia a far freddo. Buona serata, signor Peebles.»

«Grazie», rispose Sam, sebbene dubitasse che si sarebbe divertito molto quel sabato sera. Sua madre aveva un altro modo di dire: il miglior modo per prendere una medicina cattiva è di tracannarla il più velocemente possibile. Così intendeva fare.

Scese dalla veranda mentre Dave Raccatta Duncan entrava nell'ospizio.

2

Sam cambiò idea quando era quasi arrivato all'auto e deviò in direzione del centro di riciclaggio. Attraversò lo spiazzo cosparso di fuliggine contro cui lottavano i pochi ciuffi d'erba mentre un convoglio merci scompariva in direzione di Camden e Omaha. I fanali rossi della carrozza di servizio ammiccarono come stelle morenti. I treni merci lo intristivano sempre per qualche misteriosa ragione e adesso, dopo la conversazione con Dave Raccatta, si sentiva più mesto che mai. Le poche volte che lo aveva visto quando passava da casa sua a ritirare i giornali, gli era sembrato un uomo gioviale, quasi clownesco; questa volta invece gli era parso di aver visto dietro il cerone qualcosa che gli aveva messo addosso un senso di desolazione e impotenza. Dave era un uomo perduto, calmo ma totalmente perduto, che adoperava un talento notevole per disegnare manifesti per una cena organizzata dalla parrocchia.

Ci si avvicinava al centro di riciclaggio attraversando zone di immondizie assortite: prima gli ingialliti supplementi pubblicitari scivolati fuori dalle vecchie copie della *Gazette*, poi sacchi di plastica per i rifiuti ridotti in brandelli e infine una cerchia di lattine schiacciate e bottiglie in frantumi. Le imposte della piccola costruzione di legno erano accostate. Alla porta era appeso un cartello con la semplice scritta CHIUSO.

Si accese una sigaretta e tornò all'automobile. Aveva percorso non più di dieci passi quando lo sguardo gli cadde su un oggetto familiare. Lo raccolse. Era la sopraccopertina di *Le poesie più amate dagli americani*. Era timbrata con la scritta PROPRIETÀ DELLA BIBLIOTECA PUBBLICA DI JUNCTION CITY.

Dunque aveva avuto la prova definitiva. Aveva lasciato i libri sui giornali nello scatolone di Johnnie Walker e se n'era dimenticato. Poi aveva lasciato cadere altri giornali sui libri. Dopodiché era arrivato Dave Raccatta, che aveva rovesciato tutto il contenuto dello scatolone nel suo capace sacco di plastica. Il sacco era finito sul suo carrello del supermercato, il carrello era arrivato fin lì e quanto restava del suo carico era una sopraccopertina con il calco di una bella suola infangata.

Aprì le dita e guardò la sopraccopertina che cadeva fluttuando per terra, quindi si incamminò di nuovo. Aveva una commissione da fare ed era giusto che si trovasse a farla all'ora di cena. Si aspettava di dover mandar giù qualche rospo di troppo.

6

La Biblioteca (II)

1

MENTRE si recava alla biblioteca fece un'altra considerazione improvvisa e gli sembrò così logica che ebbe a domandarsi come mai non ci avesse pensato prima. Aveva perso due libri della biblioteca. Aveva in seguito scoperto che erano andati distrutti. Avrebbe dovuto rifonderne il costo.

Tutto lì.

Si rese conto allora che Ardelia Lortz era riuscita a farlo pensare come uno scolaretto della quarta elementare meglio di quanto si sarebbe potuto immaginare. Quando un bambino perde un libro è la fine del mondo. Non avendo modo di rimediare, si sente schiacciato dall'ombra della burocrazia e attende nel terrore l'arrivo del Poliziotto della Biblioteca. Ma la Polizia Bibliotecaria non esiste e Sam, in quanto adulto, lo sapeva perfettamente. C'erano solo impiegati del comune come la signorina Lortz, che talvolta davano un'importanza sproporzionata al proprio ruolo nel generale bilancio delle cose, e contribuenti come lui, che talvolta si dimenticavano di chi doveva fare la parte del cagnolino scodinzolante.

Entro, presento le mie scuse e le chiedo di mandarmi la fattura per l'acquisto delle copie nuove dei libri distrutti, pensò Sam. *E finisce qui. Fine.*

Era così semplice da sbalordire.

Ancora un po' nervoso e un po' imbarazzato (ma avendo preso almeno parzialmente le distanze da questa tempesta in un bicchier d'acqua), Sam parcheggiò dirimpetto alla biblioteca, sull'altro lato della strada. I fanali da carrozza ai lati dell'ingresso principale erano accesi e irraggiavano una dolce luce bianca sui gradini e sulla facciata di granito. Riuscivano persino a creare un'atmosfera dolce e accogliente di cui sicuramente non aveva trovato traccia nel corso della sua prima visita... o forse era solo perché i sintomi della primavera si erano fatti più consistenti, come non si poteva dire di quella nuvolosa giornata di marzo in cui aveva fatto la conoscenza con il drago di casa. Non ritrovò la faccia impervia di un robot di pietra; era di nuovo niente altro che la biblioteca pubblica.

Fece per scendere dall'automobile e rimase bloccato. Aveva appena avuto una rivelazione e tutt'a un tratto ne aveva una seconda.

Riaffiorò nella sua mente il volto femminile del manifesto di Dave Raccatta, quello della ragazza con un piatto di polli arrosto. La ragazza che Dave aveva chiamato Sarah. Gli era parso di conoscerla a prima vista e tutt'a un tratto un circuito nel suo cervello si era chiuso e aveva risposto a una domanda inespressa.

Era Naomi Higgins.

2

Incrociò due ragazzi con la giacca del liceo che scendevano mentre lui entrava e fermò la porta prima che si chiudesse del tutto. Entrò nel vestibolo. La prima cosa che lo colpì fu il rumore. La sala di lettura oltre i gradini di marmo non era esattamente chiassosa, ma non era nemmeno quel lago di silenzio profondo che aveva trovato il venerdì della settimana prima.

D'accordo, ma adesso siamo a un sabato sera, rifletté. *Qui è pieno di ragazzi, molti dei quali staranno studiando per le prove trimestrali.*

Ma una persona come Ardelia Lortz avrebbe tollerato quel chiacchiericcio, per quanto ovattato? La risposta doveva essere positiva a giudicare dal sostenuto brusio della sala, ma sicuramente non gli sembrava in carattere.

La seconda cosa riguardava quell'ordine perentorio che aveva trovato sul cavalletto.

SILENZIO!

non c'era più. Al suo posto c'era un ritratto di Thomas Jefferson. Sotto il ritratto c'era questa citazione:

«Senza libri non potrei vivere».
Thomas Jefferson
(in una lettera a John Adams)
10 giugno 1815

Sam lo studiò per qualche istante, pensando che cambiava completamente lo stato d'animo di una persona che si apprestava a entrare in biblioteca.

L'imposizione

SILENZIO!

incuteva sentimenti di trepidazione e disagio (e se la pancia si fosse messa a brontolare per conto suo, per esempio? O si fosse avvertito un attacco imminente di flatulenza non necessariamente silenziosa?)

«Senza libri non potrei vivere.»

d'altra parte favoriva un sentimento di piacevole anticipazione, metteva addosso quel benaugurato languore che prova un affamato quando finalmente il cibo arriva in tavola. Mentre meditava sulla drastica metamorfosi ambientale indotta dal cambiamento di un particolare così insignificante, Sam attraversò il vestibolo... e si arrestò interdetto.

3

Il salone principale era molto più luminoso di come lo ricordava dalla sua visita precedente, ma questa era solo una delle molte novità. Non c'erano più le scale che si elevavano a perdersi nell'oscurità degli scaffali superiori. Non ce n'era più bisogno, perché il soffitto era alto ora solo tre metri al massimo invece dei dieci di prima. Volendo prelevare un libro da uno degli scaffali più alti, bastava montare su uno degli sgabelli sparsi un po' dappertutto. Non c'era più la rastrelliera di quercia dalla quale pendevano le riviste appese come pelli di animali morti e i periodici erano invece sistemati in un invitante espositore a ventaglio su un tavolo spazioso. Scomparso era anche l'avviso che ricordava in tono minaccioso di dover riporre le riviste ciascuna al proprio posto.

Lo scaffale dei romanzi appena pubblicati c'era ancora, ma l'avviso del noleggio settimanale era stato sostituito da un'altra scritta: LEGGI UN BEST SELLER PER QUALCHE ORA INTELLIGENTE E SENZA IMPEGNO!

C'era un grande andirivieni di gente, perlopiù giovani, che parlavano bisbigliando. Qualcuno ridacchiava sommessamente. Regnava una serenità assoluta.

Sam guardò il soffitto cercando disperatamente di capire che cosa fosse successo. I lucernai inclinati non c'erano più. Ora una moderna controsoffittatura nascondeva il soffitto originale. Al posto delle antiquate sfere opaline c'erano ora tubi fluorescenti ad assicurare l'illuminazione della sala, montati dietro a vetri diffusori incassati nel controsoffitto.

Una donna che si dirigeva in quel momento al banco di registrazione con una pila di romanzi gialli seguì la direzione del suo sguardo al soffitto, non vi trovò niente di anomalo e si soffermò allora a guardare lui con un'espressione incuriosita. Uno dei ragazzi seduti a un lungo tavolo alla destra di quello delle riviste diede di gomito a un amico e gli indicò il nuovo arrivato. Un altro del gruppo si batté l'indice alla tempia e tutti insieme sghignazzarono.

Sam non si accorse né degli sguardi né degli sghignazzi. Non sapeva di essersi bloccato all'ingresso della sala di lettura principale con gli occhi rivolti al soffitto e la bocca spalancata. Stava cercando ancora di assimilare questa trasformazione così radicale.

Be', avranno montato una controsoffittatura quest'ultima settimana. E allora? Probabilmente garantisce un migliore equilibrio climatico.

Ma la Lortz non ha mai accennato a imminenti lavori di ristrutturazione.

No, ma perché avrebbe dovuto farlo? Lui non era certo un cliente abituale, no?

Avrebbe però dovuto tradire la sua contrarietà. A me è sembrata una tradizionalista refrattaria a qualsiasi innovazione. Sicuramente una cosa del genere non le sarebbe piaciuta per niente.

Era vero, ma c'era dell'altro, qualcosa di ancor più sconcertante. Ripensandoci, trovava inaccettabile che la messa in opera di una controsoffittatura fosse avvenuta in una sola settimana. Che dire poi dei ripiani più alti degli scaffali e di tutti i libri che avevano contenuto? Dov'erano finiti gli scaffali? Dov'erano finiti i *libri*?

Ora erano in molti a guardare Sam. Tutte le assistenti che si trovavano dall'altra parte del banco lo fissavano, mentre il vivace brusio di poco prima si era dissolto in un silenzio che stava diventando totale.

Sam si strofinò gli occhi, letteralmente, e tornò a osservare il controsoffitto con i suoi riquadri luminosi. Era ancora al suo posto.

Sono nella biblioteca sbagliata! Pensò all'improvviso. *Ecco come si spiega!*

La sua mente confusa si aggrappò immediatamente a quell'ipotesi e subito si ritrasse, come un gattino che abbia spiccato un balzo ingannato da un'ombra. Junction City era un centro abitato relativamente grande per la regione centrale dell'Iowa, con una popolazione di trentacinquemila anime o giù di lì, ma era ridicolo supporre che avesse due biblioteche. E poi l'ubicazione dell'edificio e la morfologia generale della sala erano giuste... era tutto il resto che era sbagliato.

Sam si domandò per un momento se non fosse impazzito, ma dovette escludere subito anche quella possibilità. Si guardò intorno e notò per la prima volta che tutti avevano interrotto le loro attività. Tutti osservavano lui. Provò l'impulso momentaneo di giustificarsi dicendo: «Tornate pure tranquillamente al vostro lavoro. Stavo solo notando che questa settimana la biblioteca è completamente diversa». Ritenne invece più opportuno avvicinarsi al tavolo delle riviste a prendere una copia di *U. S. News and World Report*. Cominciò a sfogliarla senza dar mostra di grande interesse, mentre con la coda dell'occhio sorvegliava gli altri che piano piano tornavano alle rispettive letture.

Quando ritenne di potersi muovere senza attirare su di sé un'attenzione indesiderata, ripose la rivista sul tavolo e andò alla libreria dei ragazzi. Si sentiva un po' come una spia in territorio nemico. Il cartello sull'ingresso era sempre lo stesso, in lettere dorate su una tavola di scuro legno di quercia, ma era cambiato il manifesto. Cappuccetto Rosso nel momento della terrificante verità era stata sostituita con Qui, Quo e Qua, i nipotini di Paperino. Erano in costume da bagno e si tuffavano in una piscina piena di libri. La scritta sottostante era:

BUTTATEVI ANCHE VOI! LA LETTURA È TONIFICANTE!

«Ma che succede qui dentro?» mormorò. Il suo cuore aveva cominciato a battere troppo veloce. Si sentiva affiorare il sudore lungo le braccia e la schiena. Fosse stato solo il manifesto, avrebbe potuto presumere che avessero licenziato la Lortz... ma *non era* solo il manifesto. Era *tutto*.

Aprì la porta e fece capolino. Ritrovò il piccolo mondo accogliente con i suoi tavoli bassi e attorniati dalle seggioline, le stesse tende azzurre, la stessa fontanella montata a parete. Solo che adesso anche qui la controsoffittatura era alla stessa altezza di quella della sala principale e tutti i manifesti erano stati sostituiti. Il bimbo rapito che urlava dietro il finestrino della berlina nera

(Simone Semplicione lo chiamano Simone Semplicione perché sono sarcastici nei suoi confronti; io lo trovo molto salutare, non è vero?)

non c'era più, né c'era il Poliziotto della Biblioteca con il suo impermeabile e quella strana stella a molte punte. Sam si ritrasse, si voltò e si avvicinò lentamente al banco di registrazione. Si sentiva come se il suo corpo fosse fatto di vetro.

Lo osservarono arrivare due commessi, un ragazzo e una ragazza, probabilmente studenti di università. Sam non era tanto disorientato da non accorgersi che erano un po' preoccupati.

Sii prudente. Anzi no... sii NORMALE. *Già ti giudicano mezzo matto.*

Pensò improvvisamente a Lukey e si sentì aggredire da un orribile impulso distruttivo. Si vide nell'atto di aprire la bocca e di urlare in faccia a quei due ragazzi trepidanti pretendendo a squarciagola che gli dessero un po' di Slim Jim, perché era *pappa*, era *tutta pappa*.

Parlò invece con voce calma.

«Forse potete aiutarmi. Desidererei parlare al bibliotecario.»

«Oh, mi dispiace», rispose la ragazza. «Il sabato pomeriggio il signor Price non viene in biblioteca.»

Sam abbassò gli occhi. Anche in occasione della sua precedente visita aveva visto una targhetta accanto al registratore a microfilm, ma non c'era più scritto

Ora diceva

SIGNOR PRICE

Sentì Naomi che gli chiedeva: *un uomo alto, sulla cinquantina?*

«No», disse. «Non il signor Price. E nemmeno il signor Peckham. Io parlavo di Ardelia Lortz.»

I ragazzi si scambiarono uno sguardo perplesso. «Qui non lavora nessuna Ardelia Lord», gli rispose il ragazzo. «Forse lei ha in mente qualche altra biblioteca.»

«Il nome non è Lord», ribatté Sam. Gli parve di sentire la propria voce giungere da una grande distanza. «*Lortz.*»

«No», disse la ragazza, «le assicuro che sta commettendo un errore.»

Erano di nuovo diffidenti e sebbene avesse voluto insistere, dicendo loro che Ardelia Lortz lavorava *sicuramente* in quella biblioteca, perché aveva parlato con lei solo *otto giorni prima*, Sam si costrinse a desistere. D'altronde era tutto assolutamente sensato, no? Era sensato nei limiti di un'assoluta follia, certo, ma questo non cambiava il fatto che la situazione rispondesse a una sua logica ferrea. Come i manifesti, i lucernai e la rastrelliera delle riviste, Ardelia Lortz aveva semplicemente cessato di esistere.

Ora udì la voce di Naomi. *«Oh...» replicò Naomi e rise. La signorina Lortz, eh? Deve essere stato un incontro divertente.*

«*Naomi* aveva riconosciuto il nome», mormorò.

Ora entrambi i ragazzi lo fissarono con identiche espressioni di costernazione.

«Scusatemi», fece Sam cercando di sorridere. Sentì di aver stortato la bocca in una mezza smorfia. «Sto passando un momentaccio.»

«Sì», disse semplicemente il ragazzo.

«Non se la prenda troppo», disse la ragazza.

Pensano che io sia pazzo, rifletté Sam, *e sai una cosa? Non li biasimo minimamente.*

«Nient'altro?» si informò il giovane.

Sam aprì la bocca per dire di no, con l'intenzione di battere in frettolosa ritirata, ma poi cambiò idea. Già che aveva fatto trenta, perché non fare trentuno?

«Da quanto tempo il signor Price è capobibliotecario?»
I due assistenti si scambiarono un'altra occhiata. La ragazza si strinse nelle spalle. «Da quando siamo qui», gli rispose, «però non è passato molto tempo, signor...?»
«Peebles», si presentò Sam porgendole la mano. «Sam Peebles. Sono mortificato. Insieme con mezzo cervello devo aver perso per la strada anche le buone maniere.»
Entrambi i giovani si rilassarono a quelle parole. Un mutamento quasi impercettibile, ma che fu lo stesso di grande aiuto a Sam. Sconvolto o no, era riuscito a conservare almeno un briciolo della sua non scarsa abilità di mettere il prossimo a proprio agio. Un agente immobiliare e assicurativo privo di tale dote avrebbe fatto meglio a cercarsi al più presto un nuovo mestiere.
«Io sono Cynthia Berrigan», si presentò la ragazza accettando con qualche titubanza la sua stretta di mano. «Lui è Tom Stanford.»
«Piacere di conoscerla», disse Tom Stanford. Non sembrava molto convinto, ma anche lui scambiò con Sam una rapida stretta.
«Scusate», intervenne la signora con i romanzi gialli. «Qualcuno può aiutarmi, per piacere? Sto facendo tardi per il mio bridge.»
«Ci penso io», ribatté Tom rivolto a Cynthia, spostandosi di qualche metro dietro al banco per cominciare a registrare i libri della cliente.
«Io e Tom siamo iscritti al Chapelton Junior College, signor Peebles», spiegò la ragazza. «Questa è una sistemazione studio-lavoro. Io sono qui già da tre semestri. Il signor Price mi ha assunto nella primavera dell'anno scorso. Tom ha cominciato a lavorare qui in estate.»
«E il signor Price è l'unico impiegato a tempo pieno?»
«Già.» Aveva begli occhi castani, nei quali Sam scorse ora una traccia di ansietà. «Qualcosa che non va?»
«Non saprei.» Alzò di nuovo lo sguardo al soffitto. Non riusciva a trattenersi. «Questa controsoffittatura c'era già quando ha cominciato a lavorare qui?»
Lei seguì la direzione del suo sguardo. «Be'... Non sapevo che si chiamasse così, però sì, è sempre stato tutto così come lo vede.»
«Io avevo l'impressione che ci fossero dei lucernai.»
Cynthia sorrise. «Ah, sì. Cioè, li si vedono da fuori, se passa

sul lato dell'edificio. E naturalmente si vedono dalla zona degli scaffali, ma sono stati bloccati con delle assi inchiodate. I lucernai, intendo, non gli scaffali. Credo che siano così da anni.»

Da anni.

«E non avete mai sentito nominare Ardelia Lortz.»

Lei scosse la testa. «No. Spiacente.»

«E la Polizia Bibliotecaria?» gli venne da domandarle lì per lì.

Lei rise. «Solo dalla mia vecchia zia. Mi diceva che la Polizia Bibliotecaria sarebbe venuta a prendermi se non avessi restituito in tempo i libri in prestito. Ma parlo di quando ero a Providence, nel Rhode Island, di quando ero ancora una bambina piccola. Molto tempo fa.»

Sicuro, pensò Sam. *Anche dieci, dodici anni fa. Ai tempi in cui c'erano ancora i dinosauri.*

«Grazie comunque delle informazioni», le disse. «Non avevo intenzione di spaventarvi.»

«Non ci ha spaventati.»

«Io credo di sì, un pochino. Per qualche momento mi sono sentito molto confuso.»

«Chi è questa Ardelia Lortz?» chiese Tom Stanford tornando da loro. «È un nome che non mi è nuovo, ma non ho idea del perché.»

«Ecco, lo stesso vale per me», replicò Sam. «Non lo so.»

«In ogni caso domani la biblioteca è chiusa, ma il lunedì pomeriggio il signor Price viene e ci resta fino a sera», lo informò Tom. «Forse lui può dirle quello che desidera sapere.»

Sam annuì. «Penso che verrò a trovarlo. Per ora, grazie di nuovo.»

«Siamo qui per aiutare appena ci è possibile», ribatté Tom. «Mi spiace solo che non abbiamo potuto aiutarla più di così, signor Peebles.»

«Dispiace anche a me», disse Sam.

4

Non successe niente di strano finché arrivò all'automobile, poi, mentre apriva lo sportello con la chiave, fu come se tutti i muscoli del ventre e delle gambe smettessero di funzionare contemporaneamente. Dovette sorreggersi con una mano sul tetto del veicolo per non accasciarsi al suolo mentre spalancava la portiera. Fu così che praticamente crollò al posto di guida e lì restò a respirare con difficoltà chiedendosi non senza apprensione se non stesse per svenire.

Ma che succede qui? Mi sento come un personaggio in quel vecchio programma di Rod Serling. «Sottoposto alla vostra attenzione certo Samuel Peebles, ex residente di Junction City, attualmente venditore di immobili e polizze vita ai... Confini della realtà.»

Era proprio così, salvo che stare a guardare gli altri alle prese con situazioni inspiegabili in un telefilm poteva essere divertente, ma l'inspiegabile perdeva gran parte del suo fascino quando eri *tu* personalmente ad averci a che fare.

Guardò dall'altra parte della strada, dove c'era gente che andava e veniva nella luce accogliente dei fanali ai lati dell'ingresso della biblioteca. L'anziana signora con i libri gialli si era incamminata per il marciapiede, diretta presumibilmente alla sua partita di bridge. Due ragazze scendevano i gradini parlando e ridendo insieme, ciascuna con un libro stretto al petto in fiore. Tutto sembrava perfettamente normale... e naturalmente lo era. La Biblioteca *anormale* era quella in cui era entrato una settimana prima.

L'unica ragione per cui tutte le stranezze non lo avevano colpito con maggior sollecitudine stava forse nelle preoccupazioni per quella dannata conferenza, che dovevano avergli ottenebrato la mente.

Non pensarci più, consigliò a se stesso, anche se temeva di trovarsi in una di quelle occasioni in cui la mente si sarebbe rifiutata di accettare qualsiasi consiglio. *Fai Rossella O'Hara e pensaci domani. Con il sole alto in cielo, tutto questo avrà molto più senso.*

Innestò la marcia e ci pensò lungo tutto il tragitto fino a casa.

7

Terrori notturni

1

LA prima cosa che fece appena entrato fu controllare la segreteria telefonica. Il ritmo del suo cuore accelerò quando vide che lampeggiava la spia rossa.

Sarà lei. Non so chi sia in realtà, ma comincio a pensare che non sarà felice finché non mi avrà fatto impazzire definitivamente.

Allora non ascoltare il messaggio, gli rispose una voce interiore, ma a quel punto era così confuso che non sapeva decidere se fosse un'idea ragionevole. Gli *sembrava* ragionevole, ma gli sembrava anche un po' da vigliacco. E per la verità...

Si rese conto di essersi immobilizzato in un bagno di sudore a mordersi le unghie, e fece un grugnito improvviso, un verso sommesso di esasperazione.

Dalla quarta elementare all'ospedale psichiatrico, pensò. *Che io sia dannato se permetterò che vada a finire così.*

Schiacciò il tasto.

«Salve!» esclamò una voce maschile arrochita dal whisky. «Sono Joseph Randowski, signor Peebles. Il mio nome d'arte è l'Incredibile Joe. Ho chiamato per ringraziarla di avermi sostituito per quella serata al Kiwanis o che so io. Volevo comunicarle che sto molto meglio. Mi sono preso solo una brutta storta. Ma non ho avuto il collo fratturato come si era pensato da principio. Le mando un mazzo di biglietti gratuiti per lo spettacolo. Li distribuisca ai suoi amici. Le faccio i miei auguri e la ringrazio di nuovo. Arrivederci.»

Il nastro si fermò. Si accese la spia che annunciava che non c'erano altri messaggi registrati. Sam si rimproverò con un versaccio per l'ansia di poco prima. Se Ardelia Lortz aveva l'intenzione di farlo sussultare al solo muoversi di un'ombra, ci stava riuscendo benissimo. Schiacciò il tasto di riavvolgimento e lo colse un altro pensiero. Riavvolgere il nastro dopo aver ascoltato i messaggi era per lui un'abitudine, ma così facendo cancellava le vecchie registrazioni, sulle quali venivano sovrapposti i messaggi più recenti. Dunque il messaggio dell'Incredibile Joe aveva cancellato quello di Ardelia, unica prova dell'esistenza di quella donna.

Ma non era proprio così, vero? C'era la sua tessera della biblioteca. Aveva aspettato davanti a quel dannato banco nel salone e l'aveva vista firmare la tessera con uno svolazzo.

Sam estrasse il portafogli e ne passò in rassegna il contenuto tre volte prima di concludere che era scomparsa anche la tessera. E credeva di sapere come. Ricordava vagamente di averla infilata nella tasca all'interno della copertina di *Le poesie più amate dagli americani*.

Per non perderla.

Bravo. Molto previdente.

Si sedette sul sofà e si appoggiò la fronte alla mano. Gli stava venendo mal di testa.

2

Si stava riscaldando una minestra in scatola qualche minuto dopo, nella speranza che qualcosa di caldo nello stomaco contrastasse l'incipiente mal di testa, quando ripensò a Naomi, che tanto somigliava alla ragazza ritratta nel manifesto di Dave Raccatta.

Al sospetto che Naomi conducesse una vita segreta non meglio qualificabile sotto il nome di Sarah si era comunque sovrapposta una considerazione al momento più importante: sapeva chi era Ardelia Lortz. Ma la reazione che aveva avuto nell'udire quel nome era stata un po' strana, vero? Lì per lì si era mostrata sorpresa e aveva cominciato a ironizzare, poi aveva squillato il telefono e aveva parlato con Burt Iverson e...

Cercò di ricostruire la conversazione e trovò mortificante quanto poco e male la ricordava. Naomi aveva detto che Ardelia era un tipo strano, d'accordo, di questo era sicuro, ma non rammentava altro. Al momento non era sembrato importante. Al momento era stato molto più importante l'improvviso balzo in avanti che aveva fatto la sua carriera. Ed era ancora importante, sennonché quest'altro problema aveva di gran lunga sminuito le sue questioni professionali. Per la verità, stava sminuendo qualsiasi altra cosa della sua vita. La sua mente tornava a quel controsoffitto, così pratico e moderno, agli scaffali più bassi. Non credeva di essere pazzo, neanche per sogno, ma cominciava a temere che se non fosse riuscito a risolvere razionalmente quel mistero sarebbe *potuto* impazzire. Era come se avesse scoperto un buco in mezzo alla testa, tanto grande da poterci gettare dentro un oggetto senza mai sentire il tonfo, per quanto grande fosse l'oggetto e per quanto tempo avesse voluto aspettare con l'orecchio teso. Era una sensazione che con il tempo si sarebbe dissolta, forse, ma intanto era orribile.

Mise al minimo il fuoco sotto la minestra, andò nello studio e trovò il numero di telefono di Naomi. Dopo tre squilli una voce anziana e gracchiante chiese: «Chi è, per piacere?» Sam riconobbe subito la voce, quella della madre sgangherata di Naomi che non vedeva da quasi due anni.

«Salve, signora Higgins. Sono Sam Peebles.»

Aspettò che lei gli rispondesse con *Oh, salve, Sam* o magari *Come va?* e sentì invece solo il suo pesante respiro enfisemico. Non era mai stato nelle sue grazie e a quanto sembrava la lunga assenza non le aveva intenerito il cuore.

Poiché evidentemente lei non aveva intenzione di parlare, Sam decise di avviare comunque i convenevoli. «Come sta, signora Higgins?»

«Ho i miei giorni buoni e i miei giorni cattivi.»

Per un attimo Sam rimase interdetto. Era uno di quei commenti per i quali non esisteva una risposta adeguata. *Mi dispiace di sentirglielo dire* non andava bene, ma ancora peggio sarebbe stato qualcosa come *Sono felice per lei, signora Higgins!*

Decise allora di chiederle se poteva parlare con Naomi.

«Questa sera è fuori. Non so quando rientrerà.»

«Può chiederle di chiamarmi?»

«Sto per andare a letto. E non mi dica che devo lasciarle un messaggio perché con questa artrite non riuscirei a scrivere.»

Sam sospirò. «Telefonerò domani.»

«Domani mattina saremo in chiesa», replicò la signora Higgins nello stesso tono reticente. «E domani pomeriggio c'è il primo picnic della stagione organizzato dalla parrocchia per i ragazzi. E Naomi ha promesso di dare una mano.»

Sam concluse che era meglio arrendersi. Era evidente che la signora Higgins non gli avrebbe concesso altro che nome, grado e numero di matricola. Stava per congedarsi, quando cambiò idea. «Signora Higgins, le dice niente il nome Lortz? Ardelia Lortz?»

Il sibilo pesante della respirazione si fermò improvvisamente. Per un attimo il silenzio fu totale, poi Sam udì di nuovo la voce della signora Higgins, ora cupa e biliosa. «Per quanto tempo ancora voialtri pagani senza Dio ci getterete in faccia il nome di quella donna? Credete che sia *divertente*? Credete che sia *furbo*?»

«Signora Higgins, temo che mi abbia frainteso. Io desidero solo sapere...»

Udì uno scatto secco. Sembrava quasi che la signora Higgins si fosse spezzata su un ginocchio un ramo secco. Poi non udì più niente.

3

Mangiò la minestra e poi passò mezz'ora a cercare di guardare la televisione. Non servì. La sua mente vagava in continuazione. Cominciava per esempio dall'immagine nel manifesto di Dave Raccatta o dall'impronta infangata sulla sopraccopertina di *Le poesie più amate dagli americani*, o dal manifesto di Cappuccetto Rosso scomparso. Ma finiva sempre nello stesso posto: il soffitto completamente diverso nella sala di lettura principale della Biblioteca Pubblica di Junction City.

Finalmente rinunciò e andò a mettersi a letto. Era stato uno dei sabati peggiori che riuscisse a ricordare, se non forse il peggiore di tutta la sua vita. L'unica cosa che desiderava ora era un rapido tuffo nel mare dell'incoscienza senza sogni.

Ma il sonno non venne.

Vennero invece gli orrori.

Spiccava su tutti il timore di perdere il lume della ragione. Non si era mai reso conto di quanto terribile fosse un timore come quello. Aveva visto al cinema personaggi che andavano dallo psichiatra a dire: «Mi sento come se stessi perdendo la testa, dottore», stringendosi drammaticamente la testa fra le mani, e forse scene di questo genere lo avevano indotto a credere che l'insorgere del disordine mentale fosse equiparabile all'inizio di un'emicrania. Ma non era così, come ebbe a scoprire nelle lunghe ore durante le quali il 7 aprile scivolò gradualmente nel suo domani. Era piuttosto come portarsi una mano all'inguine per grattarsi i testicoli e trovare una grossa escrescenza, una protuberanza che era probabilmente un tumore.

La biblioteca *non poteva* essere cambiata così radicalmente in poco più di una settimana. Lui *non poteva* aver visto i lucernai dalla sala di lettura. Quella ragazza, Cynthia Berrigan, aveva detto che già quando lei aveva cominciato a lavorare lì, almeno un anno prima, le vetrate erano state sbarrate con delle assi. Quindi lui era certamente vittima di una forma di crisi mentale. O di un tumore cerebrale. E si poteva escludere la malattia di Alzheimer? *Oh*, ma che bella prospettiva. Aveva letto da qualche parte, forse sul *Newsweek*, che le persone colpite dal morbo di Alzheimer regredivano a livelli infantili. Forse tutto quanto quell'episodio stralunato era l'indizio di un'incipiente senilità precoce.

Una sorta di inquietante insegna luminosa cominciò a lampeggiare nel groviglio dei suoi pensieri, un'insegna di tre parole in lettere del colore della liquirizia rossa. Le parole erano

PERDENDO LA TESTA

Aveva vissuto una vita ordinaria, fatta di ordinari piaceri e rimpianti ordinari; una vita non proprio impegnativa. Non aveva mai visto il suo nome alle luci della ribalta, è vero, ma non aveva avuto nemmeno mai alcun motivo di mettere in dubbio il proprio equilibrio mentale. Ora si trovava fra le lenzuola scomposte del suo letto a chiedersi se fosse così che cominciava il distacco dal mondo reale e razionale. Se fosse così che cominciava quando si

PERDEVA LA TESTA

un altro fatto illogico era che l'angelo dei senzatetto di Junction City fosse Naomi, la quale per l'occasione agiva dietro la copertura di un nome posticcio. Non poteva essere. Cominciò persino a dubitare dell'improvviso slancio preso dai suoi affari. Forse era tutta un'allucinazione.

Verso la mezzanotte i suoi pensieri tornarono ad Ardelia Lortz e a quel punto la situazione cominciò a degenerare. Si mise a fare orribili congetture: e se Ardelia Lortz fosse stata nascosta nel suo ripostiglio? O addirittura sotto il letto? La vide sogghignare felice dei suoi misteriosi e raccapriccianti propositi, agitando nel buio le dita munite di lunghe unghie affilate, con i capelli sparsi in una paurosa parrucca da Medusa. Immaginò di sentire le ossa che gli si scioglievano in gelatina quando lei cominciava a parlargli bisbigliando.

Hai perso i libri, Sam, perciò dovrò far venire il Poliziotto della Biblioteca... hai perso i libri... li hai perssssi...

Alla fine, verso la mezzanotte e mezzo, Sam non ne poté più. Si alzò a sedere e nel buio cercò a tastoni la lampada sul comodino. E mentre annaspava fu colto da una nuova fantasticheria, così vivida da sembrare una certezza: non era solo, nella sua camera, ma il suo visitatore non era Ardelia Lortz. Oh, no. Il suo ospite era il Poliziotto della Biblioteca, quello del manifesto scomparso dalla biblioteca dei ragazzi. Era lì immobile nell'oscurità, alto e pallido, nel suo trench, un uomo con una brutta carnagione e una cicatrice bianca che gli zigzagava attraverso la guancia sinistra sotto l'occhio e sopra il naso. Non aveva visto la cicatrice sulla figura del manifesto, ma soltanto perché il disegnatore non aveva voluto mettercela. Perché in realtà c'era. Lo sapeva.

Hai sbagliato fui cefpugli, gli avrebbe detto il Poliziotto della Biblioteca con quel suo leggero difetto di pronuncia. *Ci fono fì, i cefpugli lungo i lati.* Tanti *cefpugli. E noi li efploreremo. Noi li efploreremo infieme.*

No! Smettila! Per l'amor di Dio... SMETTILA!

Mentre le sue dita tremanti trovavano finalmente la lampada, nel buio si udì uno scricchiolio che gli strappò un gridolino sfiatato. Contrasse la mano, schiacciando il pulsante. La luce si accese. Per un momento ebbe la netta sensazione di *vedere* l'uomo con l'impermeabile, poi si rese conto che era solo l'ombra proiettata sul muro dal bureau.

Posò i piedi a terra e per qualche attimo si prese la faccia tra le mani. Poi cercò il pacchetto di Kent sul comodino.

«Devi mantenere la calma», mormorò. «Ma che cosa cazzo ti sei messo a pensare?»

Non lo so, rispose prontamente la voce interiore. *E non voglio neanche saperlo. Né adesso né mai. Quei cespugli sono una storia antica. Non voglio pensarci mai più. Né ai cespugli né al sapore. Quel sapore così dolce, troppo dolce.*

Accese la sigaretta e tirò una boccata profonda.

Lo terrorizzava la prospettiva di arrivare infine a vedere quell'uomo in carne e ossa. O Ardelia. O Gorgo, Grande Imperatore di Pellucidar. Perché se era stato capace di dar vita a un'allucinazione così realistica come la sua visita alla biblioteca e il suo incontro con Ardelia Lortz, allora era capace di far concretizzare *qualunque* creazione della sua mente. Se si comincia a pensare a lucernai che non ci sono, a persone che non ci sono, persino a *cespugli* che non ci sono, allora qualsiasi cosa è possibile. Come sedare una rivolta nella propria *mente*?

Scese in cucina, accendendo tutte le luci mentre passava, resistendo all'impulso di guardarsi alle spalle per assicurarsi che nessuno lo pedinasse. Per esempio un uomo con un distintivo in mano. Aveva bisogno probabilmente di un buon sonnifero, ma poiché non ne aveva, nemmeno di quelli blandi come il Sominex, sarebbe stato costretto a improvvisare. Versò del latte in un pentolino, lo scaldò, lo travasò in una tazza da caffè e lo corresse con una salutare dose di brandy. Era un'altra cosa che aveva visto nei film. Lo assaggiò, fece una smorfia, meditò se versare la malefica mistura nel lavello, poi guardò l'orologio montato sul forno a microonde. Un quarto all'una. Mancava ancora molto tempo all'alba. Molto tempo da trascorrere immaginando Ardelia Lortz e il Poliziotto della Biblioteca che salivano furtivamente le scale ciascuno con un coltello stretto fra i denti.

O frecce, pensò. *Lunghe frecce nere. Ardelia e il Poliziotto della Biblioteca che salivano furtivi le scale con lunghe frecce nere fra i denti. Bella questa, no, amici e vicini?*

Frecce?

Perché mai le frecce?

Non voleva pensarci. Era stanco dei pensieri che sbucavano sfrecciando dalle zone buie e finora innocenti della sua mente come frisbee appestati e maleodoranti.

Non voglio pensarci. Non voglio saperne niente.

Finì il latte corretto con il brandy e tornò a letto.

4

Lasciò accesa la lampada sul comodino e servì a farlo stare più calmo. Cominciò persino a pensare che sarebbe riuscito ad addormentarsi prima della fine dell'universo. Si tirò la coperta fin sotto il mento, si intrecciò le dita dietro la nuca e fissò il soffitto.

In PARTE *deve essere pur successo davvero*, rifletté. *Non può essere stata* TUTTA *un'allucinazione... a meno che ci sia dentro anch'io: nel qual caso, mentre immagino di essere sdraiato nel letto di casa mia, sono invece in una stanza foderata di materassi a Cedar Rapids, stretto in una camicia di forza.*

Aveva *veramente* tenuto la sua conferenza. Aveva *veramente* utilizzato le battute di spirito tratte da *Il vademecum dell'oratore* e una poesia di Spencer Michael Free presa da *Le poesie più amate dagli americani*. E, poiché la sua piccola collezione di libri non conteneva quei due volumi, doveva averli presi alla biblioteca. Naomi sapeva qualcosa di Ardelia Lortz, quanto meno ne aveva riconosciuto il nome; altrettanto dicasi per sua madre. Oh, sì! Era stato quasi come se le avesse fatto scoppiare un petardo sotto la poltrona.

Potrei cercare di saperne di più, pensò. *Se la signora Higgins conosce quel nome, non sarà certamente la sola in tutta la città. Non ne sapranno niente forse gli studenti che si mantengono al college lavorando in biblioteca, ma potrei chiedere a persone che abitano da molto tempo a Junction City. Frank Stephens, per esempio. O Dave Raccatta...*

A questo punto si assopì. Attraversò senza accorgersene l'invisibile confine tra veglia e sonno; i suoi pensieri non cessarono mai, cominciando invece ad avvilupparsi in forme ancor più strane e fantastiche. E le forme si trasformarono in sogno. E il sogno diventò un incubo. Era di nuovo ad Angle Street, sulla cui veranda i tre beoni lavoravano ai loro manifesti. Chiese a Dave Raccatta che cosa stesse facendo.

Oh, si passa il tempo, rispose Dave e poi, timidamente, girò verso di lui il manifesto per farglielo vedere.

La persona ritratta era Simone Semplicione. Era stato impalato su uno spiedo che girava su un fuoco. In una mano stringeva un gran mazzo di liquirizia rossa che si andava sciogliendo. I suoi abiti bruciavano, ma lui era ancora vivo. E urlava. La scritta sopra questa terribile immagine era:

PICNIC DI BENEFICENZA NEI CESPUGLI
DELLA BIBLIOTECA PUBBLICA
A FAVORE DELLA POLIZIA BIBLIOTECARIA
DA MEZZANOTTE ALLE DUE
TUTTI I BIMBI SONO INVITATI
«È TUTTA PAPPA!»

Dave, ma è orribile, disse Sam nel sogno.

Niente affatto, rispose Dave Raccatta. *I bambini lo chiamano Simone Semplicione. Adorano mangiarlo. Io credo che sia molto salutare, non trovi?*

Guarda! esclamò Rudolph. *Guarda, è Sarah!*

Sam rialzò la testa e vide Naomi che sopraggiungeva attraversando il tratto pieno di immondizie ed erbacce tra Angle Street e il centro di riciclaggio. Avanzava adagio, perché spingeva un carrello del supermercato pieno di copie di *Il vademecum dell'oratore* e *Le poesie più amate dagli americani*. Dietro di lei il sole scendeva in un imbronciato bagliore cremisi come il rogo di una fornace e un lungo treno passeggeri sferragliava lentamente sui binari, verso le regioni spopolate dell'Iowa occidentale. C'erano almeno trenta carrozze, tutte nere. Appesi ai finestrini dondolavano addobbi neri. Era un treno funerario.

Sam si girò verso Dave Raccatta e disse: *Non si chiama Sarah. Il suo nome è Naomi. Naomi Higgins di Proverbia.*

Si sbaglia, ribatté Dave Raccatta. *È la Morte che sta arrivando, signor Peebles. La Morte è una donna*.

Allora Lukey cominciò a strillare. Ai limiti estremi del suo terrore, faceva i versi di un maiale scannato. *Ha gli Slim Jim! Porta gli Slim Jim! Oh, Dio mio, ha un carico intero di Slim Jim!*

Sam guardò meglio, cercando di capire a che cosa stesse alludendo Lukey. Ora la donna era più vicina e non era più Naomi. Era Ardelia. Indossava un trench del colore di una nube invernale. Il carrello del supermercato non era pieno di Slim Jim, come credeva Lukey, e conteneva invece un groviglio di migliaia di stringhe di liquirizia rossa. Vide Ardelia che ne prendeva a manciate e se ne riempiva la bocca. Non aveva più la dentiera e i suoi denti erano lunghi e macchiati. Sembravano denti da vampiro, acuminati e tremendamente forti. Con una smorfia feroce, li affondò nella sua matassa di liquirizia. Ne sprizzò vivido sangue che si diffuse in uno spruzzo dorato nell'aria satura di tramonto e le colò sul mento. Frammenti di

liquirizia caddero fra i ciuffi d'erba schizzando altro sangue.
Ardelia alzò le mani che erano diventate artigli uncinati.
«*Tuuuu hai persssso i liiiiibri!*» gridò e si avventò su Sam.

5

Sam si destò in un sobbalzo, traendo un sospiro strozzato. Aveva strappato tutta la biancheria del letto dai suoi ormeggi e vi si era raggomitolato sotto, ai piedi del letto, in un bagno di sudore. Da sotto la tendina che oscurava la finestra sbirciava la prima tenue luce del giorno nuovo. L'orologio segnava le 5.53.

Si alzò nell'aria fresca della camera da letto che gli accarezzò come un balsamo la pelle sudata, andò in bagno e orinò. Aveva un vago mal di testa o in conseguenza del brandy di primo mattino o per il trauma che gli aveva provocato il sogno. Aprì l'armadietto dei medicinali, prese due aspirine e tornò stancamente al letto. Lo risistemò alla meglio, trovando residui del suo incubo in ogni piega umidiccia del lenzuolo. Non sarebbe riuscito a riprendere sonno, lo sapeva, ma poteva almeno starsene sdraiato in attesa che le immagini paurose del sogno si dissolvessero.

Come la sua testa toccò il guanciale, si rese conto all'improvviso di essere venuto a conoscenza di qualcos'altro, una scoperta non meno sorprendente e inaspettata di quando aveva riconosciuto la sua segretaria nella ragazza ritratta nel manifesto di Dave Raccatta. Anche quella nuova rivelazione aveva a che fare con Dave Raccatta... e con Ardelia Lortz.

È stato il sogno, pensò. *È da lì che l'ho capito.*

Si addormentò, sprofondando in un sonno tranquillo, senza altri sogni, e quando si svegliò erano quasi le undici. Le campane della chiesa chiamavano i fedeli a raccolta per la preghiera e la giornata era splendida. La vista di tutto quel sole su tutta quella lucente erba novella lo fece sentire più che bene, lo fece sentire quasi rinato.

8

Angle Street (II)

1

Si preparò una colazione consistente a base di succo d'arancia, omelette di tre uova farcita di cipolle verdi e una bella caraffa di caffè forte e mentre la consumava cominciò a meditare sull'opportunità di tornare ad Angle Street. Ricordava ancora il momento di illuminazione che aveva avuto durante il suo breve periodo di veglia ed era assolutamente sicuro che la sua intuizione fosse confermata dai fatti, ma si domandava se desiderasse davvero andare più a fondo in quei misteri.

Nella luce briosa di quel mattino di primavera le sue paure della notte precedente gli sembravano lontane e assurde e forte era la tentazione, quasi il bisogno, di lasciar perdere tutto e non pensarci più. Gli era successo qualcosa, qualcosa di irragionevole, privo di qualsiasi spiegazione logica. E la domanda era: e allora?

Aveva letto di fenomeni di quel genere, di fantasmi, premonizioni e possessioni, ma sempre con scarsissimo interesse. Gli piaceva di tanto in tanto andare a vedere un film del terrore, ma più in là di così non si era mai spinto. Era un uomo dalla mentalità pratica e non trovava alcuna utilità nei fenomeni paranormali... posto sempre che esistessero davvero. Lui stesso era stato protagonista di... be', chiamiamolo un *caso*, in mancanza di un termine più adatto. Ora il suo caso era chiuso. Perché non scordarsene?

Perché ha detto che vuole i suoi libri entro domani: giusto?

L'ingiunzione non aveva però più la stessa presa su di lui, a quel punto. A dispetto dei messaggi che gli aveva lasciato alla segreteria telefonica, Sam non credeva più molto ad Ardelia Lortz.

Gli interessava piuttosto la propria reazione a quanto gli era accaduto. Si ritrovò a ricordare una lezione di biologia al college. Il professore aveva esordito dicendo che il corpo umano impiegava una strategia molto efficiente contro l'incursione di organismi alieni. Ricordava che il commento era stato originato dalla grande copertura che davano gli organi di informazione a fatti clinici assai gravi, dal cancro alle influenze mortali, alle malattie trasmettibili sessualmente come la sifilide, motivo per il quale la gente era indotta a ritenersi molto più vulnerabile alle malattie di quanto fosse in realtà.

«Il corpo umano», aveva spiegato il docente, «ha a disposizione una propria task force di Berretti Verdi. Quando il corpo umano viene aggredito da un agente estraneo, signore e signori, la reazione di queste truppe è rapida e senza pietà. La lotta è senza quartiere. Senza questo reparto di killer perfettamente addestrati, ciascuno di voi sarebbe morto venti volte prima del compimento del primo anno d'età.»

La tecnica principale adottata dal corpo per sbarazzarsi degli invasori è l'isolamento. Gli invasori vengono dapprima circondati, privati degli elementi nutritivi di cui hanno bisogno per vivere, e successivamente divorati, sterminati o lasciati morire di fame. Ora Sam scopriva, o almeno così gli sembrava, che la mente impiegasse la medesima tecnica quando veniva aggredita. Ricordava molte occasioni in cui aveva avuto la sensazione di cominciare un raffreddore per risvegliarsi l'indomani mattina in perfetta salute. Il corpo aveva reagito a dovere. Mentre dormiva si era combattuta una guerra feroce e gli invasori erano stati spazzati via fino all'ultimo uomo... o microbo. Erano stati divorati, sterminati o lasciati morire di fame.

La sera precedente aveva avuto l'equivalente mentale di un raffreddore incipiente. La mattina dopo l'invasore, la minaccia portata alle sue percezioni razionali, era stato circondato. Privato degli elementi nutritivi che gli erano necessari. Ora era solo questione di tempo. Qualcosa dentro di lui lo stava avvertendo che, volendo indagare più a fondo in quei misteri, avrebbe forse alimentato il nemico.

È così che succede, pensò. *È per questo che il mondo non pullula di notizie su strani accadimenti e fenomeni inspiegabili. La mente ne viene colpita... ne subisce l'influenza per qualche tempo... poi contrattacca.*

Però era curioso, ecco il guaio. E non si diceva in fondo che se la curiosità uccide il gatto la soddisfazione lo resuscita?

Chi? Chi lo dice?

Non lo sapeva... ma forse avrebbe potuto scoprirlo. Alla sua biblioteca locale. Sorrideva fra sé mentre raccoglieva le stoviglie nel lavello. E scoprì di aver già preso la sua decisione: sarebbe andato in definitiva più a fondo in quello strano episodio.

Giusto un pochino.

2

Giunse ad Angle Street verso mezzogiorno e mezzo. Non si stupì più che tanto di trovare la vecchia *Datsun* blu di Naomi parcheggiata lì davanti.

Lasciò la macchina dietro quella di Naomi, smontò e salì gli scalini decrepiti passando accanto al cartello che lo ammoniva a lasciare eventuali bottiglie nel barile lì accanto. Bussò, ma non gli rispose nessuno. Spinse la porta che si aprì senza difficoltà su un'ampia anticamera priva di mobili... a meno di voler considerare il telefono a pagamento. La tappezzeria era pulita ma sbiadita. Sam notò un punto in cui era stata rammendata con un pezzo di nastro adesivo.

«C'è nessuno?»

Nessuna risposta. Entrò, sentendosi come un intruso, e si incamminò per il corridoio. La prima porta a sinistra dava in una stanza comune. Due scritte erano fissate a quella porta con puntine da disegno.

AMICI DI BILL ENTRATE QUI!

diceva la prima. Sotto ce n'era un'altra, che parve a Sam al contempo espressione di logica ferrea e infinita sciocchezza. Era:

IL TEMPO VUOLE TEMPO

La stanza comune era arredata con poltrone scompagnate e un lungo divano a sua volta rappezzato con nastro adesivo, di tipo isolante, questa volta. Alle pareti erano appesi altri slogan. Su un tavolino vicino al televisore c'era una macchina per il caffè. Televisore e bollitore elettrico erano spenti.

Procedette per il corridoio oltrepassando le scale e sentendosi più intruso che mai. Gettò un'occhiata nelle altre tre stanze che si affacciavano sullo stesso corridoio. Ciascuna conteneva due semplici brande e niente di più: non un ospite presente. Le camere erano scrupolosamente pulite, ma raccontavano lo stesso la loro storia. Una era pervasa da odore di Musterolo. Un'altra conservava l'odore sgradevole di qualche malattia terminale. *Qui dentro di recente è morto qualcuno,* giudicò. *O ci morirà tra non molto.*

La cucina era in fondo al corridoio, ma anche lì non c'era nessuno. Era una grande stanza soleggiata con uno stinto linoleum a ricoprire il pavimento in una serie di cunette e avvallamenti irregolari. Un vano nella parete era occupato da una gigantesca stufa con fornelli funzionanti in parte a gas e in parte a legna. Anche il lavandino era di quelli di una volta, spazioso e profondo, con lo smalto macchiato di ruggine. Sui rubinetti campeggiavano grandi manopole a elica, di quelle di una volta. Accanto alla dispensa c'era un'antica lavatrice della Maytag e un'asciugatrice a gas Kenmore. Nell'aria era rimasta traccia dei fagioli della sera prima. A Sam piacque quella cucina. Sapeva di economie ai limiti del masochismo, ma parlava anche di amore e solidarietà e di attimi di felicità conquistati con estenuante fatica. Gli ricordava la cucina di sua nonna e quello era stato un luogo accogliente. Un luogo sicuro.

Sul vecchio frigorifero Amana da ristoranti c'era una targhetta calamitata con la scritta:

CHE DIO BENEDICA LA NOSTRA CASA DOVE NON SI BEVE

Udì voci all'esterno. Attraversò la cucina per andare a guardare da una delle finestre che erano state spalancate per lasciar entrare tutto il tepore primaverile che la brezza leggera riuscisse a portarvi.

Nel prato dietro alla casa era spuntato il primo verde; sotto una rada fila di alberi ravvivati dalle prime gemme, un orto ancora in letargo attendeva giorni più caldi. A sinistra dormiva dolcemente afflosciata la reticella di un canestro. A destra, nei due campetti per il gioco del lancio dei ferri di cavallo, erano germogliati i primi steli d'erba. Nel complesso l'atmosfera era di desolazione, e del resto in quella stagione era un fatto comune, ma Sam notò che il terreno era stato rastrellato almeno una volta da quando era scomparsa la neve dell'inverno e e che non c'erano tracce di fuliggine sebbene a non più di una quindicina di metri dall'orto si vedessero scintillare le rotaie della ferrovia.

Forse gli abitanti di Angle Street non avevano molto di cui curarsi, rifletté, ma sicuramente si prendevano cura di quel poco che avevano.

Su alcune seggiole pieghevoli disposte più o meno in cerchio tra il canestro e i campetti, erano sedute una decina di persone. Sam riconobbe Naomi, Dave, Lukey e Rudolph. Poco dopo riconobbe anche Burt Iverson, il più affermato avvocato di Junction City, ed Elmer Baskin, il banchiere che non aveva presenziato alla sua conferenza al Rotary ma che lo aveva lo stesso chiamato più tardi per congratularsi con lui. Uno sbuffo di vento più forte sollevò le modeste tende a scacchi ai lati della finestra dalla quale Sam spiava. Spettinò anche i capelli argentati di Elmer. Elmer alzò la faccia al sole e sorrise. Sam fu colpito dal semplice piacere che gli lesse negli occhi, non sul volto, ma *dentro* di esso. In quel momento era contemporaneamente di più e di meno del banchiere più ricco di un piccolo centro di provincia; era il rappresentante di ogni uomo che salutava la primavera di un inverno lungo e rigido, felice di essere ancora vivo, integro e senza dolore.

Si sentì pervadere da un senso di irrealtà. Era abbastanza singolare trovare Naomi Higgins in compagnia degli alcolisti senzatetto di Junction City... sotto un altro nome, per giunta. Riconoscere nel gruppo il più rispettato banchiere della città e uno dei suoi più acuti principi forensi era un po' più che sconcertante.

Un uomo che indossava un paio di malconci calzoni verdi e una felpa dei Bengals di Cincinnati alzò la mano. Fu additato da Rudolph e dichiarò: «Il mio nome è John e sono un alcolizzato».

Sam si ritrasse frettolosamente. Si sentì una vampata in faccia. Ora non era più solo un intruso, era una spia. Probabilmente tenevano le loro riunioni dell'AA tutte le domeniche verso quell'ora nella stanza comune, come lasciava intendere la caraffa per il caffè. Ma quel giorno evidentemente avevano approfittato del bel tempo per portare fuori le sedie. Era pronto a scommettere che l'idea fosse di Naomi.

Domani mattina saremo in chiesa, aveva detto la signora Higgins. *E domani pomeriggio c'è il primo picnic della stagione organizzato dalla parrocchia per i ragazzi. E Naomi ha promesso di dare una mano.* Si chiese se la signora Higgins sapesse che sua figlia trascorreva il pomeriggio con gli alcolisti e non con i battisti, ma l'interrogativo era retorico. Certo che lo sapeva. Ora credeva anche di capire perché Naomi aveva bruscamente deciso che due serate trascorse con Sam Peebles erano sufficienti. Lì per lì lui aveva pensato a motivi di carattere religioso, né Naomi aveva cercato di dissuaderlo da quell'ipotesi. Ma, dopo la prima volta che erano usciti insieme per andare al cinema, lei aveva accettato un secondo invito. Dopo la *seconda* volta, qualunque romantico interesse avesse avuto in lui si era spento. O così era sembrato. E quella seconda volta erano usciti a cena. E lui aveva ordinato del vino.

Gesù santo, come potevo immaginare che fosse un'alcolista? Sono forse un indovino?

La risposta naturalmente era che in nessun modo avrebbe potuto immaginarlo, e tuttavia la pelle della faccia gli bruciava ancora di più lo stesso.

O forse non è l'alcol... o non è solo *l'alcol. Forse ha anche altri problemi.*

Si ritrovò a domandarsi anche se Burt Iverson ed Elmer Baskin, due potenti notabili cittadini, avessero scoperto che lui sapeva della loro appartenenza alla più numerosa società segreta del mondo. Forse niente. Non conosceva abbastanza la realtà dell'AA per esserne sicuro. Di sicuro sapeva solo due cose: che la seconda A stava per Anonimi e che quelli erano uomini in grado di schiacciare le sue ambizioni professionali se così avessero scelto.

Decise di andarsene al più presto e il più silenziosamente possibile. Aveva così l'attenuante di non aver preso quella decisione per considerazioni di carattere personale. Le persone sedute nel prato dietro ad Angle Street avevano in comune un problema grave. Lui l'aveva scoperto per caso e non aveva intenzione di restare a origliare di proposito.

Ripercorse il corridoio, vide un mazzetto di foglietti sopra il telefono. Appeso a un pezzetto di spago c'era un mozzicone di matita. D'impulso prese un foglietto e vi scrisse un breve messaggio.

Dave,

questa mattina sono passato di qui nella speranza di

vederti ma non ho trovato nessuno. Voglio parlarti di una donna che si chiama Ardelia Lortz. Ho idea che tu sappia chi sia e sono ansioso di sapere qualcosa di più su di lei. Vorresti chiamarmi oggi pomeriggio o questa sera? Il numero è 555-8699. Ti ringrazio di cuore.

Firmò in calce, ripiegò in due il foglietto e vi scrisse sopra il nome di Dave. Meditò brevemente se lasciarlo in cucina, ma preferiva evitare che qualcuno di loro, e in particolar modo Naomi, avesse a preoccuparsi di essere stato visto partecipare a quel rito tanto strano quanto probabilmente utile. Posò dunque il foglietto sul televisore, in piedi, con il nome di Dave bene in evidenza. Scartò l'idea di lasciare un quarto di dollaro per la telefonata vicino al messaggio. Dave avrebbe potuto dispiacersene.

Così se ne andò, contento di uscire di nuovo nel sole senza essere stato scoperto. Mentre saliva in macchina notò l'adesivo sul paraurti della *Datsun* di Naomi.

SIA QUEL CHE SIA E SIA DIO

diceva.

«Meglio Dio che Ardelia», borbottò, uscendo dal vialetto d'accesso in retromarcia.

3

Nelle ultime ore del pomeriggio fu colto da una pesante sonnolenza, conseguenza del riposo frammentario e torturato della notte.

Accese la televisione, trovò un incontro amichevole Cincinnati-Boston che scivolava pigramente nell'ottavo inning. Si sdraiò sul divano a seguire la partita e si assopì quasi immediatamente. Il telefono squillò prima che il torpore avesse tempo di trasformarsi in sonno vero e proprio. Si alzò per andare a rispondere, un po' intontito e disorientato.

«Pronto?»

«Lei non vuole parlare di quella donna», disse Dave Raccatta senza preamboli. Gli tremava la voce per la difficoltà di mantenere il controllo. «Non vuole nemmeno *pensare* a quella donna.»

Per quanto tempo ancora voialtri pagani senza Dio ci getterete in faccia il nome di quella donna? Credete che sia divertente? Credete che sia furbo?

Sam ritrovò in un lampo tutta la sua presenza di spirito. «Dave, che cosa c'è dietro il nome di quella donna? Quando ne parlo, o nessuno ne sa niente, o vedo la gente reagire come se fosse il diavolo in persona. Chi è? Che cosa diamine può aver fatto per avervi spaventato tutti in questo modo?»

Ci fu un lungo silenzio. Sam attese con il cuore che gli batteva forte nel petto e in gola. Avrebbe anche pensato che fosse caduta la comunicazione se non avesse sentito il respiro rotto di Dave.

«Signor Peebles», gli sentì dire finalmente, «per tanti anni lei è stato per me un aiuto importante. Lei e altri come lei mi hanno aiutato a restare vivo quando non ero sicuro nemmeno io di volerlo. Ma non posso parlare di quella maledetta. Non posso. E per il suo bene le dico che nemmeno lei vuole parlarne né con lei né con altri.»

«Mi sembra una minaccia.»

«No!» esclamò Dave. Sembrava più che sorpreso. Sembrava sgomento. «No, la sto solo mettendo in guardia, signor Peebles. Come farei se la vedessi avvicinarsi a un vecchio pozzo dove l'erba è cresciuta tanto da nasconderne il ciglio. Non parli di lei e non pensi a lei. Non resuscitiamo i morti.»

Non resuscitiamo i morti.

In un certo senso non ne era per niente stupito. Tutto quello che era avvenuto (con l'eccezione forse dei messaggi lasciati alla sua segreteria telefonica) puntavano alla medesima conclusione: che Ardelia Lortz non apparteneva più al mondo dei vivi. Dunque lui, Sam Peebles, agente immobiliare e assicurativo di un piccolo centro di provincia, aveva avuto una conversazione con un fantasma senza nemmeno saperlo. Conversato con lei? Peggio! Aveva avuto con lei *rapporti commerciali*! Le aveva dato due dollari per ricevere in cambio da lei una tessera della biblioteca.

Dunque non era esattamente stupito... ma un gelo profondo cominciò lo stesso a diffonderglisi lungo le bianche diramazioni principali dello scheletro. Abbassò gli occhi e vide la pallida punteggiatura della pelle delle braccia che gli si era accapponata.

Avresti dovuto lasciar perdere, sentì gemere una voce nella mente. *Non te l'avevo detto?*

«Quando è morta?» chiese. La sua voce risuonò opaca e sfibrata.

«Non voglio parlarne, signor Peebles!» Ora Dave sembrava quasi isterico. La voce gli tremava ancora di più, salita in un registro più alto che era quasi un falsetto. *«La prego!»*

Lascialo in pace, disse a se stesso Sam con rabbia. *Non ha già abbastanza problemi senza che ti ci metta anche tu?*

Sì. E non era indispensabile che continuasse a tormentarlo, perché dovevano pure esserci altri in città in grado di parlargli di Ardelia Lortz, sempre che avesse trovato la maniera di avvicinarli senza indurli a chiamare quelli armati di reti per farfalle, naturalmente. Ma c'era ancora un interrogativo al quale forse Dave Duncan avrebbe potuto rispondere.

«Tu una volta hai disegnato dei manifesti per la biblioteca, vero? Mi è parso di riconoscere il tuo stile quando ieri ho visto il manifesto che stavi disegnando in veranda, ne sono sicuro. Ce n'era uno in cui si vedeva un bambino a bordo di un'automobile nera. In un altro c'era un uomo con l'impermeabile, il Poliziotto della Biblioteca. Hai...»

Prima che potesse finire, Dave lo zittì con un urlo in cui si confondevano vergogna, dolore e paura.

«Dave? Che cosa...»

«Lasci perdere!» singhiozzò Dave. *«Io non ho potuto salvarmi, perciò la scongiuro di lasciare...»*

La sua voce angosciata finì la frase lontana dal telefono mentre un rumore gli fece capire che qualcuno gli aveva strappato di mano il ricevitore.

«Piantala!» tuonò Naomi. Anche la sua voce era rotta dal pianto, ma trasudava soprattutto una furia intensa. «Sei un essere orribile, non puoi lasciarlo stare?»

«Naomi...»

«Quando sono qui il mio nome è Sarah», gli ricordò lei lentamente, «ma odio te sotto entrambi i nomi che porto, Sam Peebles. Non rimetterò mai più piede nel tuo ufficio.» Cominciava ad alzare la voce. «Perché non lo hai lasciato in pace? Perché hai dovuto andare a rimestare in tutte queste *schifezze*? *Perché?*»

Smarrito e confuso, Sam rispose: «Ma perché mi hai mandato alla biblioteca? Se non volevi che la vedessi, Naomi, perché mi hai mandato in quella maledetta biblioteca?»

Ci fu un gemito strozzato all'altro capo del filo.
«Naomi? Non possiamo...»
Udì uno scatto. Naomi aveva riattaccato.

4

Rimase seduto nello studio fino alle nove e mezzo, a masticare Tum mentre elencava un nome dopo l'altro sullo stesso block notes che aveva usato per la prima bozza del suo discorso. Contemplava ciascun nome per qualche istante, quindi lo depennava. Se gli era sempre sembrato che sei anni fossero un lungo periodo da trascorrere nello stesso luogo, quella sera si ricredeva. Nell'insieme non gli pareva più lungo di un fine settimana.

Craig Jones, scrisse.

Fissò il nome e pensò: *Craig potrebbe sapere qualcosa di Ardelia... ma vorrebbe conoscere i motivi che mi spingono a interessarmi di lei.*

Conosceva Craig abbastanza bene da potergli rispondere con sincerità? La risposta a quella domanda era un no secco. Craig era un avvocato dell'ultima generazione. Un vero arrampicatore. Erano stati a pranzo insieme per motivi di lavoro qualche volta e c'era naturalmente il Rotary Club e una volta Craig lo aveva invitato a casa sua per cena. Quando si incontravano per strada si parlavano con cordialità, talvolta di affari, più spesso del tempo. Niente di tutto questo però si consolidava in qualcosa di simile all'amicizia e se Sam intendeva confidare a qualcuno quella faccenda così strampalata voleva che fosse un amico, non un conoscente che lo chiamava *vecchio mio* dopo il secondo gin fizz.

Tracciò una riga sul nome di Craig.

Da quando si era trasferito a Junction City aveva stretto due amicizie degne di tal nome, con un assistente presso lo studio medico del dottor Melden e con un poliziotto locale. Russ Frame, l'amico medico, aveva trovato un impiego pagato meglio a Grand Rapids nei primi mesi del 1989. E dal primo gennaio Tom Wycliffe aveva assunto responsabilità direttive presso il nuovo centro di controllo del traffico della Polizia Stradale dell'Iowa. Li aveva persi di vista entrambi. Era lento nel farsi amici e nemmeno molto abile nel conservarseli.

Il che lo lasciava dove?

Chissà. Sapeva che il solo nome di Ardelia Lortz aveva su certi abitanti di Junction City lo stesso effetto di una scarica elettrica. Sapeva, o pensava di sapere, di averla incontrata anche se era morta. Non si sentiva nemmeno di azzardare l'ipotesi di aver conosciuto una parente, o qualche matta che si faceva chiamare Ardelia Lortz, perché...

Credo di aver conosciuto un fantasma dentro un fantasma. Credo che la biblioteca in cui sono entrato sia stata la Biblioteca Pubblica ai tempi in cui Ardelia Lortz era viva e la dirigeva. Credo che sia per questo che l'atmosfera era così strana, così irreale. Non è stato come un viaggio nel tempo. Ma piuttosto come far visita a un limbo. Ed era reale. Sono sicuro che fosse reale.

Fece una pausa, tamburellando con le dita sulla scrivania.

Da dove mi ha chiamato? Hanno telefoni nel limbo?

Per un lungo momento guardò la lista di nomi depennati, poi stracciò lentamente il foglio. Ne appallottolò i pezzi e li gettò nel cestino.

Avresti dovuto lasciar perdere, continuava a lamentarsi la voce interiore.

Ma non l'aveva fatto. E allora?

Chiama una delle persone di cui ti fidi. Chiama Russ Frame o Tom Wycliffe. Mettiti al telefono e senti che cosa hanno da dire.

Ma non voleva farlo. Non adesso, almeno. Riconosceva nel suo stato d'animo un elemento irrazionale, un fondo di superstizione (aveva ricevuto un mucchio di spiacevoli informazioni per telefono in quegli ultimi giorni), ma era troppo stanco per affrontare il problema in quel momento. Dopo un buon sonno (e riteneva che quella notte ce l'avrebbe fatta, se avesse lasciato acceso il lume sul comodino), forse l'indomani mattina, svegliandosi fresco, avrebbe escogitato qualcosa di meglio. Inoltre doveva trovare il modo di ricomporre le incomprensioni sorte fra lui, Naomi Higgins e Dave Duncan. Prima però voleva capire da dove nascevano quelle incomprensioni.

Se possibile.

9

Il Poliziotto della Biblioteca (I)

1

DORMÌ bene come previsto. Non fece sogni e l'indomani mattina, sotto la doccia, gli venne naturalmente e facilmente un'idea come talvolta avviene quando il corpo è riposato e la mente si è ridestata da troppo poco tempo perché sia già appesantita dal quotidiano carico di stronzate. La Biblioteca Pubblica non era l'unico luogo in cui fossero disponibili informazioni e quando poi il settore era quello della storia locale, storia *recente*, non era nemmeno il posto migliore.

«La *Gazette*!» esclamò e mise la testa sotto il getto dell'acqua per sciacquar via lo shampoo.

Venti minuti dopo era da basso, vestito di tutto punto salvo che per giacca e cravatta, a bere il caffè nello studio. Davanti a sé aveva di nuovo il block notes, sul quale aveva avuto inizio un'altra lista.

1. Ardelia Lortz: chi è? O chi era?
2. Ardelia Lortz: che cosa ha fatto?
3. Biblioteca Pubblica di Junction City: ristrutturata? Quando? Foto?

A quel punto squillò il campanello dell'ingresso. Sam si alzò lanciando un'occhiata all'orologio. Erano quasi le otto e mezzo, ora di andare al lavoro. Avrebbe fatto una scappata alla redazione della *Gazette* alle dieci, quando solitamente si prendeva una pausa per il caffè, e avrebbe controllato qualche numero arretrato. Quali? Ci stava ancora meditando mentre si frugava in tasca alla ricerca dei soldi da dare al ragazzo che portava i giornali. Squillò di nuovo il campanello.

«Sto arrivando, Keith!» gridò, mentre giungeva alla porta della cucina. «Non c'è bisogno che mi mandi in corto circuito...»

In quel momento alzò gli occhi e vide dietro alla tendina del vetro della porta una sagoma molto più grande di quella di Keith Jordan. Assorto com'era sulle iniziative che intendeva prendere per la giornata, non aveva prestato attenzione particolare al rito del pagamento settimanale per la consegna dei giornali che si ripeteva ogni lunedì mattina, ma in quell'istante nei suoi pensieri confusi si piantò un punteruolo di autentico terrore. Non aveva bisogno di vedere la faccia del suo visitatore, perché già attraverso la tendina ne aveva riconosciuto le forme, la posa del corpo... e naturalmente l'impermeabile.

Il sapore di liquirizia rossa, forte, dolce e nauseante, gli inondò la bocca.

Lasciò andare la maniglia, ma era già tardi. Il meccanismo era scattato e in quell'attimo l'uomo spalancò la porta. Sam fu sospinto all'indietro. Brancolò agitando le braccia per mantenere l'equilibrio e riuscì a far cadere per terra tutti e tre i soprabiti appesi all'attaccapanni.

Il Poliziotto della Biblioteca entrò, avvolto nella sua personale bolla di aria fredda. Entrò lentamente, come se avesse avuto a disposizione tutto il tempo del mondo, e richiuse accuratamente la porta. In una mano teneva, strettamente arrotolata, la *Gazette* di Sam. Sollevò il giornale come una spranga.

«Ti ho portato il tuo giornale», disse il Poliziotto della Biblioteca. La sua voce echeggiò stranamente lontana, come se arrivasse a Sam attraverso una spessa lastra di vetro. «Volevo pagare il ragazzo ma aveva una gran fretta di andar via. Chiffà perché.»

Avanzò verso Sam, aggrappato a un mobiletto della cucina a fissare l'intruso con gli occhi sgranati e colmi di terrore di uno scolaretto, di un povero Simone Semplicione di quarta elementare.

Me lo sto immaginando tutto, pensò, *oppure è un incubo, un incubo così orribile che al confronto quello che ho avuto due giorni fa è tutto rose e fiori.*

Ma non era un incubo. Era terrificante, ma non era un incubo. Ebbe il tempo di sperare di avere infine perso il lume della ragione. La follia non era una scampagnata, ma nulla poteva essere altrettanto orrendo quanto quell'essere con la forma di uomo che era appena penetrato in casa sua, quella cosa che portava fra le sue pareti domestiche il proprio cuneo di inverno.

La casa di Sam era vecchia, e i soffitti erano alti, eppure il Poliziotto della Biblioteca dovette chinare la testa entrando e persino in cucina quasi sfiorava il soffitto con la cima del suo cappello grigio. Doveva essere alto più di due metri. Indossava un trench del plumbeo colore della nebbia all'imbrunire. La sua pelle era bianca come carta. La sua faccia era morta, come se non fosse capace di comprendere né dolcezza né amore né pietà. La linea delle sue labbra era quella di un'autorità senza discussione, rigorosa nella sua assenza di passioni, e in un momento confuso Sam ricordò come gli era sembrata la porta chiusa della biblioteca, una bocca con le labbra compresse nel volto di un robot di granito. Gli occhi del Poliziotto della Biblioteca erano due cerchi d'argento, ciascuno con un minuscolo foro al centro, come se trapassati dai pallini di una doppietta. Erano bordati da una pelle rossastra che sembrava sul punto di sanguinare. Erano privi di ciglia. E il fatto peggiore era che Sam *conosceva* quel volto. Non era la prima volta che fremeva di terrore sotto quello sguardo nero e nei recessi della mente gli parlò una voce con un lieve difetto di pronuncia: *Vieni con me, figliolo... Fono un poliziotto.*

La cicatrice spiccava nella geografia di quel volto esattamente là dove l'aveva posta l'immaginazione di Sam, attraverso la guancia sinistra, sotto l'occhio sinistro, sopra il naso. Salvo che per la cicatrice, era l'uomo del manifesto... oppure no? Non ne era più così sicuro.

Vieni con me, figliolo... Fono un poliziotto.

Sam Peebles, l'idolo del Rotary Club di Junction City, si bagnò le mutande. Sentì la vescica che cedeva in un fiotto caldo, ma in quel momento gli sembrò un dettaglio del tutto marginale. Il fatto saliente era che nella cucina di casa sua c'era un mostro, e la cosa più terribile di quel mostro era che Sam quasi riconosceva la sua faccia. Sentì una porta chiusa a tripla mandata che fremeva per il bisogno di aprirsi in un angolo recondito della sua mente. Non pensò mai a scappare. L'idea della fuga esulava dalle sue facoltà mentali, in quel momento. Era di nuovo un bambino, colto in flagrante

(*il libro non è* Il vademecum dell'oratore)

nel compimento di una cattiva azione. Invece di scappare

(*il libro non è* Le poesie più amate dagli americani)

si accartocciò lentamente sul fondo dei propri calzoni bagnati e si accasciò fra i due sgabelli portandosi meccanicamente le mani sopra la testa.

(*il libro è*)

«No», disse in un sussurro spento. «No, ti prego... no, ti prego, non farlo, ti prego, sarò buono, ti prego, non mi fare male.»

A questo era ridotto. Ma poco contava. Il gigante con il trench del colore della nebbia

(*il libro è* La freccia nera *di Robert Louis Stevenson*)

era ora direttamente sopra di lui.

Sam abbassò la testa. Gli pesava una tonnellata. Guardò il pavimento e pregò confusamente che quando avesse rialzato gli occhi, quando avesse avuto la *forza* di rialzare gli occhi, quell'essere fosse scomparso.

«Guardami», gli ordinò la voce sorda e lontana. Era la voce di un dio malvagio.

«No», strillò debolmente Sam per poi scoppiare in un pianto disperato. Non era solo il terrore, anche se il terrore era abbastanza reale, insopportabile. Separato da esso gli giungeva una fredda ventata di paura infantile e di infantile vergogna. Erano sensazioni che colavano come uno sciroppo velenoso da qualcosa che non osava ricordare, quella cosa che aveva a che fare con un libro che non aveva mai letto: *La freccia nera* di Robert Louis Stevenson.

Pack!

Qualcosa colpì Sam alla testa e Sam gridò di dolore.

«Guardami!»

«No, ti prego, non costringermi...» supplicò Sam.

Pack!

Alzò la testa, schermandosi gli occhi inondati di pianto con un braccio senza forze, giusto in tempo per vedere la mano del Poliziotto della Biblioteca che scendeva di nuovo.

Pack!

Colpiva Sam con la sua copia arrotolata della *Gazette*, percuotendolo come si farebbe con un cucciolo maleducato che l'ha fatta sul pavimento di casa.

«Cofì va meglio», disse il Poliziotto della Biblioteca. Sogghignò, separando le labbra su denti acuminati, denti che erano quasi zanne. Dalla tasca del trench tolse un portadocumenti di pelle. Lo aprì per mostrargli quella strana stella a molte punte. Scintillò nell'aria limpida del mattino.

Ora Sam non sapeva più distogliere lo sguardo da quel volto spietato, da quegli occhi d'argento con minuscoli fori per pupille. Sbavava singhiozzando e lo sapeva ma non poteva contenersi.

«Tu hai due libri che ci appartengono», disse il Poliziotto della Biblioteca. La sua voce sembrava ancora arrivare da lontano, o da dietro una spessa lastra di vetro. «La fignorina Lortz è molto feccata con te, fignor Peeblef.»

«Li ho persi», rispose Sam, mentre cominciava a piangere più forte. Mentire a quell'uomo su

(*La freccia nera*)

i libri, su *qualsiasi cosa*, era fuori discussione. Aveva davanti a sé la controfigura dell'autorità, del potere, della forza assoluta. Quell'uomo era giudice, giuria e giustiziere.

Dov'è il portinaio? si domandò confusamente Sam. *Dov'è il portinaio che fa il giro d'ispezione e poi torna nel mondo della ragione? Il mondo della ragione dove cose come queste non devono succedere?*

«Io... io... io...»

«Non voglio fentire le tue ftupide fcuse», lo interruppe il Poliziotto della Biblioteca. Richiuse il portadocumenti e se lo infilò nella tasca destra. Contemporaneamente si tolse dalla sinistra un coltello con una lunga lama affilata. Sam, che aveva trascorso tre estati a guadagnarsi i soldi per il college lavorando come magazziniere, lo riconobbe subito. Era un taglierino per cartoni. Senza dubbio c'era una lama di quel genere in ogni biblioteca d'America. «Hai tempo fino a mezzanotte. Poi...»

Si chinò, protendendo il coltello impugnato nella mano bianca da cadavere. La bolla di aria gelida aderì al volto di Sam, glielo rese insensibile. Sam cercò di gridare e riuscì a emettere solo un sibilo vetroso di aria muta.

La lama gli punse la gola. Fu come essere punto da un ghiacciolo. Un'unica gocciolina rossa trapelò dalla pelle e subito si coagulò, minuscola perla di sangue.

«... poi torno», finì il Poliziotto della Biblioteca. «È meglio che trovi quello che hai perfo, fignor Peeblef.»

Il coltello scomparve nella tasca del trench. Il Poliziotto della Biblioteca si rialzò in tutta la sua statura.

«C'è un'altra cofa», aggiunse. «Fei andato in giro a fare domande, fignor Peeblef. Non farne più. Fiamo intefi?»

Sam cercò di rispondere e mandò solo un gemito roco.

Il Poliziotto della Biblioteca cominciò a chinarsi di nuovo, spingendo davanti a sé l'aria gelida come la prua ottusa di una chiatta spingerebbe una lastra di ghiaccio nelle acque di un fiume. «Non ficcare il nafo in cofe che non ti riguardano. *Mi hai capito?*»

«Sì!» gridò Sam. *«Sì! Sì! Sì!»*

«Bene. Perché ti terrò d'occhio. E non fono folo.»

Si girò facendo frusciare il trench e riattraversò la cucina. Non degnò Sam nemmeno di un'occhiata mentre se ne andava. Passò in un raggio brillante di sole mattutino e Sam vide qualcosa di straordinario e terribile: il Poliziotto della Biblioteca non proiettava ombra.

Raggiunse la porta. Posò la mano sul pomello. Senza voltarsi disse in una voce cupa e terribile: «Fe non vuoi vedermi più, fignor Peeblef, *trova quei libri*».

Aprì la porta e uscì.

Nell'attimo in cui la porta si richiudeva e sentì i passi del Poliziotto della Biblioteca allontanarsi sulla veranda, un unico e preciso pensiero irruppe nella mente di Sam: doveva chiudere a chiave.

Si rialzò in piedi per metà, poi una coltre grigia lo avvolse e cadde in avanti, privo di sensi.

10

Cron-o-logica-mente parlando

1

«POSSO... esserle utile?» domandò la receptionist. L'attimo di pausa aveva segnato i pochi secondi durante i quali aveva osservato l'uomo che si era presentato alla sua scrivania.

«Sì», rispose Sam. «Vorrei vedere alcuni arretrati della *Gazette*, se è possibile.»

«Certo che si può», ribatté lei. «Ma, se mi perdona l'impertinenza, si sente bene? Ha una gran brutta cera.»

«In effetti, ho la sensazione di essermi preso qualcosa», le concesse Sam.

«Questi raffreddamenti primaverili sono veramente insidiosi, vero?» commentò lei alzandosi. «Passi qui dal cancelletto in fondo al banco, signor...»

«Peebles. Sam Peebles.»

La receptionist, una donna florida sulla sessantina, si fermò e inclinò la testa su un lato. Si portò l'unghia rossa all'angolo della bocca. «Lei vende polizze d'assicurazione, vero?»

«Sì, signora.»

«Mi era parso di riconoscerla. C'è stata la sua foto sul giornale la settimana scorsa. Ha vinto qualche premio?»

«No, signora. Ho tenuto una conferenza. Al Rotary Club.» *E darei qualunque cosa per rimettere indietro le lancette dell'orologio*, rifletté. *Manderei Craig Jones a farsi friggere.*

«Oh, complimenti», disse lei... ma parlò come se avesse qualche dubbio. «Nella foto era diverso, però.»

Sam passò dietro il banco.

«Io mi chiamo Doreen McGill», si presentò la receptionist offrendogli la mano grassoccia.

Sam gliela strinse e rispose che era lieto di fare la sua conoscenza. Gli ci volle uno sforzo. Pensò che parlare con il prossimo, e specialmente toccarlo, sarebbe stato per lui uno sforzo ancora per molto tempo. Aveva smarrito tutta la sua disinvoltura di una volta.

La receptionist lo condusse verso una rampa di scale e accese la luce. Il vano delle scale era angusto e la lampadina fioca e Sam si sentì aggredire di nuovo dagli orrori che lo perseguitavano. Li sentì sopraggiungere con febbrile entusiasmo, come fan che si radunano intorno a una persona che offre biglietti gratis per qualche mitico show di cui sia già stato decretato il tutto esaurito. Nel buio là in fondo poteva essere in agguato il Poliziotto della Biblioteca. Il Poliziotto della Biblioteca con la sua pelle bianca di morte e gli occhi d'argento cerchiati di rosso e quel difetto di pronuncia così lieve ma così orribilmente familiare.

Smettila, ordinò a se stesso. *E se non sei capace di smetterla almeno cerca di controllarti. Devi. Perché questa è la tua unica speranza. Che fine farai se non avrai più nemmeno il coraggio di scendere una rampa di scale nella sede di un giornale? Te ne starai rintanato in casa ad aspettare la mezzanotte?*

«Quello lì sotto è l'obitorio», lo informò Doreen McGill, puntando il dito. Era chiaramente una signora solita ad additare a ogni occasione. «Non ha che da...»

«L'obitorio?» ribatté Sam girandosi verso di lei. Il cuore aveva cominciato a battergli sadicamente contro le costole. *«L'obitorio?»*

Doreen McGill rise. «Lo chiamano tutti così. È terribile, vero? Sarà qualche stupida tradizione, qui al giornale. Non si preoccupi, signor Peebles. Non ci sono cadaveri là sotto. Solo cataste di microfilm.»

Non ne sarei tanto sicuro, pensò Sam scendendo dietro di lei. Era felice di esser preceduto.

Arrivati ai piedi delle scale, la McGill abbassò una fila di interruttori, grazie ai quali si accesero alcune lampade fluorescenti incassate in alloggiamenti simili a vaschette per il cubetto del ghiaccio rovesciate. Le lampade illuminarono una stanza spaziosa e dal soffitto basso, con il pavimento coperto dalla stessa moquette color blu scuro che c'era sulle scale. La stanza era occupata da file di scaffali carichi di piccole scatole. Allineati lungo la parete di sinistra c'erano quattro lettori di microfilm che sembravano futuristici caschi per asciugare i capelli. Erano dello stesso blu della moquette.

«Quello che stavo per dire prima è che deve firmare il registro», riprese Doreen. Puntò il dito di nuovo, questa volta su un grosso volume incatenato a un piedistallo accanto alla porta. «Deve scrivere anche la data, l'ora in cui è entrato, che sarebbe...» e controllò l'orologio che portava al polso, «le dieci e venti, e l'ora in cui se ne andrà.»

Sam si chinò per firmare. Il nome sopra il suo era quello di Arthur Meecham. Il signor Meecham era stato laggiù il 27 dicembre 1989. Più di tre mesi prima. Quello era un archivio ben illuminato, ben rifornito e ben attrezzato che apparentemente serviva a poco.

«Carino quaggiù, vero?» chiese Doreen compiaciuta. «È perché il governo federale contribuisce alle spese di mantenimento degli obitori presso i quotidiani... o biblioteche, se preferisce. Io lo preferisco di certo.»

Un'ombra si mosse in uno dei passaggi fra gli scaffali e il cuore di Sam riprese a bussare. Ma era solo l'ombra di Doreen McGill. Si era chinata a controllare che avesse segnato anche l'ora giusta e...

... e LUI non faceva ombra. Il Poliziotto della Biblioteca. E poi...

Cercò di schivare il restò e non poté.

E poi non posso vivere così. Non posso vivere con questa paura. Se va avanti così, finisce che ficco la testa nel forno a gas. Non avrei speranza. Non è solo perché ho paura di lui, di quell'uomo o di qualunque cosa sia. È per come si riduce la mente *di una persona, per il modo in cui si mette a urlare sentendo che tutto quello in cui aveva creduto fino a un attimo fa sta scivolando via.*

Doreen indicò la parete di destra, dove su un unico ripiano c'erano tre gruppi di giornali rilegati. «Sono i numeri di gennaio, febbraio e marzo 1990», spiegò. «Tutti gli anni, in luglio, il giornale manda i primi sei mesi a Grand Island, nel Nebraska, perché siano microfilmati. Lo stesso avviene anche alla fine di dicembre.» Allungò la mano grassoccia e puntò un'unghia rossa sugli scaffali, contando da quello di destra verso sinistra, in direzione dei lettori. Mentre lo faceva, sembrava che si ammirasse l'unghia. «I microfilm vanno in quel senso, cronologicamente», disse. Pronunciò la parola con attenzione, producendo qualcosa di vagamente esotico: *Cron-o-logica-mente*. «Il passato più recente alla sua destra e quello più lontano a sinistra.»

Sorrise per mostrare che lo trovava buffo e forse per lasciare intendere quanto trovasse tutto meraviglioso. Cron-o-logicamente parlando, diceva il suo sorriso, era tutto da ridere.

«Grazie.»

«Non c'è di che. Siamo qui per questo. *Anche* per questo, in ogni caso.» Si portò l'unghia all'angolo della bocca e gli rivolse di nuovo quel suo sorriso divertito. «Sa usare un lettore per microfilm, signor Peebles?»

«Sì, grazie.»

«D'accordo. Se dovesse aver bisogno ancora di me, sono di sopra. Non faccia complimenti!»

«Ha...» cominciò lui, ma richiuse la bocca sul resto della frase: *intenzione di lasciarmi qui da solo?*

Lei inarcò le sopracciglia.

«Niente», disse e la guardò risalire le scale. Dovette resistere al forte impulso di correrle dietro. Perché, con o senza la morbida moquette blu, quella era un'altra biblioteca di Junction City.

Che tutti chiamavano obitorio.

2

Si avvicinò lentamente agli scaffali con il loro carico di scatole, non sapendo da dove cominciare. Era molto contento che le lampade fluorescenti fossero forti abbastanza da tenere a bada le ombre più inquietanti negli angoli.

Non aveva osato chiedere a Doreen McGill se il nome di Ardelia Lortz le ricordasse qualcosa o se ricordasse più o meno quando la biblioteca cittadina fosse stata ristrutturata per l'ultima volta. *Fei andato in giro a fare domande*, lo aveva accusato il Poliziotto della Biblioteca. *Non ficcare il nafo in cofe che non ti riguardano. Mi hai capito?* Sì, aveva capito. E ostinandosi a ficcare il naso stava sfidando la collera del Poliziotto della Biblioteca... ma non stava facendo domande, non letteralmente, e quella storia lo riguardava, eccome. Lo riguardava maledettamente.

Ti terrò d'occhio. E non fono folo.

Si guardò nervosamente alle spalle. Non vide niente. E tuttavia ancora trovava impossibile muoversi con decisione. Era arrivato fin lì, ma non sapeva se avrebbe avuto il fegato di proseguire.

Si sentiva più che intimidito, più che spaventato. Si sentiva a pezzi.

«Devi», mormorò con impeto e si passò la mano tremante sulle labbra. «Devi *assolutamente*.»

Ordinò al piede sinistro di muoversi. Rimase così per un istante, con le gambe divaricate, come colto nell'atto di guadare un torrentello. Poi unì il piede destro al sinistro e in quella maniera esitante, piena di titubanze, si avvicinò allo scaffale attiguo a quello dei giornali non ancora microfilmati. Su un cartoncino c'era scritto:

1987-1989

Quasi sicuramente erano anni troppo recenti. La ristrutturazione della biblioteca doveva essere avvenuta prima della primavera del 1984, quando lui era arrivato a Junction City. Altrimenti avrebbe notato il cantiere, ne avrebbe sentito parlare dalla gente e ne avrebbe letto sulla *Gazette*. Stabilito che i lavori dovevano essersi svolti negli ultimi quindici o vent'anni (più vecchia di così la controsoffittatura non gli era sembrata), non era però in grado di restringere ulteriormente l'arco di tempo su cui indagare. Se solo fosse riuscito a *pensare* più chiaramente! Ma niente da fare. Quello che era successo quella mattina aveva sconvolto ogni capacità di pensiero normale, razionale, quanto una forte attività delle macchie solari scompaginava le trasmissioni radiotelevisive. Realtà e irrealtà avevano cozzato l'una contro l'altra come macigni e Sam Peebles, infinitesimale bruscolo urlante e gesticolante di umanità, aveva avuto la cattiva ventura di trovarsi in mezzo.

Si spostò di due scaffali a sinistra, soprattutto perché temeva che se si fosse fermato nello stesso posto troppo a lungo sarebbe rimasto paralizzato per sempre, e imboccò il passaggio contrassegnato da

1981-1983

Prese una scatola a caso e andò a uno dei lettori. Lo accese e cercò di concentrarsi sulla bobina di microfilm (anche la bobina era blu e si domandò se ci fosse qualche ragione particolare per quella uniformità cromatica) e nient'altro. Prima bisognava montare la bobina nell'apposito perno, giusto; poi bisognava srotolare un tratto di pellicola da far passare nella guida, naturalmente; infine bisognava bloccare l'estremità della pellicola nella fessura della spoletta della bobina ricevitrice, okay. La macchina era così semplice che anche un bambino di otto anni sarebbe stato capace di montare il microfilm, eppure Sam impiegò quasi cinque minuti: lui aveva l'ostacolo del tremito alle mani e della deriva di una mente sconvolta. Quando finalmente riuscì nell'intento e mise a fuoco il primo fotogramma, scoprì di aver montato la pellicola al contrario. La scrittura era rovesciata.

Riavvolse pazientemente la pellicola, girò la bobina e la montò di nuovo. Ebbe di che rallegrarsi di quel piccolo incidente perché ripetere l'operazione un passetto per volta ebbe l'effetto di calmarlo un po'.

Apparve, giustamente orientata, la prima pagina dell'edizione del 1° aprile 1981. Il titolo principale riguardava le dimissioni á sorpresa di un funzionario cittadino il cui nome era assolutamente sconosciuto a Sam. Ma i suoi occhi furono subito attirati da un riquadro a fondo pagina. Nel riquadro si leggeva questo messaggio:

RICHARD PRICE E TUTTO IL PERSONALE
DELLA BIBLIOTECA PUBBLICA DI JUNCTION CITY
VI RICORDANO CHE DAL
6 AL 13 APRILE
È LA SETTIMANA DELLA BIBLIOTECA
VENITE A TROVARCI!

Lo sapevo? si domandò Sam. *È per questo che ho scelto questa scatola in particolare? Mi ricordavo inconsciamente che la seconda settimana di aprile è la settimana nazionale della biblioteca?*

Vieni con me, gli rispose un bisbiglio tenebroso. *Vieni con me, figliolo. Fono un poliziotto.*

Gli si accapponò la pelle. Fu scosso da un brivido. Scacciò il suo interrogativo e la voce fantasma. Del resto non aveva importanza perché avesse scelto l'aprile 1981; importante era il colpo di fortuna che lo aveva assistito.

L'*apparente* colpo di fortuna.

Passò rapidamente da un fotogramma all'altro per fermarsi all'edizione del 6 aprile e vide esattamente ciò in cui aveva sperato. Sopra la testata, in inchiostro rosso, c'era la scritta:

OGGI SUPPLEMENTO SPECIALE PER LA BIBLIOTECA!

Passò al supplemento. In prima pagina c'erano due fotografie. Una era della facciata della Biblioteca. L'altra era di Richard Price, capobibliotecario al banco di registrazione. Rivolgeva all'obiettivo un sorriso nervoso. Era come Naomi Higgins l'aveva descritto: alto e occhialuto, sulla quarantina, con i baffetti. Ma Sam era più interessato al secondo piano. Si vedeva la controsoffittatura che tanto lo aveva colpito in occasione della seconda visita alla Biblioteca. Dunque la ristrutturazione aveva preceduto l'aprile 1981.

Gli articoli avevano tutto il sapore di compiacimento che si era aspettato. Erano sei anni che leggeva la *Gazette* e conosceva il suo taglio editoriale da «ma che bella comitiva di amiconi simpatici che siamo». C'erano pezzi informativi (e un po' sbrigativi) sulla settimana internazionale della biblioteca, sul programma estivo di letture, sulla biblioteca mobile della contea di Junction e sulla nuova campagna di raccolta di fondi appena avviata. Sam vi diede solo una scorsa. In ultima pagina trovò un pezzo molto più interessante, scritto proprio da Price. Era intitolato:

LA BIBLIOTECA PUBBLICA DI JUNCTION CITY
Cento anni di storia

L'ansia febbrile di Sam non durò a lungo. Ardelia non era menzionata. Avvicinò il dito all'interruttore per riavvolgere il microfilm e in quel momento si arrestò. Trovò un accenno alla ristrutturazione che era avvenuta nel 1970 e contemporaneamente si accorse di qualcos'altro. Una stonatura. Allora rilesse l'ultima parte della breve ricostruzione storica, questa volta più attentamente.

Con la fine della Grande Depressione, la nostra Biblioteca giunse a un giro di boa. Nel 1942 il consiglio municipale di Junction City stanziò 5000 dollari per riparare i gravi danni subiti dalla Biblioteca durante l'inondazione del '32 e la signora Felicia Culpepper assunse l'incarico di capobibliotecaria, cedendo il suo tempo senza ricompensa. Mai perse di vista il suo obiettivo: una Biblioteca completamente rinnovata al servizio di un Borgo che si stava trasformando rapidamente in Città.

La signora Culpepper lasciò l'incarico nel 1951, cedendolo a Christopher Lavin, primo Bibliotecario di Junction City con una laurea in biblioteconomia. Il signor Lavin inaugurò il Culpepper Memorial Fund, che già nel primo anno raccolse più di 15.000 dollari per l'acquisizione di libri nuovi e avviò la Biblioteca Pubblica di Junction City nell'era moderna!

Poco dopo la mia entrata in carica come capobibliotecario nel 1964, ho ritenuto di dovermi assumere come responsabilità prioritaria quella di ristrutturare a fondo la Biblioteca. I fondi necessari furono finalmente raccolti alla fine del 1969. E anche se è giusto ricordare l'aiuto sostanziale ricevuto da stanziamenti municipali e federali per la costruzione dello splendido edificio di cui godono oggi i «topi di biblioteca» di Junction City, il progetto non si sarebbe potuto completare senza l'aiuto di tutti quei volontari che nell'agosto 1970 vennero a dare gratuitamente un colpo di martello o un giro di vite nel quadro del programma della durata di un mese che avevamo intitolato «Costruisci la tua biblioteca!»

Fra le altre iniziative notevoli avvenute durante gli anni Settanta e Ottanta non vanno dimenticati...

Sam rialzò la testa, assorto. Gli sembrava che mancasse qualcosa nell'accurata ricostruzione della storia della biblioteca locale firmata da Richard Price. Anzi, a ripensarci, non è che proprio qualcosa mancasse. Dal modo in cui aveva scritto l'articolo Sam aveva arguito che Price doveva essere un pignolo, probabilmente un uomo simpatico, ma pignolo lo stesso, e persone così non tralasciano niente specialmente quando si occupano di argomenti che sono così evidentemente vicini al loro cuore. No, non mancava qualcosa. Qualcosa era stato nascosto.

I conti non tornavano. Cron-o-logica-mente parlando. Nel 1951 un certo Christopher Lavin era succeduto a quella santa di Felicia Culpepper nella carica di capobibliotecario. Richard Price era diventato bibliotecario nel 1964. Price era succeduto a Lavin? Sam ne dubitava. Pensava invece che in un momento imprecisato nell'arco di quei tredici anni a Lavin fosse succeduta una donna di nome Ardelia Lortz. E Price, secondo l'opinione di Sam, era seguito a *lei*. Non era presente nel puntiglioso resoconto del signor Price perché aveva fatto... *qualcosa*. La natura di quel qualcosa rimaneva per Sam misteriosa quanto prima, però adesso si era fatto un'idea migliore di quale ne fosse l'entità. Era stato un fatto abbastanza grave da indurre Price a nasconderne l'esistenza a dispetto del suo evidente amore per il particolare e la completezza.

Un omicidio, pensò Sam. *Deve essere stato un omicidio. Non c'è altro motivo abbastanza grave per...*

In quel momento una mano gli si posò sulla spalla.

3

Se avesse gridato, avrebbe senz'altro terrorizzato il possessore di quella mano non meno di quanto era già stato terrorizzato lui. Ma non era in grado di gridare. Accadde invece che gli sfuggisse di bocca tutta l'aria che aveva nei polmoni, mentre il mondo ridiventava grigio. Si sentiva il petto come una fisarmonica che venisse lentamente schiacciata sotto la zampa di un elefante. Si sentì trasformare i muscoli in un grumo di spaghetti scotti. Non si bagnò di nuovo le mutande. Fu quella forse l'unica grazia a lui concessa.

«Sam?» lo chiamò una voce. Arrivava da chissà dove, magari dal Kansas. «Sei tu?»

Si girò, quasi cascando dalla sedia davanti al lettore, e vide Naomi. Cercò di ritrovare il fiato per dire qualcosa, ma emise solo un fievole vagito. Gli ballava la stanza davanti agli occhi. Il grigiore andava e veniva.

Poi vide Naomi retrocedere di mezzo passo vacillante, sgranando gli occhi in un'espressione di paura e portandosi una mano alla bocca. Urtò uno degli scaffali così violentemente che per poco non lo rovesciò. La struttura oscillò e due o tre scatole caddero sulla moquette con tonfi ovattati.

«Omes», riuscì finalmente a dire Sam. La sua voce fu poco più di un cigolio. Ricordava di aver imprigionato un topo sotto il suo berretto da baseball quando era ragazzo a St. Louis. Aveva emesso versi come quello mentre correva all'impazzata sotto il berretto cercando una via di fuga.

«Sam, ma che cosa ti è successo?» Anche lei dava la netta impressione di potersi mettere a strillare da un momento all'altro se non avesse avuto la gola strangolata dallo sgomento. Bella coppia facciamo, rifletté Sam. Gianni e Pinotto contro i Mostri.

«Che cosa fai qui?» le domandò. «Merda, per poco mi fai venire un infarto.»

Ecco, pensò. *Ho usato di nuovo quella parolaccia. E l'ho chiamata di nuovo Omes, come se non bastasse. Desolato.* Si sentì un po' meglio. Meditò se alzarsi e vi rinunciò. Meglio non chiedere troppo alla sua buona stella. Non si sentiva ancora del tutto al riparo da una possibile embolia.

«Sono andata in ufficio a cercarti», spiegò lei. «Cammy Harrington mi ha detto che le era sembrato di vederti venire qui. Volevo scusarmi. Forse. Avevo pensato che avessi voluto giocare qualche tiro crudele a Dave. Lui ha sostenuto che tu non avresti mai fatto una cosa del genere e ripensandoci ho dovuto ammettere che anche secondo me non sei il tipo. Sei sempre stato così gentile...»

«Grazie. Se è un complimento.»

«... ed eri così... così sconvolto al telefono. Ho chiesto a Dave di che cosa si trattava, ma lui non ha voluto aggiungere altro. So solo quello che ho sentito... e lo stato d'animo in cui era lui mentre parlava con te. A guardarlo si sarebbe detto che avesse visto un fantasma.»

No, ebbe voglia di ribattere Sam. *Io sono quello che ha visto il fantasma. E stamane ho visto qualcosa di peggio.*

«Sam, c'è qualcosa che devi sapere su Dave... e su di me. Be', in effetti probabilmente sai già di Dave, ma io...»

«Credo di aver capito», la precedette Sam. «Nel messaggio che ho lasciato a Dave ho scritto di non aver visto nessuno ad Angle Street, ma non è la verità. Quando sono entrato non ho visto nessuno, ma ho fatto un giro del pianterreno cercando Dave. Vi ho visti tutti quanti fuori, dietro la casa. Perciò... lo so. Ma non sono venuto a saperlo volontariamente, se mi intendi.»

«Sì, non c'è niente di male. Ma... Sam... Gesù, che cosa è successo? I tuoi capelli...»

«Che cos'hanno i miei capelli?» le chiese lui bruscamente.

Naomi aprì la borsetta con le mani che le tremavano leggermente e ne tolse il portacipria. «Guarda.»

Sam l'accontentò, ma già sapeva che cosa avrebbe visto.

Dalle otto e mezzo di quel mattino i suoi capelli erano diventati quasi completamente bianchi.

4

«Vedo che ha trovato il suo amico», disse Doreen McGill a Naomi quando li vide riemergere dalle scale. Si posò un'unghia all'angolo della bocca e fece il suo sorriso malizioso.

«Sì.»

«Si è ricordato di scrivere l'ora in cui siete usciti?»

«Sì», ripeté Naomi. A Sam era scappato di mente, ma ci aveva pensato lei per entrambi.

«E avete rimesso a posto i microfilm che avete visionato?»

Questa volta fu Sam a rispondere affermativamente. Non ricordava in realtà se lui o Naomi avessero riposto l'unica bobina che aveva montato nel lettore e non gli importava niente. Voleva solo andarsene da lì.

Doreen era ancora in vena di malizie. Battendosi delicamente l'unghia sul labbro inferiore, inclinò la testa sulla spalla e disse a Sam: «Era davvero diverso nella foto sul giornale. Ma non riesco a ricordare bene in che modo».

Prima di uscire Naomi si girò e le rispose: «Ha deciso finalmente di darsi una regolata e ha smesso di tingersi i capelli».

Appena fuori della porta Sam esplose in una risata. L'impeto dell'ilarità lo piegò in due. Era un riso isterico, risate a mezzo passo dall'essere strepiti, ma non gli importava. Gli faceva bene. Ne otteneva un effetto enormemente liberatorio.

Ferma accanto a lui, Naomi non badava né all'accesso di cui era vittima Sam né agli sguardi curiosi che si attiravano da parte dei passanti. Alzò persino la mano per salutare un conoscente. Sam si reggeva con le mani sulle cosce, e, sebbene fosse ancora scosso da quelle risa incontrollate, una parte rimasta lucida della sua mente ebbe modo di constatare: *ha già visto questa reazione. Chissà dove.* Ma prima ancora di aver completato il pensiero, già aveva risposto da sé. Naomi era un'alcolista e aveva lavorato con altri come lei, aiutandoli, come parte della propria terapia. Chissà a quanti attacchi di risa isteriche aveva assistito ad Angle Street.

Mi prenderà a schiaffi, pensò, continuando a ululare sguaiatamente al pensiero di sé davanti allo specchio del bagno a spalmarsi tintura nelle ciocche. *Mi prenderà a schiaffi perché è così che si fa con le persone in preda a crisi isteriche.*

Ma Naomi rimase pazientemente al suo fianco sotto il sole ad aspettare che ritrovasse il controllo. Piano piano le sue risa si affievolirono, scomponendosi in grugniti e sghignazzi. Gli dolevano gli addominali, tutto quello che vedeva fluttuava come se fosse immerso nell'acqua e aveva le guance copiosamente bagnate di pianto.

«Ti senti meglio?» chiese lei.

«Oh, Naomi...» cominciò e subito fu interrotto da un'altra serie di ragli che echeggiarono forte nell'aria piena di sole. «Non hai idea di quanto meglio!»

«Sì che ce l'ho. Vieni, prenderemo la mia macchina.»

«Dove...» sussultò in un singhiozzo. «Dove andiamo?»

«Ad Angel Street», rispose lei, pronunciandolo nella maniera in cui lo avrebbe pronunciato colui che aveva scritto la targa. «Sono molto preoccupata per Dave. Sono passata di lì stamane ma non c'era. Ho paura che sia uscito a bere.»

«Niente di nuovo sotto il sole, giusto?» commentò Sam, avviandosi con lei verso la *Datsun* parcheggiata dietro la sua macchina.

Lei gli rivolse un'occhiata. Fu un'occhiata breve, ma complessa: irritazione, rassegnazione, compassione. Sam pensò che volendo tradurre il significato di quello sguardo in poche parole equivaleva a: *non sai che cosa stai dicendo, ma non è colpa tua*.

«Questa volta Dave è riuscito a rimanere sobrio per quasi un anno, ma le sue condizioni generali di salute non sono buone.

Come dici tu, cadere dal carro per lui non sarebbe una novità, ma un'altra caduta potrebbe ucciderlo.»

«E sarebbe colpa mia.» Si spense così l'ultimo palpito di ilarità.

Lei lo fissò un po' sorpresa. «No. Non sarebbe colpa di nessuno... ma questo non significa che io desideri che succeda. O che debba necessariamente succedere. Coraggio. Prendiamo la mia macchina. Parleremo per la strada.»

5

«Dimmi che cosa ti è successo», gli chiese mentre dirigevano verso la periferia. «Raccontami tutto. Non ti sono solanto venuti i capelli bianchi, Sam. Dimostri dieci anni di più.»

«Balle», ribatté Sam. Aveva visto ben altro nello specchietto del portacipria. Aveva visto più di quanto avrebbe desiderato. «Diciamo più di venti. Diciamo anche cento.»

«Che cosa è successo? Che cosa è stato?»

Sam aprì la bocca per risponderle, pensò a che effetto avrebbero fatto le sue parole e scosse la testa. «No», disse, «non ancora. Prima sei tu che devi raccontarmi qualcosa. Devi raccontarmi di Ardelia Lortz. Tu pensavi che io stessi scherzando, l'altro giorno, e io non me ne sono accorto lì per lì, ma adesso sì. Perciò mi devi parlare di lei. Mi devi dire chi era e che cosa ha fatto.»

Naomi accostò poco oltre il vecchio edificio di granito della stazione dei vigili del fuoco e si girò a guardarlo negli occhi. Sotto il trucco leggero la sua pelle era pallidissima. I suoi occhi erano dilatati. «Non scherzavi? Sam, stai cercando di dirmi che *non stavi scherzando*?»

«Proprio così.»

«Ma Sam...» S'arrestò e per un attimo parve che non sapesse come procedere. Alla fine riprese a parlare molto dolcemente, come se parlasse a un bambino che ha fatto qualcosa di male senza rendersene conto. «Ma Sam, Ardelia Lortz è morta. È morta da trent'anni.»

«So che è morta. Voglio dire che lo so *adesso*. Ma ho bisogno di sapere anche il resto.»

«Sam, chiunque tu pensi di aver visto...»

«*So* chi ho visto.»
«Dimmi che cosa ti fa credere...»
«Prima parla tu.»
Naomi innestò nuovamente la marcia, controllò nello specchietto retrovisore e riprese la via per Angle Street. «Non so molto», disse. «Quando è morta avevo solo cinque anni. Quello che so, l'ho raccolto da pettegolezzi sentiti qua e là. Apparteneva alla Prima Chiesa Battista di Proverbia, o se non vogliamo sbilanciarci diciamo che quanto meno la frequentava, però mia madre non ne parla. Lo stesso vale per tutti i parrocchiani di quella generazione. Per loro è come se non fosse mai esistita.»
Sam annuì. «È così che l'ha trattata Price nell'articolo che ha scritto sulla Biblioteca. Quello che stavo leggendo quando mi hai messo una mano sulla spalla e mi hai tolto altri dodici anni di vita. Spiega anche come mai tua madre si sia scagliata in quel modo contro di me quando ho pronunciato il suo nome, sabato sera al telefono.»
Naomi si voltò di scatto a guardarlo. «Allora è per *quello* che avevi chiamato?»
Sam annuì.
«Oh, Sam... Se non eri sulla lista nera di mamma, adesso ci sei di sicuro.»
«Oh, c'ero già, ma probabilmente mi ha cambiato di posto.» Sam rise e poi fece una smorfia. Gli doleva ancora l'addome per la crisi che lo aveva preso davanti alla sede del giornale, ma era molto contento di aver avuto quell'attacco: solo un'ora prima non avrebbe mai pensato di poter recuperare tanto del suo precedente equilibrio. Anzi, un'ora prima era convinto che Sam Peebles e l'idea stessa di equilibrio sarebbero stati due concetti alieni e distinti per il resto della sua vita. «Vai avanti, Naomi.»
«La gran parte di quello che so mi viene dalle 'riunioni vere', come le chiamano quelli dell'AA», disse lei. «È quando si beve caffè, prima e dopo, parlando di tutto quello che viene in mente.»
Lui la osservò incuriosito. «Da quanto tempo sei nell'AA, Naomi?»
«Nove anni», rispose Naomi senza reticenze. «E ne sono passati sei da quando non ho potuto fare a meno di bere l'ultima volta. Ma sono stata un'alcolista da sempre. Uno non diventa alcolista, Sam. Ci nasce.»

«Ah...» si limitò a commentare lui. Poi: «Ne faceva parte anche *lei*? Ardelia Lortz?»

«Mio Dio, no! Questo però non significa che nell'AA non ci siano persone che si ricordano di lei. Apparve a Junction City nel 1956 o '57, mi sembra. E andò a lavorare per il signor Lavin alla Biblioteca Pubblica. Uno o due anni dopo lui morì improvvisamente. Mi pare che fosse un infarto o un ictus, qualcosa del genere e il consiglio municipale diede l'incarico alla Lortz. Mi risulta che ci sapesse fare, ma a giudicare da quello che è successo direi che era soprattutto in gamba nell'ingannare il prossimo.»

«Che cosa ha fatto, Naomi?»

«Ha ucciso due bambini e poi si è tolta la vita», rispose Naomi senza scomporsi. «Nell'estate del 1960. Avevano organizzato una battuta di caccia per cercare i bambini, ma nessuno ha pensato di guardare in Biblioteca perché era giorno di chiusura. Li hanno trovati il giorno dopo, quando la Biblioteca avrebbe dovuto aprire mentre è rimasta chiusa. Ci sono dei lucernai nel soffitto della Biblioteca...»

«Lo so.»

«... ma oggigiorno si vedono solo dall'esterno, perché hanno ristrutturato gli ambienti interni. Hanno abbassato il soffitto per ottenere una migliore climatizzazione, da quello che ho capito. Fatto sta che quei lucernai erano muniti di grosse serrature a scatto. Con delle aste si facevano scattare le serrature per aprirli e cambiare l'aria. La Lortz aveva legato una corda all'anello di una delle serrature, probabilmente arrivandoci con una di quelle scale su rotaia che servivano per raggiungere gli scaffali più alti. Si è impiccata con quella corda. Dopo aver ucciso i bambini.»

«Capisco.» La voce di Sam era calma, ma il suo cuore batteva lentamente e molto forte. «E come... ha ucciso i bambini?»

«Non lo so. Nessuno me l'ha mai raccontato e io non l'ho chiesto. Temo che sia stata una cosa orribile.»

«Già.»

«Ora raccontami che cosa è successo a te.»

«Prima voglio vedere se Dave è all'ospizio.»

Naomi si irrigidì all'istante. «*Io* vedo se Dave è all'ospizio», dichiarò. «Tu te ne starai seduto in macchina. Mi dispiace per te, Sam, e mi dispiace di essere saltata alle conclusioni sbagliate ieri sera, ma non ti darò l'occasione di impaurire Dave più di così. Ci penso io.»

«Naomi, ma guarda che c'entra anche lui.»
«Non è possibile», affermò lei in un tono di voce che chiudeva ogni argomentazione.
«Maledizione, ma tutta questa *storia* è impossibile!»
Si stavano avvicinando ad Angle Street. Davanti a loro un camion a ribalta procedeva rumorosamente verso il centro di riciclaggio con il cassone carico di scatoloni pieni di bottiglie e barattoli.
«Non credo che tu abbia capito che cosa ti ho detto», riprese Naomi. «Non mi sorprende. I normali terrestri raramente lo capiscono. Perciò apri bene le orecchie, Sam, perché questa volta te lo scandisco. Se *Dave beve, Dave muore.* Mi hai seguito? Hai recepito?»
Lanciò un'altra occhiata nella sua direzione. Questa era così furiosa che ancora fumava, e sebbene brancolasse nella più totale confusione Sam giunse lo stesso a una conclusione. Prima, anche nelle due occasioni in cui era uscito con lei, l'aveva trovata carina. Ora la trovava bella.
«Che cosa vuoi dire con normali terrestri?»
«Le persone che non hanno problemi di alcol o pillole o droga o sciroppi per la tosse e mettici pure tutte quelle altre sostanze che spappolano il cervello della gente», per poco non gli sputò addosso. «Quelli che possono permettersi di giudicare e censurare.»
Davanti a loro il camion imboccò la lunga sterrata che portava al centro di riciclaggio. Davanti a loro c'era Angle Street. Davanti alla veranda era parcheggiato un piccolo veicolo, ma non era un'automobile. Era il carrello da supermercato di Dave Raccatta.
«Fermati un minuto», chiese a Naomi.
Lei lo accontentò ma si rifiutò caparbiamente di guardarlo. Tenne lo sguardo fisso attraverso il parabrezza. Muoveva la mandibola. Aveva gli zigomi scarlatti.
«Dave ti sta a cuore», le disse Sam, «e ne sono contento. Ma ti sto a cuore anch'io, Sarah? Anche se sono un normale terrestre?»
«Tu non hai il diritto di chiamarmi Sarah. Lo posso fare io perché Sarah è il mio secondo nome. Sono stata battezzata come Naomi Sarah Higgins. E possono chiamarmi così *loro*, perché in un certo senso mi sono più vicini di quanto potrebbero esserlo dei consanguinei. In effetti noi *siamo* consanguinei, perché c'è qualcosa che tutti noi abbiamo e che ci rende come

siamo. Qualcosa nel sangue. *Tu*, Sam, tu non hai alcun diritto.»

«Forse sì», obiettò lui. «Forse sono anch'io uno di voi, adesso. Voi avete l'alcol. Questo normale terrestre ha la Polizia Bibliotecaria.»

Questa volta lei si girò a guardarlo con gli occhi sbarrati in un'espressione sconcertata. «Sam, non capisco...»

«Nemmeno io. So solo che ho bisogno d'aiuto. Ne ho un bisogno disperato. Ho preso in prestito due libri in una biblioteca che non esiste più e adesso non esistono più neanche i libri. Li ho persi. E sai dove sono finiti?»

Lei scosse la testa.

Sam puntò il dito alla loro sinistra dove due uomini erano scesi dalla cabina del camion e cominciavano a scaricare i cartoni di vuoti. «Là. Ecco dove sono finiti. Sono stati ridotti in cellulosa. Sarah, ho tempo fino a mezzanotte, poi la Polizia Bibliotecaria ridurrà *me* in cellulosa. E non credo che salveranno neanche la giacca.»

6

Restò seduto sul sedile anteriore della *Datsun* di Naomi Sarah Higgins per un tempo che sembrò lunghissimo. Due volte la sua mano si avvicinò alla maniglia e due volte ricadde. Naomi si era parzialmente arresa. *Se* Dave avesse voluto parlargli e *se* Dave era ancora in condizioni di parlare, gliel'avrebbe permesso. Altrimenti, niente da fare.

Finalmente la porta di Angle Street si aprì e ne uscirono Naomi e Dave Duncan. Lei lo teneva con un braccio intorno alla vita, lui camminava strascicando i piedi, e Sam provò un tuffo al cuore. Poi, quando uscirono nel sole, capì che Dave non era ubriaco... o almeno non necessariamente ubriaco. Guardandolo ricordò l'immagine che aveva già visto nello specchietto del portacipria di Naomi. Sembrava che Dave Duncan stesse facendo del suo meglio per digerire il trauma più terribile della sua vita... con scarsissimi risultati.

Scese dalla macchina e rimase fermo davanti allo sportello, indeciso.

«Sali in veranda», lo invitò Naomi. La sua voce era insieme rassegnata e impaurita. «Non mi fido a farlo scendere.»

Sam li raggiunse. Dave Duncan doveva avere una sessantina d'anni. Sabato gli era sembrato che ne avesse più di settanta. Colpa dell'alcol, probabilmente. E adesso, mentre l'Iowa procedeva lentamente verso il mezzodì, gli apparve più vecchio di tutte le età. Ed era colpa sua. Era il colpo che gli avevano inferto fatti che Dave aveva sperato sepolti per sempre.

Io non lo sapevo, pensò Sam, ma quelle giustificazioni, per quanto sincere, avevano perso ogni capacità di conforto. Salvo che per le vene rotte nel naso e nelle guance, il volto di Dave aveva il colore della carta molto vecchia. I suoi occhi erano lacrimosi e sgranati. Le sue labbra avevano una sfumatura bluastra, con tracce di saliva che gli brillavano agli angoli della bocca.

«Non volevo che parlasse con te», lo informò Naomi. «Volevo portarlo dal dottor Melden, ma ha rifiutato di andarci senza averti prima parlato.»

«Signor Peebles», disse debolmente Dave. «Chiedo scusa, signor Peebles, è tutta colpa mia, vero? Io...»

«Non hai di che scusarti», lo interruppe Sam. «Vieni, siediti.»

Aiutò Naomi ad accomodarlo su una sedia a dondolo nell'angolo della veranda. Sam e Naomi si sedettero ai suoi fianchi su vecchie sedie di vimini con il fondo allentato. Per un po' nessuno parlò. Restarono con lo sguardo perso in direzione della ferrovia e dei campi coltivati al di là delle rotaie.

«Ce l'ha con lei, vero?» chiese Dave. «Quella porca uscita dall'inferno.»

«Mi ha mandato qualcuno», rispose Sam. «Una persona che era in uno di quei manifesti che hai disegnato tu. È... sì, so che sembra pura follia, ma è un agente della Polizia Bibliotecaria. È venuto a trovarmi stamattina. Mi ha...» Si toccò i capelli. «Mi ha fatto questo. E questo.» Gli mostrò il punticino rosso al centro della gola. «E ha detto che non è solo.»

Dave rimase in silenzio a lungo, a guardare nel vuoto, rivolto a un piatto orizzonte interrotto solo dagli alti silos e, a nord, dalla sagoma apocalittica di quello più mastodontico degli altri che apparteneva alla Proverbia Feed Company. «L'uomo che ha visto non è reale», disse finalmente. «Nessuno di loro è reale. Solo lei. Solo quell'essere diabolico.»

«Puoi raccontarci, Dave?» lo esortò dolcemente Naomi. «Se non puoi, non hai che da dirlo. Ma se ti fa star meglio, più in pace, parla.»

«Cara Sarah», sospirò Dave. Le prese la mano e sorrise. «Ti amo. Te l'avevo mai detto?»

Lei scosse la testa, rispondendo al suo sorriso. Le lacrime le scintillavano negli occhi come frammenti di mica. «No. Ma ne sono contenta, Dave.»

«*Devo* raccontare. Non è questione di star meglio o più in pace con me stesso. Non è ammissibile che vada avanti. Sai che cosa ricordo della mia prima riunione all'AA, Sarah?»

Lei fece cenno di no.

«Quando mi hanno spiegato che tutto si basava sulla sincerità. Quando mi hanno detto che bisognava raccontare tutto, non solo a Dio, ma a Dio e a un'altra persona. Ho pensato: 'Se è questo che bisogna fare per smettere di bere, sono fritto. Mi molleranno in uno di quegli angoli del cimitero Wayvern Hill che riservano agli ubriaconi e ai perdenti nati e morti che non hanno mai avuto un vaso dove pisciare né una finestra da cui rovesciarla fuori. Perché io non potrei mai raccontare tutto quello che avevo visto, tutto quello che avevo fatto'.»

«È così per tutti, quando si comincia», lo confortò lei con dolcezza.

«Lo so. Ma non possono esserci molti che hanno visto le cose che ho visto io o fatto le cose che ho fatto io. Ma ce l'ho messa tutta lo stesso. Poco per volta, ho fatto del mio meglio. Ho rimesso in ordine casa mia. Ma quelle cose che ho visto o fatto allora... quelle non le ho mai raccontate. A nessuno, a nessun uomo di questa terra e a nessun Dio di quel cielo. Ho trovato uno stanzino nella cantina del mio cuore. Ci ho messo dentro tutte quelle cose e ho chiuso la porta a chiave.»

Guardò Sam e Sam vide le lacrime che scendevano lente e stanche nelle rughe profonde delle sue guance scavate.

«Sì. Così ho fatto. E dopo aver chiuso la porta a chiave, l'ho sbarrata inchiodandoci sopra delle assi. E dopo aver inchiodato le assi, ci ho messo contro una lastra di acciaio rivettata a dovere. E quando ho finito di rivettare la lastra, ci ho spinto addosso un comò e prima di dichiararmi soddisfatto ho impilato mattoni sul comò. E per tutti gli anni che ci sono stati dopo non ho fatto che dire a me stesso che mi ero dimenticato tutto di Ardelia e delle sue stranezze, delle cose che voleva che facessi e delle cose che mi aveva raccontato e delle promesse che aveva fatto e di quello che era in realtà. Per questo ho mandato giù ettolitri di medicina dell'oblio, senza mai riuscire a dimenticare veramente. E quando sono entrato all'AA era sempre quel ricordo a ricacciarmi nel mio baratro. Quella cosa chiusa in quella stanza. E quella cosa ha un nome, signor Peebles, si chiama Ardelia Lortz. Riuscivo a restare sobrio per un po' ed ecco che ricominciavano i brutti sogni. Soprattutto sognavo i manifesti che avevo disegnato per lei, quelli che spaventavano a morte i bambini, ma non erano quelli i sogni peggiori.»

La sua voce era scemata in un mormorio tremante.

«Non erano neanche lontanamente i peggiori.»

«Forse è meglio che ti riposi un po'», propose Sam. Aveva appena scoperto che per quanto il suo futuro potesse dipendere dalle rivelazioni di Dave qualcosa dentro di lui non aveva voglia di sentire. Qualcosa dentro di lui aveva *paura* di sentire.

«Tempo sprecato mettersi a riposare», ribatté lui. «Il dottore dice che ho il diabete, che ho il pancreas ridotto da far schifo, il fegato che se ne va a brandelli. Manca poco al giorno che andrò in vacanza per sempre. Non so se per me ci sarà paradiso o inferno, ma sono sicuro che in entrambi i posti bar e osterie sono chiusi e Dio sia ringraziato per questo. Ma non è questo il momento di riposare. Se mai parlerò sarà ora.» Osservò Sam attentamente. «Lei sa di essere nei guai, vero?»

Sam annuì.

«Sì. Ma non sa ancora quanto brutti sono i suoi guai. Per questo devo parlare. Credo che lei debba... che debba starsene buona per certi periodi. Ma il suo periodo è finito e questa volta ha scelto lei, signor Peebles. Per questo devo parlare. Non che lo voglia. Ieri sera, dopo che Sarah è andata via sono uscito e mi sono comperato un bottiglione. Sono sceso giù allo scalo ferroviario e mi sono seduto al mio solito posto, in mezzo alle erbacce, alla fuliggine e ai cocci di vetro, ho svitato il tappo e ho annusato al collo del bottiglione. Lei sa che odore ha il vino in bottiglione? Per me ha un odore che ricorda la tappezzeria degli alberghetti da due soldi, o quello di un fiumiciattolo che è passato attraverso la discarica di qualche paese. Eppure quell'odore mi è sempre piaciuto. Perché è anche l'odore del sonno.

«E mentre me ne stavo lì ad annusare il vino nel bottiglione, non facevo che sentire quella porca che mi parlava da dentro lo stanzino in cui l'ho rinchiusa. Da dietro i mattoni, il comò, la lastra di acciaio, le assi e le serrature. Mi parlava come una sepolta viva. La voce era un po' smorzata, ma la sentivo benissimo. La sentivo dire: 'Bravo, Dave, quella è la risposta giusta, l'unica risposta per gente come te, l'unica che funziona, e sarà l'unica risposta di cui avrai bisogno finché le risposte non conteranno più niente'. Ho alzato il bottiglione per mandarne giù un bel sorso come si deve e in quell'ultimo istante l'odore del vino è diventato il *suo* odore... e ho ricordato com'era la sua faccia alla fine, tutta coperta di fili sottili... e come cambiava la sua bocca... e ho gettato via il bottiglione. Si è schiantato su una traversina. Perché questo schifo deve finire. Non le permetterò di staccare un altro morso da questa città!»

La sua voce era salita in un grido di vecchio, tremante ma impetuoso. «*Questo schifo è andato avanti abbastanza!*»

Naomi gli posò una mano sul braccio. Era spaventata, angosciata. «Che cosa, Dave? Di che cosa stai parlando?»

«Voglio essere sicuro», disse Dave. «Mi spieghi, signor Peebles. Mi racconti tutto quello che le è successo e non tralasci nulla.»

«Lo farò a una condizione», rispose Sam.

Dave gli rivolse un sorriso stentato. «Quale?»

«Mi devi promettere di darmi del tu... e in cambio io non ti chiamerò mai più Dave Raccatta.»

Il suo sorriso divenne più percettibile. «Affare fatto, Sam.»

«Bene.» Sam trasse un respiro profondo. «È stata tutta colpa di quel dannato acrobata», cominciò.

7

Gli ci volle più di quanto avesse pensato, ma nel raccontare tutto, senza omettere niente, provò un sollievo inesprimibile, quasi una gioia. Raccontò a Dave dell'Incredibile Joe, della supplica telefonica di Craig, del suggerimento di Naomi su come ravvivare il testo del suo discorso. Descrisse loro la Biblioteca come lui l'aveva trovata e il suo incontro con Ardelia Lortz. E via via che parlava gli occhi di Naomi diventavano più grandi. Quando arrivò alla parte del manifesto di Cappuccetto Rosso sulla porta dei ragazzi Dave annuì.

«Quello è l'unico che non ho disegnato io», disse. «Quello, ce l'aveva già lei. Scommetto che non l'hanno mai ritrovato. Scommetto che ce l'ha *ancora* con sé. I miei le piacevano, ma quello era il suo prediletto.»

«Che cosa vorresti dire?» chiese Sam.

Dave si limitò a scuotere la testa, invitandolo a proseguire.
Sam raccontò loro della tessera, dei libri che aveva preso in prestito e della strana piccola discussione che avevano avuto prima che lui si congedasse.

«Ecco», dichiarò Dave con voce atona. «È bastato quello. Tu non ci crederai, ma io la conosco. L'hai fatta infuriare. Dio sa se è vero. L'hai fatta arrabbiare... e adesso ti ha preso di mira.»

Sam concluse la sua storia il più velocemente possibile, ma la sua voce rallentò e cominciò a incespicare quando giunse alla visita ricevuta da parte del Poliziotto della Biblioteca con il trench color grigio nebbia. Quando ebbe finito, era quasi in lacrime e le mani avevano ripreso a tremargli.

«Potrei avere un bicchier d'acqua?» chiese a Naomi con la gola intasata.

«Certamente», rispose lei alzandosi per andarglielo a prendere. Fece due passi, poi tornò indietro e lo baciò sulla guancia. Le sue labbra erano fresche e morbide. E prima di andare a prendergli l'acqua pronunciò due parole che suonarono alle sue orecchie come una benedizione: «Ti credo».

8

Sam si portò il bicchiere alle labbra con entrambe le mani per paura di versare l'acqua e bevve metà del contenuto in un sol colpo. Posò il bicchiere e domandò: «E tu, Dave, mi credi?»

«Sì.» Lo disse quasi distrattamente, come se fosse scontato. Dal suo punto di vista probabilmente lo era. Del resto lui aveva conosciuto di prima mano la misteriosa Ardelia Lortz e il suo volto devastato da una vecchiezza in cui non si contavano più gli anni stava a indicare che i loro rapporti non erano stati dei più sereni.

Dave non aggiunse altro per alcuni momenti, ma nelle guance gli era ritornata una traccia di colorito. Guardava i campi dissodati oltre la ferrovia. Di lì a sei o sette settimane sarebbero stati verdi di germogli di granturco, ma adesso sembravano brulli. Seguì con gli occhi il procedere dell'ombra di una nuvola su quella vasta distesa del Midwest, un'ombra con la forma di un gigantesco rapace.

Finalmente parve riaversi e si rivolse a Sam.

«Il mio Poliziotto della Biblioteca, quello che ho disegnato per lei, non aveva cicatrici.»

Sam ripensò alla faccia allungata e bianca dello sconosciuto. Era sicuro che avesse una cicatrice: attraverso la guancia, sotto l'occhio, sopra il naso, in una linea sottile e ondulata.

«E allora?» chiese. «Che cosa vuol dire?»

«Per me non ha alcun significato, ma credo che ne debba avere per lei... per te, Sam. So del distintivo, quella che hai definito la stella con molte punte. L'avevo trovata in un libro di araldica proprio lì, alla Biblioteca Pubblica di Junction City. Il nome è Croce Maltese. I cavalieri cristiani la portavano al centro del petto quando andavano in battaglia nelle crociate. Avrebbe dovuto possedere proprietà magiche. Mi era piaciuta talmente tanto che l'ho messa nel manifesto. Ma... una cicatrice? No. No, il *mio* Poliziotto della Biblioteca non aveva cicatrici. Chi era il *tuo* Poliziotto della Biblioteca, Sam?»

«Non so... non so di che cosa stai parlando», rispose Sam adagio, ma sentiva di nuovo quella voce, sibilante e ironica: *Vieni con me, figliolo... Fono un poliziotto*. E la bocca gli fu invasa di nuovo da quel sapore. Quel sapore appiccicoso e zuccherino di liquirizia rossa. Un fastidio improvviso alle papille gustative lo fece rabbrividire. Gli si ribaltò lo stomaco. Ma era stupido. Assolutamente stupido. Non aveva mai mangiato liquirizia rossa in vita sua. La detestava.

Se non l'hai mai mangiata, come fai a sapere che la detesti?

«Proprio non ci arrivo», ribadì, con un po' più di vigore nella voce.

«Ma qualcosa è arrivato a te», commentò Naomi. «Un calcio allo stomaco, a giudicare dalla faccia.»

Sam le scoccò un'occhiata dispiaciuta. Lei lo osservò con calma e lui sentì che il cuore prendeva a battergli più velocemente.

«Lasciamo stare per il momento», intervenne Dave, «anche se non potrai lasciarlo stare a lungo, Sam, se vuoi conservarti qualche speranza di uscirne. Ora vi racconterò la mia storia. Non l'ho mai raccontata prima d'ora e non la racconterò mai più... ma è giunto il momento.»

11

Il racconto di Dave

1

«NON sono sempre stato Dave Duncan Raccatta», cominciò. «Nei primi anni Cinquanta ero soltanto Dave Duncan e mi giudicavano una persona simpatica. Ero socio di quello stesso Rotary Club dove hai tenuto il tuo discorso l'altra sera, Sam. Perché no? Avevo la mia attività in proprio e mi rendeva bene. Facevo il grafico e me la cavavo più che egregiamente. Avevo tutto il lavoro che si poteva desiderare a Junction City e a Proverbia, ma qualche volta mi capitava di fare qualcosa anche a Cedar Rapids. Una volta sono finito persino a Omaha a disegnare una pubblicità per le Lucky Strike sul muro di cinta dello stadio di baseball. Ero molto richiesto ed era giusto che lo fossi perché ci sapevo fare. Da queste parti ero sicuramente il grafico più in gamba.

«Sono rimasto qui perché il mio pallino era quello di fare il pittore e pensavo che per farlo un posto valesse un altro. Non avevo avuto un'educazione artistica vera e propria, ci avevo provato ma mi avevano bocciato, e mi rendevo conto che questo era un punto a mio sfavore, come dire, ma sapevo anche che c'erano artisti che sfondavano senza passare attraverso tutte quelle balle burocratiche. Gramma Moses, per dirne una. Lei non aveva bisogno di patente. Se aveva da andare in città, ci andava anche senza.

«Chissà, forse ce l'avrei anche fatta. Ho venduto delle tele, ma non molte. Non ne avevo bisogno, perché non ero sposato e mi mantenevo più che dignitosamente con il mio lavoro di grafico. E poi tenevo per me la maggior parte dei miei lavori per poter allestire mostre, come si suppone che facciano i pittori. Ne ho fatte alcune. Per cominciare proprio qui, poi a

Cedar Rapids e anche a Des Moines. Di quella scrissero sul *Democrat* e a leggere il pezzo mi presentavano come il secondo avvento di James Whistler.»

Rimase in silenzio per un momento, a pensare, poi rialzò la testa e tornò a contemplare i campi dissodati.

«All'AA parlano di gente che sta con un piede nel futuro e un piede nel passato e passa il proprio tempo a pisciare su tutto quello che avviene nel presente perché vivono a gambe larghe. Ma certe volte è difficile non chiedersi che cosa sarebbe potuto succedere se avessi preso decisioni solo un tantino diverse.»

Rivolse a Naomi uno sguardo pieno di contrizione e lei gli sorrise e gli strinse la mano.

«Perché io *ero* bravo e ci ero *veramente* andato vicino. Ma bevevo parecchio, già allora. Non ci facevo molta attenzione... Diavolo, ero giovane, ero forte, e poi non è forse vero che tutti i grandi artisti bevono? Io comunque la pensavo così. E ancora avrei potuto farcela, avrei potuto combinare qualcosa almeno per un po'... ma poi a Junction City arrivò Ardelia Lortz.

«E quando arrivò lei per me fu la fine.»

Guardò Sam.

«L'ho riconosciuta da quello che ci hai raccontato di lei, Sam, ma non era così ai miei tempi. Tu ti aspettavi di vedere una bibliotecaria di mezza età e siccome questo conveniva a *lei* è così che ti si è presentata. Ma, quando è arrivata a Junction City nell'estate del '57, aveva i capelli biondo cenere e le uniche zone in cui era rotonda era là dove ci si aspetta che una donna sia rotonda.

«All'epoca io abitavo a Proverbia e frequentavo la Chiesa Battista. Non ero un patito di religione, ma in chiesa andavano anche certe belle figliole. Una di loro era tua madre, Sarah.»

Naomi rise, alla maniera in cui ridono le donne quando vien detto loro qualcosa in cui non riescono a credere sino in fondo.

«Ardelia entrò in confidenza con la gente del luogo in un batter d'occhio. Oggi, se quelli che frequentavano quella parrocchia parlano di lei, posto che ne parlino, scommetto che dicono cose come: 'Ho capito fin dal primo istante che c'era qualcosa di strano in quella Lortz' oppure 'Non mi è mai piaciuto il suo modo di guardare'. Ma lasciate che vi dica che non era affatto così. Le ronzavano tutti attorno, anche le donne, non solo gli uomini, come api intorno al primo fiore di primavera. Ottenne un posto come assistente del signor Lavin dopo meno di un mese che era in città, ma due settimane prima di allora, giù a Proverbia, già insegnava ai bambini del catechismo.

«*Che cosa* insegnasse loro preferisco non pensare. C'è da scommettere fino all'ultimo centesimo che non era il Vangelo secondo Matteo, ma in ogni caso qualcosa gli insegnava. E tutti giuravano e spergiuravano che i bambini l'adoravano. Anche *loro* lo giuravano, ma con una certa espressione negli occhi quando ne parlavano... un'espressione strana, come se non fossero molto sicuri di dove fossero, o addirittura di *chi* fossero.

«Be', mi mise gli occhi addosso... e io addosso a lei. Da come mi vedete oggi non ci credereste, ma a quei tempi avevo qualcosa da mostrare. Sempre abbronzato perché lavoravo spesso all'aperto, muscoloso, con i capelli quasi biondi per il sole e la pancia piatta come la tua asse da stiro, Sarah.

«Ardelia aveva affittato un rustico a un paio di chilometri dalla chiesa, un bel posticino, che però aveva bisogno di una mano di vernice quanto un uomo perso nel deserto ha bisogno di un sorso d'acqua. Così, dopo un paio di settimane che l'avevo notata, finita la funzione in chiesa, dove non andavo molto spesso e ormai eravamo alla metà di agosto, le offrii di rinfrescarle la casa.

«Occhi grandi come i suoi non si erano mai visti. Immagino che a chiedere in giro direbbero che erano grigi, ma se ti guardava diritto in faccia c'era da giurare che fossero d'argento. E Dio sa se guardò in faccia *me* quel giorno dopo la funzione. Aveva addosso un profumo che non avevo mai sentito e non ho mai più sentito addosso ad altre. Lavanda, credo. Non saprei come descriverlo, ma so che mi faceva sempre pensare a fiorellini bianchi che si aprono solo dopo il tramonto del sole. E ne fui cotto. Seduta stante.

«Eravamo vicini, abbastanza vicini da toccarci. Indossava un vestito nero abbastanza trasandato, di quelli che porterebbe una donna anziana e un cappello con una veletta di rete, e teneva la borsetta davanti a sé. Tutta molto compita. Ma gli occhi no, oh no, no signore, tutt'altro che compiti.

«'Spero che non abbia intenzione di affrescarmi la facciata con pubblicità di candeggine e tabacco da masticare', mi dice.

«'Oh no, signora', le faccio io. 'Avevo in mente solo due mani di biancone comune. Per la verità non mi guadagno da vivere facendo l'imbianchino, ma visto che lei è nuova di qui, ho pensato che sarebbe stato un gesto da buon vicino...'

«'Sì, certo', risponde lei e mi tocca la spalla.»
Dave rivolse uno sguardo di scuse a Naomi.
«È giusto che ti dia la possibilità di allontanarti, se preferisci. Tra poco dovrò mettermi a raccontare qualche porcheria, Sarah. Me ne vergogno, ma voglio sgomberarmi l'anima di tutto quello che ha a che vedere con lei.»
Naomi gli batté affettuosamente la vecchia mano rugosa. «Va' avanti», lo esortò. «Racconta tutto.»
Lui trasse un respiro profondo e riprese.
«Quando mi toccò, sentii che dovevo averla per la vita o per la morte. Quell'unico piccolo contatto mi aveva fatto sentire bene, e pazzo, quanto non era riuscita nessun'altra donna prima di allora. Lo sapeva anche lei. Glielo vedevo negli occhi. Il suo era uno sguardo sornione. Era anche uno sguardo malvagio, ma non so perché proprio questo mi eccitò più di tutto il resto.
«'*Sarebbe* un vero gesto da buon vicino, Dave', mi risponde, 'e io voglio essere una vicina *molto* buona.'
«Così la riaccompagnai a casa. Si può dire che abbia piantato tutti gli altri giovani come me in asso sulla porta della chiesa, a fumare di rabbia e senza dubbio a maledire il mio nome. Non sapevano quanto erano fortunati. Nessuno di loro poteva immaginarlo.
«La mia macchina era dal meccanico e lei non l'aveva, perciò ci restava solo il cavallo di san Francesco. Io non avevo problemi e neanche lei ebbe niente da ridire. Prendemmo per la Truman Road, che a quei tempi era ancora una strada bianca, anche se ogni due o tre settimane facevano passare un camion a spargere olio per tenere giù la polvere.
«A metà strada circa si fermò. C'eravamo solo noi due, nel mezzo della Truman Road a mezzogiorno di una giornata estiva, con un milione di ettari di mais di Sam Orday da una parte e due milioni di mais di Bill Humpe dall'altra, tutte piante già alte fin sopra la testa, a frusciare in quel modo segreto del mais, anche quando non c'è vento. Mio nonno diceva sempre che era il rumore del grano che cresce. Io non so se è vero o no, ma è un rumore che non ti fa star tranquillo, questo ve lo posso dire.
«'Guarda!' mi fa lei, indicandomi qualcosa a destra. 'Lo vedi?'
«Io guardo, ma non vedo niente. Solo grano. Le dico che non ho visto niente e lei grida: 'Te lo faccio vedere!' e si butta di

corsa nel mais, così com'è, con il vestito della domenica e i tacchi alti. Non si toglie nemmeno quel cappellino con la veletta.

«Rimasi interdetto per qualche secondo, senza riuscire a muovermi. Poi la sentii ridere. La sentii ridere nel grano. Così le corsi dietro, in parte per vedere che cos'è che aveva da mostrarmi, ma soprattutto per via di quel suo ridere. Era *così* eccitante. Non saprei rendere l'idea nemmeno se ci provassi per degli anni.

«La vidi nel filare, qualche decina di metri più avanti, e la vidi scomparire, passando da un filare all'altro, sempre ridendo. Mi misi a ridere anch'io e mi tuffai a mia volta, senza stare a badare al grano di Sam Orday a cui non rendevo un buon servizio. Non ne avrebbe ricevuto un gran danno, non con tutti quegli ettari di terreno che aveva. Ma quando sbucai nel filare accanto, con le spalle ricoperte di barba di pannocchie e una foglia verde infilata nella cravatta come una specie di spilla enorme, mi passò subito la voglia di ridere perché non c'era. Poi la udii ridere dall'altra parte. Non so come avesse fatto a tornare indietro senza che la vedessi. Così tornai velocemente indietro anch'io, in tempo per vederla scomparire nell'altro filare.

«Giocammo a nascondino per mezz'ora o giù di lì, senza che riuscissi mai ad acchiapparla. Riuscivo solo a essere sempre più accaldato e sempre più arrapato. Mi pareva che fosse nel filare accanto appena davanti a me, ma quando ci arrivavo la sentivo *due* filari più in là, *dietro* di me. Una volta vedevo un piede, o anche tutta la gamba, e naturalmente lasciava delle impronte nel terreno soffice, ma non servivano a niente, perché erano girate contemporaneamente in tutte le direzioni.

«Poi, quando stavo per perdere completamente la testa, con la mia camicia buona fradicia di sudore, la cravatta sciolta e le scarpe piene di terra, sbuco in un filare e vedo il suo cappello appeso a una pianta con la veletta che si muoveva nella brezza leggera.

«'Vieni a prendermi, Dave!' grida. Afferro il cappello e mi lancio di traverso nel filare accanto. Lei non c'era più. Si vedevano le piante che oscillavano ancora dov'era appena passata. Però c'erano le scarpe. Nell'altro filare trovai una delle sue calze di seta appesa a una pannocchia. E continuavo a sentirla ridere. Dall'altra parte, era andata a finire. E come diavolo avesse fatto Dio solo lo sa. Né in quel momento mi importava niente.

«Mi strappai via la camicia e le corsi dietro, di qui e di là, su e giù, ansimando come un cane stupido che non sa quanto gli converrebbe starsene accucciato in una giornata troppo calda. E vi dirò una cosa: dovunque mi buttassi tiravo giù quelle povere piante, mi lasciavo dietro una scia di grano calpestato. *Lei* invece non guastò nemmeno un gambo. Li faceva oscillare quando passava, ma niente di più, come se fosse stata anche lei un alito di brezza estiva.

«Trovai il vestito, gli slip, il reggicalze. Poi trovai reggiseno e sottoveste. Non la sentivo più ridere. Si sentiva solo il rumore del grano. Mi fermai, sbuffando come una caldaia sotto pressione, con tutti i suoi vestiti raggomitolati contro il petto. Ci sentivo dentro il suo profumo e mi stava facendo ammattire.

«'Dove sei?' chiamai, ma non mi rispose. Be', alla fine persi quel poco di buon senso che mi restava... e naturalmente era esattamente dove voleva portarmi lei. *'Dove cazzo sei?'* urlai e, proprio accanto a me, uscì dal grano il suo lungo braccio bianco e con la punta di un dito mi accarezzò il collo. Saltai in aria per la fifa.

«'Ti aspettavo', mi disse. 'Perché ci hai messo tanto? Non vuoi vedere?' Mi afferrò e mi trascinò nel grano e dall'altra parte del filare c'era lei, con i piedi ben piantati nel terreno, non un francobollo di tessuto addosso, e gli occhi d'argento come pioggia in una giornata di nebbia.»

2

Dave bevve un lungo sorso d'acqua, chiuse gli occhi e riprese.

«Non facemmo l'amore nel grano. Non posso dire che abbiamo mai fatto l'amore, per tutto il tempo che restammo insieme. Ma facevamo *qualcosa*. Ho avuto Ardelia in ogni modo in cui un uomo può avere una donna e credo di averla avuta anche in alcuni modi che non credereste possibili. Non ricordo tutte le maniere, ma ricordo il suo corpo, ricordo com'era bianco. Le sue gambe... come arricciava le dita dei piedi e sembrava che tastasse gli steli delle piante là dove uscivano dal terreno. Ricordo come mi faceva andare su e giù le unghie sulla pelle del collo, davanti e dietro.

«Andammo avanti e avanti e avanti per non so quanto tempo, non so quante volte, ma so che non mi stancavo mai. Quando cominciammo ero così fuori di me dalla voglia che mi sarei fatto la Statua della Libertà, e quando finii mi sentivo esattamente come prima. Non mi bastava mai. Era come l'alcol, immagino. *Mai* avrei potuto saziarmi di lei, e lei lo sapeva.

«Comunque a un certo momento smettemmo. Si mise le mani dietro la testa e agitò le spalle bianche contro la terra scura sulla quale eravamo sdraiati e mi guardò con quei suoi occhi d'argento e disse: 'Allora, Dave? Siamo vicini di casa?'

«Io le dissi che avevo voglia ancora e lei rispose di non pretendere troppo dalla mia buona sorte. Cercai di montarle sopra lo stesso e lei mi respinse, ricacciandomi tranquillamente indietro come una madre che si stacca il figlioletto dal seno quando non lo vuole allattare più. Ci riprovai, e lei mi strappò via la pelle dalla guancia con un colpo di unghie. Questo finalmente mi fece sbollire. Era rapida come una tigre e due volte più forte.

Quando fu sicura che avevo capito che non era più tempo di giocare, si rivestì e mi condusse fuori dal campo di grano. E io dietro, buono buono, come un agnellino.

«Arrivammo a casa sua a piedi. Non incontrammo nessuno per la strada e probabilmente fu meglio così. Avevo gli abiti tutti sporchi di terriccio e barba di pannocchia, con la camicia fuori di dietro, la cravatta ficcata nella tasca posteriore che pendeva fuori come una coda. E in ogni punto del corpo in cui il tessuto mi aderiva, mi sentivo bruciare. *Lei*, invece... lei era placida e beata come un frullato all'albicocca. Non un capello fuori posto, non un bruscolo sulle scarpe, non un filo di barba di mais sulla sottana.

«Arrivammo alla casa e mentre io esaminavo la situazione cercando di decidere di quanta vernice avrei avuto bisogno mi portò da bere in un bicchiere alto. Dentro c'erano una cannuccia e un rametto di menta. Pensai che fosse tè freddo finché non ne bevvi un sorso. Era scotch liscio.

«'Gesù!' sbottai e per poco mi andò di traverso.

«'Non lo vuoi?' mi domandò lei, sorridendomi in quel suo modo da presa in giro. 'Forse preferisci del caffè freddo.'

«'No, no, lo voglio', le rispondo, ma c'era di più. *Ne avevo bisogno*. A quei tempi evitavo di bere durante la giornata, perché è quello che fanno gli alcolizzati. Ma la mia buona volontà si esaurì lì. Per tutto il resto del tempo che la frequentai, bevvi praticamente per tutto il giorno, tutti i giorni. Per me gli ultimi due anni e mezzo di presidenza di Ike furono una lunga nuotata nell'alcol.

«Mentre dipingevo casa sua e facevo a lei tutto quello che mi permetteva di farle, Ardelia cominciava a insediarsi nella Biblioteca. Il signor Lavin l'aveva assunta appena vista e le aveva assegnato la biblioteca dei ragazzi. Io ci andavo a ogni occasione, vale a dire molto spesso, dato che lavoravo in proprio. Quando il signor Lavin mi rimproverò per tutto il tempo che passavo in Biblioteca, gli promisi di rinfrescarne tutte le stanze gratuitamente. Dopodiché mi lasciò andare e venire a piacimento. Ardelia mi aveva predetto che sarebbe stato così e aveva avuto ragione. Come sempre.

«Non ho ricordi ordinati del periodo che trascorsi sotto il suo incantesimo ed è solo così che mi posso definire, un uomo stregato che viveva sotto l'incantesimo di una donna che non era affatto una donna. Non alludo a quei periodi di vuoto che hanno certe volte gli ubriachi. La mia era sincera voglia di dimenticare certe cose appena finivano. Così mi restano ricordi separati l'uno dall'altro, che però si possono collegare in una specie di catena, come quelle isole dell'Oceano Pacifico. Gli arcipelaghi.

«Ricordo che un mese prima della morte del signor Lavin appese alla porta della sala dei ragazzi quel manifesto di Cappuccetto Rosso e ricordo che ci portò davanti un bambino tenendolo per mano. 'Vedi quella bimba?' gli chiede. 'Sì', risponde lui. 'Sai perché quella Cosa cattiva sta per mangiarla?' chiede Ardelia. 'No', risponde il bambino, con gli occhi grandi grandi e seri e lucidi di lacrime. 'Perché ha dimenticato di restituire in tempo il libro preso in biblioteca', gli dice lei. 'Tu non farai così, vero, Willy?' 'No, mai', giura il bambino e Ardelia: 'Meglio per te'. Poi lo condusse nella sala dei ragazzi per l'Ora della Fiaba, tenendolo sempre per mano. Quel bambino era Willy Klemmart, quello morto in Vietnam. Si girò a guardare verso di me, che ero in cima alla mia scala con il rullo in mano, e io lessi il messaggio che aveva negli occhi chiaro come se fosse un titolo su un giornale. *Mi salvi da questa donna*, mi dicevano i suoi occhi. *La prego, signor Duncan.* Ma come avrei potuto? Non sono stato capace di salvare nemmeno me stesso.»

Dagli abissi di una tasca posteriore cavò un fazzoletto pulito ma molto stropicciato, in cui si soffiò rumorosamente il naso.

«All'inizio il signor Lavin era praticamente convinto che Ardelia sapesse camminare sulle acque, ma con il passare del tempo cambiò idea. Una settimana prima della sua morte, ci fu un litigio con i fiocchi per quel manifesto di Cappuccetto Rosso. A lui non era mai piaciuto. Forse non aveva mai capito molto bene che cosa succedeva durante l'Ora della Fiaba, alla quale arriverò fra non molto, ma non era proprio cieco del tutto. Si era accorto del modo in cui i bambini guardavano quel manifesto. Così le chiese di tirarlo via. E cominciò la discussione. Non sentii tutto perché ero in cima alla mia scala, molto in alto, e l'acustica era pessima, ma ne sentii abbastanza. Lui disse che il manifesto impauriva i bambini, o forse disse *impietriva*, e lei rispose che le era d'aiuto per mantenere sotto controllo 'i più turbolenti'. Lo definì uno strumento di insegnamento, proprio come la verga.

«Ma lui puntò i piedi e alla fine lei fu costretta a tirarlo giù. Quella sera, a casa sua, era come una tigre dello zoo che fosse stata tormentata durante tutto il giorno da un ragazzino con un bastone. Camminava avanti e indietro a passi furiosi, senza niente addosso, con i capelli che le svolazzavano sulle spalle. Io ero a letto, ubriaco fradicio. Ma ricordo un momento in cui si girò e i suoi occhi non erano più d'argento ma color rosso fuoco, come se le si fosse incendiato il cervello, e la sua bocca era strana, come se volesse staccarlesi dalla faccia. Mi mise addosso una tal paura che per poco non mi passò la sbornia. Non avevo mai visto niente di simile, né avrei voluto vederlo mai più.

«'Quello, lo sistemo', disse. 'Lo sistemo io, quel vecchio puttaniere, Dave. Aspetta e vedrai.'

«Le raccomandai di non fare niente di stupido, di non lasciarsi consigliare dalla collera e le dissi un mucchio di altre stronzate, di quelle che lasciano il tempo che trovano. Lei mi ascoltò per un po', poi partì di corsa, così fulminea... be', non so come spiegarlo. Un attimo prima era dall'altra parte della stanza, vicino alla porta e tutt'a un tratto ce l'avevo addosso, con gli occhi rossi e scintillanti, la bocca tutta protesa dalla faccia come se morisse dalla voglia di baciarmi, e io pensai che questa volta invece di limitarsi a un graffio mi avrebbe infilato le unghie diritte in gola e strappato via il collo dalla spina dorsale.

«Ma non mi fece niente. Avvicinò la faccia alla mia e mi guardò negli occhi. Non so che cosa vide, forse com'ero terrorizzato, fatto sta che ne fu contenta, perché rovesciò la testa all'indietro facendosi ricadere i capelli fin sulle cosce e scoppiò a ridere. 'Smettila di parlare, lurido beone', mi disse, 'e ficcamelo dentro. Che è l'unica cosa che sai fare!' E io l'accontentai. Perché ficcarglielo dentro, e bere, devo aggiungere, erano veramente le sole cose che sapevo fare. Sicuramente non disegnavo più, mi avevano tolto la patente dopo che mi avevano pescato per la terza volta in stato di ubriachezza (andava così nel '58 o inizio del '59), e certi miei lavori erano stati duramente stroncati. Vedete, non mi importava più di come li facevo. Pensavo solo a lei, vedevo solo lei. Cominciò a circolare la voce che Dave Duncan non era più affidabile... ma il *motivo* per cui ero stato screditato era sempre l'alcol. Si sapeva ben poco in giro della nostra relazione. Su questo lei stava attenta come il diavolo. La mia reputazione se ne andò a farsi friggere, ma a lei non arrivò mai nemmeno uno schizzetto di fango sull'orlo della gonna.

«Credo che il signor Lavin sospettasse qualcosa. Da principio pensava che mi fossi preso una cotta e che lei non si fosse mai nemmeno minimamente accorta che le facevo gli occhi da bove dalla cima della mia scala. Ma credo che con il passare del tempo avesse cominciato a sospettare. Ma poi il signor Lavin morì. Dissero che era stato un attacco cardiaco, ma io so che non è vero.

Eravamo sull'amaca in veranda, la sera che successe, e quella sera fu *lei* a non averne mai abbastanza. Mi scopò così furiosamente da farmi urlare. Poi mi si sdraiò accanto e mi guardò felice, contenta e soddisfatta come un gatto che si è appena pappato la sua razione abbondante di panna e nei suoi occhi era riapparso quel bagliore rosso. E guardate che il mio non è un modo di dire. Vedevo il riflesso di quella luce rossa sulla pelle del mio braccio. E lo *sentivo*. Era come stare seduti vicino a una stufa a legna in cui le braci sono state attizzate e poi coperte con la cenere. 'Ti avevo detto che l'avrei sistemato, Dave', mi dice tutt'a un tratto in quel suo tono maligno.

«Io ero ubriaco e mezzo ammazzato dalla scopata che c'eravamo fatti e non capii nemmeno bene che cosa mi stesse dicendo. Mi stavo addormentando come risucchiato dalle sabbie mobili. 'Che cosa gli hai fatto?' le domandai distrattamente.

«'L'ho abbracciato', mi disse. 'Io do abbracci speciali, Davey. Tu non sai niente dei miei abbracci speciali, e se sarai fortunato non ne saprai mai niente. L'ho attirato nella zona degli scaffali e l'ho abbracciato e gli ho fatto vedere come sono veramente. Allora lui si è messo a piangere. Da tanto che era impaurito. Ha cominciato a piangere le sue lacrime speciali e io gliele ho asciugate baciandole e quando ho finito era morto fra le mie braccia.'

«'Le sue lacrime speciali.' È così che le chiamò. Poi la sua faccia... *cambiò*. La vidi fluttuare, come se fosse sott'acqua. E vidi qualcosa...»

La voce di Dave si spense. I suoi occhi vagavano per la campagna, forse fissavano i silos, forse niente. Stringeva con forza la ringhiera della veranda. Allentava ritmicamente la presa, stringendo di nuovo e di nuovo mollando.

«Non ricordo», disse finalmente. «O forse non voglio ricordare. Salvo due cose: aveva occhi rossi senza palpebre e intorno alla bocca aveva pieghe e pieghe di pelle flaccida, borse e lembi, ma non era pelle. Aveva un aspetto... pericoloso. Poi la pelle che aveva intorno alla bocca cominciò a muoversi e credo che io stessi per gridare. Ma finì tutto in un lampo. Scomparve tutto. Era di nuovo solo Ardelia, che mi sbirciava sogghignando come una gattina curiosa.

«'Non temere', mi fa. 'Tu non sei costretto a vedere, Davey. Basta che fai quello che ti dico. Basta che continui a fare il bambino buono. Basta che continui a comportarti bene. Questa sera sono molto felice, perché quel vecchio imbecille se n'è andato una volta per sempre. Otterrò io il suo posto e potrò dirigere la biblioteca come mi pare.'

«*Che Dio ci assista tutti quanti, allora*, pensai io, ma non dissi niente. Neanche voi avreste detto niente se vi foste trovati quella cosa con quegli occhi rossi rannicchiata accanto su un'amaca in mezzo alla campagna, così lontano dalle case che nessuno vi avrebbe sentito gridare nemmeno ci aveste messo tutta l'aria dei polmoni.

«Un po' più tardi entrò in casa a prendere due bicchieroni pieni di scotch e poco dopo io ero di nuovo ventimila leghe sotto i mari, dove non contava più niente.

«Tenne la biblioteca chiusa per una settimana... 'in omaggio al signor Lavin', diceva, e quando riaprì Cappuccetto Rosso era di nuovo appeso alla porta della sala dei ragazzi. Un paio di settimane dopo mi disse che voleva che disegnassi per lei qualche manifesto nuovo per i bambini.»

Fece una pausa e, quando riprese, parlò più sommessamente e più adagio.

«Ancora adesso ho sempre la tentazione di far risultare la mia parte in questa storia migliore di quella che è stata. Mi piacerebbe potervi dire di aver lottato contro di lei, di essermi opposto, di aver avuto la forza di risponderle che non avevo nessuna intenzione di mettermi a spaventare dei poveri bambini. Ma non è vero, non fu così. Feci esattamente quello che mi chiese di fare. Dio mi risparmi, ma l'accontentai. In parte perché ormai avevo paura di lei. Ma soprattutto perché ero ancora cotto e trifolato. E c'è dell'altro. Qualcosa di brutto dentro di me, qualcosa che non credo che abbiano tutti, ma molti sì, provava gusto in quello che lei faceva. Sotto sotto *mi piaceva*.

«Ora vi chiederete che cosa mai abbia fatto, ma la verità è che non sono in grado di rispondervi. Non me lo ricordo. Ho tutto confuso nella mente come quei giocattoli rotti che si mandano all'Esercito della Salvezza per sgomberare la soffitta.

«Non ho ucciso nessuno. È l'unica cosa di cui sono sicuro. Lei voleva che lo facessi... e per poco l'ho fatto... ma alla fine mi sono tirato indietro. Questa è l'unica ragione che mi ha permesso di continuare a vivere con me stesso, perché alla fine ho trovato la maniera di venirne fuori. Lei aveva con sé un pezzo della mia anima, la parte migliore, forse, ma non è mai riuscita a prendermela tutta.»

Osservò Naomi e Sam con un'espressione pensierosa. Ora sembrava più calmo, forse persino in pace con se stesso.

«Eravamo nell'autunno del 1959... *mi pare* che fosse il '59, e lei mi disse che voleva da me un manifesto per la sala dei ragazzi. Mi spiegò esattamente che cosa desiderava e io accettai più che volentieri. Non ci vedevo niente di male. Pensavo addirittura che fosse divertente. Quello che voleva lei, vedete, era un manifesto in cui si vedesse un bambino piccolo schiacciato da uno schiacciasassi in mezzo a una strada. Sotto doveva apparire una scritta che dicesse più o meno: LA FRETTA È UNA CATTIVA CONSIGLIERA! RESTITUISCI I TUOI LIBRI CON SUFFICIENTE ANTICIPO!

«Mi sembrava uno scherzo, come quando il coyote rincorre lo struzzo e finisce piallato da un treno lanciato a tutta birra. Così accettai. Lei era felice come una Pasqua. Disegnai il manifesto nel suo ufficio. Non mi ci volle molto, perché non era che un fumetto.

«Pensavo che le sarebbe piaciuto e invece mi sbagliavo. Aggrottò la fronte e la sua bocca quasi scomparve. Avevo disegnato un pupazzo con due crocette al posto degli occhi e giusto per ridere avevo messo un fumetto che usciva dalla bocca del tizio che guidava lo schiacciasassi. Diceva: 'Ad averci

un francobollo, lo si potrebbe spedire come una cartolina'.
«Lei non si provò nemmeno a sorridere. 'No, Davey', mi fa, 'non hai capito. *Questo* non spingerà i bambini a restituire i libri in tempo. *Questo* li farà solo ridere ed è già abbastanza così com'è il tempo che sprecano ridendo.'
«'Mah', dico io, 'forse non ho capito bene che cosa volevi.'
«Eravamo vicini al banco di registrazione, perciò nessuno poteva vederci se non dalla vita in su. Lei mi prese le palle e mi guardò fisso con quei suoi grandi occhi d'argento e mi disse: 'Voglio una rappresentazione *realistica*'.
«Mi ci vollero un paio di secondi per capire che cosa voleva dire in realtà. Quando capii, non mi parve possibile. 'Ardelia, tu non sai quello che dici', le rispondo. 'Se un bambino finisse *davvero* schiacciato da uno schiacciasassi...'
«Lei mi strizzò le palle, forte tanto da farmi male, giusto per ricordarmi fino a che punto mi era padrona e disse: 'So benissimo che cosa dico. Adesso tocca *a te* capire *me*. Non voglio che *ridano*, Davey. Io voglio che *piangano*. Allora perché non te ne torni di là a fare un manifesto come si deve, questa volta?'
«Tornai nel suo ufficio. Non sapevo che cosa avessi intenzione di fare, ma la mia mente prese una decisione abbastanza alla svelta. Sul tavolo c'erano un cartoncino nuovo e un bicchiere di scotch con una cannuccia e un ramoscello di menta e un messaggio di Ardelia: 'D. Usa molto *rosso* questa volta'.»
Guardò Sam e Naomi.
«Ma non era mai entrata in ufficio, capite? Nemmeno per un istante.»

3

Naomi portò a Dave un altro bicchier d'acqua e, quando tornò, Sam notò che era molto pallida e che le si erano arrossati gli occhi. Si sedette però molto silenziosamente e fece cenno a Dave di proseguire.
«Feci quello che gli alcolizzati sanno fare meglio», riprese allora lui. «Bevvi il whisky e disegnai il manifesto come lo voleva lei. Mi prese una sorta di... frenesia, potremmo dire. Passai due ore al suo tavolo, lavorando con una scatola di acquerelli economici, schizzando acqua e colore dappertutto,

senza badare a dove andassero a finire. Ne venne fuori una cosa che preferirei non ricordare, ma che purtroppo ricordo fin troppo bene. C'era un bambino schiacciato in mezzo a Rampole Street, con le scarpe volate via e la testa sparsa sull'asfalto come un panetto di burro sciolto nel sole. L'uomo che guidava lo schiacciasassi era solo una silhouette, ma si girava a guardare e si intuiva il suo ghigno. È un personaggio che è riapparso ripetutamente nei manifesti che ho disegnato per lei. Era lui al volante della macchina del manifesto di cui hai parlato tu, Sam, quello che ammonisce a non accettare passaggi dagli sconosciuti.

«Mio padre abbandonò mia madre un anno dopo la mia nascita, la piantò in asso senza girarsi indietro, e ho idea adesso che era lui che cercavo di disegnare in tutti quei manifesti. Io lo chiamavo l'uomo nero e penso che fosse mio padre. Forse fu Ardelia a tirarmelo fuori dal cuore con qualche sua magia. E quando uscii a mostrarle il mio rifacimento fu più che soddisfatta. Rise beata. 'È *perfetto*, Davey! Inculcherà una *montagna* di buona volontà in quei mocciosi! Lo appendo subito!' E così fece, e lo fissò sul pannello anteriore del banco di registrazione nella sala dei ragazzi. E allora vidi qualcosa che mi raggelò il sangue. Avevo *riconosciuto* il bambino che avevo disegnato, capite? Era Willy Klemmart. Avevo preso lui come soggetto senza nemmeno accorgermene e l'espressione che c'era su quel poco che rimaneva della sua faccia era la stessa che avevo visto il giorno in cui lei lo aveva preso per mano conducendolo nella sala dei ragazzi.

«Ero presente quando arrivarono i bambini per l'Ora della Fiaba e videro il manifesto per la prima volta. Ne furono spaventati. Sgranarono gli occhi e una bambina delle più piccole si mise a piangere. E io provai *piacere* nel vederli spaventati. Pensai: 'Inculcherà davvero molta buona volontà. Gli fa vedere che cosa succede se la contraddicono, se non le ubbidiscono'. E una voce interiore mi rispose: *Stai cominciando a pensare come lei, Dave. Vai avanti così e presto* sarai *come lei e allora per te sarà la fine. Sarà la fine per sempre.*

«Ma io andai avanti lo stesso. Era come se avessi un biglietto di sola andata e intendessi scendere solo al capolinea. Ardelia assunse degli studenti, ma li metteva sempre nella sala grande e al banco principale. I bambini li teneva tutti per sé... perché erano più facili da spaventare, capite? E secondo me il terrore dei bambini era anche il *migliore* dal suo punto di vista, quello che la appagava di più. Perché è di questo che viveva, sapete? Lei si nutriva della loro paura. E io disegnai altri manifesti. Non me li ricordo tutti, ma mi ricordo il Poliziotto della Biblioteca. Appariva in più di uno. In un manifesto che si intitolava ANCHE I POLIZIOTTI DELLA BIBLIOTECA VANNO IN VACANZA, era sulla sponda di un torrente a pescare. Solo che come esca aveva messo all'amo quel bambino che i ragazzi chiamavano Simone Semplicione. In un altro aveva legato Simone Semplicione al muso di un razzo e stava per fare scattare l'interruttore che lo avrebbe spedito nello spazio. La didascalia di quel manifesto era: TROVATE IN BIBLIOTECA I LIBRI MIGLIORI DI SCIENZA E TECNOLOGIA... MA ATTENTI A RESTITUIRLI IN TEMPO.

«Trasformammo la biblioteca dei ragazzi in una sala degli orrori», disse Dave. Parlava lentamente e la sua voce era piena di lacrime. «Io e lei insieme. Questo abbiamo fatto a quei poveri bambini. Ma volete sapere una cosa? Tornavano sempre. Tornavano a prenderne razioni sempre più massicce. E mai ne parlarono fuori, non una sola volta. Di questo si curava *lei*.»

«Ma i genitori...!» esclamò Naomi tutt'a un tratto, cogliendo Sam di sorpresa. «Non posso pensare che quando i genitori hanno visto...»

«Ah, no!» la interruppe Dave. «I genitori non hanno visto *niente*. L'unico manifesto pauroso che abbiano mai visto fu quello di Cappuccetto Rosso e il lupo. Quello era sempre su, ma gli altri venivano appesi solo durante l'Ora della Fiaba, dopo la scuola, tutti i giovedì pomeriggio, e il sabato mattina. Non era un essere umano, Sarah. Questo devi mettertelo ben chiaro nella testa. *Non era umana*. Lei *sapeva* quando arrivavano gli adulti e prima che entrassero toglieva dalle pareti tutti quelli che avevo disegnato io e ne appendeva di normali, con scritte come: LEGGERE È SAPERE.

«Ricordo bene quando mi trovavo lì per l'Ora della Fiaba. In quei giorni, se appena potevo starle vicino, le ero sempre appiccicato, e avevo tutto il tempo che volevo per starle vicino, perché avevo smesso di dipingere, non ricevevo più incarichi come grafico e vivevo di quel poco che ero riuscito a risparmiare. Non passò molto tempo perché finissi anche i soldi, così cominciai a vendermi quello che avevo, il televisore, la chitarra, il furgoncino e alla fine anche la casa. Ma non ha importanza. Quello che conta è che ero quasi sempre lì, perciò ho visto che cosa succedeva. I bambini disponevano le loro seggioline intorno ad Ardelia, che si sedeva al centro. Io me ne stavo in un angolo, anch'io su una di quelle seggiole per bambini, il più delle volte con addosso il mio grembiule sporco di vernice, ubriaco da far paura, con la barba lunga, puzzolente di scotch. E lei leggeva, leggeva ai bambini una delle sue fiabe speciali, poi si interrompeva, inclinava la testa e sembrava che tendesse l'orecchio in ascolto. Allora i bambini si agitavano, erano a disagio. E cambiavano anche espressione, come se si stessero risvegliando da un sonno profondo.

«'Avremo compagnia', diceva lei sorridendo. 'Non è bello, bambini? Troverò qualche bambino buono che si offrirà volontario per aiutarmi a preparare la giusta accoglienza per i Grandi che verranno a farci visita?' E *tutti* alzavano la mano quando diceva così, perché tutti volevano essere bambini buoni. Nei manifesti che avevo disegnato io si vedeva che fine facevano i Bambini Cattivi che si comportavano male. Alzavo la mano persino io, ubriaco com'ero nel mio angolino con addosso quel grembiule sudicio, come il più vecchio e stanco bambino del mondo. I bambini si alzavano e alcuni di loro toglievano i miei manifesti e li sostituivano con manifesti normali che prendevano dall'ultimo cassetto della sua scrivania. Li scambiavano. Poi tornavano a sedersi e lei lasciava in sospeso il racconto raccapricciante che aveva iniziato e passava a qualcosa come 'La principessa sul pisello' e puntualmente, dopo pochi minuti, una madre metteva dentro la testa e vedeva tanti Bambini Buoni che ascoltavano la cara signorina Lortz e allora sorrideva al figlio e il figlio sorrideva alla madre e tutto procedeva senza incidenti.»

«Che cosa intendi per storie 'raccapricciianti'?» volle sapere Sam. La voce gli si era arrochita, la bocca era arida. Aveva ascoltato Dave con un senso crescente di orrore e di repulsione.

«Fiabe», rispose Dave. «Che però lei trasformava in racconti dell'orrore. È incredibile quanto poco doveva modificarne certe per ottenere il risultato che voleva.»

«A me non sembra così incredibile», commentò cupamente Naomi. «Mi ricordo quelle favole.»

«Certamente», ribatté lui. «Ma non ne hai mai sentita una raccontata da Ardelia. E ai bambini *piacevano*, a molti di loro quei racconti piacevano, e adoravano lei, perché Ardelia li attirava e affascinava come aveva affascinato me. Be', non *esattamente* perché per me c'era l'aspetto sessuale e per loro no, almeno non credo, ma il lato buio della sua personalità trovava riscontro nelle ombre che c'erano nell'anima di quei bambini. Riesco a spiegarmi?»

E Sam, che ricordava il fascino macabro della storia di Barbablù e delle scope danzanti in *Fantasia*, sentì di averlo capito perfettamente. I bambini odiavano e temevano il buio... ma ne erano anche attratti, no? Il buio li chiamava,

(*vieni con me, figliolo*)

no? Era come un canto di sirene,

(*Fono un poliziotto*)

no?

No?

«Ti sei spiegato benissimo, Dave», disse.

Dave annuì. «Allora, l'hai scoperto, Sam? Chi era il *tuo* Poliziotto della Biblioteca?»

«Questa è una parte che ancora non riesco a capire», rispose Sam, ma sentiva di esserci vicino. Era come se la sua mente fosse un lago profondo di acque buie, sul fondo del quale si era inabissata una nave... ma non una nave qualsiasi, no, quella era una goletta di pirati, piena di bottino e cadaveri che adesso aveva cominciato a muoversi nella fanghiglia che l'aveva imprigionata per tanto tempo. Temeva che prima o poi quel relitto spettrale sarebbe riaffiorato in superficie, con i mozziconi degli alberi rivestiti di alghe nere e uno scheletro ghignante ancora legato ai resti marcescenti del timone.

«Io credo che ci stai arrivando», osservò Dave. «Ed è inevitabile, Sam, credimi.»

«Io continuo a non capire bene questa faccenda delle fiabe», intervenne Naomi.

«Una delle sue preferite, Sarah, e una di quelle che più piacevano ai bambini, e questo è un punto che devo sottolineare perché dovete crederci, era 'Riccioli d'Oro e i Tre Orsi'. Tu conosci quella fiaba, ma non la conosci come l'hanno sentita certe persone che vivono nella nostra città, persone che adesso sono adulte, banchieri, avvocati e grandi agricoltori con squadroni di trattori nei campi. Nel profondo del loro cuore, conservano la versione di Ardelia Lortz, capisci? Può darsi che alcuni di loro abbiano raccontato le stesse fiabe ai propri figli, senza sapere che esistono altri modi per raccontarle. Non mi piace pensare che sia accaduto, ma so che è così.

«Secondo la versione di Ardelia, Riccioli d'Oro è una Bambina Cattiva che si comporta male. Arriva nella casa dei Tre Orsi e la mette a soqquadro di proposito, strappa le tende di

Mamma Orsa e trascina il bucato nel fango e strappa tutte le riviste e le carte importanti di Babbo Orso e gli rovina la poltrona a colpi di coltello. Poi strappa le pagine di tutti i libri che trova in casa. Era la parte che Ardelia amava di più, quella in cui Riccioli d'Oro distrugge i libri. E non mangia la minestra, oh, no! Non nella storia che raccontava Ardelia! Secondo lei, Riccioli d'Oro prende dalla mensola più alta del veleno per topi e lo sparge sulla minestra come zucchero in polvere. Non sapeva nemmeno chi abitasse in quella casa, ma voleva ucciderli lo stesso, perché era una Bambina Cattiva.»

«Ma è *orribile*!» esclamò Naomi. Aveva perso tutta la sua compostezza per la prima volta. Si premette le mani sulla bocca, fissando Dave con gli occhi sbarrati.

«Sì. Lo è. Ma non è ancora finita. Vedete, Riccioli d'Oro era così stanca dopo aver devastato la casa che quando salì al piano di sopra per fare a pezzi anche le camere da letto si addormentò sul letto di Bimbo Orso. E quando i Tre Orsi tornarono a casa e la videro, le si buttarono sopra, secondo l'espressione che usava Ardelia, le si buttarono sopra e mangiarono viva quella Bambina Cattiva. La divorarono cominciando dai piedi, mentre lei urlava e si dibatteva. La mangiarono tutta eccetto la testa. Tennero la testa, perché sapevano che cosa aveva fatto alla loro minestra. Avevano sentito l'odore del veleno. 'L'avevano sentito, cari i miei bambini, perché erano Orsi', raccontava Ardelia, e tutti i bambini, i Bambini Buoni di Ardelia, annuivano, perché era del tutto plausibile. 'Portarono in cucina la testa di Riccioli d'Oro e la fecero bollire e ne mangiarono il cervello per colazione. A detta di tutti e tre fu un piatto davvero succulento... e vissero per sempre felici e contenti.'»

4

La veranda era immersa in un silenzio denso, quasi di morte. Dave allungò la mano verso il bicchiere d'acqua e per poco non lo fece cadere dalla ringhiera per il tremito che gli scuoteva le dita. Lo salvò all'ultimo istante, lo tenne in entrambe le mani e bevve a lungo. Dopo averlo posato chiese a Sam: «Ti sorprende che abbia finito con l'alzare un po' troppo il gomito?»

Sam scosse la testa.

Allora Dave si girò verso Naomi. «Capisci ora perché non ho mai potuto raccontare questa storia? Perché l'ho chiusa in quello stanzino?»

«Sì», rispose lei in un sussurro tremulo. «E credo di capire perché non ne hanno mai parlato nemmeno i bambini. Certe cose sono troppo... troppo mostruose.»

«Per noi, forse, ma per i bambini non saprei, Sarah. Non credo che i bambini sappiano riconoscere bene i mostri a un primo sguardo. Spetta ai genitori insegnare ai figli come riconoscere i mostri. E lei aveva anche un'altra freccia al suo arco. Ricordate quando vi ho detto che, all'annuncio che stava per arrivare un genitore, davano l'impressione di risvegliarsi da un sonno profondo? Ebbene, stavano *veramente* dormendo in un certo senso. Non era ipnosi, almeno non lo credo, ma era qualcosa di molto simile. E quando tornavano a casa non ricordavano, almeno non a livello conscio, le fiabe che avevano ascoltato e i manifesti che avevano visto. Sotto, nel profondo, penso che ricordassero benissimo... come nel profondo Sam sa chi è il suo Poliziotto della Biblioteca. Credo che se lo ricordino ancora oggi, i banchieri, gli avvocati e gli agricoltori che furono a quell'epoca i Bambini Buoni di Ardelia. Li vedo ancora con i loro grembiulini e i calzoncini corti, seduti su quelle seggioline, a guardare Ardelia al centro del circolo con gli occhi grandi e rotondi. E credo che quando fa buio e vengono i temporali o quando dormono e arrivano gli incubi, *ridiventano* bambini. Credo che si aprano le porte e vedano i Tre Orsi, quelli di *Ardelia*, che divorano il cervello dalla testa di Riccioli d'Oro, prendendolo con i loro cucchiai di legno, credo che vedano Bimbo Orso che indossa lo scalpo di Riccioli d'Oro come una lunga parrucca bionda. Credo che si sveglino sudati, nauseati e pieni di paura. Credo che questa sia l'eredità che Ardelia ha lasciato a questa città. Un'eredità di incubi segreti.

«Ma ancora non sono arrivato al peggio. Vedete, quelle fiabe... be', qualche volta erano anche i manifesti, ma soprattutto erano i suoi racconti, certe volte spaventavano uno dei bambini tanto da farlo scoppiare a piangere o da provocargli un mancamento. E quando accadeva, lei diceva agli altri: 'Chinate la testa e riposate un po' mentre io vado in bagno con Billy, o Sandra, o Tommy che fosse, ad aiutarlo a riprendersi'.

«Tutti abbassavano la testa nel medesimo istante. Come morti. La prima volta che lo vidi, aspettai che fosse uscita da un paio di minuti con non mi ricordo più quale bambina e andai a esaminare da vicino gli altri. Cominciai da Willy Klemmart.

«'Willy!' bisbigliai, dandogli un colpetto alla spalla. 'Tutto bene, Will?'

«Non si mosse, così lo colpii più forte e ripetei il suo nome. Niente. Lo sentivo respirare. Un respiro liquido e laborioso, come capita spesso ai bambini che finiscono un raffreddore e ne cominciano un altro. Ma era immobile come se fosse un altro. Aveva le palpebre socchiuse, ma vedevo solo il bianco degli occhi e dal labbro inferiore gli pendeva questo filo di saliva. Mi spaventai e provai con due o tre degli altri, ma non riuscii a scuotere nessuno da quel torpore così innaturale.»

«Stai dicendo che li aveva colpiti con qualche sorta di incantesimo, vero?» domandò Sam. «Erano come Biancaneve dopo aver mangiato la mela avvelenata.»

«Già», annuì Dave. «Erano così. E a modo mio ero così anch'io. Poi, proprio quando stavo per afferrare Willy Klemmart e scuoterlo con tutte le forze, sentii che stava tornando. Andai di corsa a sedermi, per non essere sorpreso, perché avevo più paura di quello che avrebbe potuto fare a me che di qualunque cosa avesse fatto a loro.

«Entrò e quella bambina che era uscita poco prima con lei con la faccia grigia, in uno stato di semincoscienza, pareva rinvigorita con il tonico più potente di questo mondo. Sveglia e pimpante, con un bel colorito roseo sulle guance e gli occhi scintillanti. Ardelia le diede una piccola pacca sul sedere e la bimba corse al suo posto. Poi Ardelia batté le mani una volta e disse: 'Tutti i Bambini Buoni alzino la testa! Sonja sta molto meglio e vuole che finiamo la storia, non è vero, Sonja?'

«'Sì, signora', cinguettò Sonja, come un pettirosso a primavera. E tutte le teste si rialzarono. Mai si sarebbe pensato che solo due minuti prima la stanza era sembrata popolata di bambini morti.

«La terza o quarta volta che si ripeté questa scena, la lasciai uscire e poco dopo la seguii. Vedete, sapevo che li spaventava volutamente e avevo una mezza idea che ci fosse un *motivo*. Ero spaventato a morte anch'io, ma dovevo sapere.

«Quella volta aveva portato in bagno Willy Klemmart, che aveva avuto una crisi isterica ascoltando la versione di Ardelia di 'Hansel e Gretel'. Aprii la porta piano piano, senza far rumore, e vidi Ardelia inginocchiata davanti a Willy accanto al lavandino. Willy aveva smesso di piangere, ma più di così non saprei dire, perché lei mi volgeva la schiena, vedete, e Willy era basso di statura, perciò era completamente coperto dal corpo di Ardelia, anche se era in ginocchio, vidi comunque che lui le aveva posato le mani sulle spalle e scorgevo un pezzo della manica del suo golf rosso. Ma niente di più. Poi udii qualcosa. Era un rumore di risucchio, come quello di una cannuccia quando pesca sul fondo di un bicchiere ormai svuotato. Mi feci l'idea che lo stesse... come dire, molestando, ed era così, infatti, ma non nella maniera in cui avrei pensato io.

«Avanzai furtivo, mi spostai un po' sulla destra, e guadagnai terreno camminando sulla punta dei piedi per non far risuonare i tacchi delle scarpe. Ero convinto che mi avrebbe sentito lo stesso, perché aveva orecchie come radar, e mi aspettavo che da un momento all'altro si girasse e mi inchiodasse con quei suoi occhi rossi. Ma dovevo sapere. Dovevo vedere. E a poco a poco, più mi spostavo sulla destra, cominciai a rendermi conto.

«Da dietro la sua spalla mi apparve il volto di Willy, un poco per volta, come la luna che esce dall'eclisse. Dapprima di lei potei vedere solo i capelli biondi, quella grande massa che aveva, tutta riccioli, ma poi cominciai a vedere anche la sua faccia, e vidi che cosa stava facendo. Mi sentii scappar via tutta la forza dalle gambe, come acqua che se ne va per una tubatura. Non avrebbero mai potuto accorgersi di me, a meno che mi mettessi a martellare contro il muro. Avevano gli occhi chiusi, ma non era per questo. Era perché erano persi in quello che stavano facendo, capite? Persi entrambi nello stesso posto perché erano fusi insieme.

«La faccia di Ardelia non era più umana. Si era liquefatta come melassa e aveva assunto una forma a imbuto che le aveva schiacciato il naso e tirato le orbite all'ingiù, distendendole lateralmente come una fisionomia cinese, trasformandola in qualcosa di simile a un insetto, una mosca forse, o un'ape. La sua bocca era scomparsa di nuovo. Era mutata in quella cosa che avevo cominciato a vedere dopo che aveva ucciso il signor Lavin, la sera che eravamo sull'amaca. Era diventata la parte stretta dell'imbuto. E aveva queste strane righe rosse, che lì per lì mi sembrarono sangue, o vene sottocutanee. Solo dopo capii che era il rossetto. Non aveva più le labbra, ma il rossetto mostrava ancora dov'erano state fino a poco prima.

«Usava quella specie di tromba per bere dagli occhi di Willy.»

Sam era esterrefatto. Guardava Dave domandandosi se avesse perso completamente il lume della ragione. Una cosa erano i fantasmi, ma adesso si era messo a parlare di qualcosa di assolutamente inconcepibile. Eppure, nell'espressione di Dave vedeva solo sincerità e pensò: *Se sta mentendo, non lo sa*.

«Dave, mi stai dicendo che Ardelia Lortz beveva le sue lacrime?» chiese titubante Naomi.

«Sì... e no. Beveva le sue lacrime *speciali*. Aveva proteso tutta la faccia verso di lui, trasformata in un muso che pulsava come un cuore, avendo completamente perso tutta la sua fisionomia. Faceva pensare a una di quelle facce che si potrebbero disegnare su un sacchetto per la spesa per farne una maschera per Halloween.

«La sostanza che usciva dagli occhi di Willy era gommosa e rosea, come muco sanguinolento, o frammenti di carne quasi liquefatti. Lei li risucchiava rumorosamente. Era la sua *paura* quella che stava bevendo. L'aveva concretizzata, l'aveva fatta diventare così grande che se non fosse uscita nella forma di quelle orribili lacrime Willy ne sarebbe morto.»

«Stai dicendo che Ardelia era una sorta di vampiro, vero?» domandò Sam.

Dave sembrò risollevato. «Sì. Tutte le volte che ci ho ripensato, quelle volte che mi sono *azzardato* a ripensarci, è quello che è venuto in mente anche a me. Tutte quelle storie dei vampiri che addentano la gente alla gola per berne il sangue sono sbagliate. Non di molto, ma in questioni di questo genere quel poco è già sufficiente. È vero che bevono, ma non dal collo. Per mantenersi floridi e pasciuti usano di quello che sottraggono alle loro vittime, ma non è sangue. Forse la sostanza è più rossa, più *sanguigna*, quando le vittime sono degli adulti. Forse qualcosa del genere prese dal signor Lavin. Io credo che l'abbia fatto. Ma non è sangue.

«È la paura.»

5

«Non so per quanto tempo rimasi lì a guardarla, ma non può essere stato molto, perché non era mai capitato che si assentasse per più di cinque minuti. Dopo un po' il liquido che usciva dagli occhi di Willy cominciò a diventare più chiaro, cominciò ad assottigliarsi. Vedevo quel... sapete, quel coso...»

«Proboscide», mormorò Naomi. «Credo che dovesse essere una proboscide.»

«Ah, sì? Va bene anche proboscide. La vedevo allungarsi per non perdere neanche una goccia, e capii che aveva quasi finito. Dopodiché si sarebbe risvegliata e mi avrebbe visto. E allora con tutta probabilità mi avrebbe ucciso.

«Indietreggiai lentamente, un passetto per volta. Non pensavo che ce l'avrei fatta, ma a un certo punto ho urtato la porta con il sedere. Per poco non mi scappò da gridare, perché pensai che fosse apparsa alle spalle, per una di quelle sue magie. Ne ero sicuro anche se la vedevo davanti a me, inginocchiata per terra.

«Mi chiusi la bocca con una mano e spinsi la porta con la schiena. Dall'altra parte aspettai che si richiudesse, richiamata dal pistone pneumatico, e mi sembrò che ci impiegasse un secolo. Solo quando fu chiusa, mi avviai verso l'uscita. Ero fuori di me, volevo solo andarmene e non tornare mai più. Volevo scappare per l'eternità.

«Arrivai nel vestibolo, dove aveva messo quel cartello che hai visto tu, Sam, quello con scritto semplicemente SILENZIO! Arrivato lì ritrovai il buonsenso. Se non mi avesse visto nella sala dei ragazzi quando fosse tornata con Willy avrebbe capito. Mi avrebbe dato la caccia e mi avrebbe trovato. Non credo nemmeno che si sarebbe dovuto sforzare molto. Ricordavo ancora quel giorno nel campo di grano, tutte le corse che aveva fatto di qua e di là senza mai versare una goccia di sudore.

«Così tornai al mio posto, nella sala dei ragazzi. Ancora oggi non saprei dire dove trovai il coraggio di farlo, fatto sta che non avevo posato il culo su quella seggiolina da due secondi che li sentii arrivare. E naturalmente Willy era tutto felice, sorridente e pieno di vita. E altrettanto vale per lei. In quelle condizioni fisiche le avrebbe suonate di santa ragione persino a Carmen Basilio.

«'Tutti i Bambini Buoni alzino la testa!' esclamò e batté le mani. Tutti rialzarono la testa e la guardarono. 'Willy sta molto meglio e vuole che finisca la storia. Non è vero, Willy?'

«'Sì, signora', rispose Willy. Lei gli diede un bacio e lui corse al suo posto. Io restai ad ascoltare la fine della storia. E quando finì l'Ora della Fiaba mi misi a bere. E da quel momento sino alla fine, posso dire di non aver mai veramente smesso.»

6

Come è finita?» chiese Sam. «Ne sai qualcosa?»

«Non tanto quanto avrei potuto se non fossi stato sempre ubriaco, ma più di quanto vorrei sapere. Quell'ultimo periodo, non saprei nemmeno quanto sia durato. Circa quattro mesi, mi pare, ma potrebbero benissimo essere stati sei o anche otto. Ormai non mi accorgevo più nemmeno del cambio delle stagioni. Quando uno come me si lascia andare davvero, Sam, capisce solo che cosa c'è dentro una bottiglia. Due cose so, però, e sono in fondo le uniche due che contano. Qualcuno cominciò ad avere sospetti sul suo conto, e questo è il primo fatto importante. Ed è venuto per lei il momento di tornare a dormire. Di cambiare. Ed è il secondo fatto.

«Eravamo a casa sua una sera (lei non venne mai da me, neanche una volta) e mi disse: 'Mi sta venendo sonno, Dave. Adesso ho sempre sonno. Presto sarà ora di un lungo riposo. Quando verrà quel momento, voglio che tu dorma con me. Mi sono affezionata a te, ormai'.

«Io ero ubriaco, naturalmente, ma quelle parole mi gelarono il sangue. Credevo di aver capito a che cosa alludeva, ma quando glielo chiesi lei scoppiò a ridere.

«'No, non *così*', rispose in tono di scherno. 'Sto parlando di *dormire*, non morire. Ma tu dovrai rifocillarti con me.'

«Mi fece passare la sbornia in un lampo. Lei non pensava che io sapessi che cosa voleva dire, ma io avevo visto tutto.

«Poi cominciò a farmi domande sui bambini. Su quali non mi erano simpatici, quali secondo me erano insinceri, quali troppo turbolenti, quali i più discoli. 'Sono Bambini Cattivi, e non meritano di vivere', mi disse. 'Sono maleducati, distruttivi, restituiscono i libri con segni di matita e pagine strappate. Secondo te, chi di loro merita di morire, Davey?'

«Fu allora che capii che dovevo liberarmi di lei e se l'unico modo fosse stato uccidendomi mi sarei ucciso. Vedete, le stava succedendo qualcosa. I suoi capelli erano diventati opachi e la sua pelle, che era sempre stata immacolata, mostrava chiazze nuove. E c'era qualcos'altro, c'era che vedevo quel *coso*, quella propaggine in cui si trasformava la sua bocca, sotto il primo strato di pelle della faccia. La bocca le stava diventando tutta rugosa, con fili come di ragnatela.

«Una notte, a letto, vide che le osservavo i capelli e disse:

'Noti dei cambiamenti in me, non è vero, Davey?' Mi accarezzò la faccia. 'Non ti preoccupare, è del tutto naturale. È sempre così quando mi preparo a dormire di nuovo. Presto dovrò farlo e se hai intenzione di venire con me dovrai far fuori uno di quei bambini, fra non molto. O due, o tre. Più ce ne sono, meglio sarà!' Rise in quella sua maniera forsennata e quando tornò a guardarmi i suoi occhi erano di nuovo rossi. 'In ogni caso non ti lascerò qui. A parte tutto il resto, non sarebbe prudente per me, lo capisci, vero?'

«Risposi di sì.

«'Perciò, se non vuoi morire, Davey, dovrai agire presto, molto presto. E se hai deciso di non farlo è meglio che me lo dici subito. Potremo finire la nostra storia piacevolmente e senza dolore, questa sera stessa.'

«Si chinò sopra di me e sentii l'odore del suo alito. Sembrava cibo per cani guasto e non mi pareva vero di aver baciato la bocca dalla quale usciva quel tanfo, né da sobrio né da ubriaco. Però qualcosa dentro di me, una parte molto piccola, certo, evidentemente aveva ancora voglia di vivere, perché le risposi che volevo andare con lei, ma che avevo bisogno di un altro po' di tempo per prepararmi, per prepararmi mentalmente.

«'Per bere, vorrai dire', rispose lei. 'Dovresti buttarti in ginocchio e ringraziare la tua miserabile stella di aver incontrato me, Dave Duncan. Senza di me, moriresti in meno di un anno in mezzo a una strada. Con me potrai vivere quasi per sempre.'

«La sua bocca si protese per un secondo, si allungò fino a sfiorarmi la guancia. Non so come riuscii a non mettermi a urlare.»

Dave li guardò con occhi spettrali. Poi sorrise. Sam Peebles non avrebbe mai dimenticato quel sorriso, così misterioso e innaturale; lo avrebbe perseguitato per sempre nei sogni.

«Ma non fa niente», aggiunse. «Giù, dentro di me, ho cominciato a urlare allora e non ho più smesso.»

7

«Mi piacerebbe affermare che alla fine riuscii a spezzare la catena con cui mi aveva imprigionato, ma sarebbe una bugia.

Fu solo il caso, o potremmo tirare in ballo una forza superiore. Dovete capire che giunti al 1960 ero completamente tagliato fuori dal resto della città. Sam, ricordi che ti ho detto che ero membro anch'io del Rotary Club? Ebbene, nel febbraio del '60, i soci non mi avrebbero assunto nemmeno per pulire gli orinali nella toilette. Dal punto di vista di Junction City ero uno dei tanti Bambini Cattivi che conduceva la vita di un pezzente. Persone che avevo sempre conosciuto attraversavano la strada pur di non incrociarmi, se mi vedevano arrivare. Avevo sempre goduto di una salute d'acciaio, ma l'alcol mi stava arrugginendo e quello che non mi portava via l'alcol me lo prendeva Ardelia Lortz.

«Mi ero domandato chissà quante volte se si sarebbe servita di me per ciò di cui aveva bisogno, ma non lo fece mai. Forse da quel punto di vista non le andavo bene... ma non credo che fosse tutto lì. Non voglio sostenere che fosse innamorata di me e non penso che Ardelia possa amare nessuna persona, ma sono convinto che fosse sola. Credo che avesse sulle spalle una vita lunghissima, se di vita si può parlare nel suo caso, e che avesse avuto...»

Si interruppe. Le sue dita storte si mossero irrequiete sulle ginocchia e i suoi occhi cercarono di nuovo i silos all'orizzonte, come per averne conforto.

«*Compagni* è la definizione che mi sembra più adatta. Credo che abbia avuto dei compagni per dei periodi della sua lunga vita, ma non credo che ne avesse avuto uno per molto tempo quando giunse a Junction City. Non chiedetemi che cosa me lo facesse credere, perché non me lo ricordo. È andato perso, come molto di questa storia. Ma sono sicuro che fosse così. Dopodiché si era scelta me. E sono anche certo che l'avrei seguita, se non fosse stata scoperta.»

«Chi l'ha scoperta, Dave?» volle sapere Naomi. «Chi?»

«Il vicesceriffo John Power. A quei tempi lo sceriffo della contea era Norman Beeman e Norm è il miglior esempio che si può pensare a dimostrazione di quanto sarebbe più opportuno nominare gli sceriffi invece di eleggerli. I cittadini gli diedero l'incarico quando tornò a Junction City nel '45 con una valigia di medaglie che si era guadagnato durante l'invasione della Germania sotto Patton. Nessuno potrebbe negare che era un tipo combattivo, ma come sceriffo di contea non valeva una scorreggia in una tempesta di vento. I suoi punti di forza erano il più fantastico sorriso di uomo bianco che si sia mai visto e un sacco di stronzate da riempire un vagone. E naturalmente era repubblicano e questo è sempre stato il merito maggiore nella contea di Homestead. Credo che verrebbe rieletto sceriffo ancora oggi se non fosse morto di schianto per un infarto mentre era dal barbiere, nell'estate del 1963. *Questo* lo ricordo chiaramente, ma Ardelia non c'era già più da un pezzo e io mi ero ripreso un tantino.

«Erano due i segreti del successo di Norm... a parte il sorriso e le belle parole, si intende. Per prima cosa era onesto. Per quel che ne so, non si è mai intascato un centesimo sottobanco. In secondo luogo, si è sempre preoccupato di avere almeno un aiutante che sapesse pensare alla svelta e non avesse intenzione di mettersi in gara con lui per una poltrona di principale. Con quelle persone giocò sempre lealmente. Ciascuno di loro ricevette fior di raccomandazioni quando venne il suo momento di far carriera altrove. Norm si faceva in quattro per i suoi uomini. Credo che a voler guardare scopriremmo che ci sono almeno sei o sette capi di polizia locale e pezzi grossi della polizia statale sparsi nel Midwest che hanno passato due o tre anni a Junction City a spalare merda per Norm Beeman.

«Non però John Power. Lui è morto. Se controllaste il suo necrologio, trovereste che è morto di attacco cardiaco, quando non aveva ancora compiuto trent'anni e senza aver avuto alcuna di quelle brutte abitudini che certe volte bloccano in anticipo l'orologeria di una persona. Io so la verità. Non fu uno scherzo del cuore a uccidere John più di quanto avesse provocato la morte di Lavin. Lo uccise *lei*.»

«Come fai a saperlo, Dave?» chiese Sam.

«Lo so perché quell'ultimo giorno, alla Biblioteca, i bambini uccisi sarebbero dovuti essere *tre*.»

La voce di Dave era ancora calma, ma Sam sentiva il terrore con cui quell'uomo aveva convissuto per tanti anni che fremeva appena sotto la superficie come una carica elettrica a basso voltaggio. Se solo la metà di quanto aveva raccontato loro era vero, Dave doveva aver trascorso quegli ultimi trent'anni in compagnia di terrori che sfuggivano alla capacità di immaginazione di Sam. Per forza aveva fatto ricorso alla bottiglia per difendersi.

«Ne morirono due, Patsy Harrigan e Tom Gibson. Il terzo era il prezzo che dovevo pagare per la mia ammissione al circo misterioso di cui Ardelia Lortz era direttrice. Il terzo era quello che voleva soprattutto perché era stato lui a smascherarla proprio nel momento in cui più che mai aveva bisogno di operare in segreto. Il terzo era quello che spettava a me, perché non gli era più permesso frequentare la Biblioteca e Ardelia non era sicura di poterlo avvicinare. Il terzo Bambino Cattivo era Tansy Power, la figlia del vicesceriffo Power.»

«Non starai parlando di Tansy *Ryan*, vero?» sbottò Naomi in un gemito quasi supplicante.

«Sì. Tansy Ryan dell'ufficio postale, Tansy Ryan che viene alle nostre riunioni, Tansy Ryan che da signorina si chiamava Tansy Power. E da queste parti sono molti i bambini che frequentavano l'Ora della Fiaba di Ardelia e che adesso frequentano l'AA, Sarah. E lascio a te intuirne il motivo. Nell'estate del 1960 per poco non uccisi Tansy Power... e non è ancora il peggio. Per quanto vorrei che lo fosse.»

8

Naomi si allontanò e dopo che furono trascorsi alcuni minuti Sam si alzò per andarla a cercare.

«Lasciala stare», disse Dave. «È una donna straordinaria, Sam, ma ha bisogno anche lei di un po' di tempo per riordinare la mente. Sarebbe lo stesso anche per te se scoprissi che uno dei membri del gruppo di persone più importanti della tua vita anni fa aveva avuto in animo di assassinare la tua migliore amica. Dalle tempo. Tornerà. Sarah è una donna forte.»

Qualche minuto dopo Naomi riapparve. Si era lavata la faccia e aveva ancora i capelli bagnati sulle tempie. Portava un vassoio con tre bicchieri di tè freddo.

«Ah, siamo arrivati finalmente alla roba forte, eh, cara?» l'apostrofò Dave.

Naomi fece del suo meglio per rispondere al suo sorriso. «Non resistevo più.»

Sam giudicò il suo sforzo non solo encomiabile, ma nobile. Ciononostante i cubetti di ghiaccio parlavano ai bicchieri in un chiacchiericcio tintinnante. Si alzò per prenderle il vassoio dalle mani insicure e lei gli rivolse uno sguardo pieno di gratitudine.

«Adesso finisci, Dave», disse Naomi sedendosi. «Racconta sino alla fine.»

9

«Il grosso di quello che resta ancora da raccontare mi viene da lei», riprese Dave, «perché a quel punto non ero più nella posizione da far da testimone oculare. Sul finire del '59 Ardelia mi disse che non avrei più dovuto farmi vedere alla Biblioteca Pubblica. Se mi ci avesse trovato, mi avrebbe buttato fuori, e se mi fossi fermato fuori avrebbe chiamato la polizia. Disse che davo nell'occhio, ridotto com'ero, e che se mi avessero visto frequentare ancora la biblioteca, la gente avrebbe cominciato a parlare.

«'A parlare di te e me?' chiesi. 'Ma, Ardelia, chi ci crederebbe?'

«'Nessuno', rispose lei. 'Non mi preoccupa la possibilità che parlino di noi due, idiota.'

«'E allora?'»

«'Parlerebbero di te e dei bambini', mi disse. Forse mi resi conto allora per la prima volta di quanto ero caduto in basso. Da quando ci siamo messi a frequentare insieme le riunioni dell'AA mi hai visto finito in basso più di una volta, Sarah, ma mai fino a quel punto. E ne sono contento.

«Restava casa sua. Era l'unico posto dove mi era permesso vederla e mi era concesso di andarci solo molte ore dopo che si era fatto buio. Mi aveva ordinato di non seguire la strada oltre la fattoria degli Orday. Da lì dovevo tagliare per i campi. Aggiunse che avrebbe saputo se avessi cercato di disubbidire e le credetti. Quando quegli occhi d'argento diventavano rossi Ardelia vedeva *tutto*. Mi presentavo di solito non prima delle undici di sera e non dopo l'una di notte, a seconda di quanto avevo bevuto, e arrivavo normalmente gelato fin nelle ossa. Non vi posso raccontare molto di quei mesi, ma vi dirò che fra il 1959 e il '60 nell'Iowa ci fu un inverno polare. C'erano notti in cui sicuramente un uomo sobrio sarebbe morto assiderato in quei campi.

«Non c'erano problemi però nella notte di cui vi voglio raccontare, perché ormai eravamo nel luglio 1960 e l'aria era più rovente dei cardini delle porte dell'inferno. Ricordo la luna di quella notte, gonfia e rossa, sospesa sopra i campi. E tutti i cani della contea che ululavano.

«Entrare in casa di Ardelia fu come finire risucchiati da un ciclone. Per quella settimana, ma forse già da tutto il mese, era stata indolente, perennemente assonnata, ma non certo quella notte. Quella notte era più sveglia che mai e in uno stato di assoluto furore. Non l'avevo più vista così dal giorno in cui il signor Lavin le aveva detto di togliere il manifesto di Cappuccetto Rosso perché spaventava i bambini. Non si accorse nemmeno che ero arrivato. Andava su e giù nuda come il giorno in cui era nata, se *mai* è nata, a testa bassa e con i pugni chiusi. Era più feroce di un orso con le vesciche al culo. Quando era a casa di solito si raccoglieva i capelli in una crocchia da vecchia comare, ma quando entrai io dalla porta della cucina li aveva sciolti e camminava così tempestosamente che le fluttuavano dietro le spalle. E crepitavano sommessamente come se fossero carichi di elettricità. Aveva gli occhi rossi come sangue e accesi come quelle lanterne da ferrovia che in passato si mettevano accanto alle rotaie quando c'era qualche ostacolo sulla linea. Sembrava che stessero per schizzarle fuori dalle orbite. Aveva il corpo tutto unto di sudore, e per quanto sudicio fossi io stesso, sentivo il suo odore. Puzzava come un gatto in calore. Grosse gocce oleose le scendevano dal seno sul ventre. Le avevano fatto diventare lucidi i fianchi e le cosce. Era una di quelle notti afose, senza un alito di vento, come ne capitano da queste parti in estate, quando l'aria sa di verde e ti si siede sul petto come una catasta di rottami e ti pare di mandar giù barba di pannocchie a ogni respiro. Vorresti sentire tuoni e fulmini e vorresti che venisse giù un acquazzone come si deve, in nottate come quella, ma non succede mai. Vorresti che soffiasse il vento, almeno, e non solo perché porterebbe refrigerio, ma perché ti renderebbe un po' più sopportabile il rumore del grano, il fruscio del mais che cresce nei campi tutt'attorno e sembra il rumore di un vecchio artritico che cerca di alzarsi dal letto la mattina senza svegliare la moglie.

«Poi mi accorsi che oltre che infuriata era anche spaventata. Qualcuno le aveva veramente inculcato il timor di Dio. E il cambiamento che stava avvenendo in lei avveniva più velocemente. Non dico che sembrasse più vecchia, ma dava l'impressione di essere meno *presente*. I suoi capelli erano più sottili, come quelli di un bambino piccolo. Vi si vedeva la pelle attraverso il cuoio capelluto. E sembrava che su tutto il corpo le stesse crescendo una seconda pelle, questa pellicola impalpabile fatta di fili. Ne aveva intorno alle narici, agli angoli degli occhi, fra le dita. Lo si vedeva meglio dovunque c'era una piega nella pelle. Tremava un po', per l'impeto con cui camminava avanti e indietro. Volete sapere qualcosa di pazzesco? Quando viene il Luna Park, non ho più il coraggio di avvicinarmi al baracchino dello zucchero filato. Avete in mente la macchina con cui lo fanno? Quella specie di ciambella che gira vorticosamente e in cui si infila il legnetto sul quale si avvolge lo zucchero? È così che cominciava a sembrare la pelle di Ardelia, come se fosse fatta di zucchero filato. Ora credo di sapere che cos'era. Stava facendo quello che fanno i bruchi quando vanno a dormire. Stava filando un bozzolo.

«Per un po' rimasi sulla soglia a guardarla andare e venire. Per un bel pezzo non si accorse di me. Era troppo presa a rotolarsi nel suo personale cespuglio di ortiche. Due volte sferrò un pugno alla parete e ci passò attraverso. Tappezzeria, intonaco e assi. Il rumore era come di ossa che si spezzavano, ma lei non ne aveva alcuna conseguenza, neanche una goccia di sangue. Entrambe le volte lanciò un urlo, ma non di dolore. Era il verso di una gatta furiosa... ma, come ho detto, sotto la sua collera c'era anche la paura. E nell'urlo pronunciava il nome del vicesceriffo.

«'*John Power!*' urlava e *bam!* attraverso il muro con il pugno. 'Dio ti *maledica*, John Power! Ti insegnerò io a non venirmi tra i piedi! Vuoi vedermi? Bene! Ma ti insegno io come! Te lo insegno io, bimbo mio!' Poi riprendeva a camminare, così veloce che quasi correva e calava i piedi nudi con tanta forza che faceva tremare tutta quanta la casa. Camminava borbottando. Poi arricciava il labbro superiore, mandava fuoco e fiamme dagli occhi più rossi che mai e *bam!* faceva partire il pugno, da una parte all'altra del muro, alzando una nuvola di gesso. 'John Power, non *t'azzardare*!' ringhiava. 'Non *t'azzardare* a mettermi i bastoni tra le ruote!'

«Ma bastava guardarla in faccia per sapere che aveva il terrore che si azzardasse. E se aveste conosciuto il vicesceriffo Power le avreste dato ragione. Era in gamba e non aveva paura di niente. Era un ottimo poliziotto e non era conveniente farselo nemico.

«Finì davanti alla porta della cucina alla fine della quarta o quinta escursione per tutto il pianterreno di casa sua e tutt'a un tratto mi vide. Mi piantò gli occhi addosso e la sua bocca cominciò ad allungarsi in quella forma di tromba, solo che adesso era tutta ricoperta di fili sottili. Pensai di essere morto. Pensai che se non poteva mettere le mani su John Power si sarebbe accontentata di prendersela con me.

«Vedendola arrivare scivolai per terra lungo lo stipite della cucina, praticamente una poltiglia. Allora si fermò. E si spense la luce rossa negli occhi. Si trasformò in un batter d'occhio. Mi parlò con assoluta naturalezza, come se fossi capitato a una festa invece di entrare a casa sua a mezzanotte per trovarla a girare nuda come un animale in gabbia aprendo squarci nelle pareti.

«'Davey!' esclamò. 'Come sono contenta di vederti! Fatti un bicchiere. Anzi, fattene due.'

«Voleva uccidermi, glielo lessi negli occhi, ma aveva bisogno di me, e non più come un compagno. Aveva bisogno di me perché uccidessi Tansy Power. Sapeva di poter liquidare da sé il poliziotto, ma prima di farlo voleva che sapesse che sua figlia era morta. Per questo aveva bisogno di me.

«'Non abbiamo molto tempo', mi disse. 'Conosci il vicesceriffo Power?'

«Risposi di sì. Mi aveva arrestato per ubriachezza almeno una dozzina di volte.

«'Che cosa pensi di lui?'

«'È un tipo dalla scorza dura.'

«'E allora andate a farvi fottere tutti e due!'

«Io non risposi a quelle parole. Non mi parve prudente.

«'Quella dannata testa quadra è stato in Biblioteca oggi pomeriggio e mi ha chiesto di mostrargli le mie credenziali. E mi ha fatto un sacco di domande. Voleva sapere dove vivevo prima di venire a Junction City, dove sono stata a scuola, dove sono cresciuta. Avresti dovuto vedere come mi guardava, Davey. Ma gli insegno io come bisogna guardare una signora come me. Vedrai.'

«'Attenta a non commettere errori con Power', la ammonii. 'Non è tipo da aver paura di niente.'

«'Sì, che ha paura. Ha paura di me. Solo che non lo sa ancora', disse lei, ma io vidi di nuovo la preoccupazione nei suoi occhi. Vedete, Power aveva scelto proprio il momento peggiore per mettersi a fare domande, perché Ardelia si stava preparando al suo momento di sonno e metamorfosi e in quello stato era più debole.»

«Ardelia ti disse come mai si era messo sulle sue tracce?» volle sapere Naomi.

«È ovvio», rispose Sam. «Gliel'aveva detto la figlia.»

«No», disse Dave. «Io non le chiesi niente, non avrei osato dato lo stato in cui era, ma non credo che fosse stata Tansy a parlarne a suo padre. Non credo che avrebbe potuto. Vedete, quando uscivano dalla Biblioteca, i bambini dimenticavano tutto quello che lei gli aveva raccontato... e fatto. E non era solo questione di dimenticare, perché Ardelia si curava di introdurre nella loro mente altri ricordi, ricordi falsi perché se ne potessero tornare a casa sereni e di buon umore. Per i loro genitori Ardelia era quanto di meglio fosse mai apparso alla Biblioteca Pubblica di Junction City. Io credo che Power si sia insospettito per via di quello che Ardelia aveva portato via a Tansy. E credo che avesse svolto molte indagini prima di affrontare Ardelia alla Biblioteca. Non so che differenza possa aver notato in Tansy, perché non è che i bambini fossero pallidi o indolenti, come le vittime dei vampiri nei film, e non avevano segni sul collo. Ma lei gli sottraeva *qualcosa* lo stesso. E John Power deve essersene accorto in qualche modo.»

«Ma anche se aveva visto qualcosa, perché avrebbe dovuto sospettare di Ardelia?» domandò Sam.

«Vi ho detto che era uno in gamba, con il naso fino. Credo che avesse interrogato Tansy, non con domande dirette, ma girandoci intorno, se riesco a spiegarmi, e che avesse ottenuto risposte abbastanza eloquenti da indicargli la direzione giusta. Quando andò alla Biblioteca quel giorno, non sapeva niente con certezza, ma *sospettava* qualcosa. Abbastanza da mettere Ardelia sulle spine. Ricordo che fu il modo in cui lui l'aveva guardata a infuriarla di più. E a spaventarla di più. 'Ti insegno io come mi si deve guardare', continuava a ripetere. Mi domandavo da quanto tempo nessuno l'aveva più guardata con sospetto... da quanto tempo nessuno aveva subodorato che cosa fosse Ardelia in realtà. Credo che ne fosse intimorita per più di un verso. Scommetto che si domandava se non stesse finalmente mostrando i segni dell'età.»

«È possibile che avesse parlato anche ad alcuni degli altri bambini», ipotizzò Naomi. «Che avesse confrontato le risposte ricevute trovando discrepanze e contraddizioni. Può darsi persino che la vedessero in maniere diverse. Come l'avete vista in maniera diversa tu e Sam.»

«È possibile. Tutto può essere. Comunque, l'aveva spaventata abbastanza da spingerla ad accelerare i tempi.

«'Domani sarò tutto il giorno alla Biblioteca', mi informò. 'Farò in modo che mi vedano in tanti. Ma *tu*, tu vai a far visita alla casa del vicesceriffo Power, Davey. Tu monterai di guardia e aspetterai che quella bambina sia sola e non credo che dovrai aspettare a lungo. Poi la porterai via con te, nel bosco. Fanne quello che ti pare, ma assicurati che *l'ultima* cosa che le farai sia tagliarle la gola. Tagliale la gola e lasciala in un posto dove venga ritrovata. Voglio che quel bastardo lo sappia prima di incontrarlo.'

«Non potei dire niente. Fu probabilmente una fortuna per me che mi si fosse legata la lingua, perché qualunque cosa avessi detto lei l'avrebbe presa storta e probabilmente mi avrebbe staccato la testa dal collo. La fissavo, seduto al tavolo della sua cucina con il bicchiere in mano, senza dire niente, e lei doveva aver preso il mio silenzio per un assenso.

«Dopodiché andammo in camera. Fu l'ultima volta. Ricordo che pensai che non ce l'avrei fatta, che un uomo spaventato com'ero io non sarebbe riuscito a farselo venire duro. Ma andò bene, volendo Iddio. Ardelia conosceva anche quell'arte magica. E fu un arrembaggio continuo e ancora e ancora e a un certo punto non so se mi addormentai o persi i sensi. Mi risvegliai quando mi spinse dal letto con i piedi, facendomi cadere in un punto dove batteva il sole di primo mattino. Erano le sei e un quarto. Mi sentivo lo stomaco come se me lo avessero intinto nell'acido solforico e la testa che mi batteva come una gengiva gonfia con dentro un ascesso.

«'È ora che ti dai da fare', mi disse. 'Non farti vedere mentre torni in città e ricordati che cosa ti ho detto. Prendila stamattina, portala nei boschi e falla fuori. Resta nascosto fino a sera. Se ti prendono prima, non potrò fare niente per te. Ma se arrivi qui, sarai salvo. Oggi farò in modo che domani un paio di bambini vengano in Biblioteca anche se è giornata di chiusura. Li ho già scelti, i due peggiori di tutta la città. Andremo alla Biblioteca insieme... verranno... e quando quel branco di deficienti ci troverà, penseranno che siamo tutti morti. Ma tu e io non lo saremo, Davey. Tu e io saremo liberi. Bello scherzetto, vero?'

«Poi cominciò a ridere. Era seduta sul letto e io ero ai suoi piedi a torcermi, come un topo con la pancia piena di esca avvelenata e lei rideva e rideva e rideva. Poi la sua faccia cominciò a trasformarsi di nuovo in quel muso di insetto, con quella proboscide che si protendeva come un corno vichingo e gli occhi che scomparivano, tutti tirati ai lati. Sentii che non ce l'avrei fatta a trattenermi e corsi fuori a vomitare nei cespugli. E dietro la sentivo ridere... ridere... e ridere.

«Mi stavo vestendo fuori di casa quando venne a parlarmi

dalla finestra. Non la vedevo, ma la sentivo benissimo. 'Non tradirmi, Davey. Non mi tradire altrimenti ti ammazzo e non sarà una morte rapida.'

«'Non ti tradirò, Ardelia', le risposi, ma non mi girai a guardarla pendere fuori dalla finestra. Sapevo che non avrei sopportato di vederla una volta ancora. Avevo consumato tutte le mie forze, da quel punto di vista. E tuttavia... desideravo ancora andare con lei a costo di impazzire, e sentivo che ci sarei andato. A meno che avesse in progetto di scaricarmi al momento buono, di lasciarmi indietro perché mi addossassi la responsabilità di tutto quello che stava per succedere. Da lei c'era da aspettarselo. Da lei, mi sarei aspettato *di tutto*.

«Partii attraverso il grano diretto a Junction City. Di solito quelle sgambate mi rischiaravano la mente e con la sudata eliminavo i postumi delle sbornie. Quel giorno no. Quel giorno mi fermai due volte per vomitare e la seconda volta arrivai a un punto che credetti che non avrei più smesso. Quando ci riuscii, vidi che c'era del sangue sulle piante dove mi ero fermato e quando arrivai in città, la testa mi faceva più male di prima e vedevo doppio. Pensai che stessi morendo, eppure non potevo smettere di pensare a quello che mi aveva detto: fanne quello che ti pare, ma assicurati che *l'ultima* cosa che fai sia tagliarle la gola.

«Io non volevo fare del male a Tansy Power, ma pensavo che glielo avrei fatto lo stesso. Non sarei stato capace di oppormi al desiderio di Ardelia... e poi per me sarebbe stata la dannazione eterna. Peggio ancora se Ardelia diceva la verità e avrei continuato a vivere... a vivere quasi per sempre con quel ricordo nella mente.

«A quei tempi c'erano due scali merci alla stazione e sul versante nord della seconda c'era una piattaforma di carico che veniva usata solo raramente. Mi ci infilai sotto e dormii per un paio d'ore. Quando mi svegliai, mi sentivo un po' meglio. Sapevo che in nessun modo avrei potuto fermare né me né lei, così partii alla volta della casa di John Power, a rapire quella bambina. Attraversai il centro senza guardare nessuno in faccia e intanto pensavo e ripensavo: 'Posso fare almeno che sia una cosa veloce. Le torco il collo con un colpo secco e non si accorgerà di niente'.»

Si tolse nuovamente di tasca il fazzoletto per tamponarsi la fronte con la mano che adesso tremava vistosamente.

«Arrivai fino al Discount. Adesso non c'è più, ma a quei

tempi era l'ultimo negozio di O'Kane Street prima di entrare nuovamente nell'area residenziale. Avevo solo quattro isolati da percorrere e pensavo che, quando fossi arrivato alla casa di Power, avrei visto Tansy in giardino. Sarebbe stata sola... e il bosco non era distante.

«Ma guardai nella vetrina del Discount e quello che vidi mi paralizzò. C'era una catasta di bambini morti, tutti con gli occhi sbarrati, un groviglio di braccia e gambe divelte. Mandai un grido sommesso e subito mi coprii la bocca con le mani. Chiusi gli occhi e strinsi forte. Quando guardai di nuovo, vidi che era un mucchio di bambole che la signora Seger stava appena cominciando a sistemare. Mi vide e agitò un bambolotto che teneva nella mano: vattene, vecchio ubriacone. Ma io non me ne andai. Restai a guardare quelle bambole. Cercavo di convincermi che non erano che bambole, *tutti* se ne sarebbero resi conto. Ma quando chiudevo gli occhi, li stringevo e poi li riaprivo, ridiventavano corpicini morti. La signora Seger stava sistemando un gruppo di piccoli cadaveri nella vetrina del Discount e nemmeno se ne accorgeva. Ebbi l'idea che qualcuno stesse cercando di inviarmi un messaggio e che forse il senso di quel messaggio era che non era ancora troppo tardi. Forse avrei potuto fermare Ardelia. E anche se non avessi potuto, forse avrei evitato che mi trascinasse con sé nella sua follia.

«Fu la prima volta che pregai davvero, Sarah. Pregai che Dio mi desse le forze necessarie. Non volevo uccidere Tansy Power, ma non mi bastava. Volevo salvarli tutti quanti, se mi fosse stato possibile.

«Tornai indietro al distributore della Texaco che c'era un isolato prima, dove adesso c'è il Piggly Wiggly. Prima di arrivarci raccolsi dei sassolini dalla strada. Di fianco al distributore c'era un telefono pubblico... c'è ancora, anzi, ora che ci penso. Quando ci arrivai, mi accorsi che non avevo un centesimo. Come ultima risorsa provai nella vaschetta del resto. Vi trovai una monetina. Da quel giorno, quando qualcuno mi dice che non crede in Dio, io penso a quando misi la punta delle dita in quella vaschetta e trovai quella moneta da dieci centesimi.

«Avevo in mente di telefonare alla signora Power, poi decisi che sarebbe stato meglio chiamare l'ufficio dello sceriffo. Qualcuno avrebbe inoltrato il messaggio a John Power e se aveva già sospetti, come sembrava credere Ardelia, avrebbe preso le misure necessarie. Chiusi la porta della cabina e cercai il numero e parlo di tempi in cui capitava anche di trovare un elenco degli abbonati in una cabina, con un briciolo di fortuna. Poi, prima di comporre il numero, mi misi in bocca i sassolini che avevo raccolto.

«Mi rispose John Power in persona e credo che sia questo il motivo per cui morirono Patsy Harrigan e Tom Gibson... il motivo per cui morì John Power... e per cui Ardelia non fu fermata in tempo. Mi aspettavo di sentire la voce della centralinista, capite? In quei giorni c'era Hannah Verrill. Gli avrei detto quello che avevo da dire e lei avrebbe passato il messaggio al vicesceriffo.

«Invece sentii questa voce sbrigativa. 'Ufficio dello sceriffo, state parlando con il vicesceriffo Power. In che cosa posso aiutarvi?' Per poco non deglutii i sassolini e per un bel pezzo non riuscii a spiccicare verbo.

«Lui fa: 'Dannati ragazzacci' e io capii che stava per riattaccare. 'Aspetti', gridai. I sassolini mi facevano farfugliare mascherando la mia voce. 'Non riappenda!'

«'Chi parla?' mi chiese.

«'Non ha importanza', gli rispondo. 'Porti sua figlia lontano da questa città, se le sta a cuore la sua vita e *qualunque* cosa voglia fare, non le permetta di avvicinarsi alla Biblioteca. Dico sul serio. È in pericolo.'

«Poi riattaccai. Ecco, se avesse risposto Hannah, avrei probabilmente spiegato qualcosa di più. Avrei fatto qualche nome, avrei parlato di Tansy, di Tom e di Patsy... e anche di Ardelia. Ma lui mi fece paura. Mi dava la sensazione che se fossi rimasto in linea un secondo di più sarebbe riuscito a vedermi lungo il cavo, in quella cabina, sozzo e puzzolente com'ero.

«Mi sputai i sassolini nella mano mentre uscivo in fretta e furia. L'incantesimo era rotto. La telefonata mi aveva liberato. Ma ero in preda al panico. Avete mai visto un uccellino entrato per sbaglio in una rimessa che si mette a svolazzare di qua e di là, sbattendo contro le pareti, pazzo per l'affanno di uscire? Così ero anch'io. Tutt'a un tratto non mi preoccupavo più per Patsy Harrigan, Tom Gibson o Tansy Power. Avevo la sensazione che Ardelia mi vedesse, che sapesse che cosa avevo fatto e che mi stesse dando la caccia.

«Volevo nascondermi... Ma che diavolo dico? Avevo *bisogno* di nascondermi. Mi avviai per Main Street e quando arrivai in fondo stavo quasi correndo. Intanto nella mia mente Ardelia si era confusa con il Poliziotto della Biblioteca e con l'uomo nero, quello che guidava lo schiacciasassi e l'automobile con a bordo

Simone Semplicione. Mi aspettavo di vederli sbucare tutti e tre in Main Street sulla vecchia *Buick* dell'uomo nero, tutti e tre contro di me. Tornai allo scalo e mi infilai di nuovo sotto la piattaforma di carico. Me ne restai lì rannicchiato, tutto tremante, ad aspettare che arrivasse a farmi fuori. Arrivai addirittura a mettermi a piangere. Non riuscivo a togliermi dalla testa che da un momento all'altro avrei alzato gli occhi e avrei visto la sua faccia che sbirciava sotto il bordo di cemento della piattaforma, i suoi occhi rossi e accesi, la sua bocca che si trasformava di nuovo in quella tromba.

«Mi rifugiai più in fondo che potei e sotto un ammasso di foglie morte e vecchie ragnatele trovai un mezzo bottiglione di vino. Lo avevo nascosto io lì Dio solo sa quando e poi me n'ero scordato. Bevvi tutto il vino in tre lunghe sorsate. Poi tentai di strisciare fino al bordo della piattaforma, ma a metà strada persi i sensi. Quando mi risvegliai, pensai lì per lì che non fosse passato che qualche secondo, perché la luce e le ombre erano più o meno le stesse. Ma non avevo più mal di testa e avevo una fame da lupo che mi faceva rumoreggiare la pancia.

«Avevi dormito per ventiquattr'ore, vero?» chiese Naomi.

«No. Per quasi *quarantotto*. Avevo telefonato all'ufficio dello sceriffo verso le dieci del lunedì mattina. Quando ripresi i sensi sotto la piattaforma con il bottiglione vuoto ancora nella mano, erano passate da poco le sette di mercoledì. Non avevo dormito. Dovete ricordare che non ero reduce da una giornata di bevute. E nemmeno da una settimana di sbornie, se è per questo. Ero rimasto ubriaco fradicio per quasi *due anni* e non è tutto. Dovete metterci anche Ardelia e la Biblioteca e i bambini e l'Ora della Fiaba. Due anni di giostra all'inferno. Io credo che quella parte della mia mente che ancora desiderava vivere e pensare con raziocinio aveva deciso che l'unica soluzione era abbassare il sipario per un po'. E quando mi svegliai era tutto finito. Non avevano ancora trovato i corpi di Patsy Harrigan e Tom Gibson, ma era finita lo stesso. E io lo capii ancora prima di sporgere la testa da sotto quella piattaforma. Avevo un senso di vuoto dentro, come uno spazio nella gengiva dopo che ti è cascato un dente. Solo che lo spazio vuoto era nella mia *mente*. E capii. Se n'era andata. Ardelia non c'era più.

«Uscii da sotto la piattaforma e per poco non svenni di nuovo per la fame. Vidi Brian Kelly, che a quei tempi controllava il traffico delle merci. Stava contando dei sacchi sull'altra piattaforma, confrontandoli con quanto aveva scritto su una bolla di accompagnamento. Riuscii ad arrivare fino a lui. Mi vide e fece una smorfia di disgusto. C'erano stati giorni in passato in cui ci offrivamo da bere a vicenda al *Domino*, una bettola distrutta da un incendio già anni prima del tuo arrivo, Sam. Ma era acqua passata fra noi. Vino passato, dovrei dire. Ai suoi occhi non ero che un lurido ubriacone cencioso con i capelli intrisi di terra e di pezzi di foglie, un beone che puzzava di piscia e vino vecchio.

«'Vattene di qui, o chiamo gli sbirri', mi disse.

«Fu un'altra prima volta per me. È un privilegio degli ubriaconi di professione di toccare un nuovo fondo ogni giorno. Fu la prima volta che chiesi l'elemosina. Lo pregai di darmi un quarto di dollaro perché potessi comperarmi una tazza di caffè e un toast al Route 32 Diner. Si frugò in tasca e prese degli spiccioli. Non me li porse. Li gettò genericamente dalla mia parte. Dovetti rovistare nella fuliggine per trovare i soldi. Non credo che lo avesse fatto per svergognarmi. Probabilmente non voleva toccarmi e non lo posso biasimare.

«Quando vide che avevo preso i soldi disse: 'Mena le tolle, adesso. E se ti rivedo da queste parti sta' pur sicuro che chiamo davvero gli sbirri'.

«'Non temere', risposi e me ne andai per la mia strada. Non ha mai saputo chi fossi e ne sono contento.

«Andando giù alla tavola calda, passai davanti a una di quelle cassette per i giornali e dentro c'era la *Gazette* di quel giorno. Fu allora che mi resi conto che erano passati due giorni e non solo uno. La data non significava molto per me, visto che da un pezzo ormai non davo più retta ai calendari, ma sapevo che era lunedì mattina quando Ardelia mi aveva buttato giù dal letto per l'ultima volta e avevo fatto quella telefonata. Poi vidi i titoli. A quanto pare avevo trascorso dormendo uno dei momenti di più grande emozione nella storia di Junction City. CONTINUANO LE RICERCHE DEI BAMBINI SCOMPARSI, c'era scritto da una parte, con le fotografie di Tom Gibson e Patsy Harrigan. Dall'altra parte il titolo era VICESCERIFFO MORTO DI ATTACCO CARDIACO, DICE IL CORONER. Sotto c'era la fotografia di John Power.

«Presi un giornale e lasciai il mio nichelino, come si faceva ai tempi in cui ci si poteva ancora fidare l'uno dell'altro. Poi mi sedetti, lì dov'ero, sul ciglio del marciapiede e lessi entrambi gli articoli. Quello sui bambini era più corto. Nessuno a quanto pare si preoccupava più che tanto. Lo sceriffo Beeman era convinto che fossero semplicemente scappati di casa.

«Aveva davvero scelto quelli giusti. Erano due furfanti, quei due marmocchi, usciti dallo stesso stampo. Sempre in combutta. Abitavano nella stessa strada e secondo l'articolo avevano appena passato un guaio la settimana precedente per essere stati scoperti dalla madre di Patsy Harrigan a fumare sigarette nel ripostiglio degli attrezzi. Il piccolo Gibson aveva uno zio buono a nulla con una fattoria nel Nebraska e Norm Beeman era sicuro che fossero diretti laggiù. Vi ho detto che non era una cima. Ma come poteva immaginarsi? E su un punto aveva ragione, che cioè non erano di quei ragazzetti che finiscono in fondo ai pozzi e muoiono annegati andando a nuotare nel fiume. Ma *io* sapevo dov'erano e sapevo che Ardelia ci aveva fregati tutti ancora una volta. Sapevo che li avrebbero trovati tutti e tre insieme e così fu, quello stesso giorno. Avevo salvato la vita a Tansy Power e avevo salvato me stesso, ma non trovavo grande consolazione in questo.

«L'articolo su Power era più lungo. Era il secondo, perché Power era stato trovato nel tardo pomeriggio di lunedì. Il giornale di martedì aveva riportato la notizia della sua morte, ma non la causa del decesso. Era stato trovato riverso al volante della sua macchina di pattuglia, un paio di chilometri a ovest della fattoria degli Orday. Era un posto che conoscevo bene, perché era più o meno lì che abbandonavo la strada e prendevo per i campi di grano per andare a casa di Ardelia.

«Non ho difficoltà a ricostruire come deve essere andata. John Power non era uomo da lasciarsi crescere l'erba sotto i piedi e deve essersi diretto alla casa di Ardelia praticamente subito dopo la mia telefonata da quell'apparecchio pubblico al distributore della Texaco. Forse aveva prima avvertito la moglie, ordinandole di tenere Tansy chiusa in casa finché non si fosse fatto vivo di nuovo. Questo naturalmente sul giornale non c'era, ma va da sé.

«Vedendolo arrivare, lei deve aver capito che avevo fatto la spia e che era stata scoperta, così lo uccise. Lo... lo abbracciò, come aveva fatto con Lavin. Power era uno con la scorza dura, come le avevo detto io, ma anche un acero ha la corteccia; eppure, a spingere lo spinotto abbastanza in profondità, la linfa viene fuori lo stesso. Immagino che gli abbia spinto il suo fin dentro il cuore.

«Morto Power, deve averlo riportato con la sua stessa automobile nel punto dove era stato ritrovato. Anche se quella strada, la Garson Road, non era molto frequentata a quei tempi, ci volle lo stesso un fegato grosso così. D'altra parte, che cosa avrebbe potuto fare? Chiamare l'ufficio dello sceriffo per avvertire che John Power aveva avuto un infarto mentre parlava con lei? Avrebbe suscitato un vespaio di interrogativi proprio nel momento in cui non voleva che si parlasse di lei. E, intendiamoci, persino uno come Norm Beeman sarebbe stato curioso di sapere come mai John Power avesse tanta fregola di parlare alla bibliotecaria cittadina.

«Così lo ha riportato fin quasi alla fattoria, ha lasciato la macchina della polizia nel fosso ed è tornata a casa per la stessa via che percorrevo io. Attraverso il grano.»

Dave spostò gli occhi da Sam a Naomi e poi li posò di nuovo su Sam.

«Scommetto di sapere anche che cosa fece dopo. Scommetto che cominciò a cercare me.

«Non intendo dire che saltò in macchina per mettersi a scorrazzare per Junction City, frugando in tutte le mie tane abituali. Non ne aveva bisogno. Mille volte in quegli anni era stata capace di apparire là dove ero io quando mi voleva oppure mi faceva recapitare un messaggio da uno dei bambini. Fossi seduto su una pila di scatoloni dietro al barbiere o a pescare al Grayling's Stream o ubriaco da non capire più niente dietro lo scalo ferroviario. Lei sapeva sempre dove trovarmi. Era uno dei suoi speciali talenti.

«Ma non quell'ultima volta, la volta in cui più di ogni altra desiderava rintracciarmi e credo di sapere perché. Vi ho detto che non mi ero addormentato e non avevo nemmeno perso veramente i sensi dopo la telefonata. Il mio fu piuttosto un coma, una catalessi. E quando lei frugò tutt'attorno con l'occhio che aveva nella mente non riuscì a vedermi. Non posso sapere quante volte durante quel giorno o quella notte il suo occhio sia passato sulla piattaforma sotto la quale io dormivo il mio sonno profondo e non lo voglio sapere. Io so solo che, se mi avesse trovato, non sarebbe venuto nessun bambino a recapitarmi un messaggio. Sarebbe venuta *lei*. E non riesco neanche a immaginare che cosa mi avrebbe fatto per aver interferito nei suoi progetti.

«Probabilmente mi avrebbe trovato se avesse avuto tempo. Ma non ne aveva, ormai aveva deciso, e poi c'era la velocità con cui si stava ormai sviluppando la sua trasformazione. Era giunto il suo periodo di sonno e non avrebbe perso tempo per cercare me. Del resto sicuramente sapeva che avrebbe avuto un'altra occasione, in futuro. E adesso la sua occasione è arrivata.»

«Non capisco», disse Sam.

«Ma sì», ribatté Dave. «Chi ha portato via i libri che ti hanno ficcato in questo guaio? Chi li ha mandati al centro di riciclaggio insieme con tutti gli altri giornali vecchi? *Io*. E tu credi che lei non lo sappia?»

«Pensi che ti voglia ancora?» domandò Naomi.

«Sì, ma non nello stesso modo di allora. Adesso vuole solo uccidermi.» Voltò la testa per fissare gli occhi luminosi su Sam con un'espressione pietosa. «*Tu* sei quello che vuole adesso.»

Sam rise per l'imbarazzo. «Sono sicuro che era una bomba trent'anni fa», rispose, «ma adesso mi è sembrata un po' attempata. Non posso dire che sia il mio tipo.»

«Allora forse è vero che non capisci», replicò Dave. «Lei non ti vuole *scopare*, Sam. Lei vuole *essere* te.»

10

Dopo qualche istante, Sam sbottò: «Aspetta. Un momento».

«Mi hai sentito, ma non mi hai preso sul serio quanto avresti dovuto», lo rimproverò Dave. Il suo tono era paziente, ma la sua voce era stanca, terribilmente stanca. «Perciò ti racconterò ancora qualcosa.

«Dopo aver ucciso John Power, Ardelia lo portò abbastanza lontano da casa sua da evitare che i sospetti ricadessero subito su di lei. Poi andò ad aprire la Biblioteca per il pomeriggio come sempre. Lo fece anche perché i colpevoli destano più sospetti se abbandonano improvvisamente le loro abitudini, ma non è tutto. Ormai la sua trasformazione era imminente *e doveva assolutamente prendersi la vita di quei bambini*. Non perdere tempo a chiedermi perché, perché non lo so. Forse è come gli orsi e si deve rimpinzare prima di andare in letargo. Posso solo dirti che aveva disperatamente bisogno dell'Ora della Fiaba, quel lunedì pomeriggio.

«Durante l'Ora della Fiaba, mentre tutti i bambini erano seduti intorno a lei in trance, disse a Tom e Patsy che li voleva alla Biblioteca martedì mattina, anche se d'estate la Biblioteca restava chiusa il martedì e il giovedì. I bambini ubbidirono e lei li uccise prima di mettersi a dormire... quel sonno che somiglia tanto alla morte. Poi arrivi tu, Sam, trent'anni dopo. Tu conosci me e Ardelia ha ancora in animo di vendicarsi, e questo è già un buon inizio. Ma c'è qualcosa di molto meglio ancora. Tu sai anche della Polizia Bibliotecaria.»

«Non capisco come...»

«No, tu non capisci *come* fai a saperlo, ma per lei è anche meglio. Perché i segreti così brutti che si è costretti persino a nasconderli a noi stessi... per un essere come Ardelia Lortz sono i segreti migliori. E poi pensa a tutti gli altri ottimi requisiti che hai: sei giovane, scapolo, senza amici intimi. È così, non è vero?»

«Così avrei detto fino a oggi», rispose Sam dopo un attimo di riflessione. «Avrei detto che gli unici buoni amici che mi ero fatto da quando sono venuto a stare a Junction City si sono trasferiti altrove. Ma considero te e Naomi amici miei, Dave. Vi considero ottimi amici. I migliori.»

Naomi gli prese la mano per stringergliela.

«È bello da parte tua, ma non serve a niente», ribatté Dave, «perché ha intenzione di far fuori anche me e Sarah. Più ce n'è, meglio è, come mi disse una volta. Deve uccidere qualcuno ogni volta che cambia e penso che anche il momento del risveglio corrisponda a una metamorfosi.»

«Stai dicendo che ha intenzione di impossessarsi di Sam, vero?» chiese Naomi.

«Credo che sia qualche cosa di più, Sarah. Io credo che abbia intenzione di distruggere in Sam tutto quello che lo *fa* Sam. Credo che voglia svuotarlo come un bambino spolperebbe una zucca per farne una maschera da Halloween per poi indossarlo proprio come si farebbe con un vestito nuovo. Dopodiché, se riesce nel suo intento, lui continuerà a vivere come un normale essere umano di nome Sam Peebles, ma non sarà più un uomo, non più di quanto Ardelia Lortz sia una donna. C'è qualcosa di non umano nascosto dentro la sua pelle e credo di averlo sempre saputo. È dentro... ma è da sempre un essere estraneo. Da dove arriva Ardelia Lortz? Dov'era vissuta prima di comparire a Junction City? Io credo che a voler controllare si scoprirebbe che le credenziali che presentò a Lavin erano false e che nessuno in città aveva dati certi su di lei. Credo che la curiosità sui suoi trascorsi abbia segnato il destino di John Power. Ma credo anche che un tempo sia esistita un'Ardelia Lortz *vera*... a Pass Christian, nel Mississippi... o a Harrisburg, in Pennsylvania... o a Portland, nel Maine... e che un giorno la *cosa* si sia impadronita di lei. Ora vuole farlo di nuovo. Se non glielo impediamo, credo che di qui a qualche mese, in qualche altra città, a San Francisco o a Butte, nel Montana, o a Kingstone, nel Rhode Island, comparirà un uomo di nome Sam Peebles. Entrerà nelle simpatie della gente. In particolare piacerà ai bambini... anche se in un modo che non capiranno e di cui non potranno mai parlare avranno anche paura di lui.

«E naturalmente sarà un bibliotecario.»

12

Sortita a Des Moines

1

QUANDO si accorse che erano quasi le tre del pomeriggio, stentò a capacitarsene. Mancavano solo nove ore alla mezzanotte, poi sarebbe riapparso l'uomo con gli occhi d'argento. O sarebbe arrivata Ardelia Lortz. O entrambi insieme.

«Che cosa pensi che dovrei fare, Dave? Andare al cimitero, trovare i resti di Ardelia e conficcarle un paletto nel cuore?»

«Sarebbe una buona soluzione se fosse praticabile», rispose lui. «Purtroppo la cara signora fu cremata.»

«Oh...» Sam si appoggiò allo schienale con un sospiro di delusione.

Naomi lo prese di nuovo per mano. «In ogni caso non farai niente da solo», dichiarò con fermezza. «Dave dice che ha intenzione di uccidere anche noi, ma io credo che soprattutto gli amici debbano fare fronte comune quando uno di loro è nei guai. Che amici sarebbero, se no?»

Sam si portò la sua mano alla bocca e gliela baciò. «Grazie. Ma non vedo che cosa potreste fare quando nemmeno io so come difendermi. Non mi sembra che ci sia niente che si possa fare. A meno...» Guardò Dave con ritrovata speranza. «A meno di scappare...?»

Dave scosse la testa. «Qualunque cosa sia, *vede*. Te l'ho detto. Potresti anche arrivare in vista di Denver prima della mezzanotte, viaggiando a tavoletta sempre che non ti fermi la stradale, ma al momento di scendere dalla macchina ci troveresti Ardelia Lortz. O girando gli occhi lungo qualche rettilineo ti troveresti il Poliziotto della Biblioteca seduto accanto.»

Il pensiero di quella faccia bianca con gli occhi d'argento nel fioco riverbero verde delle spie del cruscotto lo fece rabbrividire.

«E allora?» domandò.

«Credo che sappiate tutti e due qual è la prima cosa da fare», rispose Dave. Bevve l'ultimo sorso di tè freddo e posò il bicchiere. «Riflettete un momento e ci arriverete.»

Per qualche tempo contemplarono in silenzio i silos. La mente di Sam brancolava nella confusione più totale. Vi ritrovava solo brani isolati del racconto di Dave Duncan e la voce del Poliziotto della Biblioteca, che con quel lieve difetto di pronuncia gli diceva *Non voglio fentire le tue ftupide fcuse... hai tempo fino a mezzanotte... Poi...*

Fu il volto di Naomi a illuminarsi per primo.

«Ma certo!» proruppe. «Che sciocca! Ma...»

Rivolse una domanda a Dave e tanto bastò a far trasalire Sam. Aveva capito anche lui.

«Da quel che mi ricordo c'è un posto a Des Moines», rispose Dave. «*Pell*. Posto migliore dove provare non credo che esista. Perché non telefoni, Sarah?»

2

Dopo che Naomi se ne fu andata, Sam commentò: «Anche se possono esserci d'aiuto, non credo che ci arriveremmo prima dell'ora di chiusura. Si può tentare, ma...»

«Non ho mai pensato che ci andaste in macchina», lo interruppe Dave. «No, tu e Sarah dovrete ricorrere all'aeroporto di Proverbia.»

Sam restò interdetto. «Non sapevo che ci fosse un aeroporto a Proverbia.»

Dave sorrise. «Be'... ammetto di aver esagerato un po'. C'è però un chilometro di terra battuta che Stan Soames chiama pista di decollo. Il salotto di Stan è anche l'ufficio della Western Iowa Air Charter. Sentite Stan. Ha un piccolo Navajo. Vi trasporterà a Des Moines e ritorno per le otto di questa sera, le nove al massimo.»

«E se non c'è?»

«Escogiteremo qualcos'altro. Ma io credo che lo troverete. Se c'è una cosa per cui Stan ha una passione oltre il volo è l'agricoltura e in primavera i contadini non si allontanano molto dai loro campi. Anzi, è facile che vi dica che non vi può portare perché deve badare all'orto, che avreste dovuto prendere un appuntamento con qualche giorno di anticipo in maniera da far venire il piccolo Carter a fare da baby-sitter ai suoi germogli. Se accampa scuse di questo genere, dite che vi ha mandato Dave Duncan e che Dave ha detto che è venuto il momento di pagare per le palle da baseball. Te lo ricorderai?»

«Sì, ma che cosa vuol dire?»

«Niente che riguardi il nostro problema», rispose Dave. «Vi porterà, stanne pur sicuro. E tanto basta. E quando tornerete è inutile che veniate qui. Andate subito in città.»

Sam cominciò subito a sentirsi male. «Alla Biblioteca.»

«Infatti.»

«Dave, quello che ha detto Naomi sugli amici è molto bello e forse è anche vero, ma credo che da ora in avanti sia giusto che me ne occupi io da solo. Non è necessario che rischiate anche voi. Sono stato io a stuzzicare il cane che dormiva...»

Dave lo afferrò per un polso stringendoglielo con forza inaspettata. «Se è così che la pensi, non hai sentito una sola parola di quello che vi ho raccontato. Tu non sei responsabile di *niente*. Io mi porto sulla coscienza la morte di John Power e di due bambini, per non parlare del terrore che ha segnato la vita di chissà quanti altri ragazzi, eppure nemmeno io sono responsabile. Non mi ero proposto di mettermi insieme con Ardelia Lortz più di quanto avessi intenzione di diventare un alcolizzato. Sono cose che sono semplicemente accadute. Ma lei ritiene di avere un conto in sospeso con me e tornerà per me, Sam. Se non sarò con te quando arriverà, verrà a cercare me per primo. E non sarò il solo. Sarah aveva ragione, Sam. Io e lei non dobbiamo starti vicini per proteggere te, ma tutti e tre dobbiamo rimanere compatti per proteggerci a vicenda. Adesso Sarah *sa* di Ardelia, non capisci? Se Ardelia non ne è ancora al corrente, lo sarà quando riapparirà questa notte. Il suo piano è di ripartire da Junction City avendo assunto la *tua* identità, Sam. E credi che si lascerebbe alle spalle qualcuno che sa chi si nasconde nel tuo corpo?»

«Ma...»

«Niente ma», tagliò corto Dave. «Alla resa dei conti la scelta è molto semplice e una sola, una scelta che riesce a capire anche un vecchio ubriacone come me: o troviamo insieme un modo per difenderci o moriremo per mano sua.»

Si sporse in avanti.

«Sam, se vuoi salvare Sarah da Ardelia non cercare di fare l'eroe e vedi invece di ricordare chi era il *tuo* Poliziotto della Biblioteca. È indispensabile. Perché non credo che Ardelia possa prendersi chi vuole. C'è solo una coincidenza in tutta questa storia, ma è fondamentale. Una volta anche *tu* avevi un Poliziotto della Biblioteca. E devi fartelo tornare in mente.»

«Ci ho provato», rispose Sam, ma sapeva di mentire, perché ogni volta che gli tornava in mente

(*vieni con me, figliolo... fono un poliziotto*)

quella voce si rifugiava immediatamente in altri pensieri. Sentiva il sapore di liquirizia rossa, che non aveva mai mangiato e che aveva sempre detestato... e niente di più.

«Devi riuscirci, altrimenti non c'è speranza», insisté Dave.

Sam trasse un respiro profondo e sospirò. Dave gli strinse delicatamente il collo in un gesto affettuoso.

«È la chiave di questo enigma», gli disse. «Potresti addirittura scoprire che è la chiave di tutto quello che ti ha angustiato per tutta la vita. La tua solitudine e la tua tristezza.»

Sam lo fissò sorpreso. Dave sorrise.

«Oh, sì, sei solo, sei triste, sei isolato dal tuo prossimo. Sei forte con le parole, ma la tua vita non è in quello che dici. Fino a oggi io per te non sono stato altro che Dave Raccatta, quello che viene a ritirare i giornali vecchi, ma un uomo come me vede molte cose, Sam e riconosce quelli della sua razza.»

«La chiave di tutto», ripeté Sam, pensieroso. Si domandava se esistessero davvero toccasana di quel genere fuori dei romanzi popolari e dei film della settimana con i loro Coraggiosi Psichiatri e Pazienti Afflitti.

«È vero», ribadì Dave. «Sono cose che fanno paura, Sam, e non posso biasimarti se non hai voglia di metterti a cercare. Ma puoi farlo, se lo vuoi, e lo sai anche tu. Hai questa alternativa.»

«È un altro principio che hai imparato all'AA, Dave?»

Lui sorrise. «Insegnano anche quello, sì», rispose, «ma io credo di averlo sempre conosciuto.»

Naomi uscì di nuovo. Sorrideva e le brillavano gli occhi.

«Non è una favola?» disse a bassa voce Dave.

«Lo è», rispose Sam. «Adorabile.» Giunse contemporaneamente a due conclusioni: si stava innamorando e Dave Duncan lo sapeva.

3

«Ci ha messo tanto a controllare che mi sono preoccupata», annunciò, «ma abbiamo avuto fortuna.»

«Bene», disse Dave. «Allora adesso andrete a trovare Stan Soames. La Biblioteca chiude ancora alle otto durante l'anno scolastico, Sarah?»

«Sì. Di questo sono sicura.»

«Andrò a farci una visitina verso le cinque, allora. Ci diamo appuntamento fra le otto e le nove sul retro, dove c'è la piattaforma di carico. Più alle otto che alle nove possibilmente. Sarebbe più prudente. E, per l'amor di Dio, cercate di non fare tardi.»

«Come entriamo?» volle sapere Sam.

«A quello penso io, non ti preoccupare. Ora muovetevi.»

«Forse faremmo meglio a chiamare questo Soames da qui», propose Sam. «Per essere sicuri che ci possa portare.»

Dave scosse la testa. «Non funzionerebbe. La moglie l'ha mollato per andarsene con un altro quattro anni fa. Ha sostenuto che lui era già sposato al suo lavoro, che è sempre un'ottima giustificazione per una donna che ha voglia di cambiare aria. Non hanno figli. Sarà nel suo campo. Coraggio, adesso. Non perdiamo tempo.»

Naomi lo baciò sulla guancia. «Grazie di averci raccontato tutto.»

«Sono felice di averlo fatto. Non hai idea di quanto mi senta meglio.»

Già sul punto di tendergli la mano, Sam cambiò idea. Si chinò e lo abbracciò.

4

Stan Soames era alto e tutto ossa, con occhi rabbiosi che bruciavano come tizzoni in un volto mite, un uomo che aveva già la sua abbronzatura estiva benché la primavera non avesse ancora compiuto il suo primo mese. Sam e Naomi lo trovarono nel campo dietro casa, come Dave aveva previsto. Una settantina di metri a nord del Rototiller di Soames, lasciato con il motore al minimo a far tremare i grumi di sangue che lo ricoprivano, c'era una striscia simile a una strada in terra battuta... ma siccome a un'estremità c'era un piccolo velivolo sotto una cerata e all'altra una manica a vento che fluttuava in cima a un palo arrugginito, Sam ne arguì che doveva essere l'unica pista di decollo dell'aeroporto di Proverbia.

«Non posso», disse Soames. «Ho da dissodare venti ettari questa settimana e a farlo ci sono soltanto io. Avreste dovuto chiamare con due o tre giorni di anticipo.»

«È un'emergenza», ribatté Naomi. «Sul serio, signor Soames.»

Lui sospirò spalancando le braccia, come per comprendere tutto il terreno della sua fattoria. «Volete sapere che cos'è un'emergenza?» sbottò. «Quello che fa il governo a fattorie come questa e a gente come me. Più emergenza di così si muore. Sentite, a Cedar Rapids c'è un tizio che potrebbe...»

«Non abbiamo tempo di andare a Cedar Rapids», lo interruppe Sam. «Dave ci ha detto che probabilmente lei...»

«Dave?» Stan Soames lo studiò con maggiore interesse di quanto avesse fatto fino ad allora. «Dave chi?»

«Duncan. Mi ha detto che è ora di pagare per le palle da baseball.»

Soames aggrottò le sopracciglia. Chiuse i pugni e per qualche istante Sam temette di essere aggredito. Poi scoppiò a ridere all'improvviso scuotendo la testa.

«Dopo tutti questi anni salta fuori Dave Duncan con la sua cambiale in mano! Che il cielo mi fulmini!»

Si avviò verso il Rototiller. Mentre si allontanava girò la testa, urlando per farsi sentire nel fragore entusiasta del suo mezzo agricolo: «*Andate all'aereo mentre io metto via questo aggeggio! Attenti al pantano ai bordi della pista! Non fatevi portar via le scarpe!*»

Ingranò la marcia. Era difficile da capire in quel baccano, ma

Sam era convinto che stesse ancora ridendo. «*Credevo che quel vecchio bastardo ubriacone sarebbe morto prima che potessi saldare il debito che ho con lui!*»

Li incrociò rombando, diretto alla stalla, lasciandoli a scambiarsi un'occhiata perplessa.

«Che storia è?» cercò di sapere Naomi.

«Non lo so. Dave non ha voluto essere più esplicito.» Le porse il braccio. «Posso avere l'onore di accompagnarla, signora?»

Lei accettò l'invito. «Grazie, signore.»

Fecero del loro meglio per evitare il pantano di cui li aveva avvertiti Stan Soames, ma non ci riuscirono del tutto. Naomi sprofondò con un piede fino alla caviglia e il fango le strappò via il mocassino quando cercò di liberarsi. Sam glielo recuperò, quindi la sollevò fra le braccia.

«No, Sam», protestò lei, ridendo per la sorpresa. «Ti spezzerai la *schiena*!»

«Non temere, sei leggera.»

Lo era... e improvvisamente Sam sentì diventare leggera anche la sua testa. Salì il lieve pendio trasportandola fra le braccia e la posò a terra quando raggiunse la pista. Naomi lo fissò con occhi calmi e luminosi. Senza pensarci, lui la baciò. Dopo un attimo, lei gli mise le braccia intorno al collo e gli restituì il bacio.

Quando la guardò di nuovo, Sam aveva il fiato corto. Naomi stava sorridendo.

«Puoi chiamarmi Sarah quando vuoi», gli disse. Sam rise e la baciò di nuovo.

5

Viaggiare a bordo del Navajo dietro a Stan Soames era come viaggiare a cavallina di un compagno su un trampolo a molla. Sobbalzarono e sgropparono su strati turbolenti di aria primaverile e una o due volte Sam pensò che forse sarebbero riusciti a giocare Ardelia in un modo che nemmeno quella creatura aliena avrebbe potuto prevedere: sparpagliandosi a pezzettini in qualche campo di mais dell'Iowa.

Dal canto suo, Stan Soames non sembrava per niente preoccupato. Urlava sguaiatamente vecchie ballate, come *Sweet Sue* e *The Sidewalks of New York*, sbraitando a pieni polmoni, ai comandi del Navajo lanciato su Des Moines. Naomi era stupefatta. Guardava dal finestrino le strade, i campi e le case che sfrecciavano sotto di loro, tenendosi le mani ai lati degli occhi per proteggersi dal riverbero.

A un certo punto Sam le batté un dito sulla spalla. «Si comporta come se non avesse mai volato», le urlò nel ronzio sibilante del motore.

Lei si girò per un istante e gli sorrise con la beatitudine di una scolaretta innamorata. «Infatti!» gridò, tornando immediatamente a guardare fuori.

«Che il diavolo mi porti!» commentò Sam. Poi si strinse la cintura mentre il velivolo dava in un'altra delle sue possenti sgroppate.

6

Erano le quattro e venti quando il Navajo scese dal cielo per atterrare al County Airport di Des Moines. Soames rullò fino al Civil Air Terminal, spense il motore e aprì lo sportello. Sam constatò divertito di provare una punta di gelosia vedendo Soames che prendeva Naomi per la vita per aiutarla a scendere.

«Grazie!» disse lei quasi ansimando. Aveva le guance soffuse di un rossore intenso e le danzavano gli occhi. «È stato *meraviglioso*!»

Soames sorrise e tutt'a un tratto parve ringiovanito di vent'anni. «È sempre piaciuto anche a me», rispose. «Ed è molto meglio che passare il pomeriggio a massacrarmi le reni su quel Rototiller... devo ammetterlo.» Si rivolse a Sam. «Posso sapere il perché di tanta fretta? Vi do una mano, se posso. Devo a Dave qualcosa di più di una gitarella da Proverbia a Des Moines, andata e ritorno.»

«Abbiamo bisogno di andare in centro», spiegò Sam. «In una libreria che si chiama *Pell*. Ci hanno messo da parte un paio di libri.»

Stan Soames inarcò le sopracciglia. «Vuole ripetere?»

«Alla libreria *Pell*...»

«La conosco. Libri nuovi nei primi scaffali, roba vecchia di dietro. La pubblicità dice che ha la miglior selezione di tutto il Midwest. D'accordo, ma sto cercando di capire bene un'altra cosa. Mi avreste portato via dal mio campo per farmi attraversare in aereo tutto lo stato solo per un paio di *libri*?»

«Sono libri molto importanti, signor Soames», rispose Naomi. Gli toccò la mano ruvida da contadino. «In questo preciso istante sono la cosa più importante della mia vita... e di quella di Sam.»

«E anche di quella di Dave», aggiunse Sam.

«Se mi raccontaste quello che sta succedendo», domandò Soames, «sarei in grado di capire?»

«No», rispose Sam.

«No», fece eco Naomi con un sorrisetto titubante.

Soames sbottò dalle narici larghe e si ficcò le mani nelle tasche dei calzoni. «Be', immagino che non abbia poi tanta importanza. Sono dieci anni che ho un debito con Dave, e ci sono stati momenti in cui mi è pesato parecchio sulla coscienza.» Si rasserenò. «E ho dato a una bella signorina l'occasione di fare il suo primo volo. La sola cosa che esiste al mondo di più bello di una ragazza dopo il suo primo volo è una ragazza dopo la sua prima...»

Si interruppe bruscamente e strascicò le suole sull'asfalto. Naomi guardò con discrezione in direzione dell'orizzonte. In quel momento venne a fermarsi lì vicino un'autobotte. Soames s'affrettò ad andare a conferire con il conducente.

«Hai fatto colpo sul nostro intrepido pilota», commentò Sam.

«Forse sì», rispose lei. «E mi sento davvero irresistibile, Sam. Non è folle?»

Lui le ravviò una ciocca di capelli dietro l'orecchio. «È una giornata folle. La più folle che mi sia mai capitata.»

Ma udì una voce interiore che saliva da un luogo profondo dove erano ancora in movimento forme gigantesche e indistinte, gli disse che non era proprio vero. C'era stato un giorno altrettanto folle. Più folle ancora. Il giorno della liquirizia rossa e la *Freccia nera*.

Chiuse le orecchie per non sentire quella voce, mentre avvertiva un fremito di panico represso.

Se vuoi salvare Sarah da Ardelia, Sam, non cercare di fare l'eroe e vedi di ricordare chi era il tuo *Poliziotto della Biblioteca.*

Non posso! Non ci riesco! Non... devo!

Fattelo ritornare in mente. È necessario.

Non devo! Non è permesso!
Devi mettercela tutta o non c'è speranza.
«Adesso devo proprio andare a casa». mormorò.
Naomi, che si era allontanata per esaminare da vicino gli alettoni del Navajo, lo sentì e tornò indietro.
«Hai detto qualcosa?»
«Niente. Niente d'importante.»
«Sei così pallido.»
«Sono molto teso», replicò lui a disagio.
Ritornò Stan Soames. Indicò con il pollice il conducente dell'autobotte. «Dawson dice che mi presta la sua macchina. Vi porto in città.»
«Possiamo cercarci un taxi...» cominciò Sam.
Naomi stava scuotendo la testa. «Abbiamo troppo poco tempo», obiettò. «Grazie di cuore, signor Soames.»
«Oh, diavolo», brontolò Soames. Fece balenare all'improvviso un sorriso da ragazzino. «Mi chiamo Stan. E adesso andiamo. Dawson mi ha avvertito che sta arrivando una bassa pressione dal Colorado. Voglio tornare a Junction City prima che si metta a piovere.»

7

La libreria *Pell* occupava un grande edificio che richiamava l'architettura di un fienile e si trovava appena fuori del quartiere degli affari di Des Moines. Era l'antitesi stessa delle rivendite di libri appartenenti alle grandi catene di distribuzione. Naomi chiese di Mike. Fu indirizzata alle informazioni, un chiosco che sembrava separare come uno sportello della dogana il settore in cui erano in esposizione i libri più recenti e quello più ampio in cui si vendevano i libri vecchi.
«Mi chiamo Naomi Higgins. È con lei che ho parlato poco fa al telefono?»
«Ah, sì», rispose Mike. Rovistò in uno dei suoi scaffali e le presentò due libri. Uno era *Le poesie più amate dagli americani*; l'altro era *Il vademecum dell'oratore*, a cura di Kent Adelmen. Mai Sam Peebles era stato più felice di vedere due libri in tutta la sua vita e dovette dominare l'impulso di strapparli di mano al commesso per stringerli al petto.

«*Le poesie più amate dagli americani* è ancora in circolazione», spiegò Mike, «ma *Il vademecum dell'oratore* non si stampa più. La nostra libreria deve essere l'unica ad averne una copia così bella da qui fino a Denver... escluse naturalmente le copie presso le biblioteche.»

«A me sembrano bellissimi tutti e due», dichiarò Sam con trasporto.

«È un regalo?»

«In un certo senso.»

«Ve li posso incartare, se volete. Ci impiegherò un secondo.»

«Non sarà necessario», disse Naomi.

Il costo dei due libri insieme ammontava a ventidue dollari e cinquantasette centesimi.

«Non ci posso credere», commentò Sam mentre uscivano dalla libreria per dirigersi verso il luogo dove Stan Soames li aspettava in macchina. «Non posso credere che si possa risolvere tutto semplicemente... semplicemente restituendo i libri.»

«Non temere. Non sarà così.»

8

Durante il tragitto di ritorno all'aeroporto Sam chiese a Stan Soames se poteva svelargli il mistero di Dave e delle palle da baseball.

«Se è una faccenda personale, non fa niente. La mia è pura curiosità.»

Soames lanciò un'occhiata al sacchetto che Sam teneva in grembo. «E io sarei curioso di sapere di quei libri», rispose. «Facciamo un patto. La storia delle palle da baseball è avvenuta dieci anni fa. Ve la racconto se voi mi racconterete di quei libri fra dieci anni da oggi.»

«D'accordo», disse Naomi da dietro e poi aggiunse a voce alta quello che Sam stava pensando per conto suo: «Se ci saremo ancora, naturalmente».

Soames rise. «Già. Quella possibilità c'è sempre, vero?»

Sam annuì. «Capitano certe brutte cose, alle volte.»

«Eccome. Come quella che successe al mio unico figlio nel 1980. I dottori la chiamavano leucemia, ma è esattamente come ha detto lei. Una di quelle brutte cose che capitano.»

«Mi dispiace», mormorò Naomi.

«Così va il mondo. Ogni tanto comincio a pensare che l'ho superata, ma poi mi prende alla sprovvista e mi colpisce di nuovo a tradimento. Ci sono cose che impiegano un pezzo a smaltirsi e ce ne sono anche di quelle che non si smaltiscono mai.»

Ci sono cose che non si smaltiscono mai.

Vieni con me, figliolo... fono un poliziotto.

Adesso devo proprio andare a casa... ho pagato la mia multa?

Sam si sfiorò la bocca con la mano che tremava.

«Dave lo conoscevo già da molto tempo prima», riprese Stan Soames. Oltrepassarono un cartello che segnalava tre miglia all'aeroporto. «Siamo cresciuti insieme, siamo andati a scuola insieme, abbiamo seminato insieme Dio solo sa quanta avena. La differenza è che io ho mietuto il mio raccolto e ho smesso. Dave ha continuato a seminare.»

Scosse la testa.

«Ubriaco o sobrio, raramente ho conosciuto una persona dolce come lui. Ma è andata a finire che era più il tempo che passava da ubriaco che da sobrio e ci siamo persi di vista. Il periodo più brutto che ha passato è stato sul finire dei Cinquanta. Quelli erano anni in cui era *sempre* ubriaco, giorno e notte. Poi cominciò a frequentare quelli dell'AA e a qualcosa gli è servito, si è rimesso un po' in carreggiata... ma la prossima volta che ci casca sarà con uno schianto.

«Io mi sono sposato nel '68 e avrei voluto chiedergli se mi faceva da testimone, ma non ho osato. Caso vuole che quando venne alla cerimonia era sobrio, una volta tanto, ma non ci si poteva *fidare* di lui in questo senso.»

«Mi rendo conto», commentò Naomi a bassa voce.

Stan Soames rise. «Su questo ho qualche dubbio. Una dolce fanciulla come lei non può sapere in che misero stato riesce a ridursi un ubriacone di professione. Ma mi creda sulla parola. Se gli avessi chiesto di farmi da testimone, Laura, che sarebbe la mia ex, mi avrebbe come minimo lapidato. Ma Dave venne lo stesso e lo vidi un po' più spesso dopo la nascita del nostro Joe nel 1970. In quegli anni in cui cercava con tutte le forze di separarsi dalla bottiglia, era come se Dave provasse un affetto speciale per tutti i bambini.

«Il nostro Joey era patito di baseball. Ne andava pazzo, collezionava figurine per i suoi album, cartine di chewing-gum... mi asfissiava addirittura perché comperassi un'antenna parabolica per poter ricevere via satellite tutte le partite dei Royals, la squadra per cui tifava, e anche dei Cubs. A otto anni conosceva le medie di tutti i battitori dei Royals e le prestazioni migliori e peggiori di quasi tutti i lanciatori del campionato americano. Tre o quattro volte io e Dave lo portammo alla partita. Era come accompagnare un bambino in visita al paradiso. Dave andò alla partita con lui da solo un paio di volte, quando io ero preso con il lavoro. Laura fece fuoco e fiamme. Disse che Dave si sarebbe ripresentato a casa ubriaco fradicio, dopo aver abbandonato il bambino a vagare per le strade di Kansas City, o ad aspettare in qualche stazione di polizia che qualcuno andasse a prenderlo. Ma non successe niente del genere. Per quel che ne so io Dave non ha mai bevuto nemmeno un bicchiere quando era con Joey.

«Quando a Joey fu trovata la leucemia, la cosa peggiore per lui fu sentirsi dire dai dottori che per quell'anno almeno non sarebbe più potuto andare alla partita, fino a giugno sperabilmente, ma forse mai più. Lo deprimeva più quello che avere il cancro. Quando Dave venne a trovarlo, Joey pianse fra le sue braccia. Dave lo strinse forte e gli disse: 'Se tu non puoi più andare alle partite, Joey, non c'è problema. Vorrà dire che ti porterò i Royals'.

«Joe rialzò la testa e gli chiese: 'Vuoi dire *in persona*, zio Dave?' Lui lo chiamava così, zio Dave.

«'Questo non lo posso fare', rispose Dave, 'ma posso fare qualcos'altro che vale altrettanto'.»

Davanti all'ingresso del Civil Air Terminal, Soames suonò il clacson. Il cancello si aprì scorrendo nella rotaia e Soames proseguì in macchina verso il Navajo parcheggiato poco distante. Spense il motore e restò per un momento ancora seduto al volante a guardarsi le mani.

«Avevo sempre saputo che Dave era un bastardo con del talento», riprese finalmente. «Quello che ancora non so è come ha fatto a farlo così *in fretta*. Posso solo pensare che abbia lavorato giorno e notte, perché in dieci giorni aveva già finito, e vi assicuro che erano *fantastiche*.

«Ma lui sapeva che doveva fare in fretta. Vedete, i medici avevano detto la verità a me e a Laura e io lo avevo confessato a Dave. Joe aveva poche speranze di farcela. Gli avevano scoperto la malattia troppo tardi. Ormai gli divorava il sangue come un incendio che si propaga nella savana.

«Passati cinque giorni da quando ha fatto la sua promessa,

Dave si presenta nella camera d'ospedale dov'è ricoverato mio figlio con un sacchetto di quelli della spesa sotto entrambe le braccia. 'Che cos'hai portato, zio Dave?' chiede Joe alzandosi a sedere nel letto. Era stato giù di corda per tutta la giornata, soprattutto perché stava perdendo i capelli, penso. A quei tempi, un ragazzo che non avesse i capelli che gli arrivavano fino alla vita era considerato da buttar via. Ma, appena è entrato Dave, ha ritrovato tutto il suo entusiasmo.

«'I Royals, naturalmente', gli risponde Dave. 'Non eravamo d'accordo?'

«Poi posa quei due sacchi sul letto e li rovescia. E mai, per tutta la vita, mi capiterà di vedere un'espressione come quella che si disegnò sulla faccia di quel bambino. Si accese come un albero di Natale... e... e... merda, non so...»

La voce di Stan Soames si era impastata via via che raccontava. Ora si curvò sul volante della *Buick* di Dawson con una mossa così repentina che schiacciò involontariamente il clacson. Si tolse un fazzolettone dalla tasca posteriore, si asciugò gli occhi e si soffiò il naso.

Naomi si era sporta in avanti a sua volta, per posargli una mano sulla guancia. «Se è troppo doloroso per lei, signor Soames...»

«No», fece lui con un mezzo sorriso. Sam guardò una lacrima sfuggita al suo fazzoletto che scendeva luccicando sulla sua gota nel sole del tardo pomeriggio. «È solo che mi viene da ricordarlo così bene. Com'era. È questo che fa molto male, signorina, ma mi fa anche bene. Sono due sensazioni legate insieme.»

«Capisco.»

«Quando Dave rovesciò quei sacchi, ne vennero fuori palle da baseball, più di una ventina. Ma non erano palle qualsiasi, perché su ciascuna di esse c'era una faccia e ciascuna faccia era quella di un giocatore della squadra dei Royals di Kansas City nella formazione del 1980. E non erano nemmeno caricature, intendiamoci. Erano ritratti perfetti, come quelli che Norman Rockwell disegnava per le copertine del *Saturday Evening Post*. Avevo visto i lavori di Dave, quelli che faceva prima di mettersi a bere forte, ed erano buoni, ma mai come quelle palline. C'erano Willie Aikens e Frank White e U. L. Washington e George Brett... Willie Wilson e Amos Otis... Dan Quisenberry, con la faccia feroce come un pistolero in un vecchio western... Paul Splittorff e Ken Brett... Non ricordo tutti i nomi, ma c'era tutta la squadra, compreso Jim Frey, il manager.

«E dopo aver finito di disegnare le facce, prima di darle a mio figlio, era andato a Kansas City a farle firmare dai giocatori. L'unico che non poté firmare era stato Darrell Porter, il ricevitore. Aveva l'influenza e aveva promesso che appena si fosse rimesso sarebbe venuto a firmare in ospedale la pallina con la *sua* faccia. E fu di parola.»

«Caspita», mormorò Sam.

«E questo fu il grande regalo di Dave, l'uomo che in città chiamano Dave Raccatta, ridendogli dietro. Credetemi, certe volte, quando sento la gente che lo chiama così e ricordo che cosa ha fatto per Joe quando Joe stava morendo di leucemia, mi verrebbe voglia...»

Soames non finì, ma serrò i pugni sulle cosce muscolose. E Sam, che fino a quel giorno aveva chiamato Dave con quel nomignolo e aveva riso con Craig Jones e Frank Stephens di quel vecchio ubriacone che girava con un carrello del supermercato pieno di giornali vecchi, sentì un rossore di vergogna pervadergli le guance.

«È stato un gesto bellissimo, vero?» disse Naomi, sfiorando di nuovo la guancia di Stan Soames. Naomi piangeva.

«Avreste dovuto vederlo», sospirò Soames. «Non potreste credere alla sua espressione, seduto in quel letto a contemplare beato tutti quei ritratti, ciascuno con il suo berretto sulla testa rotonda. Non lo so descrivere, ma non lo dimenticherò mai.

«Avreste dovuto vederlo.

«Le condizioni di Joe diventarono molto gravi prima della fine, ma mai tanto da impedirgli di guardare le partite dei Royals alla tele o ascoltarle per radio. Con tutte quelle palline in giro per la stanza. Il posto d'onore, però, era il davanzale vicino al letto. Lì allineava i nove uomini della formazione che stava giocando la partita che davano in televisione o alla radio. Se Frey cambiava il lanciatore, Joe lo toglieva dal davanzale e ci metteva il sostituto. E quando erano di battuta Joe teneva in mano la pallina con la faccia del battitore di turno. Dunque...»

Si interruppe improvvisamente nascondendosi il volto nel fazzoletto. Il suo torace sussultò due volte e Sam vide la sua gola contrarsi per trattenere un singhiozzo. Poi Soames si asciugò di nuovo gli occhi e si ficcò vivacemente il fazzoletto nella tasca posteriore.

«Dunque ora sapete perché oggi vi ho portato a Des Moines e perché vi avrei portato anche a New York a prendere quei due libri se fosse stato necessario. Non è un regalo da parte mia, ma da parte di Dave. Quell'uomo è speciale.»

«Forse lo è anche lei», commentò Sam.

Soames gli rivolse un sorriso, uno strano sorriso sbilenco, e aprì lo sportello. «Be', grazie», brontolò. «È stata una cosa bella da dire. Ma adesso è meglio che ci sbrighiamo se vogliamo evitare la pioggia. Non si dimentichi i suoi libri, signorina Higgins.

«Non c'è pericolo», rispose Naomi, scendendo dall'automobile con il lembo superiore del sacchetto ben stretto nel pugno. «Non c'è pericolo, mi creda.»

13

Il Poliziotto della Biblioteca (II)

1

VENTI minuti dopo il decollo, Naomi si staccò dal finestrino dal quale aveva seguito la Route 79 osservando trasognata l'andirivieni di macchinine piccole come giocattoli, e si rivolse a Sam. Ciò che vide la spaventò. Sam si era addormentato con la testa appoggiata sul finestrino, ma non c'era pace nei suoi lineamenti. Sembrava piuttosto che stesse soffrendo per un dolore profondo.

Da sotto le palpebre abbassate gli colavano lacrime che gli scendevano sulla faccia.

Si protese verso di lui per svegliarlo e in quel mentre lo udì dire con una voce tremante di bambino: «Sono nei pasticci, signore?»

Il Navajo procedeva fra le nuvole che si stavano ammassando sul lato occidentale dell'Iowa e cominciava a sussultare, ma Naomi quasi non se ne accorse. La sua mano indugiò per un momento a pochi centimetri dalla spalla di Sam, poi si ritrasse.

Chi era il TUO *Poliziotto della Biblioteca, Sam?*

Chiunque fosse, pensò Naomi, *credo che l'abbia ritrovato. Credo che adesso sia con lui... Mi dispiace, Sam... ma non ti posso svegliare. Non ora. In questo momento credo che tu sia dove devi essere... Mi dispiace, ma devo lasciarti continuare a sognare. E ricorda che cosa hai sognato quando ti sveglierai. Ricorda.*

Ricorda.

2

Nel sogno, Sam Peebles vedeva Cappuccetto Rosso che partiva da una casa di pan pepato con un cestino ricoperto da un tovagliolo sotto il braccio. Era diretta alla casa della nonna, dove la stava aspettando il lupo per mangiarla a cominciare dai piedi. Alla fine l'avrebbe scotennata e ne avrebbe mangiate le cervella scalzandole dal cranio con un lungo cucchiaio di legno.

Ma era tutto sbagliato, perché in quel sogno Cappuccetto Rosso era un maschietto e la casa di pan pepato era il duplex di St. Louis dove aveva abitato con sua madre dopo la morte del padre e nel cestino coperto da un tovagliolo non c'era niente da mangiare. Nel cestino c'era un libro, *La freccia nera* di Robert Louis Stevenson, e lui l'aveva letto, dalla prima parola all'ultima, e non era diretto alla casa della nonna, ma alla filiale di Briggs Avenue della Biblioteca Pubblica di St. Louis, e doveva sbrigarsi perché era già in ritardo di quattro giorni.

Era uno di quei sogni di cui si è spettatori.

Vide un Cappuccetto Bianco che aspettava il verde all'angolo di Dunbar Street con Johnstown Avenue. Lo vide attraversare di buon passo la strada con il libro in mano... Adesso non c'era più il cestino. Vide Cappuccetto Bianco entrare al *News* di Dunbar Street ed entrò anche lui, subito avvolto negli aromi di canfora, dolciumi e tabacco da pipa, per seguire Cappuccetto Bianco che si avvicinava al banco con una confezione da un nichelino di liquirizia rossa Bull's Eye, la sua preferita. Vide il bambino che sfilava con cura il biglietto da un dollaro che sua madre aveva infilato nella tasca della tessera in fondo a *La freccia nera*. Vide il commesso che prendeva il dollaro e gli restituiva novantacinque centesimi... più che abbastanza per pagare la multa. Vide Cappuccetto Bianco che usciva dal negozio e sostava in strada per mettersi il resto in tasca è strappare la confezione di liquirizia con i denti. Vide Cappuccetto Bianco che se ne andava per la sua via, a solo tre isolati ormai dalla Biblioteca, masticando cammin facendo le lunghe stringhe rosse.

Cercò di gridare.

Attento! Attento! Il lupo ti sta aspettando, bambino! Attento al lupo! Attento al lupo!

Ma il bambino andava per la sua strada masticando liquirizia rossa. Ora era in Briggs Avenue e davanti a lui, grande muraglia di mattoni rossi, c'era la Biblioteca.

A quel punto Sam, Cappuccetto Bianco, cercò di sottrarsi al sonno. Sentiva che appena fuori quell'infernale guscio di incubo in cui era precipitato c'erano Naomi e Stan Soames e *il mondo delle cose reali*. Sentiva il brontolio del motore del Navajo a fare da sottofondo ai rumori del sogno: il traffico di Briggs Avenue, il vivace *drin! drin!* di un campanello di bicicletta, il gorgheggiare degli uccelli nelle foglie folte degli olmi di mezza estate. Chiuse gli occhi nel sogno e *desiderò* il mondo fuori del guscio, il mondo delle cose reali. E sentiva di poterlo raggiungere, sentiva che avrebbe potuto spezzare il guscio...

No, disse Dave. *No, Sam, non farlo. Non* devi *farlo. Se vuoi salvare Sarah da Ardelia, non cercare di uscire da questo sogno. C'è una sola coincidenza, ma è fondamentale: un tempo anche* TU *hai avuto un Poliziotto della Biblioteca. E devi ritrovare quel ricordo.*

Non voglio vedere. Non voglio sapere. Una volta mi è bastata.

Non c'è niente di più terribile di quello che ti aspetta, Sam. Niente.

Riaprì gli occhi. Non quelli esterni, ma quelli interiori, gli occhi nel sogno.

Ora Cappuccetto Bianco è sul vialetto di cemento che porta alla Biblioteca Pubblica, il vialetto di cemento che porta all'ingresso dell'Ala dei Ragazzi. Le sue movenze sono incredibilmente rallentate, ogni suo passo è il dolce arco di un pendolo dietro l'anta di vetro di un vecchio orologio e tutto è molto particolareggiato; i frammenti minuscoli di mica e quarzo nel vialetto di cemento; la gaia macchia di colore che fanno le rose lungo i bordi; il denso scorrere della siepe verde lungo il fianco dell'edificio; l'edera che si arrampica sul muro di mattoni rossi; lo strano e un po' inquietante detto latino intagliato a semicerchio al di sopra dei battenti verdi dell'ingresso con i loro spessi vetri rinforzati con il fil di ferro: *Fuimus, non sumus*.

Ed è perfettamente nitido anche il Poliziotto della Biblioteca, fermo davanti ai gradini.

Non è pallido. Il suo volto è sanguigno. Ha dei brufoli sulla fronte, rossi e infiammati. Non è alto, ma di statura media, con spalle possenti. Non porta un trench ma un soprabito, ed è molto strano perché è estate, una calda giornata d'estate di St. Louis. Forse i suoi occhi sono d'argento; Cappuccetto Bianco non riesce a vederne il colore, perché il Poliziotto della Biblioteca porta occhialetti neri, rotondi, occhiali da non vedente.

Non è un Poliziotto della Biblioteca! È il lupo! Attento! È il lupo! È il LUPO *della Biblioteca!*

Ma Cappuccetto Bianco non sente. Cappuccetto Bianco non ha paura. Del resto è un bella giornata luminosa di sole e la città è piena di gente strana e qualche volta divertente. È nato e vissuto sempre a St. Louis e non ne ha paura. È una condizione che sta per cambiare.

Gli si avvicina e quando è a pochi passi si accorge della cicatrice: una sottile linea bianca che comincia in alto sulla guancia sinistra, scende sotto l'occhio e scompare poco oltre il naso.

Falve, figliolo, lo saluta l'uomo con gli occhialetti rotondi.

Buongiorno, risponde Cappuccetto Bianco.

Ti fpiace dirmi qualcofa del libro che hai in mano prima di entrare? gli chiede l'uomo. La sua voce è dolce e gentile, per niente minacciosa. Un lieve difetto di pronuncia gli fa storpiare le s. *Vedi, io lavoro per la Biblioteca.*

Si chiama La freccia nera, risponde educatamente Cappuccetto Bianco, *ed è di Robert Louis Stevenson. È morto. È morto di tubero... tubercolosi. È molto bello. Ci sono delle grandi battaglie.*

Il bambino aspetta che l'uomo con gli occhialetti neri si faccia da parte per lasciarlo passare, ma l'uomo con gli occhialetti neri non si fa da parte. Si china invece per guardarlo meglio negli occhi. Nonno, ma che occhialetti neri che hai...

Un'altra domanda, dice l'uomo. *Lo ftai reftituendo in ritardo?*

Ora Cappuccetto Bianco ha più paura.

Sì... ma solo di poco. Solo quattro giorni. Era molto lungo, capisce, e io sono nella squadra di baseball e ho il campo diurno e...

Vieni con me, figliolo... Fono un poliziotto.

L'uomo con gli occhialetti neri e il soprabito gli tende la mano. Sam sta per scappare, ma è solo un bambino e quell'uomo è un adulto. Quell'uomo lavora per la Biblioteca. Quell'uomo è un poliziotto. All'improvviso quell'uomo, quell'individuo pauroso con la cicatrice e gli occhialetti neri, è l'Autorità. Non si può scappare dall'Autorità. L'Autorità è dappertutto.

Sam gli si avvicina timidamente. Comincia ad alzare la mano, quella in cui tiene la confezione di liquirizia rossa, che è quasi vuota ormai, ma all'ultimo secondo cerca di ritrarla. Troppo tardi. L'uomo gliel'afferra. La confezione di Bull's Eye cade per terra. Cappuccetto Bianco non mangerà mai più liquirizia rossa.

L'uomo lo trascina verso di sé, lo tira come un pescatore recupererebbe una trota. La mano con cui trattiene la sua è molto forte. Fa male. Sam comincia a piangere. Il sole è ancora alto nel cielo, l'erba è ancora verde, ma tutt'a un tratto il mondo si è allontanato, non è che un crudele miraggio in cui è vissuto per il poco tempo che gli è stato permesso di crederci.

E sente odore di Sen-Sen nell'alito dell'uomo con il soprabito. *Sono nei pasticci, signore?* domanda, sperando con tutto il cuore che gli risponda di no.

Fì, dice l'uomo. *Fì, che fei nei pafticci. In un* MARE *di pafticci. E fe fuoi uscire dai guai, figliolo, devi fare efattamente come ti dico. Hai capito?*

Sam non riesce a rispondere. Non ha mai avuto tanta paura. Può solo guardarlo con gli occhi sbarrati.

L'uomo lo scrolla. *Hai capito o no?*

Ah... sì, risponde Sam con la gola strozzata. Sente un peso quasi irresistibile nella vescica.

Lascia che ti fpieghi efattamente chi fono io, dice l'uomo, alitandogli in faccia zaffate di Sen-Sen. *Io fono il Poliziotto della Biblioteca di Briggs Avenue e ho il compito di punire i bambini che reftituifcono i loro libri in ritardo.*

Cappuccetto Bianco si mette a piangere più forte. *Ho i soldi!* riesce a farfugliare mentre singhiozza. *Ho novantacinque centesimi! Li prenda lei. Può prenderli tutti!*

Cerca di togliersi i soldi di tasca. Contemporaneamente il Poliziotto della Biblioteca si guarda intorno e all'improvviso la sua faccia larga si indurisce, all'improvviso è la faccia di una volpe o di un lupo che è riuscito a intrufolarsi in un pollaio ma sente odore di pericolo.

Vieni, comanda strattonando Cappuccetto Bianco e trascinandolo nei cespugli che crescono lungo il fianco della biblioteca. *Quando il poliziotto ti dice di venire tu* VIENI! È buio, nei cespugli, buio e misterioso. L'aria è satura dell'aroma penetrante del ginepro. La terra è nera di pacciame. Ora Sam sta piangendo molto forte.

Zitto! grugnisce il Poliziotto della Biblioteca scuotendolo energicamente. Gli strapazza dolorosamente le ossa. Gli sbatacchia la testa sul collo. Hanno raggiunto una piccola radura, un'area angusta dove i cespugli di ginepro sono stati schiacciati e le felci spezzate e Sam capisce che quello non è un posto che il Poliziotto della Biblioteca conosce soltanto, è un posto che ha *fatto* lui.

Zitto, fe non vuoi che la multa fia folo l'inizio! Dovrò chiamare tua madre per dirle che cattivo bambino che fei! È quefto che vuoi?

No, singhiozza Sam. *Pagherò la multa! La pagherò, signore, ma, la supplico, non mi faccia del male.*

Il Poliziotto della Biblioteca lo rigira dall'altra parte come una trottola.

Metti le mani al muro! Apri le gambe! Fubito! Prefto!

Sempre piangendo disperatamente, ma terrorizzato all'idea che sua madre scopra che ha fatto qualcosa di tanto brutto da meritarsi un trattamento simile, Cappuccetto Bianco ubbidisce agli ordini del Poliziotto della Biblioteca. I mattoni rossi sono freschi, freschi nell'ombra dei cespugli che lungo il fianco dell'edificio sono un intrico incolto. Vede una finestrella stretta al livello del suolo. Dà nello scantinato dove c'è la caldaia della biblioteca. Sopra la gigantesca caldaia ci sono lampadine schermate con cerchi di latta che sembrano copricapi cinesi. Le tubature proiettano strane ombre come tentacoli di polpi. Vede il portinaio vicino alla parete di fondo. Volge la schiena alla finestrella. Legge i manometri e trascrive i dati.

Il Poliziotto della Biblioteca gli tira giù i calzoni con uno strattone. Con i calzoni scendono anche le mutande. Sam sussulta alla carezza dell'aria fresca sulle natiche.

Fermo, ansima il Poliziotto della Biblioteca. *Non ti muovere. Paghi la multa, figliolo, ed è tutto finito... e non c'è bifogno che neffuno lo fappia.*

Sente qualcosa di pesante e caldo che gli preme contro le natiche. Cappuccetto Bianco sussulta di nuovo.

Fermo, dice il Poliziotto della Biblioteca. Ora ansima più velocemente. Sam avverte sbuffi di alito surriscaldato sulla spalla sinistra e sente odore di Sen-Sen. Ormai è perso nel suo terrore, ma non è solo terrore ciò che prova. C'è anche vergogna. È stato trascinato nelle ombre, è stato costretto a sottomettersi a quel castigo grottesco e sconosciuto perché è venuto a restituire in ritardo *La freccia nera*. Se solo avesse saputo che la multa era così salata...!

La cosa pesante gli penetra violentemente nel corpo, divaricandogli le natiche. Dalle viscere gli sale fino alla testa una sferzata di dolore terribile, lacerante. Non c'è mai stato un dolore simile, mai in tutto il mondo.

Lascia cadere *La freccia nera* e si schiaffa un polso di traverso fra i denti per soffocare le urla.

Fermo! rantola il Lupo della Biblioteca e le sue mani gli ghermiscono le spalle e il suo corpo comincia a oscillare avanti e indietro, dentro e fuori, avanti e indietro, dentro e fuori. *Fermo... fermo... Oooh! Feeeermooooo...*

Ansando e dondolando all'impazzata, il Poliziotto della Biblioteca spinge avanti e indietro un'enorme spranga infuocata nel sedere di Sam. Sam guarda con gli occhi strabuzzati lo scantinato della biblioteca che è un altro universo, un universo *normale* dove cose tremende come quella non succedono mai. Vede il portinaio che fa un cenno affermativo con il capo, si mette sotto l'ascella la tavoletta su cui è fissato il foglio per prendere gli appunti e si dirige alla porta in fondo al locale. Se il portinaio voltasse la testa solo per metà e alzasse un poco gli occhi, vedrebbe una faccia che guarda dalla finestra, la faccia pallida e con gli occhi dilatati di un bambino con le labbra sporche di liquirizia rossa. Da una parte Sam vorrebbe che succedesse per essere salvato dal portinaio come Cappuccetto Rosso era stata salvata dal cacciatore, ma sa anche che il portinaio si girerebbe dall'altra parte disgustato alla vista dell'ennesimo bambino cattivo che riceve la giusta punizione per mano del Poliziotto della Biblioteca di Briggs Avenue.

Feeeermooooo! sibila in un grido sommesso il Lupo della Biblioteca mentre il portinaio esce dal locale della caldaia e si inoltra nel suo universo normale senza mai girarsi una sola volta. Il Lupo spinge ancora più a fondo e per un secondo terribile il dolore è così inaudito che Cappuccetto Bianco è sicuro che gli esploderà la pancia, che la cosa che il Poliziotto della Biblioteca gli ha infilato nel corpo gli uscirà dal davanti sfondandogli le viscere.

Il Poliziotto della Biblioteca gli si accascia contro in un fiotto di sudore rancido, rantolando roco, e sotto il suo peso Sam scivola in ginocchio. Avendo cambiato posizione, l'oggetto enorme, ora un po' meno gigantesco, gli casca fuori, ma Sam si sente le natiche tutte bagnate. Ha paura di metterci le mani. Ha paura che guardandosele scoprirebbe di essere diventato Cappuccetto Rosso Sangue.

Il Poliziotto della Biblioteca lo afferra per un braccio e lo costringe a voltarsi. La sua faccia è più paonazza che mai, ha strisce cremisi come colori di guerra sulla fronte e sulle guance gonfie.

Guardati! dice il Poliziotto della Biblioteca. La sua faccia si accartoccia in un nodo di disprezzo e di raccapriccio. *Guardati con i calzoni giù e il pifellino fuori! Ti è piaciuto, vero? Ti è PIACIUTO!*

Sam non può rispondere. Può solo piangere. Si tira su insieme mutande e calzoni, come insieme gli erano stati strappati via. Ci è finito dentro del pacciame che gli punge le carni violate, ma non fa niente. Indietreggia sistemandosi gli indumenti alla bell'e meglio, finché sente la parete di mattoni rossi contro la schiena. I rami grossi dell'edera gli pungolano la schiena come le ossa di una grande mano rachitica. Non gli importa neanche quello. Sente solo la vergogna e il terrore e un senso di svilimento e fra tutto il peso maggiore è quello della vergogna. Una vergogna che supera la comprensione.

Maiale! gli sputa in faccia il Poliziotto della Biblioteca. *Così piccolo e così fporco!*

Adesso devo proprio andare a casa, dice Cappuccetto Bianco e le parole gli escono di bocca spezzettate dai suoi rauchi singhiozzi. *Ho pagato la mia multa?*

Il Poliziotto della Biblioteca gli si avvicina camminando carponi, fissandolo con gli occhietti neri che sembrano gli occhietti ciechi di una talpa, ed è forse il culmine del grottesco. Sam è sicuro che voglia punirlo di nuovo e a quell'idea l'ultimo sostegno che ancora resisteva nella sua mente cede con uno schianto che gli pare quasi di udire. Non grida e non protesta. Ormai ha superato anche quel limite. Guarda il Poliziotto della Biblioteca rimanendo inerte, in silenzio.

No, dice il Poliziotto della Biblioteca. *Ti lascio andare folo perché mi fai pena, ma fe lo dirai a qualcuno... tornerò e te lo farò di nuovo. Te lo farò finché non avrai pagato la multa. E non farti pefcare mai più da queste parti, figliolo. Hai capito?*

Sì, risponde Sam. Sicuramente tornerà e glielo farà di nuovo se lui farà la spia. Sarà nell'armadio a notte fonda; sotto il letto; in agguato sul ramo di un albero come un gigantesco corvo deforme. Quando Sam guarderà nel cielo tempestoso, vedrà nelle nuvole la faccia contorta e sprezzante del Poliziotto della Biblioteca. Sarà dappertutto. Dappertutto.

Questo pensiero lo riempie di stanchezza e allora chiude gli occhi per non vedere più quella faccia di talpa impazzita, per non vedere più niente. Il Poliziotto della Biblioteca lo afferra e lo scrolla di nuovo. *Fì, che cofa?* sibila. *Fì* che cofa, *figliolo?*

Sì, ho capito, mormora Sam senza riaprire gli occhi.

Il Poliziotto della Biblioteca gli toglie le mani di dosso. *Bene*, dice. *Guai a te se dimentichi. Quando i bambini cattivi dimenticano, li uccido.*

Cappuccetto Bianco resta a lungo seduto contro il muro con gli occhi chiusi ad aspettare che il Poliziotto della Biblioteca lo punisca di nuovo o più semplicemente lo uccida. Vuole piangere, ma non ha più lacrime. Passeranno anni prima che pianga di nuovo. Finalmente apre gli occhi e vede che è solo nella tana del Poliziotto della Biblioteca nei cespugli. Il Poliziotto della Biblioteca se n'è andato. C'è solo Sam. Con la sua copia di *La freccia nera* aperta per terra.

Sam striscia verso la luce del giorno. Le foglie gli fanno il solletico sulla faccia bagnata di sudore e pianto, i ramoscelli gli graffiano la schiena e lo sculacciano sulle natiche doloranti. Raccoglie *La freccia nera*, ma non la porterà in Biblioteca. Non entrerà mai più in quella Biblioteca né in nessun'altra: è un giuramento che fa a se stesso mentre fugge strisciando dal luogo del castigo. E fa un altro giuramento: nessuno saprà mai di quella cosa terribile, perché ha intenzione di dimenticarsi che sia accaduto. Sente che ci riuscirà. Ci riuscirà se ce la metterà tutta, ma proprio tutta, e ha intenzione di cominciare a mettercela tutta fin da subito.

Quando sbuca dai cespugli, si guarda attorno come un animaletto braccato. Vede bambini che attraversano il prato. Non vede il Poliziotto della Biblioteca, ma naturalmente non conta niente, perché il Poliziotto della Biblioteca vede *lui*. Da oggi in poi il Poliziotto della Biblioteca sarà sempre nei pressi.

Finalmente sul prato non c'è più nessuno. Un piccolo Cappuccetto Bianco scarmigliato scivola fuori dai cespugli con foglie tra i capelli e terra sulla faccia. Dietro gli svolazza la camicia rimasta fuori dei calzoni. Ha le pupille dilatate e lo sguardo fisso e non del tutto normale. Raggiunge di soppiatto i gradini di cemento, lancia un'occhiata terrorizzata all'enigmatica scritta in latino e posa il libro con tutta la cura e tutto il terrore di una ragazza madre che lascia il figlio senza nome davanti a una porta sconosciuta. Poi scappa. Attraversa il prato di corsa, si lascia alle spalle la filiale di Briggs Avenue della Biblioteca Pubblica di St. Louis e corre, ma per quanto velocemente corra non riesce a lasciarsi dietro il sapore di liquirizia rossa sulla lingua e in gola, dolce e vischioso, e per quanto veloce corra naturalmente il Lupo della Biblioteca corre con lui, il Lupo della Biblioteca è appena dietro di lui, dove non riesce a vedere girando la testa, e il Lupo della Biblioteca gli bisbiglia: *Vieni con me, figliolo... Fono un poliziotto* e non smetterà *mai* di bisbigliarglielo, per tutti gli anni futuri, in quei sogni tetri che Sam non ha il coraggio di ricordare, glielo bisbiglierà di nuovo, e Sam fuggirà per sempre da quella voce che grida: *L'ho pagata? Ho pagato la mia multa? Oh, Dio del cielo, ti scongiuro, HO PAGATO LA MIA MULTA?* E la risposta che sentirà sarà sempre la stessa: *Non farà mai pagata, figliolo; non farà mai pagata.*

Mai.

Mai...

14

La Biblioteca (III)

1

L'AVVICINAMENTO a quella striscia di terra battuta che Stan chiamava aeroporto di Proverbia fu più turbolento che mai. Il Navajo scese aprendosi a forza un varco tra folate di aria rabbiosa e atterrò con un ultimo sussulto violento, che strappò un grido stridulo a Sam. Spalancò gli occhi.

Naomi aveva atteso pazientemente qualcosa del genere. Si sporse subito in avanti, nonostante il fastidio della cintura che le stringeva dolorosamente la vita e lo abbracciò. Non badò al gesto istintivo con cui lui alzò le mani di scatto come per difendersi, né si ritrasse alla prima, sgradevole zaffata di alito pesante di orrore. Aveva dato conforto a un gran numero di ubriachi in preda a crisi di delirium tremens e non era stato molto diverso. Stringendoglisi contro sentì il suo cuore. Era come se gli rotolasse imbizzarrito nel petto appena sotto la camicia.

«Va tutto bene, Sam, va tutto bene, sono io e tu sei tornato. È stato un sogno. Adesso sei di nuovo qui.»

Per un istante ancora lui cercò di sprofondare nel sedile, poi si abbandonò inerte. Qualche secondo dopo l'abbracciò, stringendola in un moto di panico.

«Naomi», gracidò. «Naomi, oh, Naomi, oh, Dio del cielo, che incubo terrificante...»

Stan aveva mandato un messaggio via radio e qualcuno era andato ad accendere le luci della pista. Ora la stavano percorrendo a terra. Non erano riusciti a precedere la pioggia che ora tamburellava sorda sulla carlinga. Al posto di pilotaggio, Stan Soames urlava a squarciagola qualcosa che poteva essere «Camptown Races».

«È stato davvero un incubo?» chiese Naomi, spostandosi all'indietro per guardare Sam negli occhi iniettati di sangue.

«Sì. Ma è stata anche realtà. Era tutto vero.»

«Era il Poliziotto della Biblioteca, Sam? Il *tuo*?»

«Sì», mormorò lui e le nascose il volto nei capelli.

«Sai chi è? Adesso sai chi è, Sam?»

Dopo una lunga, lunghissima pausa, Sam sussurrò: «Lo so».

2

Vedendo lo stato in cui era Sam scendendo con Naomi, Stan Soames ne fu subito mortificato. «Mi dispiace che sia stato così brutto. Speravo di arrivare prima della pioggia, ma con i venti contrari...»

«Mi passerà subito», lo tranquillizzò Sam. In effetti, aveva già un aspetto migliore.

«Sì, non c'è problema», fece eco Naomi. «Grazie, Stan. Grazie con tutto il cuore. E grazie anche da parte di Dave.»

«Be', se siete riusciti ad avere quello che cercavate...»

«Sì», lo assicurò Sam. «Ce l'abbiamo fatta.»

«Passiamo da laggiù», consigliò Stan indicando l'estremità della pista. «Quando piove è meglio evitare di prendere scorciatoie, perché quel pantano rischia di essere peggio delle sabbie mobili. Venite in casa. Berremo un caffè. Credo di avere ancora della crostata di mele.»

Sam controllò l'orologio. Erano le sette e un quarto.

«Dovremo rimandare a un'altra volta, Stan», rispose. «Ho paura che dobbiamo precipitarci in città a portare questi libri.»

«Entrate almeno un momento ad asciugarvi. Sarete bagnati fradici ora che arrivate alla macchina.»

Naomi scosse la testa. «È molto importante.»

«Già», annuì Stan. «A vedervi, non è difficile crederlo. Ma ricordate che mi avete promesso di raccontarmi tutta la storia.»

«Manterremo la promessa», rispose Sam. Guardò Naomi e vide riflesso negli occhi di lei il suo stesso pensiero: *Se saremo ancora vivi.*

3

Guidò Sam, resistendo al desiderio di spingere a tavoletta. Era preoccupato per Dave e uscire di strada e ribaltarsi nel fosso non sarebbe stato di utilità per nessuno in quella pioggia che da quando erano atterrati si era trasformata in un violento acquazzone spinto da un vento freddo. Le spazzole del tergicristallo non riuscivano a tenervi testa nemmeno al massimo di velocità e i fari consentivano visibilità per non più di sette od otto metri. Sam procedeva a meno di cinquanta all'ora. Controllò l'orologio, quindi lanciò un'occhiata a Naomi che sedeva con il sacchetto con i libri in grembo.

«Non so se ce la faremo per le otto», commentò. «Possiamo solo sperare.»

«Tu metticela tutta, Sam.»

Apparve davanti a loro un bagliore tremolante, come di una campana subacquea. Sam decelerò a passo d'uomo e si buttò sulla destra per lasciar passare un semiarticolato, nero bisonte della strada nell'oscurità piovosa.

«Sei in grado di parlarne? Del sogno che hai fatto?»

«Sì, ma non lo farò. Non ora. È il momento sbagliato.»

Naomi rifletté e annuì. «Va bene.»

«Posso solo dirti che Dave ha avuto ragione nel sostenere che i bambini le offrivano il nutrimento migliore e ha avuto ragione quando ha detto che vive della paura altrui.»

Avevano raggiunto i sobborghi. Un isolato dopo attraversarono il primo incrocio con semafori. Attraverso il parabrezza della *Datsun* la luce verde non era che una macchia scintillante che fluttuava a mezz'aria. In corrispondenza con quella del semaforo, un'altra macchia luminosa danzava sulla superficie bagnata del marciapiede.

«Devo fare una fermata prima che arriviamo alla Biblioteca», annunciò Sam. «Il *Piggly Wiggly* è sulla strada, vero?»

«Sì, ma se vogliamo essere per le otto all'appuntamento con Dave dietro la Biblioteca non abbiamo molto tempo. Che ci piaccia o no, con quest'acqua siamo costretti ad andare piano per forza.»

«Lo so, ma non ci metterò molto.»

«Di che cosa hai bisogno?»

«Ancora non ne sono sicuro, ma lo saprò quando lo vedrò.»

Lei lo osservò e per la seconda volta lui fu colpito dalla sua speciale bellezza, in cui si mescolavano fragilità e infinita capacità di comprensione, e per la seconda volta si domandò come mai non se ne fosse accorto prima.

Sei uscito con lei, no? QUALCOSA devi pur aver visto in lei.

Invece no. L'aveva invitata fuori perché era carina, presentabile, libera e più o meno sua coetanea. L'aveva invitata fuori perché si *presume* che in una città che in realtà è solo un borgo troppo cresciuto uno scapolo inviti fuori una bella ragazza... se è uno scapolo che desidera guadagnarsi il suo posto al sole fra la popolazione attiva della sua nuova comunità. Se non invita mai fuori nessuno, la gente... certa gente... potrebbe pensare che è

(*un poliziotto*)

un po' strano.

E io ERO un po' strano, rifletté. *Anzi, a ben pensarci, ero MOLTO strano. Ma credo di essere diverso adesso. E adesso la vedo. Questo è il punto. Adesso la VEDO davvero.*

Per parte sua Naomi era colpita dal biancore contratto del suo volto, dalla tensione che gli vedeva intorno agli occhi e alla bocca. Le sembrava strano... ma non più terrorizzato come prima. E pensò: *è come se gli fosse stata data l'occasione di tornare al suo incubo peggiore... con una potente arma in pugno.*

Pensò che era un volto di cui si sarebbe potuta innamorare e

questo le procurò un profondo senso di disagio.
«Questa fermata... è importante, vero?»
«Penso di sì.»
Cinque minuti dopo Sam si fermava davanti al *Piggly Wiggly*. Scese immediatamente per correre alla porta nella pioggia.
A metà strada si fermò. Aveva visto una cabina telefonica, senza dubbio la stessa dalla quale tanti anni prima Dave aveva telefonato all'ufficio dello sceriffo. La telefonata che aveva fatto da quella cabina non era servita a uccidere Ardelia... ma era valsa almeno ad allontanarla per molto, molto tempo.
Sam rientrò. Si accese la luce. Non c'era niente da vedere, non era che una cabina telefonica con numeri e scritte sulle pareti metalliche. L'elenco degli abbonati non c'era più e Sam ricordò Dave che commentava: *Parlo di tempi in cui capitava anche di trovare un elenco degli abbonati in una cabina, con un briciolo di fortuna.*
Guardò per terra e vide ciò che cercava. Una bustina trasparente. La raccolse, la lisciò e lesse la scritta nella luce fioca della cabina: Bull's Eye liquirizia rossa.
Naomi suonò il clacson della *Datsun* in un richiamo impaziente. Sam uscì di corsa dalla cabina con la bustina in mano. Le fece sapere che aveva sentito agitando il braccio ed entrò nel negozio.

4

Il commesso del *Piggly Wiggly* doveva essere stato sottoposto a ibernazione criogenica nel 1969 e scongelato da pochi giorni. Aveva gli occhi rossi e un po' vitrei del fumatore di marijuana incallito. Raccoglieva i capelli lunghi in una coda stretta da un laccio di cuoio. A un mignolo portava un anello d'argento nella forma del segno della pace. Sotto la giacca aziendale portava una camicia larga a grandi fiori stampati. Puntato al colletto aveva un distintivo con la scritta

LA MIA FACCIA PARTE TRA 5 MINUTI
NON MANCATELA!

C'era da dubitare che il gestore avrebbe approvato... ma era una serata di pioggia e il commesso era stato apparentemente abbandonato al suo destino. Sam era l'unico cliente osservato con pensieroso distacco dal commesso quando andò all'espositore dei dolciumi a prelevare un gran numero di confezioni di liquirizia rossa Bull's Eye. Le prese tutte, una ventina circa.

«È sicuro di averne abbastanza?» lo apostrofò il commesso quando Sam andò a rovesciare sul banco il suo bottino. «Dovrei ancora averne uno o due cartoni in magazzino. So come si sta male quando viene uno di questi attacchi.»

«Va bene così. Mi dica quanto le devo, per piacere. Sono di fretta.»

«È il mondo che va sempre di corsa», commentò il commesso. Batté sui tasti del registratore di cassa con la lentezza sognante dell'intossicato permanente.

Sam vide un elastico abbandonato sotto le cartoline dei campioni di baseball. Lo raccolse. «Posso portarmelo via?»

«Senz'altro. Lo consideri un regalo da parte mia, principe del *Piggly Wiggly*, a lei, *signore della liquirizia*, in un piovoso lunedì sera.»

Mentre Sam si infilava l'elastico sulla mano (gli pendette dal polso come un braccialetto largo), una folata di vento fece tintinnare i vetri. L'illuminazione vacillò.

«Caspita», osservò il principe del *Piggly Wiggly* alzando gli occhi al soffitto. «Le previsioni avevano parlato solo di qualche goccia di pioggia.» Riabbassò lo sguardo al registratore. «Quindici e quarantuno.»

Sam gli consegnò un biglietto da venti con un sorrisetto amaro. «Quando ero bambino questa roba non era così maledettamente cara.»

«L'inflazione è una vera sciagura», convenne il commesso. Tornò lentamente al luogo incantato dov'era librato quando Sam aveva fatto il suo ingresso in negozio. «Deve andare proprio pazzo per quella roba. Io non ne mangerei mai. Sono fedele per la vita alle barrette Mars.»

«Se mi piace questa roba?» Sam rise mentre intascava il resto. «La detesto. È per un'altra persona.» Rise di nuovo. «Diciamo che è un regalo.»

A questo punto il commesso scorse qualcosa negli occhi di Sam e indietreggiò bruscamente di un passo rischiando di urtare e rovesciare un espositore di Skoal Bandit.

Sam considerò con curiosità la sua espressione e decise di non chiedergli un sacchetto. Rastrellò le sue confezioni di liquirizia, se le distribuì a casaccio nelle tasche della giacca sportiva che aveva indossato mille anni prima, e uscì in un crepitare e frusciare di cellophane.

5

Naomi si era messa al volante e fu lei a compiere il resto del tragitto fino alla Biblioteca. Mentre si allontanavano dal negozio, Sam sfilò dal sacchetto i due libri e li contemplò con aria mesta. *Tante sofferenze*, pensò. *Tante sofferenze per un vecchio libro di poesie e un manuale per oratori in erba*. Ma sapeva che stava mentendo a se stesso. Quanto era successo non aveva mai avuto a che fare con i libri.

Si tolse l'elastico dal polso e lo infilò intorno ai libri. Fermò quindi sotto l'elastico un biglietto da cinque dollari prelevato dalle sue ormai depredate scorte di denaro contante.

«Perché?» volle sapere Naomi.

«La multa. Sono i soldi che devo per questi due e per un terzo libro di un lontano passato, *La freccia nera* di Robert Louis Stevenson. Così avrò saldato il conto.»

Posò i libri sul portaoggetti fra i due sedili e si tolse di tasca una confezione di liquirizia rossa. La strappò e subito fu colpito dal vecchio odore zuccherino con la forza di uno schiaffo. Dal naso gli andò direttamente alla testa e dalla testa gli precipitò nello stomaco, che subito gli si contrasse dolorosamente in un pugno serrato. Per un attimo temette di vomitarsi addosso. Certe cose evidentemente non cambiavano mai.

Continuò tuttavia a strappare le confezioni raccogliendo la liquirizia in un mazzo. Naomi rallentò al semaforo che diventava rosso a un incrocio e pochi metri più avanti si fermò anche se non stavano sopraggiungendo veicoli da nessuna parte. L'utilitaria era scossa da scudisciate di pioggia e vento. Ormai erano solo a quattro isolati dalla Biblioteca. «Sam, ma che cosa diavolo stai facendo?»

E poiché lui non *sapeva* che cosa diavolo stesse facendo, rispose: «Se il nutrimento di Ardelia è la paura, Naomi, noi dobbiamo trovare qualcos'altro, qualcosa che sia l'opposto della paura, perché se lo troviamo avremo trovato il suo veleno. Allora... tu che cosa pensi che possa essere?»

«Dubito che sia la liquirizia.»

Lui fece un gesto di impazienza. «Come fai a esserne sicura? Si dice che le croci uccidono i vampiri, quelli della razza che succhia il sangue alla gente, ma una croce non è che due pezzi di legno o metallo incrociati in perpendicolare. Forse funzionerebbe altrettanto bene anche una testa di lattuga, se fosse attivata.»

Il semaforo cambiò. «Se fosse una lattuga *attiva*», rifletté a voce alta Naomi ripartendo.

«È così!» Sam le mostrò il suo mazzetto di stringhe rosse. «Io so solo che ho questa roba. Farà anche ridere, ma non mi importa. È un simbolo veritiero di *tutte* le cose che mi ha portato via il mio Poliziotto della Biblioteca. L'amore, l'amicizia, il senso di appartenenza. Mi sono sentito un outsider *per tutta la vita*, Naomi, senza mai capire perché. Ora lo so. Questa è un'altra delle cose che mi ha sottratto. Io andavo *matto* per la liquirizia. Adesso non ne sopporto nemmeno l'odore. Pazienza, non fa niente, ma devo sapere come attivarla.»

Cominciò a schiacciarsi la liquirizia fra le mani, appallottolandola piano piano, in una massa compatta e appiccicosa. Aveva pensato che sarebbe stato messo a dura prova dall'odore, ma si era sbagliato, perché il raccapriccio peggiore gli veniva dal contatto della liquirizia con la pelle delle mani. E il colorante si scioglieva trapelandogli tra le dita che assumevano un sinistro color rosso scuro. Ma non si perse d'animo, interrompendosi solo di tanto in tanto per aggiungere alla palla il contenuto di una nuova confezione.

«Forse mi sforzo troppo di cercare chissà che cosa», commentò, «mentre l'opposto della paura è solo il coraggio. L'arditezza, volendo cercare una definizione più aulica. È così? Il coraggio fa la differenza tra Naomi e Sarah?»

Lei sembrò sorpresa. «Mi stai chiedendo se smettere di bere sia stato un atto di coraggio?»

«Non so *che cosa* sto chiedendo, ma credo che ci sei comunque vicina. Non ho bisogno di investigare la paura, quella la conosco fin troppo bene. La paura è un'emozione che include e preclude i cambiamenti. Dunque, smettere di bere è stato veramente un atto di coraggio?»

«Non ho mai smesso», rispose lei. «Non è così che funziona con gli alcolisti. Non *possono* in quel modo. La strategia che bisogna impiegare è sempre indiretta. Si prende un giorno per volta, non se ne fa un dramma, ci si affida al vivi e lascia vivere.

Ma il punto centrale è smettere di credere di poter *controllare* il bere. Questa presunzione era solo un inganno ed è a *questo* che bisogna rinunciare. All'illusione. Ora, dimmi tu, è coraggio?»

«Sicuro. Anche se non è lo stesso di un soldato in trincea.»

«Soldati in trincea», ripeté lei e rise. «Mi piace. Ma hai ragione. Quello che faccio io, quello che facciamo tutti noi, per rinunciare per la prima volta al bicchiere, è un atto di coraggio di un altro genere. A dispetto di film come *Giorni perduti*, direi che quello che facciamo noi è tutt'altro che clamoroso.»

Sam stava ricordando la terribile apatia che lo aveva preso dopo essere stato violentato dietro i cespugli di fianco alla filiale di Briggs Avenue della Biblioteca di St. Louis; violentato da un uomo che aveva dichiarato di essere un poliziotto. C'era stato ben poco di clamoroso anche nella sua disavventura. Solo un trucco un po' sporco, nient'altro, lo sporco trucco di un uomo con gravi problemi psichici ai danni di un povero bambino. A ben vedere, considerò, poteva addirittura definirsi fortunato, perché il Poliziotto della Biblioteca avrebbe potuto ucciderlo.

Davanti a loro ammiccavano nella pioggia le sfere bianche e rotonde della Biblioteca Pubblica di Junction City. «Io credo che il vero opposto della paura possa essere la sincerità», disse Naomi non senza esitazione. «Sincerità e fede. Che cosa te ne pare?»

«Sincerità e fede», ripeté lui assaporando le parole. Strinse nella mano destra la palla appiccicosa di liquirizia rossa. «Non male. In ogni caso, dovremo accontentarci. Siamo arrivati.»

6

Il quadrante verde dell'orologio del cruscotto segnava le 19.57. Erano riusciti ad arrivare prima delle otto.

«Sarà meglio aspettare che se ne siano andati via tutti prima di entrare», propose Naomi.

«Ottima idea.»

Si infilarono in un posto libero fra le automobili parcheggiate sull'altro lato della strada, di fronte all'ingresso della Biblioteca. La luce dei lampioni tremolava dolcemente nella pioggia. Meno delicato era il frusciare degli alberi nel vento sempre più forte. Sembrava che le querce stessero sognando e che tutti i loro sogni fossero brutti.

Alle otto e due minuti accostò davanti alla Biblioteca un furgoncino con un gatto di peluche e la scritta TAXI DELLA MAMMA nel lunotto posteriore. Al suono del clacson si aprì d'incanto la porta della Biblioteca, che nonostante la luce spettrale sembrava a Sam molto meno sinistra della prima volta che c'era stato, gli pareva che somigliasse molto meno alla bocca nella faccia di un enorme robot di granito. Scesero di corsa le scale dell'ingresso tre ragazzini, due dei quali si sollevarono la giacca per difendersi la testa dalla pioggia. Lo sportello laterale del furgone si aprì rumorosamente e i tre montarono precipitosamente a bordo. Indebolito, giunse alle orecchie di Sam il suono delle loro risa che gli trasmise un senso di invidia. Pensò a come doveva essere bello poter uscire da una biblioteca con un animo allegro e spensierato. Un'esperienza come quella a lui era stata negata da un uomo con un paio di occhialetti neri.

Sincerità, pensò. *Sincerità e fede.* Poi pensò di nuovo: *La multa è stata pagata. La multa è stata pagata, dannazione*. Strappò le ultime due confezioni di liquirizia che aggiunse alla palla rossa e maleodorante. Contemporaneamente lanciò un'occhiata al furgoncino. Vide gli sbuffi bianchi dei fumi di scarico che si disperdevano nel vento. D'un tratto cominciò a capire che cosa stava facendo.

«Una volta, ai tempi del liceo, ho assistito a uno scherzo di certi ragazzi ai danni di uno che gli era antipatico», disse. «A quei tempi ero soprattutto bravo a guardare gli altri. Avevano trafugato dall'aula di arte un pezzo di argilla e lo avevano infilato nel tubo di scappamento della *Pontiac* della loro vittima. Sai che cosa è successo?»

«No. Che cosa?»

«La marmitta si spaccò in due. Partirono due pezzi dall'una e dall'altra parte della macchina come shrapnel. Perché la marmitta era il punto più debole, capisci? Se i gas di scarico fossero risaliti fino al motore, è probabile che avrebbero fatto saltar fuori i cilindri dalla testata.»

«Sam, ma di che cosa stai parlando?»

«Di speranza», rispose lui. «Sto parlando di speranza. Credo che sincerità e fede debbano venire dopo.»

Il TAXI DELLA MAMMA si staccò dal ciglio del marciapiede fendendo con il raggio dei fanali la tela argentata della pioggia.

Le cifre verdi dell'orologio del cruscotto indicavano le 20.06

quando la porta della Biblioteca si aprì di nuovo. Ne uscirono un uomo e una donna. L'uomo, che si abbottonava goffamente il soprabito con l'ombrello infilato sotto il braccio, era certamente Richard Price. Sam lo riconobbe all'istante, sebbene di lui avesse visto solo una fotografia in quel vecchio giornale. La ragazza era Cynthia Berrigan, l'assistente con la quale aveva parlato sabato sera.

Price disse qualcosa alla ragazza. Sam ebbe l'impressione che lei ridesse. Si accorse all'improvviso di sedere come un manico di scopa di fianco a Naomi, con tutti i muscoli che scricchiolavano per la tensione. Cercò di rilassarsi e non ci riuscì.

Come mai non ne sono sorpreso? si domandò.

Price aprì l'ombrello. Scesero di corsa insieme verso il marciapiede e nel frattempo la ragazza si sistemò sui capelli un fazzoletto di plastica parapioggia che si annodò sotto il mento. Si separarono in fondo al vialetto. Price andò a una vecchia *Impala* grande come un transatlantico e la Berrigan si infilò a bordo di una *Yugo* parcheggiata a mezzo isolato di distanza. Price fece un'inversione (Naomi si chinò di scatto spaventata dai suoi fari che illuminarono l'interno dell'utilitaria) e salutò con un colpo di clacson la *Yugo* mentre la incrociava. Cynthia Berrigan rispose al saluto partendo nella direzione opposta.

Ora erano rimasti solo loro, la Biblioteca e probabilmente Ardelia che li aspettava all'interno.

Insieme con il vecchio amico di Sam, il Poliziotto della Biblioteca.

7

Naomi girò lentamente intorno all'isolato imboccando Wegman Street. Poco più avanti un passaggio nella siepe lasciava vedere una modesta targa che indicava

BIBLIOTECA - INGRESSO DI SERVIZIO

Una ventata fece dondolare la *Datsun* sugli ammortizzatori, spingendo la pioggia contro i finestrini con un rumore come di granelli di sabbia. Poco distante uno schianto segnalò la rottura di un grosso tronco o di un piccolo albero. Allo schianto seguì il tonfo della caduta.

«Dio!» gemette Naomi con un filo di voce. «Non mi piace!»

«Non riempie di gioia nemmeno me», fece eco Sam, ma rispondendole meccanicamente perché stava pensando all'aspetto che aveva avuto l'argilla, a come gli era sembrata quando l'aveva vista sporgere dal tubo di scappamento. Gli era sembrata una vescica.

Naomi svoltò nel vialetto e raggiunse uno spiazzo lastricato illuminato dal bagliore rosso di un'unica lampada al sodio. La luce era intensa e nel suo riverbero i rami esagitati delle querce che incorniciavano la piazzola di carico e scarico proiettavano ombre mutevoli sul muro posteriore dell'edificio. Per un attimo due di quelle ombre si fusero insieme in una sagoma simile a quella di un uomo ai piedi della piattaforma: era come se là sotto ci fosse qualcuno in attesa che adesso usciva per farsi loro incontro.

Tra un attimo, pensò Sam, *la luce arancione di quella lampada gli colpirà gli occhiali, gli occhialetti neri e rotondi e lui mi fisserà attraverso il parabrezza. Non Naomi. Solo me. Mi fisserà e mi dirà: «Falve, figliolo, ti ftavo afpettando. Fono anni che ti afpetto. Ora vieni con me, vieni con me, perché fono un poliziotto».*

Con un altro schianto assordante un ramo precipitò a non più di un metro dal bagagliaio della *Datsun*, esplodendo in tutte le direzioni pezzi di corteccia e schegge di legno marcio. Se fosse piombato sull'automobile ne avrebbe sfondato il tetto.

Naomi gridò.

Il vento, sempre più forte, gridò di rimando.

Sam si stava protendendo verso di lei per confortarla, quando la porta in fondo alla pedana di carico si aprì per metà e fece capolino Dave Duncan. Tratteneva la porta perché il vento non gliela strappasse di mano. Era pallidissimo, con un'espressione quasi grottesca di paura sul viso. Fece gesti frenetici con la mano libera.

«Naomi, c'è Dave.»

«Dove...? Oh, sì, lo vedo.» Naomi sgranò gli occhi. «Mio Dio, che faccia!»

Aprì lo sportello e il vento glielo strappò di mano, invadendo la *Datsun* in un piccolo ciclone feroce che fece vorticare nell'abitacolo le confezioni della liquirizia.

Naomi riuscì ad allungare la mano appena in tempo per impedire di essere percossa e forse ferita dal ritorno dello sportello. Poi scese, in uno scompiglio turbolento di capelli, mentre la sottana, inzuppata in un baleno, le si incollava alle cosce.

Sam dovette lottare contro il vento che gli soffiava contro per riuscire ad aprire la portiera dalla sua parte e fu costretto a prenderla a spallate per poter scendere. Si domandava da dove diavolo fosse sbucata una bufera come quella. Il principe di *Piggly Wiggly* gli aveva detto che le previsioni meteorologiche non avevano anticipato una perturbazione così spettacolare. Solo qualche goccia di pioggia, avevano pronosticato.

Ardelia. Forse era la tempesta di Ardelia.

Come a conferma, udì la voce di Dave in un momento di caduta del vento. «Presto. *Sento il suo schifoso profumo dappertutto!*»

Sam trovò tetra e inquietante l'idea che il profumo di Ardelia precedesse la sua materializzazione.

Si era già incamminato verso gli scalini della piattaforma di carico quando si accorse che aveva ancora in mano la palla di liquirizia rossa, ma aveva lasciato i libri in macchina. Tornò indietro e aprì faticosamente lo sportello per recuperarli. In quel mentre la luce cambiò, passando dall'arancione al bianco. Sam se ne avvide vedendo cambiare il colore delle sue mani e per un attimo fu come se gli occhi gli si paralizzassero nelle orbite. Si ritrasse in tutta fretta dall'abitacolo con i libri in mano e si girò su se stesso.

La lampada arancione al sodio era scomparsa, ora sostituita da un lampione ai vapori di mercurio, di quelli di una volta. Gli alberi che danzavano gemendo intorno alla piattaforma erano ora più folti, con una sovrabbondanza di antichi olmi che sovrastavano le querce. Era cambiata anche la forma della piattaforma di carico, e ora il muro posteriore della Biblioteca era invaso da un groviglio di edera... lo stesso muro che fino a pochi istanti prima era stato del tutto spoglio.

Benvenuto nel 1960, pensò Sam. *Benvenuto all'edizione firmata Ardelia Lortz della Biblioteca Pubblica di Junction City*.

Naomi aveva raggiunto la piattaforma. Stava dicendo qualcosa a Dave. Dave le rispose, poi si guardò alle spalle. Trasalì. Contemporaneamente Naomi strillò. Sam raggiunse di corsa gli scalini della piattaforma con la giacca gonfia di vento che gli svolazzava dietro la schiena. Mentre saliva, vide una mano bianca emergere dalle tenebre per posarsi sulla spalla di Dave e trascinarlo all'interno della Biblioteca.

«Afferra la porta!» urlò allora. «Naomi, tieni la porta! *Non lasciare che si chiuda!*»

Ma in questo furono aiutati dal vento, che spalancò la porta. Urtò la spalla di Naomi facendola vacillare all'indietro e Sam la raggiunse in tempo per afferrarla prima che si richiudesse con un tonfo.

Naomi girò verso di lui gli occhi colmi di spavento. «Era l'uomo che è stato a casa tua, Sam. Quello alto con gli occhi d'argento. L'ho visto. Ha preso Dave!»

Non c'era tempo per pensare a niente. «Vieni!» Sam le passò un braccio intorno alla vita e la trascinò all'interno. Dietro di loro il vento cadde e la porta si chiuse rumorosamente.

8

Erano nell'area di classificazione, immersa in una penombra in cui brillava fiocamente sulla scrivania della bibliotecaria una piccola lampada da tavolo munita di un paralume ornato di una frangia rossa.

Oltre quella piccola zona ingombra di scatoloni e materiale da imballaggio (perlopiù consistenti in giornali stropicciati: si era nel 1960 e non avevano ancora inventato le palline di polistirolo), cominciavano gli scaffali. In una delle corsie, tra due pareti di libri, c'era il Poliziotto della Biblioteca. Aveva serrato Dave Duncan in un'elson, reggendolo senza il minimo sforzo a un palmo da terra.

Fece scintillare gli occhi d'argento, mentre nel suo volto pallido appariva la falce di un ghigno simile a una luna cromata.

«Non un altro paffo», intimò, «o gli fpezzo il collo come a una gallina. Fa un rumorino divertente.»

Sam valutò rapidamente la situazione. Sentiva aroma di lavanda, denso e un po' nauseante. Fuori il vento sibilava e ululava. L'ombra scarna del Poliziotto della Biblioteca oscillava sulla parete come l'ombra di una gru. *Prima non ce l'aveva*, rifletté Sam. *Che cosa significa?*

Forse era perché adesso il Poliziotto della Biblioteca era più reale, più *presente*... perché Ardelia e il Poliziotto della Biblioteca e l'uomo nero al volante della vecchia automobile erano in realtà la stessa persona, che cambiava faccia, indossandone ora una e ora un'altra come un bambino che si prova maschere di carnevale.

«Dovrei credere che gli risparmierai la vita se non ci avviciniamo?» gridò. «Balle.»

Avanzò verso di lui.

Sul volto del Poliziotto della Biblioteca apparve allora un'espressione che doveva essergli innaturale. Sorpresa. Indietreggiò di un passo. Il trench gli strusciò contro gli stinchi sfiorando i volumi in foglio che formavano le pareti dello stretto corridoio in cui si trovava.

«Vi avverto!»

«Non è con lui che devi prendertela», ribatté Sam. «Hai un conto in sospeso con me, non è vero? Avanti, è la tua occasione per regolarlo.»

«La *bibliotecaria* ha da chiudere un conto con il vecchio!» tuonò il Poliziotto indietreggiando di un altro passo. Stava succedendo qualcosa sulla sua faccia e solo in un secondo tempo Sam capì che cos'era: la luce d'argento che aveva negli occhi si andava spegnendo.

«E allora lascia che ci pensi lei», replicò Sam. «Il *mio* conto è con te, un conto vecchio di trent'anni.»

Superò la zona rischiarata dalla lampada da tavolo.

«Come vuoi, allora!» ringhiò il Poliziotto della Biblioteca. Si girò per metà e scaraventò Dave Duncan giù per la corsia. Dave volò come un sacco di biancheria sporca, con un grido rauco di paura e sorpresa. Cercò di sollevare il braccio vedendosi arrivare addosso il muro, ma il suo fu solo un movimento riflesso, non sorretto da una vera intenzione. Rovinò contro l'estintore montato sulla parete accanto alle scale e Sam udì lo scricchiolio sordo di un osso che si spezzava. Dave cadde e su di lui crollò il pesante estintore rosso.

«*Dave!*» gridò Naomi gettandosi verso di lui.

«*No, Naomi.*»

Ma lei non gli prestò attenzione. Sulle labbra del Poliziotto della Biblioteca riapparve il ghigno di prima. Ghermì Naomi per un braccio quando lei cercò di passargli accanto. L'attirò a sé e il suo volto fu nascosto per qualche istante dai capelli castani che le coprivano il collo dietro la nuca. Sam udì uno strano colpo di tosse soffocato, poi ebbe l'impressione che si mettesse a baciarla, la sua nerboruta mano bianca le stringeva crudelmente un braccio. Naomi gridò di nuovo, poi parve accasciarsi un po', stretta nella sua morsa.

Sam era arrivato all'ingresso della corsia tra gli scaffali. Prese il primo libro che gli capitò a tiro, lo strappò dallo scaffale e lo scagliò. Il volume ruotò nell'aria, aprendosi in uno svolazzare di pagine, prima di raggiungere il Poliziotto della Biblioteca a una tempia. L'uomo urlò per la collera e la sorpresa e rialzò la testa. Naomi ne approfittò per liberarsi retrocedendo contro uno scaffale e gesticolando per mantenere l'equilibrio. Lo scaffale vacillò sotto l'urto e infine cadde con uno schianto fragoroso. I libri si sparsero ovunque, finendo per terra in una grandinata di colpi secchi simili a una salva di applausi.

Naomi raggiunse Dave e cadde in ginocchio al suo fianco, invocando il suo nome tra i singhiozzi. Il Poliziotto della Biblioteca rivolse a loro la sua attenzione.

«Anche lei non c'entra niente», gli disse Sam.

Il Poliziotto della Biblioteca si girò verso di lui.

Al posto degli occhi d'argento ora il Poliziotto della Biblioteca aveva un paio di piccoli occhiali neri che gli trasformavano il volto nel muso cieco di una talpa.

«Avrei dovuto ucciderti fubito», ringhiò, venendo avanti. La sua camminata era accompagnata da uno strano fruscio. Sam gli guardò le scarpe e vide che l'orlo del suo trench strisciava per terra. Si stava abbassando di statura.

«La multa è stata pagata», scandì Sam. Il Poliziotto della Biblioteca si fermò. Sam gli mostrò i libri con la banconota da cinque dollari sotto l'elastico. «La multa è stata pagata e i libri sono stati restituiti. È finita, carogna... di qualunque specie, razza e sesso tu sia.»

Il vento si levò all'esterno in un lungo grido lamentoso che corse lungo le grondaie come vetro. La lingua del Poliziotto della Biblioteca uscì furtiva a inumidire le labbra. Era molto rossa, molto appuntita. Sulle guance e sulla fronte gli erano comparse delle macchie. Aveva la pelle ricoperta da una pellicola di sudore untuoso.

E l'odore di lavanda era molto più forte.

«Errore!» esclamò il Poliziotto della Biblioteca. «*Ti fbagli!* Quelli non fono i libri che hai prefo in preftito! Io lo fo! Quelli li ha portati via quell'ubriacone! Fono ftati...»

«... distrutti», finì per lui Sam. E si incamminò di nuovo, avvicinandosi al Poliziotto della Biblioteca, e a ogni passo diventava più penetrante l'aroma di lavanda. Il cuore gli galoppava nel petto. «E so anche da chi è venuta questa bella pensata. Queste copie però vanno benissimo in sostituzione di quelle andate perse. Prendile.» La sua voce si elevò in un comando perentorio. «*Prendile, maledetto!*»

Gli porse i libri e il Poliziotto della Biblioteca, ora confuso e intimorito, tese la mano per riceverli.

«No, non così», disse Sam, alzando i libri sulla sua mano bianca. «*Così!*»

Calò i libri sulla faccia del Poliziotto della Biblioteca, li calò come una mazza. Non ricordava di aver mai provato una soddisfazione così sublime come quella che sentì quando *Le poesie più amate dagli americani* e *Il vademecum dell'oratore* ruppero il naso del Poliziotto della Biblioteca. Gli occhialetti neri gli volarono via dalla faccia e caddero per terra. Sotto di essi teneva nascoste orbite nere piene di un liquido biancastro, dal quale spuntavano fili sottili e Sam ricordò il racconto di Dave: *Come se si stesse facendo crescere la propria pelle.*

Il Poliziotto della Biblioteca gridò.

«*Non puoi!*» gridò. «*Non puoi picchiarmi! Tu hai paura di me! E poi ti è piaciuto!* TI È PIACIUTO! TU SEI UN PICCOLO SPORCACCIONE E TI È PIACIUTO!»

«Errore», lo canzonò Sam. «*Mi ha fatto schifo!* Adesso prenditi questi libri. Prendili e vattene da qui. Perché la multa è stata pagata.»

E lo percosse con i libri al torace e mentre il Poliziotto della Biblioteca chiudeva le mani sui libri gli affondò crudelmente un ginocchio nell'inguine.

«Questo è per gli altri bambini», disse. «Quelli che tu hai brutalizzato e quelli che lei si è mangiata.»

La creatura mandò un urlo di dolore. Lasciò cadere i libri per portarsi le mani all'inguine. I capelli unti gli ricaddero sulla faccia nascondendo lo spettacolo orripilante di quelle orbite nere e intasate.

Per forza non ha gli occhi, ebbe tempo di pensare Sam. *Io quel giorno non vidi mai i suoi occhi dietro gli occhiali... perciò neanche* LEI *ha potuto vederli.*

«Questo non basta a pagare la *tua* multa», riprese Sam, «ma è sempre un passo nella direzione giusta, vero?»

Il trench del Poliziotto della Biblioteca cominciò a scuotersi, a incresparsi, come se sotto di esso fosse in corso una trasformazione inimmaginabile. E quando l'uomo, o la cosa, rialzò la testa, Sam vide qualcosa che lo fece indietreggiare in preda all'orrore e al disgusto.

L'uomo che era stato creato per metà dal manifesto di Dave

e per metà dalla sua stessa immaginazione si era trasformato in un nano deforme. Il nano si stava trasformando in qualcos'altro, un'orrenda creatura ermafrodita. Sul suo volto e sotto il muoversi convulso del trench stava avvenendo una sorta di tempesta sessuale. Metà dei capelli erano ancora neri, mentre l'altra metà erano color biondo cenere. Un'orbita era ancora vuota, mentre nell'altra scintillava un feroce occhio azzurro.

«*Ti voglio*», sibilò la creatura. «*Ti voglio e ti avrò.*»

«Provaci, Ardelia», la sfidò Sam. «Coraggio...»

Allungò la mano verso l'essere ma la ritrasse con un grido appena ebbe toccato il trench. Non era più fatto di tessuto, ma di un'orribile pelle flaccida, e la sensazione era stata come quella di toccare un ammasso di bustine di tè appena usate.

La creatura si arrampicò sullo scaffale rovesciato scomparendo nell'oscurità. Il profumo di lavanda fu improvvisamente più forte.

Dall'ombra giunse una risata brutale.

Una risata femminile.

«Troppo tardi, Sam», latrò. «È troppo tardi. Ormai è fatta!»

Ardelia è tornata, pensò Sam. Giunse un fragore reboante. Un albero precipitò contro l'edificio facendolo sussultare dalle fondamenta e le luci si spensero.

9

Furono nell'oscurità totale solo per un secondo, ma sembrò loro che trascorresse un tempo molto più lungo. Ardelia rise di nuovo e questa volta con un'eco strana, come se ridesse in un megafono.

Poi si accese una lampadina d'emergenza montata in alto sulla parete. Irradiò una pallida luce in una zona degli scaffali, proiettando dappertutto ombre come grovigli di stoffa nera. Si udiva distintamente il forte ronzio della batteria che alimentava la lampadina. Sam andò verso Naomi inginocchiata accanto a Dave e due volte rischiò di cadere scivolando sulle cataste di libri caduti fuori dallo scaffale rovesciato.

Naomi alzò la testa verso di lui. Era pallida, sconvolta e bagnata di lacrime. «Sam, credo che stia morendo.»

Si inginocchiò anche lui. Il vecchio aveva gli occhi chiusi e respirava a stento, a boccate roche e irregolari. Da un orecchio e da entrambe le narici gli colava sangue in rivoli sottili. Poco sopra il sopracciglio destro aveva un'ammaccatura profonda. Sam si sentì chiudere la bocca dello stomaco. Dave aveva evidentemente uno zigomo fracassato e l'impronta del manico dell'estintore ancora stampata sulla faccia in un'ecchimosi rossa di sangue. Sembrava un tatuaggio.

«Dobbiamo portarlo a un ospedale, Sam!»

«E tu credi che ci lascerebbe uscire di qui adesso?» ribatté lui e, come in risposta alla sua domanda, dall'oscurità oltre la zona più o meno circolare illuminata dalla lampadina d'emergenza giunse volando un pesante volume, la lettera T dell'*Oxford English Dictionary*. Sam strattonò Naomi all'indietro e caddero entrambi nella polvere della corsia. Quattro chilogrammi di *tabasco, tarantola, terrore* e *trappola* sfrecciarono nel punto dove fino a un istante prima c'era stata la testa di Naomi, colpirono il muro e si schiantarono per terra in uno scompiglio di pagine.

Dal buio giunse una risata stridula. Sam si rialzò in tempo per vedere una forma gibbosa sgattaiolare per il passaggio dietro allo scaffale rovesciato. *Si sta ancora trasformando*, pensò. *In che cosa, Dio solo lo sa.* Virò bruscamente a sinistra e scomparve.

«Prendila, Sam», lo esortò Naomi in un gemito rauco. Gli afferrò la mano. «Prendila, ti prego, falla fuori.»

«Ci proverò», rispose lui. Scavalcò le gambe di Dave ed entrò nelle ombre più fitte oltre lo scaffale rovesciato.

10

L'odore lo intossicò, l'odore di lavanda mescolato a quello della polvere dei libri di tutti quegli anni trascorsi. Quell'odore, accomunato al fragore del vento come un treno merci lanciato nella notte, lo fece sentire come il viaggiatore del tempo di H. G. Wells... e la massa opprimente della Biblioteca tutt'attorno a lui era la sua macchina del tempo.

Procedette lentamente per la corsia, stringendo nervosamente la palla di liquirizia rossa nella sinistra. Era attorniato dai libri, che sembravano osservarlo con un cipiglio severo. Si inerpicavano a un'altezza doppia della sua statura. Udiva lo scricchiolio delle sue scarpe sul vecchio linoleum.

«Dove sei?» chiamò gridando. «Se mi vuoi, Ardelia, perché non vieni a prendermi? Sono qui.»

Nessuna risposta. Ma presto sarebbe dovuto uscire allo scoperto, no? Se Dave aveva ragione, la sua trasformazione era in corso e non le restava molto tempo.

Mezzanotte, pensò. *Il Poliziotto della Biblioteca mi ha dato tempo fino a mezzanotte, perciò forse quella è l'ora in cui scade anche il tempo a sua disposizione. Ma mancano ancora tre ore e mezzo... Dave non può aspettare tanto a lungo.*

Poi gli sovvenne un altro pensiero, ancor meno piacevole: e se mentre lui si aggirava in quelle corsie buie Ardelia fosse tornata indietro da un'altra parte per colpire Naomi e Dave a tradimento?

Giunse in fondo al corridoio, tese l'orecchio, non udì niente e passò nella corsia attigua. Non c'era nessuno. Sentì sopra di sé un bisbiglio e alzò gli occhi in tempo per vedere una mezza dozzina di pesanti volumi che scivolavano fuori da un pesante scaffale. Si gettò all'indietro con un grido e qualche libro lo colpì alle gambe mentre udiva la risata folle di Ardelia dall'altra parte dello scaffale.

Se l'immaginava lassù aggrappata alla struttura di legno come un ragno gonfio di veleno e il suo corpo agì prima che il suo cervello pensasse. Ruotò su se stesso come un soldato ubriaco che tenta un dietro-front e si lanciò contro lo scaffale. La risata si trasformò in un grido di stupore e paura quando la struttura di legno si inclinò sotto il peso di Sam. Un tonfo sordo gli fece sapere che l'essere si era tuffato in volo dal suo trespolo provvisorio. Un secondo dopo lo scaffale cadeva.

Ciò che avvenne allora fu qualcosa che Sam non aveva previsto: lo scaffale che aveva sospinto cadde rovesciando una cascata di libri e precipitando su quello che costituiva l'altra parete della corsia. Il secondo cadde su un terzo, il terzo sul quarto, e via via l'uno abbatté l'altro come le tessere di un domino. Per tutto l'enorme locale del magazzino, rovesciando in uno scroscio assordante tutto quello che contenevano, dalle opere di Marryat alla raccolta completa delle fiabe dei fratelli Grimm. Sentì Ardelia urlare di nuovo e si avventò sullo scaffale che lui stesso aveva rovesciato. Vi si arrampicò sopra come se fosse una scala, buttando giù i libri con i piedi in cerca di appoggio e issandosi con l'aiuto di una mano.

Si lasciò cadere dall'altra parte e vide una creatura biancastra e orribilmente deforme che cercava di riemergere da una montagna di atlanti e diari di viaggio. Aveva capelli biondi e occhi blu, ma lì si esauriva la sua somiglianza con gli appartenenti alla specie umana. Ora si era spogliata di tutte le sue mistificazioni. Era grassa, nuda, con arti che terminavano in estremità palmate e munite di artigli. Sotto il collo le pendeva una sacca come un gozzo flaccido. Le vibravano febbrilmente intorno al corpo sottili fibre bianche. Nell'insieme ricordava orribilmente una forma da insetto, davanti alla quale Sam cominciò a urlare dentro di sé urla silenti e ataviche che gli si irradiavano per tutte le ossa. *Eccola. Che Dio mi assista, ecco com'è.* Provava ribrezzo, ma a un tratto il senso di terrore si era dissolto; ora che gli era concesso di vedere quell'essere nella sua realtà, non era più così terribile.

Poi cominciò a cambiare di nuovo e il momentaneo sollievo di Sam scomparve d'incanto. Non aveva propriamente i lineamenti di un volto, ma sotto agli occhi sporgenti cominciò a crescere una specie di corno che si estendeva da quelle sembianze orrende come da una tozza proboscide di elefante. Gli occhi si allungarono lateralmente, assumendo prima la forma a mandorla della razza gialla e poi quella oblunga di un insetto. Annusava l'aria protendendosi verso di lui.

Una massa di fili impalpabili ne copriva il corpo.

Sam era dibattuto fra l'istinto di ritrarsi e il desiderio di dare battaglia. E quando la carnosa proboscide lo toccò ne avvertì tutto il potere profondo. Si sentì riempire da un senso di indolenza, provò la tentazione irresistibile di lasciare che accadesse. L'ululato del vento era lontano, il suo grido era diventato suadente, confortante come era stato il rumore dell'aspirapolvere ai tempi dell'infanzia.

«Sam?» lo chiamò Naomi, ma anche la sua voce era lontana, insignificante. «Sam, stai bene?»

Aveva pensato di essere innamorato di lei? Che sciocchezza. Che cosa ridicola, a ripensarci adesso... a guardare nel fondo, quelle nuove sensazioni erano molto più gratificanti.

Quella creatura aveva... cose da raccontare.

Storie molto interessanti.

Ora tutto il corpo mutevole dell'essere biancastro si estendeva nella forma di proboscide raccogliendosi in se stesso per allungarla il più possibile. La creatura assunse una forma tubolare in fondo alla quale restava solo una coda penzolante e inerte come la sacca che fino a pochi istanti prima aveva avuto sotto il collo. Tutta la sua vitalità era confluita nella tromba di carne, il condotto attraverso il quale avrebbe risucchiato l'essenza stessa di Sam.

Ed era bello.

La proboscide gli aderì dolcemente alle gambe, risalì a premergli per qualche istante all'altezza dell'inguine, e poi più su, ad accarezzargli il ventre.

Sam cadde in ginocchio per concedere il volto. Avvertì un gradevole bruciore agli occhi e in un attimo da esso cominciò a sgorgare un fluido che non era di lacrime, perché era troppo denso.

La proboscide gli si avvicinò agli occhi. Vedeva un petalo di carne rosea che dentro di essa si apriva e chiudeva con un movimento famelico. Ogni volta che si apriva rivelava nel fondo un'oscurità più intensa. Poi si serrò, formando un foro all'interno del petalo, un tubo dentro il tubo, e gli scivolò con sensuale lentezza sulle labbra e sulla guancia, avvicinandosi all'umore denso che gli colava dalle ciglia. Occhi deformi color blu scuro lo fissavano con un'espressione affamata.

Ma la multa è stata pagata.

Facendo appello alle ultime forze che gli restavano, Sam afferrò la proboscide nella destra. Era calda, ripugnante. I fili sottili che la ricoprivano gli bruciarono il palmo.

L'essere sussultò cercando di ritrarsi e per un momento Sam quasi se lo lasciò sfuggire, ma chiuse con maggior forza le dita conficcando le unghie in quella carne disgustosa.

«*Prendi!*» gridò. «*Ho qualcosa per te, bastarda. Te l'ho portato fin da St. Louis!*»

Apparve la sua mano sinistra da dietro la schiena e piantò la palla appiccicosa di liquirizia rossa nel foro della proboscide, tappandoglielo come aveva visto fare a quei ragazzi con il tubo di scarico della *Pontiac* di Tommy Reed. La creatura cercò di gridare e riuscì a produrre solo un mugolio strozzato. Poi tentò di nuovo di sottrarsi a Sam con la palla di liquirizia rossa che gli sporgeva dalla protuberanza convulsa come una vescica di sangue.

Sempre trattenendo il suo fetido tentacolo, Sam si gettò su Ardelia. La creatura si dibatté pulsando sotto di lui, cercando di disarcionarlo. Rotolarono abbarbicati l'uno all'altra in mezzo ai libri. La creatura lottava con una forza imprevista. Per un istante Sam si ritrovò con gli occhi negli occhi di lei e per poco non restò paralizzato dall'odio e dal panico che lesse in quello sguardo.

Poi sentì che cominciava a gonfiarsi.

La lasciò andare, strisciò all'indietro ansimando. Ora l'essere somigliava a un grottesco pallone da spiaggia con la proboscide, un pallone ricoperto di una sottile peluria che fluttuava come tenere alghe nella risacca. Rotolò nella corsia ingombra di libri, mentre anche la proboscide cominciava a gonfiarsi come una manichetta annodata. Immobilizzato da un fascino morboso, Sam guardò l'essere che si faceva chiamare Ardelia Lortz soffocata dalle proprie viscere velenose.

Un reticolo di vene sottili le si disegnò sulla pelle tesa. Ora gli occhi strabuzzati lo fissarono in un'espressione di torbido stupore. Fece un ultimo tentativo per espellere il morbido grumo di liquirizia, ma poiché aveva spalancato le sue fauci mostruose quando si era apprestata a nutrirsi ora nemmeno con uno sforzo immane sarebbe riuscita a liberarsi dall'ingombro.

Sam vide che cosa stava per accadere e si protesse il volto con un braccio un attimo prima dell'esplosione.

Pezzi di carne aliena volarono in tutte le direzioni. Getti di sangue denso gli inzaccherarono braccia, petto e gambe e allora Sam gridò di orrore e sollievo.

Un istante dopo la lampada di emergenza si spense, precipitandoli di nuovo nell'oscurità.

11

Ancora una volta l'intervallo di buio fu molto breve, ma durò abbastanza perché Sam avvertisse il cambiamento. Lo sentì nella testa, la nitida sensazione di un brusco ritorno alla normalità. Quando tornò la luce, si accesero quattro lampade. Le batterie entrarono in funzione con un brusio sommesso, ben diverso dal forte ronzio di prima e l'illuminazione, intensa e ben diffusa, scacciò le ombre anche dagli angoli più lontani. Non avrebbe mai saputo se il mondo del 1960 in cui erano entrati quando l'illuminazione al sodio si era trasformata in quella ai vapori di mercurio fosse stato realtà o illusione, ma sapeva che era ridiventato passato.

Gli scaffali erano di nuovo tutti al loro posto. C'era qualche libro disseminato per terra, non più di una decina, e probabilmente era stato lui stesso a farli cadere quando si era rimesso faticosamente in piedi. La bufera che si era scatenata all'esterno si era ridotta a un brontolio. Udiva a malapena il lieve tamburellare di una pioggerella sul tetto.

L'essere-Ardelia non c'era più. Non c'erano schizzi di sangue o brandelli di carne né per terra né sui libri né su di lui.

Di lei restava solo un segno, un unico orecchino d'oro, che richiamava la sua attenzione scintillando sul pavimento.

Lo allontanò con un calcio, poi gli si oscurò la vista e barcollò con gli occhi chiusi in attesa di sapere se sarebbe svenuto.

«Sam!» Era Naomi e la sua voce era rotta, come se stesse piangendo. «Sam, dove sei?»

«Qui!» Sam si afferrò una ciocca di capelli e la tirò con forza. Probabilmente era stupido da parte sua, ma funzionò. Non dissipò completamente la nebbia grigia che lo circondava, ma riuscì a vedere di nuovo abbastanza per potersi incamminare in direzione dell'area di classificazione, in lunghi passi titubanti.

Trovò la stessa scrivania di prima, un blocco sgraziato di legno su quattro gambette tozze, ma l'antiquato paralume frangiato era stato sostituito da un tubo fluorescente. Il Rolodex e la vecchia macchina per scrivere avevano lasciato il posto a un computer della Apple. E se ancora avesse avuto dubbi sull'epoca in cui era venuto a trovarsi adesso lo avrebbe convinto una semplice occhiata ai cartoni sparsi per terra: erano pieni di palline di polistirolo e protezioni di plastica.

Naomi era ancora inginocchiata accanto a Dave, in fondo alla corsia, e quando Sam la raggiunse vide che l'estintore (erano trascorsi trent'anni ma sembrava che fosse lo stesso) era di nuovo al suo posto, fissato al sostegno sulla parete... ma Dave aveva ancora sulla fronte e sulla guancia l'impronta del manico.

Il vecchio aveva gli occhi aperti e quando lo vide arrivare, lui sorrise: «Non... male», mormorò. «Scommetto... che non sapevi... di avere tanto fegato».

Sam traboccava di sollievo. «No, non lo sapevo», ammise. Si chinò e mostrò tre dita a Dave. «Quante dita vedi?»

«Qualcosa come... settantaquattro», mormorò Dave.

«Chiamo un'ambulanza», disse Naomi rialzandosi. Dave la trattenne afferrandola per un polso.

«No. Non ancora.» Spostò lo sguardo su Sam. «Chinati. Devo bisbigliare.»

Sam ubbidì. Dave gli posò una mano tremante dietro il collo.

Gli sfiorò con le labbra il padiglione dell'orecchio e Sam dovette fare uno sforzo per restare fermo, perché gli aveva fatto il solletico. «Sam», bisbigliò. «Aspetta. Ricordati che lei... *aspetta.*»

«Cosa?» chiese Sam. Si sentiva quasi completamente spento. «Dave, che cosa stai dicendo?»

Ma la mano di Dave era ricaduta. Fissava Sam, gli guardava attraverso e la respirazione affannata gli faceva alzare e abbassare velocemente il petto.

«Io vado», disse Naomi, chiaramente in preda allo sgomento. «Ho visto un telefono sulla scrivania.»

«No.»

Naomi si girò verso Sam e lo fulminò con un'occhiata piena di furore. «Come sarebbe a dire, no?» lo apostrofò mostrando il bianco dei denti. «Sei impazzito? Ha una frattura alla testa come minimo! Non...»

«È *lui* che se ne sta andando, Sarah», la interruppe dolcemente Sam. «Manca poco. Resta con lui. Sii sua amica.»

Solo ora Naomi vide ciò che Sam aveva già veduto. La pupilla sinistra di Dave era ridotta a una capocchia di spillo, mentre quella destra era dilatata e fissa.

«Dave?» lo chiamò spaventata. «*Dave?*»

Ma Dave stava guardando di nuovo Sam. «Ricorda», sussurrò. «Lei as...»

I suoi occhi diventarono vitrei. Il suo torace si sollevò ancora una volta... ricadde... e non si alzò più.

Naomi cominciò a piangere. Si portò una mano alla guancia e chiuse gli occhi. Sam si inginocchiò faticosamente per passarle un braccio intorno alla vita.

15

Angle Street (III)

1

QUELLA notte e la seguente furono notti insonni per Sam Peebles. Sdraiato sul letto con tutte le luci del piano di sopra accese pensava alle ultime parole di Dave Duncan: *Lei aspetta*.

All'alba del secondo giorno cominciò a pensare di aver capito che cosa aveva cercato di dirgli il vecchio.

2

Aveva pensato che Dave sarebbe stato sepolto nel cimitero della chiesa battista di Proverbia e fu con una certa sorpresa che scoprì che il vecchio si era convertito al cattolicesimo in un imprecisato momento fra il 1960 e il 1990. La funzione fu celebrata nella chiesa di St. Martin l'11 aprile, una giornata burbera segnata da un alternarsi di nubi e fredde schiarite primaverili.

Dopo la sepoltura ci fu un ricevimento ad Angle Street. Quando arrivò Sam, c'erano una settantina di persone a vagare per le stanze del pianterreno e riunite in gruppetti. Tutti avevano conosciuto Dave e ne parlavano con simpatia, rispetto e affetto sincero. Bevevano ginger ale da bicchieri di plastica e mangiavano tramezzini. Sam passò da un gruppo all'altro, scambiando qualche parola con persone di sua conoscenza, ma mai fermandosi a discorrere. Raramente si toglieva la mano dalla tasca della giacca scura. Tornato dalla chiesa, si era fermato al *Piggly Wiggly* e adesso nella tasca nascondeva una mezza dozzina di confezioni di cellophane, quattro lunghe e sottili, due rettangolari.

Sarah non c'era.

Stava per andarsene quando scorse Lukey e Rudolph seduti insieme in un angolo. Tra i due c'era una tavola da cribbage, ma non stavano giocando.

«Salve», li salutò Sam. «Immagino che non vi ricordiate di me...»

«Ma sì», rispose Rudolph. «Per chi ci hai presi? Tu sei l'amico di Dave. Sei venuto quel giorno che preparavamo i manifesti.»

«Giusto!» esclamò Lukey.

«Hai trovato quei libri che cercavi?» domandò Rudolph.

«Sì», rispose Sam sorridendo. «Ci è voluto un po', ma li ho trovati.»

«Giusto!» esclamò Lukey.

Sam si tolse di tasca le quattro confezioni lunghe e sottili. «Vi ho portato qualcosa.»

A Lukey si illuminarono gli occhi. «Slim Jim, Dolph!» proruppe felice. «Guarda! Il ragazzo di Sarah ci ha portato degli Slim Jim! Che bellezza!»

«Ehi, molla qui», disse Rudolph strappandoglieli di mano. «Questo scemo se li fa fuori tutti in una volta sola e questa notte caca nel letto, sai?» spiegò a Sam. Ne estrasse uno dalla confezione e lo diede a Lukey. «Accontentati di questo, per cominciare. Gli altri li tengo io.»

«Mangiatene uno anche tu, Dolph, dai.»

«Non sarò così stupido. Quella roba mi brucia sopra e sotto.»

Sam non sentì nemmeno quello scambio di battute. Stava fissando Lukey. «Il ragazzo di Sarah? E da dove salta fuori questa storia?»

Lukey divorò mezzo Slim Jim in un solo boccone, poi alzò gli occhi con un'espressione che era insieme divertita e sorniona. Si portò un dito accanto al naso e rispose: «Le voci circolano quando siamo in riunione, amico mio. Eccome se circolano».

«Non sa un bel niente», intervenne Rudolph. Scolò il suo bicchiere di ginger ale. «Fa andare le gengive solo perché gli piace sentire il rumore.»

«Tutte cazzate!» proruppe Lukey, per mettersi subito dopo in bocca un altro enorme boccone di Slim Jim. «Lo so perché me lo ha detto Dave! Ieri notte! Ho fatto un sogno e c'era Dave e mi ha detto che questo qui è l'amico del cuore di Sarah.»

«E Sarah dov'è?» chiese Sam.

«Pensavo di trovarla qui. Mi ha parlato dopo la benedizione», riferì Rudolph. «Mi ha detto che avresti saputo dove trovarla più tardi, se avessi voluto vederla. Ha detto che l'hai già vista lì un'altra volta. Voleva tanto bene a Dave», disse Lukey. Una lacrima improvvisa gli tremò in un occhio, crebbe e gli scivolò giù per la guancia. Se l'asciugò con il dorso della mano. «Tutti gli volevamo bene. Dave ce l'ha messa tutta per venirne fuori. È un peccato. Un vero peccato.» E scoppiò a piangere.

«C'è una cosa che vi devo dire», ribatté Sam. Si accovacciò davanti a Lukey e gli porse il suo fazzoletto. Era sull'orlo delle lacrime anche lui e terrorizzato all'idea di quello che ora gli restava da fare... o da tentare. «Dovete sapere che ce l'ha fatta. È morto sobrio. Non badate a quello che la gente potrà dire, e credete a me, perché io so la verità.»

«Amen», rispose Rudolph.

«Amen», fece eco Lukey. Restituì a Sam il fazzoletto. «Grazie.»

«Non c'è di che, Lukey.»

«Ehi... non è che avresti ancora degli Slim Jim, vero?»

«No», rispose Sam e sorrise. «Sai come si dice, vero, Lukey? Uno di troppo e non ne basteranno mille.»

Rudolph rise. Lukey sorrise... quindi si posò nuovamente il polpastrello a fianco del naso. «E una moneta da venticinque? Non è che ti avanza un quartino, vero?»

3

Il primo pensiero di Sam fu che l'avrebbe ritrovata in Biblioteca ma non corrispondeva alla maniera in cui si era espresso Rudolph: era stato alla Biblioteca con Sarah una volta, in quella terribile notte che già sembrava di dieci anni prima, ma c'erano andati insieme, non l'aveva *vista* come l'avrebbe potuta vedere attraverso una finestra o...

Allora ricordò *quando* aveva veramente visto Sarah da una finestra, proprio lì ad Angle Street. Sarah era con un gruppo dietro casa, occupata in quelle loro pratiche misteriose per mantenersi sobri. Attraversò dunque la cucina come aveva fatto quel giorno, salutando alcuni altri ospiti. In uno dei gruppetti c'erano anche Burt Iverson ed Elmer Baskin, occupati ad ascoltare compitamente un'anziana signora che Sam non conosceva.

Dalla cucina uscì sulla veranda posteriore. Il cielo era di nuovo grigio e tempestoso. Il prato dietro la casa era deserto, ma Sam ebbe l'impressione di scorgere una macchia di color pastello dietro la siepe che ne delimitava il perimetro.

Scese dalla veranda e attraversò il prato, sentendo che il cuore aveva preso a battergli di nuovo molto velocemente. Si fece scivolare la mano in tasca e questa volta ne tolse le ultime due bustine di cellophane. Contenevano liquirizia rossa Bull's Eye. Strappò le confezioni e cominciò a manipolare le stringhe per farne una palla, molto più piccola di quella che aveva preparato a bordo della *Datsun* lunedì sera. L'aroma zuccherino era penetrante come sempre. Sentì un treno che giungeva da lontano e gli fece ripensare al suo sogno, quello in cui Naomi si era trasformata in Ardelia.

Troppo tardi, Sam. È già troppo tardi.

Lei aspetta. Ricorda, Sam... lei aspetta.

Certe volte i sogni contenevano grandi verità.

Come era sopravvissuta per tanti anni? Tutti gli anni che erano intercorsi? Era una domanda che non si erano mai posti. Come si trasferiva da una persona all'altra? Anche questo era un interrogativo che avevano trascurato. Forse l'essere che appariva nelle spoglie di una donna di nome Ardelia Lortz, sotto l'inganno del suo fascino esteriore, era come una di quelle larve che tessono il loro bozzolo nella biforcazione di un ramo d'albero, lo coprono di una membrana protettiva e se ne volano via al luogo della loro morte. E le larve nei bozzoli aspettano in silenzio... trasformandosi...

Lei aspetta...

Mentre pensava continuava a manipolare quella sostanza odorosa che il Poliziotto della Biblioteca (il *suo* Poliziotto della Biblioteca) gli aveva portato via per farne materia per incubi, quella sostanza che, con l'aiuto di Naomi e Dave, lui stesso era riuscito a trasformare di nuovo nell'arma con cui si erano salvati.

Il Poliziotto della Biblioteca... che stringeva Naomi contro di sé, le avvicinava la bocca sotto la nuca, come per baciarla. E invece tossiva.

La borsa che pendeva flaccida sotto la gola di Ardelia. Inerte. Vuota.

Ti supplico, fa' che non sia troppo tardi.

Passò attraverso i radi ramoscelli della siepe. Naomi Sarah Higgins era dall'altra parte, con le braccia strette al petto. Gli indirizzò una rapida occhiata e Sam fu subito spaventato dal pallore delle sue guance e dall'espressione spossata che aveva negli occhi. Poi guardò in direzione della ferrovia. Il treno era più vicino. Presto lo avrebbero visto.

«Ciao, Sam.»

«Ciao, Sarah.»

Le passò un braccio intorno alla vita. Lei lo lasciò fare, ma il suo corpo restò rigido contro di lui, inflessibile, refrattario. *Ti supplico, fa' che non sia troppo tardi*, pensò di nuovo Sam. E ricordò Dave.

Lo avevano lasciato laggiù, alla biblioteca, dopo aver fermato la porta di accesso alla piattaforma di carico con un cuneo di gomma. A un paio di isolati di distanza Sam aveva riferito della porta aperta da un telefono pubblico e aveva riattaccato quando la centralinista della polizia gli aveva chiesto le generalità. Così Dave era stato ritrovato e naturalmente il verdetto era stato di morte accidentale e quei pochi in città che si fossero dati il disturbo di fare congetture sarebbero giunti alla conclusione più ovvia: l'ennesimo ubriacone aveva traslocato presso la distilleria celeste. Avrebbero pensato che fosse andato a nascondersi da quelle parti con il suo bottiglione, avesse visto la porta aperta, fosse entrato e fosse andato a urtare nel buio contro l'estintore. Fine della storia. Il fatto che dall'autopsia non fosse risultata neanche una goccia di alcol nel suo sangue non avrebbe modificato minimamente questa ricostruzione... probabilmente nemmeno per la polizia. *La gente si aspetta che un ubriacone muoia da ubriacone*, rifletté Sam, *anche quando non è affatto ubriaco.*

«Come va, Sarah?»

Lei gli rivolse gli occhi stanchi. «Non bene, Sam. Non va affatto bene. Non riesco a dormire... non riesco a mangiare... la mia mente è sempre piena di pensieri orribili... non mi sembrano nemmeno i miei... e ho voglia di bere. La voglia di bere... e bere... e bere. Le riunioni non mi bastano più. Per la prima volta in vita mia, non mi aiutano per niente.»

Chiuse gli occhi e cominciò a piangere. Era un pianto senza forze, un pianto di infinita angoscia.

«Capisco che non ti siano d'aiuto», rispose lui dolcemente. «Non potrebbe essere altrimenti. E immagino che lei sarebbe felice se tu ti rimettessi a bere. Sta aspettando... ma questo non significa che non abbia fame.»

Sarah riaprì gli occhi. «Cosa... Sam, cosa stai dicendo?»

«Parlo di persistenza, credo. La persistenza del male. La sua capacità di restare in attesa. Il suo ingegno perverso, la sua elusività e la sua forza diabolica.»

Alzò lentamente la mano e l'aprì. «La riconosci, Sarah?»

Lei si ritrasse con una smorfia davanti alla pallina di liquirizia rossa. Per un momento i suoi occhi si spalancarono, vigili. Scintillarono di odio e paura.

E furono scintille d'argento.

«Gettala via!» sibilò. «Getta via quella schifezza!» Si portò di scatto la mano verso la nuca, nascosta dai capelli castani che le scendevano sulle spalle. Era stato un gesto protettivo.

«Sto parlando a te», insisté lui senza scomporsi. «Non a lei, ma a te. Ti amo, Sarah.»

Lei lo guardò di nuovo con gli occhi pieni di terribile stanchezza. «Sì, forse sì. E forse faresti meglio a non volermi bene.»

«Voglio che tu faccia una cosa per me, Sarah. Voglio che ti giri. Sta arrivando un treno. Voglio che guardi il treno e non ti volti a guardare me finché non te lo dirò io. Puoi farlo?»

Lei arricciò il labbro superiore. Riapparve sul suo volto provato l'espressione di odio e paura. «No! Lasciami stare! Vattene!»

«È questo che vuoi?» la incalzò lui. «Sei sicura? Hai detto a Rudolph dove avrei potuto trovarti, Sarah. Sei sicura che vuoi che me ne vada?»

Sarah chiuse di nuovo gli occhi. La bocca le si piegò all'ingiù, in una curva tremante di sofferenza. Quando riaprì gli occhi, erano pieni di terrore e lucidi di lacrime. «Oh, Sam, aiutami! C'è qualcosa che non va e non so che cos'è, non so che cosa fare!»

«So io che cosa fare. Fidati di me, Sarah, e abbi fiducia in quello che hai detto quando lunedì sera stavamo andando alla Biblioteca. Sincerità e fede. Sono l'opposto della paura. Sincerità e fede.»

«Ma è difficile», mormorò lei. «È difficile avere fede. È difficile credere.»

Lui la fissò in silenzio.

Vide la sua bocca dischiudersi all'improvviso, il labbro superiore sollevarsi e quello inferiore sporgere all'infuori trasformandosi per un istante in un abbozzo di proboscide. «Vai a farti fottere!» ringhiò. «Vai a farti fottere, Sam Peebles!»

Lui continuò a fissarla in silenzio.

Lei si portò le mani alle tempie. «No, non volevo... non so perché l'ho detto... La testa... Sam, la mia povera *testa*! Mi si sta spaccando in due.»

Il fischio della motrice segnalò che il convoglio stava attraversando il ponte sul fiume per entrare in Junction City. Era il treno merci del pomeriggio, quello che transitava senza fermarsi diretto allo scalo di Omaha. Ora Sam cominciava a vederlo.

«Non ci resta molto tempo, Sarah. Deve essere ora. Voltati e guarda il treno. Guardalo venire.»

«Sì», disse lei all'improvviso. «Va bene. Fai quello che vuoi, Sam. E se vedi... vedi che non funziona... allora dammi una spinta. Gettami sotto il treno. Potrai dire che sono stata io a saltare, che è stato un suicidio...» Gli rivolse uno sguardo supplice dagli occhi infinitamente stanchi. «Sanno che non mi sentivo bene. Quelli che mi hanno visto alle riunioni lo sanno. A loro non puoi nascondere nulla. Dopo un po' diventa impossibile. Ti crederanno se racconterai che sono stata io a buttarmi e avranno ragione, perché io non voglio continuare così. Ma... ma... Sam, ma io penso... che fra non molto *vorrò* andare avanti.»

«Zitta», le ordinò lui. «Non siamo qui per parlare di suicidi. Guarda il treno, Sarah e ricordati che ti amo.»

Lei si voltò verso il treno in arrivo, ormai a meno di un miglio. Si portò le mani dietro la testa e si sollevò i capelli. Sam si chinò... e quello che cercava era lì, avvinghiato alla pelle bianca e immacolata del suo collo. Pensò che il tronco cerebrale di Sarah cominciava a non più di un centimetro di profondità sotto quel punto esatto e si sentì rivoltare lo stomaco per l'orrore.

Si chinò dunque su quell'escrescenza. Era ricoperta di una tela sottile di fili bianchi, attraverso la quale scorgeva una massa gelatinosa e rosea che pulsava con il battito del cuore di lei.

«*Lasciami stare!*» gridò all'improvviso Ardelia Lortz dalla bocca della donna di cui Sam si era innamorato. «*Lasciami stare, bastardo!*» Ma le mani di Sarah non esitarono, continuarono a tenere i capelli sollevati per offrirgli il collo denudato.

«Vedi i numeri sulla motrice, Sarah?» mormorò Sam.

Lei gemette.

Sam calcò il pollice nella pallina di liquirizia rossa lasciandovi un'impronta un poco più grande del parassita sul collo di Sarah. «Leggimili, Sarah. Leggimi i numeri.»

«Due... sei... oh, Sam, mi fa male la testa... sento come delle mani enormi che mi strappano il cervello in due.»

«Leggi i numeri, Sarah», ripeté lui calando la liquirizia sull'oscena escrescenza pulsante.

«Cinque... nove... cinque.»

Sam applicò dolcemente la liquirizia. All'improvviso sentì la tumescenza annaspare e dibattersi sotto la sostanza zuccherina che la ricopriva. *E se si rompe? E se si rompe prima che riesca a strappargliela di dosso? Contiene il concentrato di tutto il veleno di Ardelia... E se si rompe prima che gliela stacchi?*

Il treno in arrivo fischiò di nuovo. Il segnale coprì il grido di dolore di Sarah.

«*Ferma...*»

Sam le staccò la palla di liquirizia sotto la nuca e contemporaneamente la richiuse. L'aveva imprigionata. L'aveva incastrata nella liquirizia e la sentiva palpitare come un piccolo cuore malato. Sul collo di Sarah erano rimasti tre minuscoli forellini neri, grandi come le ferite di uno spillo.

«*Non c'è più!*» esclamò lei. «*Sam, non c'è più!*»

«Non è ancora finita», ringhiò Sam. Guardava la pallina di liquirizia che aveva nella mano e la bolla che stava crescendo in superficie, spinta da dentro dalla creatura che cercava di liberarsi.

Il treno stava attraversando la stazione di Junction City, la stazione dove una volta un uomo di nome Brian Kelly aveva gettato qualche monetina a Dave Duncan e gli aveva ordinato di alzare i tacchi. Era a meno di trecento metri.

Sam corse ad acquattarsi accanto alle rotaie.

«*Sam, ma che cosa fai?*»

«È giunta la tua ora, Ardelia», mormorò lui. «Sentirai che bello.» Così dicendo, schiacciò la palla palpitante di liquirizia rossa sull'acciaio lucido della rotaia.

Udì nella mente un urlo di indicibile furia e terrore. Indietreggiò con gli occhi fissi sulla creatura intrappolata nella liquirizia. Vide la superficie che si lacerava... e una sostanza di un rosso più cupo che dall'interno cercava di emergere... e il convoglio delle 14.20 di Omaha vi sfrecciò sopra in una tempesta organizzata di ruote e bielle.

La liquirizia scomparve e nella mente di Sam Peebles quell'urlo lacerante si spezzò come se fosse stato tagliato da un colpo di mannaia.

Tornò da Sarah, che barcollava con gli occhi spalancati e traboccanti di gioia. La prese per la vita e la tenne stretta al petto mentre accanto a loro transitavano carri merci, container e cisterne, scompigliando loro i capelli.

Aspettarono che passasse il carro di coda e guardarono allontanarsi i fanalini. Poi lei si ritrasse un po' per guardarlo in faccia, senza sciogliersi dal suo abbraccio.

«Sono libera, Sam? Sono veramente libera da lei? *Sento* di esserlo, ma non riesco a crederci.»

«Sei libera», rispose Sam. «Anche tu hai pagato la tua multa. Per il resto della tua vita, la tua multa è stata pagata.»

Allora lei gli tempestò di piccoli baci le labbra, le guance e gli occhi. Lo fece senza mai abbassare le palpebre, lo fece continuando a guardarlo con un'espressione seria.

Poi lui la prese per le mani. «Adesso perché non torniamo dentro? I tuoi amici si domanderanno che fine hai fatto.»

«Possono essere anche amici tuoi, Sam, se lo vuoi.»

Lui annuì. «Lo voglio. Molto.»

«Sincerità e fede», disse lei sfiorandogli la guancia.

«Ecco le nostre parole magiche.» La baciò di nuovo, quindi le offrì il braccio. «Posso scortarla, signora?»

«Dovunque vuole, signore. Dovunque.»

Riattraversarono il prato, camminando adagio, insieme.

Il Fotocane

Questo è per ricordare John D. MacDonald.
Mi manchi, vecchio mio. E avevi ragione sulle tigri.

Mezzanotte e quattro

Una nota su «Il fotocane»

OGNI tanto qualcuno mi domanda: «Steve, quando ti stancherai di queste storie dell'orrore e scriverai qualcosa di serio?»

Una volta pensavo che l'offesa implicita fosse involontaria, ma con il passare degli anni mi sono convinto sempre di più del contrario. Vedete, guardo in faccia le persone che mi buttano lì quelle parole e mi sembra quasi sempre di vedere dei bombardieri che aspettano di sapere se l'ultimo gruppo di bombe che hanno sganciato andrà a vuoto o a segno, diritto sulla fabbrica o sul deposito di munizioni.

Il fatto è che quasi tutto quello che ho scritto, incluso le pagine più comiche, l'ho scritto con la massima serietà. Mi è successo raramente di scoppiare a ridere seduto davanti alla macchina per scrivere dopo aver finito di macinare un brano particolarmente buffo. Io non sarò mai un Reynolds Price o un Larry Woiwode perché non è il mio destino, ma questo non significa che non metta la stessa cura in ciò che faccio. Ma devo fare quello che *so* fare. Come ebbe a dire Nils Lofgren: «Devo essere il mio sporco me... non prenderò in giro nessuno».

Se la vostra definizione di ciò che è serio lo identifica con ciò che è *reale*, intendendo QUALCOSA CHE POTREBBE EFFETTIVAMENTE ACCADERE!!! siete nel posto sbagliato e vi conviene senz'altro lasciare questa casa. Ma, mentre ve ne andate, vi prego di ricordare che io non sono l'unico a esercitare la mia professione in questo stabile. Aveva un ufficio qui anche Franz Kafka, e ne avevano uno George Orwell e Shirley Jackson e

Jorge Luis Borges e Jonathan Swift e Lewis Carroll. Un'occhiata all'elenco nell'atrio vi mostrerà che tra gli inquilini attuali ci sono Thomas Berger, Ray Bradbury, Jonathan Carroll, Thomas Pynchon, Thomas Disch, Kurt Vonnegut, Jr., Peter Straub, Joyce Carol Oates, Isaac Bashevis Singer, Katherine Dunn e Mark Halpern.

Io faccio ciò che faccio per le più serie delle ragioni: amore, soldi e ossessione. Il racconto dell'irrazionale è la maniera più sana a livello psicologico di esprimere il mondo in cui vivo. Questi racconti mi sono serviti come strumento di metafora e di esercizio morale; continuano a offrirmi la miglior finestra che io conosca sul modo in cui avviene la nostra percezione e su come di conseguenza ci comportiamo o non comportiamo sulla base delle nostre percezioni. Ho esplorato questo aspetto come meglio ho potuto nei limiti del mio talento e della mia intelligenza. Non ho vinto il National Book Award o il Premio Pulitzer, ma sono serio lo stesso. Se non siete disposti a credere a nient'altro credete almeno a questo: quando vi prendo per mano e comincio a parlare, amici, credo in ogni parola che dico.

Molto di ciò che ho da dire, quelle Cose Veramente Serie, hanno a che fare con il mondo della provincia in cui sono cresciuto e ancora vivo. Racconti e romanzi sono modelli in scala ridotta di ciò che ridendo definiamo «la vita reale» e credo che le esistenze che si sviluppano nelle cittadine di provincia siano un modello in scala ridotta di ciò che ridendo definiamo «società». È un'ipotesi certamente aperta alla discussione e mi va benissimo di discutere (senza discussione, molti insegnanti di letteratura e critici letterari sarebbero in cerca di lavoro). Dico solo che uno scrittore ha bisogno di una sorta di rampa di lancio e, a parte la ferma convinzione che una storia possa esistere per merito proprio, l'idea della cittadina di provincia come microcosmo sociale e psicologica è mia. Cominciai le mie esercitazioni in questo senso con *Carrie*, per continuare con propositi più ambiziosi con *Le notti di Salem*. La giusta cadenza l'ho trovata però solo con *La zona morta*.

Penso che sia stato quello il mio primo racconto ambientato a Castle Rock (e Castle Rock non è in fondo altro che la città di Quelli di Gerusalem senza i vampiri). Con il trascorrere degli anni, Castle Rock è diventata sempre di più «la mia città», nel senso che la mitica città di Isola è la città di Ed McBain e il villaggio di Glory nel West Virginia era quella di Davis Grubb.

Vi sono stato richiamato di tanto in tanto a esaminare la vita dei suoi abitanti e le topografie che ne ispirano l'esistenza: Castle Hill e Castle View, Castle Lake e le Town Road che formano un intrico all'estremità occidentale.

Con gli anni è cresciuto il mio interesse (per diventare quasi rapimento) per la vita segreta di questa cittadina, per i collegamenti reconditi che mi risultano via via sempre più chiari. In gran parte questa storia resta nella penna o non è stata pubblicata: come il compianto sceriffo George Bannerman perse la sua verginità sul sedile posteriore dell'auto del padre defunto, come il marito di Ophelia Todd fu ucciso da un mulino ambulante, come l'aiutosceriffo Andy Clutterbuck perse l'indice della mano sinistra (tagliato dalla pala di un ventilatore e mangiato dal cane di famiglia).

Dopo *La zona morta*, che è in parte la storia dello psicotico Frank Dodd, scrissi un racconto intitolato «Il corpo»; *Cujo*, il romanzo in cui il bravo sceriffo Bannerman se la vede brutta; e un numero imprecisato di racconti più o meno brevi ambientati sempre nello stesso luogo (i migliori dei quali, almeno a mio giudizio, sono «La scorciatoia della signora Todd» e «Il camion dello zio Otto»). Fin qui tutto bene, ma uno stato di rapimento con una spiccata inclinazione per il romanzesco non sono forse le migliori premesse per uno scrittore? Lo furono per Faulkner e J. R. R. Tolkien, ma talvolta un paio di eccezioni non fanno che confermare la regola e poi io non gioco nello stesso campionato.

Così a un certo punto ho concluso (prima nell'inconscio, credo, dove si svolge tutto quel Lavoro Veramente Serio) che era giunto il momento di chiudere il libro su Castle Rock nel Maine dove erano vissuti e morti tanti dei miei personaggi preferiti. È stato bello finché è durato, ma ora basta, è tempo di provare altrove (forse addirittura subito accanto, a Harlow, ah, ah!) Ma non volevo andarmene e basta, volevo *chiudere*, e farlo con clamore.

A poco a poco ho cominciato a vedere come avrei potuto farlo e negli ultimi quattro anni mi sono impegnato nella scrittura di una Trilogia di Castle Rock, se me lo concedete, le *ultime* storie ambientate in quella cittadina. Non le ho scritte in ordine (talvolta mi viene da pensare che il «disordine» sia la storia della mia vita), ma adesso sono state scritte e sono più che serie... spero che questo non significhi che sono seriose o noiose.

Il primo di questi racconti, *La metà oscura*, è stato pubblicato in America nel 1989. Raccontando fondamentalmente la vicenda accaduta a Thad Beaumont e in gran parte ambientata in una cittadina chiamata Ludlow, dove abitavano i Creed in *Pet Sematary*, compare nel racconto anche Castle Rock e il libro serve a presentare il sostituto dello sceriffo Bannerman, un certo Alan Pangborn. Lo sceriffo Pangborn è al centro dell'ultimo racconto della trilogia, un romanzo lungo, che dovrebbe essere pubblicato l'anno venturo e concluderà i miei rapporti con la cittadina che la gente del luogo chiama La Rocca.

Il tessuto connettivo fra questi due lavori di più ampio respiro è il racconto che segue. Incontrerete ben pochi dei personaggi importanti di Castle Rock in «Il fotocane», ma il racconto servirà a farvi conoscere Pop Merrill, il cui nipote è il giovane poco di buono della città (e la *bête noire* di Gordie LaChance in «Il corpo»), di nome Ace Merrill. «Il fotocane» fa anche da scenario per i fuochi artificiali di chiusura... e, spero, si regge egregiamente sulle proprie gambe, nel senso che può essere letto con piacere anche da chi non ha alcuna intenzione di cimentarsi con *La metà oscura* o con quel prossimo romanzo di cui vi ho parlato.

Un'altra cosa è necessario aggiungere: ogni racconto ha una propria vita segreta che non riguarda l'ambientazione e «Il fotocane» è un racconto di macchine fotografiche e fotografie. Cinque anni fa mia moglie Tabitha cominciò a interessarsi di fotografia, scoprì di saperci fare e cominciò a dedicarvisi seriamente, studiando e sperimentando e facendo tanta pratica e pratica e pratica. Le fotografie che scatto io sono pessime (sono uno di quelli che riesce sempre a tagliar fuori la testa o a immortalare la gente con la bocca aperta o tutte e due le cose insieme) ma ho il massimo rispetto per chi sa fotografare... e sono affascinato da come si crea l'immagine.

Nel corso dei suoi esperimenti, mia moglie si procurò una Polaroid, una macchina molto semplice accessibile anche a una persona negata come me. Io ne fui incantato. Naturalmente avevo già visto e usato delle Polaroid, ma non ci avevo mai fatto veramente *mente locale*, né avevo mai esaminato attentamente le immagini prodotte da macchine come quelle. Più ci pensavo, più mi sembravano strane. Del resto non sono propriamente immagini, bensì momenti rubati al corso del tempo... e contengono qualcosa di tremendamente *singolare*.

Questa storia mi è venuta quasi d'un colpo in una sera

d'estate del 1987, ma le riflessioni che l'hanno promossa sulla carta sono proseguite per quasi un anno. E adesso basta parlare di me. È stato un vero piacere essere di nuovo con tutti voi, ma con questo non intendo dire che voglia già lasciarvi andare a casa.

Credo che abbiamo da partecipare a una festa di compleanno nella cittadina di Castle Rock.

1

Il 15 settembre Kevin compiva gli anni e ricevette in regalo proprio quello che desiderava: una Sun.

Il Kevin suddetto era Kevin Delevan, il compleanno era il suo quindicesimo e la Sun era una Sun 660, una Polaroid che fa tutto per l'apprendista fotografo esclusi i panini alla mortadella.

Ci furono naturalmente anche altri doni; sua sorella Meg gli regalò un paio di manopole confezionate a maglia con le sue mani; ci furono dieci dollari dalla nonna di Des Moines e zia Hilda gli spedì come sempre una cravatta stretta con un fermaglio orribile. Gli aveva mandato la prima quando aveva tre anni, vale a dire che aveva già collezionato dodici cravatte strette con orribile fermaglio, mai indossate e sempre rimaste in un cassetto del comò; alle quali avrebbe aggiunto quest'ultima. Numero tredici, portafortuna. Non le aveva mai messe ma non gli era concesso di buttarle via. Zia Hilda viveva a Portland. Non era mai venuta ai compleanni di Kevin o Meg, ma c'era sempre il rischio che un giorno o l'altro lo facesse. E la probabilità c'era, visto che Portland era solo a quindici miglia a sud di Castle Rock. E mettiamo che arrivasse davvero... e chiedesse di vedere indosso a Kevin una delle sue *altre* cravatte (o indosso a Meg uno dei suoi altri foulard, se è per questo)? Per altri parenti si sarebbe potuta trovare qualche scusa, ma zia Hilda era diversa. Zia Hilda rappresentava una precisa e caldeggiata possibilità là dove si combinavano due delle sue caratteristiche fondamentali: era Ricca ed era Vecchia.

La mamma di Kevin era convinta che un giorno avrebbe

potuto FARE QUALCOSA per Kevin e Meg. Era sottinteso che il QUALCOSA si sarebbe avverato probabilmente dopo che zia Hilda fosse passata a miglior vita, nella formula di una clausola del suo testamento. Nell'attesa dell'evento era pertanto opportuno conservare quelle orribili cravatte strette e quegli egualmente orribili foulard. Così quella tredicesima cravatta (sul cui fermaglio c'era un uccellino che secondo Kevin doveva essere un picchio) sarebbe finita con le altre e Kevin avrebbe scritto un biglietto di ringraziamento, non perché in tal senso avrebbe insistito sua madre e non perché avesse particolarmente a cuore quel QUALCOSA che zia Hilda avrebbe forse fatto un giorno per lui e la sua sorellina, ma perché era un ragazzo genericamente coscienzioso con tante buone abitudini e nessun autentico difetto.

Ringraziò la famiglia per tutti i regali ricevuti (padre e madre avevano naturalmente contribuito con un assortimento di regalucci simpatici) ma la parte del leone l'aveva fatta la Polaroid e di riflesso erano entrambi felici della *sua* felicità, senza dimenticare di dare un bacio a Meg (che fece un risolino imbarazzato e finse di strofinarselo via senza poter minimamente nascondere la sua personale soddisfazione) e dirle che sicuramente i guanti gli sarebbero tornati comodi in inverno quando avrebbe gareggiato per la squadra di sci... ma la sua attenzione era soprattutto riservata alla scatola della Polaroid e alle pellicole di scorta che vi erano state allegate.

Onorò diligentemente torta e gelato, ma era chiaro che moriva dalla voglia di provare la nuova macchina fotografica. E appena gli parve che non fosse sconveniente lo fece.

Fu a quel punto che cominciarono i guai.

Lesse il libretto delle istruzioni con tutta l'attenzione che gli concedeva la grande impazienza, quindi caricò la macchina sotto gli occhi ansiosi dei familiari animati da un intimo timore (per qualche motivo, i regali più desiderati sono quelli che così spesso non funzionano).

Ci fu un sospiro collettivo, più uno sbuffo che un soffio, quando la macchina espulse diligentemente il rettangolo di cartoncino del caricatore, come prometteva il libretto delle istruzioni.

Sulla fotocamera c'erano due punticini, uno rosso e uno verde, separati da un disegno di saetta a zig-zag. Si accese la spia rossa e per qualche secondo la famiglia affascinata osservò in silenzio la Sun 660 che misurava la quantità di luce disponibile. Poi la spia rossa si spense e cominciò a lampeggiare velocemente quella verde.

«È pronta», annunciò Kevin nel tono di chi si sforza di essere disinvolto senza riuscirci del tutto, come quando Neil Armstrong aveva riferito il suo primo passo sulla superficie della Luna. «Perché non vi mettete tutti insieme?»

«Non sopporto di essere fotografata!» protestò Meg, coprendosi il viso in quel gesto molto teatrale di imbarazzo e compiacimento in cui riescono così bene solo le bambine preadolescenti e le attrici veramente scadenti.

«Suvvia, Meg», disse il signor Delevan.

«Non fare la sciocca, Meg», aggiunse la signora Delevan.

Meg lasciò cadere le mani (e le sue obiezioni) e i tre si riunirono a capotavola con l'amputata torta di compleanno in primo piano.

Kevin guardò nel mirino. «Mamma, avvicinati un po' di più a Meg», chiese facendo segno con la mano sinistra. «Anche tu, papà.» Questa volta agitò la destra.

«Mi state *strizzando*!» esclamò Meg.

Kevin posò il dito sul pulsante di scatto e in quel mentre ricordò una noticina delle istruzioni che aveva letto di sfuggita e che metteva in guardia sulla facilità con cui si lasciava fuori la testa in un'inquadratura. *Via la testa*, pensò, e sarebbe dovuto essere divertente, ma per qualche ragione provò un brivido in fondo alla spina dorsale, venuto e passato senza che quasi se ne accorgesse. Inclinò la macchina lievemente verso l'alto. Ecco fatto. Teste incluse. Bene.

«Pronti!» avvertì. «Sorridete e guardate il pisellino!»

«*Kevin!*» proruppe sua madre.

Suo padre scoppiò a ridere e Meg si produsse in uno strepito di ilarità sguaiata in cui non riescono nemmeno le attrici scadenti; questa particolare risata è un'esclusiva delle ragazzine fra i dieci e i dodici anni.

Kevin premette il pulsante.

La lampadina del flash, alimentata dalla batteria inclusa nel caricatore, inondò per un istante la stanza di luce bianca.

È mia, pensò Kevin e sarebbe dovuto essere il momento culminante e ineguagliabile del suo quindicesimo compleanno. Invece il pensiero richiamò il piccolo brivido di poco prima. Più forte, questa volta.

La macchina produsse un suono tra uno squittio e un ronzio, quel suono che non si sa bene come descrivere ma che quasi tutti conoscono lo stesso: il suono di una Polaroid che espelle la sua fotografia, forse non un'opera d'arte, ma spesso utile e quasi immancabilmente latrice di gratificazione istantanea.

«Fammi vedere!» schiamazzò Meg.

«Buona lì, pasticcino», intervenne il signor Delevan. «Dalle tempo di svilupparsi.»

Meg fissava la rigida superficie grigia di quella che ancora non era una fotografia con l'attenzione rapita di una donna che guarda in una sfera di cristallo.

Si riunirono tutti insieme accomunati nella stessa emozione che aveva accompagnato la cerimonia del Caricamento della Fotocamera: ritratto di Famiglia Americana in attesa di rilasciare il respiro trattenuto.

Kevin sentì una tensione terribile che gli si diffondeva nei muscoli e questa volta non poté ignorarla. Non sapeva spiegarselo... ma così era. Non riusciva a staccare gli occhi dal riquadro grigio dentro i profili bianchi che avrebbero formato la cornice dell'immagine.

«Ci sono io!» proruppe allegramente Meg. E un attimo più tardi: «Ah, no. Non sono io. Mi sembra...»

Osservarono nel silenzio più assoluto il grigio che si dissolveva, come si dice che facciano le nebbie nella sfera di cristallo di un'indovina quando ottimali sono le influenze o gli influssi o chissà che cosa, e l'immagine che diventava visibile.

Il primo a rompere il silenzio fu il signor Delevan.

«Che roba è?» chiese a nessuno in particolare. «Uno scherzo?»

Per dedicare tutta la sua attenzione all'immagine che si sviluppava, Kevin aveva distrattamente posato la fotocamera un po' troppo vicino al bordo del tavolo. Meg vide che cosa c'era nella foto e si allontanò di un passo. La sua espressione non era né di spavento né di meraviglia. Ma solo di comune sorpresa. Alzò una mano mentre si girava verso il padre. Il braccio che si alzava colpì la fotocamera facendola cadere per terra. La signora Delevan aveva osservato l'affiorare dell'immagine in una sorta di trance, con quell'espressione che è propria di chi è profondamente perplesso o sente l'insorgere di un'emicrania. Trasalì al rumore della macchina che cadeva per terra, mandò un gridolino ritraendosi convulsamente e così facendo inciampò nel piede di Meg e perse l'equilibrio. Il signor Delevan si gettò in suo soccorso, urtando violentemente Meg che si trovava ancora tra di loro. Il signor Delevan non solo afferrò al volo la moglie che cadeva, ma lo fece con non poca grazia, e per un momento avrebbero offerto un soggetto davvero grazioso: mamma e papà che dimostravano di non aver preso il passo, colti alla fine di un tango appassionato, lei con un braccio alzato e la schiena profondamente inarcata, lui curvo su di lei in quell'ambiguo atteggiamento maschile che, isolato dalle circostanze, può essere inteso come sollecitudine o concupiscenza.

Meg aveva undici anni ed era meno atletica. Volò all'indietro sbattendo sul tavolo con il ventre. Si sarebbe fatta male se nell'ultimo anno e mezzo non avesse preso a frequentare lezioni di balletto classico tre volte alla settimana. Non ballava con molta grazia, ma le piaceva la danza classica e per sua fortuna l'esercizio le aveva irrobustito i muscoli addominali abbastanza da assorbire il colpo quanto dei buoni ammortizzatori assorbono i contraccolpi di una strada molto accidentata. L'indomani però si sarebbe ritrovata lo stesso una striscia bluastra al di sopra delle anche. Il livido avrebbe impiegato quasi due settimane per scolorirsi, passando dal viola al giallo, come una foto Polaroid al contrario.

Nel momento in cui avveniva quel sobbuglio da farsa, non si accorse nemmeno della botta: urtò il tavolo e lanciò un grido. Il tavolo si rovesciò. La torta del compleanno, che avrebbe dovuto occupare il primo piano nella prima foto scattata da Kevin con la macchina nuova, scivolò dal tavolo.

La signora Delevan non ebbe nemmeno il tempo di cominciare a gridare: «Meg, ti sei fatta male?» prima che la fetta di torta rimasta piombasse sulla Sun 660 con un tonfo liquido, mandando glassa a stamparsi sulle loro scarpe e sullo zoccolo lungo la parete.

Il mirino, imbrattato di cioccolato fuso, spiava dalla poltiglia come un periscopio. Nient'altro.

Buon compleanno, Kevin.

Quella sera Kevin e il signor Delevan erano seduti sul divano del soggiorno quando entrò la signora Delevan agitando due fogli stropicciati e graffettati insieme. Kevin e il signor Delevan avevano ciascuno un libro sulle ginocchia (*Il migliore e il più intelligente*, il padre; *Duello a Laredo*, il figlio), ma passavano il loro tempo soprattutto a contemplare la fotocamera, posata in disgrazia sul tavolino in mezzo ad alcune fotografie. Tutte le foto presentavano lo stesso soggetto.

Meg era seduta per terra davanti a loro a guardare un film preso a noleggio sul teleschermo. Kevin non aveva ben capito di che pellicola si trattasse, ma visto che c'era un mucchio di gente che scappava e urlava doveva essere un film dell'orrore. Meg ne era una patita. Entrambi i genitori lo consideravano di cattivo gusto (il signor Delevan in particolare si scagliava spesso contro *«quell'inutile spazzatura»*), ma quel giorno nessuno dei due aveva protestato. Secondo Kevin, erano già contenti che sua sorella avesse smesso di lamentarsi per la botta ricevuta alla pancia e di chiedersi quali fossero i sintomi di un'ernia alla milza.

«Eccoli qui», annunciò la signora Delevan. «Li ho trovati in fondo alla borsetta quando li ho cercati per la seconda volta.» Consegnò al marito la ricevuta fiscale di *Penney's* e quella della sua MasterCard. «Non riesco mai a trovare cose di questo genere quando le cerco per la prima volta. Credo che non ci riesca nessuno. Deve essere una legge di natura.»

Contemplò marito e figlio con le mani sui fianchi. «Sembra che vi abbiano appena ucciso il gatto di casa.»

«Non abbiamo gatti», rispose Kevin.

«Sai che cosa voglio dire. È un peccato, naturalmente, ma sistemeremo tutto in un batter d'occhio. Te la sostituiranno senza problemi.»

«Non ne sono tanto sicuro», intervenne John Delevan. Prese la fotocamera, la fissò con malanimo (quasi ringhiando) e la posò di nuovo. «Si è ammaccata quando è caduta per terra. Hai visto?»

La signora Delevan vi gettò solo un'occhiata distratta. «Be', se non gliela sostituiscono al negozio, sono sicura che gliela sostituiranno alla Polaroid. Se funziona male, non è certo perché è caduta. La prima foto era esattamente uguale a questa qui e Kevin l'ha scattata prima che Meg la facesse cascare dal tavolo.»

«Non l'ho fatto apposta», fece sapere Meg senza voltarsi. Sullo schermo un individuo aveva alle calcagna un qualcosa di piccole dimensioni, una bambola sadica di nome Chucky, se Kevin aveva capito giusto. Chucky indossava una tuta blu e brandiva un coltello.

«Lo so, cara. Come va la pancia?»

«Fa male. Forse mi ci vuole un po' di gelato. Ne è avanzato?»

«Credo di sì.»
Meg rivolse alla madre il suo sorriso più disarmante. «Me ne prenderesti un po'?»
«Neanche per idea», rispose la signora Delevan bonariamente. «Prendilo da te. E che cos'è quel film orribile che stai guardando?»
«È fortissimo», disse Meg. «C'è un bambolotto di nome Chucky che improvvisamente si anima.»
La signora Delevan arricciò il naso.
«Le bambole non si animano, Meg», sentenziò suo padre. Il tono era stanco, forse perché sapeva che era una causa persa.
«Ma Chucky sì», obiettò Meg. «Nei film può succedere di tutto.» Mise il nastro in pausa con il telecomando e andò a prendere il gelato.
«Ma perché guarda quelle porcherie?» chiese il signor Delevan alla moglie, in tono quasi afflitto.
«Non lo so, caro.»
Kevin intanto aveva preso la macchina fotografica in una mano e alcune delle istantanee nell'altra. Ne aveva scattate ormai quasi una dozzina. «Non sono sicuro di volere che me la sostituiscano.»
Il padre lo fissò incredulo. «*Che cosa?* Gesù santo!»
«Be'», spiegò Kevin assumendo un atteggiamento difensivo, «sto dicendo che forse sarebbe bene pensarci su. In fondo non è un difetto comune, no? Se le foto fossero riuscite sovraesposte o sottoesposte o completamente bianche... allora sarebbe giusto credere a un guasto. Ma come può succedere una cosa come questa? Sempre la stessa fotografia? Ma guardate! E sono esterni, quando noi le abbiamo scattate tutte dentro casa!»
«È uno scherzo», affermò suo padre. «Non c'è altra spiegazione. L'unica cosa è farsela sostituire e non pensarci più.»
«Io non credo che sia uno scherzo», insisté Kevin. «Per cominciare è *troppo complicato* perché sia uno scherzo. Come si può manomettere una macchina fotografica perché scatti sempre la stessa foto? E poi psicologicamente fa acqua.»
«Psicologicamente, adesso», brontolò il signor Delevan roteando gli occhi in direzione della moglie.
«Sì, psicologicamente!» protestò Kevin. «Quando rifili una sigaretta esplosiva o un chewing-gum al pepe a qualcuno, resti lì per goderti lo spettacolo, no? Allora, se tu e mamma non avete avuto intenzione di farmi un brutto tiro...»
«Tuo padre non è un burlone fino a questo punto, caro»,

intervenne la signora Delevan, sottolineando con garbo l'evidenza.

Il signor Delevan fissava Kevin con le labbra compresse. Era l'espressione che sempre assumeva quando aveva la sensazione che suo figlio stesse emigrando verso quella zona del campo dove più si sentiva a suo agio: esterno sinistro. *Molto* esterno sinistro. Kevin era dotato di un intuito speciale che lo aveva sempre molto disorientato. Non sapeva da dove gli venisse, ma era sicuro che non fosse un'eredità proveniente dalla *sua* famiglia.

Sospirò e guardò di nuovo la fotocamera. Un pezzetto di plastica nera si era staccato dal lato sinistro del corpo e la lente del mirino era attraversata da una crepa, sebbene non più larga di un capello. La crepa era così sottile che scompariva completamente quando ti avvicinavi il mirino all'occhio per inquadrare l'immagine che non avresti immortalato. L'unica immagine che avresti ottenuto era sul tavolino, in quasi una dozzina di esemplari.

L'immagine che ottenevi era qualcosa di simile a un profugo del canile locale.

«E sia», concluse il signor Delevan. «Ma allora che cosa diavolo hai in mente? Kevin, vediamo di ragionare. Che utilità pratica può avere una macchina fotografica che fa sempre la stessa foto?»

Ma non era all'utilità pratica che stava pensando Kevin. Per la verità non pensava affatto. Stava percependo... e ricordando. Nell'istante in cui aveva schiacciato il pulsante che azionava l'otturatore, un'idea precisa

(*è mia*)

gli aveva riempito completamente la testa come il fugace lampo bianco del flash gli aveva colpito gli occhi. Quell'idea, tanto nitida quanto inspiegabile, era stata accompagnata da un vibrante flusso di emozioni che ancora non aveva identificato del tutto, ma in cui gli era parso che predominassero paura ed emozione.

E poi per suo padre la razionalità era una vera *mania*. Non avrebbe mai capito le sue intuizioni più di quanto capisse la passione che aveva Meg per le bambole assassine.

Meg rientrò con una montagna di gelato e fece ripartire il film. Ora qualcuno stava cercando di abbrustolire Chucky con una fiamma ossidrica senza che la bambola smettesse di agitare il coltello.

«State ancora litigando?»
«Stiamo discutendo», la corresse il signor Delevan. Le sue labbra erano più compresse che mai.
«Certo, certo», ribatté Meg, sedendosi per terra e incrociando le gambe. «Dici sempre così.»
«Meg?» la chiamò Kevin.
«Che c'è?»
«Se aggredisci una milza con l'ernia con tutto quel gelato, questa notte morirai fra atroci sofferenze. Può sempre darsi che tu non abbia un'ernia alla milza, ma...»
Meg gli mostrò la lingua e tornò al suo film.
Il signor Delevan osservava il figlio con un'espressione insieme di affetto ed esasperazione. «Senti, Kev. La macchina è tua. Su questo non c'è da discutere. Puoi farne quello che vuoi, ma...»
«Papà, ma non ti interessa minimamente sapere *perché* funziona così?»
«No», disse John Delevan.
Toccò a Kevin roteare gli occhi. Intanto la signora Delevan guardava ora uno e ora l'altro come uno spettatore che segue con piacere una buona partita di tennis. E non è una similitudine esagerata. Da anni osservava il figlio e il marito affilarsi l'uno contro l'altro e ancora non si era stancata. Si chiedeva certe volte se avrebbero mai scoperto quanto erano simili.
«Be', io voglio pensarci ancora.»
«Benissimo. Io invece desidero solo che tu sappia che domani posso passare da *Penney's* a farmela sostituire. Se lo vuoi tu e posto che loro vogliano ritirare in cambio un oggetto danneggiato. Se invece lo vuoi tenere, va bene lo stesso. Me ne lavo le mani.» Si strofinò velocemente i palmi per illustrare la sua posizione.
«Immagino che non vi interessi la mia opinione», interloquì Meg.
«Infatti», rispose Kevin.
«Ma certo che ci interessa, Meg», disse la signora Delevan.
«*Io* credo che sia una macchina sovrannaturale», dichiarò Meg. Leccò il gelato dal cucchiaio. «Credo che sia una Manifestazione.»
«Mai sentito niente di tanto ridicolo», fu l'immediato commento del signor Delevan.
«Invece no», si difese Meg. «Si dà il caso che sia l'unica spiegazione plausibile. Voi non lo pensate solo perché non

credete a cose di questo genere. Se ti si parasse davanti un fantasma, papà, tu non lo vedresti nemmeno. Che cosa ne dici, Kev?»

Lì per lì Kevin non rispose. Non poteva. Era come se fosse balenato un altro flash, questa volta dietro ai suoi occhi invece che davanti.

«Kev? Terra chiama Kevin!»

«Dico che forse non hai tutti i torti, gingillo», rispose Kevin, pensieroso.

«Che Dio abbia misericordia di noi», esclamò John Delevan alzandosi. «Dev'essere la Vendetta del Faraone. Mio figlio pensa che la macchina fotografica che ha ricevuto per il suo compleanno sia stregata. Io me ne vado a letto, ma prima voglio aggiungere ancora una cosa. Una macchina che fotografa sempre e soltanto lo stesso soggetto, specialmente un soggetto banale come quello di *queste* fotografie, è una manifestazione *noiosa* del sovrannaturale.»

«Però...» mormorò Kevin. Esaminava le foto come un giocatore di poker in dubbio sul reale valore delle sue carte.

«Credo che sia ora che andiamo tutti a letto», concluse a quel punto la signora Delevan. «Meg, se ti è assolutamente indispensabile finire quel capolavoro cinematografico, puoi farlo domattina.»

«Ma è quasi finito!» protestò Meg.

«Verrò su io con lei, mamma», disse Kevin e un quarto d'ora dopo, fatto fuori il feroce Chucky (almeno fino a quando non avessero girato il seguito del primo film), fece come promesso. Ma il sonno non gli giunse facile quella notte. Rimase a lungo sveglio ad ascoltare un forte vento di fine estate che faceva frusciare le foglie in una conversazione bisbigliata e a domandarsi come potesse una macchina fotografica scattare sempre e continuamente la stessa foto e che cosa potesse significare un fenomeno del genere. Cominciò ad assopirsi solo quando capì di aver preso una decisione: per ora avrebbe tenuto la Polaroid.

È mia, pensò di nuovo. Si girò su un fianco, chiuse gli occhi, e quaranta secondi dopo dormiva profondamente.

2

NEL ticchettio e tacchettio di qualcosa come cinquantamila orologi, ma del tutto indisturbato dal sottofondo, Reginald «Pop» Merrill puntò nella Polaroid 660 di Kevin il sottile raggio di luce prodotto da uno strumento più affusolato di un oftalmoscopio medico. Gli occhiali, che non gli servivano lavorando da vicino, erano appollaiati sulla cupola glabra del suo cranio.

«M-hmmm», mugolò e spense la luce.

«Con questo vuol dire che ha capito che cosa c'è che non va?» chiese Kevin.

«Nossignore», rispose Pop Merrill e richiuse con uno scatto lo sportellino della pellicola della Sun ora vuoto. «Non ne ho la più pallida idea.» E prima che Kevin potesse ribattere qualcosa gli orologi suonarono le quattro e per qualche istante ogni tentativo di conversazione, sebbene possibile, sembrò assurdo.

Voglio pensarci su, aveva detto a suo padre la sera in cui aveva compiuto quindici anni, tre giorni prima, ed era stata un'affermazione che aveva sorpreso entrambi. Da bambino aveva manifestato l'inclinazione quasi professionale a *non* riflettere su niente e il signor Delevan era giunto in cuor suo a concludere che Kevin *non avrebbe* mai riflettuto su alcunché, in qualunque circostanza. Erano stati sedotti, come spesso accade a padri e figli, dal postulato secondo cui i loro rispettivi comportamenti e modi di pensare molto diversi non sarebbero mai cambiati, strutturando perciò in via definitiva i loro rapporti... e prolungando l'infanzia per l'eternità. *Voglio pensarci su*, invece, apriva uno spiraglio su un mondo intero di possibili cambiamenti.

Inoltre, vissuto com'era fino a quel punto prendendo la maggior parte delle sue decisioni in base all'istinto e non alla ragione (ed era uno di quei fortunati il cui istinto è quasi infallibile, il tipo di persona, in altre parole, che fa impazzire di rabbia la gente razionale), Kevin scopriva con sorpresa e interesse di essere finito letteralmente sui Corni di un Dilemma.

Corno n. 1: aveva voluto una Polaroid e l'aveva ottenuta per il suo compleanno, però, maledizione, ne aveva voluta una *funzionante*.

Corno n. 2: era rimasto profondamente colpito dall'allusione fatta da Meg a qualcosa di *sovrannaturale*.

La sua sorellina aveva una vena di stramberia larga un miglio, ma non era una stupida e Kevin non pensava che avesse usato quella parola alla leggera. Suo padre, che apparteneva più alla tribù dei Razionali che a quella degli Istintivi, aveva reagito con sarcasmo, ma lui non si sentiva di imitarlo... non ancora. Quella parola. Quell'affascinante parola così esotica si era trasformata in un plinto intorno al quale la sua mente non riusciva più a smettere di girare.

Credo che sia una Manifestazione.

Lo divertiva (e un po' lo mortificava) che solo Meg fosse stata tanto perspicace, o tanto coraggiosa, da dire a chiare lettere quello che avrebbero dovuto capire tutti quanti, vista la stranezza delle foto prodotte dalla Sun; d'altra parte non c'era nemmeno tanto da meravigliarsi. Non erano una famiglia religiosa. Andavano in chiesa nel giorno di Natale ogni tre anni, quando zia Hilda trascorreva le vacanze con loro e non con gli altri parenti, ma a parte qualche matrimonio o funerale non ci mettevano mai piede. Se qualcuno di loro poteva credere all'esistenza di un mondo invisibile era Megan, che non si saziava mai di cadaveri ambulanti, bambole che si animavano e automobili che funzionavano da sole e travolgevano le persone che odiavano.

I suoi genitori erano abbastanza sordi all'irrazionale. Non leggevano l'oroscopo sul giornale; non avrebbero mai scambiato una cometa o una stella cadente per un segno dell'Onnipotente; laddove altri avrebbero forse scorto il volto di Gesù in fondo a una *enchilada*, John e Mary Delevan avrebbero visto solo un'*enchilada* stracotta. Non c'era da stupirsi che Kevin, che non aveva mai visto gli occhi e la bocca della luna, perché né padre né madre si erano mai preoccupati di mostrarglieli, fosse stato ugualmente incapace di ipotizzare una *Manifestazione sovrannaturale* in una fotocamera che scattava a ripetizione sempre la stessa fotografia, fuori o dentro casa, persino nel buio dell'armadio a muro di camera sua, e avesse dovuto invece sentirselo suggerire dalla sorella, la quale una volta aveva scritto una lettera a Jason e aveva ricevuto in cambio una foto autografata su carta lucida di un tizio nascosto da una maschera di hockey sporca di sangue.

Una volta indicata la possibilità, era diventato difficile non pensarci; come aveva detto una volta quell'arguto vecchio russo che era Dostoevskij al fratello minore quando entrambi erano ancora arguti *giovani* russi: cerca di passare i prossimi trenta secondi a non pensare a un orso polare con gli occhi azzurri.

Era difficile.

Lui aveva trascorso due giorni girando intorno al plinto che aveva nella testa, cercando di leggere geroglifici che non c'erano nemmeno, bontà divina, e cercando di decidere che cosa desiderava di più, se la fotocamera o la possibilità di una manifestazione. O, se vogliamo metterla in altre parole, se preferiva che intorno alla testa girasse un satellite o una grande faccia sorridente.

Alla fine del secondo giorno (anche nei quindicenni chiaramente destinati a entrare a far parte della tribù dei Razionali i dilemmi raramente durano più di una settimana), aveva deciso di accettare il faccione sorridente... almeno in via sperimentale.

Era giunto a tale decisione durante la settima ora di aula di studio e, quando aveva trillato la campanella segnalando la fine dell'ora di studio e della giornata scolastica, si era rivolto all'insegnante che rispettava di più, il professor Baker, per chiedergli se conoscesse nessuno che riparava macchine fotografiche.

«Non un normale tecnico da negozio di fotografia», aveva spiegato, «diciamo piuttosto... una persona che usi il cervello.»

«Un filosofo diaframmatico?» aveva chiesto il professor Baker. Il fatto che dicesse cose del genere era uno dei motivi per cui Kevin lo rispettava tanto. Era troppo forte. «Uno studioso di otturazioni? Un alchimista di aperture? Un...»

«Una persona che abbia visto molto», aveva specificato Kevin cauto.

«Pop Merrill.»

«Chi?»

«Quello dell'*Emporium Galorium*.»

«Ah...»

«Già», aveva ribadito sorridendo il professor Baker. «Proprio lui. Se stai cercando un riparatore autodidatta buono per tutte le stagioni.»

«Qualcosa del genere, sì.»

«Ha praticamente di tutto là dentro», aveva detto il professor Baker e su questo Kevin aveva sentito di poter concordare. Anche se non era mai stato in negozio, passava davanti all'*Emporium Galorium* cinque, dieci, forse quindici volte alla settimana (in una cittadina delle dimensioni di Castle Rock si passava davanti a *tutto* più che spesso e nell'umile giudizio di Kevin Delevan la circostanza rasentava la lagna) e aveva visto le vetrine. Erano letteralmente piene zeppe di oggetti fino alle travi del tetto. Soprattutto oggetti meccanici. Ma sua madre diceva che era «un negozio di rigattiere» tirando su con il naso e suo padre diceva che il signor Merrill si guadagnava da vivere «pelando i villeggianti», perciò non c'era mai entrato. Se fosse stato un semplice «negozio di rigattiere» ci avrebbe anche fatto una visitina; quasi certamente, volendo essere onesti. Ma comportarsi come i villeggianti estivi o comperare qualcosa dove i villeggianti «si facevano pelare» era impensabile. Più facile che si fosse presentato a scuola in camicetta e sottana. Che i turisti facessero quello che volevano (e lo facevano). Erano tutti matti e conducevano le loro transazioni nella maniera folle dei matti. *Esistere* con loro, bene; ma essere *confuso* con loro? No. No. E no, *signori!*

«Praticamente di tutto», aveva ripetuto il professor Baker, «e quasi tutto quello che tiene in negozio l'ha riparato da sé. Crede di darla a bere alla gente con quella sua posa da sapientone, con gli occhiali alzati ad arte sulla testa e tutti i suoi ponderati pronunciamenti. Nessuno di coloro che lo conoscono lo disinganna. Non so se c'è qualcuno che *oserebbe* disingannarlo.»

«In che senso? Che cosa vuol dire?»

Il professor Baker si era stretto nelle spalle. Un sorrisetto strano gli aveva sfiorato le labbra. «Pop... Il signor Merrill, intendo, ha le mani in pasta un po' dappertutto, qui attorno. Non ci crederesti, Kevin.»

A Kevin poco importava in quante paste tenesse le mani Pop Merrill, né il tipo di ripieno che c'era nelle paste. Gli restava ancora una sola domanda importante, visto che i turisti estivi erano ripartiti e l'indomani pomeriggio avrebbe potuto probabilmente infilarsi non visto nel negozio se avesse approfittato della tradizione secondo cui era permesso a tutti gli studenti accorciare l'ultima ora di studio due volte al mese, con l'esclusione di quelli del primo anno.

«Devo chiamarlo Pop o signor Merrill?»

Il professor Baker aveva risposto solennemente: «Credo che ucciderebbe chiunque sotto i sessant'anni lo chiamasse Pop».

E Kevin aveva avuto l'impressione che il professor Baker non avesse del tutto fatto dello spirito.

«Davvero non lo sa, eh?» disse Kevin quando gli orologi cominciarono a smettere di suonare.

Non era successo come in un film, dove attaccano tutti e tutti finiscono contemporaneamente. Quelli erano orologi veri e più che camminare (l'impressione valeva anche per tutti gli altri apparecchi dell'*Emporium Galorium*) Kevin avrebbe detto che brancolavano. Avevano attaccato quando il suo Seiko al quarzo segnava le 15.58. Avevano acquistato gradatamente velocità e volume (come un vecchio camion che ingrana la seconda con un gemito stanco e un sussulto). C'erano stati forse quattro secondi durante i quali avevano effettivamente battuto l'ora tutti insieme, suonando, tintinnando, strimpellando, e cuculando in contemporanea, ma tutta la loro sincronia non era durata più di quattro secondi. E non avevano esattamente «esaurito» la carica come ci si sarebbe aspettati; si erano piuttosto arresi, come acqua che con un gorgoglio finale defluisce finalmente da uno scarico non del tutto ostruito.

Non capiva perché fosse così deluso. Si era davvero aspettato di più? Aveva pensato che Pop Merrill, che il professor Baker aveva definito un sapientone e un riparatore autodidatta buono per tutte le stagioni, estraesse dalla fotocamera una piccola molla e dicesse: «Ecco qui, questa è la carognetta che ti fa apparire quel cane tutte le volte che schiacci il pulsante di scatto. È una molla canina. Appartiene a uno di quei cani giocattolo che si caricano con la chiavetta e che poi camminano e abbaiano. C'è uno spiritosone alla catena di montaggio delle Sun 660 che ne mette *sempre* una in queste stupide macchine fotografiche»?

È questo che si era aspettato?

No. Ma si era aspettato... *qualcosa*.

«Non ne ho la più pallida idea», ripeté allegramente Pop. Si girò a prelevare una pipa di tutolo Douglas MacArthur da un sostegno a forma di seggiolino. Cominciò a caricarla con tabacco che toglieva da una sacchetta in fintapelle con sopra stampata la parola MALERBA. «Una di queste non la possiamo nemmeno smontare, sai?»

«Ah, no?»

«No, signore», ribadì Pop. Aveva la parlata gaia di un uccellino. Fece una pausa per infilare il pollice nel ponte di fil di ferro della montatura degli occhiali per spingerli verso il basso. Gli occhiali precipitarono dalla sua cupola calva piombando esattamente al posto loro. A nascondere due macchie rosse al posto del naso. «Si possono smontare quelle vecchie», riprese, pescando questa volta un fiammifero svedese con la capocchia blu dal taschino del gilet (era ovvio che indossasse un gilet) e schiacciando la spessa unghia giallicia del pollice destro sulla capocchia. Sì, quello era un uomo capace di imbrogliare i turisti estivi con una mano legata dietro la schiena (sempre che non fosse quella che gli serviva per prima pescare i fiammiferi e poi accenderli); persino un ragazzo di quindici anni come Kevin se ne rendeva conto. Pop Merrill aveva *stile*. «Il modello Land della Polaroid, intendo. Ne hai mai visti, di quei gioielli?»

«No.»

Pop accese il fiammifero al primo colpo, come naturalmente sempre gli accadeva, e lo avvicinò al fornello della pipa, trasformando le sue parole in minuscoli segnali di fumo che erano graziosi da vedere e puzzavano da far paura.

«Eh, già. Somigliavano a quelle macchine dei tempi che furono, come quella che usava Matthew Brady alla fine del secolo scorso, come quelle in ogni caso che c'erano prima che la Kodak lanciasse il modello compatto Brownie. Quello che intendo dire...» (Kevin aveva già capito che quella era una delle interiezioni che Pop Merrill amava di più; se ne serviva come certi compagni di scuola usavano «sai» con funzione enfatica, allusiva, sospensiva, ma soprattutto per concedersi un'opportuna piccola pausa in cui raccogliere le idee) «è che l'avevano camuffata un po', ci avevano messo qualche cromatura e dei pannelli laterali in vera pelle, ma conservava quel sapore antico, l'aspetto di quelle camere con cui si facevano i dagherrotipi. Quelle vecchie Polaroid Land avevano un supporto a soffietto che saltava fuori quando le aprivi perché l'obiettivo aveva bisogno di una spanna e più per mettere l'immagine a fuoco. Sembravano davvero cimeli da museo a confronto di quelle Kodak della fine dei Quaranta e primi Cinquanta e somigliavano alle camere di dagherrotipi anche per il fatto che facevano solo foto in bianco e nero.»

«Davvero?» ribatté Kevin, interessato suo malgrado.

«Ah, sì», confermò Pop, vivace come una cinciallegra, facendo baluginare gli occhi azzurri attraverso il fumo di quella sua stufaiola di pipa e da dietro le lenti rotonde degli occhiali. Era uno scintillio che poteva indicare indifferentemente buonumore o cupidigia. «Quello che voglio dire è che la gente rideva di quelle macchine fotografiche come si rideva del Maggiolino della Volkswagen appena fu immesso sul mercato... ma poi tutti comperavano le Polaroid come tutti comperavano le *VW*. Perché i Maggiolini consumavano poco e non si guastavano spesso come le macchine americane e le Polaroid facevano una cosa che non erano in grado di fare le Kodak e nemmeno le Nikon o le Minolta o le Leica.»

«Facevano stampe istantanee.»

Pop sorrise. «Non esattamente. Quello che voglio dire è che tu scattavi la tua foto e poi la strappavi fuori tirando una linguetta. Non c'era il motore e non faceva quello strano uggiolio che fanno le Polaroid di oggi.»

Dunque esisteva il termine esatto per descrivere quel rumore. Era solo necessario trovare un Pop Merrill che te lo dicesse: il rumore che facevano le Polaroid quando espellevano il loro prodotto era un *uggiolio*.

«Poi bisognava cronometrare», disse Pop.

«Cronometrare?»

«Ah, sì!» esclamò Pop con grande godimento, entusiasta come l'uccello mattiniero che aveva trovato il mitico lombrico. «Quello che voglio dire è che in quei primi tempi non c'erano tutti questi comodi automatismi di oggi. Si tirava la linguetta e veniva fuori questa lunga striscia che si posava sul tavolo e poi si stava lì a calcolare con estrema attenzione sessanta secondi. Era necessario che fossero sessanta quasi precisi. Se aspettavi di meno, avevi una sottoesposizione. Se aspettavi troppo, la foto era sovraesposta.»

«Caspita», commentò rispettosamente Kevin. E non era rispetto di comodo, il suo, non dava corda al vecchio solo aspettando che tornasse al più presto in argomento, vale a dire non un excursus su congegni per fotografare che erano stati autentiche meraviglie in epoche perdute nella nebbia dei tempi, bensì la *sua* fotocamera, quella maledetta Sun 660 sul banco da lavoro di Pop in compagnia delle viscere di un vecchio orologio con quadrante settimanale da una parte e qualcosa che somigliava sospettosamente a un coadiuvante sessuale per signore dall'altra. Non era rispetto artefatto il suo, e Pop lo sapeva ed ebbe a riflettere (a Kevin non sarebbe venuto in mente) sulla caducità dell'idolatrato concetto di «all'avanguardia»; dieci anni al massimo e non avrebbe più avuto alcun valore. A giudicare dalla sua espressione affascinata si sarebbe detto che Kevin stesse ascoltando la storia di qualche favoloso manufatto come la dentiera di legno di George Washington e non la descrizione di una fotocamera che tutti avevano ritenuto fosse un capolinea tecnico solo trentacinque anni prima. D'altra parte solo trentacinque anni prima quello stesso ragazzo vagava ancora nel mondo delle mere ipotesi, semplice cellula di una femmina che ancora non aveva conosciuto il maschio che ne avrebbe promossa l'altra metà.

«Quello che voglio dire è che là dentro c'era una vera e propria piccola camera oscura, perfettamente funzionante», riprese Pop, prima lentamente, ma accelerando via via che riaffiorava anche il suo sincero interesse per l'argomento (senza che mai abbandonasse del tutto la sua mente il pensiero di chi era il padre di quel marmocchio e di quanto il ragazzo sarebbe potuto tornargli utile e di quanto singolare fosse il difetto manifestato dalla sua macchina fotografica). «E alla fine del minuto si staccava la foto dal dorso e bisognava anche starci attenti, perché sul dorso c'era questa patina appiccicosa come gelatina, e ad avere la pelle anche solo un po' più sensibile del normale c'era da procurarsi una bella bruciatura.»

«Fantastico», commentò Kevin. Aveva gli occhi grandi e ora sembrava strabiliato come a sentir parlare dei vecchi gabinetti esterni alla turca, quelli che Pop e tutti i suoi colleghi d'infanzia (erano quasi tutti colleghi; aveva avuto pochi amici d'infanzia a Castle Rock, forse perché si preparava fin d'allora alla professione futura di abbindolatore di villeggianti e gli altri bambini in qualche modo lo avevano intuito, come avvertendo un lieve odore di puzzola) accettavano e frequentavano come la cosa più normale del mondo, servendosene d'estate in gara contro il tempo perché una delle vespe che ronzavano nei pressi del buco poteva sempre decidere di punto in bianco di piantare il pungiglione in una tenera guanciotta infantile; e in gara contro il tempo anche d'inverno, perché altrimenti c'era il rischio di ritrovarsi con le tenere guanciotte infantili congelate. *Evviva la Macchina Fotografica del Futuro*, pensò Pop. *Passano trentacinque anni e per questo ragazzo è interessante quanto un cesso esterno.*

«Il negativo era sul dorso», spiegò Pop. «E il positivo... be', era in bianco e nero, ma era un *ottimo* bianco e nero. Era inciso e nitido come non si riesce a ottenere sempre nemmeno oggi. E c'era questo affarino di colore rosa, lungo più o meno come una gomma per cancellare, da come ricordo; ne spremevi fuori una sostanza chimica che aveva l'odore dell'etere e bisognava strofinarla velocemente sulla foto, se no la foto si arrotolava su se stessa come il tubo che c'è dentro a un rotolo di nettaculo.»

Kevin scoppiò a ridere, divertito da tutte queste complicazioni d'altri tempi.

Pop si interruppe per riaccendere la pipa. Dopodiché riprese dicendo: «Nessuno sapeva bene che cosa facesse esattamente una macchina come quella perché alla Polaroid tenevano tutti la bocca chiusa, su questo erano rigorosi, però era lo stesso un congegno *meccanico*. Lo si poteva *smontare*».

Lanciò un'occhiata di disprezzo alla Sun di Kevin.

«E molte volte, quando una si guastava, era sufficiente smontarla. Venivano da me e mi dicevano che non funzionava e che avrebbero dovuto spedirla alla Polaroid per farla riparare e che probabilmente ci sarebbero voluti dei mesi, perciò mi pregavano di darci un'occhiata. 'Probabilmente non posso farci niente', rispondevo io, 'e con questo voglio dire che nessuno ci capisce niente di queste macchine perché quelli della Polaroid mantengono il segreto, però un'occhiata si può sempre dare.' Rispondevo così, ma sapevo che probabilmente era tutta colpa di qualche piccola vite che si era allentata nel meccanismo di scatto o una molla che non ritornava più a dovere, o qualche altra diavoleria del genere, magari il figlio del cliente aveva pensato bene di spalmare burro d'arachidi nel vano portapellicola.»

Uno dei suoi brillanti occhi da volatile ammiccò così velocemente e così stupendamente sornione che, se non avesse saputo che alludeva ai villeggianti, Kevin avrebbe probabilmente pensato di essere stato vittima di un'allucinazione paranoica; o ancor più probabilmente non si sarebbe accorto di niente.

«Quello che voglio dire è che la situazione che ti si presentava era ottimale», spiegò Pop. «Se riuscivi a riparare la macchina, ti prendevano per uno stregone. Sappi che mi sono intascato otto dollari e cinquanta centesimi per aver estratto un paio di frammenti di patatina fritta finiti tra il pulsante e la molla dell'otturatore, ragazzo mio, e che la tizia che era venuta a portarmi la macchina guasta per ricompensa mi ha dato un bacio sulle labbra. Un bacio... sulla... bocca.»

Attraverso il velo di fumo azzurrognolo Kevin poté vedere l'occhio di Pop che si chiudeva di nuovo per una frazione di secondo.

«E naturalmente, se il guasto era di quelli che non si potevano riparare, non ti serbavano rancore perché quello che voglio dire è che in fondo non si aspettavano fin dal principio che saresti riuscito a combinare niente di buono. Ti prendevano come un'ultima risorsa prima di metterla in qualche scatola con tanti giornali e un po' di bambagia intorno perché con gli sballottamenti delle poste non la guastassero ancora di più, e spedirla a Schenectady.

«Ma non si può smontare... *questa* macchina fotografica.» Pronunciò la sua sentenza con quel tono di disprezzo che tutti i sapientoni della domenica, fosse in Atene nell'epoca d'oro o fosse in un negozio di ferri vecchi in mezzo alla campagna in quest'epoca di ottone, adottano per esprimere il loro punto di vista entropico senza dover articolare un discorso esplicito. «Perché non è stata assemblata. Quello che voglio dire è che è stava *versata*. Potrei forse staccare l'obiettivo e se me lo chiedi lo faccio, e ho guardato nel portapellicola, anche se sapevo che non avrei visto niente di strano lì dentro, niente che in ogni caso avrei potuto riconoscere. Ma più di così non posso fare. Potrei prendere un martello e *romperla*, questo voglio dire, ma ripararla?» Spalancò le braccia nella sua nuvola di fumo di pipa.

«No, signore.»

«Allora ho paura che sarò proprio costretto a...» Intendeva finire con *a restituirla*, ma Pop lo prevenne.

«Ma sono sicuro che tu lo sapevi già. Quello che voglio dire è che sei un ragazzo intelligente, lo sai vedere da te quando un oggetto è fatto di un pezzo solo. Io non credo che tu mi abbia portato questa macchina perché te la *riparassi*. Credo che tu sapessi che anche se *non* fosse stata di un pezzo solo non c'è nessuno che potrebbe riparare *quel* difetto, non certo con un cacciavite, in ogni caso. Io credo che tu me l'abbia portata per chiedermi la mia opinione, se so di che cosa si tratta.»

«Lo sa?» Kevin era improvvisamente di nuovo molto teso.

«Può darsi», rispose Pop Merrill, placido. Si curvò sul mazzetto di stampe, ventotto in tutto adesso, contando quella che aveva scattato Kevin per dargli una dimostrazione e quella che lui aveva scattato per dare una dimostrazione a se stesso. «Sono in ordine?»

«Non proprio. Abbastanza, ma non del tutto. Ha importanza?»

«Credo di sì. C'è una piccola differenza, non è vero? Poca cosa, ma c'è.»

«Sì», ammise Kevin. «Vedo anch'io la differenza in *alcune*, però...»

«Sai qual è la prima? Probabilmente saprei arrivarci da me, ma il tempo è denaro, figliolo.»

«È facile», rispose Kevin, prendendone una dal mucchietto. «Vede lo zucchero?» gli mostrò una macchiolina scura sulla cornice bianca.

«Già.» Pop degnò il piccolo grumo solo di un'occhiata fugace. Esaminò attentamente la fotografia e dopo un momento aprì il cassetto del suo banco da lavoro. Conteneva un assortimento disordinato di arnesi. In uno spazio riservato, da una parte, c'era un oggetto avvolto in una pezza di velluto da gioielliere. Pop lo estrasse, aprì la pezza e ne tolse una grande lente d'ingrandimento con un interruttore in fondo al manico. Si chinò sulla Polaroid e fece scattare l'interruttore. Un cerchio di luce si rifletté sulla foto.

«Fortissimo!» proruppe Kevin.

«Già», ripeté Pop. Kevin sentì che Pop non era più nemmeno consapevole della sua presenza in negozio. Studiava meticolosamente l'immagine.

A non conoscere le strane circostanze in cui era stata scattata, ci si sarebbe meravigliati che valesse la pena sottoporla a uno scrutinio così attento. Come la maggior parte delle fotografie prese con una fotocamera discreta e una buona pellicola e da un fotografo almeno intelligente abbastanza da non mettere un dito sull'obiettivo, era nitida, comprensibile... e, al pari di molte Polaroid, all'insegna della totale piattezza. Vi si potevano identificare senza difficoltà tutti gli elementi, ma il suo contenuto era piatto come la sua superficie. Non era composta molto bene, ma non era la composizione il suo difetto, né tanta piattezza poteva essere definita *sbagliata* più di quanto una giornata reale della vita reale potrebbe essere giudicata sbagliata solo perché non accade niente che sia all'altezza anche solo di un «film per la TV». Come in molte Polaroid, gli oggetti presenti nell'immagine erano semplicemente lì, come una sedia vacante in veranda o un'altalena per bambini appesa a un ramo senza bambini che ci giocassero o un'automobile senza nessuno a bordo accostata a un marciapiede insignificante, senza nemmeno una gomma a terra a renderla minimamente interessante.

Ma l'elemento *sbagliato* nell'immagine era *l'atmosfera*. Kevin ricordava il disagio che aveva sentito mentre componeva i soggetti dell'immagine che *intendeva* realizzare e il brivido che aveva avvertito lungo la schiena quando, non ancora spento il bagliore del flash, aveva pensato: *è mia*. Ecco che cosa non andava e come non era più possibile *non vedere* la faccia della luna dopo averla vista la prima volta, scopriva che non era possibile *non sentire* certe sensazioni... e nel caso di quelle fotografie le sensazioni erano tutte brutte.

Kevin pensò: *È come se da quella foto spirasse un vento, molto sottile e molto freddo...*

Per la prima volta si sentì più che incuriosito dall'ipotesi che ci fosse qualcosa di sovrannaturale, che quel fenomeno fosse parte di una Manifestazione. Per la prima volta si ritrovò a desiderare di aver lasciato perdere fin dal principio. *È mia*: così aveva pensato quando il suo dito aveva premuto il pulsante di scatto la prima volta. Ora si domandava se non avesse preso un abbaglio.

Mi fa paura. Ho paura di quello che fa.

Quell'ultima riflessione lo infuriò e allora si chinò sopra la spalla di Pop Merrill, animato dall'accanimento di chi cerchi un diamante finito in un cumulo di sabbia, risoluto a *guardare*, a *esaminare*, qualunque cosa avesse visto (sempre che avesse scorto qualcosa di nuovo come non riteneva possibile; aveva studiato quelle fotografie abbastanza da essersi convinto di aver già visto tutto quello che c'era da vedere), proibendo a se stesso di far finta di niente, anche se avesse potuto... e una dolorosa voce interiore insinuò che il tempo di far finta di niente fosse ormai passato, probabilmente per sempre.

Il soggetto era un grande cane nero davanti a uno steccato bianco. Lo steccato non sarebbe rimasto bianco ancora per molto se qualcuno nel mondo bidimensionale di quella Polaroid non si fosse affrettato a rinfrescarlo con una mano di vernice. Aveva l'aria di essere stato abbandonato, dimenticato. Alcuni dei paletti avevano le punte spezzate. Altri pendevano scomposti all'infuori. Il cane era sul marciapiede davanti allo steccato. Volgeva a chi guardava le zampe posteriori, con la coda lunga e folta abbassata. Stava forse fiutando uno dei paletti, probabilmente perché lo steccato era quello che il padre di Kevin definiva una «cassetta postale», uno di quei posti dove molti cani sollevavano la zampa per spruzzare esoterici messaggi di color giallo, soffermandosi per pochi attimi durante una delle loro perlustrazioni.

Secondo Kevin era un randagio. Il pelo era lungo e arruffato, disseminato di nodi. Un'orecchia aveva l'aspetto accartocciato di una vecchia cicatrice di guerra. L'ombra che proiettava era lunga abbastanza da uscire dal bordo della foto sul prato incolto e spelacchiato dietro lo steccato. Dall'ombra Kevin sentiva di poter dedurre che la foto fosse stata scattata poco dopo l'alba o poco prima del tramonto; non potendo stabilire in che modo fosse orientato il fotografo (e che fotografo!) era impossibile determinare con sicurezza l'ora del giorno.

Nell'erba nell'angolo sinistro c'era un oggetto che poteva essere una palla di gomma rossa. Era dentro lo steccato e spuntava appena dai ciuffi gracili, perciò che fosse una palla era solo un'ipotesi.

Altro non c'era.

«Riconosci niente?» domandò Pop sorvolando adagio la superficie della stampa con la lente d'ingrandimento. Ecco che le zampe posteriori del cane crescevano alle dimensioni di collinette ricoperte di nera e sinistra vegetazione selvatica propria di esotiche latitudini; oppure ecco che tre o quattro paletti screpolati diventavano grandi come vecchi pali del telefono; oppure all'improvviso l'oggetto seminascosto dai ciuffi d'erba mostrava davvero le caratteristiche di una palla di gomma per bambini (sebbene sotto la lente di Pop fosse grande come un pallone da calcio), con tanto di ornamento di stelline in rilievo. Dunque la lente di Pop rivelava in effetti qualcosa di nuovo e di lì a qualche istante qualcos'altro ancora avrebbe visto Kevin da solo, senza bisogno di ingrandimenti. Ma non subito.

«No», rispose. «Come potrei, signor Merrill?»

«Perché qui ci sono delle *cose*», spiegò Pop in tono paziente. La sua lente continuò a vagare. Kevin ricordò un film che aveva visto in cui la polizia mandava un elicottero a caccia di detenuti evasi. «Un cane, un marciapiede, uno steccato da riparare o smantellare, un prato da accudire. Il marciapiede non ci dice molto e se ne vede solo un tratto e della casa non c'è nemmeno un angolino, ma quello che voglio dire è che c'è comunque il cane. Lo riconosci?»

«No.»

«E lo steccato?»

«No.»

«E quella palla di gomma, la riconosci, figliolo?»

«No... ma mi sembra che secondo lei dovrei riconoscerla.»

«Secondo me *potresti* riconoscerla», lo corresse Pop. «Tu non hai mai avuto una palla come quella quando eri più piccolo?»

«Che io ricordi, no.»
«Mi hai detto di avere una sorella.»
«Megan.»
«E lei non ha mai avuto una palla così?»
«Non credo. Non ho mai badato molto ai suoi giocattoli. Aveva una racchetta con una pallina legata con un elastico, e la pallina era rossa, ma molto più scura.»
«Già. So come sono fatte quelle palline. Non sono come questa. E quello non potrebbe essere il prato di casa tua?»
«Cris... cioè, cribbio, no!» Kevin si sentiva un po' offeso. Lui e suo padre tenevano in gran cura il prato intorno alla casa. Era di un bel verde intenso e così sarebbe rimasto, anche sotto le foglie cadute dagli alberi, almeno fino alla metà di ottobre. «E poi noi non abbiamo uno steccato.» *E se ce l'avessimo*, pensò, *non sarebbe conciato in quel modo.*

Pop spense la luce della lente d'ingrandimento che posò quasi con riverenza nella sua pezza di velluto, avvolse con puntiglio religioso e ripose nel cassetto. Fissò Kevin. Aveva accantonato la pipa e non c'era più fumo a velargli gli occhi, che erano sempre penetranti ma non ammiccavano più.
«Quello che voglio dire è che potrebbe essere casa tua prima che ci andaste ad abitare voi. Dieci anni fa, per esempio...»
«Dieci anni fa era già nostra...» rispose Kevin sconcertato.
«E allora facciamo venti. Trenta. Quello che voglio dire è che devi considerare la posizione del terreno. Sembra un po' in salita.»
«Il prato di casa nostra...» Kevin rifletté, quindi scosse la testa. «No, il nostro è in piano. Casomai pende un po'. Forse è per questo che se piove molto in primavera in cantina si forma una pozzanghera.»
«Già, già, può essere. E avete un prato dietro casa?»
«Da quella parte non c'è marciapiede», disse Kevin. «E lungo i lati...» Si interruppe. «Lei sta cercando di scoprire se la mia macchina scatta foto del passato!» esclamò e per la prima volta si sentì veramente, attivamente spaventato. Si sfregò la lingua contro il palato e gli sembrò di sentire un sapore metallico.
«Stavo soltanto chiedendo.» Pop fece tamburellare le dita sul banco di lavoro e quando riprese a parlare fu come se si stesse rivolgendo più a se stesso che a Kevin. «Sai», osservò, «ci sono due strumenti di uso comune che ogni tanto sono al centro di fenomeni strani. Non sto dicendo che abbiamo la *certezza* di

questi fenomeni, ma se non sono mai avvenuti allora vuol dire che il mondo è popolato da un mucchio di bugiardi e burloni.»

«Quali strumenti?»

«I registratori e le Polaroid», rispose Pop e anche questa volta parve che stesse rispondendo alle foto o a una domanda che aveva posto lui stesso e che all'*Emporium Galorium* non ci fosse Kevin ad ascoltarlo in quell'angolo polveroso e vibrante di orologerie. «Prendiamo i registratori. Sai quanta gente sostiene di aver registrato su nastro la voce di persone defunte?»

«No», disse Kevin. Non aveva avuto intenzione di sussurrare, ma, per qualche ragione misteriosa, quando aveva aperto la bocca si era ritrovato con pochissima aria nei polmoni.

«Nemmeno io», ribatté Pop, spostando le foto con un dito. Era un dito tozzo e nodoso che sembrava adatto a operazioni energiche e goffe, a molestare la gente e a far cascare vasi dai tavoli e a provocare un'emorragia anche solo per aver voluto rimuovere una crosta di muco secco da una narice. Eppure Kevin aveva visto al lavoro le mani di quell'uomo e aveva motivo di credere che ci fosse più grazia in quel brutto dito di quanta ce ne potesse essere in tutto quanto il corpo di sua sorella Meg (e altrettanto avrebbe potuto dire di se stesso: il clan dei Delevan non era rinomato per l'agilità, ragione per cui probabilmente gli era rimasta così impressa l'immagine di suo padre che con tanta destrezza coglieva al volo la madre prima che cadesse). Il dito di Pop Merrill sembrava dover far cascare tutte le foto per terra da un momento all'altro, non volontariamente ma per sbaglio, perché dita così brutte e goffe sbagliavano sempre. Invece non accaddero incidenti e le Polaroid quasi non si mossero neppure sotto i movimenti irrequieti del grosso polpastrello.

Sovrannaturale, pensò di nuovo Kevin e provò un brivido. Un brivido *autentico*, sorprendente e sconcertante e anche un po' imbarazzante, sebbene Pop non si fosse accorto di niente.

«Ma esistono delle tecniche che vengono impiegate appositamente», affermò Pop e poi, come rispondendo a una domanda implicita di Kevin: «Da parte di chi? Che io sia dannato se lo so. Credo che si facciano chiamare ricercatori del paranormale o qualcosa del genere, ma più probabilmente lo fanno tanto per divertirsi, come quando si usa una tavoletta Ouija a una festa.»

Rialzò la testa per osservare Kevin con un serio cipiglio, come se lo riscoprisse in quel momento.

«Tu ne hai una, figliolo?»
«No.»
«Ci hai mai giocato?»
«No.»
«Non farlo», lo ammonì Pop più serio che mai. «Quelle dannate tavolette sono pericolose.»
Kevin non osò confessargli che non sapeva di che cosa stesse parlando.
«Fatto sta che mettono in funzione un registratore in una stanza vuota. Deve essere in una casa antica, voglio dire, una casa che abbia una storia alle spalle. Capisci che cosa voglio dire con una casa con una storia alle spalle, figliolo?»
«Una... casa stregata...?» azzardò Kevin. Aveva cominciato a sudare, come gli era successo per tutto l'anno scolastico tutte le volte che la professoressa Whitaker annunciava un compito di algebra a sorpresa.
«Sì, può andare. Questa... gente... è più contenta se la casa ha alle spalle una storia *violenta*, ma si accontentano comunque di quello che trovano. Fatto sta che accendono il registratore e registrano la stanza vuota. Il giorno dopo... ed è per forza il giorno dopo perché lo fanno sempre di notte, è questo che voglio dire, non sono felici se non lo fanno di notte, e particolarmente preferiscono la mezzanotte... Dunque, il giorno dopo ascoltano il nastro.»
«Di una stanza vuota?»
«Certe volte», precisò Pop in un tono pensieroso in cui si riflettevano forse emozioni più profonde, «ci sono delle voci.»
Kevin rabbrividì di nuovo. Dunque c'erano geroglifici scolpiti sul suo plinto. Messaggi che avrebbe preferito non decifrare, probabilmente, però... c'erano.
«Voci *vere*?»
«Tutta immaginazione, di solito», minimizzò Pop. «Ma mi è successo una o due volte di sentire persone di cui mi fido che mi dicono di aver udito voci vere.»
«Ma a *lei* non è mai capitato?»
«Una volta», rispose Pop, poi tacque e passò tanto tempo che Kevin cominciò a pensare che non intendesse essere più esplicito. Invece aggiunse: «Una sola parola. Chiara come un rintocco di campana. Fu registrata nel salotto di una casa abbandonata a Bath. Dove un uomo aveva ucciso la moglie nel 1946».

«E che parola era?» volle sapere Kevin, convinto che Pop non glielo avrebbe detto, ma incapace di trattenersi dal chiedere.

Invece Pop gli rispose.

«Catino.»

Kevin trasalì. «Catino?»

«Già.»

«Ma non vuol dire niente.»

«Forse sì», considerò con calma Pop, «se si pensa che il marito tagliò la gola alla moglie e poi tenne la sua testa sospesa su un catino per raccogliere il sangue.»

«Mio Dio!»

«Già.»

«Mamma mia, ma dice sul serio?»

A questa domanda Pop non rispose.

«Non potrebbe essere stato un trucco?»

Pop indicò le Polaroid con il bocchino della pipa. «Quelle sono uno scherzo?»

«Oh, mio Dio!»

«Veniamo alle Polaroid, allora», disse Pop, come un narratore che passa disinvoltamente a un nuovo capitolo che comincia con le parole «*Intanto, in un altro angolo della foresta...*» «Ho visto foto con dentro delle persone che quelli che avevano scattato le foto giuravano di non aver visto nel momento in cui fotografavano. E ce n'è una, una foto famosa, scattata da una signora in Inghilterra. Aveva voluto ritrarre dei cacciatori di volpe che rientravano a casa alla fine della battuta. Sono una ventina in tutto e li vedi venire su un ponticello di legno. Dall'una e dall'altra parte del ponte c'è una strada di campagna fiancheggiata dagli alberi. I primi del drappello sono già scesi dal ponte. E sulla destra della foto, vicino alla strada, c'è una signora in abito lungo e un cappello con veletta che le nasconde il volto e tiene una borsetta infilata al braccio. Si vede persino il medaglione che porta appeso al collo. Un medaglione o un orologio.

«Ebbene, quando la nostra signora ha visto la foto che aveva scattato è rimasta sbalordita e nessuno la può biasimare, figliolo, perché quello che ti sto dicendo è che lei aveva fotografato i cacciatori che tornavano a casa e nessun altro, perché *non c'era nessun altro*. Ma nella foto sì. E a guardare bene bene sembra di scorgere gli alberi attraverso la signora nella foto.»

È tutta una balla che si sta inventando per impressionarmi e dopo che me ne sarò andato se la spasserà come un matto alle mie spalle, pensò Kevin, sapendo che Pop Merrill non aveva invece la minima intenzione di prenderlo in giro.

«La signora che scattò quella foto era ospite in una di quelle grandi case inglesi che si vedono nei programmi didattici in televisione e quando mostrò la foto pare che il padrone di casa sia piombato in terra svenuto. Questa parte potrebbe essere inventata. Probabilmente lo è. Sembra un po' un'esagerazione, no? Ma io ho visto la foto in un articolo accanto al ritratto dipinto della bisnonna di quel tizio ed è possibile che fosse la stessa persona. Non si può dire con certezza per via della veletta, ma è possibile.»

«Potrebbe anche essere tutta una burla», commentò debolmente Kevin.

«Potrebbe essere», ammise Pop in tono indifferente. «La gente ne combina di tutti i colori. Guarda mio nipote, per esempio.» Arricciò il naso. «Si è fatto quattro anni a Shawshank, e per che cosa? Per aver fatto troppo il furbo. Ha fatto troppo il furbo e lo sceriffo Pangborn l'ha sbattuto dentro e se l'è meritato.»

Dando prova di una saggezza superiore ai suoi anni, Kevin non disse niente.

«Ma quando nelle fotografie appaiono i fantasmi, figliolo, o quelle persone che si *sostiene* che sono fantasmi, è quasi sempre in fotografie polaroid. E quasi sempre pare che sia un caso. Se parliamo invece di quelle foto dei dischi volanti o del mostro di Loch Ness, guarda caso sono sempre foto dell'altro tipo, quelle che un tipo in gamba può manomettere in camera oscura.»

Rivolse a Kevin una terza significativa strizzatina d'occhio, a sottintendere tutti i mirabolanti trucchi che un fotografo senza scrupoli avrebbe potuto effettuare in una camera oscura ben attrezzata.

Kevin pensò di domandargli se era possibile truccare anche i risultati di una tavoletta come diavolo si chiama ma decise di continuare a tenere la bocca chiusa. Gli sembrava di gran lunga l'atteggiamento più prudente.

«Tutto questo per spiegarti perché ho voluto chiederti se avevi riconosciuto qualcosa in *queste* polaroid.»

«Ma io non ho riconosciuto niente», ribadì Kevin con tanta sincerità e trasporto che temette che Pop avrebbe pensato che mentisse, come faceva sempre sua madre tutte le volte che commetteva l'errore tattico di caricare le sue affermazioni di un abbozzo di veemenza.

«Già, già», borbottò Pop, accettando così distrattamente la sua dichiarazione che Kevin ne fu quasi irritato.

«Be'», disse Kevin dopo un momento che sarebbe stato di silenzio se non per quei cinquantamila orologi. «Allora siamo a un punto morto, vero?»

«Forse no. Quello che voglio dire è che ho una mezza idea. Vorresti scattare qualche altra foto con quella macchina?»

«E a che cosa serve? Sono tutte uguali.»

«Questo è il punto. Non lo sono.»

Kevin aprì la bocca e la richiuse.

«Sono disposto anche a contribuire per la pellicola», aggiunse Pop e quando scorse l'espressione meravigliata di Kevin si affrettò a precisare: «Un poco».

«Quante altre foto vuole?»

«Vediamo... ne hai...? Ventotto, dico bene?»

«Sì, mi pare di sì.»

«Altre trenta», concluse Pop dopo un attimo di riflessione.

«Perché?»

«Non te lo dico. Non ora.» Mise mano a un voluminoso borsellino agganciato a un occhiello con una catenella. Lo aprì e ne tolse un biglietto da dieci dollari. Dopo un attimo di esitazione, aggiunse altri due biglietti da un dollaro con palese riluttanza. «Direi che dovrebbe coprire metà della spesa.»

Sì, più o meno, pensò Kevin.

«Se ti interessa *veramente* capire in che cosa consiste il trucco di quella fotocamera, immagino che sarai disposto a metterci il resto, giusto?» Gli occhi di Pop scintillarono come quelli di un vecchio gatto curioso.

Kevin capì che non solo si aspettava una risposta positiva da lui; per Pop era semplicemente inconcepibile che dicesse di no. *Se gli dico di no non mi sente nemmeno*, rifletté. *Risponderebbe: «Bene, allora siamo d'accordo», e io mi ritroverei fuori di questo negozio con i suoi soldi in tasca che mi piaccia o no.*

E aveva ancora a disposizione i soldi ricevuti in regalo per il compleanno.

Ciononostante c'era sempre quel vento freddo. C'era sempre quel vento che soffiava non già dalla superficie ma proprio da dentro quelle fotografie a dispetto dell'ingannevole piattezza delle immagini, un vento che sentiva spirare in contraddizione con la loro muta autodenuncia che diceva: *Noi siamo pola-*

roid e mai e poi mai possiamo raccontare o capire, noi mostriamo solo la piatta superficie delle cose. Sì, quel vento c'era. Come spiegarselo?

Kevin esitò ancora per un momento e sentì su di sé gli occhi penetranti dietro alle lenti. Lo stavano valutando. *Non ti chiederò se sei un uomo o un topo*, dicevano gli occhi di Pop Merrill. *Hai quindici anni e quello che voglio dire è che a quindici anni forse non sei ancora un uomo sino in fondo, ma sei già troppo grande per essere un topo e lo sappiamo bene entrambi. E poi tu non sei di fuori; tu sei di qui, come me.*

«Sicuro», promise Kevin con falsa vivacità. Non ingannò nessuno dei due. «Posso comprare la pellicola oggi stesso e portarle le foto domani, dopo la scuola.»

«No.»

«Perché, domani è chiuso?»

«No», rispose Pop e siccome era veramente uno del posto Kevin attese pazientemente. «Tu stai pensando di scattare trenta foto tutte in una volta, vero?»

«In effetti...»

«Non è così che intendo io. Non mi importa *dove* le scatti, ma ha importanza *quando*. Vediamo un po'.»

Pop rifletté, poi scrisse una lista di ore diverse, che Kevin intascò.

«Bene!» concluse Pop sfregandosi le mani e producendo un suono che sembrava quello di due pezzi di carta vetrata. «Ci vediamo... fra tre giorni o giù di lì.»

«Sì...»

«Credo che aspetterai volentieri fino a lunedì dopo la scuola, in ogni caso», aggiunse Pop. Gli strizzò l'occhio per la quarta volta, lentamente e con una maliziosa sapienza che ebbe il potere di umiliarlo. «Così i tuoi amici non ti vedono venire qui e non cominciano a perseguitarti, è quello che voglio dire.»

Kevin arrossì e abbassò gli occhi sul banco di lavoro, mettendosi a raccogliere le polaroid in maniera da avere qualcosa da fare con le mani. Quando era imbarazzato e non aveva niente con cui tenere occupate le mani, si faceva schioccare sonoramente le nocche.

«Io...» cominciò con il proposito di formulare qualche sciocca protesta che non avrebbe convinto né lui né il vecchio, ma improvvisamente si interruppe, fissando con gli occhi sgranati una delle fotografie.

«Che cosa c'è?» lo esortò Pop. Per la prima volta da quando

Kevin gli si era rivolto, Pop gli aveva parlato in un tono veramente umano, ma Kevin non lo aveva nemmeno sentito e sicuramente non si era accorto della preoccupazione nella sua voce. «Adesso sembra che sia stato *tu* a vedere un fantasma, ragazzo.»

«No, un fantasma no», rispose Kevin. «Ma ho visto chi ha scattato la foto. Chi l'ha scattata *davvero*.»

«In nome di Dio, che storia sarebbe?»

Kevin gli mostrò un'ombra. Lui, suo padre, sua madre, Meg e a quanto pareva anche il signor Merrill, avevano pensato che fosse l'ombra di un albero rimasto fuori dall'inquadratura. Ma non era un albero. Ora Kevin lo vedeva bene e ciò che si è visto non può più essere ignorato.

Nuovi geroglifici sul plinto.

«Non capisco dove vuoi arrivare», disse Pop, ma Kevin sapeva che il suo sconcerto dipendeva dall'intima certezza che avesse scoperto qualcosa di significativo.

«Guardi prima l'ombra del cane», lo invitò Kevin. «Poi guardi di nuovo questa.» Batté il dito sul lato sinistro della fotografia. «Il sole deve essere appena spuntato o quasi al tramonto ed è per questo motivo che tutte le ombre appaiono così lunghe ed è difficile capire chi e che cosa le proietta. Ma adesso che ho guardato meglio quest'ombra laterale improvvisamente ho capito.»

«Che cosa hai capito, figliolo?» Pop abbassò la mano alla maniglia del cassetto, probabilmente con l'intenzione di estrarre di nuovo la lente di ingrandimento, ma sospese il gesto a metà. Tutt'a un tratto non ne aveva bisogno. Tutt'a un tratto aveva capito anche lui. «È l'ombra di un uomo, vero? Che il diavolo venga a prendermi in questo preciso istante se non è l'ombra di un uomo.»

«O di una donna. Questo non si può sapere. Però quelle sono gambe, ne sono sicuro, che potrebbero appartenere anche a una donna in calzoni. O anche a un ragazzo. Con le ombre così allungate...»

«Già, non si può sapere.»

«Ma è l'ombra di chi ha scattato la foto, vero?» chiese conferma Kevin.

«Già.»

«Però non sono *io*», dichiarò Kevin. «La foto è uscita dalla mia macchina come tutte le altre, ma non sono stato io a scattarla. E allora chi è stato, signor Merrill? Chi?»

«Chiamami Pop», rispose in tono assente il vecchio, assorto nell'esame dell'ombra della fotografia e Kevin si sentì gonfiare il petto di piacere mentre i pochi orologi ancora capaci di viaggiare con un po' di anticipo cominciavano a segnalare agli altri che, per quanto stanchi fossero, era tempo di annunciare la mezz'ora.

3

QUANDO Kevin si ripresentò all'*Emporium Galorium* con le nuove fotografie, lunedì dopo la scuola, le foglie avevano cominciato a cambiare colore. Aveva compiuto quindici anni da quasi due settimane e la novità si era consumata.

Non altrettanto la novità del plinto, il *sovrannaturale*, ma quello non era un aspetto che annoverava tra i più fortunati della sua vita. Aveva finito di scattare le foto secondo lo scadenziario che gli aveva dato Pop, dopodiché aveva creduto di vedere con sufficiente chiarezza perché Pop aveva preteso che le scattasse a intervalli: le prime dieci allo scoccare dell'ora, la seconda decina ogni due ore e la terza con intervalli di tre ore. Aveva scattato le ultime quel giorno stesso, a scuola. Aveva notato anche qualcos'altro, qualcosa che nessuno di loro aveva *potuto* vedere in precedenza e che si era manifestato con chiarezza solo dopo quelle ultime tre immagini. Ne era stato così spaventato che, ancor prima di recarsi all'*Emporium Galorium*, aveva già deciso di sbarazzarsi della Sun 660. Non di farsela sostituire, questo mai, perché così facendo la fotocamera sarebbe finita altrove, sfuggendo al suo controllo e non era accettabile.

È mia, aveva pensato e quel pensiero ricorreva ma non era un pensiero *sincero*. Se lo fosse stato, se la Sun avesse scattato solo immagini di un cane nero davanti a uno steccato bianco quando era lui a premere il pulsante, sarebbe anche stato accettabile, ma non era così. Quale che fosse l'inquietante magia esercitata da quella fotocamera, lui non ne era l'unico mediatore. Suo padre aveva scattato la stessa (quasi la stessa) foto e lo stesso aveva fatto Pop Merrill e poi ancora Meg, quando Kevin le aveva concesso di usare la macchina un paio di volte alle ore prestabilite da Pop.

«Le hai numerate come ti avevo chiesto?» si informò Pop.

«Sì, da uno a cinquantotto», rispose Kevin. Mostrò al vecchio i numerini racchiusi in un circoletto e apposti all'angolo inferiore sinistro di ciascuna fotografia. «Ma non so se serva. Ho deciso di liberarmene.»

«Liberartene? Non è quello che intendi dire, vero?»

«No, non lo è. Ho intenzione di farla a pezzi a martellate.»

Pop lo scrutò con quei suoi occhietti astuti. «Sul serio?»

«Sì», confermò Kevin, sostenendo con coraggio lo sguardo malizioso del vecchio. «La settimana scorsa ci avrei riso sopra, ma mi è passata la voglia di ridere. Credo che questa macchina fotografica sia pericolosa.»

«Potresti aver ragione e penso che potresti anche attaccarci una carica di dinamite e polverizzarla. È tua, è quello che voglio dire. Ma perché non aspetti ancora un po'? C'è una cosa che voglio fare con queste foto. Potresti trovarlo interessante.»

«Che cosa?»

«Preferirei non spiegartelo in anticipo», rispose Pop, «nel caso che non funzioni. Ma per la fine della settimana potrei avere qualcosa che ti aiuti a decidere meglio, in un senso o nell'altro.»

«Io ho già deciso», dichiarò Kevin, mostrandogli qualcosa che era apparso nelle ultime due immagini.

«E che cos'è?» sbottò Pop. «L'ho esaminato con la lente e ho la sensazione che dovrei sapere che cos'è, ma non mi viene. Sai come succede con un nome che hai sulla punta della lingua e ti sfugge sempre.»

«Immagino che potrei anche aspettare fino a venerdì», disse Kevin scegliendo di non rispondere alla sua domanda. «Ma non di più.»

«Hai paura?»

«Sì», rispose semplicemente Kevin. «Ho paura.»

«Ne hai parlato ai tuoi?»

«Non del tutto.»

«Forse sarebbe meglio che lo facessi. Almeno con tuo padre, voglio dire. Avrai tempo di pensarci, mentre io farò l'esperimento che ho in mente.»

«Guardi, qualunque cosa lei voglia fare, io venerdì la faccio a pezzi con il martello», insisté Kevin. «Mi è passata persino la voglia di avere una macchina fotografica. Polaroid o no.»

«Adesso dov'è?»

«In un cassetto del mio comò ed è lì che deve restare.»

«Passa in negozio venerdì», disse Pop. «E porta la macchina. Daremo un'occhiata a quello che ho combinato e poi, se ancora ti andrà di distruggerla, ti metterò io a disposizione un bel martello. Gratis. Qui dietro ho anche un bel ceppo su cui fracassarla comodamente.»

«Affare fatto», ribatté Kevin e sorrise.

«Fino a che punto ne hai parlato ai tuoi?»

«Sono ancora indeciso, perché non li voglio preoccupare. Specialmente mia madre.» Kevin lo guardò con curiosità. «Perché ha detto che farei bene a parlarne a mio padre?»

«Se fai a pezzi quella macchina, tuo padre darà fuori di matto», spiegò Pop. «Questo non è molto grave, ma potrebbe anche pensare che sei un po' stupido, un fifone che chiama la polizia perché c'è un'asse del pavimento che scricchiola, è quello che voglio dire.»

Kevin si sentì arrossire ricordando com'era montato in collera suo padre all'ipotesi di un fenomeno sovrannaturale. Non l'aveva vista sotto quella luce, ma adesso pensava che Pop avesse probabilmente ragione. Non gli andava che suo padre si adirasse con lui, ma seppure avesse sopportato una sfuriata non era accettabile che lo considerasse un vigliacco o uno stupido o addirittura le due cose insieme.

Pop lo osservava con quella sua aria volpesca, leggendogli sul volto i pensieri che gli attraversavano la mente come se scorresse i titoli in prima pagina di un tabloid.

«Credi che potresti dargli un appuntamento qui per venerdì verso le quattro del pomeriggio?»

«Impossibile», rispose Kevin. «Lavora a Portland e non torna a casa prima delle sei.»

«Gli do un colpo di telefono io, se vuoi», si offrì Pop. «Se lo chiamo io, verrà.»

Kevin lo fissò incredulo.

Pop fece un sorrisetto. «Oh, lo conosco. Lo conosco bene, da tempo. Non gli va che si sappia in giro più di quanto faccia piacere a te e lo capisco, ma quello che voglio dire è che lo conosco. Conosco molta gente in questa città. Ne saresti sorpreso.»

«Come mai lo conosce?»

«Una volta gli ho fatto un piacere», spiegò Pop. Accese un

fiammifero con l'unghia del pollice e nascose gli occhi dietro una cortina di fumo impedendogli di sapere se nella sua espressione ci fossero divertimento, emozione o disprezzo.

«Che tipo di piacere?»

«Questo resta fra me e lui», rispose Pop. «Come quest'altra storia», e indicò le fotografie, «è fra me e te. *Questo* voglio dire.»

«Be'... sì, certo... capisco. Devo dirgli qualcosa?»

«Nossignore!» ribatté Pop nel suo modo vivace. «Lascia che pensi a tutto io.» E per un attimo, nonostante il velo del fumo, apparve qualcosa negli occhi di Pop Merrill che a Kevin Delevan non piacque affatto.

Uscì dal negozio più confuso che mai avendo ben chiaro in mente soltanto il prepotente desiderio che quella storia si chiudesse al più presto.

Dopo che se ne fu andato, Pop rimase immobile per quasi cinque minuti lasciando che la pipa gli si spegnesse in bocca. Solo le sue dita tamburellavano sul banco di lavoro, dita che erano esperte e abili come quelle di un primo violino ma camuffate in modo da sembrare più adatte a un manovale o a un muratore. Dissipandosi, il fumo rivelò i suoi occhi che erano gelidi come ghiaccio in una pozzanghera d'inverno.

Si mosse bruscamente, ripose la pipa e telefonò a un negozio di fotografia di Lewiston. Fece due domande. La risposta fu in entrambi i casi affermativa. Riattaccò e riprese a tamburellare sul banco di lavoro, accanto alle polaroid. Ciò che si proponeva non era molto leale nei confronti del ragazzo, ma quel giovane aveva scoperto l'indizio di qualcosa che non solo non capiva, ma non *voleva* capire.

Leale o no, Pop non aveva intenzione di permettergli di realizzare il suo proposito. Ancora non aveva deciso quali contromisure prendere, ma era opportuno prepararsi in tempo.

Era *sempre* opportuno.

Tamburellava e si domandava che cosa avesse mai visto il ragazzo. Era evidentemente convinto che Pop lo potesse intuire da sé, ma Pop non ne aveva idea alcuna. Forse sarebbe stato più esplicito venerdì. In caso contrario avrebbe certamente soddisfatto la sua curiosità il padre, al quale aveva un tempo prestato quattrocento dollari per coprire una scommessa su una partita di basket, una scommessa che aveva perso e di cui la moglie non sapeva niente. Se naturalmente avesse saputo di che cosa si trattava. Anche il padre più perspicace non riesce più a sapere tutto dei propri figli adolescenti, ma Kevin gli aveva dato l'impressione di essere un adolescente molto *giovane* e probabilmente suo padre la sapeva ancora lunga sul suo conto... o sapeva come informarsi.

Sorrise e tamburellò con le dita e tutti gli orologi cominciarono a prepararsi stancamente a battere le cinque.

4

ALLE due del venerdì pomeriggio, Pop Merrill rovesciò il cartello appeso alla porta da APERTO a CHIUSO, si mise al volante della sua *Chevrolet* del 1959, che da anni veniva mantenuta in condizioni perfette all'officina della Texaco di Sonny senza che dovesse sborsare un solo centesimo (conseguenza di un altro piccolo prestito e Sonny Jackett era un altro suo concittadino che avrebbe preferito camminare sui carboni ardenti piuttosto che confessare di conoscere Pop Merrill e di essergli debitore in eterno per quella volta che lo aveva tirato fuori da una situazione disperata nel New Hampshire nel '69) e si recò a Lewiston, una città che detestava perché non c'erano più di due strade (forse tre) che non fossero sensi unici. Ci arrivò come sempre ci arrivava quando non poteva fare a meno di andarci, non già entrando nel centro della città, ma avvicinandovisi lentamente in un percorso a spirale lungo tutti quei merdosi sensi unici fino a quando non giudicava di essersi spinto avanti il più possibile e perciò abbandonava la macchina e compiva il resto del tragitto a piedi, uomo alto e magro con la testa calva e occhiali dall'invisibile montatura metallica, calzoni ben puliti con piega e risvolti e camicia blu da lavoro abbottonata fino al collo.

Nella vetrina del *Twin City Camera and Video* c'era un manifesto in cui una caricatura di fotoamatore perdeva un'impari battaglia con un chilometrico groviglio di pellicola. Sopra e sotto il disegno c'era la scritta: STANCO DI LOTTARE? NOI RIVER-

SIAMO SU VIDEOCASSETTA I VOSTRI 8 MM... E ANCHE LE VOSTRE FOTO!

L'ennesimo congegno, pensò Pop mentre apriva la porta ed entrava in negozio. *Il mondo ne muore soffocato.*

Ma Pop era anche una di quelle persone (il mondo ne moriva soffocato) che non disdegnava di ricorrere alle tecniche che aborriva quando servivano ai suoi scopi. Conferì brevemente con il commesso. Il commesso chiamò il proprietario. Si conoscevano da molti anni (dai tempi di Omero, avrebbe detto qualche spiritosone). Il proprietario invitò Pop nel retrobottega, dove gli offrì un bicchierino.

«Strano mazzo di foto, il tuo», commentò il proprietario.

«Già.»

«E ancora più strano è il nastro che ne ho ottenuto.»

«Non stento a crederci.»

«È tutto quello che hai da dire?»

«Già.»

«Allora vai pure a farti fottere», concluse amabilmente il proprietario e ridacchiarono insieme alla loro maniera stridula di vecchi. Il commesso fece una smorfia da dietro il bancone.

Pop se ne andò venti minuti dopo con due articoli: una videocassetta e una Polaroid Sun 660 nuova di zecca ancora nella sua scatola.

Appena rientrato in negozio, telefonò a casa di Kevin. Non si stupì che gli rispondesse John Delevan.

«Se hai tirato qualche fregatura al mio ragazzo, ti faccio a pezzi, vecchia serpe», lo aggredì senza preamboli John Delevan e in sottofondo Pop sentì l'addolorata protesta del figlio: «*Papàaa!*»

Pop scoprì i denti arricciando le labbra, denti storti, cariati, ingialliti dal tabacco di pipa, ma tutti suoi, per la barba dell'Onnipotente, e se Kevin lo avesse visto in quel momento non si sarebbe limitato a *domandarsi* se Pop Merrill fosse in realtà qualcosa di più della versione locale del sapientone della domenica: lo avrebbe *saputo*.

«Senti, John», disse, «io ho cercato di *aiutare* il tuo ragazzo con quella macchina fotografica. Niente di più e niente di meno.» Fece una pausa. «Come quella volta che ho aiutato te quando il tifo ti ha fatto credere un po' troppo nelle possibilità della tua squadra di basket, è quello che voglio dire.»

Il silenzio tempestoso che ci fu all'altro capo del filo stava a significare che John Delevan aveva parecchio da dire su *quell'*argomento, ma il ragazzo era a portata d'orecchio, quindi era meglio soprassedere.

«Tuo figlio non ne sa niente», lo rassicurò Pop e il suo sorriso maligno si allargò nelle ombre ticchettanti dell'*Emporium Galorium*, dove gli odori dominanti erano di vecchie riviste e sterco di topo. «Gli ho detto che non erano affari suoi come gli ho detto d'altronde che questa faccenda lo riguarda personalmente. Non avrei ritirato in ballo quella vecchia scommessa se avessi avuto un altro modo per farti venire qui, è quello che voglio dire. Ed è opportuno che tu veda quello che ho da mostrarti, John, altrimenti non capiresti perché il tuo ragazzo vuole fare a pezzi la macchina fotografica che gli hai regalato...»

«*Farla a pezzi!*»

«... e perché io penso che sarebbe un'ottima idea. Allora, vieni qui con lui o no?»

«E come faccio a non venire, maledizione?»

«Non badare se c'è scritto che il negozio è chiuso», disse Pop nel tono sereno di chi da molti anni ottiene che si faccia a modo suo e intende che così abbia a essere per altri molti anni ancora. «Tu bussa.»

«Chi diavolo ha dato il tuo nome al mio ragazzo, Merrill?»

«Non gliel'ho chiesto», rispose Pop nello stesso irritante tono di voce e riappese. Al negozio vuoto aggiunse: «Io so solo che è venuto. Come fanno sempre tutti».

Mentre aspettava, tolse dalla scatola la Sun 660 che aveva acquistato a Lewiston e seppellì la scatola in fondo al cestino per le immondizie sotto il suo banco da lavoro. Osservò pensieroso la fotocamera per qualche momento, poi la caricò con il caricatore da quattro fotografie incluso nella confezione. Fatto quello, aprì la fotocamera esponendo l'obiettivo. Per un istante si accese la spia rossa a sinistra della saetta, poi cominciò a lampeggiare quella verde. Pop non si sorprese molto di sentirsi trepidante. *Oh, be'*, pensò, *morte ai vigliacchi*, e schiacciò il pulsante di scatto. Il caos dell'*Emporium Galorium* fu inondato per un attimo da un impietoso e improbabile bagliore bianco. La fotocamera produsse il suo vagito ed espulse quella che sarebbe stata una foto polaroid, perfettamente adeguata ma a suo modo incompleta, una fotografia di sole superfici che ritraeva un mondo in cui sicuramente le navi sarebbero precipitate nelle nebbiose voragini oltre i confini del mondo se si fossero spinte troppo a ovest.

Pop la osservò con la stessa espressione ipnotizzata con cui l'intero clan Delevan aveva atteso che si sviluppasse la prima foto scattata da Kevin. Diceva a se stesso che quella nuova fotocamera non si sarebbe comportata alla stessa maniera, era impossibile, eppure era rigido per la tensione e per quanto vecchio, coriaceo e incallito fosse diventato con l'accumularsi degli anni, se in quel preciso istante avesse scricchiolato un'asse di legno nel suo negozio, avrebbe inevitabilmente cacciato un grido.

Ma non ci furono scricchiolii e quando si fu sviluppata del tutto la fotografia mostrò solo ciò che doveva: orologi interi, orologi smontati, tostapane, pacchi di riviste legate con il fil di ferro, abat-jour con paralumi così orrendi da affascinare solo le signore della media e alta borghesia inglese, scaffali ricolmi di tascabili (sei per un dollaro) con titoli come *Dopo la mezzanotte, amore mio* o *Il fuoco sotto la pelle* o *Bella e perversa* e, sullo sfondo, la vetrina polverosa. Da dietro il profilo massiccio di un comò si leggevano, scritte alla rovescia, le lettere EMPOR.

Nessun goffo sgorbio d'oltremare; nessuna bambola in tuta blu con un coltello in pugno. Solo una fotocamera. Il capriccio che lo aveva indotto a scattare una foto, tanto per vedere, indicava fino a che punto si era lasciato coinvolgere.

Sospirò e gettò la foto nella spazzatura. Dall'ampio cassetto del banco da lavoro estrasse un martelletto. Tenne saldamente la fotocamera nella destra e vibrò un colpo secco e preciso nell'aria ticchettante e polverosa. Non ci mise molta forza. Non ce n'era bisogno. Nessuno teneva più in gran conto l'abilità artigianale. Si parlava continuamente dei prodigi della scienza moderna, materiali sintetici, nuove leghe, polimeri e Dio solo sapeva quant'altro ancora. E bravi. Era tutto moccio. Ecco con che cosa si fabbricavano gli oggetti ai giorni nostri e non c'era molto da sudare per rompere una macchina fotografica fatta di moccio.

L'obiettivo si spezzò. Quando gli volarono intorno frammenti di plastica, ricordò un altro particolare. Era stato il lato sinistro o quello destro? Corrugò la fronte. Sinistro. Gli sembrava. Loro comunque non se ne sarebbero accorti, né si sarebbero ricordati che lato era in ogni caso, su questo poteva scommetterci, ma Pop non si era costruito un nido agiato con i forse o i perché. Era saggio essere preparati.

Sempre.

Ripose il martello. Usò uno spazzolino per raccogliere i pezzetti di vetro e plastica e gettarli per terra, quindi ripose anche lo spazzolino e prese una matita di grafite morbida a punta sottile e un taglierino. Disegnò approssimativamente la stessa forma del pezzetto di plastica che si era staccato dalla Sun di Kevin Delevan quando Meg l'aveva fatta cadere per terra, poi ne ripercorse il perimetro con la lama del taglierino. Quando giudicò di aver affondato a sufficienza la lama nella plastica, ripose il taglierino nel cassetto, quindi urtò la Polaroid perché cadesse dal banco da lavoro. Quello che era già avvenuto una volta sarebbe avvenuto sicuramente di nuovo, specialmente grazie alle sue accorte incisioni.

Funzionò a meraviglia. Esaminò la macchina, che adesso oltre all'obiettivo rotto era anche ammaccata su un fianco nel punto dove si era staccato un pezzo di plastica, annuì compiaciuto e la nascose nell'ombra fitta sotto il banco da lavoro. Trovò poi il pezzetto di plastica che era volato via dal corpo della fotocamera e lo seppellì tra i rifiuti insieme con la scatola della confezione e l'unica foto che aveva scattato.

Ora non gli restava che attendere l'arrivo dei Delevan. Portò la videocassetta al piano di sopra, nell'appartamentino ingombro in cui abitava. La posò sopra il videoregistratore che aveva comperato per vedere i film a luci rosse che circolavano oggigiorno e si sedette a leggere il giornale. Vide che c'era stato un incidente aereo in Pakistan. Erano morte centotrenta persone. Quegli imbecilli non facevano che farsi ammazzare, pensò Pop, ma era meglio così. Con una manciata di indiani in meno avrebbero avuto tutti da guadagnarci. Si sintonizzò poi sul notiziario sportivo per sapere come se l'erano cavata i Red Sox. Avevano ancora buone probabilità di vincere il campionato orientale.

5

«CHE favore era?» chiese Kevin mentre si preparavano a uscire. Avevano la casa tutta per loro. Meg era al corso di danza e la signora Delevan era a giocare a bridge con le sue amiche, come sempre in quel giorno della settimana. Sarebbe rientrata alle cinque con una grande pizza farcita per tutti e le ultime notizie su chi stava per divorziare o aveva in animo di farlo.

«Non sono affari tuoi», rispose il signor Delevan con un tono burbero in cui si mescolavano irritazione e imbarazzo.

Faceva freddo. Il signor Delevan stava cercando nell'armadio la giacca a vento leggera. Si fermò e si girò a guardare il figlio che aspettava dietro di lui, con la propria giacca già addosso e la Sun in una mano.

«E va bene», disse. «Non ho mai cercato di cavarmela a buon mercato con te e non ho voglia di cominciare adesso. Sai che cosa intendo.»

«Sì», rispose Kevin e pensò: *so esattamente che cosa intendi, è quello che voglio dire*.

«Tua madre non ne sa niente.»

«Non glielo racconterò.»

«Non dirlo», lo ammonì bruscamente il padre. «Non imboccare quella strada, perché non ci si ferma più.»

«Ma tu hai detto di non aver mai...»

«No, non gliel'ho mai confessato», confermò suo padre trovando finalmente la giacca e infilandosela. «Lei non mi ha mai chiesto e io non ho mai parlato. Se lei non te lo chiede, non sei tenuto a parlare. Ti sembra una giustificazione un po' sporca?»

«Sì», rispose Kevin. «A dir la verità, sì.»

«Okay», gli concesse il signor Delevan. «Okay... ma è così che facciamo. Davanti a una domanda diretta, tu... *noi*... saresti tenuto a rispondere. Se nessuno ci chiederà niente, staremo zitti. È così che ci regoliamo noi adulti. Puzza lontano un miglio di ipocrisia, suppongo, e certe volte lo è, ma questo è il nostro sistema. Pensi di poterlo accettare?»

«Sì. Credo di sì.»

«Bene. Andiamo.»

Scesero per il vialetto di casa camminando a fianco a fianco e chiudendosi la lampo delle giacche a vento. Il vento giocava con i capelli che ricoprivano le tempie di John Delevan e Kevin notò per la prima volta, con sorpresa e con un certo disagio, che proprio in quel punto suo padre aveva cominciato a ingrigire.

«Non è stato niente di clamoroso», cominciò il signor Delevan. Sembrava quasi che parlasse a se stesso. «Con Pop Merrill sono sempre cose da poco conto. Non è uno squalo d'alto bordo, se mi capisci.»

Kevin annuì.

«Se la passa abbastanza bene, sai, ma non certo grazie a quel negozio di roba vecchia. Pop Merrill è lo Shylock di Castle Rock.»

«Chi?»

«Lascia perdere. Prima o poi lo leggerai anche tu se i programmi scolastici non sono andati a farsi benedire una volta per sempre. Presta soldi a tassi di interesse più alti di quanto permetta la legge.»

«E perché la gente va a chiedere prestiti a lui?» domandò Kevin mentre scendevano verso il centro sotto alberi che si spogliavano lentamente di foglie rosse, violacee e dorate.

«Perché non possono trovare prestiti altrove», rispose il signor Delevan in tono acido.

«Vuoi dire che non hanno credito?»

«Qualcosa del genere.»

«Ma noi... tu...»

«Sì, adesso non abbiamo problemi. Ma non è stato *sempre* così. Appena sposati, io e tua madre, si sudavano sette camicie per tirare la fine del mese.»

Rimase in silenzio per un po' e Kevin non lo disturbò.

«C'era un tizio che era uno sfegatato dei Celtics. Parlo di quegli anni», riprese suo padre che camminava con la testa bassa, guardandosi i piedi come se avesse paura di calpestare una crepa e crepare calpestato. «Dovevano giocare i play-off contro i Seventy-Sixers di Filadelfia. I Celtics erano favoriti, ma molto meno del solito, e io avevo la sensazione che fosse l'anno giusto per i Seventy-Sixers, che quella volta ce l'avrebbero fatta.»

Lanciò un'occhiata veloce al figlio, quasi furtiva, come un taccheggiatore che si fa scomparire sotto il cappotto un oggetto piccolo ma di valore. Subito dopo tornò a badare alle crepe del marciapiede. Ora scendevano per Castle Hill, verso l'unico semaforo cittadino all'incrocio di Lower Main Street e Watermill Lane. Al di là dell'incrocio c'era il Castle Stream, scavalcato da quello che la gente del luogo chiamava il Ponte di Tolla. I tralicci di sostegno ritagliavano il cielo blu d'autunno in precise forme geometriche.

«Credo che siano intuizioni come quelle, quella speciale *certezza*, a contaminare quei poveracci che perdono i risparmi, la casa, l'automobile e persino i vestiti che hanno addosso nelle case da gioco e nelle partite a poker clandestine. Quella sensazione di aver ricevuto un telegramma da Dio. A me è successo quell'unica volta e ringrazierò per sempre il cielo che sia stato così.

«A quei tempi mi capitava di scommettere di tanto in tanto con qualcuno in termini del tutto amichevoli su una partita di football o sulle World Series. Si puntavano al massimo cinque dollari, mi pare, ma di solito era molto meno di così, qualcosa di puramente simbolico, venticinque centesimi o un pacchetto di sigarette.»

Questa volta fu Kevin a lanciargli un'occhiata in tralice, solo che il signor Delevan se ne accorse, alla faccia delle crepe sul marciapiede.

«Sì, a quei tempi fumavo. Adesso non fumo più e non scommetto più. Non dopo quella volta. Quell'ultima volta mi ha guarito.

«Io e tua madre eravamo sposati da due anni soltanto. Tu non eri ancora nato. Io ero assistente di un topografo e portavo a casa centosedici dollari la settimana. Intendo al netto di quello che rastrellava per sé l'ufficio del fisco. Questo sfegatato dei Celtics era un ingegnere. Veniva persino al lavoro con la giacca verde della tuta dei Celtics, quella con il trifoglio sulla schiena. Per tutta la settimana prima dei play-off non faceva che ripetere che gli sarebbe piaciuto trovare qualcuno tanto coraggioso e tanto stupido da scommettere sui Seventy-Sixers perché aveva giusto quattrocento dollari in attesa di maturargli un bel gruzzolo.

«La mia voce interiore diventava sempre più assordante, così, il giorno prima che cominciassero i play-off, andai da lui durante la pausa di colazione. Ero così impaurito, che mi sembrava che il cuore stesse per saltarmi fuori dal petto.»

«Perché tu non avevi quattrocento dollari», disse Kevin. «Lui sì, ma tu no.» Ora guardava suo padre in faccia e per la prima volta dalla sua prima visita a Pop Merrill aveva completamente dimenticato la macchina fotografica. Il prodigio di quella Sun 660 aveva perso almeno temporaneamente importanza al cospetto di quest'altro prodigio assai più stupefacente: da giovane suo padre aveva fatto qualcosa di straordinariamente stupido, come era successo ad altri e come sarebbe potuto succedere anche a lui, un giorno, quando fosse stato solo, senza che qualche membro adulto della tribù dei Razionali lo difendesse da un terribile impulso, un istinto ingannevole. Dunque risultava che anche suo padre avesse fatto parte per breve tempo della tribù degli Istintivi. Era difficile crederlo, ma non gliene stava fornendo una prova?

«Infatti.»

«Ma volevi scommettere lo stesso.»

«Avevo cercato una scappatoia», rispose suo padre. «Gli dissi che secondo me avrebbero vinto i Seventy-Sixers, ma che quattrocento dollari erano un rischio eccessivo per un semplice assistente di topografo.»

«Ma senza specificare apertamente che non avevi i soldi.»

«Temo di essermi spinto anche un po' più in là, Kevin. Ho lasciato intendere di averli. Avevo solo affermato di non potermi permettere di *perdere* quattrocento dollari e come espressione era sicuramente equivoca, per non dire di peggio. Gli dissi che non potevo rischiare una somma come quella per una scommessa alla pari. E ancora non mentivo, vedi, pur camminando sul filo del rasoio. Lo capisci?»

«Sì.»

«Non so che cosa sarebbe successo, forse niente, se proprio in quel momento non avesse suonato la campanella della fine dell'intervallo. L'ingegnere spalancò le braccia e disse: 'Te li do due a uno, se è questo che vuoi. Per me è indifferente. Avrò comunque in tasca quattrocento dollari in più'. E prima che me ne rendessi conto ci stringevamo la mano con una mezza dozzina di persone che assistevano e io ero in ballo e dovevo ballare. E mentre tornavo a casa, quella sera, pensai a tua madre e a che cosa avrebbe detto se l'avesse saputo e allora accostai, aprii la portiera della vecchia *Ford* che avevo a quei tempi, e vomitai.»

Per Harrington Street sopraggiungeva lentamente un'auto di pattuglia. Al volante c'era Norris Ridgewick e accanto a lui sedeva Andy Clutterbuck. Clut alzò la mano mentre l'automobile svoltava in Main Street. John e Kevin Delevan risposero al saluto nell'autunno che sonnecchiava pacifico intorno a loro come se John Delevan non si fosse mai sporto dalla portiera aperta della sua vecchia *Ford* a vomitare nella polvere della strada.

Attraversarono Main Street.

«Be'... non posso certo dire che mancò l'emozione. I Sixers tennero duro fino agli ultimi secondi del settimo incontro, poi uno di quei bastardi irlandesi, non mi ricordo più chi, soffiò la palla a Hal Greer e andò a canestro, schiaffandoci dentro anche i quattrocento dollari che io non avevo. Il giorno dopo, quando pagai quel maledetto ingegnere, mi disse che 'Verso la fine era un po' sulle spine'. Tutto lì. Avrei voluto fargli schizzare fuori gli occhi con i pollici.»

«Gli hai pagato la scommessa il giorno *dopo*? Ma come hai fatto?»

«Te l'ho detto, era come una febbre. Dopo la stretta di mano, la febbre mi era passata. Avevo sperato con tutto il cuore di vincere la scommessa, ma sapevo di dover *pensare* come se avessi perso. C'era in gioco molto di più di quei quattrocento dollari. C'era naturalmente il problema del mio posto di lavoro e di che cosa mi sarebbe accaduto se non fossi stato in grado di pagare il tizio con il quale avevo scommesso. Lui era un ingegnere e tecnicamente era un mio superiore. E aveva sicuramente abbastanza sangue bastardo nelle vene da farmi licenziare in tronco se non lo avessi saldato. Non avrebbe usato la scommessa, ma avrebbe trovato qualcosa in ogni caso e sarebbe stato sicuramente qualcosa che sarebbe finito scritto in rosso sul mio libretto di lavoro. Ma non era quello il problema maggiore.»

«E allora qual era?»

«Tua madre. Il nostro matrimonio. Quando sei giovane e non hai né un vaso in cui pisciare né una finestra da cui rovesciarlo fuori, un rapporto matrimoniale vive in costante tensione. Non importa quanto ci si vuole bene. Il tuo matrimonio è come un animale da soma con un carico troppo pesante e sai che se in tutti i momenti sbagliati ti capitano tutte le cose sbagliate cascherà in ginocchio come minimo e come massimo si accascerà a terra morto. Non credo che avrebbe divorziato per una scommessa di quattrocento dollari, ma sono contento di non averlo mai dovuto sapere con certezza. Così, appena passò la febbre, mi resi conto di aver probabilmente scommesso qualcosa di più di quei quattrocento dollari. Forse mi ero scommesso tutto il futuro.»

Si stavano avvicinando all'*Emporium Galorium*. Ai bordi dell'aiuola comunale c'era una panchina e Delevan invitò con un gesto Kevin a sedersi. «Non ci vorrà ancora molto», disse e poi rise. Fece per la verità un verso sordo e roco, come una grattata del cambio azionato da un automobilista alle prime armi. «Fa troppo male per tirarla per le lunghe, anche dopo tutti questi anni.»

Così si sedettero sulla panchina e Delevan finì la storia di come aveva conosciuto Pop Merrill mentre contemplava con il figlio il palco dell'orchestra al centro del prato.

«Andai da lui la sera del giorno in cui avevo scommesso», rivelò. Dissi a tua madre che uscivo a comprare le sigarette. Andai quando era già buio, perché nessuno mi vedesse. Nessuno di quelli che conoscevo in città, intendo. Avrebbero capito che ero in qualche guaio e non volevo che lo sapessero. Entrai e Pop disse: 'Che cosa fa un professionista come lei in un posto come questo, signor John Delevan?' e io gli spiegai che cosa avevo fatto e lui disse: 'Ha fatto una scommessa e si è già convinto che la perderà'. 'Ma se la perdo', risposi io, 'voglio essere sicuro di non perdere niente di più.'

«Lo feci ridere, rispondendo così. 'Rispetto sempre una persona saggia', mi disse. 'Credo di potermi fidare di lei. Se vincono i Celtics, venga a trovarmi. Sistemerò io. Lei ha una faccia onesta.'»

«Tutto *qui*?» sbottò Kevin. A scuola aveva seguito una lezione di economia che trattava dei mutui e faccende simili e se la ricordava ancora abbastanza bene. «Non ti ha chiesto nessuna, ehm, garanzia?»

«Le persone che si rivolgono a Pop non hanno garanzie da dare», rispose suo padre. «Non è uno strozzino come quelli che si vedono nei film. Non ti fa spezzare le gambe se non paghi. Ma ha i suoi sistemi per farsi rispettare.»

«Quali sistemi?»

«Lasciamo perdere», ribatté John Delevan. «Dopo quell'ultima partita, salii a dire a tua madre che uscivo a comprare le sigarette. Di nuovo. Ma lei dormiva, perciò quella bugia mi fu risparmiata. Era tardi, tardi per Castle Rock, voglio dire, quasi le undici, ma a casa sua le luci erano ancora accese. Sapevo che sarebbe stato sveglio. Mi diede i soldi in biglietti da dieci. Li prese da un vecchio barattolo di Crisco. Tutti pezzi da dieci, me lo ricordo. Erano stropicciati, ma lui li aveva lisciati. Quaranta biglietti da dieci dollari e lui che li contava come un impiegato di banca con la pipa accesa e gli occhiali appollaiati sulla testa e per un secondo mi venne la voglia di fargli saltare i denti. Invece lo ringraziai. Non hai idea di quanto sia duro dire grazie, certe volte. Spero che tu non abbia mai a constatarlo di persona. Mi disse: 'Conosce le condizioni, vero?' e io gli risposi di sì e lui allora disse: 'Molto bene. Non mi preoccupo con lei. Quello che voglio dire è che ha una faccia onesta. Vada a sistemare questa faccenda con quel suo collega di lavoro e poi sistemerà la faccenda con me. E non scommetta più. Basta guardarla in faccia per vedere che non è tagliato per il gioco d'azzardo'. Così io presi i soldi e tornai a casa e li misi sotto il tappetino della vecchia *Ford* e mi misi a letto accanto a tua madre e per tutta la notte non riuscii a chiudere occhio perché mi sentivo sporco. Il giorno dopo consegnai i biglietti da dieci all'ingegnere con cui avevo scommesso e *lui* li contò a uno a uno e poi li ripiegò e se li ficcò nel taschino della camicia, che poi abbottonò come se tutti quei soldi non contassero niente, come se fossero una qualsiasi ricevuta per l'acquisto di carburante da consegnare in amministrazione alla fine della giornata lavorativa. Poi mi diede una pacca sulla spalla e disse: 'Be', sei un brav'uomo, Johnny. Meglio di quel che pensassi. Ho vinto quattrocento dollari ma ne ho persi venti con Bill Untermeyer. Aveva scommesso che ti saresti presentato con i soldi questa mattina, mentre io sostenevo che non ti avrei visto prima della fine della settimana. Se mai.' 'Io pago i miei debiti', risposi. 'Calma, calma', fece lui e mi diede un'altra pacca e credo che quella volta fui *veramente* molto vicino a fargli schizzare gli occhi con i pollici.»

«Che tasso di interesse ti aveva fatto Pop?»

Suo padre reagì con uno sguardo saettante. «Ti permette di chiamarlo così?»

«Sì, perché?»

«Allora stai in guardia», lo ammonì John Delevan. «Quell'uomo è una serpe.»

Sospirò, come confessando a entrambi che stava eludendo la domanda coscientemente. «Il dieci per cento.»

«Non è così terr...»

«Alla settimana, composti», aggiunse Delevan.

Per qualche momento Kevin rimase a bocca aperta. Poi: «Ma non è *legale*!»

«Molto vero», commentò Delevan, asciutto. Osservò l'espressione di incredulità sul viso del figlio e la tensione che aveva accumulato nel raccontare si disperse. Rise, battendogli amichevolmente la mano sulla spalla. «È solo il mondo, Kev», esclamò. «Quello che prima o poi ci uccide tutti.»

«Ma...»

«Ma niente. Quelle erano le condizioni e lui sapeva che avrei pagato. Avevo sentito dire che alla cartiera di Oxford assumevano al turno dalle tre alle undici. Ti ho detto che mi ero preparato nell'eventualità di perdere e non mi ero limitato a rivolgermi a Pop. Avevo parlato con tua madre e le avevo annunciato che magari sarei andato a lavorare alla cartiera per un po'. Del resto lei aveva espresso il desiderio di avere un'automobile meno decrepita della nostra e la speranza di traslocare in un appartamento migliore. E poi c'era sempre la necessità di mettere da parte qualcosa in banca nel caso di difficoltà economiche di vario genere.»

Rise.

«Be', una difficoltà economica si era già presentata, anche se lei non lo sapeva e io ero deciso a fare di tutto per impedirle di scoprirlo. Non sapevo se ci sarei riuscito, ma ce l'avrei messa tutta. Lei si oppose, non ne voleva sentir parlare. Disse che mi sarei ucciso lavorando sedici ore al giorno. Disse che quelle fabbriche erano pericolose, non si faceva che leggere sul giornale di qualcuno che aveva perso un braccio o una gamba o addirittura la vita, schiacciato sotto i rulli. Io risposi che non doveva preoccuparsi, perché sarei andato a lavorare allo smistamento, con paga minima ma senza pericoli, e se fosse risultato che era troppo pesante avrei smesso. Lei era lo stesso contraria. Disse che si sarebbe cercata lei un lavoro, ma riuscii a dissuaderla. Naturalmente, questa era l'ultima cosa al mondo che desideravo.»

Kevin annuì.

«Le promisi che avrei smesso di lì a sei mesi, otto al massimo. Così mi presentai alla cartiera e fui assunto, ma non nel reparto di smistamento. Mi misero a lavorare ai rulli, dove dovevo introdurre il materiale grezzo in una macchina che somigliava a uno strizzatoio su una gigantesca lavatrice. Era più che pericoloso. Se scivolavi o ti capitava di distrarti, ed era difficile conservare sempre l'attenzione perché era un lavoro così maledettamente monotono, ti ritrovavi facilmente mutilato. Ho visto un operaio perdere la mano in uno di quei rulli e ti assicuro che è una scena che non voglio vedere mai più. Fu come veder saltare una carica di dinamite in un guanto di gomma pieno di carne.»

«Dio del cielo!» proruppe Kevin. Raramente si lasciava andare a esclamazioni del genere in presenza di suo padre, il quale però non parve accorgersene.

«Comunque guadagnavo due dollari e ottanta centesimi l'ora e dopo due mesi mi passarono a tre e dieci», continuò. «Era un inferno. Lavoravo alla costruzione delle strade tutto il giorno e grazie a Dio erano gli inizi di primavera e non faceva troppo caldo, e poi correvo in fabbrica, facendo sputare l'anima a quella povera *Ford* per non arrivare in ritardo. Saltavo dentro un paio di blue jeans, mi infilavo una maglietta con le maniche corte e lavoravo a quei rulli dalle tre alle undici. Arrivavo a casa verso mezzanotte e i momenti peggiori erano quando tua madre restava alzata ad aspettarmi, cosa che faceva due o tre volte alla settimana, e dovevo farmi vedere allegro e su di giri quando stentavo a camminare diritto, per quanto ero sfinito. Ma se avesse capito in che stato ero...»

«Ti avrebbe fatto smettere.»

«Proprio così. Così mi facevo vedere sprizzante di energie e le raccontavo aneddoti divertenti su quello che succedeva allo smistamento dove non lavoravo affatto e certe volte mi domandavo che cosa sarebbe successo se avesse deciso di venire giù in fabbrica, magari a portarmi una cena calda o qualcosa del genere. Riuscivo a ingannarla abbastanza bene, ma non del tutto, altrimenti non avrebbe continuato a dirmi che ero stupido ad ammazzarmi di lavoro per così poco. Ed era veramente molto poco, dopo che ci mettevano il becco quelli del fisco e Pop. Restava più o meno quanto avrebbe potuto intascare uno che lavorava per la paga minima nel reparto di smistamento. Pagavano il mercoledì pomeriggio e io facevo sempre attenzione a passare in ufficio a prendere il mio assegno prima che le ragazze smontassero.

«Tua madre non ha mai visto neanche uno di quegli assegni.

«La prima settimana versai a Pop cinquanta dollari, quaranta di interessi e dieci sul capitale di quattrocento. Così me ne restavano trecentonovanta. Ero ridotto a una specie di zombie. Durante il giorno, nella pausa della colazione, mi sedevo in macchina, mangiavo velocemente il mio panino e poi dormivo finché non sentivo suonare quella dannata campana. Come la *detestavo*.

«Gli versai cinquanta dollari anche la seconda settimana, trentanove di interessi e undici sul capitale, che così scendeva a trecentosettantanove dollari. Mi sentivo come un uccellino che cerca di mangiare una montagna una beccata alla volta.

«La terza settimana per poco non finisco sotto il rullo. Fu un'esperienza così spaventosa che per qualche minuto mi schiarì il cervello, abbastanza perché mi venisse una buona idea, perciò devo dedurne che nonostante le apparenze quell'incidente fosse una benedizione. Dovevo smettere di fumare. Non riuscivo a capire perché non ci avessi pensato subito. A quei tempi un pacchetto di sigarette costava quaranta centesimi e io ne fumavo due al giorno. Erano cinque dollari e sessanta centesimi la settimana!

«Ci concedevano una pausa per fumare una cicca ogni due ore e io controllai il mio pacchetto di Tareyton. Avevo dieci, forse dodici sigarette. Le feci durare una settimana e mezzo e non comperai mai più un altro pacchetto.

«Passai un mese senza sapere se ce l'avrei mai fatta. C'erano giorni in cui la sveglia suonava alle sei e sentivo che per me era finita, che avrei dovuto raccontare tutto a Mary e accettarne le conseguenze. Ma, all'inizio del secondo mese, sentii che probabilmente me la sarei cavata. Ancora oggi credo che furono quei cinquanta dollari e sessanta la settimana che risparmiavo sulle sigarette a costituire la differenza, insieme con tutti i vuoti di birra e analcolici che raccoglievo ai bordi della strada durante il giorno.

«Avevo ridotto il capitale da restituire a Merrill a trecento dollari e questo significava che avrei potuto ridurlo di venticinque, ventisei dollari la settimana e sempre di più, via via che il tempo passava.

«Poi, sul finire di aprile, ci diedero una settimana di ferie pagate perché avevamo concluso i rilevamenti per la costruzione della strada. Dissi a Mary che mi preparavo a lasciare il lavoro in fabbrica e lei ne fu felice. Passai la settimana di ferie facendo in fabbrica tutti gli straordinari che riuscii a trovare, perché li pagavano una volta e mezzo. Non ebbi mai un incidente. Ne vidi parecchi, vidi restarci uomini più freschi e più svegli di me, ma io riuscii sempre a scamparla. Non so perché. Alla fine di quella settimana consegnai a Pop Merrill cento dollari e diedi il mio preavviso in fabbrica. Dopo quell'ultimo sforzo avevo ridotto il mio debito abbastanza da poter continuare a pagare le rate sottraendole al mio stipendio normale senza che tua madre se ne accorgesse.»

Trasse un profondo respiro.

«Ora sai come ho conosciuto Pop Merrill e perché non mi

fido di lui. Ho passato dieci settimane all'inferno e lui raccoglieva il sudore della mia fronte, per non dire quello del mio fondoschiena, in biglietti da dieci dollari che senza dubbio tirava fuori da quel suo barattolo di Crisco per passarli a qualche altro disgraziato finito in un pasticcio simile al mio.»

«Chissà come lo odi.»

«No», rispose Delevan alzandosi. «Non odio lui e non odio me stesso. Mi aveva preso una febbre e sarebbe potuta andarmi peggio. Era una brutta malattia di cui il mio matrimonio sarebbe potuto morire e allora tu e Meg non sareste mai nati, Kevin. Ma avrei potuto morirne io stesso. Pop Merrill fu la cura. Fu una terapia *dolorosa*, ma che funzionò. Quello che è difficile perdonargli è *come* si comportava. Incassava fino all'ultimo centesimo e ne prendeva nota in un registro che teneva nel cassetto sotto il registratore di cassa. Guardava i cerchi che avevo sotto gli occhi e come i calzoni avevano preso a pendermi mezzo vuoti dalla cintura e non diceva niente.»

Si incamminarono verso l'*Emporium Galorium*, con la sua facciata così evidentemente e spudoratamente falsa e l'insegna polverosa e gialliccia, tipica delle scritte rimaste per troppo tempo appese nelle vetrine dei negozi di provincia. Poco distante Polly Chalmers spazzava l'ingresso conversando con Alan Pangborn, lo sceriffo della contea. Polly era giovane e fresca con i capelli raccolti in una coda di cavallo, Alan era giovane ed eroico nella sua divisa stirata. Ma le cose non stanno sempre come sembrano e lo sapeva persino Kevin, a quindici anni. Lo sceriffo Pangborn aveva perso la moglie e il figlio più piccolo in un incidente d'automobile proprio quella primavera e Kevin aveva sentito dire che la Chalmers, giovane o no, era affetta da una grave artrite che di lì a non molti anni le avrebbe probabilmente provocato un'invalidità permanente. Le cose non erano sempre come sembravano. Questa considerazione lo indusse a riportare lo sguardo sull'*Emporium Galorium*... e poi ad abbassare gli occhi sulla macchina fotografica che aveva ricevuto in regalo per il compleanno.

«Mi fece persino un favore», osservò Delevan. «Mi fece smettere di fumare. Ma non mi fido di lui. Tieni gli occhi aperti con lui, Kevin. E comunque vadano le cose lascia parlare me. Forse ora lo conosco un po' meglio.»

Così entrarono nel silenzio polveroso e ticchettante dove Pop Merrill li aspettava dietro la porta, con gli occhiali appollaiati sul cranio calvo e un paio di assi nella manica.

6

«ALLORA, eccoli qui, i nostri padre e figlio», esordì Pop con un sorriso da patriarca ammirato. I suoi occhi scintillarono dietro un velo di fumo di pipa e, anche se non aveva la barba, lì per lì Kevin trovò che somigliasse a Babbo Natale. «Suo figlio è proprio un bravo ragazzo, signor Delevan. Un *ottimo* elemento.»

«Lo so», rispose Delevan. «Mi è dispiaciuto sapere che era stato qui perché voglio che resti com'è.»

«Sono parole dure», ribatté Pop con una punta di rimprovero nella voce. «Sono parole dure in bocca a un uomo che quando non aveva altri a cui rivolgersi...»

«Quello è un capitolo chiuso.»

«Già, già, è quello che volevo dire.»

«Ma questo no.»

«Sarà chiuso anche questo.» Pop porse la mano a Kevin che gli consegnò la sua Sun. «Sarà chiuso oggi stesso.» Si rigirò la fotocamera tra le mani. «Questo è un oggetto eccezionale. In che *maniera* sia eccezionale, di preciso non saprei, ma suo figlio ha intenzione di distruggerlo perché ritiene che sia pericoloso. Penso che abbia ragione. Ma gli ho detto: 'Non vorrai che tuo padre ti consideri un fifone?' Questo è l'unico motivo per cui gli ho chiesto di persuaderti a venire qui, John...»

«Preferivo 'signor Delevan'.»

«E va bene», sospirò Pop. «Vedo che l'acqua passata non è passata abbastanza.»

«Infatti.»

Kevin li guardava con preoccupato sconcerto.

«Pazienza», disse Pop. Voce ed espressione del volto si raggelarono con incredibile subitaneità e tutt'a un tratto non somigliò più a Babbo Natale. «Quando dico che il passato è passato e quel che è fatto è fatto, parlo con sincerità... salvo che abbia influenza su come ci si comporta oggi. Ma una cosa voglio che sia chiara, signor Delevan: io non baro e lei lo sa.»

La compassata prosopopea con cui aveva piazzato questa superba menzogna indusse entrambi a credergli, al punto incredibile da far provare un po' di vergogna a Delevan. «Quello che c'è stato tra noi è stato solo tra noi. Lei mi ha detto di che cosa aveva bisogno, io le ho detto che cosa avrei voluto in cambio e lei me lo ha dato e quella storia finisce lì. Quello che accade adesso non c'entra niente.» E a questo punto Pop piazzò una menzogna ancor più spettacolare, troppo grande per non crederci. «Io non ho alcun tornaconto questa volta, signor Delevan. L'unica cosa che desidero fare è aiutare il suo ragazzo. Mi è simpatico.»

Sorrise e, al riapparire fulmineo di Babbo Natale, Kevin dimenticò persino che per qualche momento si era eclissato. Ma ancora di più: John Delevan, che per mesi si era ammazzato di lavoro rischiando una morte meno metaforica tra i rulli della cartiera per poter pagare il prezzo esorbitante che quell'uomo aveva preteso a espiazione di un istante di follia, anche John Delevan dimenticò di aver visto quell'altra espressione.

Pop li guidò nel suo labirinto, negli odori di stampa morta e nel ticchettio degli orologi, e posò la Sun 660 sul banco da lavoro un tantino troppo vicino all'orlo (come aveva fatto Kevin a casa dopo aver scattato la prima fotografia), per dirigersi quindi alle scale sul retro che salivano all'appartamentino. Appoggiato contro il muro, là dietro, c'era un vecchio specchio polveroso nel quale Pop controllò se il padre o il figlio recuperassero la fotocamera o la spostassero da dove l'aveva posata lui. Lo riteneva improbabile, ma sempre possibile.

Non ci badarono nemmeno, passando, e, precedendoli per la stretta scala con la gomma consumata sui gradini, sogghignò in un modo che avrebbe messo l'ansia addosso a chiunque l'avesse visto e pensò: *che drago che sono!*

Aprì la porta ed entrarono tutti nella sua abitazione.

Né John né Kevin Delevan avevano mai messo piede negli alloggi privati di Pop, e John non conosceva nessuno che ci fosse mai stato. Non c'era di che meravigliarsi: nessuno avrebbe mai eletto Pop a primo cittadino. Se è vero che il mondo non è mai parco di stranezze, John ammetteva la *possibilità* che quel vecchio strozzino avesse anche qualche amico, ma in ogni caso lui non sapeva chi fossero.

E Kevin si concesse una fugace considerazione sul professor Baker, il suo insegnante preferito. Si domandò se per caso il professor Baker si fosse trovato in qualche delicato frangente per cui potesse aver avuto bisogno dell'aiuto di un personaggio come Pop. Gli parve improbabile quanto improbabile era sembrato a suo padre che Pop avesse degli amici... d'altra parte, solo un'ora prima l'idea che suo padre stesso...

No. Meglio lasciar perdere.

In effetti Pop aveva uno o due amici, o per meglio dire conoscenti, che non riceveva mai in casa. Non voleva. L'ambiente in cui abitava rivelava la sua autentica natura più di quanto desiderasse mostrare al prossimo. C'era un'aspirazione all'ordine e alla pulizia che restava vanificata. C'erano macchie di umido sulla tappezzeria; non erano vistose, bensì furtive come i pensieri fantasma che turbano le menti ansiose. C'erano piatti incrostati in un lavello profondo di vecchia concezione e sebbene il tavolo fosse pulito e la pattumiera di plastica avesse il coperchio abbassato aleggiava un odore di sardine e di qualcos'altro ancora, piedi sporchi, forse, che c'era e quasi non c'era. Un odore furtivo come le macchie di umido sulla tappezzeria.

Il soggiorno era minuscolo. Lì l'odore non era di sardine o (forse) piedi, ma di fumo di pipa. Due finestre si affacciavano sul modestissimo spettacolo del vicolo dietro a Mulberry Street e sebbene i vetri sembrassero lavati, o quanto meno sporadicamente spolverati, gli angoli erano opachi e unti di anni di fumo condensato. L'atmosfera generale faceva pensare a sporcizia nascosta sotto i tappeti scoloriti, o sotto il divano e la poltrona, due mobili antiquati e stragonfi di imbottitura. Erano entrambi color verde chiaro e l'occhio tentava di dirti che si accordavano, ma non era così. Non del tutto.

Gli unici oggetti nuovi erano un televisore Mitsubishi a grande schermo e un videoregistratore. A sinistra del videoregistratore c'era uno scaffale che richiamò l'attenzione di Kevin perché era assolutamente vuoto.

In previsione della loro visita, Pop aveva ritenuto opportuno chiudere nell'armadio la sua collezione di più di settanta film porno.

Sopra il televisore c'era una videocassetta in un astuccio privo di etichetta.

«Accomodatevi», disse Pop indicando loro il divano bitorzoluto. Andò al televisore e tolse la cassetta dall'astuccio.

Delevan osservò il divano con aria dubbiosa, come domandandosi se vi si potessero annidare zecche e pidocchi, poi si sedette con molta circospezione. Kevin prese posto accanto a lui. Gli era tornata la paura, più forte che mai.

Pop accese il videoregistratore e vi inserì la cassetta. «Conosco un tizio su in città», cominciò (per i residenti di Castle Rock e dei centri abitati dei paraggi, «su in città» significava sempre Lewiston), «che gestisce un negozio di materiale fotografico ormai da una ventina d'anni. Si è occupato fin dall'inizio di videoregistrazione, appena i nuovi sistemi si sono diffusi, diceva che sarebbe stata la moda del futuro. Voleva che facessi a metà con lui, ma io ero profondamente convinto che desse i numeri. Be', mi sono sbagliato quella volta, è quello che voglio dire, ma...»

«Venga al punto», interferì il padre di Kevin.

«Ci sto provando», ribatté Pop, spalancando gli occhi in un'espressione offesa. «Se vuole usarmi la cortesia...»

Kevin toccò dolcemente il fianco di suo padre con il gomito e Delevan non disse più niente.

«Un paio di anni fa ha scoperto che noleggiare videocassette non era l'unico modo per cavare denaro da questi nuovi congegni. Così gli è venuta l'idea di riversare su nastro i film in otto millimetri e le fotografie, offrendo una visione molto più comoda.»

A Kevin sfuggì un'esclamazione soffocata, e Pop sorrise, annuendo.

«Già. Tu hai scattato cinquantotto fotografie con quella tua fotocamera e ci siamo accorti tutti che in ciascuna c'era una piccola differenza rispetto alle altre e immagino che abbiamo tutti intuito in che cosa consistessero le differenze, ma io volevo vedere con i miei occhi. Non c'è niente da perdere a emulare san Tommaso, è quello che voglio dire.»

«Ha cercato di ottenere un film da quelle foto?» chiese Delevan.

«Non ho *cercato*», ribatté Pop. «L'ho *fatto*. O, per essere più precisi, l'ha fatto questo mio conoscente su in città, ma l'idea è stata mia.»

«E ne è venuto veramente fuori un film?» volle sapere Kevin. Capiva che cosa aveva fatto Pop e provava anche una punta di invidia per non averci pensato lui stesso, ma soprattutto era sbalordito (e deliziato) da quell'idea.

«Vedrai tu stesso», rispose Pop accendendo lo schermo. «Cinquantotto fotografie. Normalmente le fotografie vengono montate su nastro dando a ciascuna cinque secondi, abbastanza per una buona visione, dice lui, ma non tanto da annoiare prima che si passi a quella successiva. Io gli ho detto che per le mie volevo che durassero un solo secondo ciascuna, una dopo l'altra senza dissolvenze.»

Kevin ricordò un giochino che faceva alle elementari quando aveva finito una lezione e aveva del tempo libero in attesa di quella seguente. Aveva un piccolo blocco di foglietti, un Arcobloc, così chiamato perché ogni gruppo di trenta foglietti aveva un colore diverso, rosa, verde e così via. Per il suo gioco si prendeva l'ultimo foglietto del blocco sul quale si disegnava un pupazzetto con un paio di mutandoni e le braccia aperte. Sul foglietto che seguiva si disegnava lo stesso pupazzetto nella stessa posizione e con gli stessi mutandoni, solo che questa volta le braccia erano un po' più alte... ma di poco. Così si procedeva, foglietto dopo foglietto, finché si disegnava l'omino con le mani unite sopra la testa. Poi, se c'era ancora tempo, si continuava a disegnare, facendo riabbassare le braccia al pupazzetto. Infine, sfogliando velocissimamente i foglietti colorati, si otteneva un rudimentale esempio di cartone animato in cui un pugile celebrava una vittoria per atterramento: si portava le mani sopra la testa, le giungeva e le scuoteva, per poi riabbassarle.

Rabbrividì. Suo padre lo guardò. Kevin scosse la testa e mormorò: «Niente».

«Con questo voglio dire che il nastro dura solo circa un minuto», chiarì Pop. «Bisogna fare molta attenzione. Pronti?»

No, pensò Kevin.

«Coraggio», disse Delevan. Cercava ancora di mostrarsi scontroso, ma Kevin sentiva che stava interessandosi suo malgrado all'esperimento.

«Partiamo», disse Pop Merrill, pigiando il tasto di riproduzione.

Kevin non faceva che ripetersi che era stupido aver paura. Se lo diceva in continuazione e non serviva assolutamente a niente. Sapeva che cosa avrebbe visto, perché lui e Meg avevano notato che la Sun non si limitava a riprodurre in continuazione la medesima immagine come una fotocopiatrice; non avevano impiegato molto a rendersi conto che le fotografie mostravano un movimento in corso, che si svolgeva dall'una all'altra.

«Guarda», aveva esclamato Meg. «Il cane si muove!»

Invece di risponderle con una delle solite spiritosaggini che riservava alla sorella e che per quanto affettuose non mancavano di stizzirla, aveva ammesso: «È vero, dà questa sensazione... ma non si può dirlo con certezza, Meg».

«Sì che si può», aveva insistito lei. Erano nella stanza di Kevin, dove il neoquindicenne osservava immusonito la sua fotocamera posata al centro del tavolo vicino ai nuovi libri di scuola che aspettavano di essere ricoperti. Meg aveva abbassato la lampada perché proiettasse un cerchio di luce intensa nel punto in cui si trovava la macchina. Quindi l'aveva spostata e al centro del fascio di luce aveva posato la prima immagine, quella con la macchia di torta. «Conta i paletti dello steccato che ci sono tra il sedere del cane e l'angolo destro della foto», gli aveva detto.

«Quelle sono stecche, non paletti», l'aveva corretta lui. «Come quelle che prendi quando cerchi di cantare.»

«Ah, ah. Contale.»

Kevin l'aveva accontentata. Ne vedeva quattro e parzialmente una quinta, quasi del tutto coperta dal villoso posteriore del cane.

«Adesso guarda qui.»

Meg gli aveva sottoposto la quarta polaroid. In essa Kevin vedeva *tutta* la quinta stecca e parte della sesta.

Così riteneva che avrebbe visto un incrocio tra un vecchio disegno animato e una di quelle sequenze che si inventava alle elementari per riempire i tempi morti fra una lezione e l'altra.

Così furono in effetti gli ultimi venticinque secondi di nastro, anche se a giudizio di Kevin le sue sequenze delle elementari erano qualitativamente superiori... il movimento delle braccia del pugile risultava più fluido. Negli ultimi venticinque secondi di nastro l'azione procedeva a scatti sussultori, a confronto dei quali i film muti della preistoria cinematografica erano delle meraviglie di tecnica di ripresa.

La parola chiave era ciononostante *azione*, che imprigionò tutti e tre in uno stato di sbalordito incantamento, Pop incluso. Visionarono la proiezione della durata di un minuto tre volte senza mai proferire verbo. Si udivano soltanto i loro respiri: quello veloce e regolare di Kevin attraverso il naso, quello più profondo di suo padre, quello catarroso di Pop nel suo torace angusto.

E i primi trenta secondi...

Si era aspettato di vedere un movimento, questo sì, c'era azione nelle sequenze che disegnava da sé e c'era azione nei cartoni animati del sabato mattina, che erano poi una versione solo un tantino più sofisticata delle sue sequenze sui foglietti; ma ciò che non si era aspettato è che per quei primi trenta secondi di nastro non avrebbe avuto l'impressione di veder scorrere velocemente le pagine di un blocchetto e nemmeno di assistere alla proiezione di un cartone animato primitivo: per trenta secondi (ventotto almeno) la progressione delle sue polaroid davano incredibilmente per risultato un film vero. Non un film di Hollywood, naturalmente, e nemmeno un film dell'orrore di seconda categoria di quelli che Megan talvolta pretendeva che noleggiasse le sere in cui i loro genitori uscivano; sembrava piuttosto uno spezzone di film casalingo girato da qualcuno che fosse appena entrato in possesso di una cinepresa a 8 mm e ancora non avesse imparato a usarla molto bene.

In quei primi ventotto secondi il cane nero camminava senza percettibili sussulti lungo lo steccato, lasciando apparire cinque, sei, sette stecche. Si fermava addirittura ad annusare per una seconda volta una delle stecche, sulla quale evidentemente aveva trovato uno di quei misteriosi telegrammi canini. Poi riprendeva il cammino con la testa abbassata e girata dalla parte dello steccato, e la coda rivolta all'obiettivo. E verso la metà di quella prima sequenza Kevin notò un'altra cosa che prima gli era sfuggita: il fotografo aveva mosso la fotocamera per mantenere inquadrato il cane. Se non l'avesse spostata, l'animale sarebbe semplicemente uscito dall'inquadratura, nella quale sarebbe rimasto solo lo steccato. Le stecche che si trovavano all'estremità destra delle prime due o tre immagini scomparvero oltre la cornice, mentre ne apparivano di nuove a sinistra. Se ne aveva conferma dalla scomparsa di una delle stecche in particolare, di quelle che si trovavano a destra, la stecca con la punta spezzata.

Il cane si accinse ad annusare di nuovo... poi alzò la testa. Drizzò l'orecchio buono; quello rimasto ferito in un vecchio duello cercò invano di sollevarsi a sua volta. Non c'era colonna sonora, eppure Kevin ebbe la precisa certezza che il cane avesse cominciato a ringhiare. Si era accorto di qualcosa o di qualcuno. Che cosa? Chi?

Kevin osservò l'ombra che in un primo tempo avevano scambiato per un ramo di albero o un palo del telefono e trovò la risposta.

La testa del cane cominciò a voltarsi... ed è qui che cominciava la seconda metà di quel singolare «film», trenta secondi di azione tutta a scatti che faceva venire male alla testa e agli occhi. Pop aveva avuto un'intuizione, concluse Kevin, oppure aveva letto di fenomeni del genere già verificatisi. In ogni caso aveva visto giusto e i risultati erano troppo evidenti perché fosse necessario commentarli.

Con le immagini scattate a brevissimi intervalli di tempo, se non addirittura una dietro l'altra, l'azione aveva una fluidità quasi cinematografica. Non del tutto, ma quasi. Quando invece intercorreva un intervallo tra uno scatto e l'altro, era un tormento per la vista, perché gli occhi desideravano vedere o un movimento realistico o una serie di immagini staccate ed erano costretti a guardare una via di mezzo.

Il tempo trascorreva in quel piatto mondo polaroid. Non alla stessa velocità in cui scorreva in questo

(*quello reale?*)

altrimenti il sole sarebbe spuntato (o tramontato) già tre volte e ciò che il cane aveva in mente di fare si sarebbe già compiuto (*se* aveva intenzione di fare qualcosa), in caso contrario se ne sarebbe andato e adesso sarebbe rimasto solo il vecchio steccato, immobile e decrepito, apparentemente eterno, a guardia di un prato abbandonato. No, il tempo *passava*.

La testa del cane si stava girando verso il fotografo, la persona a cui apparteneva l'ombra, con il movimento di una reazione collerica: per un attimo il muso e persino la forma della testa restarono nascosti dietro l'orecchio pendente; poi appariva un occhio marrone in una sclerotica rotonda e sudicia che ricordò a Kevin un bianco d'uovo guasto; poi appariva metà del muso con le labbra lievemente contratte, come se il cane si accingesse a ringhiare o abbaiare; infine compariva il muso per tre quarti, in un certo modo più orrendo di quanto si potesse immaginare che riuscisse a essere un muso di cane, anche di un cane cattivo. La spruzzata di bianco nel pelo del muso tradiva l'età avanzata. Nell'ultima immagine le labbra si schiudevano del tutto e balenava qualcosa di bianco che doveva essere una zanna. Kevin se ne accorse solo la terza volta che fecero scorrere il nastro. Era troppo affascinato dall'occhio. Era un occhio omicida. Quel cane senza razza mostrava nell'occhio tutta la sua anima di carogna. E non aveva nome. Ne era sicuro. Sapeva al di là di ogni possibile dubbio che nessun uomo polaroid o donna polaroid o bambino polaroid aveva mai battezzato quel cane polaroid. Era un randagio, nato randagio, cresciuto randagio, invecchiato e incattivito randagio, incarnazione emblematica di tutti i cani che hanno vagato per il mondo senza nome e senza casa, passando il tempo a uccidere galline, a mangiare i rifiuti dai bidoni delle immondizie che fin da piccoli imparano a rovesciare, dormendo negli sbocchi fognari e sotto le verande delle case abbandonate. Tardo nella mente, ma fulmineo e sanguinario nell'istinto.

Quando Pop Merrill parlò, Kevin fu strappato così violentemente alle sue meditazioni che per poco non lanciò un grido.

«Quello che ha scattato le foto», disse il vecchio. «Posto che *fosse* una persona, è quello che voglio dire. Che fine ha fatto, secondo voi?»

Pop aveva fermato l'ultimo fotogramma con il telecomando. L'immagine era disturbata da una striscia oscillante. Kevin avrebbe voluto che la striscia coprisse l'occhio del cane, ma era troppo bassa. Li fissava bieco, torvo di stupida ferocia... no, non stupida, non del tutto, ecco che cosa lo rendeva non già spaventoso ma terrificante: e nessuno sentì il bisogno di rispondere all'interrogativo di Pop. Non c'era bisogno di avere a disposizione altre fotografie per sapere che cosa sarebbe accaduto. Il cane doveva certamente aver udito qualcosa, ma sì, era facile immaginare che cosa. Aveva udito il rumore della Polaroid, l'uggiolio.

Ulteriori fotografie avrebbero mostrato le fasi successive del movimento della testa e poi il cane avrebbe cominciato a riempire una porzione sempre più grande di ogni fotogramma finché non ci sarebbe stato altro da vedere che il suo pelo nero: niente più prato, niente steccato, niente marciapiede, niente ombra. Solo il cane.

Che aveva in animo di attaccare.

Che aveva in animo di uccidere, se possibile.

Kevin parlò con una voce ruvida che gli parve provenire da lontano. «Non credo che gli piaccia essere fotografato», disse.

La corta risata di Pop fu come un mazzo di rametti secchi spezzati sul ginocchio prima di essere buttati nel camino.

«Lo riavvolga», chiese Delevan.

«Vuole rivederlo dall'inizio?» domandò Pop.

«No. Solo gli ultimi dieci secondi.»

Pop usò il telecomando per tornare indietro, poi fece ripartire la riproduzione. Il cane girava la testa a scatti, come un robot ormai vecchio e quasi in disarmo ma ancora pericoloso, e Kevin avrebbe voluto gridare: *Basta! Basta adesso! Basta così. Smettiamola e distruggiamo quella maledetta macchina!* Perché c'era qualcos'altro ancora, vero? Qualcosa a cui non voleva pensare, ma che presto avrebbe dovuto affrontare, che gli piacesse o no; lo sentiva affiorare nella mente come il vasto dorso di una balena.

«Ancora una volta», chiese Delevan. «Fotogramma per fotogramma, questa volta. Si può fare?»

«Sì», rispose Pop. «L'unica cosa che non sa fare questa macchina è lavare il bucato.»

Così visionarono i fotogrammi, uno alla volta. Ora non era più come un robot, non proprio, ma piuttosto come uno strano orologio, degno della collezione che Pop teneva in negozio. Scatto. Scatto. La testa si girava. Presto avrebbero rivisto quell'occhio spietato e non del tutto idiota.

«Che cos'è quello?» domandò Delevan.

«Che cos'è che cosa?» chiese Pop, come se non avesse saputo che intendeva l'oggetto di cui il ragazzo non aveva voluto parlargli l'altro giorno, l'oggetto che secondo lui gli aveva fatto prendere la risoluzione di distruggere una volta per tutte quella fotocamera.

«Sotto il collo», indicò Delevan. «Non porta né collare né targhetta, ma ha lo stesso qualcosa appeso al collo, un pezzo di spago o roba del genere.»

«Non saprei», ribatté Pop, imperturbato. «Forse lo sa il suo ragazzo. I giovani hanno vista più acuta di noialtri vecchi.»

Delevan si girò verso Kevin. «Vedi di che si tratta?»

«È...» Si zittì. «È molto piccolo.»

Tornò a quanto suo padre gli aveva rivelato durante la passeggiata da casa. *Se lei non te lo chiede, non sei tenuto a parlare... È così che ci regoliamo noi adulti.* Pochi attimi fa gli aveva domandato se riusciva a distinguere che cosa portava il cane appeso al collo. Non aveva veramente risposto alla sua domanda; aveva invece commentato altrimenti. *È molto piccolo*. Niente di più. Il fatto che sapesse che cos'era... be'...

Come l'aveva definito suo padre? Camminare sul filo del rasoio?

Del resto, non è che proprio *riuscisse* a distinguerlo. Però sapeva lo stesso che cos'era. L'occhio glielo suggeriva, il cuore lo sapeva. Come sapeva che, se aveva ragione, quella macchina fotografica andava distrutta. Assolutamente.

In quel momento Pop Merrill fu colpito all'improvviso da un'ispirazione molto opportuna. Si alzò e spense il televisore. «Ho le foto da basso», disse. «Le ho riportate a casa con il nastro. Avevo notato anch'io quel particolare e l'avevo studiato con la mia lente d'ingrandimento, ma non sono riuscito a identificarlo. Però ha un'aria familiare, Dio m'è testimone. Scendo un attimo a prendere le foto e la lente.»

«Possiamo venire giù anche noi», propose Kevin, il che era l'ultima cosa al mondo che Pop desiderasse, ma si intromise Delevan, il cielo lo benedicesse, dichiarando che avrebbe voluto rivedere il nastro dopo aver studiato le ultime due foto sotto la lente d'ingrandimento.

«Faccio in un lampo», promise Pop e subito scomparve, lieve e ratto come un uccellino che saltella da un ramo all'altro tra le fronde di un melo, prima che i due Delevan, anche volendo, avessero il tempo di protestare.

Kevin non ne aveva la minima intenzione. Quel pensiero aveva finalmente esposto la sua schiena mostruosa nel mare della sua mente e ora, gli piacesse o no, era costretto a prenderne nota.

Era semplice come è semplice un dorso di balena, almeno per gli occhi di chi non si guadagna da vivere studiando le balene, ed era altrettanto colossale.

Non era un'idea, ma una semplice certezza. Aveva a che fare con quella strana piattezza tipica delle polaroid, con il modo in cui ti presentavano la realtà in due sole dimensioni, anche se lo stesso varrebbe per tutte le fotografie, sennonché le altre ti danno almeno la sensazione di *suggerire* la presenza di una terza dimensione, anche quelle scattate con una semplice Kodak 110.

Gli oggetti delle *sue* fotografie, fotografie che mostravano inquadrature che non aveva mai visto nel mirino della Sun né altrove, se è per questo, avevano le stesse caratteristiche: erano piattamente, irrecuperabilmente bidimensionali.

Eccetto il cane.

Il cane non era *piatto*. Il cane non era *insignificante*, un elemento riconoscibile ma privo di presenza emotiva. Il cane non solo *suggeriva* le tre dimensioni, ma le *possedeva*, come un ologramma, oppure uno di quei film in 3-D, nei quali l'immagine sdoppiata viene fatta collimare con l'uso di occhiali speciali.

Non è un cane polaroid, pensò Kevin, *e non appartiene al mondo che viene fotografato dalle Polaroid. È pazzesco, me ne rendo conto, ma so anche che è vero. E allora che cosa vuol dire? Perché la mia macchina continua a scattare foto di quel cane... e quale persona polaroid sta scattando queste foto? Riesce a vedere il cane? Se è davvero un cane tridimensionale in un mondo bidimensionale, forse chi sta fotografando non è in grado di vederlo. Dicono che per noi il tempo costituisce la quarta dimensione e noi sappiamo che c'è senza vederlo. Non ci accorgiamo nemmeno in realtà che passa, anche se certe volte, specialmente quando ci annoiamo, una mezza sensazione c'è.*

Ma, volendo guardare a fondo, forse tutte quelle considerazioni non avevano importanza e bisognava rispondere a interrogativi troppo ardui per lui. C'erano altre domande che gli sembravano più importanti, domande vitali, se non forse mortali.

Per esempio, come mai il cane era nella *sua* fotocamera?

Ce l'aveva con *lui* o con chiunque? Sulle prime aveva pensato che valesse per chiunque, perché chiunque ne avrebbe potuto scattare le fotografie e ogni volta avrebbe fatto avanzare il movimento del cane. Ma quella cosa che aveva al collo, quella cosa che non era un collare... riguardava lui e lui soltanto. Voleva fare qualcosa *a lui*? Se la risposta a *quella* domanda era affermativa, tanto valeva dimenticarsi tutte le altre, perché era fin troppo maledettamente ovvio che cosa volesse fare il cane. Glielo si leggeva nell'occhio fosco, nel ringhio incipiente. Giudicava che volesse due cose.

La prima era scappare.

La seconda era uccidere.

C'è una persona in quell'immagine che usa una macchina fotografica e forse non vede nemmeno quel cane, rifletté Kevin, *e se chi fotografa non vede il cane, forse il cane non vede chi fotografa, perciò chi sta fotografando è al sicuro. Ma se il cane è veramente tridimensionale forse vede fuori dalla foto... forse vede chi sta usando la mia macchina fotografica. Forse anche in questo caso non è inevitabilmente me che vede; forse il suo obiettivo è chiunque stia usando la macchina.*

Già... ma resta quella cosa al collo. Come metterla?

Pensò agli occhi scuri del cane, in cui solo una scintilla malvagia sembrava negare un baratro di stupidità. Come quel cane fosse finito nel mondo polaroid era un mistero, ma quando gli era stata scattata la foto aveva visto *fuori* e aveva desiderato *uscire* e Kevin riteneva in cuor suo che prima volesse ucciderlo, quell'oggetto che aveva intorno al collo *affermava* che voleva prima uccidere lui, *proclamava* la sua volontà omicida, ma poi?

Ma, dopo Kevin, poco importanza aveva a chi sarebbe toccato.

A chiunque.

In un certo senso era nuovo, simile a un gioco da bambini, vero? Quello del «Passo del gigante». Il cane camminava lungo lo steccato. Il cane aveva sentito la Polaroid, quell'uggiolio che faceva espellendo la foto. Si era girato e aveva visto... che cosa? L'universo a cui apparteneva? Un mondo o un universo abbastanza *simile* al suo da fargli pensare o intuire che lì avrebbe potuto sopravvivere e cacciare? Chissà. Intanto, ogni volta che qualcuno scattava una fotografia, il cane si avvicinava e avrebbe continuato ad avvicinarsi, sempre di più, finché... finché cosa? Finché sarebbe passato attraverso?

«Che sciocchezza», mormorò. «Non ci starebbe mai.»

«Che cosa c'è?» chiese suo padre, strappato alle proprie elucubrazioni.

«Niente», rispose Kevin. «Parlavo fra me e me...»

Poi giunse dal basso, ovattato ma distinto, un grido di Pop Merrill in cui si fondevano sorpresa e dispetto: «Merda secca a colazione! *Porco schifo!*»

Kevin e suo padre si scambiarono uno sguardo sbigottito.

«Andiamo a vedere che cosa diavolo è successo», disse Delevan alzandosi. «Speriamo che non sia caduto e che non si sia rotto qualcosa. Cioè, a *me* non dispiacerebbe, ma... sai anche tu.»

Kevin pensò: *E se stava facendo fotografie? Se di sotto ci troviamo il cane?*

Ma le imprecazioni del vecchio usuraio non erano state di paura e naturalmente era impensabile che un cane grande come un pastore tedesco riuscisse a passare attraverso una fotocamera come la Sun 660 o una delle stampe che produceva. Sarebbe stato più facile far passare una lavatrice attraverso un nocchio.

Tuttavia lui aveva paura a sufficienza per tutti loro, Pop incluso, mentre scendeva le scale dietro suo padre nel tetro bazar sottostante.

Scendendo le scale, Pop Merrill era felice come una cozza con l'alta marea.

Avrebbe effettuato la sostituzione sotto i loro occhi, se ci fosse stato costretto. Sarebbe stato un problema se si fosse trattato del ragazzo da solo, che era ancora più o meno nell'età in cui credeva di sapere tutto. Ma suo padre... ah, giocare quel brav'uomo sarebbe stato come rubare una caramella a un bambino. Gli aveva raccontato del pasticcio in cui si era cacciato? Dalla maniera in cui il ragazzo lo guardava, con una circospezione che prima non c'era, Pop arguiva che l'avesse fatto. E che cos'altro aveva raccontato il padre al figlio? Vediamo. *Ti permette di chiamarlo Pop? Questo significa che ha in mente di giocarti qualche tiro mancino.* Questo come antipasto. *Quell'uomo è una serpe velenosa in agguato nell'erba, figliolo.* Questo come primo piatto. E naturalmente era facile indovinare il dessert. *Lascia parlare me, ragazzo. Lo conosco meglio di te. Lascia che ci pensi io.* Gli uomini come Delevan erano per Pop Merrill come un pollo ben arrostito per certa gente, tenero, saporito, succoso e cotto al punto giusto da staccarsi quasi da solo dalle ossa. Un tempo anche Delevan era stato poco più che un moccioso ed erano passati gli anni e ancora non aveva capito che a finire nel tritacarne c'era andato da solo, non era stato lui, Pop, a ficcarcelo. Avrebbe potuto chiedere aiuto a sua moglie, la quale avrebbe munto quella sua vecchia zia che se ne stava con le naticuzze strette su un cuscino di biglietti da cento dollari e Delevan sarebbe anche stato relegato nella cuccia del cane per un po', ma prima o poi avrebbe ottenuto il perdono della consorte. Non solo non l'aveva vista secondo questa prospettiva: non aveva visto un bel niente.

E adesso, per nessun'altra ragione che quella idiota del tempo, il quale andava e veniva senza l'aiuto di chicchessia, riteneva di sapere tutto quello che c'era da sapere su Reginald Marion Merrill.

Esattamente come a Pop piaceva.

Sì, avrebbe potuto sostituire una fotocamera all'altra davanti ai suoi occhi senza che Delevan si accorgesse di niente, da tanto sicuro che era di aver così bene inquadrato il vecchio Pop.

Ma così era meglio.

Non bisogna mai fare la corte alla fortuna, che troppo spesso si diverte a farti un bidone quando più ne hai bisogno. Ma se si presenta da sé... be', meglio mollare quello che hai per le mani e portarla subito fuori e offrirle una gran serata senza economie. È volubile, la fortuna, ma se la tratti bene ti ricompensa sempre.

Andò immediatamente al suo banco da lavoro ed estrasse la Polaroid 660 con l'obiettivo rotto dalle ombre sottostanti. La posò sul tavolo, si tolse di tasca un portachiavi (con una rapida occhiata alle spalle per assicurarsi che nessuno dei due avesse infine deciso di seguirlo) e selezionò la chiavetta del grande cassetto che occupava l'intero lato sinistro del tavolo. In quello stipo profondo conservava alcuni Krugerrand d'oro, un album filatelico in cui il francobollo meno prezioso valeva seicento dollari secondo la stima dello *Scott Catalogue* più recente, una collezione di monete del valore di circa diciannovemila dollari, due decine di foto su carta lucida di una donna dall'espressione inebetita che si accoppiava con un pony, e denaro contante per più di duemila dollari.

I soldi, che conservava ancora in svariati barattoli, erano quelli che gli servivano per il suo giro di prestiti. John Delevan avrebbe riconosciuto quelle banconote: tutti pezzi da dieci, stropicciati.

Depositò in quel cassetto la Sun 660 di Kevin, chiuse con la chiave e ripose in tasca il portachiavi. Poi spinse giù dal banco la fotocamera con l'obiettivo rotto e gridò: «*Porco schifo!*» forte abbastanza da farsi sentire al piano di sopra.

Atteggiò quindi il volto a un'adeguata espressione di sgomento e mortificazione attendendo che arrivassero di corsa a vedere che cos'era successo.

«Pop!» gridò Kevin. «Signor Merrill? Tutto bene?»

«Sì», rispose. «Ci ho rimesso solo l'amor proprio. Si vede che quella macchina è nata con la scalogna addosso. Mi sono chinato per aprire il cassetto degli strumenti, è quello che voglio dire, e l'ho urtata senza accorgermene. Ho paura che questa volta si sia rotto qualcosa. Non so se devo dispiacermene o no, visto che avevi intenzione di...»

Consegnò la fotocamera a Kevin, il quale la prese e constatò che si era rotto l'obiettivo, intorno al quale la plastica si era crepata. «No, non fa niente», mormorò, rigirandosi la macchina tra le mani, ma non più con la circospezione con cui la maneggiava in precedenza, come se sotto la plastica e il vetro nascondesse una bomba a orologeria. «Avevo comunque deciso di distruggerla.»

«Allora ti ho risparmiato la fatica.»

«Però mi sentirei più tranquillo...» cominciò Kevin.

«Già, già, è lo stesso per me con i topi. Ridi pure, se vuoi, ma quando ne acchiappo uno con la trappola ed è già morto gli tiro comunque due legnate con il manico di scopa. Giusto per sicurezza, è quello che voglio dire.»

Kevin abbozzò un sorriso distratto e si girò verso il padre. «Ha detto che fuori ha un ceppo, papà...»

«E un ottimo martello nel capanno degli arnesi, se nessuno se l'è fregato.»

«Posso, papà?»

«La macchina è tua, Kev», rispose Delevan. Indirizzò un'occhiata circospettosa a Pop, in cui era però implicita la sua diffidenza generica, non derivante da motivi specifici. «Ma se ti farà star meglio credo che sia una buona decisione.»

«Bene», commentò Kevin. Si sentì alleviare le spalle da un peso tremendo... anzi, no, era il suo *cuore* che ridiventava leggero. Ora che l'obiettivo si era rotto, la fotocamera era inservibile... ma non avrebbe ritrovato la pace finché non l'avesse vista ridotta in minuscoli pezzi intorno al ceppo di Pop. Se la rigirò fra le mani, avanti e indietro, divertito e sorpreso dall'effetto piacevole che gli dava maneggiarla adesso che era rotta.

«Credo di doverle il costo di quella macchina fotografica, Delevan», disse Pop già sapendo la reazione che avrebbe ottenuto.

«No», rispose Delevan. «Distruggiamola e dimentichiamoci tutta questa storia. Come se non fosse mai acca...» Fece una pausa. «Quasi dimenticavo. Dovevamo dare un'occhiata a quelle ultime fotografie con la lente d'ingrandimento. Volevo vedere se si riusciva a capire che cosa porta il cane intorno al collo. Continuo ad avere la precisa sensazione di sapere che cos'è.»

«Possiamo farlo dopo esserci sbarazzati della macchina, no?» intervenne Kevin. «Va bene, papà?»

«Certo.»

«E poi non sarà forse una cattiva idea bruciare anche le foto», propose Pop. «Possiamo usare la mia stufa.»

«Ah, questa sì che è un'idea fantastica!» esclamò Kevin. «Che cosa ne dici, papà?»

«Dico che la signora Merrill non ha messo al mondo uno sciocco», commentò suo padre.

«Oh, be'», commentò Pop con un sorriso enigmatico dietro alle volute di fumo azzurrognolo, «eravamo cinque fratelli, sa?»

Kevin e suo padre erano scesi all'*Emporium Galorium* in una giornata limpida e luminosa, una perfetta giornata d'autunno. Ora che erano le quattro e mezzo del pomeriggio, il cielo si era coperto quasi del tutto e minacciava di piovere prima che facesse buio. Kevin si sentì sfiorare le mani dal primo alito veramente freddo della stagione. Gli si sarebbero arrossate se fosse rimasto troppo a lungo all'aperto, ma non ne aveva alcuna intenzione. Di lì a mezz'ora sarebbe rincasata sua madre e già si domandava che cosa avrebbe detto quando avesse saputo che suo padre era con lui. E chissà che cosa avrebbe detto suo padre.

Ma per tutto questo c'era ancora tempo.

Kevin posò la Sun 660 sul ceppo nel piccolo cortile di Pop Merrill, che gli porgeva il martello. Il manico era levigato dall'uso. La testa era arrugginita, come se fosse stato sbadatamente abbandonato nella pioggia non una o due volte, ma spesso. Avrebbe svolto comunque la sua funzione, su questo Kevin non aveva alcun dubbio. Con l'obiettivo rotto e le crepe che si irradiavano sul corpo di plastica, la Polaroid appariva più fragile e vulnerabile che mai sulla superficie scheggiata di quel ceppo abituato a far da supporto a pezzi di frassino o acero da spaccare in due.

Kevin strinse le mani sull'impugnatura liscia del martello.

«Sei sicuro, figliolo?» domandò Delevan.

«Sì.»

«Avanti, allora.» Delevan diede un'occhiata all'orologio. «Facciamola finita.»

Pop era in disparte con la pipa serrata fra i denti guasti e le mani nelle tasche posteriori. Osservava con aria astuta ora l'adulto ora il ragazzo, ma non diceva niente.

Kevin sollevò il martello e, colto di sorpresa da una vampata di collera inaspettata nei confronti della macchina fotografica, lo calò con tutte le forze.

Troppo forte, pensò. *Così la manchi e sarà una fortuna che non ti tiri una martellata in un ginocchio mentre la macchina se ne resterà lì dov'è, stupida scatoletta di plastica che anche un bambino piccolo ridurrebbe in polvere calpestandola senza nemmeno accanirsi e anche se sarai abbastanza fortunato da non fracassarti un ginocchio Pop ti guarderà. Non dirà niente, non ce ne sarà bisogno. Dirà tutto nel modo in cui ti fisserà.*

E pensò anche: *Non ha importanza se la prendo o la manco. È magica ed è* IMPOSSIBILE *romperla. Se la becchi giusto al centro, il martello schizzerà via, proprio come le pallottole sul torace di superman.*

Non ci fu tempo di pensare altro, perché la testa del martello colpì la fotocamera. Kevin aveva veramente calato il martello con troppa violenza per mantenere il controllo del movimento, ma ebbe fortuna. Né il martello rimbalzò, per colpirlo forse in mezzo agli occhi uccidendolo, come l'ultimo colpo di scena di un racconto dell'orrore.

Più che fracassarsi, la Sun esplose. Volarono frammenti di plastica in tutte le direzioni. Un rettangolo che conteneva su un lato un quadrato nero e luccicante (probabilmente una foto che non sarebbe mai stata scattata) scese fluttuando a posarsi accanto al ceppo, dove giacque con la gelatina all'ingiù.

Ci fu un momento di silenzio totale nel quale udirono non solo il traffico di Lower Main Street, ma anche gli schiamazzi dei bambini che giocavano a mezzo isolato di distanza nel parcheggio dietro al *Wardell's Country Store*, che era fallito da due anni.

«Che botta!» esclamò Pop. «Hai mollato una martellata come uno spaccapietre ai lavori forzati, Kevin! Dovessi razzolare con i porci se non è vero!»

«Non si disturbi», aggiunse poi rivolto a Delevan, che stava raccogliendo i pezzetti di plastica con la cura meticolosa con cui avrebbe raccolto i cocci di un bicchiere fatto cadere per sbaglio. «Ho un ragazzo che viene una volta alla settimana a pulire qui dietro. Capisco che non è un granché, questo cortile, ma se non avessi quel bravo figliolo... Povero me!»

«Allora forse è il momento di dare un'occhiata a quelle foto con la lente d'ingrandimento», propose Delevan rialzandosi. Lasciò cadere i pezzetti che aveva raccolto in un inceneritore arrugginito e si spazzolò le mani.

«Per me va bene», rispose Pop.

«Poi le bruci», gli rammentò Kevin. «Non se lo scordi.»

«Stai pure tranquillo», lo assicurò Pop. «Mi sentirò meglio anch'io quando non ci saranno più.»

«Gesù!» esclamò John Delevan. Era curvo sul banco da lavoro di Pop Merrill, a guardare la penultima fotografia con la lente d'ingrandimento luminosa. Era quella in cui si distingueva più chiaramente l'oggetto intorno al collo del cane; nell'ultima, il movimento della testa l'aveva fatto oscillare nella direzione opposta. «Kevin, guarda tu e dimmi se è quello che penso io.»

Kevin prese la lente e guardò. Sapeva già che cosa avrebbe visto, naturalmente, ciononostante la sua verifica non fu una mera formalità. Con uguale fascino Clyde Tombaugh doveva aver guardato la prima fotografia del pianeta Plutone. Tombaugh sapeva che c'era: i calcoli che indicavano distorsioni analoghe nelle orbite di Nettuno e Urano avevano trasformato la possibilità dell'esistenza di un altro pianeta in una necessità. Ma *sapere* della presenza di qualcosa, sapere persino di che cosa si tratta, nulla sottrae all'emozione di *vederla* per la prima volta.

Spense la luce nel telaio della lente e la restituì a Pop. «Sì», disse al padre. «È quello che pensi.» Il tono della sua voce era piatto come... come gli oggetti di quel mondo polaroid, probabilmente, e a quel pensiero gli venne da ridere. Si trattenne, non perché non sarebbe stato giusto ridere (ma forse sì), ma perché la risata sarebbe uscita... be'... piatta.

Pop attese e quando fu chiaro che avrebbero avuto bisogno di una sollecitazione, sbottò: «Non tenetemi sulle spine! Che cosa diavolo è?»

Kevin era stato riluttante a rivelarglielo già quando aveva capito che cos'era la prima volta ed era riluttante ancora adesso. Non ce n'era motivo, tuttavia...

Smettila di comportarti da perfetto imbecille! Ti ha aiutato quando ne avevi bisogno, strozzino o no. Digli che cos'è, brucia le fotografie e vattene da qui prima che tutti quegli orologi battano le cinque.

Sì. Se fosse stato ancora in negozio in quel momento fatidico, l'avrebbe visto come il tocco finale, avrebbe perso definitivamente il lume della ragione e avrebbero dovuto portarlo via in ambulanza, lui e le sue farneticazioni di cani veri dentro mondi polaroid e macchine fotografiche che scattavano sempre la stessa immagine, ma non proprio.

Sentì la propria voce inaridita che spiegava: «La Polaroid era un regalo di compleanno e quello che c'è intorno al collo del cane è un altro regalo».

Pop si spinse lentamente gli occhiali sul cranio calvo e scrutò Kevin. «Non ti seguo, figliolo.»

«Ho una zia», disse Kevin. «Una prozia, per la precisione, ma non dobbiamo chiamarla così perché dice che la facciamo sentire vecchia. Zia Hilda. Suo marito le ha lasciato un pacco di soldi. Mia madre dice che deve avere da parte più di un milione di dollari. Ma è una spilorcia.»

Si interruppe lasciando al padre l'occasione per protestare, ma suo padre si limitò a fare un sorriso amaro, annuendo. Pop

Merrill, che sapeva *tutto* di zia Hilda (in verità era ben poco quello che accadeva a Castle Rock di cui Pop non fosse almeno superficialmente al corrente), rimase serenamente in attesa che il ragazzo completasse la sua spiegazione.

«Ogni tre anni viene a passare il Natale a casa nostra ed è praticamente l'unica volta che andiamo in chiesa perché *lei* va in chiesa. Mangiamo un mucchio di broccoli, quando viene zia Hilda. Non piacciono a nessuno e a mia sorella danno anche la nausea, ma zia Hilda *adora* i broccoli, così li mangiamo tutti quanti. Tra i libri che ci avevano assegnato da leggere quest'estate ce n'era uno che si intitolava *Grandi speranze*, dove c'era un personaggio uguale a zia Hilda. Godeva a esibire la sua ricchezza davanti ai parenti. Si chiamava signorina Havisham e quando la signorina Havisham diceva ba! tutti saltavano. Saltiamo anche noi e credo sia così anche per tutti gli altri nostri parenti.»

«Oh, tua madre scompare a confronto di zio Randy», sbottò inaspettatamente Delevan. Kevin pensò che suo padre intendesse fare dell'umorismo cinico, ma l'inflessione della sua voce tradì soltanto amarezza. «Quando zia Hilda dice ba! a casa di Randy, il minimo in cui si producono è un salto mortale triplo.»

«Comunque», riprese Kevin rivolto a Pop, «ogni anno mi manda lo stesso regalo di compleanno. Cioè, sono tutti diversi, ma si tratta sempre dello stesso oggetto.»

«Che cosa, ragazzo?»

«Una cravatta a laccio», rispose Kevin. «Come quelle che portano i suonatori di musica country. C'è anche un fermaglio, che ogni anno è diverso, ma la cravatta è sempre dello stesso genere.»

Pop si chinò bruscamente sulla foto con la lente d'ingrandimento. «Corni e cornacchie!» proruppe rialzandosi. «Una cravatta stretta! Ecco che cos'è! Come mai non l'ho capito subito?»

«Perché non ci si aspetta di trovarne una attorno al collo di un cane, probabilmente», azzardò Kevin, nello stesso tono di voce legnoso. Erano lì da meno di un'ora, ma gli sembrava di essere invecchiato di altri quindici anni buoni. *Devo soltanto ricordare*, ripeteva in continuazione nella mente, *che quella macchina fotografica non esiste più. È ridotta in pezzi nel bidone di Pop. E non basteranno tutti i cavalli e tutti gli uomini del re e nemmeno tutti quelli che lavorano per costruire macchine fotografiche alla Polaroid di Schenectady a rimetterla insieme!*

Sì, e che il cielo fosse lodato. Perché lì finiva quella brutta storia. Per quanto lo riguardava, se non si fosse più imbattuto nel *sovrannaturale* prima di compiere ottant'anni, se non gli fosse accaduto nemmeno di sfiorarlo fino a quell'età, sarebbe stato comunque e sempre troppo presto.

«E poi si vede appena», sottolineò Delevan. «Io c'ero quando Kevin l'ha tolta dalla scatola e sapevamo già tutti che cosa ci avrebbe trovato. L'unico mistero era il fermaglio. Ci abbiamo scherzato sopra.»

«E che fermaglio è?» volle sapere Pop, che aveva ripreso a frugare con lo sguardo in quella fotografia... o per meglio dire *su* quella fotografia: Kevin avrebbe dichiarato sotto giuramento in qualsiasi tribunale che guardare *in* una Polaroid era semplicemente impossibile.

«Un uccellino», rispose Kevin. «Sono sicuro che è un picchio. Ed è quello che ha al collo il cane. Una cravatta stretta con un picchio per fermaglio.»

«Gesù!» esclamò Pop. Era sicuramente un attore nato e certo non gli mancava il talento in tal senso, ma non ebbe bisogno di simulare la sorpresa adesso.

Delevan raccolse bruscamente tutte le polaroid. «Coraggio, ficchiamo questa robaccia nella stufa.»

Quando Kevin e suo padre arrivarono a casa erano le cinque e dieci e aveva cominciato a cadere una pioggerella sottile. La *Toyota* non c'era, ma la signora Delevan era passata. C'era un suo messaggio sul tavolo della cucina, fermato con saliera e pepaiola.

Quando Kevin aprì il foglio ripiegato, ne scivolò fuori un biglietto da dieci dollari.

Caro Kevin,

al bridge Jane Doyon ha invitato a cena me e Meg perché suo marito è a Pittsburgh per lavoro ed è sola in casa. Ho accettato con piacere. Meg era entusiasta. Sai anche tu quanto ci tenga a essere «una delle ragazze»! Spero che non ti dispiacerà mangiare in «solitario splendore».

Perché non ordini una pizza e qualcosa da bere? Tuo padre ordinerà la sua quando tornerà a casa.

Sai che non gli piace mangiare la pizza riscaldata e alla coca cola preferisce un paio di birre.

Bacioni,
mamma

Si guardarono, dicendosi l'un l'altro, senza bisogno di parlare: *un problema in meno da risolvere*. Evidentemente né la signora Delevan né Meg si erano accorte che l'altra automobile era ancora nel box.

«Vuoi che...» cominciò Kevin, ma non ebbe bisogno di finire perché suo padre lo precedette: «Sì. Controlla. Subito».

Kevin salì in camera sua facendo i gradini due per volta. Aveva un comò e una scrivania. E l'ultimo cassetto della scrivania era pieno di quegli effetti a cui si riferiva semplicemente come «roba», oggetti che sarebbe stato da criminali buttare via, anche se non avevano alcun utilizzo pratico. C'era l'orologio da tasca di suo nonno, pesante, ornato di volute, magnifico... e così dannatamente arrugginito che il gioielliere di Lewiston al quale si era rivolto con sua madre l'aveva guardato, aveva scosso la testa e lo aveva respinto verso di loro sul banco. C'erano due coppie di gemelli per polsini e due orfani scompagnati, un paginone centrale di *Penthouse*, un libro tascabile dal titolo *Barzellette sporche* e un walkman Sony che aveva sviluppato l'abitudine di mangiarsi i nastri invece di suonarli. Roba, né più né meno. Non c'era un altro vocabolo più idoneo.

Appartenevano naturalmente alla roba anche le tredici cravatte che zia Hilda gli aveva inviato per i suoi ultimi tredici compleanni.

Le tirò fuori a una a una, le contò, giunse a dodici, rovistò meglio nel cassetto e contò di nuovo. Sempre dodici.

«Non c'è?»

Kevin, che era accosciato, balzò in piedi con un grido.

«Scusa», disse suo padre fermo sulla soglia. «Sono stato stupido.»

«Non fa niente», rispose Kevin. Si domandò per un istante quale potesse essere l'accelerazione cardiaca massima sopportabile da un essere umano prima che il cuore saltasse in aria. «Sono soltanto... un po' nervoso. È da sciocchi.»

«Niente affatto.» Suo padre aveva un'espressione molto seria. «Quando ho visto quel nastro, mi ha preso una tale fifa che mi sono chiesto se sarei stato costretto a mettermi una mano in bocca per ricacciare giù lo stomaco.»

Kevin gli rivolse un'occhiata piena di gratitudine.
«Non c'è, vero?» chiese di nuovo Delevan. «Quella con il picchio o volatile che dir si voglia.»
«No. Non c'è.»
«Tenevi la macchina in quel cassetto?»
Kevin annuì lentamente. «Pop... cioè il signor Merrill, mi aveva detto di farla riposare ogni tanto. Mi aveva assegnato degli intervalli tra una foto e l'altra.»
Qualcosa si mosse in qualche angolo della sua mente. «Così la mettevo lì dentro.»
«Dannazione», mormorò Delevan.
«Già.»
Si guardarono nella penombra e a un tratto Kevin sorrise. Fu come veder apparire il sole in uno squarcio di nubi.
«Che c'è?»
«Ricordavo la sensazione che ho provato», spiegò Kevin. «Ho calato quel martello così forte...»
Cominciò a sorridere anche Delevan. «Ho avuto paura che ti spappolassi il...»
«... e poi CRASH!»
«... e pezzi che sfrecciavano da tutte le parti...»
«... BUUM!» finì Kevin. «Morta!»
Cominciarono a ridere insieme e Kevin scoprì di sentirsi quasi (solo *quasi*) felice che tutto quello fosse accaduto. Il senso di sollievo era inesprimibile e tuttavia perfetto come la sensazione che si prova quando, o per un caso fortunato o per un'intuizione azzeccata, qualcuno riesce a grattarti proprio quel punto della schiena dove ti tormenta il prurito e dove non arrivi con le mani, e allora ,dopo un attimo di meraviglioso supplizio quando quelle dita sfiorano giungendo a destinazione, ecco... ah, che beatitudine!
Era la stessa letizia che provava Kevin per la scomparsa della fotocamera e per la complicità di suo padre.
«È morta, vero?»
«Scomparsa come Hiroshima dopo che l'*Enola Gay* ci ha sganciato sopra la bomba atomica», rispose Delevan. Poi aggiunse: «Schiantata, è quello che voglio dire, rasa al suolo».
Kevin fissò per un attimo suo padre, poi scoppiò in incontenibili risate che echeggiarono quasi come strepiti. Suo padre ne fu contagiato. Poco dopo ordinarono una pizza farcita. Quando Mary e Meg Delevan rincasarono alle sette e venti, erano ancora in preda alle risate.

«Avete l'aria di averne combinata una delle vostre», li apostrofò la signora Delevan, un po' perplessa. Qualcosa nella loro ilarità risvegliava in lei quel sesto senso che nella natura femminile si attiva apparentemente solo in occasione di un parto o di una sventura. Le veniva da pensare a persone scampate per miracolo a un incidente d'automobile. «Volete far partecipare anche le signore?»

«Solo due maschi che si sono goduti un paio d'ore da scapoli», le rispose il marito.

«Un vero *schianto*!» fece eco Kevin, al che suo padre aggiunse: «È quel che voglio dire»; si scambiarono un'occhiata e giù a ridere a crepapelle di nuovo.

Meg, sinceramente disorientata, si girò verso sua madre e chiese: «Perché fanno così, mamma?»

La signora Delevan rispose: «Perché hanno il pene, cara. Va ad appendere la giacca».

Pop Merrill accompagnò alla porta i Delevan, padre e figlio, quindi chiuse a chiave. Spense le luci lasciando accesa solo quella sul banco da lavoro, estrasse il mazzo di chiavi e aprì il proprio cassetto di articoli assortiti. Da esso tolse la Polaroid Sun 660 di Kevin Delevan, ammaccata ma perfettamente funzionante, e la tenne fra le mani fissandola. Aveva spaventato sia il padre sia il figlio. Aveva spaventato anche lui e ancora non aveva smesso di mettergli un certo disagio addosso. Ma pensare di mettere un oggetto come quello su un ceppo e ridurlo in pezzetti era pura follia.

C'era un modo per cavare dei quattrini da quella dannata fotocamera.

C'era sempre un modo.

La chiuse nuovamente nel cassetto. Ci avrebbe dormito sopra e l'indomani mattina avrebbe saputo come procedere. Per la verità aveva già un'idea niente male.

Si alzò, spense l'ultima lampadina e si inoltrò nel buio verso le scale che portavano nel suo alloggio. Camminava con l'elastica sicurezza dell'abitudine, senza pensarci.

Si fermò a metà strada.

L'aveva preso l'impulso incredibilmente forte di tornare sui suoi passi a esaminare di nuovo la fotocamera. Perché mai? Non aveva nemmeno una *pellicola* per quell'aggeggio infernale... né aveva la minima intenzione di servirsene per scattare fotografie. Se qualcun *altro* avesse voluto farlo, avesse avuto voglia di vedere l'avanzata di quel cane, che si accomodasse. *Cavet emperor*, come ripeteva sempre storpiando l'espressione che non aveva mai ben capito. Ma sapeva che cosa significava: se la vedesse un po' l'acquirente, voleva dire, cavoli suoi. Dal canto suo, avrebbe preferito farsi chiudere nella gabbia dei leoni anche senza frusta e sedia.

Tuttavia...

«Lascia stare», si ordinò nel buio e il suono del proprio brontolio lo sorprese e lo spinse a salire le scale senz'altro indugio.

7

NELLE prime ore del mattino Kevin Delevan ebbe un incubo così orribile che poté ricordarne solo degli stralci, come i frammenti isolati di una melodia udita a una radio con un altoparlante difettoso.

Camminava per le vie di una squallida cittadina operaia. Evidentemente era in viaggio, perché aveva uno zaino sulla schiena. Il nome della cittadina era Oatley e doveva essere nel Vermont o nel nord dello stato di New York. *Conosce nessuno che dia da lavorare qui a Oatley?* domandò a un vegliardo che spingeva un carrello del supermercato. Non c'erano generi alimentari nel carrello, che era invece pieno di inidentificabili masserizie, e Kevin capì di essersi rivolto a un ubriacone. *Vattene!* strillò l'ubriacone. *Vattene! Ladro! Ladro schifoso! LADRO schifoso!*

Kevin scappò attraversando di corsa la strada, più spaventato dalla follia di quell'uomo che dall'idea che qualcuno potesse realmente crederlo un ladro. L'ubriacone gli gridò dietro: *Questa non è Oatley! Questa è Hildasville! Vattene da questa città, ladro schifoso!*

Fu allora che capì di non essere né a Oatley, né a Hildasville, né in alcun altro posto con un nome normale. Come poteva una città assolutamente anormale avere un nome normale?

Tutto quello che vedeva, strade, caseggiati, veicoli, insegne, i pochi passanti, tutto era bidimensionale. Ogni cosa aveva un'altezza e aveva una larghezza... ma non aveva profondità. Incrociò una donna che somigliava all'insegnante di danza di Meg se l'insegnante di danza fosse ingrassata di settanta chili. Indossava calzoni color bubble gum Bazooka. Anche lei spingeva un carrello del supermercato, che aveva una rotella cigolante. Il carrello era pieno di Polaroid Sun 660. Fissò Kevin con gli occhi socchiusi e l'aria insospettita. Nel momento in cui si incrociarono sul marciapiede, scomparve. La sua *ombra* c'era ancora e Kevin sentiva ancora il ritmico cigolio della rotella, ma la donna non c'era più. Poi riapparve, nell'atto di guardarlo da poco distante con gli occhi sospettosi in una faccia grassa e piatta, e Kevin capì perché era scomparsa per un istante. Perché, in un mondo dove tutto era assolutamente piatto, non poteva esistere il concetto di «vista laterale»!

Questa è Polaroidsville, pensò con un sollievo stranamente soffuso di orrore. *E questo significa che deve essere un sogno.*

Poi vide lo steccato bianco, il cane e il fotografo. Il fotografo aveva un paio di occhiali con la montatura metallica appollaiati sulla testa. Era Pop Merrill.

Bravo, figliolo, l'hai trovato, disse a Kevin il Pop Polaroid bidimensionale senza staccare l'occhio dal mirino. *Quello è il cane. Il cane che ha sbranato quel bambino a Schenectady. Il* TUO *cane, è quello che voglio dire*.

Poi Kevin si alzò nel proprio letto, timoroso di aver gridato nel sonno e subito ansioso di verificare di esserci *tutto intero*, in tutte e tre le dimensioni.

Fu confortato dai risultati dell'autoesame. Ma qualcosa non andava.

Che sogno cretino, pensò. *Lascia perdere, una buona volta! È finita. Le foto sono state bruciate, tutte e cinquantotto. E la macchina è stata fra...*

Il pensiero si ruppe lì, contro quel qualcosa che *non andava*.

Non è finita, pensò. *Non è...*

E prima di poter concludere quell'ultimo pensiero, sprofondò in un sonno senza sogni. L'indomani mattina l'incubo era dimenticato.

8

QUELLE che seguirono l'acquisizione della Sun di Kevin Delevan furono per Pop Merrill le due settimane più deludenti, irritanti, *umilianti* della sua vita. Non erano poche le persone che a Castle Rock avrebbero affermato che un tale supplizio non sarebbe potuto ricadere su persona più meritevole di lui. Non che ci fosse qualcuno a Castle Rock che sapeva delle sue angustie... e solo in questo Pop riusciva a trovare un minimo di consolazione. Gli era di freddo conforto. Gelido, per la precisione, grazie mille.

Ma chi avrebbe potuto sospettare che i Cappellai Matti lo avrebbero bidonato in quel modo?

C'era da chiedersi se non stesse cominciando a perdere il filo anche lui.

Che Dio lo riguardasse.

9

IN settembre non si era nemmeno posto il problema di non riuscire a vendere la Polaroid. Restava solo da stabilire quando e a quanto. I Delevan avevano parlato di *sovrannaturale* e Pop non li aveva corretti, ma sapeva che il fenomeno che aveva origine nella Sun sarebbe stato classificato più giustamente dagli addetti ai lavori come paranormale. Avrebbe *potuto* dirglielo, ma se lo avesse fatto si sarebbero probabilmente domandati come mai il gestore di un negozietto di roba usata (e usuraio a tempo perso) la sapesse così lunga sull'argomento. Il fatto è questo: la sapeva così lunga perché era *proficuo* saperla lunga ed era proficuo saperla lunga per via di quelle persone che lui stesso chiamava «i miei Cappellai Matti».

I Cappellai Matti erano le persone che usavano fior di registratori per ascoltare le stanze vuote non per scherzo, ma perché credevano appassionatamente in un mondo invisibile e volevano dimostrarne l'esistenza; oppure perché desideravano appassionatamente entrare in contatto con amici e/o parenti «trapassati» («trapassati»: è così che li definivano; i Cappellai Matti non avevano mai parenti che facessero qualcosa di tanto semplice come morire).

I Cappellai Matti non solo usavano le tavolette Ouija, ma intrattenevano conversazioni regolari con «spiriti guida» residenti «nell'altro mondo» (mai «paradiso» o «inferno», e nemmeno «il luogo di riposo dei defunti» ma l'«altro mondo»), i quali li mettevano in contatto con amici, parenti, regine, cantanti di rock and roll e persino criminali della peggior specie. Pop conosceva un Cappellaio Matto del Vermont che conversava due volte alla settimana con Hitler. Hitler gli aveva detto che era stata tutta una congiura, che lui aveva avanzato una richiesta di pace nel gennaio 1943 e che quel figlio di puttana di Churchill aveva rifiutato. Hitler gli aveva anche confidato che Paul Newman era un alieno nato in una grotta sulla luna.

I Cappellai Matti partecipavano alle sedute spiritiche con la regolarità (e la stessa coazione) con cui un tossicodipendente fa visita al suo spacciatore. Acquistavano sfere di cristallo e amuleti garantiti contro il malocchio, organizzavano le loro piccole congreghe e indagavano nelle case che si presumevano stregate alla ricerca di tutti i fenomeni del caso: teleplasma, colpi sotto il tavolo, tavoli sospesi e letti ambulanti, e naturalmente fantasmi. Di tutto questo, reale o immaginario, prendevano nota con l'entusiasmo di un cercatore d'oro che trova una piccola pepita.

Per la maggior parte si divertivano un mondo, ma non era sempre così. C'era per esempio quel tizio di Wolfeboro. Si era impiccato nella famigerata Tecumseh House, dove un gentiluomo di campagna sul finire del secolo scorso aveva avuto l'abitudine di offrire una mano ai suoi simili durante il giorno per riprendersela con gli interessi di notte, cibandosene a una tavola elegantemente imbandita nella sua cantina. Le gambe del tavolo poggiavano su un fondo di terra battuta dalla quale erano emersi gli scheletri e i corpi in putrefazione di almeno dodici e forse addirittura trentacinque uomini ancora giovani, tutti vagabondi. Il tizio di Wolfeboro aveva lasciato questo breve messaggio accanto alla sua tavoletta Ouija: *Non posso lasciare questa casa. Le porte sono tutte sprangate. Lo sento mangiare. Ho provato con batuffoli di cotone. Niente da fare.*

E quel povero allucinato probabilmente era convinto di sentirlo davvero, aveva concluso Pop dopo aver ascoltato questa storia da fonte fidata.

Poi c'era un tizio di Dunwich, Massachusetts, al quale Pop aveva venduto una «tromba spiritica» per novanta dollari. Se n'era andato con la tromba al cimitero di Dunwich e doveva aver sentito qualcosa di estremamente spiacevole, perché erano ormai sei anni che farneticava chiuso in una cella con le pareti imbottite ad Arkham, completamente fuori di testa. Quando si era recato al cimitero, aveva i capelli neri; quando le sue urla avevano svegliato le poche persone che abitavano abbastanza vicino al cimitero da udirlo e pensare bene di chiamare la polizia, i capelli gli erano diventati bianchi come la faccia.

E c'era la donna di Portland che aveva perso un occhio quando una seduta con la tavoletta Ouija aveva avuto un esito catastrofico... L'uomo di Kingston, Rhode Island, che aveva perso tre dita della mano destra tranciate dallo sportello di un'automobile in cui due adolescenti si erano tolti la vita... L'anziana signora che era finita al Massachusetts Memorial Hospital privata quasi del tutto di un orecchio quando la sua non meno attempata gatta Claudette si era trasformata in una tigre feroce durante una seduta spiritica...

Pop credeva in alcune di queste storie, dubitava fortemente di altre e soprattutto non esprimeva opinioni, non perché non avesse abbastanza prove pro o contro ma perché non gli importava un fico secco di fantasmi, sedute spiritiche, sfere di cristallo, trombe spiritiche, gatti infuriati e via dicendo. Per Reginald Marion «Pop» Merrill, i Cappellai Matti potevano tranquillamente andare a farsi fottere di qui alla luna.

Posto naturalmente che uno di loro gli avesse versato un congruo gruzzolo per la fotocamera di Kevin Delevan prima di montare sul prossimo shuttle.

Pop non chiamava questi entusiasti Cappellai Matti per via dei loro interessi «spettrali», li chiamava così perché nella grande maggioranza (talvolta aveva la tentazione di dire *tutti*) erano ricchi, in pensione, e in attesa di essere munti. Volendo trascorrere un quarto d'ora con loro annuendo diligentemente alla loro dichiarazione di essere capaci di distinguere un medium fasullo da uno autentico a colpo d'occhio, solo entrando nella stanza (e figuriamoci a sedersi allo stesso tavolo per una seduta spiritica), o volendo passare una manciata di minuti ad ascoltare farfugliamenti che potrebbero essere o non essere parole registrate su un nastro, mantenendo la giusta espressione di stupore e soggezione, sarebbe stato un giochetto dopo vendere loro per cento dollari un fermacarte che ne valeva quattro sostenendo che qualcuno, una volta, vi aveva visto dentro la madre defunta. Ad aggiungerci un sorriso, ti staccavano un assegno per duecento dollari. Con una parola di incoraggiamento, li inducevi a compilarti un assegno per *duemila* dollari. Con il sorriso e l'incoraggiamento insieme, c'era da aspettarsi che ti mettessero in mano l'assegno e ti invitassero a compilarlo da te. Era sempre stato facile come rubare caramelle a un bambino.

Finora.

Pop non aveva nello schedario un incartamento con la scritta CAPPELLAI MATTI più di quanto ne avesse uno per i NUMISMATICI o uno per i FILATELICI. Se è per questo, non aveva nemmeno uno schedario. La cosa che ci andava più vicino era una vecchia e sgualcita agenda di numeri telefonici che si portava in giro nella tasca posteriore dei calzoni (e che, come il portafogli, aveva acquisito nel corso degli anni la curva smagrita della sua natica ossuta). Pop conservava le sue schede dove era *sempre* opportuno che le conservassero le persone impiegate nel suo ramo di attività: in testa. C'erano otto Cappellai Matti patentati con i quali aveva avuto a che fare in passato, persone che non solo si occupavano dell'occulto, ma ci razzolavano dentro. Il più ricco era un industriale in pensione di nome McCarty, che viveva su un'isola di sua proprietà a dodici miglia dalla costa. Disdegnava i natanti e aveva preso alle sue dipendenze un pilota che lo portava avanti e indietro a piacimento.

Pop andò a trovarlo il 28 settembre, il giorno dopo aver ottenuto la fotocamera da Kevin (naturalmente dal suo punto di vista non era propriamente un furto, il suo; il ragazzo aveva avuto l'intenzione di ridurla in briciole e quello che non sapeva sicuramente non poteva recargli danno). Si recò in macchina a un aeroporto privato poco più a nord di Boothbay Harbor nella sua vecchia macchina in perfetto stato di conservazione, poi strinse i denti, socchiuse gli occhi e si premette contro il ventre la cassetta di sicurezza contenente la Polaroid Sun 660 mentre il Beechcraft del Cappellaio Matto si lanciava per la pista come un cavallo forsennato, s'arrampicava nel cielo nel preciso istante in cui aveva appena concluso che sarebbero precipitati oltre il ciglio della scogliera per spappolarsi sulle rocce sottostanti e volava via nell'empireo autunnale. Aveva compiuto quel viaggio già due volte e ogni volta aveva giurato a se stesso che non avrebbe mai più rimesso piede su quella bara volante.

Sobbalzarono e sussultarono con il famelico Atlantico a meno di duecento metri mentre il pilota chiacchierò amabilmente per tutto il tragitto. Pop annuiva piazzando i suoi «già» nei punti che gli sembravano giusti, molto più preoccupato del suo imminente decesso che di quello che gli andava raccontando il pilota.

Poi si parò loro davanti l'isola con quello straccio di pista d'atterraggio così orribilmente, angosciosamente, mortalmente corta, e la villa di sequoia e pietra grezza, e allora il pilota scese dal cielo, lasciando il povero e vecchio stomaco inacidito di Pop da qualche parte a mezz'aria, e toccarono il suolo con un tonfo e poi, miracolosamente, si fermarono, e Pop era ancora vivo e tutto intero e poté tornare a credere tranquillamente che Dio fosse una delle tante invenzioni dei Cappellai Matti... almeno fino all'ora in cui avrebbe dovuto montare nuovamente a bordo di quel dannato velivolo per tornare indietro.

«Gran bella giornata per volare, eh, signor Merrill?» commentò il pilota mentre calava la scaletta.

«Non potrebbe essere migliore», grugnì Pop, avviandosi verso la casa dove il suo tacchino natalizio lo aspettava sulla soglia sorridendo di ansiosa aspettativa. Pop gli aveva annunciato «l'oggetto più pazzesco che mi sia mai capitato fra le mani» e apparentemente Cedric McCarty non stava più nella pelle. Vi avrebbe dato una sola occhiata puramente formale, prevedeva Pop, poi gli avrebbe sganciato il malloppo. Tornò sulla terraferma tre quarti d'ora più tardi troppo assorto e deluso per accorgersi dei sussulti, dei sobbalzi e delle improvvise cadute del Beech ogni volta che finiva in un vuoto d'aria.

Aveva puntato la Polaroid al Cappellaio Matto e aveva scattato la sua fotografia. Mentre aspettavano che si sviluppasse, il Cappellaio Matto aveva scattato una fotografia a lui... e quando c'era stato il lampo, non aveva forse udito qualcosa? Era stato il ringhio cupo e inquietante di quel cane nero o era stato uno scherzo della sua immaginazione? Solo immaginazione, probabilmente. Aveva messo a segno più di un colpaccio in vita sua e non avrebbe potuto farlo senza immaginazione.

Però...

Cedric McCarty, industriale in pensione *par excellence* e Cappellaio Matto *extraordinaire*, aveva aspettato che le fotografie si sviluppassero con infantile palpitazione, ma quando finalmente le immagini erano diventate nitide era apparso divertito e forse anche un po' sdegnato, e con l'infallibile intuizione che aveva sviluppato in quasi cinquant'anni Pop aveva capito che sarebbe stato inutile ricorrere ad argomentazioni e lusinghe, che non sarebbero servite nemmeno vaghe allusioni a un altro ipotetico cliente che *sbavava* per quella fotocamera. Nessuna di tante tecniche della persuasione solitamente a prova di bomba avrebbe funzionato. Nella mente di Cedric McCarty era apparso un NO grande come una casa.

Ma perché?

Perché, maledizione?

Nella foto scattata da Pop la macchiolina bianca che Kevin aveva intravisto fra le rughe del muso del cane nero era diventata un dente riconoscibile. Ma forse *dente* non è il termine giusto, nemmeno volendo sforzare l'immaginazione. Quella era una *zanna*. Nella fotografia di McCarty cominciavano ad apparire anche gli altri denti.

Quel bastardo ha una bocca che sembra una trappola per orsi, aveva pensato Pop. Gli era affiorata spontanea nella mente l'immagine del suo braccio nelle fauci del cane. Aveva visto la bestiaccia che non glielo *morsicava*, non glielo *mangiava*, ma glielo faceva *a brandelli*, come i denti di una sminuzzatrice farebbero con corteccia, foglie e ramoscelli. *Quanto ci avrebbe messo?* si era chiesto e guardando in quegli occhi malvagi che lo fissavano dal muso in primo piano aveva intuito che non ci avrebbe messo molto. E se il cane lo avesse invece azzannato all'inguine? E se...

Ma McCarty aveva detto qualcosa e aspettava una risposta. Pop aveva sentito evaporare ogni residua speranza di combinare l'affare appena aveva riportato su di lui la sua attenzione. Il Cappellaio Matto *extraordinaire*, che vi avrebbe tenuto amabilmente compagnia per un intero pomeriggio cercando di evocare il fantasma del caro defunto zio Ned, non c'era più. In quel momento aveva di fronte l'altro McCarty, il realista con i piedi ben piantati per terra che per dodici anni di fila aveva mantenuto un posto nella lista degli uomini più ricchi d'America pubblicata dalla rivista *Fortune*. E non perché fosse un babbeo che aveva avuto la fortuna di ereditare un mucchio di soldi e di trovare collaboratori onesti e capaci che avevano fatto fruttare il capitale iniziale, ma perché era stato un genio dell'aerodinamica. Non era ricco come Howard Hughes, ma nemmeno tanto svitato quanto era stato Hughes verso la fine. In fatto di fenomeni paranormali, era un Cappellaio Matto. Fuori di quel campo, però, era uno squalo al confronto del quale Pop Merrill non era che un girino in una pozzanghera di fango.

«Scusi», aveva detto Pop. «Mi ero distratto, signor McCarty.»

«Dicevo che è affascinante», aveva ripetuto McCarty. «Specialmente per quella sequenza temporale che si nota appena, passando da una foto all'altra. Come funziona? C'è una fotocamera dentro un'altra fotocamera?»

«Non capisco dove vuole arrivare.»

«No, non una macchina fotografica», aveva continuato McCarty riflettendo a voce alta. Aveva sollevato la fotocamera per scuotersela vicino all'orecchio. «È più probabilmente un congegno ruotante.»

Pop lo fissava senza capire che cosa stesse dicendo... anche se il succo non cambiava: NON COMPRO. Quel fottuto viaggio su quel piccolo trabiccolo volante (da ripetere fra poco) per niente! Ma perché? *Perché?* Si era sentito così *sicuro* di quell'uomo, al quale sarebbe stato facile far credere che il ponte di Brooklyn era solo il riflesso spettrale di un ponte che stava «dall'altra parte». E allora *perché*?

«Ma certo, ci sono delle fessure!» aveva esclamato McCarty, felice come un bambino. «*Fessure!* Dentro questa scatola c'è un sistema di trascinamento che fa scorrere una cinghia anulare con delle fessure. Ogni fessura contiene una polaroid già esposta con la foto del cane. La progressione fa pensare che...» Esaminò nuovamente le fotografie. «Sì», aveva ripreso, «che il cane sia stato *filmato* e che poi siano state scattate foto polaroid dei singoli fotogrammi. Quando si aziona l'otturatore, dalla fessura scivola fuori la nuova immagine. La batteria fa procedere la cinghia in modo da posizionare la prossima foto e... *voilà!*»

La sua espressione affabile era scomparsa e Pop aveva visto il volto di un uomo che doveva essersi conquistato fama e fortuna passando sui corpi dei suoi rivali... provandoci gusto.

«Joe la riaccompagnerà», aveva detto e la sua voce era diventata all'improvviso fredda e impersonale. «Lei è in gamba, signor Merrill», e Pop aveva capito con amarezza che quell'uomo non l'avrebbe mai più chiamato con il suo soprannome, «devo ammetterlo. Alla lunga ha preteso troppo da se stesso, ma per molto tempo è riuscito a ingannarmi. Fino a che punto mi ha gabbato? Mi ha venduto solo balle?»

«Non l'ho derubata neanche di un centesimo», aveva risposto Pop mentendo alla grande. «Non le ho mai venduto un solo articolo che non ritenessi assolutamente autentico e voglio dire che lo stesso vale anche per quella macchina fotografica.»

«Mi dà la nausea», aveva replicato McCarty. «Non perché mi sono fidato di lei. Mi sono fidato di altri falsificatori e imbroglioni. Non perché ha preso i miei soldi. La somma è troppo modesta perché abbia un valore. Lei mi dà la nausea perché sono gli uomini come lei che hanno mantenuto l'indagine scientifica dei fenomeni paranormali a un livello da Medioevo. Ne hanno fatto una sciocchezza di cui ridere, trastulli per balordi e visionari. La sola consolazione è che presto o tardi fate il passo più lungo della gamba. L'avidità vi porta a cercare di smerciare qualcosa di assolutamente ridicolo come questa macchina. Voglio che se ne vada, signor Merrill.»

Pop aveva la pipa in bocca e un fiammifero nella mano tremante. McCarty gli aveva puntato il dito addosso e gli occhi di ghiaccio lo avevano fatto somigliare alla canna di una pistola.

«E se accende quella ciminiera puzzolente qui dentro», aveva aggiunto, «gliela faccio strappare di bocca da Joe e poi le faccio rovesciare i tizzoni nelle brache. Perciò, se non vuole uscire da casa mia con quel suo culo scarno in fiamme, le suggerisco...»

«Ma *perché*, signor McCarty?» aveva implorato Pop. «Ha visto anche lei che queste foto non erano già sviluppate. *Lo sviluppo è avvenuto sotto i suoi occhi!*»

«Grazie a un'emulsione che sarebbe capace di preparare un ragazzino con una scatola del piccolo chimico», aveva ribattuto freddamente McCarty. «La Polaroid non usa un fissatore catalizzante ma qualcosa di molto simile. Espone le sue polaroid, riprendendo i fotogrammi di un film, come mi sembra di capire, poi si chiude in una qualsiasi camera oscura e ci spalma sopra uno strato di sostanza opaca. Quando si sono asciugate, le introduce nella macchina. Quando vengono espulse, sembrano polaroid del tutto normali che non hanno ancora cominciato a svilupparsi. Un riquadro grigio dentro una cornice bianca. Poi la luce colpisce la sua emulsione fatta in casa, scatena la reazione chimica e piano piano lo strato superiore si dissolve lasciando emergere la foto che ha scattato ore o settimane fa. Joe?»

Prima che gli fosse possibile aprir bocca, Pop era stato afferrato per le braccia e praticamente catapultato fuori da quello spazioso soggiorno tutto di vetrate. Ma non avrebbe detto niente lo stesso. Tra le molte regole del gioco che deve apprendere un buon uomo di affari c'è quella che suggerisce di tenere la bocca chiusa quando si sa di aver perso. Eppure avrebbe voluto urlare: *Basta che qualche vecchia baldracca con i capelli tinti e una sfera di cristallo che ha comperato per corrispondenza ti faccia apparire a mezz'aria in una stanza buia un libro o una lampada o un foglio di spartito e praticamente te la fai addosso dal godere, ma quando io vengo a mostrarti una macchina che scatta foto di qualche altro mondo, mi fai sbattere fuori a calci! Sei davvero matto come un cappellaio! E allora vai pure a farti fottere! Non sei l'unico pesce che sguazza nel mare!*

Ce n'erano altri.

Il 5 ottobre Pop salì a bordo della sua macchina perfettamente conservata e si recò a Portland a far visita alle Sorelle Pus.

Le Sorelle Pus erano gemelle identiche. Avevano un'ottantina d'anni ciascuna, ma sembravano più vecchie di Stonehenge. Fumavano Camel una via l'altra e si compiacevano di informarti che lo facevano da quando avevano diciassette anni. Non tossivano mai nonostante si facessero fuori sei pacchetti di sigarette in due ogni giorno. Si facevano scarrozzare (nelle rare occasioni in cui lasciavano la loro villa coloniale in mattoni rossi) su una *Lincoln* Continental del 1958 dalla tetra lucentezza di un carro funebre. Tale veicolo era pilotato da una nera di pochi anni più giovane di loro. L'autista era probabilmente muta, ma c'era la possibilità che fosse l'esemplare di una categoria ancora più speciale, che fosse cioè uno dei pochi esseri umani veramente taciturni. Pop non aveva mai indagato. Intratteneva rapporti d'affari con le due anziane signore da quasi trent'anni, durante i quali la nera era sempre stata con loro, perlopiù a guidare la macchina, talvolta a lavarla, altre volte a falciare il prato o a potare le siepi intorno alla casa, altre volte ancora a scendere all'angolo della via a imbucare lettere che le Sorelle Pus scrivevano Dio solo sa a chi (che le fosse o no proibito mettere piede in casa, Pop in ogni caso non l'aveva mai trovata fra le pareti domestiche), senza mai sentir pronunciare una sola parola a quella straordinaria creatura.

La residenza coloniale era nel distretto di Bramhall di Portland, che equivale alla Beacon Hill di Boston. Si dice che laggiù, nel paese del fagiolo e del merluzzo, i Cabot parlano solo con i Lowell e che i Lowell parlano solo con Dio, ma le Sorelle Pus e i pochi loro contemporanei ancora viventi a Portland avrebbero asserito seraficamente che i Lowell avevano trasformato una linea singola in duplex pochi anni dopo l'estensione della rete ai Deere e ai loro contemporanei di Portland.

E naturalmente nessuno con le rotelle a posto le avrebbe chiamate apertamente Sorelle Pus più di quanto avrebbe avvicinato il naso a una motosega per togliersi un prurito fastidioso. Erano le Sorelle Pus quando non c'erano (e dopo aver accertato di non avere tra gli interlocutori persone dalla lingua troppo lunga), ma i loro veri nomi erano signorina Eleusippus Deere e signora Meleusippus Verrill. Il padre, nell'appassionato intento di esprimere insieme la sua devozione cristiana e la sua notevole erudizione, le aveva battezzate con i nomi di due di tre fratelli gemelli che erano diventati tutti santi... ma che per sua sventura erano stato tutti santi *maschi*.

Il marito di Meleusippus era morto da molti anni, nella Battaglia del Golfo di Leyte nel 1944, per la precisione, e la moglie aveva caparbiamente mantenuto il cognome da sposata, il che rendeva impossibile cavarsela a buon mercato chiamandole più brevemente «le signorine Deere». Figuriamoci. Bisognava esercitarsi a pronunciare quegli stramaledetti scioglilingua finché non ti venivano fuori fluidi come stronzi da un culo vaselinato. Li storpiavi una volta e te la giuravano tanto da sospendere ogni rapporto d'affari da un minimo di sei mesi a un massimo di un anno. Li storpiavi due volte e tanto valeva non telefonare più. Mai più.

Seduto al volante con la cassetta di sicurezza sul sedile accanto, Pop ripeté ad alta voce i loro nomi per tutto il tragitto: «Eleusippus. *Mel*eusippus. Eleusippus e Meleusippus. Già. Molto bene».

Risultò che ad andare molto bene era solo la pronuncia dei nomi. Non desideravano la Polaroid più di quanto l'avesse voluta McCarty... sebbene Pop fosse rimasto così scosso dal primo tentativo da presentarsi alle sorelle già pronto ad accettare diecimila dollari in meno, il cinquanta per cento di quanto originariamente aveva confidato con non poco ottimismo di riuscire a realizzare.

L'anziana donna di colore rastrellava foglie, rivelando un prato che ancora in ottobre era verde come il panno di un tavolo da biliardo. Pop le rivolse un cenno di saluto. Lei lo guardò, guardò *attraverso* di lui, e continuò a raccogliere foglie.

Pop suonò il campanello e dalle profondità della casa gli giunse un rintocco. Anche se a Bramhall c'erano molte altre costruzioni più imponenti, nella casa delle Sorelle Pus si aveva la sensazione di aggirarsi per le stanze di un *palazzo*, per la penombra che vi regnava e faceva sembrare tutto più grande. Il rintocco di campana sembrava davvero giungere da lontani recessi attraverso corridoi e salotti ed evocava nella mente di Pop sempre la stessa immagine: quella del carro dei morti che batteva le strade di Londra durante la peste, con il conducente che dondolava la sua campanella gridando: «Portate fuori i morti! Portate fuori i morti! Nel nome di Gesù, portate fuori i morti!»

La Sorella Pus che aprì la porta trenta secondi dopo sembrava morta e imbalsamata, una mummia tra le cui labbra qualcuno aveva infilato per gioco un mozzicone di sigaretta accesa.

«Merrill», disse la donna. Il suo vestito era blu scuro e i suoi capelli erano intonati. Aveva cercato di assumere il tono di una gran dama al cospetto di un fornitore che si è presentato all'ingresso sbagliato, ma Pop vedeva che era già emozionata come era stato quel figlio di puttana di McCarty; era solo che le Sorelle Pus erano nate nel Maine, cresciute nel Maine e sarebbero morte nel Maine, mentre McCarty era spuntato da qualche località sconosciuta del Midwest, dove evidentemente l'arte della laconicità non era considerata fondamentale nell'educazione di un ragazzo.

Un'ombra si mosse alla chetichella nei pressi della porta del salotto in fondo all'atrio, appena visibile sopra la spalla ossuta della sorella che gli aveva aperto. Era l'altra. Oh, erano febbrili di curiosità. Pop valutò se non sarebbe riuscito a spremere loro dodicimila dollari. Chissà, forse persino quattordicimila.

Pop avrebbe *potuto* dire: «Ho l'onore di rivolgermi o alla signorina Deere o alla signora Verrill?» ed essere totalmente corretto e totalmente educato, ma aveva già avuto a che fare con quella coppia di eccentriche bacucche e sapeva che, sebbene la Sorella Pus che gli aveva aperto si sarebbe identificata senza battere ciglio, lui avrebbe perso immediatamente almeno un migliaio di dollari. Erano molto orgogliose dei loro inusitati nomi maschili e sarebbero state più indulgenti con chi falliva tentando che con un vigliacco.

Così, affidandosi velocemente al buon Dio che non gli annodasse la lingua ora che era giunto il momento, si lanciò con volenteroso coraggio e fu lieto di sentirsi pronunciare i due nomi con fluida disinvoltura. «Eleusippus o Meleusippus?» domandò, dando a intendere con l'espressione del volto di non avere la benché minima preoccupazioni di pronuncia, quasi che avesse detto Joan e Kate.

«Meleusippus, signor Merrill», rispose lei, ah, bene, adesso era diventato *signor* Merrill, e fu sicuro che tutto sarebbe filato liscio come l'olio secondo le sue più rosee aspettative e non avrebbe potuto sbagliarsi di più. «Vuole accomodarsi?»

«La ringrazio vivamente», disse Pop e si calò negli oscuri abissi del Palazzo Deere.

«*Oddio!*», esclamò Eleusippus Deere quando la polaroid cominciò a svilupparsi.

«Che aria *cattiva*!» fece eco Meleusippus Verrill, sgomenta.

L'aspetto del cane era decisamente peggiorato, doveva ammetterlo anche Pop e c'era un altro particolare ancor più preoccupante: sembrava che il ritmo della progressione temporale fosse più veloce.

Per la foto dimostrativa aveva sistemato le Sorelle Pus sul loro divano Regina Anna. Il lampo bianco aveva trasformato per un istante quell'ambiente simile a un purgatorio tra la terra dei vivi e quella dei morti in cui conducevano la loro esistenza quei due vecchi relitti umani in un quadro funereo, come la foto della polizia di un museo in cui sia stato commesso un delitto.

L'immagine che uscì dalla macchina fotografica però non mostrava le Sorelle Pus sedute sul divano come due fermalibri identici. La foto mostrava il cane nero, rivolto ora verso l'obiettivo in maniera da mostrarsi frontalmente al fotografo tanto pazzo da restare lì a continuare a ritrarlo. Ora mostrava tutti i denti in un ringhio omicida e la testa era lievemente inclinata a sinistra in una posa da predatore. Quel movimento laterale della testa era appena cominciato, rifletté Pop, e sarebbe continuato mentre l'animale avesse spiccato il balzo sulla vittima, ottenendo due scopi: nascondere da un possibile attacco la zona più vulnerabile del collo e avere le fauci nella posizione più adatta per poterle ruotare appena avesse affondato saldamente i denti nella carne viva, in modo da staccarne un pezzo consistente.

«È *spaventoso*!» esclamò Eleusippus, portandosi una mano mummificata alla pelle rugosa del collo.

«È *terribile*!» quasi gemette Meleusippus, accendendosi una Camel nuova dal mozzicone di quella prima con una mano che le tremava pericolosamente e solo il caso le evitò una bruciatura all'angolo sinistro del labbro screpolato.

«È assolutamente in-spiega-BILE!» proruppe Pop trionfante, mentre pensava: *vorrei che fossi qui adesso, McCarty, pezzo di asino. Qui ci sono due signore che del mondo hanno visto il diritto e il rovescio e non pensano affatto che questa macchina fotografica sia un trucco da baraccone!*

«Mostra qualcosa che è successo?» domandò in un bisbiglio Meleusippus.

«O qualcosa che *deve* succedere?» aggiunse sempre bisbigliando Eleusippus.

«Non so», rispose Pop. «Posso solo dire di aver visto parecchie stramberie, ma mai niente che superi queste foto.»

«Non ne dubito!» Eleusippus.

«Nemmeno io!» Meleusippus.

Pop si accingeva a condurre la conversazione nella direzione del prezzo, un momento delicato trattando con *chiunque*, ma mai tanto quanto lo era avendo a che fare con le Sorelle Pus: quando si avviava la trattativa, erano delicate come una coppia di vergini, come, per quel che Pop ne sapeva, una delle due era in realtà. Stava appunto decidendo di attaccare con: *Da principio non mi è passato nemmeno per l'anticamera del cervello di vendere un oggetto come questo, ma...* (un approccio più vecchio delle stesse Sorelle Pus, ma non di molto probabilmente, a guardarle bene bene, ma con i Cappellai Matti non era per niente controindicato; anzi, a loro *piaceva* ascoltare quegli stereotipi, come ai bambini piccoli piace ascoltare sempre la stessa fiaba), quando Eleusippus lo mise letteralmente al tappeto dicendo: «Non so come la pensa mia sorella, signor Merrill, ma non riuscirei a concentrarmi su qualunque cosa sia venuto a...» e qui fece una breve pausa dolente «... offrirci prima che abbia riportato quella... quella macchina fotografica, se si può chiamarla così, alla sua automobile».

«Non potrei essere più d'accordo», si aggregò Meleusippus, schiacciando la Camel fumata per metà in un posacenere a forma di pesce che trasudava mozziconi di Camel.

«Le fotografie *fantasma*», disse Eleusippus, «sono una cosa. Hanno una loro...»

«*Dignità*», suggerì Meleusippus.

«Sì! Dignità! Ma quel *cane*...» La vecchia rabbrividì visibilmente. «Sembra sul punto di balzare fuori da quella foto a *mordere* uno di noi.»

«Tutti!» rettificò Meleusippus.

Fino a quell'ultimo scambio, Pop era stato convinto, forse perché gli era *necessario*, che le sorelle avessero semplicemente dato inizio alla contrattazione con mirabile maestria. Ma il tono delle loro voci identiche, come avevano identiche fisionomia e fattezze (se le *loro* potevano definirsi fattezze), mortificava la sua volontà di non credere. Non avevano dubbio che la Sun 660 manifestasse un comportamento paranormale... ma *troppo* paranormale per i loro gusti. Non stavano contrattando; non stavano fingendo; non stavano giocando al gatto e il topo con lui per fargli abbassare il prezzo. Quando avevano dichiarato di non volersi nemmeno avvicinare a quella fotocamera e alle sue stranezze, avevano espresso francamente la loro volontà, e nemmeno gli avevano usato la scortesia (tale sarebbe stata dal loro punto di vista) di presumere o anche solo *sognarsi* che si fosse presentato a casa loro con l'intenzione di venderla.

Pop si guardò intorno. Il salotto gli ricordava la stanza di una vecchia vista in un film dell'orrore che aveva noleggiato per il suo videoregistratore, una scadente pagliacciata in cui una specie di orco corpulento cercava di annegare il proprio figlio in una piscina, un film spazzatura in cui non si spogliava nessuno. La stanza della vecchia era piena, strapiena, letteralmente *traboccante* di fotografie antiche e recenti. Ce n'erano su tavoli e tavolini e sulla mensola del caminetto nelle cornici più disparate; ricoprivano le pareti al punto che era impossibile capire quale fosse il disegno della tappezzeria.

Il salotto delle Sorelle Pus non giungeva a quel colmo di esagerazione, ma fotografie ce n'erano lo stesso in quantità esorbitante, qualcosa come centocinquanta, che sembravano il triplo in un ambiente di modeste dimensioni e buio come quello. Avendo frequentato la casa, Pop ne ricordava superficialmente una gran parte e ne conosceva altre ancora meglio, per essere stato lui ad averle vendute a Eleusippus e Meleusippus.

La loro collezione di «fotografie fantasma», come le definiva Eleusippus Deere, era molto più vasta, forse di un migliaio di esemplari in tutto, ma evidentemente persino le gemelle si erano rese conto che c'erano insormontabili limiti logistici, se non di buon gusto, a volerle esporre tutte in salotto. Le altre erano distribuite nelle quattordici stanze del palazzo. Pop le aveva viste tutte. Era uno dei pochi fortunati a cui era stata accordata quella che, con candida grandiosità, le Sorelle Pus chiamavano la Visita. In salotto però conservavano i loro *tesori*, con il pezzo forte della collezione che attirava l'occhio solo per il solitario splendore con cui dominava lo Steinway a mezza coda accostato ai bovindi. Nella fotografia si vedeva una salma che levitava dalla propria bara davanti a una cinquantina di spettatori esterrefatti. Era un montaggio, naturalmente. Lo avrebbe capito un bambino di dieci anni... che diamine, di otto! Era così rozzo che al suo confronto sarebbero sembrate autentiche opere d'arte le fotografie degli elfi danzanti che tanto avevano affascinato il povero Arthur Conan Doyle sul finire della vita. In verità, vagando con lo sguardo, Pop vedeva solo due fotografie che non fossero palesemente artefatte e che avrebbero richiesto un esame accurato per scoprire come fosse stato realizzato il trucco. Eppure quei due ruderi, che avevano collezionato «fotografie fantasma» per tutta la vita e sostenevano di essere autentiche autorità in materia, si erano comportate come due ragazzine alla proiezione di un film dell'orrore quando lui aveva mostrato loro non solo una *fotografia* paranormale, bensì una più che straordinaria *fotocamera* paranormale, che non presentava il suo fenomeno una volta e poi mai più, come quella che aveva scattato l'immagine della dama fantasma che guardava i cacciatori tornare a casa, ma un apparecchio che si esibiva *in continuazione* nella sua magia. E quanto avevano buttato via per riempirsi la casa di *falsi*? Migliaia di dollari? Decine di migliaia? Centinaia di...

«... mostrarci?» stava chiedendo Meleusippus.

Pop Merrill costrinse le labbra a incurvarsi in una passabile imitazione del suo «sorriso amichevole e sapiente», ottenendo un risultato accettabile visto che non ebbe per reazione né sorpresa né diffidenza.

«Chiedo venia, cara signora», si scusò, «ma credo che la mia mente se ne sia andata a zonzo per qualche momento. Scherzi dell'età che capitano a tutti, suppongo.»

«Noi abbiamo ottantatré anni e le *nostre* menti sono lucide come vetri di finestra», dichiarò in tono di disapprovazione Eleusippus.

«*Vetri appena lavati*», puntualizzò Meleusippus. «Le ho chiesto se ha qualche nuova fotografia da mostrarci... dopo che avrà messo via quell'orrore, si capisce.»

«Sono *secoli* che non ne vediamo di veramente *buone*», sospirò Eleusippus accendendosi una Camel.

«Il mese scorso siamo state a Providence per il Convegno sul Paranormale e Cartomanzia», lo informò Meleusippus, «e sebbene le conferenze siano state illuminanti...»

«... ed edificanti...»

«... sapesse quante foto *sfacciatamente* false abbiamo visto! Anche un bambino di dieci anni...»

«... di *sette*!»

«... se ne sarebbe accorto. Perciò...» Meleusippus fece una pausa. Il suo viso assunse un'espressione di dubbiosità che sembrò che le procurasse dolore (essendosi i suoi muscoli facciali da lungo atrofizzati in espressioni di filosofico piacere e serena consapevolezza). «Sono perplessa. Sì, signor Merrill, devo ammettere che sono un po' perplessa.»

«Stavo per dire lo stesso anch'io», fece eco Eleusippus.

«*Perché* ci ha portato quella macchina spaventosa?» domandarono Meleusippus ed Eleusippus in una perfetta armonia a due voci guastata solo dalla ruvidezza dovuta alla nicotina.

L'impulso di rispondere: «*Perché non sapevo che foste due vecchie cacasotto*» fu così forte che per un attimo terribile Pop credette di averlo detto davvero e allora attese tremante che il loro duplice grido di indignazione nei sacri e ombrosi confini del salotto salisse come lo stridio di una lama arrugginita di motosega che incontra un nodo in un tronco di pino e diventasse via via più acuto fino a far esplodere i vetri nelle cornici di tutti quegli stupidi fotomontaggi.

Il terrore di aver parlato a voce alta durò solo una frazione di secondo, ma quando ci ripensò in seguito nelle notti insonni, mentre gli orologi ticchettavano stancamente al piano di sotto (e mentre la Polaroid di Kevin Delevan vegliava rintanata nel cassetto chiuso a chiave del banco da lavoro), gli pareva che fosse trascorso un tempo molto più lungo. In quelle ore notturne si ritrovava talvolta a rimpiangere di non averlo detto sul serio e si domandava se non avesse perso la ragione.

Reagì invece dando prova quasi encomiabile di tempismo e perspicace istinto di autoconservazione. Smascherare le Sorelle Pus per quello che erano gli avrebbe dato gratificazione immensa, ma sfortunatamente sarebbe stata una gratificazione *effimera*. Ungendole, come naturalmente si aspettavano che facesse, dato che da sempre vivevano nel burro (che tuttavia non aveva avuto alcun effetto benefico sulla loro pelle), avrebbe forse potuto rifilargli un'altra consistente partita di «foto fantasma» per qualche migliaio di dollari, sempre che avessero continuato a eludere il cancro ai polmoni che avrebbe dovuto finirle già almeno da una decina d'anni.

Del resto nel suo archivio mentale c'erano altri Cappellai Matti, sebbene non tanti quanti avesse pensato il giorno in cui era andato a trovare Cedric McCarty. Da una rapida verifica aveva scoperto che due erano morti e uno stava imparando a fabbricare cestini di vimini in un lussuoso ospizio della California settentrionale che si occupava degli incredibilmente ricchi perdutamente rimbambiti.

«Ve l'ho portata perché poteste esaminarla», affermò. «Quello che voglio dire», si affrettò ad aggiungere notando la loro costernazione, «è che conosco la vostra grande esperienza in questo campo.»

La costernazione si trasformò in soddisfazione; le sorelle si scambiarono sguardi compiaciuti e Pop desiderò innaffiare un paio di quei loro dannati pacchetti di Camel di liquido combustibile e schiaffarglieli su per quei loro culetti rinsecchiti e darvi fuoco. Ah, se avrebbero fumato allora! Avrebbero fumato come camini otturati, è quel che voleva dire.

«Ho pensato che avreste potuto consigliarmi su che cosa fare con questa macchina fotografica, voglio dire», finì.

«La distrugga», rispose immediatamente Eleusippus.

«Con la dinamite», fece eco Meleusippus.

«Prima con l'acido, *poi* con la dinamite», precisò Eleusippus.

«Giusto», finì Meleusippus. «È pericolosa. Non c'è bisogno di vedere quel cane per capirlo.» Ma vi gettò un'occhiata lo stesso; guardarono entrambe, con un'identica espressione di raccapriccio e paura.

«Si sente emanare *malvagità*», sentenziò Eleusippus in un tono di infausta premonizione che avrebbe dovuto far ridere per quanto somigliava all'intonazione caricata di una liceale nella parte di una strega del *Macbeth*, ma che misteriosamente non gli parve per niente ridicola. «La distrugga, signor Merrill. Prima che accada qualcosa di orribile. Prima che forse, e le raccomando di notare che ho detto *forse*, sia la macchina a distruggere *lei*.»

«Piano, piano», ribatté Pop seccato di sentirsi suo malgrado un po' a disagio, «mi sembra che stiate dipingendo il diavolo più brutto di quello che è. È solo una macchina fotografica, è quello che voglio dire.»

In tono sommesso Eleusippus Deere disse: «E la *planchette* che è costata un occhio alla povera Colette Simineaux qualche anno fa... non era che un pezzetto di fibra di legno?»

«Almeno fino al momento in cui non ci hanno messo sopra le

dita quegli stupidi, quegli *stolti* che l'hanno risvegliata», aggiunse Meleusippus, più sommessamente ancora.

Sembrava che non ci fosse altro da dire. Pop recuperò la fotocamera, attento a prenderla dalla cinghia senza toccarla, giurando però a se stesso che lo faceva solo per la bella faccia delle cariatidi.

«Be', le esperte siete voi», concluse. Le due vegliarde si guardarono gongolanti.

Ritirarsi, sì. Un'onorevole ritirata era la soluzione giusta almeno per il momento. Ma non aveva ancora finito. Prima o poi l'occasione viene per tutti, si sa. «Non voglio prendere altro del vostro tempo e meno che mai desidero recarvi disturbo.»

«Ma si figuri!» esclamò Eleusippus alzandosi a sua volta.

«Ci capita così raramente di avere degli ospiti!» esclamò Meleusippus alzandosi a sua volta.

«Metta quell'apparecchio in macchina, signor Merrill», lo esortò Eleusippus, «e poi...»

«... resti a bere un tè.»

«Con *merenda*!»

E sebbene Pop avrebbe desiderato sopra ogni altra cosa al mondo *andarsene* da lì (dicendo loro testualmente: *grazie, ma no grazie, voglio andarmene da questo cazzo di mausoleo*), si esibì in un cortigianesco mezzo inchino formulando una scusa acconcia. «Lo gradirei moltissimo, ma purtroppo ho un altro appuntamento. Non vengo in città tanto sovente quanto vorrei.» Se devi dire una bugia, buttacene dentro un mazzo, gli ripeteva spesso suo padre ed era un consiglio che aveva accolto e messo in pratica. Consultò teatralmente l'orologio. «Mi sono già trattenuto fin troppo a lungo. Mi avete fatto tardare, birbanti, ma certamente non sono il primo uomo che si è fatto catturare da voi!»

Ridacchiarono, mostrando addirittura un uguale grado di rossore nelle gote, come l'incandescenza di rose molto vecchie.

«Signor *Merrill*!» trillò Eleusippus.

«Invitatemi la prossima volta», disse lui sorridendo fino a farsi indolenzire i muscoli della faccia. «La prossima volta... e allora, perbacco, vedrete se non accetto prima ancora che abbiate aperto bocca!»

Uscì, e appena una delle gemelle ebbe frettolosamente richiuso la porta (forse pensando che la luce del sole avrebbe scolorito le loro false foto fantasma, pensò con acida malizia), si voltò di scatto e fotografò la vecchia dipendente di colore che stava ancora raccogliendo le foglie. Lo fece d'impulso, come un automobilista dall'indole malvagia che sterza bruscamente su una strada di campagna per travolgere una puzzola o un procione.

La nera arricciò il labbro superiore in una smorfia astiosa e lo sorprese facendogli le corna in un gesto di scongiuro.

Montò in macchina e scese speditamente per il vialetto a marcia indietro.

Con il lato posteriore dell'automobile già nella strada e nell'atto di girarsi per controllare se c'era traffico, lo sguardo gli cadde casualmente sulla polaroid che aveva appena scattato. Non era ancora completamente sviluppata, perciò era ricoperta dal solito velo lattiginoso del processo chimico ancora in corso.

L'immagine latente era tuttavia emersa a sufficienza da bloccargli il respiro che aveva cominciato a trarre, come una brezza che cade all'improvviso per qualche istante. Persino il cuore gli rimase sospeso fra un battito e l'altro. Stava avvenendo quello che Kevin aveva immaginato. Il cane aveva finito di girarsi per dare inizio all'inesorabile, predestinata, ineludibile aggressione di colui che reggeva la macchina fotografica tra le mani... Ah, ma era stato *lui* questa volta, no? *Lui*, Reginald Marion «Pop» Merrill, aveva sollevato la macchina per fotografare quella vecchia nera sfogando un attimo di furore come un bambino sculacciato che fa esplodere una bottiglia posata sullo steccato con il suo fucile ad aria compressa solo perché non può certo far saltare le cervella a suo padre come gli avrebbe dettato il senso di umiliazione e il dolore pulsante alle natiche.

Il cane stava arrivando. Kevin sapeva che così sarebbe stato e lo avrebbe capito anche Pop se ci avesse riflettuto, cosa che non aveva fatto, anche se da quel momento in poi avrebbe trovato difficile pensare ad altro ogni volta che avrebbe pensato alla fotocamera e avrebbe scoperto che quei pensieri invadevano sempre più del suo tempo, durante la veglia e nel sonno.

Sta arrivando, rifletté Pop con il gelido orrore di chi sente avvicinarsi nel buio qualche essere indicibile e insopportabile con artigli e denti affilati come rasoio. *Mio Dio, sta arrivando, quel cane arriva...*

Ma non stava solo *arrivando*; stava *cambiando*.

Era impossibile dire come. Gli dolevano gli occhi, dibattuti fra ciò che avrebbero dovuto vedere e ciò che in realtà vedevano, e alla fine l'unica impressione che gli parve attinente fu solo molto vaga: era come se qualcuno avesse cambiato l'obiettivo togliendo quello normale per innestare un grandangolo, per cui la fronte del cane con le sue nappe di pelo arruffato dava l'impressione di sporgere e recedere contemporaneamente; mentre negli occhi assassini del cane era affiorata una traccia di rosso opaco simile a quelle scintille che talvolta il flash della Polaroid accende negli occhi dei soggetti ritratti.

Pareva che il *corpo* del cane si fosse allungato, ma senza smagrirsi; anzi, ora sembrava più grosso... non grasso, ma più muscoloso.

E i denti erano più grandi. Più lunghi. Più affilati.

Ricordò all'improvviso il San Bernardo di Joe Camber, quello che aveva ucciso Joe, quel vecchio ubriacone di Gary Pervier e Big George Bannerman. Quel cane aveva preso la rabbia. Aveva intrappolato una donna e un bambino a bordo della loro automobile su alla casa di Camber e dopo due o tre giorni il bimbo era morto. Adesso Pop si domandava se qualcosa del genere avessero visto anche loro durante il lungo assedio nell'abitacolo dell'automobile diventato torrido come un forno, se avessero visto la stessa macchia rossa negli occhi del cane, gli stessi lunghi denti acuminati...

Risuonò un clacson spazientito.

Pop gridò e il suo cuore non riprese semplicemente a battere, ma partì con il boato di un bolide della Formula Uno.

Un furgoncino sterzò per evitare la sua berlina ancora per metà nel vialetto e per metà sporgente nella stretta via del quartiere residenziale. Il conducente del furgone mise fuori un pugno e alzò il dito medio.

«*Ciucciamelo, figlio di una troia!*» urlò Pop. Uscì del tutto dal vialetto, ma manovrando così bruscamente che andò a urtare il cordolo del marciapiede sul lato opposto della strada. Girò rabbiosamente il volante, suonando inavvertitamente il clacson, e finalmente partì. Tre isolati più avanti dovette accostare e concedersi una decina di minuti di pausa in attesa di smettere di tremare e di poter riprendere a guidare.

E arrivederci alle Sorelle Pus.

Durante i cinque giorni seguenti Pop passò in rassegna i nominativi che ancora restavano nel suo elenco mentale. A mano a mano che procedeva lungo la lista abbassava il prezzo che era partito da ventimila dollari con McCarty ed era stato ridimensionato a dieci con le Sorelle Pus (sembra peraltro che in entrambi i casi non fosse riuscito a progredire nella trattativa abbastanza da enunciarlo a parole). Rimase infine con Emory Chaffee e la possibilità di incassare forse duemilacinquecento dollari.

Chaffee rappresentava un affascinante paradosso: nella sua prolungata e più che mai variegata esperienza con i Cappellai Matti, Emory Chaffee spiccava come unico convinto assertore dell'esistenza di un «altro mondo» che non fosse assolutamente dotato di capacità immaginativa. Che in una mente simile avesse albergato anche solo per un istante l'ipotesi di un «altro mondo» era sorprendente; che ci *credesse* era sconcertante; che lo inducesse a pagare denaro sonante per collezionare oggetti in vario modo attinenti era qualcosa che Pop trovava assolutamente sbalorditivo. Così era, però, e Pop gli avrebbe assegnato un posto molto più in alto nel suo elenco se non per il seccante particolare che Chaffee era di gran lunga il meno abbiente fra i Cappellai Matti «ricchi» del suo archivio mentale. Si sforzava con abnegazione e pari insuccesso di tenere annodate le ultime appendici in via di disfacimento di quello che era stato un grande patrimonio familiare. Da ciò un ulteriore e notevole sconto nel prezzo richiesto da Pop per la Polaroid di Kevin.

Ma, aveva pensato mentre imboccava il vialetto invaso dalla vegetazione di quella che negli anni Venti era stata una delle più eleganti residenze estive di Sebago Lake e che adesso era in procinto di diventare una delle abitazioni più malandate fra quelle occupate per tutto l'anno (la casa che aveva avuto nel quartiere di Bramhall a Portland era stata venduta quindici anni prima per far fronte alle tasse), *se mai c'è qualcuno disposto a comperarmi questo aggeggio odioso, è lui.*

L'unica cosa a preoccuparlo profondamente, sempre di più via via che esauriva il suo elenco di possibili acquirenti, era la necessità di dare una dimostrazione. Anche se avesse *descritto* che cosa faceva quella macchina fotografica fino a restare senza voce, nemmeno un babbeo come Emory Chaffee sarebbe stato indotto a investire il proprio denaro.

Certe volte pensava di essere stato uno sciocco a incaricare Kevin di scattare tutte quelle foto per poterne trarne un video; a ben guardare però non era per niente sicuro che se non lo avesse fatto avrebbe in qualche modo eluso la situazione che si andava delineando. In quell'altro mondo il tempo trascorreva (così era giunto a considerarlo anche lui, come Kevin: un mondo reale), e trascorreva molto più lentamente che in questo... ma non era forse vero che accelerava in concomitanza con il progressivo avvicinarsi del cane alla fotocamera? A lui sembrava di sì. Da principio, il movimento del cane lungo lo steccato era stato appena percettibile. Ora solo un cieco non si sarebbe accorto che il cane era più vicino ogni volta che scattava l'otturatore. Si notava la minor distanza anche in due fotografie scattate una subito dopo l'altra, quasi che il tempo dall'altra parte stesse cercando di... be', cercando di *recuperare* e sincronizzarsi con il tempo da questa parte.

Fosse stato tutto lì, sarebbe già stato un bel guaio. Ma *non* era ancora finita.

Quello non era un *cane*, che diamine!

Non avrebbe saputo dire che cos'era, ma quanto era vero che sua madre era sepolta all'Homeland Cemetery, era sicuro che non fosse un *cane*.

Pensava che *fosse stato* un cane, quando annusava lo steccato, ormai rimasto indietro di qualche metro; si *era presentato* come un cane, e di eccezionale ferocia, da quel che si era potuto giudicare dal muso quando l'aveva girato abbastanza da farsi vedere negli occhi.

Ora però Pop non riconosceva in quell'animale alcuna creatura che fosse esistita sulla terra del buon Dio e probabilmente nemmeno nell'inferno di Lucifero. E ancora di più lo angosciava che le poche persone per le quali aveva scattato fotografie dimostrative non davano l'impressione di accorgersene. Trasalivano di raccapriccio, questo sì, dichiaravano di non aver mai visto un bastardo randagio più brutto e dall'aria più malvagia, questo sì, ma niente di più. Non uno che avesse visto in quel cane della Sun 660 di Kevin l'incipiente manifestarsi di un mostro, via via che si avvicinava al fotografo. Via via che si avvicinava all'obiettivo che era forse la porta di comunicazione tra i due mondi.

E pensò di nuovo (come aveva pensato Kevin): *ma non potrebbe mai passarci. Mai. Se qualcosa deve succedere, ti dico io che cosa sarà, perché quell'essere è un* ANIMALE, *della peggior specie, forse, una bestiaccia che mette la fifa addosso, di quelli che i bambini piccoli si immaginano acquattate nell'armadio dopo che la mamma ha spento la luce, ma pur sempre un* ANIMALE, *e se qualcosa deve succedere andrà così: ci sarà un'ultima fotografia in cui non si vede niente, solo una macchia sfocata perché la bestia ha spiccato il balzo, e del resto si vede che ha intenzione di farlo, dopodiché la macchina non funzionerà più e se anche i meccanismi dovessero continuare a funzionare, le foto che ne verranno fuori saranno tutti rettangoli neri, perché non si possono scattare foto con una macchina che ha l'obiettivo fracassato o che si è spaccata in due, se è per questo, e se il tizio che proietta quell'ombra lascia cadere la macchina quando la bestiaccia gli salta addosso come è presumibile che farà è più che probabile che la macchina si danneggi in maniera irreparabile. Non è che una scatola di plastica, dopotutto, e plastica e cemento hanno un pessimo rapporto!*

Ma intanto Emory Chaffee era uscito sulla sua cadente veranda dove la vernice si sfaldava dall'assito e le assi stesse erano deformate dall'umidità e le zanzariere assumevano il colore rugginoso del sangue rinsecchito, intorno a strappi e squarci; era uscito Emory Chaffee con un blazer che un tempo era stato un bel blu elegante e che ormai gli innumerevoli lavaggi a secco avevano reso di un anonimo grigio da livrea di addetto agli ascensori; era uscito Emory Chaffee con la fronte alta che si incurvava all'indietro per scomparire in lontananza sotto i pochi capelli che gli restavano e il cameratesco sorriso di benvenuto che metteva in mostra i giganteschi incisivi e lo facevano somigliare a Bugs Bunny.

Pop chiuse la mano sulla cinghia della fotocamera (Dio, se non cominciava a detestare quell'aggeggio!), scese dalla macchina e si costrinse a rispondere al saluto e al sorriso di Chaffee.

Gli affari, del resto, sono affari.

«Un cucciolo poco simpatico direi, no?»

Chaffee stava studiando la polaroid ora quasi completamente sviluppata. Pop gli aveva spiegato che cosa faceva la fotocamera e si era sentito incoraggiato dalla viva curiosità manifestata da Chaffee. Allora gli aveva consegnato la Sun, invitandolo a scattare una foto a suo piacimento.

Con quel suo ripugnante sorriso dentuto, Emory Chaffee aveva puntato l'obiettivo su di lui.

«No, non me», si precipitò a difendersi Pop. «Preferirei che mi puntassero addosso un fucile a canne mozze che quella macchina.»

«Quando ha da vendere qualcosa, non scherza niente, eh?» lo apostrofò Chaffee in tono ammirato, ma lo accontentò lo stesso, rivolgendo la Sun 660 alla vetrata affacciata sul lago, un magnifico panorama che restava a tutt'oggi prosperoso quanto era stata anche la famiglia Chaffee nel periodo che aveva avuto inizio dopo la fine della prima guerra mondiale, un'epoca d'oro che aveva cominciato a trasformarsi in ottone verso il 1970.

Premette il pulsante di scatto.

La fotocamera guaì.

Pop fece una smorfia. Si rese conto che ormai non sapeva più evitare una smorfia ogni volta che sentiva quel suono, l'uggiolio sommesso del meccanismo di espulsione. Aveva tentato di dominarsi e con sgomento aveva scoperto di non esserne in grado.

«Oh, sì, gran brutto cliente!» ripeté Chaffee dopo aver esaminato la fotografia sviluppata. E Pop provò un piacere maligno nel constatare che finalmente gli era scomparso dalla faccia quell'antipatico sorriso conigliesco. Una volta tanto sentiva di avere qualcosa per cui ringraziare la macchina fotografica.

Tuttavia gli era egualmente chiaro che Chaffee non vedeva la stessa cosa che vedeva lui.

Per quanto avesse tentato di prepararsi a quella eventualità, rimase lo stesso profondamente scosso sotto la sua impassibile maschera yankee. Se Chaffee avesse avuto il potere (perché tale sembrava che dovesse essere) di vedere ciò che vedeva lui, se la sarebbe data subito a gambe, scomparendo dietro la porta più vicina.

Il cane (sì, non era un cane, non lo era più, ma in qualche maniera bisognava pur definirlo) non aveva ancora cominciato il suo balzo sul fotografo, ma si stava preparando. Le zampe posteriori si stavano flettendo e si abbassavano verso l'anonimo marciapiede in un atteggiamento che fece venire in mente a Pop una macchina truccata, vibrante, appena trattenuta dalla frizione negli ultimi secondi di un semaforo rosso, con l'ago dei giri già oltre i tremila, il ringhio del motore trasmesso da tubi cromati, i copertoni pronti a far fumare l'asfalto sotto il battistrada in un bacio focoso.

Il muso del cane non era più riconoscibile. Era deformato come se visto negli specchi di un luna park e ora sembrava che avesse un unico occhio scuro ed efferato, né rotondo né ovale, bensì *semiliquido*, come il tuorlo di un uovo forato dai rebbi di una forchetta. Il naso era un becco nero con profonde caverne dilatate. E c'era *fumo* che usciva da quelle caverne, come dagli sfiatatoi di un vulcano, forse... ma forse era solo uno scherzo dell'immaginazione.

Non temere, pensò Pop. *Tu continua a far scattare quell'otturatore o a lasciare che lo facciano altri come questo imbecille che hai qui davanti, e presto lo saprai con certezza, no?*

Ma non *voleva* saperlo. Osservò quell'essere nero e dall'aspetto micidiale nel cui pelo erano rimaste impigliate decine di lappe, la bestia che per la verità sembrava aver generato spini al posto dei peli e un'arma medievale al posto della coda. Notò l'ombra, per dare un senso alla quale c'era voluto un dannato moccioso. Era cambiata. Dalla divaricazione delle gambe si capiva che il fotografo aveva fatto un passo all'indietro, un passo *molto* lungo, pur tenendo in considerazione il particolare effetto provocato dal sole che stava spuntando o tramontando (ma tramontava di certo; Pop si era ormai convinto che il sole stesse calando, che in quell'altro mondo stesse venendo la notte e non il giorno).

Il fotografo aveva finalmente scoperto che il suo soggetto non aveva intenzione di posare per il ritratto, che non gli era mai nemmeno passato per la testa. Intendeva *mangiare*, non *posare*.

Mangiare e forse, in un modo che non capiva, fuggire.

Scoprilo! pensò con ironia. *Avanti! Continua a scattare foto! Lo scoprirai! Scoprirai* MOLTE COSE!

«E lei», stava continuando Emory Chaffee, poiché era stato fermato solo per un momento; le creature dotate di scarsa immaginazione raramente si lasciano interrompere a lungo da futili impedimenti come le riflessioni, «è un venditore formidabile!»

Il ricordo di McCarty era ancora molto vicino alla superficie della mente di Pop e non aveva smesso di scottare.

«Se pensa che sia un trucco...» cominciò.

«Un trucco? Mai più! Mai... *più*!» Il sorriso conigliesco di Chaffee si distese in tutto il suo repellente splendore. Spalancò le braccia. «Ma, vede, temo che non si possa fare niente su questo particolare articolo, signor Merrill. Mi dispiace doverlo dire, ma...»

«Perché?» proruppe Pop. «Se non pensa che la macchina sia truccata, perché diavolo non la vuole?» Sentì nella propria voce il crescere di una sorta di furore lamentoso. Non era mai esistito un oggetto come quello, mai in tutta la storia del mondo, ne era sicuro, né mai ne sarebbe esistito un altro uguale. Eppure sembrava che non sarebbe riuscito nemmeno a *regalarlo*, se ci avesse provato.

«Ma...» Chaffee sembrò perplesso, come se non sapesse bene come esprimersi, perché qualunque cosa avesse da dire gli pareva troppo ovvia. In quel momento ricordava un maestro d'asilo simpatico ma non particolarmente abile che cercasse di insegnare come si allacciano le scarpe a un bambino lento di comprendonio. «Ma non *fa* niente, vero?»

«Non *fa* niente?» quasi strillò Pop. Non gli sembrava possibile di aver perso il controllo fino a quel punto e ancora sentiva le sue emozioni andare sempre più alla deriva. Che cosa gli stava accadendo? O, volendo mettere meglio il dito sulla piaga, che cosa gli stava facendo quella fottutissima *fotocamera*? «Non *fa* niente? Ma cos'è! Cieco? Scatta foto di *un altro mondo*! Scatta foto che si muovono nel tempo una dopo l'altra, *dovunque* e *in qualsiasi momento* vengano scattate in *questo* mondo! È quel... coso... quel *mostro*...»

Oh. Oh povero lui. Ci era arrivato finalmente. Aveva finalmente pronunciato quella parola di troppo. Lo leggeva chiaramente nel modo in cui Chaffee lo stava guardando.

«Ma è solo un cane, no?» commentò Chaffee nel tono pacato e consolatorio con cui si cercherebbe di rabbonire un pazzo mentre le infermiere corrono all'armadietto dove vengono conservati siringhe e calmanti.

«Già», rispose Pop con voce stanca. «È solo un cane. Ma lei stesso ha detto che è un brutto cliente.»

«Giusto, giusto, così ho detto», annuì Chaffee, concordando troppo precipitosamente. Pop pensò che se il suo sorriso si fosse allargato ancora un po' gli avrebbe visto cascare in grembo la parte superiore della testa. «Ma... sicuramente si rende conto anche lei, signor Merrill... del problema che presenta al collezionista. Il collezionista *serio*.»

«No, credo di no», rispose Pop, ma dopo aver esaurito la lista dei Cappellai Matti, lista che da principio gli era sembrata così promettente, qualche cosa cominciava a capire. Cominciava a vedere una *moltitudine* di problemi che presentava la Sun al collezionista serio. Quale fosse in particolare quello di Emory Chaffee... lo sapevano solo Emory e il Padreterno.

«Esistono senza dubbio quelle che definiamo fotografie fantasma», spiegò Chaffee adottando una cadenza pesante che fece venire a Pop il desiderio di strangolarlo. «Ma queste non sono fotografie fantasma. Queste sono...»

«Poco ma sicuro che non sono fotografie *normali*!»

«È esattamente il mio punto di vista», concordò Chaffee corrugando lievemente la fronte. «Ma allora che tipo di foto sono? Difficile a dirsi, giusto? Ci troviamo di fronte a una normale macchina fotografica che fotografa un cane nell'atto di spiccare un salto. E dopo che sarà saltato tre sono le possibili conseguenze. La macchina si mette a scattare foto normali, vale a dire foto del soggetto sul quale viene puntato l'obiettivo; oppure la macchina non scatta più foto, avendo completato il suo compito, quello di fotografare, o per meglio dire *documentare*, le azioni del cane; oppure continua semplicemente a scattare foto di quello steccato bianco e del prato abbandonato che c'è dietro.» Fece una pausa e poi aggiunse: «Immagino che prima o poi potrebbe passare qualcuno, fra una quarantina di foto o magari quattrocento, ma se il fotografo non cambia angolazione, cosa che non ha fatto in nessuna di queste, vedremmo il passante solo dalla vita in giù, più o meno». Dopodiché, parafrasando il padre di Kevin senza nemmeno sapere chi fosse, concluse: «Mi perdoni se glielo dico, signor Merrill, ma lei mi sta mostrando qualcosa che non pensavo di vedere mai in vita mia: una inspiegabile e quasi inconfutabile manifestazione paranormale che in realtà è molto noiosa».

Quel commento disarmante e apparentemente sincero indusse Pop a non preoccuparsi di ciò che avrebbe potuto pensare Chaffee del suo equilibrio mentale e a domandargli di nuovo: «Ma, da quel che vede lei, in queste foto c'è davvero soltanto un cane?»

«Sicuro», rispose Chaffee un po' sorpreso. «Un randagio di razza indefinibile che deve avere un pessimo carattere.»

Sospirò.

«E non verrebbe presa sul serio. Intendo dire che non verrebbe presa sul serio dalle persone che non la conoscono personalmente, signor Merrill, le persone che non la conoscono per l'onestà e l'affidabilità con cui tratta con i suoi clienti. Sembra un trucco, capisce? E nemmeno molto sofisticato. Siamo nella categoria delle scatole del Piccolo Mago.»

Due settimane prima Pop si sarebbe battuto strenuamente contro un'affermazione come quella, ma sarebbe stato prima di venir letteralmente *sbattuto* fuori di casa da quel bastardo di McCarty.

«Be', se questa è la sua ultima parola...» borbottò Pop alzandosi e raccogliendo la macchina fotografica per la cinghia.

«Mi dispiace che abbia fatto tutta questa strada per niente», disse Chaffee... e sbocciò nuovamente quel suo sorriso orrendo, tutto labbra gommose e dentoni scintillanti di saliva. «Stavo per prepararmi un sandwich quando è arrivato lei. Vuole farmi compagnia, signor Merrill? Ho una ricettina davvero gustosa, se mi è concesso vantarmene. Ci metto un pizzico di rafano e una fettina di cipolla. È questo il mio segreto. Poi...»

«Preferisco passare», ribatté Pop con voce pesante. Come già quand'era nel salotto delle Sorelle Pus, in quel momento aveva solo voglia di mettere fra sé e quel ridente idiota un congruo numero di miglia. Sviluppava una decisa allergia per i luoghi in cui aveva giocato d'azzardo e perso e ultimamente detti luoghi erano diventati numerosi. Troppo numerosi. «Ho già pranzato, è quello che voglio dire. È ora che mi metta in viaggio.»

Chaffee fece una risata saporosa. «Suda il contadino nella vigna ma ne ricava gran frutto», recitò.

Ma questa è stagione di magra, pensò Pop. *Ultimamente non ci ho cavato neanche un chicco d'uva.*

«Un modo come un altro per guadagnarsi da vivere», si schermì Pop e fu finalmente accompagnato alla porta di quella casa che era umida e fredda (c'era da aver paura a come dovesse essere viverci in febbraio) e impregnata di quell'imprecisabile odore di muffa che poteva essere di tende e tappezzerie in putrefazione... o era più semplicemente l'odore che si lascia dietro il denaro trasferitosi in altri lidi dopo un lungo soggiorno. Mai gli era sembrata così tonificante e profumata l'aria fresca di ottobre, appena pervasa dalla fragranza del lago e satura dell'aroma penetrante degli aghi di pino.

Montò in macchina e avviò il motore. A differenza della Sorella Pus che lo aveva scortato fino alla porta per poi chiuderla frettolosamente come temendo che un raggio di sole, colpendola, potesse ridurla in polvere come un vampiro, Emory Chaffee era uscito in veranda e gli rivolgeva il suo sorriso idiota e addirittura lo salutava con la mano, come se Pop stesse partendo per una crociera.

Senza pensarci, come aveva scattato una foto alla vecchia donna di colore (non fotografando lei, ma puntando l'obiettivo su di lei), fotografò Chaffee e la facciata cadente della casa che era tutto quello che restava del patrimonio di famiglia. Non ricordava di aver preso la fotocamera dal sedile sul quale l'aveva buttata con disgusto prima di richiudere lo sportello;

non si era nemmeno accorto di averla fra le mani e di aver premuto il pulsante fino a quando aveva udito il lieve gemito del meccanismo che spingeva la fotografia fuori come una lingua spalmata di gelatina grigia, Latte di Magnesia, forse. Il suono gli riverberò in tutto il sistema nervoso, procurandogli fitte di dolore. Era la sensazione che si ha quando qualcosa di troppo caldo o troppo freddo finisce su un dente appena otturato.

Registrò solo marginalmente le risate di Chaffee, che se la godeva come se fosse lo scherzo più divertente del mondo, prima di strappare la foto dalla fessura da cui sporgeva in un gesto di furore, mentre diceva a se stesso che si era solo immaginato quel ringhio soffocato, un suono come potrebbe essere quello di un motoscafo che si sta avvicinando udito da sott'acqua; dicendo a se stesso che si era immaginata la momentanea sensazione che la fotocamera gli si *gonfiasse* tra le mani, come se per una frazione di secondo una tremenda pressione interiore lo avesse spinto contro le pareti. Schiacciò il pulsante dello stipetto del cruscotto, buttò dentro la fotografia e lo richiuse così bruscamente e maldestramente da spezzarsi l'unghia del pollice fin nella carne viva.

Partì con un violento sussulto e quasi imballò il motore prima di rischiare di andare a sbattere in uno degli antichi larici canescenti che fiancheggiavano l'ultimo tratto del lungo viale di accesso e per tutto quel tratto di strada ebbe l'impressione di sentire Emory Chaffee che se la rideva beato facendo un gran chiasso: *Ah! Ah! Ah! Ah!*

Il cuore gli tonava nel petto e nella testa qualcuno gli percuoteva il cervello a colpi di maglio. I grovigli di vene annidati nelle tempie gli pulsavano vistosamente.

Ritrovò il controllo piano piano. Cinque miglia e l'omino che gli pestava il cervello con il maglio si stancò. Dieci miglia (ormai era a metà strada sulla via del ritorno) e il battito cardiaco ridiventò normale. E disse a se stesso: *tu non la guarderai. Tu non la* DEVI *guardare. Che marcisca là dentro. Non hai bisogno di vederla e non hai bisogno neanche di scattarne delle altre. È ora che ti convinca che quella macchina è stato un fiasco totale. È ora che tu faccia quello che tu avresti dovuto lasciar fare al ragazzo fin dal principio.*

Così naturalmente, quando arrivò all'area di parcheggio di Castle View, una località da dove si dominava tutto il Maine occidentale e metà New Hampshire, abbandonò la statale, spense il motore, aprì il vano portaoggetti del cruscotto e prelevò la foto che aveva scattato con intenzioni pari a quella che avrebbe potuto avere un sonnambulo. E naturalmente nel frattempo la fotografia si era sviluppata, gli agenti chimici nascosti in quella gelatina solo apparentemente inerte avevano compiuto come sempre la loro opera. Al buio o alla luce non faceva differenza per una Polaroid.

Il presunto cane si era ormai raggomitolato del tutto. Più di così non si sarebbe potuto contrarre in se stesso, come un grilletto tirato all'indietro fino al punto dello scatto. I denti erano cresciuti a dismisura al punto che il ringhio non sembrava più solo un'espressione di furia ma una semplice necessità: come avrebbero mai potuto le labbra unirsi sopra a quei denti? Come avrebbero mai potuto quelle mascelle masticare? Ora somigliava più a una specie insolita di cinghiale che a un cane, ma soprattutto somigliava a qualcosa che Pop non aveva mai visto in vita sua. Faceva più che male agli occhi guardarlo; faceva male alla *mente*. Lo faceva sentire come se stesse perdendo il lume della ragione.

Perché non te ne sbarazzi fin da ora? pensò all'improvviso. *Puoi farlo. Non hai che da scendere, andare fino al guardrail e buttarla giù. Fine. Addio per sempre.*

Ma sarebbe stato un gesto impulsivo e Pop Merrill apparteneva alla tribù dei Razionali, vi apparteneva anima e corpo, è quel che intendo dire. Non voleva mai lasciarsi andare a gesti inconsulti dei quali in seguito avrebbe potuto pentirsi e...

Se non *fai questo adesso, dopo lo rimpiangerai.*

Ma no. E no. E no. Non si poteva andare contro la propria natura. Era innaturale. Aveva bisogno di tempo per pensare. Per essere sicuro.

Giunse a un compromesso sbarazzandosi della foto invece che della fotocamera e ripartì. Per un minuto o due temette di dover cedere a un senso di nausea, ma gli passò. Poi si sentì un po' meglio. Tornato sano e salvo in negozio, cercò ancora una volta fra le sue chiavi e individuò quella del cassetto in cui conservava i suoi articoli «speciali». Fece per riporre la macchina fotografica... e si arrestò con profondi solchi nella fronte. Gli si delineò l'immagine del ceppo in cortile così nitida, così particolareggiata nella sua eccezionale risoluzione, da sembrare una fotografia.

Pensò: *lascia perdere questa fesseria di non poter andare contro la propria natura. Sono tutte balle e lo sai benissimo. Non è nella natura umana di mangiare terra, eppure te ne mangeresti anche un piatto intero, quant'è vero Iddio, se qualcuno ti ordinasse di farlo puntandoti una pistola alla testa. Sai che cosa ti resta da fare, vecchio mio? Sai che devi fare quello che avresti dovuto lasciar fare al ragazzo fin dal principio. In fondo non è che tu non abbia investito niente in questa faccenda.*

Ma a quel pensiero si oppose in una prorompente protesta un'altra parte della sua mente. *Certo che ci ho investito! Eccome! Quel ragazzo ha fracassato una Polaroid perfettamente funzionante. Lui non lo saprà, ma questo non cambia il fatto che per ora io sono sotto di 139 dollari!*

«Merda secca!» brontolò agitato. «Ma non è quello! Non è per i *soldi*!»

No, non era per i soldi. Poteva almeno ammettere che non era per i soldi. Se lo poteva concedere. Erano molte le cose che si sarebbe potuto concedere, compresi un proprio palazzo nel quartiere di Bramhall a Portland e una *Mercedes* nuova di zecca. Non avrebbe mai acquistato né l'uno né l'altra. Contava i centesimi e preferiva vedere nella miseria quasi patologica nient'altro che sana e nobile frugalità yankee. Ma i soldi non gli mancavano lo stesso.

Dunque non era per i soldi, era per qualcosa di importante quanto i soldi non avrebbero mai potuto essere. Il problema era di *non farsi fregare*. Pop ne aveva fatto il tema stesso della sua esistenza e le poche volte in cui si era fatto fregare si era sentito un formicaio di formiche rosse nella testa.

Quell'affare del grammofono tedesco, per esempio. Quando aveva saputo che quell'antiquario di Boston (Donahue, si chiamava) aveva ricavato cinquanta dollari più del dovuto da un grammofono Victor-Graff del 1915 (che, come era risultato in seguito, era invece un modello assai più comune del 1919), aveva perso il sonno per un valore di almeno trecento dollari, talvolta architettando varie forme di vendetta, ciascuna più assatanata e ridicola di quella precedente, talvolta maledicendosi per quel cretino che era, ripetendosi che stava evidentemente perdendo colpi se un cittadino come Donahue era riuscito a mettere nel sacco Pop Merrill. E certe volte si immaginava quella carogna che raccontava agli amici del poker come gli era stato facile bidonarlo: capirai, quelli vengono giù con la piena, da quelle parti, a cercare di vendere il ponte di Brooklyn a un tipo come quel topo di campagna di Merrill, su a Castle Rock, c'era da sentirsi domandare «A quanto lo metti?» Poi lui e i suoi degni compari a far traballare le sedie intorno al tavolo da poker (perché poi li vedeva sempre riuniti intorno a un tavolo nei suoi morbosi sogni a occhi aperti, Pop non se lo sapeva spiegare), fumando sigari da un dollaro e sganasciandosi dalle risate.

Quella storia della Polaroid lo consumava peggio di un acido, ma ancora non era pronto a desistere.

Non ancora.

Sei pazzo! gli gridava una voce. *Sei un pazzo a voler insistere!*

«Non ci sto», brontolava incattivito in risposta a quella voce e al suo negozio buio e vuoto, che ticchettava sommessamente come una bomba in una valigia. «Piuttosto *morto*.»

Non per questo si sarebbe sobbarcato altre stupide gite per cercare di vendere quella rognosa fotocamera e *certamente* non avrebbe più scattato fotografie. Calcolava che ne fossero rimaste almeno ancora tre «sicure» e *probabilmente* non sarebbe successo niente di irreparabile per altre sette, ma non intendeva essere lui a scoprirlo. Tutt'altro.

Ma poteva sempre saltar fuori qualcosa. Non si sa mai. Né la macchina fotografica avrebbe potuto mettere nei guai lui o altri standosene chiusa a chiave in un cassetto, giusto?

«Sì, signori, giusto», concordò vivacemente Pop con se stesso. Ripose la fotocamera, chiuse il cassetto, intascò le chiavi e andò alla porta a rovesciare il cartello da CHIUSO ad APERTO con l'aria di chi si è gettato finalmente alle spalle un problema che lo angustiava.

10

SI svegliò alle tre di notte in un bagno di sudore e scrutò timoroso nel buio. Gli orologi stavano appena cominciando a battere il loro molteplice segnale dello scoccare dell'ora.

Non erano stati i rintocchi a svegliarlo, sebbene non fosse di sopra in camera sua, ma giù, in negozio. L'*Emporium Galorium* era una grotta di oscurità popolata dalle ombre massicce create dai lampioni esterni che riuscivano a far trapelare attraverso le vetrine sporche luce sufficiente a dare l'impressione sgradevole di esseri in agguato appena oltre la coda dell'occhio.

Non erano stati gli *orologi* a svegliarlo; era stato il *flash*.

Con orrore si ritrovò in piedi, in pigiama, davanti al banco da lavoro con la Sun 660 fra le mani. Il cassetto «speciale» era aperto. Aveva scattato una sola fotografia eppure il dito con cui aveva premuto il pulsante continuava a schiacciare e schiacciare e schiacciare. Ne avrebbe scattate chissà quante altre oltre a quella che sporgeva dalla fessura sotto il corpo della fotocamera se per sua fortuna il caricatore non ne avesse contenuta soltanto una.

Cominciò ad abbassare le braccia dopo aver puntato la macchina fotografica in direzione delle vetrine, avvicinandosi all'occhio aperto ma assonnato il mirino con la sua sottilissima crepa. Quando ebbe portato le mani all'altezza del torace cominciarono a tremare e gli sembrò che i muscoli che gli fasciavano i gomiti stessero per cedere. Gli ricaddero le braccia; le dita si aprirono e la fotocamera cadde sul fondo del cassetto «speciale» con un tonfo secco. La foto che aveva scattato scivolò fuori della fessura mentre la macchina cadeva, urtò uno spigolo del cassetto aperto, dondolò per un istante come se volesse seguire l'apparecchio, poi si piegò dall'altra parte e cadde per terra.

Un infarto, fu il pensiero sconclusionato di Pop. *Sto per avere un infarto.*

Cercò di alzare il braccio destro con l'intenzione di massaggiarsi il lato sinistro del torace, ma il braccio non ne volle sapere. La mano all'estremità di esso era ripiegata inerte come un cadavere appeso per un cappio alla forca. Il mondo gli fluttuava davanti, sfocandosi e tornando a fuoco. Il ticchettio degli orologi (i ritardatari stavano finendo solo ora) scemò in un brusio di echi distanti. Poi il dolore al torace diminuì, gli sembrò che fosse tornato un po' più di chiarore e si rese conto che stava solo cercando di svenire.

Si mosse con l'intenzione di sedersi sulla poltroncina a rotelle del banco da lavoro e all'inizio, come quando aveva cominciato ad abbassare la fotocamera, andò tutto bene, ma prima che si fosse calato per metà gli cedettero gli *altri* tendini, quelli che gli tenevano uniti cosce e polpacci per mezzo delle ginocchia, perciò invece che sedersi piombò sul sedile quasi a incastrarsi dentro. La spinta fece indietreggiare la poltrona di mezzo metro, mandandola a fermarsi contro una cassa piena di vecchi numeri di *Life* e *Look*.

Pop reclinò la testa, come si fa per reagire a un capogiro, e lasciò passare il tempo. Non seppe mai quanto ne trascorse. Forse si addormentò addirittura per qualche minuto. Ma quando risollevò la testa era di nuovo più o meno in sé. Avvertiva un pulsare sordo e ritmico nelle tempie e dietro la fronte, probabilmente per essersi ingorgato di sangue avendo tenuto la testa abbassata per troppo tempo, ma constatò che riusciva a reggersi discretamente in piedi e da sapere che cosa avrebbe dovuto fare. Se quell'arnese infernale lo aveva stregato al punto da farlo camminare nel sonno e poi farlo (la sua mente cercò di ribellarsi a quel verbo, quel *farlo*, ma tenne duro) scattare fotografie, non ce n'era più per nessuno. Qualunque cosa fosse quella macchina fotografica, un fatto era chiaro: con essa non si poteva venire a compromessi.

È ora di fare quello che avresti dovuto lasciar fare al ragazzo fin dal principio.

Sì. Ma non stanotte. Era esausto, fradicio di sudore e pieno di brividi. Sarebbe già stata una bella impresa riuscire ad arrampicarsi su per le scale per tornare nell'appartamento; figuriamoci prendere la macchina a martellate. Pensò che avrebbe potuto farlo anche lì, toglierla dal cassetto e scaraventarla ripetutamente per terra, ma c'era una verità più profonda che sentiva di doversi confessare: per il momento non voleva averci più a che fare. Se ne sarebbe occupato l'indomani mattina e non avrebbe potuto combinare altri guai prima di allora, vero? Non aveva più pellicola.

Richiuse il cassetto e lo sprangò con la chiave. Poi si alzò lentamente e arrancò lentamente verso le scale come se fosse improvvisamente invecchiato di altri dieci anni. Salì un gradino alla volta, fermandosi su ciascuno, aggrappato al corrimano (che non era neanche molto solido) da una parte, mentre nelle dita dell'altra mano stringeva il pesante mazzo di chiavi. Finalmente raggiunse il pianerottolo. Con la porta ben chiusa alle spalle, si sentì un po' più forte. Andò in camera da letto e si coricò, senza accorgersi come sempre del forte odore giallo di sudore e di anzianità che spargeva nell'aria ogni volta che si sdraiava: cambiava le lenzuola il primo di ogni mese e gli sembrava già tanto.

Adesso non dormirò, pensò e poi: sì che dormirai. Dormirai perché adesso puoi e puoi perché domani mattina tirerai fuori quel martello e ridurrai in pezzetti grossi così quella bastarda, una volta per tutte.

Quel pensiero e il sonno lo colsero simultaneamente e dormì senza sognare, quasi senza muoversi, per il resto della nottata.

Quando si destò fu stupito di sentire che da basso gli orologi battevano tutti un rintocco di troppo: otto invece di sette. Solo quando guardò il fascio di luce che si proiettava sul pavimento e parte della parete capì che erano effettivamente le otto: aveva dormito troppo per la prima volta in dieci anni. Poi ricordò che cos'era accaduto di notte. Ora, alla luce del giorno, l'episodio gli sembrava meno straordinario. Era quasi *svenuto*? Oppure quel senso di debolezza era una reazione naturale in un sonnambulo che venisse svegliato di soprassalto?

Ma naturalmente un raggio di sole mattutino non avrebbe modificato il fatto fondamentale: aveva camminato nel sonno, aveva scattato almeno una fotografia e ne avrebbe scattate una serie intera se ce ne fossero state delle altre nel caricatore.

Si alzò, si vestì e scese in negozio con l'intenzione di fare a pezzi la macchina prima ancora di bere il suo caffè.

11

KEVIN aveva sperato che la sua *prima* visita a quella città bidimensionale di Polaroidsville fosse stata anche la sua *ultima* visita, ma non andò così. Durante le tredici notti successive aveva fatto quel sogno sempre più spesso. Se si prendeva una nottata di libertà (*mi faccio una breve vacanza, Kev, ma ci vediamo presto, d'accordo?*) poco ma sicuro che la notte dopo lo faceva due volte. Adesso *sapeva* sempre che si trattava di un sogno e appena cominciava diceva a se stesso che non aveva che da svegliarsi, *maledizione, svegliati!* Qualche volta si svegliava e qualche volta il sogno scivolava in un sonno più profondo, ma non era mai riuscito a svegliare *se stesso*.

Adesso era sempre Polaroidsville; mai Oatley o Hildasville, quei suoi primi due tentativi di identificare la località. E come nelle fotografie ciascun sogno aggiungeva qualcosa al procedere dell'azione. Il carrello del supermercato adesso non era mai vuoto, ma fin dal principio era carico di oggetti svariati, soprattutto orologi, ma comunque tutti provenienti dall'*Emporium Galorium* e tutti con l'aspetto innaturale non degli oggetti veri ma piuttosto di *fotografie* di oggetti, ritagliate dalle riviste e poi infilate, per quanto impossibile e paradossale, in un carrello in cui non era possibile mettere niente perché era bidimensionale. Eppure il carrello era pieno. E il vecchio vi si chinava sopra in un atteggiamento protettivo e urlava a Kevin di andarsene, gli dava del ladro schifoso... solo che adesso aggiungeva anche che, se non se ne fosse andato, «Ti sguinzaglio dietro il cane di Pop! Vedrai se non lo faccio!»

Poi era la volta della grassona che non sarebbe potuta essere grassa perché era perfettamente piatta, ma che era grassa lo stesso. Appariva spingendo il proprio carrello del supermercato carico di Sun 660. Anche lei gli rivolgeva la parola quando si incrociavano. «Attento, ragazzo», gli diceva con quella voce stentorea ma atona di chi è completamente sordo, «il cane di Pop ha rotto il guinzaglio ed è un cane cattivo. Prima di venire qui ha sbranato tre o quattro persone alla Trenton Farm su a Camberville. È difficile fotografarlo, ma è impossibile farlo se non si ha una macchina.»

Si chinava per prenderne una, arrivando talvolta a porgergliela, e lui allungava il braccio senza sapere perché quella donna ritenesse che doveva fotografare il cane né perché lui desiderasse farlo... a meno che cercasse solo di essere educato.

Ma non faceva differenza, in un caso o nell'altro. Si muovevano entrambi con la lentezza solenne dei subacquei come spesso avviene alle persone viste in sogno, non riuscendo mai a entrare veramente in contatto; quando Kevin ripensava a questa parte del sogno, spesso ricordava il famoso dipinto di Dio e Adamo nell'affresco di Michelangelo nella Cappella Sistina: entrambi con il braccio proteso, entrambi con le dita della mano distese e gli indici che quasi si toccano, ma non del tutto.

Poi la donna scompariva per un momento perché non aveva profondità e quando riappariva era fuori portata. *Allora torna indietro*, pensava Kevin ogni volta che il sogno arrivava a quel punto, ma non poteva tornare sui suoi passi. I piedi lo conducevano nella loro beata incoscienza verso quello steccato bianco e scorticato e verso Pop e il cane... solo che il cane non era più un cane ma un orribile miscuglio di animali che soffiava fumo e calore come un drago e aveva le zanne e il muso rincagnato di un cinghiale. Pop e il fotocane si voltavano verso di lui contemporaneamente e Pop aveva all'occhio destro la macchina fotografica, la *sua*, e Kevin la riconosceva per via di quell'ammaccatura allo spigolo. L'occhio sinistro di Pop era chiuso e strizzato. Le lenti degli occhiali gli scintillavano sopra la testa nella luce brumosa del sole. Pop e il fotocane erano in tre dimensioni. Erano gli unici esseri tridimensionali in quella piccola città sordida e sinistra.

«È lui!» strillava Pop. «È lui il ladro! Dagli addosso! *Strappagli le budella, è quello che voglio dire!*»

Mentre urlava quelle ultime parole, un lampo privo di calore balenava nell'aria perché il flash partiva in sincronia con l'otturatore fatto scattare da Pop. E allora Kevin si girava per scappare. Il sogno si era fermato lì la seconda volta che l'aveva fatto. Ora, in ogni riedizione, la scena si allungava. Come sempre, si muoveva con la lentezza di un ballerino subacqueo. Sentiva che se avesse potuto fare da spettatore a se stesso si sarebbe anche *visto* come un ballerino, con le braccia che turbinavano come le pale di un'elica appena avviata, e la camicia che gli si torceva sul corpo in movimento, tendendoglisi sull'addome nel momento in cui udiva il lembo inferiore che gli veniva sfilato dai calzoni con un sonoro fruscio come di carta vetrata.

Poi tornava indietro di corsa per la via da cui era venuto, sollevando lentamente i piedi e riabbassandoli con indolenza onirica (ma *naturale* che fosse onirica, no, stupido che non sei altro? gli veniva sempre da pensare quando giungeva a quel punto) fino a calcare il cemento crepato del marciapiede e le suole delle sue scarpe da tennis si schiacciavano sotto il peso del corpo e sferzavano nuvolette di polvere che salivano così adagio nell'aria da permettergli di scorgerne i granelli nelle loro sonnolente rotazioni aeree.

Correva lentamente, sì, per forza, e il fotocane, randagio mostruoso e senza nome che sbucava dal nulla e non significava nulla e aveva il senso che può avere un ciclone ma esiste lo stesso, lo inseguiva lentamente... ma non *altrettanto* lentamente.

La terza notte il sogno si era dissolto nel momento in cui Kevin cominciava a girare la testa sempre con quella esasperante lentezza, per vedere quanto vantaggio aveva sul cane. Poi aveva saltato una notte. La notte seguente l'aveva fatto di nuovo, due volte. Nel primo sogno girava la testa per metà, tanto per vedere la strada alla sua sinistra che scompariva nel limbo alle sue spalle; nel secondo (dal quale fu destato dalla suoneria della sveglia per ritrovarsi umidiccio in posizione fetale, tutto su un lato del letto) girava la testa abbastanza da vedere il cane nel momento in cui calava le zampe anteriori sulle sue orme e aveva visto che sgretolava il marciapiede scavando piccoli crateri nel cemento perché era munito di artigli... e da dietro le articolazioni più basse delle zampe posteriori sporgevano lunghi aculei di osso che somigliavano a speroni. L'occhio rosso e opaco gli era puntato addosso. Dalle nari soffiava e spruzzava fiamme cupe. *Gesù, Gesù Cristo, è* MOCCIO *infuocato*, aveva pensato e quando si era svegliato con orrore si era ritrovato a ripeterlo in un bisbiglio rapido e incessante: «... moccio infuocato, moccio infuocato, moccio infuocato».

Notte dopo notte il cane gli si avvicinava nell'inseguimento lungo il marciapiede. Anche quando non si girava a guardare *sentiva* il fotocane che guadagnava terreno. Avvertiva il dilatarsi di un umido tepore all'inguine e sapeva di essere abbastanza terrorizzato da farsela addosso, sebbene l'emozione gli si irradiasse nel corpo nella maniera diluita e torpida in cui si muoveva in quel mondo. Udiva le zampe del fotocane contro il cemento del marciapiede, udiva lo scricchiolio del cemento che si sbriciolava. Udiva i soffi surriscaldati del suo alito, il risucchio sibilante dell'aria fra quei denti micidiali.

E la notte in cui Pop si era svegliato per scoprire di essere sceso in negozio camminando nel sonno a scattare una fotografia Kevin aveva *avvertito* oltre che udito l'alito del fotocane per la prima volta: una folata di aria tiepida sulle natiche come l'afoso risucchio di un convoglio della sotterranea che attraversa una stazione dove non fa fermata. Sapeva che ormai il cane era abbastanza vicino da saltargli sulla schiena e che così sarebbe stato alla prossima puntata; avrebbe avvertito un'altra zaffata ancora, solo una, non più calda bensì *torrida*, bruciante come un rigurgito di digestione in gola, poi la tagliola vivente che aveva per bocca gli si sarebbe affondata nella schiena, tra le scapole, strappandogli pelle e carne dalla spina dorsale, e davvero credeva che fosse solo un sogno? Davvero?

Si era svegliato da quell'ultimo incubo nel momento in cui Pop arrivava al pianerottolo e si riposava per un'ultima volta prima di entrare in camera per rimettersi a letto. Quella volta Kevin si era drizzato di scatto a sedere, con lenzuola e coperte avvoltolate intorno alla vita e la pelle ricoperta di sudore e tuttavia *gelida*, accapponata dalla testa ai piedi. Persino nelle guance si sentiva il formicolio della pelle d'oca.

E il pensiero che gli occupava la mente non riguardava il

sogno, almeno non direttamente, perché stava pensando: *È sbagliato, il numero è sbagliato, c'è scritto tre ma non può...*

Poi era ripiombato sul guanciale e, come succede ai bambini (perché anche a quindici anni era soprattutto ancora un bambino e lo sarebbe stato per qualche anno ancora), sprofondò di nuovo nel sonno.

La sveglia lo destò alle sette e mezzo, come sempre le mattine che doveva andare a scuola e si ritrovò nuovamente seduto, con gli occhi sbarrati davanti all'evidenza della scoperta improvvisa. La Sun che aveva fracassato non era la *sua* ed era per quello che continuava a fare lo stesso sogno pazzesco. Pop Merrill, il simpatico sapientone della domenica e riparatore di macchine fotografiche, orologi e piccoli elettrodomestici, aveva abbindolato lui e suo padre con la raffinata destrezza con cui un giocatore di professione avrebbe spennato l'ingenuo dilettante su un battello fluviale in un vecchio film western.

Suo padre...!

Udì il tonfo della porta dell'ingresso che si richiudeva e balzò fuori dal letto. In mutande, fece due passi di corsa verso la porta, ci ripensò, si voltò, spalancò la finestra e urlò: «*Papà!*» fermando il genitore che già si chinava per salire in macchina e recarsi al lavoro.

12

Pop si ripescò dalla tasca il mazzo di chiavi, aprì il cassetto «speciale» e ne estrasse la macchina fotografica, attento anche questa volta a tenerla solo per la cinghia. Osservò con qualche speranza la Polaroid nel caso che nell'ultima caduta si fosse spezzata la lente dell'obiettivo, nel caso fortunato, si potrebbe dire, che fosse stata finalmente accecata, ma come si compiaceva di ripetere spesso suo padre la fortuna del diavolo non fa mai cilecca e ne aveva puntuale dimostrazione con quella maledetta Polaroid di Kevin Delevan. Nel punto dove era già ammaccata si era staccato un altro pezzettino di plastica, ma niente di più.

Richiuse il cassetto e mentre girava la chiave notò la fotografia che aveva scattato nel sonno, finita per terra a faccia in giù. Incapace di non guardare quanto la moglie di Lot non era stata capace di non voltarsi a contemplare la distruzione di Sodoma, la raccolse con quelle dita tozze che nascondevano così bene al mondo la loro abilità e la rovesciò.

La creatura con sembianze di cane aveva cominciato il suo balzo. Le zampe posteriori si erano appena staccate da terra ma lungo la sua schiena deforme e nelle masse muscolari sotto quel mantello di rigidi filamenti come neri trucioli di ferro si vedeva cominciare l'esplosione di tutta l'energia cinetica accumulata fino a quel momento. La testa era un po' sfocata in quell'ultima foto, con le fauci ancora più aperte, e gli parve di udire, come attraverso un vetro, un prolungato ringhio gutturale che cominciava a trasformarsi in ruggito.

Osservando l'ombra, ebbe l'impressione che il fotografo stesse tentando di indietreggiare di un altro passo vacillante, ma a che pro? Dai fori nel muso dell'essere cagnesco usciva fumo e altri sbuffi si notavano ai due lati delle fauci aperte, nello spazio esiguo tra il labbro e il punto in cui terminava l'orribile fila di pioli aguzzi che aveva per denti, e chiunque sarebbe indietreggiato davanti a un orrore come quello, chiunque avrebbe cercato di darsela a gambe, ma a Pop bastò un'occhiata per sapere che l'uomo (era *certamente* un uomo, che forse era stato ragazzo in passato, un adolescente, ma chi possedeva la macchina fotografica adesso?) che aveva scattato la fotografia di puro riflesso, come per una contrazione involontaria del dito sul pulsante... quell'uomo non aveva la benché minima possibilità di scampo. Che si fosse retto in piedi o che avesse inciampato, l'unica differenza sarebbe stata nel modo in cui sarebbe morto, eretto o seduto.

Accartocciò la fotografia stringendola fra le dita e si rimise in tasca il mazzo di chiavi. Si girò tenendo per la cinghia la Polaroid Sun 660 di Kevin Delevan che adesso era la *sua* Polaroid Sun 660 e si avviò verso il retrobottega. Giusto il tempo di prendere il martello, pensava. E quando fu vicino alla porta del rispostiglio un lampo vasto, bianco e silenzioso balenò non davanti ai suoi occhi ma dietro di essi, nel suo cervello.

Si girò e i suoi occhi erano ora vuoti come quelli di chi sia rimasto momentaneamente accecato da un bagliore intenso. Passò oltre il banco da lavoro con la fotocamera ora tenuta fra le mani all'altezza del petto, come se trasportasse un'urna votiva o qualche altra sorta di offerta religiosa o reliquia. Tra il banco da lavoro e la zona del negozio riservata al pubblico c'era un cassettone ingombro di orologi. A sinistra del cassettone c'era una delle travi di sostegno dell'ex fienile e nel legno era piantato un gancio al quale era appeso un altro orologio, un'imitazione di un cucù tedesco. Pop afferrò la casetta per il tetto e la staccò dal gancio, senza preoccuparsi dei contrappesi le cui catene si avvitarono immediatamente l'una sull'altra, finendo per avvinghiarsi sull'asta del pendolo che si spezzò. Allora si spalancò la porticina e l'uccellino di legno sporse il becco e un occhio sbigottito. Mandò un unico *cu!* strozzato come di protesta per essere stato malmenato e tornò a rintanarsi nella sua casetta.

Pop appese la Sun per la cinghia al gancio dell'orologio a cucù, poi attraversò per la seconda volta il retrobottega, con lo sguardo sempre vacuo e stranito. Teneva l'orologio per il tetto, dondolandolo distrattamente, sordo alle proteste dei meccanismi, incapace di udire i suoni strozzati che potevano essere dell'uccellino che cercava di scappare, o di accorgersi di aver urtato la sponda di un letto con uno dei contrappesi, che si sganciò e rotolò per terra, lasciando una traccia visibile nella polvere rimasta indisturbata per anni. Si muoveva con la meccanica risolutezza di un automa. Passò per il ripostiglio a prendere il martello. Con le mani entrambe occupate, dovette ricorrere al gomito sinistro per sfilare il gancio dall'anello e aprire la porta che dava nel cortile retrostante.

Posò l'orologio a cucù sul ceppo. Rimase per qualche istante come assorto, a testa china, ora con entrambe le mani chiuse sul manico del martello. Il suo volto era sempre privo di espressione, i suoi occhi sempre opachi, ma una parte della sua mente non solo pensava con chiarezza, ma credeva che ogni sua azione fosse dettata da un raziocinio del tutto normale. Con la parte della sua mente non vedeva un orologio a cucù di scarso valore fin dal principio e ora per giunta anche guasto; vedeva la Polaroid di Kevin. Quella parte della sua mente era convinta che fosse sceso in negozio, che avesse prelevato la Polaroid dal cassetto e fosse uscito immediatamente, passando solo a prelevare il martello.

E quella parte della sua mente sarebbe stata l'unica a ricordare in seguito... purché non avesse ritenuto conveniente ricordare invece qualche altra verità. Una qualsiasi verità.

Pop Merrill alzò il martello e lo calò con violenza. Non con la foga di Kevin, ma forte abbastanza da garantire l'entità del danno. Colpì in pieno il tetto del falso cucù tedesco. Più che spaccarsi, l'orologio si *spappolò*. Volarono dappertutto schegge di plastica travestite da legno, molle e ingranaggi. E quella piccola parte della sua mente rimasta attiva avrebbe ricordato (se naturalmente non avesse ritenuto opportuno ricordare altrimenti) d'aver visto volare dappertutto pezzi di *macchina fotografica*.

Rialzò il martello e contemplò per qualche istante i rottami con occhi pensierosi e incapaci di vedere. L'uccellino, che a lui sembrava in tutto e per tutto un caricatore polaroid, era rovesciato sulla schiena con le zampette di legno diritte nell'aria, più morto di un uccello morto in un disegno animato e tuttavia miracolosamente intatto. Soddisfatto del suo operato, Pop si girò e tornò verso la porta del ripostiglio.

«Ecco fatto», borbottò. «Il caso è chiuso.»

Anche a trovarsi molto vicini sarebbe stato forse impossibile decifrare il suo brontolio, ma altrettanto difficile sarebbe stato non accorgersi dell'inequivocabile tono di sollievo della sua voce.

«Di *questo* non ho più da preoccuparmi. Ora che cosa c'è? Tabacco per la pipa, vero?»

Ma quando un quarto d'ora dopo entrò nel negozio sull'altro lato dell'isolato non chiese tabacco da pipa (anche se così avrebbe *ricordato* in seguito). Chiese pellicola fotografica.

Chiese un caricatore polaroid.

13

«KEVIN, se non mi sbrigo farò tardi sul lavoro...»

«Puoi telefonare? Puoi dare un colpo di telefono e avvertire che farai tardi e che forse oggi non riuscirai ad andare? Per una cosa molto, molto, *molto* importante?»

Un po' allarmato, Delevan domandò: «Quale cosa?»

«Ma *puoi* chiamare?»

La signora Delevan era frattanto apparsa sulla soglia della camera di Kevin. Alle sue spalle c'era Meg. Entrambe osservavano con curiosità l'uomo in giacca e cravatta e il ragazzo che indossava solo un paio di boxer.

«Immagino... sì, direi di sì. Ma non lo farò se non saprò di che cosa si tratta.»

Kevin abbassò la voce e, lanciando un'occhiata verso la porta, disse: «Di Pop Merrill. E della macchina fotografica».

Delevan, che dapprima era rimasto solo perplesso dall'occhiata di Kevin, andò alla porta e mormorò qualcosa alla moglie, la quale annuì. Poi chiuse la porta ignorando le proteste di Meg che registrò non più che se fossero state un cinguettare di uccelli su un cavo del telefono fuori della finestra.

«Che cosa hai detto alla mamma?» chiese Kevin.

«Che è una faccenda da uomo a uomo.» Delevan sorrise. «Credo che pensi che tu voglia discutere della masturbazione.»

Kevin arrossì violentemente.

Delevan ne fu spaventato. «Non è di quello che mi vuoi parlare, vero? Cioè, sai...»

«So, so», rispose precipitosamente Kevin. Non intendeva spiegare a suo padre (né era sicuro di riuscire ad allineare le parole giuste nell'ordine giusto se ci avesse provato) di essersi sentito momentaneamente disorientato nello scoprire che non solo suo *padre* fosse consapevole di tali pratiche solitarie, la qual cosa non avrebbe dovuto sorprenderlo affatto per la verità, mentre invece l'aveva colto alla sprovvista lasciandogli un senso di sorpresa per la propria sorpresa; ma che addirittura ne era al corrente sua *madre*.

Scacciò tutte quelle considerazioni che non avevano niente a che vedere con gli incubi, né con l'inquietante scoperta che aveva appena fatto.

«Riguarda Pop, come ti ho detto. E certi brutti sogni che ho fatto in questi ultimi giorni. Ma soprattutto è per la macchina fotografica. Papà, Pop me l'ha rubata.»

«Kevin...»

«Sì, lo so, io l'ho fatta a pezzi su quel suo ceppo in cortile. Ma non era la *mia* macchina fotografica. Era un'altra. E c'è di peggio. C'è che *sta ancora usando la mia per scattare foto!* E quel cane salterà fuori! E allora credo che mi ucciderà. In quell'altro mondo ha già cominciato a spiccare il s-s-s...»

Non poté finire. Riuscì invece a sorprendere se stesso di nuovo: questa volta scoppiando a piangere.

Quando finalmente John Delevan riuscì a calmare suo figlio erano quasi le otto, perciò si era quantomeno rassegnato ad arrivare al lavoro in ritardo. Teneva il ragazzo tra le braccia. Quale che fosse il suo problema, lo aveva visibilmente scosso e se era solo una questione di sogni riteneva probabile che alla radice delle sue ansie avrebbe trovato qualche disagio di carattere sessuale. Quando il pianto dirotto di Kevin si fu stemperato in brividi e sporadici singhiozzi, Delevan andò alla porta e l'aprì con cautela, sperando che Kate avesse accompagnato Meg da basso. Così era; il pianerottolo era deserto. *Un punto a nostro favore*, rifletté tornando da Kevin.

«Ora puoi parlare?»

«Pop ha la mia macchina», ripeté Kevin con la voce roca. Scrutò il volto del padre con uno sguardo quasi miope. Aveva gli occhi rossi e ancora umidi. «Non so come è riuscito a sottrarmela, ma so che la sta usando.»

«È qualcosa che hai *sognato?*»

«Sì... e anche ricordato.»

«Kevin... quella *era* la tua macchina. Mi dispiace, figliolo, ma è così. Ho anche visto lo spigolo ammaccato.»

«Era un trucco. Non so come ha fatto, ma...»

«Kevin, mi sembra molto invero...»

«Ascoltami», lo interruppe impetuosamente Kevin. «Vuoi almeno *ascoltarmi*?»

«Va bene, va bene. Ti ascolto.»

«La cosa che io ho ricordato è che quando mi ha dato la macchina fotografica, cioè quando siamo usciti sul retro per distruggerla, ricordi?»

«Sì...»

«Ho guardato nella finestrella dove c'è il numero dei fotogrammi ancora da scattare. Il numero era un tre, papà! *Tre!*»

«E allora?»

«Conteneva un caricatore! Lo so perché ricordo perfettamente che quando ho fatto a pezzi la macchina è saltata fuori una foto, ancora nera e lucida. È schizzata in aria ed è caduta per terra.»

«Ripeto: e allora?»

«*Non c'erano foto nella mia macchina quando l'ho data a Pop!* Avevo ventotto foto. Lui mi disse di scattarne altre trenta per un totale di cinquantotto. Se avessi saputo che cosa aveva in mente, forse ne avrei comperate delle altre, ma probabilmente no, perché ormai avevo paura...»

«Sì, capisco. Ne avevo un po' anch'io.»
Kevin lo osservò con rispetto. «Sul serio?»
«Sì. Va' avanti. Mi pare di capire dove vuoi arrivare.»
«Volevo solo dire che lui aveva contribuito all'acquisto della pellicola, ma solo per poco, neanche la metà. È troppo tirchio.»
John Delevan sorrise a labbra strette. «Su questo non ci piove, ragazzo mio. Uno dei peggiori al mondo, è quello che voglio dire. Coraggio, finisci. *Tempus fugit* a gambe levate.»
Kevin gettò un'occhiata all'orologio. Stavano per scoccare le otto. Anche se nessuno dei due lo sapeva, Pop si sarebbe svegliato di lì a due minuti per dedicarsi alle sue attività mattutine, assai poco delle quali avrebbe poi ricordato correttamente.
«D'accordo», disse Kevin. «Sto solo cercando di dire che non avrei potuto comperare dell'altra pellicola nemmeno se avessi voluto. Avevo già usato tutti i soldi per comprare i tre caricatori. Ho persino avuto un dollaro in prestito da Megan, così ho lasciato che scattasse un paio di foto anche lei.»
«E fra voi due avete fatto fuori *tutti* i fotogrammi disponibili? Fino all'ultimo?»
«Sì! *Sì!* Persino *lui* ha detto che erano cinquantotto! E nel tempo che è passato da quando ho finito di scattare tutte le foto che mi aveva chiesto e quando siamo andati a vedere il nastro che ne aveva ricavato non ho comperato altra pellicola. Era *assolutamente vuota* quando gliel'ho portata, papà. Il numero nella finestrella era *zero*! L'ho visto, me lo ricordo! Perciò, se era la mia macchina, come mai c'era *tre* nella finestrella, quando siamo scesi in negozio?»
«Ma *non può* aver...» Suo padre si interruppe e un'ombra insolita calò sul suo volto mentre si rendeva conto che Pop avrebbe *potuto* più che facilmente e che la verità era un'altra: lui, John Delevan, non voleva credere che Pop lo avesse fatto; che nemmeno gli insegnamenti ricevuti dall'esperienza fossero stati sufficienti a vaccinarlo contro la stupidità e avesse scelto di ingannare se stesso oltre che suo figlio.
«Non può *che cosa*? A che cosa stai pensando, papà? Ho visto che ti è venuto in mente qualcosa!»
Sì, qualcosa gli era venuto in mente, eccome. L'ansia dimostrata da Pop di scendere in negozio a prendere le polaroid originali per esaminare meglio che cosa aveva il cane intorno al collo, l'oggetto misterioso nel quale era stato infine riconosciuta la cravatta regalata da zia Hilda a Kevin, quella con il

fermaglio della forma di un uccellino che era probabilmente un picchio.

Kevin aveva suggerito di scendere tutti insieme, quando Pop aveva manifestato il suo proposito di scendere a prendere le fotografie, e allora non era vero che era balzato improvvisamente in piedi sprizzante di energie? *Faccio in un lampo*, aveva esclamato il vecchio, o qualcosa del genere, ma la verità era, pensava ora Delevan, che non aveva fatto caso a che cosa dicesse o facesse, perché era troppo desideroso di riesaminare quella dannata videocassetta. E c'era un'altra verità ancora: Pop non era stato neppure costretto a operare la sostituzione sotto i loro occhi anche se, con il senno di poi, Delevan era disposto suo malgrado a credere che quel vecchio bastardo fosse stato probabilmente pronto anche a quello, in caso di necessità, e che probabilmente ce l'avrebbe fatta, alla faccia dei suoi settanta e rotti anni. Ma con loro al piano di sopra e lui da solo in negozio, con il dichiarato intento di prendere le fotografie di Kevin, avrebbe potuto sostituire anche *venti* fotocamere!

«Papà?»

«Immagino che avrebbe potuto», concluse Delevan. «Ma perché?»

Kevin poté solo scuotere la testa. Non sapeva darsene una ragione. Ma intanto suo padre riteneva possibile che lo avesse fatto e già in questo trovava sollievo. Forse gli uomini onesti non erano costretti ad apprendere ripetutamente le stesse verità fondamentali; forse alcune di quelle verità venivano assimilate abbastanza bene da non dimenticarsene più. Gli era bastato esprimere a voce alta il suo interrogativo per trovare la risposta. Perché i Pop Merrill di questo mondo facevano qualcosa? Per ricavarne un profitto. Ecco la ragione, tutta la ragione, nient'altro che la ragione. Kevin aveva voluto distruggere la macchina fotografica. Dopo aver visto il nastro registrato da Pop, Delevan aveva sentito di poter concordare con quel proposito. Dei tre, chi era stato il solo capace di lungimiranza?

Pop, naturalmente. Reginald Marion «Pop» Merrill.

John Delevan era seduto sulla sponda del letto di Kevin, con un braccio sulle spalle del figlio. Ora si alzò.

«Vestiti. Io scendo a telefonare. Dirò a Brandon che probabilmente sarò in ritardo, ma di non aspettarmi per tutta la giornata.»

Era già assorto in quel nuovo problema e già parlava mentalmente con Brandon Reed al telefono, ma non era tanto distratto da non notare la gratitudine sul viso spaventato del figlio. Abbozzò un sorriso e sentì dissiparsi quell'insolita ombra che gli aveva scurito i lineamenti. Rifletté allora con gioia che suo figlio non era ancora troppo grande da non trovare conforto in lui o da non accettarlo più come un'autorità superiore alla quale appellarsi nella certezza che verranno presi provvedimenti; né lui era troppo vecchio da trovare consolazione nel conforto di suo figlio.

Mentre si avviava alla porta disse: «Credo che dovremo andare a trovare Pop Merrill». Controllò l'orologio sul comodino di Kevin. Erano le otto e dieci e nel cortile dietro all'*Emporium Galorium* un martello scendeva su un'imitazione di orologio a cucù tedesco. «Di solito apre verso le otto e mezzo. Più o meno l'ora in cui arriveremo noi. Se ti sbrighi.»

Sostò prima di uscire e sulle labbra gli guizzò un sorriso freddo. Non stava sorridendo a suo figlio. «Credo che abbia qualche spiegazione da darci, è quello che voglio dire.»

Uscì richiudendo la porta. Kevin si vestì alla svelta.

14

LaVerdiere's Super Drug Store di Castle Rock era molto più di un semplice drug store. In altre parole, era solo un drug store come ripensamento. Come se qualcuno si fosse accorto solo all'ultimo momento, diciamo qualche attimo prima dell'inaugurazione, che una delle parole nell'insegna era ancora «Drug». Quel qualcuno ne avrebbe forse preso nota mentalmente con l'intenzione di riferire a qualcun altro, qualcuno della direzione, che ci erano ricascati, che inauguravano un altro *LaVerdiere's* e per una semplice svista si erano dimenticati per l'ennesima volta di correggere l'insegna in maniera che si leggesse, più semplicemente e per maggior esattezza, *LaVerdiere's Super Store*... e, dopo aver preso nota mentalmente, il qualcuno incaricato di notare questi dettagli avesse ritardato l'inaugurazione di un giorno o due per installare un banco di articoli farmaceutici delle dimensioni di una cabina telefonica incastrandolo nell'angolo più buio, appartato e trascurato del grande edificio.

Più che ogni altra cosa, per la verità, il *LaVerdiere's Super Drug Store* era un ex discount di articoli vari promosso a esercizio di maggior rango. L'ultimo *autentico* negozio di articoli scontati della città, uno stanzone lungo e buio con fievoli lampadine in bocce di vetro maculato dalle mosche, appese con delle catenelle al soffitto, che si riflettevano fiaccamente sul parquet scricchiolante ma spesso passato con la cera, era stato *The Ben Franklin Store*. Si era arreso nel 1978 per lasciare il posto al *Galaxia and E-Z Video Rental*, una sala di videogame.

LaVerdiere's aveva in catalogo tutto quello che già vendeva il vecchio *Ben Franklin*, ma gli articoli erano illuminati dalla luce impietosa dei tubi fluorescenti Maxi-Glo che faceva riflettere tutte le merci di un febbrile luccichio. *Comperami!* sembrava che strillasse ogni articolo. *Comperami se no può darsi che muori! Oppure muore tua moglie! O i tuoi figli! O il tuo migliore amico! O tutti quanti in un colpo solo! Perché? E come faccio a saperlo? Io sono soltanto un povero articolo ignorante su uno scaffale componibile al* LaVerdiere's*! Ma non hai la sensazione che quello che dico è vero? Ma certo! Perciò comperami e comperami* SUBITO*!*

C'erano una corsia di articoli di merceria, due corsie di articoli di pronto soccorso e placebo, una corsia di cassette video e audio (vergini e preregistrate). C'erano una lunga esposizione di riviste e libri tascabili, un espositore di accendini sotto un registratore di cassa digitale e un espositore di orologi da polso sotto un altro (un terzo registratore era nascosto nell'angolo buio dove il farmacista abitava le sue ombre solitarie). I dolci di Halloween si erano presi la gran parte della corsia dei giocattoli (i quali giocattoli non solo sarebbero riapparsi dopo Halloween, ma avrebbero finito con l'occupare due intere corsie con l'inesorabile approssimarsi di Natale). E, come una di quelle coincidenze troppo precise perché si presentino nella vita reale, quasi a voler indicare che il Destino con la D maiuscola esiste davvero e che quel Destino, per parte sua, volesse alludere all'esistenza di un «altro mondo» del quale prima di allora Pop non si era mai occupato (se non nei limiti in cui avrebbe potuto gonfiare il suo portafogli) e al quale Kevin Delevan non aveva mai nemmeno pensato, appena oltre l'ingresso, nell'atrio principale, c'era una composizione estrosa che faceva pubblicità al FESTIVAL FOTOGRAFICO D'AUTUNNO.

Nella composizione si vedeva una cesta che rovesciava sul pavimento foglie autunnali di vario colore (in tal numero che, come avrebbe potuto confermare un osservatore attento, non avrebbero mai potuto stare tutte in quell'unica cesta). Tra le foglie c'erano alcune fotocamere Kodak e Polaroid, e non poche Sun 660 fra queste ultime, e articoli fotografici di vario genere: borse, album, rullini, lampeggiatori. Al centro di quella singolare cornucopia si alzava un antiquato stativo che ricordava le macchine mortali dei marziani di H. J. Wells che dominavano le macerie di Londra. Su di esso era collocato un cartello che avvisava tutti i clienti interessati che per l'intera settimana avrebbero ottenuto SCONTI SUPER SU TUTTE LE FOTOCAMERE & GLI ACCESSORI POLAROID!

Alle otto e mezzo di quel mattino, mezz'ora dopo l'apertura di *LaVerdiere's*, «tutti i clienti» erano rappresentati dal solo Pop Merrill. Senza nemmeno vedere la composizione, fece rotta a passo di marcia verso l'unico banco in funzione, dove Molly Durham aveva appena finito di disporre gli orologi da polso sulla loro pezza di finto velluto.

Oh no, arriva Periscopi, pensò Molly e fece una smorfia. L'idea che aveva Pop di un modo veramente simpatico di ammazzare un po' di tempo senza impegni, della durata della pausa del caffè di Molly, era *fluire* lentamente al banco dove lei lavorava (sceglieva sempre il suo anche quando doveva fare la coda; anzi, Molly aveva l'impressione che preferiva quando c'era da aspettare) e comperare una confezione di tabacco Prince Albert. Era un acquisto che una persona normale avrebbe eseguito in non più di trenta secondi, ma se Molly riusciva a liberarsi di Periscopi in meno di tre minuti era già un grande successo. Il vecchio teneva tutti i suoi soldi in un borsellino di pelle tutto screpolato appeso a una catenella. Si cavava di tasca il borsellino (e Molly aveva l'impressione che non perdesse mai l'occasione per una buona palpata ai campanacci) e lo apriva. Ne scaturiva invariabilmente una sorta di debole cigolio e, Dio le era testimone, non poteva fare a meno di aspettarsi di veder volare fuori una tarma, proprio come nella caricatura di uno spilorcio. In cima c'era un gran disordine di banconote, biglietti che ti davano l'idea che sarebbe stato meglio non toccarli nemmeno, perché erano probabilmente popolati da germi di ogni genere, e sotto si sentivano tintinnare le monete. Pop sfilava un biglietto da un dollaro, quindi pigiava tutte le altre banconote su un lato con quelle sue grosse dita tozze e rovistava sul fondo alla ricerca delle monete: non ti consegnava mai due dollari in banconote, figuriamoci, perché allora sarebbe finito tutto troppo in fretta! E durante tutta la laboriosa manovra i suoi occhi come periscopi si davano un gran daffare, controllando il borsellino per un secondo o due di tanto in tanto, ma soprattutto, mentre le dita sceglievano le monete giuste al tocco, occhieggiandole il seno, la pancia, i fianchi e poi di nuovo il seno. La faccia mai. Nemmeno la bocca, che pure era un accessorio femminile per il quale mostravano interesse la maggioranza degli uomini; no, Pop Merrill riservava rigorosamente il suo interesse alla parte inferiore di un'anatomia femminile. Quando finalmente aveva finito (e, per quanto tempo impiegasse, a Molly sembrava sempre tre volte più lungo) e il diavolo se lo portava fuori del negozio, le restava sempre una gran voglia di andare a farsi una lunga doccia.

Così si fece coraggio, indossò il suo miglior sorriso delle otto e trenta con la prospettiva di altre sette ore e mezzo di lavoro, e aspettò di affrontare Pop. Intanto diceva a se stessa: *In fondo si limita a guardarti e gli uomini non hanno fatto altro da quando hai smesso di essere una bambina,* ed era vero, però non era lo stesso. Perché Pop Merrill non era come la maggior parte degli uomini che si soffermavano a contemplare le sue eleganti e assai godibili forme da dieci anni a quella parte. In parte la metteva a disagio l'età di Pop, ma la verità era che c'erano uomini che guardavano e uomini, pochi rappresentanti di una razza speciale, che avevano la capacità di toccarti con gli occhi e Merrill era uno di loro. Era come se il suo sguardo avesse peso; quando frugava nel suo borsellino da vecchia massaia appeso a quella contraddittoria catena così mascolina, *si sentiva* i suoi occhi serpeggiare lungo il corpo, risalendo per le sue colline all'estremità dei nervi ottici come due girini, per poi precipitare mollemente nelle sue valli, facendole rimpiangere di non aver indossato una tonaca da suora, se non addirittura un'armatura.

Ma sua madre ripeteva sempre: «Ciò che non può essere evitato, va sopportato, cara Molly» e finché non fosse stato scoperto un sistema per pesare gli sguardi in maniera che quelli degli sporcaccioni, giovani o vecchi che fossero, potessero essere messi fuorilegge, o, con maggior probabilità, finché Pop Merrill non avesse fatto a tutti gli abitanti di Castle Rock un grande favore tirando le cuoia, cosicché avrebbero abbattuto quella sua trappola per turisti che era un vero pugno nell'occhio, avrebbe dovuto continuare a far buon viso a cattivo gioco.

L'attendeva però una gradita sorpresa... o almeno così sembrò sulle prime. Se normalmente l'espressione di Pop era lussuriosa, quel giorno non la guardò nemmeno con l'apprezzamento che le tributavano i clienti in genere. Non dava l'impressione di guardare attraverso e nemmeno che il suo sguardo la colpisse e rimbalzasse all'indietro. Sembrò a Molly così immerso nei suoi pensieri che il suo sguardo solitamente penetrante non riusciva nemmeno a raggiungerla e a metà strada si spegneva, come succederebbe a chi cercasse di localizzare e osservare a occhio nudo una stella dall'altra parte della galassia.

«Posso aiutarla, signor Merrill?» domandò e già i suoi piedi cominciavano a spostarsi in modo da potersi voltare rapidamente e allungare il braccio verso i pacchetti di tabacco per pipa. Con Pop eseguiva quella manovra sempre con grande celerità, perché quando si girava e si allungava per prendere il tabacco si sentiva puntualmente gli occhi di lui che le brulicavano sulle natiche, scendevano a un rapido esame delle gambe e risalivano per un'ultima strizzatina oculare e magari anche un pizzicotto prima che si girasse di nuovo.

«Sì», rispose lui, calmo e sereno, e per tutto l'interesse che le dimostrò fu come se stesse conversando con una di quelle macchine automatiche installate nelle banche. A Molly andava benissimo così. «Vorrei del», aggiunse e poi pronunciò una parola che lei non udì bene, oppure farfugliò un verso privo di senso. Se cominciava a farneticare, considerò Molly con un palpito di speranza, era forse il segno che cominciavano a cedere le prime parti di quel complesso di dighe, argini e sfioratori che quel vecchio laido aveva costruito contro la marea montante della senilità.

Le era *sembrato* di sentire qualcosa come *tafilmacco*, che non era un prodotto del loro catalogo... salvo che fosse un farmaco a lei sconosciuto, da vendere dietro prescrizione.

«Come ha detto, signor Merrill?»

«Film», disse lui, in maniera così distinta e sicura che Molly restò molto delusa; era convinta che si fosse espresso con tanta chiarezza già la prima volta e che fossero state le sue orecchie a tradirla. Forse era *lei* a nascondere segni di cedimento nel suo complesso di argini e dighe.

«Di che tipo?»

«Polaroid», rispose lui. «Due caricatori.»

Le era tutto molto oscuro, ma Molly non aveva dubbi che il principale vecchio sporcaccione di Castle Rock quel giorno era totalmente fuori registro. I suoi occhi continuavano a non metterla a fuoco e la parole... le rammentavano qualcosa, qualcosa che le sfuggiva ma che associava alla sua nipotina Ellen di cinque anni.

«Per quale modello, signor Merrill?»

Ebbe l'impressione che il tono della propria voce fosse un po' fragile e forzato, ma Pop Merrill non parve accorgersene per niente. Pop era perso nell'ozono.

Dopo un momento di riflessione durante il quale non la guardò per niente e sembrò invece intento a studiare le sigarette dietro di lei, sbottò meccanicamente: «Per una Sun. Modello 660». Fu allora che Molly, mentre gli rispondeva che doveva andare a prendergli i caricatori da quelli esposti nell'ingresso, ricordò che sua nipote aveva un grosso panda di soffice peluche, che, per ragioni che sarebbero state probabilmente comprensibili solo a un'altra bambina come lei, aveva chiamato Paulette. Dentro Paulette un circuito elettronico metteva in funzione una scheda sulla quale erano memorizzate qualcosa come quattrocento frasette semplici semplici, come: «Mi piace da matti abbracciare» e «Vorrei che non te ne andassi *mai* via». Toccando un punto appena sopra il piccolo ombelico peloso di Paulette, dopo un attimo di pausa il panda recitava una delle sue simpatiche battute in una voce distaccata e priva di emozioni che contraddiceva il significato delle sue parole. Per Ellen, Paulette era la fine del mondo. Molly gli trovava qualcosa di sinistro e non poteva fare a meno di aspettarsi che un giorno o l'altro Ellen lo avrebbe toccato per sentirlo parlare e il panda di peluche avrebbe sorpreso tutti (eccetto zia Molly di Castle Rock) rivelando quello che pensava *veramente*. «Questa notte mentre dormi ti strozzo», forse, oppure più semplicemente: «Ho un coltello».

Quel giorno Pop Merrill sembrava Paulette, il panda di peluche. I suoi occhi erano vitrei come quelli di Paulette. Molly aveva sempre pensato che qualsiasi atteggiamento si discostasse dal suo solito fare lubrico sarebbe stato il benvenuto. Si era sbagliata.

Si chinò sulla composizione pubblicitaria, per una volta senza preoccuparsi di come stesse esponendo il fondoschiena, e cercò di trovare al più presto i caricatori che le aveva chiesto il vecchio. Era sicura che quando si fosse girata l'avrebbe trovato a guardare tutt'altro che lei. E questa volta aveva avuto ragione.

Trovati i caricatori, tornò al banco (liberando le confezioni da un paio di fogli erranti) dove Pop stava ancora fissando le sigarette come se volesse inventariare le scorte. Ci vollero un paio di secondi perché Molly si accorgesse che la sua espressione non era affatto un'espressione: vi si rispecchiava un vuoto quasi assoluto.

Vai via, ti supplico, pregò Molly. *Per piacere, prendi questi caricatori e vattene. E qualunque cosa tu voglia fare non mi toccare. Fai il bravo.*

Se l'avesse toccata in quel momento, era sicura che si sarebbe messa a gridare. Perché non c'era nessuno in negozio? Perché non doveva esserci almeno un altro cliente, preferibilmente lo sceriffo Pangborn se non era altrimenti impegnato, ma anche un qualsiasi avventore? Probabilmente il signor Constantine, il farmacista, era presente, ma il banco della farmacia era a qualcosa come a un chilometro da lei, e anche se sapeva che *non poteva* essere così lontano, non davvero, era sempre troppo lontano perché potesse arrivare da lei in tempo utile se il vecchio Merrill avesse deciso di toccarla. E se poi il signor Constantine avesse fatto un salto fuori a bere il caffè con il signor Keeton del consiglio comunale? Più ci pensava e più le sembrava probabile. Quando doveva succedere qualcosa di veramente fuori dell'ordinario, non era praticamente un postulato che fosse sempre quando non si era soli?

È in preda a un tracollo mentale.

Udì se stessa esclamare con vivacità: «Ecco a lei, signor Merrill». Posò i caricatori sul banco e andò ad appostarsi dietro il registratore di cassa, servendosene come riparo.

Dai calzoni di Pop Merrill scaturì il vecchio borsellino di pelle e le dita incerte di Molly sbagliarono a battere l'incasso, così dovette azzerare e ripetere l'operazione.

Pop le tendeva due biglietti da dieci.

Molly disse a se stessa che erano solo *stropicciati* per essere stati pigiati con le altre banconote in quel piccolo borsellino; probabilmente non erano nemmeno vecchi, anche se lo sembravano. Tali considerazioni non impedirono alla sua mente galoppante di pensare che non erano solo *stropicciati*, ma erano stropicciati e *viscidi*. E poi *vecchi* non era l'aggettivo giusto, non ci andava nemmeno vicino. Per quelle due banconote non sarebbe bastata nemmeno la qualifica di antichi. Erano due pezzi da dieci *preistorici*, stampati prima della nascita di Cristo e prima della costruzione di Stonehenge, prima che uscisse carponi dalla sua caverna il primo uomo di Neanderthal con due dita di collo e due dita di fronte. Risalivano a un'epoca in cui persino Dio era ancora un neonato.

Non voleva toccare quei soldi.

Non avrebbe potuto *esimersi* dal toccarli.

Pop avrebbe voluto il resto.

Fattasi coraggio, prese le banconote e le ficcò nel cassetto della cassa con tanta convulsa precipitazione che picchiò malauguratamente un dito e si fece saltar via un'unghia. Sconvolta com'era, si sarebbe accorta del paradisiaco dolore che si era procurata solo qualche tempo dopo... quando cioè avrebbe ritrovato la propria presenza di spirito tanto da rimproverarsi di essersi comportata come una bambina troppo impressionabile alle soglie del suo primo ciclo mestruale.

In quel momento invece pensò solo a riporre quelle banconote nel cassetto il più velocemente possibile e a staccare celermente la mano, ma anche in seguito non avrebbe dimenticato la sensazione che le aveva dato il contatto. Era stato come se le brulicassero sotto i polpastrelli, come se miliardi di germi, *enormi* germi grandi tanto da essere visibili a occhio nudo, corressero all'arrembaggio da quelle banconote verso le sue dita, bramosi di infettarla dei *suoi* morbi misteriosi.

Ma Pop avrebbe voluto il suo resto.

Si concentrò su quello, con le labbra compresse tanto da sbiancarle; quattro biglietti da un dollaro che non volevano *assolutamente* saperne di uscire da sotto la molla che li teneva schiacciati sul fondo del cassetto. Poi una moneta da dieci centesimi e Dio del cielo non c'erano pezzi da dieci e che cosa mai le aveva *preso*, che cosa aveva fatto di male per finire inchiodata lì in compagnia di quel vecchio bizzarro proprio l'unico giorno in cui dava l'impressione di essere di fretta?

Pescò un nichelino, sentendo incombere la sua presenza misteriosa e maleodorante (e quando finalmente sarebbe stata costretta a rialzare la testa sapeva che lo avrebbe trovato più vicino, lo avrebbe trovato proteso sul bancone), poi tre monetine da un centesimo, e quattro, e cinque... ma l'ultimo le ricadde nel cassetto fra le monete da venticinque e dovette ripescarlo con le dita che le erano diventate fredde e insensibili. Per poco non le schizzò via di nuovo. Sentiva il sudore che le sgorgava sotto la nuca e nello spazio ristretto fra il naso e il labbro superiore. Infine, stringendo le monete nel pugno e pregando di non trovarlo con la mano tesa a ricevere il resto obbligandola così a toccare la sua pelle secca di rettile, ma sapendo che inevitabilmente così sarebbe stato, rialzò la testa, sentendo il suo brioso sorriso alla *LaVerdiere's* che le distendeva i muscoli della faccia in una sorta di grido paralizzato, facendosi forza anche per *quell'*eventualità, dicendo a se stessa che sarebbe stato l'ultimo contatto e cercando di soffocare l'immagine che la sua stupida mente continuava a evocare, l'immagine di quella mano dalla pelle secca che improvvisamente si chiudeva sulla sua come gli artigli di un vecchio uccello orripilante, un uccello non da preda, no, troppo bello: un uccello da carogne; diceva a se stessa che non stava vedendo quelle immagini, assolutamente *NO* e, vedendole chiaramente scorrere davanti agli occhi, rialzò la testa con quel sorriso che sembrava un grido silenzioso sulla faccia, nitido come l'urlo di un ferito a morte nella quiete della notte fonda, e il negozio era deserto.

Pop se n'era andato.

Era uscito mentre lei contava il resto.

Cominciò a rabbrividire. Se avesse avuto bisogno di una prova tangibile che il vecchio non aveva la testa a posto, ne aveva avuta una a prova di bomba: per la prima volta da quel che ricordava (e avrebbe scommesso di trovare conforto nella memoria collettiva di tutta la cittadinanza, e in tal caso avrebbe vinto la scommessa) Pop Merrill, che si rifiutava di lasciare la mancia anche nelle rare occasioni in cui era costretto a pranzare in un ristorante dove non facevano servizio di piatti caldi da asportare, era uscito da un negozio senza aspettare il resto che gli era dovuto.

Molly cercò di aprire la mano per lasciar cadere i quattro biglietti da un dollaro, il nichelino e le cinque monetine da un centesimo. Non ci riuscì. Dovette scalzarsi le dita dal pugno aiutandosi con l'altra mano. Il resto di Pop cadde sulla superficie di vetro del banco e Molly lo riunì frettolosamente spostandolo su un lato, dispiaciuta di doverlo toccare.

E desiderò di non rivedere mai più Pop Merrill.

15

L'ESPRESSIONE vacua di Pop non abbandonò il suo volto quando uscì da *LaVerdiere's*. Con la stessa espressione attraversò il marciapiede con i caricatori stretti nella mano. Quando scese nella strada il suo volto mutò in un'espressione inquietante di vigile allarme. E lì si fermò, con un piede ancora sul marciapiede e l'altro posato oltre il ciglio tra mozziconi di sigaretta schiacciati e sacchetti di patatine fritte svuotati. Era un altro Pop che Molly non avrebbe riconosciuto, ma c'erano alcuni fra coloro che avevano avuto rapporti d'affari con lui che lo conoscevano molto bene. Non era Merrill il lascivo né Merrill il robot, ma Merrill l'animale che fiuta il pericolo. Tutt'a un tratto era *presente*, in un modo in cui raramente permetteva a se stesso di esserlo in pubblico. Rivelarsi per quel che si era fino a quel punto davanti a tutti non era, a suo avviso, una buona idea. Nello stato d'animo in cui si trovava quel giorno, però, gli era impossibile cautelarsi come normalmente faceva e del resto non c'era in giro nessuno. Un eventuale passante non avrebbe visto Pop il sapientone della domenica e nemmeno Pop lo squalo degli affari, ma piuttosto qualcosa di simile al suo *spirito*. In quel momento di così assoluta *presenza*, somigliava lui stesso a un cane feroce, un randagio diventato selvatico che interrompe uno sterminio notturno in un pollaio e drizza le orecchie lacere, inclina la testa, lasciando spuntare appena i denti sporchi di sangue, ascoltando un rumore dalla casa del contadino e pensando ai fori neri della sua doppietta come un otto coricato. Un cane non sa niente di numeri, ma anche un cane sa riconoscere la forma tetra dell'eternità se i suoi istinti sono abbastanza affinati.

Sull'altro lato della piazza vedeva la facciata color giallo orina dell'*Emporium Galorium*, leggermente discosto dagli edifici vicini: quello disabitato che aveva ospitato *The Village Washtub* fino all'inizio di quell'anno, la *Nan's Luncheonette* e *You Sew and Sew*, il negozio di merceria e abbigliamento gestito da Polly, pronipote di Evvie Chalmers, una donna di cui dovremo parlare un'altra volta.

Davanti a tutti i negozi di Lower Main Street si parcheggiava a spina di pesce, ma tutti i posti erano vacanti... salvo uno, che veniva occupato in quel momento da una *Ford* familiare che Pop riconobbe.

Nell'aria quieta del mattino udiva distintamente il brontolio del motore. Poi il brontolio cessò, gli stop si spensero e Pop rialzò il piede che aveva posato nella strada e si ritirò prudentemente sull'angolo di *LaVerdiere's*. Lì rimase immobile come il cane allertato nel pollaio da un rumore leggero, quel genere di rumore che sarebbe stato trascurato nella frenesia del massacro solo da cani che non fossero così vecchi e così saggi come questo.

Dalla familiare scesero John Delevan e suo figlio. Andarono alla porta dell'*Emporium Galorium*. Delevan si mise a bussare con fare impaziente, forte tanto da far giungere i colpi alle orecchie di Pop distinti e riconoscibili come era stato il brontolio del motore. Delevan si interruppe e tesero l'orecchio entrambi. Poi Delevan riprese, non più bussando ma *martellando* la porta, e non c'era bisogno di telepatia per sapere che era furente.

Lo sanno, pensò Pop. *Non so come, ma lo hanno scoperto. Meno male che ho fatto a pezzi quella maledetta macchina.*

Si trattenne ancora per qualche istante e di lui nulla si muoveva eccetto gli occhi sotto le palpebre pesanti, quindi sgusciò dietro l'angolo del drug store e si incamminò per il vicolo che lo separava dalla banca. La sua mossa era stata così agile e fluida da meritarsi l'invidia anche di un uomo di cinquant'anni più giovane.

Oggi, rifletteva Pop, *è forse più saggio tornare a casa passando dal cortile.*

16

NON avendo ottenuto alcuna risposta, John Delevan si avventò per la terza volta sulla porta, tempestandola con tanta violenza da far tintinnare il vetro debolmente trattenuto dalle sue rinsecchite gengive di stucco. Si fece male alla mano e fu per quello che si rese conto di quanto era in collera. Non che ritenesse che la sua collera fosse in alcun modo ingiustificata se Merrill aveva fatto ciò che Kevin pensava: e sì, più riconsiderava, più era sicuro che Kevin avesse visto giusto. Lo sorprendeva però di aver riconosciuto solo ora la propria ira per quel che era.

Deve essere una di quelle mattine in cui ho da apprendere sul conto di me stesso, pensò e ci trovò qualcosa di pedantesco. Gli venne da sorridere e si rilassò.

Kevin invece non sorrideva. Non era per nulla rilassato.

«Tre sono le ipotesi che possiamo fare», disse Delevan al figlio. «O Merrill non si è alzato, o non vuole rispondere alla porta o ha intuito che stavamo per capire e se l'è battuta con la tua macchina fotografica.» Fece una pausa, poi riuscì persino a ridere. «Ci sarebbe una quarta possibilità: potrebbe essere morto nel sonno.»

«Non è morto.» Kevin aveva quasi appoggiato la testa al vetro sporco della porta attraverso la quale rimpiangeva con tutto il cuore di essere passato per la prima volta qualche giorno prima. Si era portato le mani ai lati degli occhi per schermarseli, perché il sole che spuntava sul lato orientale della piazza produceva un forte riverbero sul vetro. «Guarda.»

Delevan si fece a sua volta scudo agli occhi con le mani e schiacciò il naso sul vetro. Così si ritrovarono, a gomito a gomito, con la schiena rivolta alla piazza, a scrutare l'interno buio dell'*Emporium Galorium* come i due più sfegatati patiti del «guardar negozi». Dopo qualche secondo Delevan commentò: «Be', se se l'è battuta, ha lasciato qui tutto il suo ciarpame».

«Sì, ma non parlavo di quello. La vedi?»

«Vedo che cosa?»

«Là, appesa a quel montante. Quello vicino al cassettone con sopra tutti gli orologi.»

E dopo un momento la vide anche Delevan: una Polaroid appesa per la cinghietta a un gancio. Forse era solo la sua immaginazione, ma gli pareva persino di scorgerne lo spigolo ammaccato.

Non è la tua immaginazione.

Il sorriso gli morì sulle labbra quando cominciò a provare quello che provava Kevin: la snervante certezza che un misterioso meccanismo, semplice e tuttavia terribilmente pericoloso, stesse ancora funzionando... e a differenza di quasi tutti gli orologi di Pop andasse perfettamente a tempo.

«Credi che sia nascosto di sopra ad aspettare che ce ne andiamo?» domandò a voce alta Delevan, rivolgendosi in realtà a se stesso. La serratura montata sulla porta gli sembrava nuova e di buona fattura... ma era disposto a scommettere che se uno dei due (probabilmente Kevin aveva migliori chances) avesse colpito l'uscio con forza sufficiente l'avrebbe strappata dal legno vecchio. Gli passò un pensiero per la mente: *una serratura vale solo quanto la porta su cui la monti. La gente non ci pensa mai.*

Kevin rivolse verso di lui il volto contratto dalla tensione. In quel momento John Delevan fu colpito dal viso di Kevin quanto lo era stato Kevin dal suo non molto tempo prima. Pensò: *a quanti genitori è dato di vedere in anticipo che aspetto avranno i loro figli quando saranno uomini? Dio, voglio sperare che non debba essere sempre così sotto stress, ma questa è la sua faccia di uomo adulto. E non si può dire che non sia piacente!*

Anche lui, come Kevin, visse quel momento di astrazione che, date le circostanze, fu necessariamente molto breve, ma anche lui non avrebbe mai più dimenticato; il ricordo di quell'esperienza sarebbe rimasto per sempre appena sotto i suoi pensieri.

«Che cosa?» chiese Kevin con la voce roca. «Che cosa, papà?»

«Vuoi che la buttiamo giù? Perché io ci sto.»

«Non ancora. Non credo che sarà necessario. Non credo che sia qui... ma è vicino.»

Non puoi saperlo. Non puoi nemmeno pensarlo.

Invece suo figlio lo pensava e Delevan credeva che avesse ragione. Si era instaurato un legame di qualche genere tra Pop e suo figlio. *Di qualche genere?* Sii serio. Sapeva benissimo qual era il legame, era quell'odiosa macchina fotografica appesa là dentro e più tempo lasciavano passare più tempo davano a quel meccanismo perché continuasse a funzionare, a quegli ingranaggi perché replicassero le loro diaboliche rotazioni, meno gli piaceva.

Rompiamo la macchina e rompiamo il legame, pensò e disse: «Sei sicuro, Kev?»

«Passiamo da dietro. Proviamo l'altra porta.»

«C'è un cancello. Lo terrà chiuso a chiave.»

«Forse possiamo scavalcarlo.»

«D'accordo», annuì Delevan e seguì il figlio giù dai gradini dell'*Emporium Galorium* e nel vicolo, domandandosi mentre camminava se non avesse perso il cervello.

Ma il cancello non era chiuso a chiave perché fra una cosa e l'altra Pop si era dimenticato di chiuderlo, e per quanto a Delevan non sorridesse l'idea di scavalcare lo steccato, magari scivolando e probabilmente massacrandosi i testicoli, gli piacque ancor meno trovare il cancello aperto. Entrarono comunque nel desolante cortile di Pop che nemmeno i colori delle foglie autunnali portate dal vento riuscivano a rallegrare.

Seguito dal padre, Kevin avanzò su un percorso serpeggiante fra i cumuli di rottami che Pop aveva buttato fuori senza prendersi la briga di trasportarli alla discarica. Arrivarono al ceppo più o meno nel momento in cui Pop usciva da dietro la casa della signora Althea Linden e prendeva per Mulberry Street, un isolato più a ovest. Avrebbe percorso Mulberry Street fino agli uffici della Wolf Jaw Lumber Company. Anche se i camion della ditta erano già in viaggio per le strade del Maine occidentale e lo stridore delle motoseghe dei taglialegna aveva cominciato a riempire l'aria delle sempre meno numerose zone di taglio già alle sei e mezzo, nessun impiegato si sarebbe presentato in ufficio prima delle nove, il che gli concedeva ancora quindici minuti buoni. In fondo al piccolo cortile posteriore della ditta c'era un'alta recinzione di tavole di legno. Nel recinto c'era un cancello, e quel cancello era sprangato, ma Pop aveva la chiave. Avrebbe aperto il cancello e da lì sarebbe passato nel proprio cortile.

Kevin raggiunse il ceppo. Delevan si fermò al suo fianco, seguì la direzione dello sguardo del figlio e trasalì. Aprì la bocca per domandare a voce alta che razza di novità era quella, ma la richiuse. Stava cominciando a farsi un'idea della razza della novità che aveva davanti agli occhi senza chiedere soccorso a

Kevin. Non era *giusto* avere idee simili, non era *naturale*, e sapeva per amara esperienza (nella quale a un certo punto aveva avuto la sua parte anche Reginald Marion «Pop» Merrill, come aveva raccontato a suo figlio non molto tempo prima) che agire d'impulso era il sistema migliore per giungere alle decisioni sbagliate e partire per qualche tangente, ma non poté trattenersi. Anche se lui non l'avrebbe messa negli stessi termini, si può affermare che il signor Delevan sperava di possedere ancora i requisiti per chiedere la riammissione alla tribù dei Razionali quando tutta quella storia si fosse finalmente conclusa.

Dapprima pensò che fossero i resti di una Polaroid fatta a pezzi. Naturalmente l'ipotesi era stata formulata da una mente che cercava di trovare un minimo di razionalità in un gesto ripetuto; purtroppo i frammenti sparpagliati sopra e intorno al ceppo non somigliavano affatto a quelli di una fotocamera, né Polaroid né altra. Tutti quegli ingranaggi potevano appartenere solo a un orologio.

Poi scorse l'uccellino con le zampette in aria e capì anche di che orologio si trattava. Aprì la bocca per domandare a Kevin perché in nome di Dio Pop avrebbe dovuto uscire in cortile e prendere a martellate un orologio a cucù. Ci ripensò e decise di non aver bisogno di chiederlo. Gli stava affiorando nella mente la risposta anche a quell'interrogativo. Avrebbe preferito che così non fosse, perché era l'indizio di una follia che gli sembrava su larga scala, ma anche in questo caso non poté trattenersi.

Un orologio a cucù doveva stare appeso. Era necessario appenderlo per via dei pesi e del pendolo. E allora con che cosa lo si appendeva? Con un gancio, naturalmente.

Per esempio un gancio fissato a un montante.

Come quello al quale adesso era appesa la Polaroid di Kevin.

Adesso parlò e le sue parole parvero giungere da una grande distanza: «Che cosa diavolo gli ha preso, Kevin? È uscito pazzo?»

«Non ci è *uscito*», rispose Kevin e anche la sua voce sembrò arrivare da molto lontano, mentre invece si sfiorarono, entrambi con gli occhi fissi sull'orologio fracassato. «Ci è stato *spinto*. Dalla macchina.»

«Dobbiamo distruggerla», dichiarò Delevan. La voce gli giunse alle orecchie molto tempo dopo essergli uscita dalla bocca.

«Non ancora», obiettò Kevin. «Prima dobbiamo andare al drug store. Ne hanno in offerta speciale.»

«Hanno che cosa in offerta speciale?»

Kevin gli toccò il braccio. John Delevan lo guardò. Kevin aveva rialzato la testa, sembrava un cervo che ha fiutato l'incendio. In quel momento era più che piacente, era quasi divino, come un giovane poeta nell'ora della morte.

«Che cosa c'è?» lo incalzò Delevan.

«Hai sentito niente?» L'allarme si trasformava lentamente in dubbio.

«Una macchina in strada», disse Delevan. Quanti anni aveva più di suo figlio? si domandò all'improvviso. Venticinque? Gesù, non era tempo che cominciasse a comportarsi come l'adulto che era?

Spinse lontano da sé il senso di disorientamento, annaspò disperatamente per ritrovare la sua maturità e ne trovò un briciolo. Indossarla fu come mettersi un cappotto cencioso.

«Sei sicuro, papà?»

«Sì. Kevin, sei troppo teso. Vedi di calmarti, altrimenti...» Altrimenti che cosa? Ma lo sapeva e rise nervosamente. «Altrimenti va a finire che ce la diamo tutti e due a gambe come conigli.»

Kevin lo osservò per un momento con un'espressione pensierosa come se emergesse da un sonno profondo se non addirittura da una trance e finalmente annuì. «Andiamo.»

«Kevin, ma perché? Che cosa vuoi? Potrebbe essere di sopra. Forse semplicemente non vuole rispondere....»

«Te lo dirò quando ci saremo, papà. Andiamo.» E quasi trascinò il padre fuori del cortile e nello stretto vicolo.

«Kevin, vuoi staccarmi il braccio dalla spalla?» protestò Delevan quando furono di nuovo sul marciapiede.

«Era là», disse Kevin. «Nascosto. Spera che ce ne andiamo. L'ho sentito.»

«Era...» cominciò Delevan, ma si interruppe e ripartì. «Va bene, ammettiamo che c'era. Giusto per amore della discussione, ammettiamolo pure. Non dovremmo andare a prenderlo?» E, con un attimo di ritardo: «*Dove* era?»

«Dall'altra parte dello steccato», rispose Kevin. Sembrava che i suoi occhi fluttuassero. A Delevan la situazione piaceva sempre meno. «È già andato. Si è già procurato quello di cui ha bisogno. Dobbiamo sbrigarci.»

Kevin si era già incamminato con l'intenzione di attraversare la piazza. Delevan si allungò e lo ghermì come un bigliettaio acchiapperebbe un passeggero che cercasse di salire in treno senza biglietto. «*Kevin, ma di che cosa stai parlando?*»

Allora Kevin lo disse. Guardò suo padre negli occhi e lo *disse*. «Sta arrivando, papà. Ti prego. È in gioco la mia vita.» Fissava suo padre implorandolo con gli occhi fluttuanti nel volto pallido. «Il cane sta per arrivare. Non servirebbe a niente andare a prendere la macchina fotografica. Ormai è troppo tardi. Ti prego, non cercare di fermarmi. Non cercare di svegliarmi. È in gioco la mia *vita*.»

Delevan fece un ultimo sforzo coraggioso per non cedere alla forza travolgente di quella pazzia... e soccombette.

«Andiamo», esclamò, afferrando il figlio per un braccio e trascinandolo verso la piazza. «Qualunque cosa sia, facciamola finita.» Dopo un attimo domandò: «Abbiamo abbastanza tempo?»

«Non ne sono sicuro», rispose Kevin e, con riluttanza, aggiunse: «Ma non credo».

17

DA dietro la staccionata Pop spiava i Delevan attraverso il foro di un nocchio. Si era infilato il tabacco nella tasca posteriore per avere le mani libere, così poteva stringerle e riaprirle, stringerle e riaprirle.

State violando la mia proprietà, bisbigliava la sua mente e se avesse avuto il potere telepatico di uccidere li avrebbe fulminati entrambi con il pensiero. *State violando la mia proprietà, maledizione, state violando la mia proprietà!*

Avrebbe dovuto scaricargli addosso gli sbirri, a quei due ficcanaso, ecco che cosa avrebbe dovuto fare. E lo avrebbe anche fatto, seduta stante, se non si fossero fermati in cortile a osservare i resti della macchina fotografica che il ragazzo aveva creduto di aver distrutto con la sua benedizione due settimane prima. Qualche balla per giustificarsi avrebbe anche potuto inventarsela, ma sapeva che cosa pensavano di lui Pangborn,

Keeton e tutti gli altri. Spazzatura. Ecco come lo giudicavano. Spazzatura.

Finché non finivano con il culo a terra e avevano bisogno di contanti alla svelta e dopo il tramonto.

Stringeva, riapriva. Stringeva, riapriva.

I Delevan parlavano, ma Pop non si sforzò di sentire che cosa stavano dicendo. La sua mente era una fucina fumante. Ora la litania era cambiata: *stanno violando la mia proprietà e io non posso farci niente! Stanno violando la mia proprietà e io non posso farci niente! Maledetti! Maledetti!*

Finalmente se ne andarono. Quando udì il cigolio del cancello, Pop usò la sua chiave per aprire quello della staccionata. Attraversò di corsa il cortile con inquietante agilità per un settantenne, con una mano premuta sulla coscia destra come se, agile o no, dovesse sopportare un forte dolore reumatico. In realtà Pop non avvertiva alcun dolore. Molto semplicemente non voleva che si mettessero a tintinnare le chiavi o le monete nel suo borsellino, nel caso che i Delevan fossero ancora nei paraggi, appostati dietro al primo angolo. Non se ne sarebbe affatto meravigliato. Se hai a che fare con i porci, devi aspettarti le porcate.

Si tolse le chiavi di tasca e questa volta tintinnarono e anche se il rumore fu lieve a lui sembrò assordante. Lanciò uno sguardo allarmato alla sua sinistra, sicuro di incontrare gli occhi del moccioso con quella sua faccia di pecora. Aveva la bocca contratta in una smorfia di paura. Ma non c'era nessuno.

Non ancora.

Trovò la chiave giusta, la infilò nella toppa ed entrò. Fece attenzione a non aprire troppo la porta del ripostiglio, perché i cardini cigolavano a ruotarli sino in fondo.

Appena entrato azionò il saliscendi con un gesto furioso e passò subito in negozio. Quelle ombre erano il suo regno. Avrebbe potuto aggirarsi a occhi chiusi in tanta confusione senza andare mai a sbattere... e lo aveva fatto, anche se al momento non ricordava più né quello né tante altre cose.

In una parete laterale del negozio si apriva una sudicia finestrella affacciata sul vicolo angusto da cui erano passati i Delevan per violare il suo domicilio. Di scorcio, si riusciva a vedere anche un tratto del marciapiede e della piazza.

Raggiunse quella finestrella tra montagne di riviste inutili e prive di valore che spargevano nell'aria buia il loro giallo e polveroso aroma da museo. Spiò il vicolo e vide che non c'era nessuno. Guardò a destra e vide i Delevan, ondeggianti come pesci in un acquario, attraverso il vetro sporco e difettoso. Stavano attraversando il prato al centro della piazza, passando rasenti il palco dell'orchestra. Non restò a guardarli da quella scomoda finestrella, né andò a spiarli più comodamente da una delle vetrine. Dava per scontato che fossero diretti a *LaVerdiere's* e siccome erano passati prima dal suo negozio ci andavano per chiedere di lui. E che cosa avrebbe potuto raccontare loro quella troietta di commessa? Che era stato lì poco prima. E poi?

Che aveva comperato due pacchetti di tabacco.

Sorrise.

Non lo avrebbero certo impiccato per *quello*.

Trovò un sacchetto di carta, uscì nel cortile, si avvicinò al ceppo, meditò per un istante e andò invece al cancello che dava nel vicolo. Se era stato sbadato una volta non significava che dovesse prenderci l'abitudine.

Sprangato il cancello, tornò al ceppo con il sacchetto e cominciò a raccogliere i pezzetti della Polaroid fracassata. Lavorò alacremente, ma si concesse il tempo necessario per essere meticoloso.

Trascurò solo le minuzie che si sarebbero confuse nella miriade di frammenti anonimi e generici sparsi intorno al ceppo. Probabilmente una squadra della scientifica avrebbe identificato l'origine dei pezzetti; aveva visto dei poliziechi alla televisione (quando non guardava film porno in videocassetta) dove i tecnici della scientifica passavano al setaccio il luogo del delitto armati di spazzolini e di aspirapolvere e persino pinzette, riponendo tutto quello che trovavano in bustine di plastica. Ma l'ufficio dello sceriffo di Castle Rock non aveva una squadra di tecnici come quelli e dubitava che lo sceriffo Pangborn potesse farsi mandare qualcuno dalla polizia statale, non per una sciocchezza come il furto di una macchina fotografica, unico reato di cui i Delevan avrebbero potuto accusarlo senza fare la figura di due evasi dal manicomio. Finita l'ispezione della zona intorno al ceppo, tornò in negozio a depositare il sacchetto di carta nel suo cassetto «speciale». Richiuse il cassetto con la chiave e si infilò nuovamente il mazzo in tasca. Tutto a posto. La sapeva lunga anche in fatto di mandati di perquisizione. Sarebbe dovuto nevicare all'inferno prima che i Delevan inducessero

Pangborn a rivolgersi al tribunale distrettuale per ottenerne uno. E anche se fosse stato tanto pazzo da provarci, i resti di quella maledetta macchina fotografica sarebbero scomparsi in via *permanente* molto prima che a qualcuno venisse in mente di spiccare un mandato contro di lui. Ma tentare di sbarazzarsi definitivamente di quei pezzi adesso sarebbe stato più pericoloso che lasciarli nel cassetto. I Delevan sarebbero tornati e lo avrebbero colto in flagrante. Meglio aspettare.

Perché sarebbero *sicuramente* tornati.

Pop Merrill lo sapeva.

In un altro momento forse, quando si fosse spento tutto quel bailamme, sarebbe andato dal ragazzo a dirgli: *Sì. È così. Tutto quello che pensi che io abbia fatto, l'ho fatto. Adesso perché non ci mettiamo una pietra sopra e non ridiventiamo due sconosciuti... Ci stai? Si può fare, sai? Tu magari pensi di no, ma ti assicuro che si può fare. Perché, guarda, tu volevi farla a pezzi perché pensavi che fosse pericolosa e io volevo venderla perché pensavo che avesse un valore. È risultato che tu avevi ragione e io torto e tanto ti basti come vendetta nei miei confronti. Se tu mi conoscessi meglio, sapresti perché ti dico così. Non sono molte le persone in questa città che mi hanno sentito parlare in questo modo. Mi resta sullo stomaco, è quello che voglio dire, ma devo portare pazienza. Quando mi sbaglio, mi piace pensare di essere grande abbastanza da digerire il rospo, anche se fa molto male. E alla fine, ragazzo mio, ho fatto quello che intendevi fare tu da principio. È andata a finire comunque come volevi tu, è quello che voglio dire, e io credo che dovremmo considerare tutta questa storia acqua passata. So che cosa pensi di me e so che cosa io penso di te e nessuno dei due voterebbe perché l'altro fosse eletto Gran Maresciallo nella sfilata annuale del 4 luglio, ma fa lo stesso, ci si può vivere, no? Quello che voglio dire è che siamo entrambi contenti che quella maledetta macchina non ci sia più, perciò chiudiamo qui e che ciascuno vada per la sua strada.*

A suo tempo, però, e con un gran forse. Adesso no, non era il caso. Avevano bisogno di tempo per sbollire. Adesso come adesso sbavavano dalla voglia di azzannargli il culo come

(*il cane in quella foto*)

come... be', lasciamo stare come. L'importante era farsi trovare al proprio posto in negozio come tutti i giorni, innocente come un neonato.

Perché sarebbero tornati.

Ma andava bene così. Andava bene perché...

«Perché è tutto sotto controllo», mormorò. «*Questo* voglio dire.»

Andò alla porta a rovesciare il cartello da CHIUSO ad APERTO (e prontamente lo rigirò da APERTO a CHIUSO, ma non si rese conto di averlo fatto né se lo sarebbe ricordato). Bene. Questo era l'inizio. Poi che cosa veniva? Doveva fare come se fosse una giornata qualsiasi, né più né meno. Doveva mostrarsi stupito e incredulo quando fossero tornati a far fuoco e fumo dalle orecchie per quella macchina fotografica già morta e defunta.

Allora... in che modo doveva farsi trovare normalmente occupato quando fossero tornati con o senza lo sceriffo Pangborn?

I suoi occhi si fissarono sull'orologio a cucù appeso alla trave vicino a quel bel cassettone che aveva acquistato a una vendita di beni patrimoniali a Sebago un mese addietro. Il cucù non era molto bello, invece. Probabilmente comperato in origine con dei bollini premio da un'anima semplice nel tentativo di fare economia (a giudizio di Pop, le persone che sapevano solo *tentare* di essere econome erano povere anime sbandate che vagavano nella vita in uno stato di perenne delusione). Poteva comunque guardarci dentro per farlo funzionare un po', così magari lo avrebbe venduto a uno degli sciatori che avrebbero cominciato ad arrivare di lì a un mese o due, qualcuno che avesse bisogno di un orologio per il suo cottage o chalet perché quello d'occasione che aveva appeso al muro si era guastato per sempre; qualcuno che ancora non aveva capito (e probabilmente mai avrebbe capito) che un secondo acquisto d'occasione non era la soluzione bensì il problema.

Avrebbe provato compassione per una persona così e avrebbe mercanteggiato il più lealmente possibile, ma non l'avrebbe delusa. *Cavet emperor* era un ammonimento che spesso pronunciava a voce alta, a riprova della sua lealtà, ma doveva pure sbarcare il lunario, no?

Sì. Dunque si sarebbe seduto al banco da lavoro a trafficare con quell'orologio, a vedere un po' se gli riusciva di farlo camminare, e lì lo avrebbero trovato i Delevan quando fossero tornati. E chissà che non trovassero in negozio anche qualche aspirante cliente a mettere il naso qua e là. Poteva permettersi di aspirarlo, anche se era stagione morta. Certo che qualche cliente sarebbe stato come la ciliegina sulla torta, ma non erano essenziali. Importante era il quadro complessivo di un uomo che non aveva niente da nascondere, occupato nelle sue normali attività e nel ritmo normale di un normalissimo giorno.

Andò a prendere l'orologio a cucù e lo staccò dal gancio facendo attenzione a non aggrovigliare i contrappesi. Tornò al banco da lavoro canticchiando sommessamente. Lo posò e si tastò la tasca posteriore. Tabacco fresco. Ottima idea.

Pensò di farsi una pipatina mentre lavorava.

18

«NON puoi *sapere* che è stato qui, Kevin!» stava ancora protestando debolmente Delevan mentre entravano a *LaVerdiere's*.

Ignorando le rimostranze del padre, Kevin andò direttamente al banco al quale si trovava Molly Durham. Molly si sentiva molto meglio, la nausea era passata. Ora trovava tutto un po' sciocco, come quando ci si sveglia da un incubo e dopo il sollievo iniziale si pensa: *ho avuto paura di QUELLO? Come posso aver pensato che una cosa del genere mi accadesse veramente, anche se in sogno?*

Ma quando il giovane Delevan si presentò al suo banco con la faccia pallida e tirata capì che si poteva benissimo aver paura anche delle cose più ridicole come quelle che accadono nei sogni, perché si sentì ripiombata nel suo incubo a occhi aperti.

Il fatto è che Kevin Delevan aveva quasi la stessa *espressione*, come se non solo la mente ma tutto il suo spirito fosse altrove, tanto che quando finalmente le rivolse gli occhi e la parola Molly ebbe l'impressione che la sua voce e il suo sguardo fossero assenti.

«Pop Merrill è stato qui», disse Kevin. «Che cosa ha comperato?»

«La prego di scusare mio figlio», intervenne Delevan. «Non si sente molto...»

Poi *lui* vide la faccia di *Molly* e si interruppe. Era la faccia di una che ha appena visto un operaio perdere un braccio maciullato da una macchina utensile.

«Oh!» esclamò Molly. «Oh, mio Dio!»

«Ha comperato della pellicola?» le chiese Kevin.

«Che cosa è successo?» domandò Molly con un filo di voce.

«Ho capito che c'era qualcosa appena è entrato. Ha... fatto qualcosa?»

Gesù, pensò John Delevan. *Allora è tutto vero.*

A quel punto il signor Delevan prese una decisione eroica: rinunciò completamente. Rinunciò completamente e mise nelle mani di suo figlio se stesso e tutto ciò che credeva potesse essere e non potesse essere vero.

«È così, ha preso della pellicola», stava dicendo Kevin. Era così serio che sembrava rimproverare Molly con l'espressione degli occhi per le sue incertezze e i suoi balbettii. «Pellicola polaroid. Di quella che c'è *lì*.» Indicò la composizione di foglie e articoli fotografici.

«Sì.» La pelle di Molly era diventata pallida come porcellana, su cui spiccavano adesso in eccessivo risalto le tracce di cipria con cui prima di uscire aveva cercato di ravvivare il colorito. «Era così... strano. Sembrava una bambola parlante. Che cosa gli è successo? Che cosa...»

Ma Kevin si era girato verso il padre. «Ho bisogno di una macchina fotografica», dichiarò. «Subito. Una Polaroid Sun 660. Qui ne hanno. Sono persino in offerta speciale, vedi?» E, nonostante i suoi più recenti propositi, la bocca di Delevan non seppe negarsi un ultimo tentativo di razionalità. «Perché...» cominciò, ma Kevin non gli permise di aggiungere altro.

«*Non so perché!*» urlò e Molly Durham gemette. Questa volta non provava nausea. Kevin Delevan faceva paura, ma non fino a quel punto. Questa volta voleva solo andarsene a casa, mettersi a letto e tirarsi le coperte sulla testa. «*Ma dobbiamo procurarci una macchina fotografica e non c'è quasi più tempo, papà!*»

«Mi dia una di quelle fotocamere», disse Delevan, estraendo il portafogli con le mani tremanti, senza accorgersi che Kevin era già corso alla composizione.

«Prendetela pure», rispose Molly con una voce stentata che non riconobbe per sua. «Prendetela e andate.»

19

DALL'altra parte della piazza, Pop Merrill, convinto di riparare pacificamente un orologio a cucù di scarso valore, innocente come un bimbo in fasce, finiva di introdurre un caricatore nella macchina fotografica di Kevin. Chiuse lo sportellino con uno scatto. La macchina emise un uggiolio.

Questo è un cuculo con la laringite. Ci deve essere qualche ingranaggio inceppato. Be', ho la cura giusta.

«Ti aggiusto io», borbottò Pop e sollevò la fotocamera. Avvicinò l'occhio vitreo al mirino con quella crepa sottilissima che da così vicino non si vedeva neppure. Puntò l'obiettivo verso le vetrine, ma non era importante, perché da qualunque parte si fosse girato inquadrava sempre e soltanto un certo cane nero che non era una creatura di Dio, un cane che stava in una cittadina che in mancanza di un nome migliore abbiamo chiamato Polaroidsville e che non era una creazione di Dio.

FLASH!

La macchina fotografica di Kevin espulse una nuova foto con il solito guaito.

«Ecco», disse Pop soddisfatto. «Forse non mi limiterò a farti parlare, uccellino. Quello che voglio dire è che forse riuscirò a farti *cantare*, non prometto niente, ma ci proverò.»

Con un sorriso teso e coriaceo sulle labbra, schiacciò nuovamente il pulsante.

FLASH!

Stavano attraversando la piazza quando John Delevan vide un lampo bianco e silenzioso riempire le vetrine dell'*Emporium Galorium*. La *luce* era silenziosa, ma subito dopo, come un'eco, udì un brontolio che sembrava giungere alle sue orecchie dal negozio del vecchio... ma solo perché il negozio del vecchio era l'unico posto dove poteva trovare una via d'uscita. In realtà sembrava provenire dal sottosuolo... forse perché solo la terra era un luogo abbastanza grande da contenere il possessore di quella voce?

«Corri, papà!» gridò Kevin. «*Ha cominciato!*»

Ci fu un altro lampo che illuminò le vetrine sporche come una gelida scarica di elettricità. Di nuovo al lampo seguì il brontolio sommesso, il rumore di uno scoppio sonico in una galleria aerodinamica, il suono di un animale orribile più di quanto sia umanamente concepibile che viene svegliato in malomodo.

John Delevan, incapace di fermarsi e quasi inconsapevole di ciò che stava facendo, aprì la bocca per dire a suo figlio che un lampo così violento non poteva in alcun modo essere prodotto dal flash di una Polaroid, ma Kevin si era già messo a correre.

Si mise a correre anche John Delevan, avendo perfettamente chiaro nella mente che cosa intendeva fare: raggiungere il figlio, afferrarlo e trascinarlo via prima che accadesse qualcosa di così terrificante da trascendere la comprensione di tutte le cose terrificanti possibili e immaginabili.

20

LA seconda polaroid spinse la prima fuori della fessura. La foto scese fluttuando sul banco, dove atterrò con un tonfo che un cartoncino così sottile non avrebbe mai potuto produrre. Ora il fotocane occupava il fotogramma quasi del tutto. In primo piano c'era la sua testa impossibile, i pozzi neri degli occhi, le fauci fumanti e piene di denti. Il cranio era allungato nella forma di un proiettile o di una goccia, ulteriormente sfocato dal combinarsi del movimento con la più breve distanza di ripresa. Dietro si scorgevano ormai solo le punte delle stecche, perché lo steccato era interamente nascosto dietro le spalle dell'animale.

Vicino al margine inferiore si vedeva la cravatta che Kevin aveva ricevuto in regalo per il suo compleanno ed era stata vicino alla Sun nel cassetto. Il fermaglio rifletteva un raggio di pallido sole.

«Quasi ci sei, figlio di puttana», esclamò Pop con una voce stridula e gracchiante. Era stato accecato dal lampo. Non vedeva né il cane né la fotocamera. Vedeva solo il cuculo senza voce che era diventato la missione della sua vita. «Canterai, dannato! Ti farò cantare!»

FLASH!

La terza foto spinse fuori la seconda, che cadde troppo velocemente, più come un sasso che un cartoncino sottile, e quando urtò il banco scalzò schegge dal legno.

In quest'altra fotografia la testa del cane era ancora più sfocata. Era diventata una lunga colonna di carne assumendo uno strano aspetto, quasi tridimensionale.

Nella terza, che ancora sporgeva dalla fessura della fotocamera, per quanto potesse sembrare paradossale, il muso del cane stava tornando a fuoco. Era impossibile perché era praticamente addosso all'obiettivo, così vicino da sembrare il muso di un mostro marino appena sotto quella fragile membrana che chiamiamo superficie.

«Ancora non è a posto come dico io», brontolò Pop.

Il suo dito schiacciò di nuovo il pulsante della Polaroid.

21

KEVIN salì di corsa i gradini dell'*Emporium Galorium*. Suo padre si allungò nel tentativo di afferrarlo. Chiuse vanamente la mano a un centimetro della sua camicia svolazzante, perse l'equilibrio e cadde sulla base dei palmi delle mani, che scivolarono sul penultimo gradino inglobando nella pelle una miriade di granellini.

«Kevin!»

Alzò gli occhi e per un momento il mondo fu quasi del tutto sprofondato in un altro di quegli abbaglianti lampi bianchi. Questa volta il ringhio fu molto più forte. Era il verso di un animale forsennato sul punto di sfondare la gabbia ormai indebolita che lo conteneva. Vide Kevin con la testa china e una mano a ripararsi gli occhi dal bagliore bianco, immobilizzato in quella luce stroboscopica come se lui stesso fosse diventato una fotografia. Vide delle crepe scendere a zig-zag nei vetri simili a rivoli di mercurio.

«*Kevin, atten...*»

I vetri scoppiarono in una grandinata scintillante e Delevan abbassò precipitosamente la testa. Sentì lo scroscio dei frammenti, alcune schegge gli si infilarono nei capelli ed ebbe entrambe le guance graffiate, ma né padre né figlio patirono ferite gravi, perché le vetrate erano state praticamente polverizzate.

Udì uno schianto. Alzò di nuovo la testa e vide che Kevin era entrato in negozio con il sistema che lui stesso aveva preso in considerazione poco prima, vale a dire dando una spallata alla porta ora priva di vetro e strappando via dal vecchio legno marcio la serratura nuova di zecca.

«*KEVIN, MALEDIZIONE!*» tuonò. Si alzò, per poco non cadde di nuovo inciampando nei propri piedi, ritrovò l'equilibrio e si gettò all'inseguimento del figlio.

Era successo qualcosa a quello stupido orologio a cucù. Qualcosa di *brutto*.

Continuava a battere l'ora e già quello era un brutto difetto, ma non era tutto. Era anche diventato improvvisamente pesante nelle mani di Pop... e si stava surriscaldando.

Pop lo osservò e all'improvviso cercò di lanciare un grido di orrore, ma scoprì di avere le articolazioni della mandibola come saldate.

Si rese conto di essere stato accecato e si rese *anche* conto tutt'a un tratto di non avere affatto tra le mani un orologio a cucù.

Cercò di allentare la stretta parossistica con cui reggeva la fotocamera e con orrore scoprì di non poter aprire le dita. Sembrava che il campo di gravità attorno alla fotocamera si fosse intensificato e il calore di quel dannato apparecchio continuava a crescere. Tra le sue dita aperte e con le unghie bianche per la pressione, la plastica grigia del corpo della macchina aveva cominciato a fumare.

L'indice della mano destra cominciò ad avanzare verso il pulsante rosso dell'otturatore come una mosca azzoppata.

«No», mormorò e poi, in tono di supplica: «*Ti prego...*»

Il dito non gli diede retta. Arrivò al pulsante rosso e vi si appoggiò nel preciso istante in cui Kevin faceva irruzione spalancando la porta con una spallata.

Pop non premette il pulsante. Anche se accecato, anche se le sue dita cominciavano a cuocere, sapeva di non aver schiacciato il pulsante. Ma, nel momento in cui l'indice destro si posava su di esso, il campo gravitazionale prima si raddoppiò e poi si triplicò. Cercò di tenere il dito sollevato, ma era come cercare di mantenersi sollevati sulle braccia su Giove.

«Mollala!» gridò il ragazzo dai confini della sua tenebra. «Mollala, *lasciala andare*!»

«*NO!*» urlò Pop. «*Quello che voglio dire è che NON POSSO!*»

Il pulsante rosso cominciò a scendere.

Kevin era a gambe divaricate, chino sulla macchina fotografica che aveva appena preso a *LaVerdiere's*, con la scatola della confezione abbandonata per terra fra i suoi piedi. Era riuscito a schiacciare il pulsante che apriva lo sportello anteriore rivelando l'ampio alloggiamento per i caricatori. Stava cercando di infilarne uno, che si rifiutava cocciutamente di entrare, quasi che questa seconda macchina lo volesse tradire alleandosi con la sua sorella.

Pop gridò di nuovo, ma questa volta non pronunciò niente di articolato, fu un urlo colmo di dolore e di paura. Kevin si sentì investire da odore di plastica rovente e carne che va arrosto. Rialzò gli occhi e vide che la Polaroid si stava sciogliendo, letteralmente *sciogliendo*, tra le mani paralizzate del vecchio. La sagoma spigolosa della fotocamera si stava trasformando in una forma nuova, gobbuta. Erano inspiegabilmente diventati di plastica anche il vetro del mirino e la lente dell'obiettivo. Invece di spezzarsi o di schizzare via dal corpo sempre più deforme della macchina fotografica, si erano allungati, colando come caramello fino ad assumere la sembianza di due grandi occhi grotteschi come quelli della maschera della tragedia.

Tentacoli di plastica scura, molli come cera scaldata, colarono lungo le dita di Pop a scavare canali nel dorso delle sue mani. La plastica cauterizzava tutto ciò che bruciava, ciononostante Kevin vide del sangue traboccare dai bordi di quei canali e grondare sul tavolo in goccioline fumanti che sfrigolavano come lardo in padella.

«*Il caricatore è ancora sigillato!*» sbraitò John Delevan, risvegliando Kevin dalla sua momentanea paralisi. «*Togli l'involucro! Dai a me!*»

Nel raggiungere il figlio, Delevan lo urtò così violentemente che per poco non lo mandò a gambe all'aria. Gli strappò dalla mano il caricatore ancora nel suo involucro di carta metallizzata. Strappò l'involucro e sfilò il caricatore.

«*AIUTO!*» strillò Pop e fu l'ultima parola sensata che gli udirono pronunciare.

«Presto!» gridò Delevan, restituendo il caricatore ora libero al figlio. «Presto!»

Lo sfrigolio della carne che abbrustoliva. Il ticchettio del sangue surriscaldato che gocciolava sul banco da lavoro in una pioggia che si andava trasformando in temporale, via via che cedevano le vene e le arterie più importanti nelle mani di Pop. Un torrentello di plastica sciolta e rovente gli si avvitò intorno al polso sinistro come un braccialetto e allora cedettero le vene che in quel punto sono così vicine alla superficie. Il sangue sgorgò violentemente come per la resa di una guarnizione marcita che in principio manifesta perdite in più punti e alla lunga comincia a disintegrarsi sotto la pressione insistente.

Pop faceva versi animaleschi?

Kevin cercò di nuovo di introdurre il caricatore e gridò «*Cazzo!*» perché di nuovo non ci passava.

«*È alla rovescia!*» urlò Delevan. Cercò di strappare la macchina a Kevin, che si liberò con uno strattone, lasciando nella mano del padre un pezzo di camicia. Estrasse freneticamente il caricatore, che per qualche istante gli danzò sulla punta delle dita scappandogli quasi di mano per cadere sul pavimento... dove sicuramente sarebbe andato in mille pezzi.

Riuscì a salvarlo, lo rovesciò e lo schiaffò dentro, richiudendo immediatamente lo sportello della macchina fotografica che pendeva tristemente all'ingiù come una creatura con il collo spezzato.

Pop ululò di nuovo e...

FLASH!

22

FU come trovarsi al centro di un sole che diventa una supernova in un'unica, repentina vampata di luce priva di calore. Kevin ebbe l'impressione che l'ombra gli venisse strappata via e conficcata nella parete. Forse era anche vero in parte, perché tutto il muro alle sue spalle si riempì di un reticolo di migliaia di crepe eccetto che per una zona infossata al centro, dove era stata proiettata la sua ombra. Il suo profilo, nitido come se ritagliato, era incollato in quel punto con un gomito all'infuori, colto nel momento in cui sollevava il braccio per portarsi la fotocamera all'altezza del volto.

La parte superiore della macchina fotografica tra le mani di Pop si staccò dal resto con un rumore impastato e cupo come di un uomo molto grasso che si schiarisce la gola. Il cane ringhiò e questa volta il suono fu abbastanza forte, abbastanza chiaro, abbastanza *vicino*, da far esplodere i vetri di tutti gli orologi, degli specchi e delle cornici dei quadri che disegnarono per un istante archi di cristallo di stupefacente e improbabile bellezza.

Questa volta la macchina fotografica non guaì e non gemette; il rumore del meccanismo fu uno stridio acuto e perforante, come lo strillo di una donna che muore negli spasimi di un parto podalico. Il rettangolo di cartoncino che si catapultò fuori della fessura fumava. Poi cominciarono a sciogliersi anche i bordi della fessura, l'uno accasciandosi, l'altro arricciandosi, il tutto cominciando ad aprirsi come una bocca sdentata. Una bolla si stava formando sulla superficie lucida dell'ultima fotografia che ancora sporgeva dall'imboccatura della fessura da cui la Polaroid Sun partoriva le sue immagini stampate.

Mentre Kevin guardava, paralizzato, attraverso il firmamento di stelline che l'ultima esplosione di luce gli aveva acceso negli occhi, il fotocane ruggì di nuovo. Il suono fu più circoscritto questa volta, non sembrò più venire dal sottosuolo e da ogni dove, ma fu anche più pauroso perché era più *reale*, più *presente*.

Un pezzo della macchina in disfacimento schizzò verso l'alto in un grosso grumo grigio che colpì Pop Merrill al collo e si espanse in una forma di collana. D'un tratto cedettero contemporaneamente giugulare e carotide nel collo di Pop lanciando nell'aria getti di sangue in una doppia spirale vermiglia. La testa di Pop si rovesciò mollemente all'indietro.

La bolla sulla fotografia cresceva. Il rettangolo di cartoncino cominciò a vibrare nella fessura deformata della fotocamera ora decapitata. I lati cominciarono a dilatarsi, come se l'immagine non fosse più su cartoncino ma su una sostanza flessibile come nylon. Si agitava nella fessura e Kevin ricordò gli stivaletti da cowboy che aveva avuto in regalo per il suo compleanno due anni prima e come doveva agitare i piedi per infilarseli, perché erano un po' troppo stretti.

I bordi della fotografia colpivano le estremità della fessura, ma la macchina fotografica non era più un solido e stava per la verità perdendo ogni sembianza di ciò che era stata. I bordi della fotografia ne tagliarono i fianchi fendendoli come la doppia lama di un coltello ben affilato penetrerebbe in un pezzo di carne tenera. Penetrarono nel corpo irriconoscibile della macchina fotografica, schizzando nell'aria gocce grigie di plastica fumigante. Una cadde su una pila di vecchi numeri di *Popular Mechanics* e affondò nel foro carbonizzato che cominciò a scavare nelle pagine.

Il cane ruggì di nuovo, ruggì con la ferocia spaventosa di un essere il cui solo proposito è straziare e uccidere.

La foto vacillò sul ciglio della fessura contorta e finalmente cadde con la velocità di un sasso che precipita in un pozzo.

Kevin si sentì afferrare con forza per una spalla.

«Che cosa sta facendo?» domandò suo padre con la voce rotta. «Dio del cielo, Kevin, *che cosa sta facendo*?»

Kevin si sentì rispondere in un tono quasi disinteressato: «Viene al mondo».

23

Pop Merrill morì sulla poltroncina del suo banco da lavoro, dove aveva passato seduto tante ore della sua vita: seduto a fumare, seduto a riparare orologi ed elettrodomestici perché funzionassero almeno per un po', quanto gli bastava per rifilare lo scadente allo sbadato; seduto a prestare soldi all'impulsivo e all'imprevidente dopo il tramonto. Morì fissando il soffitto, dal quale il suo sangue gli ricadeva sulle guance e negli occhi aperti.

La poltroncina sbilanciata precipitò all'indietro, rovesciando sul pavimento il suo carico inerte. Borsellino e mazzo di chiavi tintinnarono.

Sul banco l'ultima polaroid continuava a sussultare freneticamente. I bordi si andavano dilatando e Kevin percepì un essere sconosciuto, insieme vivente e inanimato, che gemeva nelle doglie di un parto mostruoso.

«Dobbiamo andarcene», ansimò suo padre tirandolo. John Delevan teneva gli occhi strabuzzati fissi su quella fotografia che continuava ad allargarsi e che ormai copriva una buona metà del banco da lavoro di Merrill. Non sembrava più una fotografia. I bordi sporgevano gonfi come le guance di una persona che cerca con tutte le forze di fischiare e non ci riesce. La bolla traslucida, ora alta più di una spanna, era scossa da pulsazioni irregolari. Strani colori non identificabili sfrecciavano di qua e di là su una superficie che ora sembrava trasudare un liquido oleoso. Quel ruggito colmo di frustrazione, furia omicida e appetito vorace continuava a trapassargli il cervello, a rischio di spaccarglielo e aprire un varco alla follia.

Kevin si liberò del padre procurandosi uno strappo alla manica della camicia all'altezza della spalla. Nella sua voce c'era una calma profonda e innaturale. «No. Ci verrebbe dietro. Io credo che voglia me, perché, se voleva Pop, se lo è già preso e comunque io sono stato il primo proprietario della macchina. Ma non si fermerebbe. Poi prenderebbe te e può darsi che ancora non gli basterebbe.»

«*Non puoi fare niente!*» strepitò suo padre.

«Una possibilità ce l'ho», rispose Kevin.

E sollevò la fotocamera.

I bordi della fotografia raggiunsero i bordi del banco da lavoro. Invece di sporgersi penzolando, si arricciarono, continuando a dilatarsi. Ora sembravano strani ali chissà come sprovviste di polmoni con i quali respirare laboriosamente.

La superficie di quella strana cosa amorfa e pulsante continuava a gonfiarsi, si era trasformata in un orrendo tumore, le cui pareti bitorzolute lasciavano colare un liquido schifoso. Emanava l'odore della coppa.

I ruggiti del cane erano diventati incessanti, le proteste furiose di un cane infernale deciso a scappare e alcuni degli orologi di Pop Merrill si misero a battere l'ora come volendo reclamare.

John Delevan non provava più la frenetica urgenza di darsi alla fuga; si sentì invadere da una profonda e pericolosa languidezza, una sorta di sonnolenza letale.

Kevin avvicinò il mirino all'occhio. Era stato a cacciare il cervo solo poche volte, ma ricordava bene com'era quando toccava a lui restare nascosto in attesa con il fucile mentre i compagni di battuta gli andavano incontro nel bosco, facendo volutamente più rumore possibile nella speranza di stanare una preda dalla macchia e spingerla nella radura dove lui era in agguato avendo un'angolazione di tiro che non avrebbe messo a repentaglio la vita degli altri cacciatori. Non doveva preoccuparsi di poter ferire loro; doveva concentrare tutta la sua attenzione sul cervo.

C'era tempo per chiedersi se ce l'avrebbe fatta a colpirlo, quando e se si fosse mostrato. C'era anche tempo per chiedersi se avrebbe avuto il coraggio di sparare, tempo per sperare che il cervo continuasse a rimanere un'ipotesi, per non dover affrontare l'esame... e in effetti era sempre andata così. L'unica volta in cui c'era stato un cervo, toccava a Bill Roberson, un amico di suo padre, stare in agguato. Il signor Roberson aveva piazzato il proiettile nel punto giusto, dove si congiungono la spalla con il collo e poi si erano fatti fotografare dal guardacaccia intorno all'animale abbattuto, un maschio con corna a dodici punte di cui qualunque cacciatore sarebbe andato fiero.

Ma a te dispiace che non toccasse a te tirare, vero, figliolo? aveva chiesto il guardacaccia, arruffandogli i capelli (aveva dodici anni e sarebbe dovuto passare ancora del tempo perché si verificasse quello sbalzo nella statura che lo aveva portato a sfiorare il metro e ottanta... il che significa che non era grande abbastanza da risentirsi contro chi gli arruffava i capelli). Aveva annuito, tenendo per sé il suo segreto: era *contento* che non fosse toccato a lui, che non fosse stato suo il fucile con la responsabilità di far partire o non far partire il proiettile e... se avesse scoperto di avere il coraggio di sparare, per tutta ricompensa avrebbe trovato solo un'altra problematica responsabilità: uccidere il cervo al primo colpo. Non sapeva se avrebbe avuto il fegato di piazzare una seconda pallottola se la prima lo avesse solo ferito, né la forza di seguire le tracce del suo sangue e i suoi escrementi fumanti per finire ciò che aveva cominciato se il cervo si fosse dato alla fuga.

Aveva sorriso al guardacaccia e aveva annuito e suo padre aveva scattato una foto di *quel* momento e non c'era mai stato bisogno di rivelare a suo padre che il pensiero che si nascondeva dietro quella fronte sollevata e sotto la mano del guardacaccia che gli scompigliava i capelli era stato: *no. Non mi dispiace. Nella vita gli esami non finiscono mai, ma a dodici anni è troppo presto per andare anche a cercarseli. Sono contento che sia stato il signor Roberson. Io non sono pronto per affrontare le prove di un adulto*.

Ma toccava a lui adesso, vero? E l'animale stava arrivando, vero? E non era un innocuo erbivoro questa volta, vero? Questa volta era una macchina di morte grossa abbastanza e abbastanza perfida da ingoiarsi una tigre intera e aveva intenzione di uccidere *lui*, e solo come antipasto, e lui era l'unico che la potesse fermare.

Gli attraversò la mente l'idea di passare la Polaroid a suo padre, ma fu solo un momento, perché negli abissi dell'inconscio conosceva la verità: passargli la fotocamera sarebbe equivalso ad assassinare suo padre e uccidere se stesso. Suo padre credeva *qualcosa*, ma non in maniera abbastanza specifica. La macchina fotografica non avrebbe funzionato tra le sue mani nemmeno se fosse riuscito a scuotersi dall'attuale stordimento per schiacciare il pulsante di scatto.

Avrebbe funzionato solo se l'avesse azionata lui.

Perciò aspettò di affrontare la prova, guardando nel mirino della fotocamera come se stesse guardando nel mirino di un fucile, fissando la fotografia che continuava a dilatarsi e a gonfiare quella bolla lucida e liquescente.

Poi ebbe inizio la vera e propria venuta in questo mondo del fotocane.

La macchina diventò pesante come un blocco di piombo mentre echeggiava un ruggito simile alla scudisciata di una frusta rinforzata con fili d'acciaio. Kevin dovette dominare il desiderio di aprire le dita umide di sudore per lasciare cadere la fotocamera che gli tremava fra le mani. Nello sforzo, contrasse le labbra in una smorfia disperata. Gli colò sudore in un occhio e per un momento vide doppio. Gettò la testa all'indietro liberandosi dei capelli che gli si erano appiccicati sulla fronte e le sopracciglia, quindi applicò nuovamente l'occhio al mirino, mentre l'*Emporium Galorium* vibrava del rumore di una lacerazione, come di una stoffa pesante che venisse strappata lentamente da mani muscolose.

La superficie lucida della bolla si squarciò. Ne uscì fumo rosso, come uno sbuffo di vapore che passi davanti a un neon vermiglio.

Ci fu un altro ruggito, una dichiarazione di furia omicida. Attraverso la membrana accartocciata della bolla che si andava accasciando, balzò fuori una gigantesca mascella piena di denti, come il muso di un delfino pilota che salta fuori dall'acqua. I denti si accanirono sulla membrana masticandola con odio in un rumore di sciacquio.

Gli orologi si misero a battere l'ora all'impazzata.

Delevan afferrò di nuovo il figlio, aggrappandoglisi così convulsamente da fargli sbattere i denti contro il telaio di plastica della fotocamera e solo per un niente la macchina non gli sfuggì di mano cadendo a fracassarsi sul pavimento.

«*Spara!*» gridò Delevan. «*Sparagli, Kevin, se puoi farlo spara,* *SPARAGLI ORA, Dio del cielo, sta...*»

Kevin si liberò della mano del genitore. «Non ancora», ribatté. «Non è ancora il...»

L'essere *urlò* udendo la voce di Kevin. Il cane emerse dalla sua misteriosa dimensione allargando ancora di più la fotografia, che si dilatò con una specie di gemito, al quale si sostituì subito dopo il rumore come di stoffa che viene strappata.

E improvvisamente il fotocane sollevò la nera testa arruffata dallo squarcio nella realtà come un inaudito periscopio dalla struttura contorta... solo che la struttura non era di metallo bensì ricoperta da un folto pelo disordinato e il luccichio non era quello della lente ma quello di occhi infiammati di odio e follia.

Restò incastrato all'altezza del collo segando i bordi dello squarcio con il pelo ispido. Ruggì di nuovo e tra le fauci guizzarono fiamme arancione.

John Delevan indietreggiò di un passo e andò a urtare contro un tavolo carico di copie di *Weird Tales* e *Fantastic Universe*. Il tavolo vacillò violentemente e Delevan vi rovinò sopra annaspando, mentre i suoi piedi perdevano contatto con il pavimento. Uomo e tavolo precipitarono con uno schianto assordante. Il fotocane ruggì di nuovo, poi abbassò la testa e con insospettata delicatezza strappò la membrana che lo tratteneva. Abbaiò e una lingua di fuoco spinta dal latrato incendiò la membrana riducendola in cenere. Poi la mostruosa creatura si issò nuovamente dalla foto ingigantita e Kevin vide che sulla cravatta che portava intorno al collo non c'era più il fermaglio, al posto del quale riconobbe il raschietto a forma di cucchiaino che aveva visto usare da Pop Merrill per pulire la pipa.

In quel momento si sentì invadere da una grande calma. Suo padre gridò di confusione e paura mentre cercava di districarsi dal tavolo sul quale era caduto, ma Kevin non badò a lui. Il grido sembrava giungere da molto lontano.

Siamo salvi, papà, pensò, inquadrando attentamente nel mirino la bestia che emergeva dibattendosi. *Siamo salvi, hai visto? Possiamo almeno sperare di esserci salvati... perché adesso porta appeso al collo un amuleto diverso.*

Pensò che forse anche il fotocane aveva un padrone... e che il suo padrone avesse capito che lui non rappresentava più una preda sicura.

E forse c'era un accalappiacani in quella strana città di Polaroidsville; doveva esserci, altrimenti perché nel suo sogno era apparsa quella donna grassa? Era stata la cicciona a dirgli che cosa doveva fare, o spontaneamente o perché gliel'aveva spedita l'accalappiacani per trasmettergli il messaggio, gli aveva inviato quella donna grassa e bidimensionale con il suo carrello bidimensionale pieno di macchine fotografiche bidimensionali. *Attento, ragazzo. Il cane di Pop ha rotto il guinzaglio ed è un cane cattivo... è difficile fotografarlo, ma è impossibile farlo se non si ha una macchina.*

E adesso lui aveva una macchina fotografica, giusto? Non c'era ancora niente di sicuro, ma si era procurato la macchina come gli era stato suggerito.

Il cane ruotò lentamente la testa da una parte e dall'altra, quasi distrattamente, finché i suoi occhi ardenti si posarono su Kevin Delevan. Allora sollevò le labbra nere dalle zanne da cinghiale e aprì le fauci mostrando l'imboccatura fumante della gola, dalla quale si alzò un urlo stridulo di furore. Una dopo l'altra scoppiarono le sfere di vetro delle vecchie lampade appese al soffitto nel negozio di Pop, lasciando cadere una pioggia di frammenti lattiginosi e coperti di sudiciume. La bestia si protese e il largo petto ansimante passò attraverso la membrana tra i mondi.

Kevin posò il dito sul pulsante di scatto della Polaroid.

La bestia compì un altro sforzo e questa volta liberò le zampe anteriori e i rozzi speroni che aveva alle estremità, così simili a rovi giganteschi, grattarono rumorosamente in cerca di una presa sul banco. Scavarono lunghi solchi nel duro legno di acero. Kevin sentì il tramestio delle zampe posteriori che a loro volta cercavano un appoggio di sotto (dovunque fosse il *sotto*) e capì che quelli erano gli ultimi secondi durante i quali il cane sarebbe stato alla sua mercé; ancora una spinta e il mostro avrebbe spiccato il balzo finale uscendo del tutto dal buco in cui si dibatteva e allora si sarebbe mosso con fulminea spietatezza, sfrecciando nel breve spazio che li divideva e incendiandogli i vestiti con il suo alito infuocato una frazione di secondo prima di affondare il muso nelle sue viscere calde.

Kevin scandì con calma: «Sorridi, carogna».

E premette il pulsante.

24

Il lampo fu così intenso che Kevin non sarebbe più riuscito a evocarlo. Ne avrebbe conservato un ricordo solo assai vago. La macchina fotografica che teneva fra le mani non si surriscaldò cominciando a sciogliersi, tuttavia dall'interno giunse un rumore di rottura che si ripeté tre o quattro volte, dopo di che l'obiettivo esplose e le molle dei meccanismi si spezzarono o disintegrarono.

Nel bagliore residuo vide il fotocane *congelato* in una perfetta polaroid in bianco e nero, con la testa all'indietro e ogni particolare del suo vello scompigliato in nitida evidenza come la complicata topografia di una valle inaridita. Gli brillavano i denti, ma non più di una naturale sfumatura di giallo, bensì bianchi e funebri come vecchi ossi in quella sterile vallata dove l'acqua aveva smesso di scorrere da millenni. L'unico occhio rigonfio, che il flash impietoso aveva privato del contorno scuro e sanguigno dell'iride, era bianco come l'occhio nella testa di un busto greco. Dalle nari dilatate colava moccio fumante che scendeva come lava nelle strette gronde venutesi a creare tra la pelle arricciata del muso e le gengive.

Era il negativo di tutte le polaroid che Kevin aveva visto: in bianco e nero invece che a colori e in tre dimensioni invece che due. E fu come guardare una creatura vivente trasformata istantaneamente in statua per aver lanciato uno sguardo sbadato alla faccia di Medusa.

«*Ti ho fatto secco, bastardo!*» urlò Kevin isterico e come in risposta le zampe anteriori persero la presa sul banco da lavoro e cominciarono a scomparire, lentamente dapprincipio e poi più velocemente, scivolando nel buco da cui erano emerse. Se ne andò con un fragore di pietre, come una frana.

Che cosa vedrei se andassi ad affacciarmi a quel buco? si domandò. *Vedrei quella casa, quello steccato, il vecchio con il suo carrello che guarda sbigottito il volto di un gigante, non quello di un ragazzo ma quello di un Ragazzo, che lo osserva da uno strappo con i bordi bruciacchiati in mezzo al cielo? Finirei risucchiato giù anch'io?*

Lasciò invece cadere la Polaroid e si portò le mani al viso.

Solo John Delevan, ancora per terra, assistette all'ultimo atto: la membrana contorta si avvizzì ritirandosi in se stessa in un grumo raggomitolato intorno all'apertura e finalmente vi cadde dentro (o fu *aspirata*).

Si udì un rumore di risucchio che da rantolo si trasformò in un sibilo sottile.

Poi fu come se il buco si ribaltasse e scomparve. Svanì non lasciando alcuna traccia, come se non ci fosse mai stato.

Alzandosi faticosamente in piedi, John Delevan vide che l'ultima aspirazione (o espirazione, a seconda che la si volesse giudicare da una parte o dall'altra dell'apertura) aveva trascinato con sé tutte le polaroid scattate dal vecchio.

Suo figlio piangeva dietro le mani con cui si copriva la faccia.

«Kevin», lo chiamò sommessamente, abbracciandolo.

«Ho dovuto fotografarlo», disse Kevin parlando nel pianto attraverso le mani. «Era l'unico modo per eliminarlo. Ho dovuto scattare una foto a quella bestia mostruosa. *Questo* voglio dire.»

«Sì.» Il padre lo strinse più forte. «Sì, e ce l'hai fatta.»

Kevin lo fissò con gli occhi lucidi. «Solo così potevo ucciderlo, papà. Capisci?»

«Sì, capisco», rispose il genitore. Baciò il figlio su una guancia. «Coraggio, figliolo, torniamocene a casa.»

Aumentò la pressione intorno alle spalle di Kevin con l'intenzione di guidarlo verso la porta, lontano dal cadavere sanguinante e fumante del vecchio (Kevin non se n'era ancora reso conto del tutto, ma se si fossero trattenuti lì ancora un po' lo avrebbe visto), e per un momento Kevin oppose resistenza.

«Che cosa dirà la gente?» chiese e l'intonazione così carica di manierosa verecondia strappò una risata a suo padre, sebbene avesse ancora i nervi a fior di pelle.

«Dicano quello che vogliono», rispose. «Resteranno in ogni caso lontani anni luce dalla verità e non credo comunque che si impegneranno più che tanto per sapere.» Fece una pausa. «Non era simpatico a nessuno.»

«Voglio tenermi anch'io lontano anni luce dalla verità», mormorò Kevin. «Andiamo a casa.»

«Andiamo. Ti voglio bene, Kevin.»

«Anch'io ti voglio bene», ribatté Kevin con una voce roca e uscirono insieme dal fumo e dal tanfo di un luogo che era meglio dimenticare. Quando erano ancora a pochi metri dal negozio, prese fuoco una pila di vecchie riviste... e l'incendio fu lesto nel distendere le sue avide dita arancione.

Epilogo

ERA il sedicesimo compleanno di Kevin Delevan, che ricevette in regalo proprio quello che desiderava, un PC WordStar 70. Era un giocattolo da millesettecento dollari e i suoi non avrebbero mai potuto permetterselo in passato, ma in gennaio, tre mesi dopo la battaglia finale all'*Emporium Galorium*, zia Hilda era morta serenamente nel sonno. E aveva veramente «fatto qualcosa» per Kevin e Meg; per la verità aveva «fatto molto» per tutta la famiglia. Completate le procedure di convalida del testamento, ai primi di giugno i Delevan si erano ritrovati più ricchi di qualcosa come settantamila dollari... al netto delle tasse.

«Ma è stupendo! Grazie!» esclamò Kevin e baciò sua madre, suo padre e anche sua sorella (che rise ma, adesso che aveva un anno di più, non cercò di pulirsi dov'era stata baciata; Kevin non sapeva decidere se quel cambiamento fosse un passo nella direzione giusta). Si chiuse in camera sua per il pomeriggio, a trafficare con il nuovo computer facendo girare il programma di prova.

Verso le quattro scese nello studio dove c'era suo padre. «Dove sono mamma e Meg?»

«Sono andate a fare un giro alla fiera dell'artigianato... Kevin? Che cosa c'è, Kevin?»

«È meglio che vieni di sopra.»

Davanti alla porta della sua stanza rivolse il volto pallido a quello ugualmente pallido del padre. C'era ancora da pagare, aveva pensato Delevan mentre seguiva il figlio su per le scale. Era sempre così. Non lo aveva forse imparato da Reginald Marion «Pop» Merrill? Il debito che avevi contratto faceva male.

Ma erano gli *interessi* a spezzarti la schiena.

«Possiamo farcene dare un altro?» domandò Kevin indicando il computer che aveva sistemato sulla sua scrivania, dove lo schermo proiettava una fascia di arcana luce gialla sul sottomano.

«Non so», rispose il padre avvicinandosi al tavolo. Kevin rimase alle sue spalle, pallido spettatore. «Immagino che se è proprio necessario...»

Si interruppe fissando lo schermo.

«Ho lanciato il programma di scrittura e ho digitato 'La volpe fulva e veloce scavalcò con un balzo il pigro cane addormentato'», spiegò Kevin. «Ma dalla stampante è uscita un'altra cosa.»

John Delevan lesse in silenzio. Si sentiva le mani e la fronte gelate.

Il cane è di nuovo libero.
Non dorme.
Non è pigro.
Sta venendo per te, Kevin.

Il debito faceva male, pensò di nuovo; ma erano gli interessi a spezzarti la schiena. Le ultime due righe dicevano:

È molto affamato.
Ed è MOLTO arrabbiato.

Finito di stampare nel gennaio 1997
dalla Tip.Le.Co. - Via S. Salotti, 37 - Piacenza
Printed in Italy

STEPHEN KING
PETER STRAUB
SUPER BEST SELLER
IL TALISMANO
SPERLING PAPERBACK

STEPHEN KING
SUPER BEST SELLER
PET SEMATARY

STEPHEN KING
SUPER BEST SELLER
STAGIONI DIVERSE
CON IL RACCONTO
STAND BY ME
RICORDO DI UN'ESTATE
SPERLING PAPERBACK

STEPHEN KING
SUPER BEST SELLER
IT
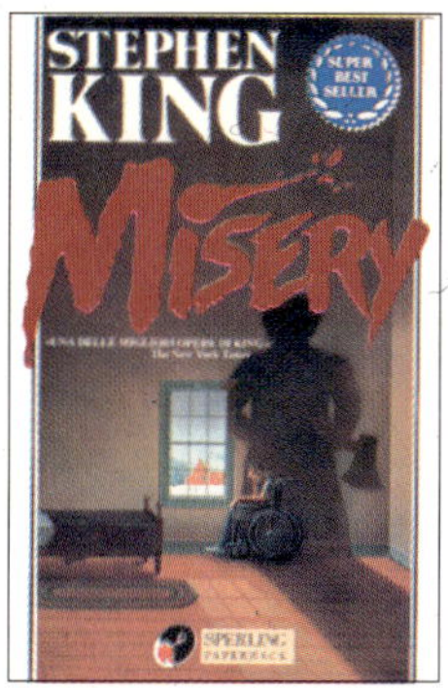
STEPHEN KING
SUPER BEST SELLER
MISERY
SPERLING PAPERBACK

STEPHEN KING
SUPER BEST SELLER
Gli Occhi del Drago
SPERLING PAPERBACK
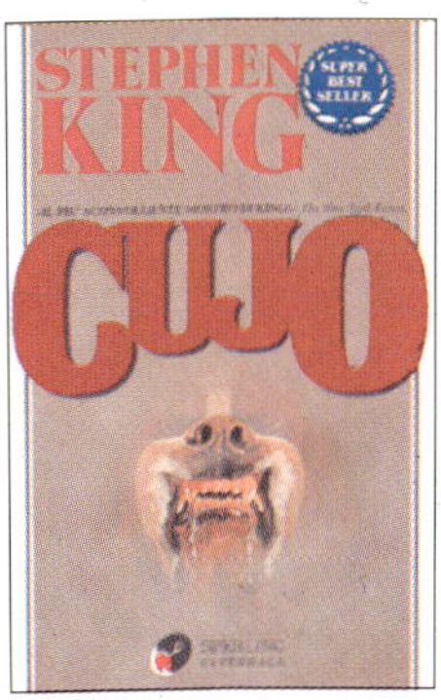
STEPHEN KING
SUPER BEST SELLER
CUJO
SPERLING PAPERBACK

SUPER BEST SELLER
STEPHEN KING
TOMMYKNOCKERS
LE CREATURE DEL BUIO
SPERLING PAPERBACK

STEPHEN KING
SUPER BEST SELLER
LA ZONA MORTA
SPERLING PAPERBACK

STEPHEN KING
SUPER BEST SELLER
«...KING RIESCE SEMPRE A SUPERARE SE STESSO.»
L'INCENDIARIA
SPERLING PAPERBACK

STEPHEN KING
SUPER BEST SELLER
L'ULTIMO CAVALIERE
SPERLING PAPERBACK

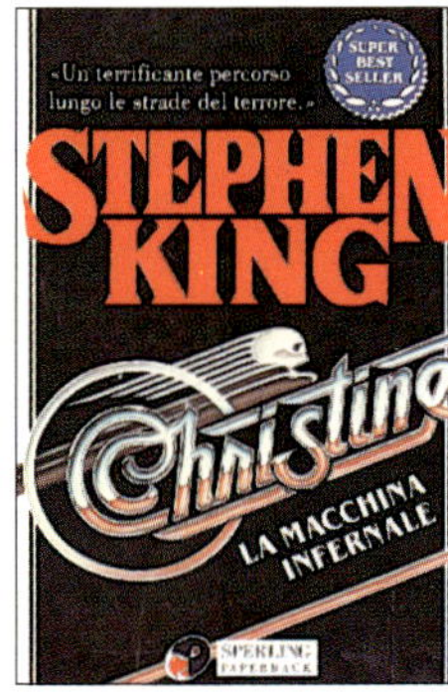
SUPER BEST SELLER
«Un terrificante percorso lungo le strade del terrore.»
STEPHEN KING
Christine
LA MACCHINA INFERNALE
SPERLING PAPERBACK

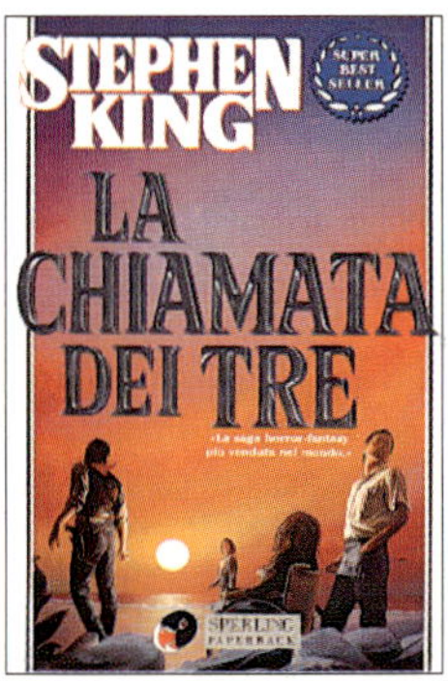
STEPHEN KING
SUPER BEST SELLER
LA CHIAMATA DEI TRE
SPERLING PAPERBACK

STEPHEN KING
SUPER BEST SELLER
LA METÀ OSCURA
SPERLING PAPERBACK

STEPHEN KING
SUPER BEST SELLER
SCHELETRI
SPERLING PAPERBACK

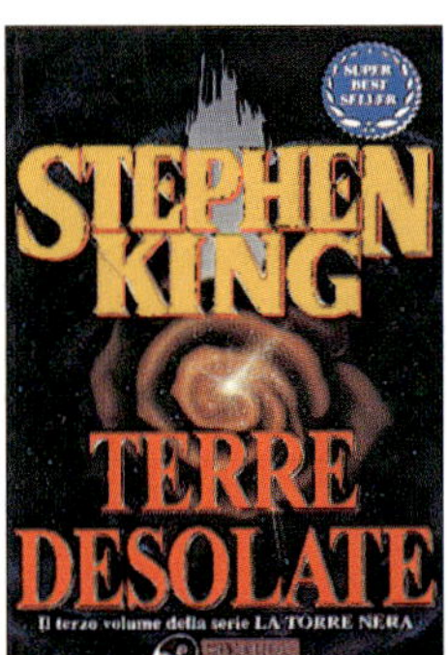
SUPER BEST SELLER
STEPHEN KING
TERRE DESOLATE
Il terzo volume della serie LA TORRE NERA

STEPHEN KING
SUPER BEST SELLER
QUATTRO DOPO MEZZANOTTE
I LANGOLIERI
FINESTRA SEGRETA, GIARDINO SEGRETO
SPERLING PAPERBACK